第一卷

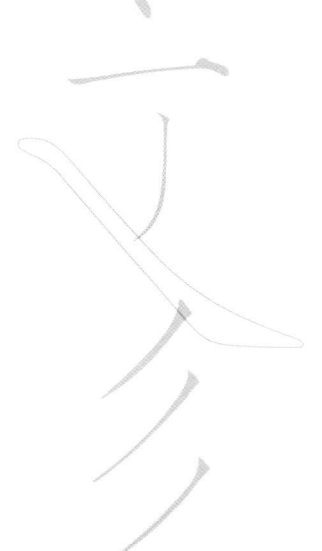

党圣元 主编

文体

中国古代文体观念的演进

中国社会科学出版社

图书在版编目(CIP)数据

文体:中国古代文体观念的演进. 第一卷/党圣元主编. —北京:中国社会科学出版社, 2020.7
ISBN 978-7-5203-6853-7

Ⅰ.①文… Ⅱ.①党… Ⅲ.①中国文学—古典文学—文体论—文集 Ⅳ.①I206.2-53

中国版本图书馆CIP数据核字(2020)第132601号

出 版 人	赵剑英
责任编辑	杨 康
责任校对	李 剑
责任印制	戴 宽

出　　版	中国社会种学出版社
社　　址	北京鼓楼西大街甲158号
邮　　编	100720
网　　址	http://www.csspw.cn
发 行 部	010-84083685
门 市 部	010-84029450
经　　销	新华书店及其他书店
印　　刷	北京明恒达印务有限公司
装　　订	廊坊市广阳区广增装订厂
版　　次	2020年7月第1版
印　　次	2020年7月第1次印刷
开　　本	710×1000　1/16
印　　张	25.25
插　　页	2
字　　数	339千字
定　　价	148.00元

凡购买中国社会科学出版社图书,如有质量问题请与本社营销中心联系调换
电话:010-84083683
版权所有　侵权必究

缘　　起

　　《文体》之创编意念，起始于我们开展中国古代文体观念研究之初。为了启动和推进"中国古代文体观念文献整理与研究"这一国家社科基金重大项目的研究工作，我们于 2019 年 3 月在古城西安召开了开题报告会和"中国古代文体观念研究的方法与路径"学术研讨会，又于同年 10 月在西安召开了"中国古代文体观念的历史演进"学术研讨会。在第一次研讨会上，我形成了组织编辑一种以中国古代文体观念研究为主旨分卷出版的学术文丛的想法，目的则是为了通过这一举措推动和督促课题研究的进展和深化，并且向学界汇报我们的阶段性研究情况和成果，接受学界专家同行们的审视，期盼得到批评指正意见和点拨；在第二次研讨会上，我的这个想法得以确定。在策划构想的过程中，我就相关问题向参加研讨会的多位学界著名学者、也是我多年交往的同行老友们请教和征求意见，幸而得到了他们的肯定和鼓励，也得到了项目组成员们的积极支持，尤其是得到了陕西师范大学人文社会科学高等研究院李继凯院长的鼓励和支持，这无疑更加坚定了我将其付诸行动的信心。事情的起因是这样的，在 2018 年，我们设计论证了"中国古代文体观念文献整理与研究"这个课题项目，选题有幸被采纳列为国家社科基金重大招标指南后，我们又花了几个月的时间设计、论证、撰写投标书，终于有幸中标被立项。我本人及课题组成员们，将此视为是学界对我们的一种信任和鼓励,也视为是我们通过自己的学术劳动为新时代中国学术文化建设有所献力的一个机会,倍加珍惜之。我们项目研究团队决心通过踏实而深入的学术研究,并且通过编辑《文体》文丛及时披露我们的阶段性研究所得,以虚心听取采纳学界的批评与建议。我们创办《文体》文丛的初衷正在于此。

我们为这个文丛命名《文体》,分卷组织撰写和出版,每一卷根据所收论文的内容侧重点,在《文体》这一总命名之下再取一个题目名称,以便更加突出主旨。随着项目研究的推进,我们力争每年组织撰写和出版一到二卷,随情况而定,不求一律,如果该文丛最终能出到六到八卷,对于我们而言,则与愿足矣。因为,我们的目的其实很简单,专门策划和组织编辑出版这个文丛,仅仅是为了配合、促进我们正在进行的国家社科基金重大项目"中国古代文体观念文献整理与研究"的研究进程,通过这个文丛中的由课题组成员撰写的阶段性研究论文来与学界和同行专家学者们进行学术交流,此外再无其它。本次编辑出版的是该文丛的第一卷,书名定为《文体——中国古代文体观念的演进》,所收文章,系前面讲到的2019年由陕西师范大学人文社会科学高等研究院主办、在西安先后召开的两次项目研究学术研讨会时由课题组成员提交的学术论文之一部分。

自古以来,我们中国就是一个文章大国、文学大国,而无论是文章还是文学的书写,都是在一定的文体结构和规范之中进行的,当然,文章、尤其是文学,它们的书写与文体规范之间的博弈及其所形成的张力,又为文章和文学书写的演进与创新、文体种类和形态的衍生繁殖之必不可少的动力,中华文脉源远流长而活力永驻、颜值常新,中华文脉几千年瓜瓞连绵、生生不息、花团锦簇而春色满园,文体观念与思想之不间断的传承与创新,正是其中的重要因素之一,谓之曰"管籥"或"橐钥"似乎也不为过分。由此便决定了中国必定是一个文体大国。发生这一切之根源所在,实由文体观念之滋生与演化而来,而历代文体观念之演进、增殖,又由其背后所蕴含的深浅层次不一的中国文章和文学、中国文体之体用关系所决定,因用而立体,即体而成用,体用相生相成,体中有体,聚体成类,集类为目,体类凑泊,乃至在相互谐调或相互违和的种种情形下形成了中国传统文章、文学之"文体共同体",这种种情状之呈现,具因其背后的文体观念之发生和发展演变所影响、制约而得以发生。鉴于既有之文体形态研究已相当充分我们只能充分地借鉴而难以超越的状况,我们的文体观念研究主要集中在传统文体观念之发生学意义上的探究及其历代发展演进的观念史和理论谱系层面的梳理与阐释,以及传统文体分类思想、传统辨体批评思想、历代文体观念要籍叙录、历代文体观念文献资料类编几个方面,力争在这些层面的研究上能有所前进、有所献力。文体观念研究的覆盖面相当广泛,涉及的问题也错综而复杂,而对于一些现象级的或节点性的或纠集结节性的文体观念现象的阐释铨解,无有抽丝剥笋之学力与功夫则万万不能办之,因此我们的学术任务是非常艰巨,面临的困难也是相当大的。鉴于研究对象的质性与特点,我们秉持经史子集并重、融会而贯通之的研究方法与路径,理论阐释与文献整理考辨并行而相互支撑,尽可能多地汲取借鉴传统"国学"的学术视野和学术叙事方法,追求和彰显研究的文史品位,并且务求在学术上有所创获。从《文体》第二卷的集稿和编辑开始,我们将注意使每一卷的主题更加集中、更加鲜明,以希冀《文体》能在中国古代文体学、文体观念研究的学术历程中留下我们自己走过的几个浅浅的足印。

最后,我要感谢詹福瑞、韩经太、吴承学、赵敏俐、关爱和、左东岭、傅刚、傅道彬、党怀兴、陈飞、郭杰、方铭、方宁、李浩、张新科、李西建、韩伟、易闻晓、杜敏、古风、力之等著名学者、也是我交往多年的学界好友,感谢他们在项目开题报告和两次学术研讨会上所提供的学术指导。应该感谢的学界朋友不止上面所提到的这些,恕不一一而足。还要感谢陕西师范大学人文社会科学高等研究院李继凯院长以及高研院的同事们对我们的项目研究、对《文体》之编辑出版所提供的支持。同时，还要感谢中国社会科学出版社和责任编辑杨康博士对该书出版所提供的支持和所付出的辛劳。最后，我在感谢项目组成员为课题研究和《文体》出版所付出的辛勤学术劳动之同时，还要恳求大家毫不懈怠、继续深入研思和撰述，让我们勠力同心，申之以责任，重之以学术，一道将我们的项目研究一步步地推向深入，使我们后面还要结集出版的《文体》各卷在学术方面再迈上一个新的台阶。

党圣元
2020 年 7 月 16 日

目 录

中国古代文体学思想论纲 …………………………… 任竞泽（1）
中国古代文体思想史研究的双重维度 ………………… 贾奋然（16）
文体备于何时
　　——中国古代文体框架确立的途径 ………………… 陈民镇（30）
古代文体的并称、渗透与融合 ………………………… 肖　锋（59）
变则通：在文化磨合中建构近代文体 ………………… 李继凯（71）
体性：对作者个性与文学风格关系的理论概括 ……… 朱忠元（89）
传统诗文评中的文章"体制"论 ………………………… 党圣元（102）
体貌与文相 ……………………………………………… 党圣元（125）
传统文学批评中的"得体"论 …………………………… 康　倩（146）
"怨"的文体实践与文论认证 …………………………… 袁　劲（161）
魏晋名理学与辨体批评 ………………………………… 贾奋然（177）
文体之于作者的意义
　　——曹丕"文章不朽说"与汉魏晋时期的
　　　　文体价值观 …………………………………… 田淑晶（195）
异同分体与体类并重
　　——唐宋总集分类体例与文学观念研究新论 ……… 蒋旅佳（211）
熔裁显志　袭故弥新
　　——《唐才子传·王绩传》之传体批评 …………… 王松涛（226）

朱熹对"干禄文风"的批判
　　——以其书院教学为中心 …………………… 董　晨（242）
宋濂的题跋创作及文体观念 ……………………… 左　杨（262）
贺贻孙诗体论
　　——兼论对严羽诗体论的继承与发展 ………… 张翼驰（280）
论清代小说文体观念的解放 ……………………… 李正学（295）
从选本批评看桐城派骈散观的演进 ……………… 杨新平（313）
以古文为时文：桐城派早期作家的时文改良 …… 师雅惠（343）
阮元骈文观嬗变及其历史意义 …………………… 陈志扬（363）
骈体正宗与保存国粹
　　——刘师培骈文观及其意义 …………………… 赵　静（382）
后记 ……………………………………………………………（397）

中国古代文体学思想论纲

任竞泽

中国古代文体学正在成为中国古代文学和中国古代文论研究的学术增长点之一，高水平的学术论文和著作时有出现，文体学学科的建立时机也日见成熟。尽管当下文体学研究涉略文体形态、文体分类、文体批评研究等诸多方面，但对文体学理论之整体研究还是个薄弱环节，这显然与文体学研究的繁荣态势是不相称的。我们知道，一门学科的建立和成熟必须有相应的系统理论作指导，而文体学思想则是一种内蕴更为丰富的文体学理论范型，在涉略文体学之方方面面的同时，更多关注文体观念的形成发展与社会政治、历史文化、哲学思想及文学思潮的关系。不过目前文体学思想研究还是一个颇为荒芜的研究领域，仅有数位学者在一些单篇论文中涉及，尚无整体研究，而系统的文体学理论批评或者说文体学思想文献整理更是无从谈起，故而中国古代文体学思想研究可以某种意义上适时地弥补这一学术缺憾。我们通过综论中国古代文体学思想的研究现状和趋势，比较文体学思想与文学思想史的关系、文体批评史与文学批评史的关系及其文体学思想与文体理论批评的关系，以宋代文体学思想为核心概述中国古代文体学思想的整体特征及其形成的社会历史环境因素，进而探讨和呈现中国古代文体学思想研究的方法原则、学术价值和理论意义。

一 同异比较与方法借鉴：文体学思想与文学思想史

文学批评史和文学思想史是中国古代文论史的两种基本范型，从某种意义上来说，中国文学史可以说就是中国文体发展史，中国文体理论批评史与中国文学理论批评史并肩而行，而中国文体学思想史也自然融入在中国文学思想史的演进历程之中，是中国文论史的重要组成部分。我们在综述文体批评及文体学思想研究现状和趋势的基础上，借鉴罗宗强、左东岭等学者的中国文学思想史研究方法，进而寻绎和总结中国古代文体学思想的治学路径、发展规律、体系概貌和整体特征。

国内外中国古代文体学理论研究主要包括两个方面：首先，文体学理论批评研究。近40年来相关科研成果极为丰硕，涉及辨体破体、尊体变体等文体批评与文体观念研究，以及以文为诗、以诗为词等具体的诗文、词学辨体等，如吴承学《辨体与破体》、何诗海《明清总集凡例与文体批评》、张宏生《辨体与合体——李渔的词曲渗透之论及其时代》、许总《杜甫以文为诗论》、杨海明《论"以诗为词"》等，经知网检索统计，自1978年以来的40年间，这几方面的文体学理论论文近五百篇，可谓繁荣。其次，文体学思想研究。尽管在20世纪90年代初期便有以"文体学思想"为名的论文王常新《中国古代文体学思想》发表，但其后出现了长达15年的断层，未能得到响应，稍见集中的研究只是近十余年的事情，如黄念然《中国古代文体学思想的特点及其文化成因》、何诗海和刘湘兰《〈文心雕龙〉的文体学思想》、任竞泽《〈典论·论文〉文体学思想甄微》、吴承学《〈文体通释〉的文体学思想》、胡建升《融汇中西的文体探索——论王国维的文体思想》等，与辨体理论批评研究之繁盛相比，颇显冷落寂寥。

整体来看，因为中国古代文体学学科的逐渐确立和成熟，相关研究已经极为全面和深入，文体理论研究尤其是辨体批评研究成效显著，但以文体学思想为名的论文却仅20余篇。此外，诸位学者之研究均为单篇论文，关注的是某位作家或某一文论总集中的文体学思想，至于中国文学批评史或者说中国文学思想史视野下的整体的文体学思想研究则付之阙如。这样，在中国古代文体学研究自身学科理论与方法尚处于建构过程之中，在学科理论与具体的学术实践正处于相互碰撞和交融之时，在中国古代文体学理论的系统研究还是一个较为薄弱的环节之情形下，中国古代文体学思想文献整理与研究之创新意义和学术价值便凸显出来，具有了开风气之先的作用和意义。

如上所述，中国古代文体学思想研究目前还是个较为陌生的学术领域，其学科属性与中国文学思想史颇为相近，而中国文学思想史已经是一门相对成熟的学科了，所以进行文体学思想研究应当充分借鉴文学思想史的研究方法。作为中国古代文体学理论的两种范式，研究中国古代文体理论批评与中国古代文体学思想有着明显的区别，这与中国文学批评史和中国文学思想史之间的关系极为相似或者说相通。换言之，中国文体批评史是中国文学批评史的一部分，而中国文体学思想史则是中国文学思想史的一部分，二者是双线并行的。我们通过比较这两种文论范式的不同，可以借鉴中国文学思想史的研究方法进行中国古代文体学思想研究。

我们知道，20世纪80年代，罗宗强先生以《隋唐五代文学思想史》为代表创立了中国文学思想史学科，其后左东岭、张毅等学者发扬光大，形成了中国文学思想史系列专著，分别对中国文学思想史与中国文学批评史的同异及其中国文学思想史的研究方法进行了全面探讨，这对于理解中国古代文体理论批评与中国古代文体学思想之间的关系及如何探寻中国古代文体学思想的研究方法有重要启示和借鉴意义。具体如下。

其一，中国古代文体学思想研究应重视对文体观念形成的深层原因的把握，这与治文学思想史要注重形成文学思想的复杂的社会历史环境原因诸如政治、经济、哲学、宗教、风俗等有相通之处。如左东岭先生云："中国文学思想史研究的主要优点，就是把文学批评史的平面研究变成立体的研究。所谓立体，指的是在纵向上注重过程性的研究，不把文学思想理解成静止不变的固定形态；在横向上是注重形成文学思想的复杂原因，诸如政治的、经济的、哲学的、宗教的、风俗的等等，也就是文学思想史更重视对于文学观念的深层原因的把握。"① 这不仅让我们意识到中国古代文体学思想研究与中国古代文体理论批评研究的不同，同时也启发我们在研究文体学思想时，要特别重视影响文体学思想形成的社会历史环境因素。例如，曹丕、欧阳修等人的文体学思想就与此息息相关。

其二，文学思潮对文体思想的影响。某一历史时期代表时代风气的重要文学思潮、文学运动及文学流派等对文学思想的形成和发展会产生极大影响，如沈时蓉云："朱维之先生在《中国文艺思潮史略》所谈的这两种意义，实质上已经揭示出文学思想史与传统的文学史和批评史相比较所具有的不同特征。它不是按朝代胪列作家作品的文学史，也不是叙述各体文学发展变化的文体史，也不是仅仅注重外铄的文学理论批评的批评史，它是从内容、思想和风格各方面所体现出来的文学思潮的奔流的历史。"② 同样，文体学思想研究也离不开联系文学思潮进行考察，例如，曹丕、欧阳修、黄庭坚的文体学思想就与建安文人集团、宋代古文运动、江西诗派等密不可分。

其三，文学思想史研究是一种跨学科的交叉研究，文体学思想亦不例外。如罗宗强云："因为这一学科涉及面广，文学思想的发展与哲学思想、艺术思想、宗教思想等有关系……这些相邻学科影响文学思想，是非常复杂的，它往往是一种观念，一种情趣，一种人生境界的影响，

---

① 左东岭：《中国文学思想史研究方法的再思考》，《中国人民大学学报》2014 年第 4 期。
② 沈时蓉：《从思潮史到思想史——中国文学思想史研究的回顾与展望》，《四川师范学院学报》（哲学社会科学版）1993 年第 4 期。

材料的选择与分析当然应该从这种内在联系上着眼。"① 文体学思想研究也同样要文史哲兼顾，例如，欧阳修、朱熹、真德秀等的文体学思想就与他们的史学思想和哲学思想交融相通，或者说与他们的艺术思想不无关系。

其四，从创作实践中总结出文体学思想。罗宗强、左东岭等学者最鲜明的文学思想史研究方法就是从创作实践中总结文学思想，如罗宗强云："治中国古代文学思想史与治中国古代文论，有同也有不同。二者都要研究文学批评与文学理论，这是相同的地方；除此之外，文学思想史还要研究文学创作所反映出来的文学思想，这是不同的地方。"② 同样，文体学思想研究也要重视创作实践中的文体观念，如杜甫、周邦彦等自身的文体文论文献极为稀见，但是在创作中却取得了集文体之大成的成就，他们诗词创作中蕴含的文体学思想为历代批评家所认识和总结，综罗历代相关文体批评文献，我们就可以从中总结和构建出他们的文体学思想体系。

要之，通过全面阅读辑录、分类评析中国古代文献典籍中浩繁的文体史料，选取其中具有代表性的文体学思想理论文献进行研究，借鉴以罗宗强为代表的文学思想史研究路径和方法，庶几可以整体勾勒和深入了解中国古代文体学思想的文献分布、体系特征及演进规律等。

二 个案特征与方法概览：中国古代文体学思想研究举隅

综上所述，我们在研究中国古代文体学思想时，需要借鉴文学思想史的研究方法。接下来我们就以宋代文体学思想为中心进行考察，结合当代学者对中国历代文体学思想研究的成果和方法，概观中国古代文体

---

① 罗宗强：《路越走越远——研究中国古代文学思想史的体会》，《文史知识》1990 年第 10 期。
② 同上。

学思想研究的方法原则和整体特征。

第一，研究中国古代文体学思想要充分考虑目录学传统、总集编选、类书编纂、名理思潮、史官文化等综合文化学术因素。一些文体学者已经注意到这一点，如黄念然在《中国古代文体学思想的特点及其文化成因》一文中云："在中国文体学理论形成与发展过程中一些文化因素如目录学学术传统、总集编选、类书编纂等给予了深远影响。强调文体的继承与创新的辩证性并综合考察文体盛衰的内外部因素是理解中国古代文体源流的民族特色的重要途径。"① 程新炜亦云："文学发展产生了文学分体，文体分化产生了辨体的需要，辨体的系统化、理论化产生了文体论。此外，历史上的文化和思潮的因素，如目录学、名理辨析思潮、传统史官文化、新兴通变思潮等，对文体论的发展也起了较大的促进作用。"②

具体来说，关于目录学和类书对文体学思想的影响，如曹丕的文体分类学思想中，从归纳并类着眼，"四科八体"的"四科"就是"四分法"，他对真德秀的"四目"法产生了影响，而其源头则要溯至孔门四科、类书分类以及目录学"四部"等。③ 再如《四库全书总目》"在文体学研究上具有独特的价值和地位。作为一部官方组织、集体编纂、旨在对历代文化典籍作总结与批评的目录学著作，其考察视野之开阔，涉及问题之纷繁广博，是一般文体学专著所无法比拟的。《四库全书》对于图书的收录、编排以及《四库全书总目》所体现的文体批评观念，如文体谱系与文体分类、文体渊源与文体本色、骈文与散文文体、史传与小说文体等理论，都比较集中地反映了清代前中期的文体学思想与认

---

① 黄念然：《中国古代文体学思想的特点及其文化成因》，《中国政法大学学报》2012 年第 3 期。
② 程新炜：《中国古代文体论的前期发展与思想文化背景》，《内蒙古电大学刊》1994 年第 6 期。
③ 任竞泽：《〈典论·论文〉文体学思想甄微》，《陕西师范大学学报》（哲学社会科学版）2014 年第 1 期。

识水平,并对当时及后世的文体学研究产生了深远影响。"①

第二,从创作实践中总结文体学思想。从创作实践中总结文学思想是以罗宗强为代表的文学思想史学者的主要研究路径,左东岭先生更是结合了文体学理论诸如文体使用、辨体与破体等进行阐述,尤能看到文体学思想与文学思想的关系。如左东岭云:"如何从创作实践中提炼出文学思想……辨体与破体永远是创作的两极,而在这两种不同的追求中,便显示出作者对待传统的态度。再如,对于诗体的选择,也能透露出作者的文学观念,他是喜爱古体诗,还是喜爱格律诗,这其中显示了他对于形式技巧的态度。"②

关于这一点,韩非子、杜甫、周邦彦的文体学思想最能体现,三者自身的文体学言论文献都几乎没有,但是在各自的作品中却蕴含丰富的文体学思想体系,需要进行总结和提炼。如马世年《韩非散文所体现出的文体学思想》一文就是这样说的:"将程千帆先生所提出的'从作品中抽象出文学规律和艺术方法来'的学术思想引入到《韩非子》的研究当中,我们可以从中总结出与传统文学理论以及现代文学思想相关的一系列看法来,'文体学思想'便是其中之一。"③再如,杜甫的文体学思想极为丰富,但除了"别裁伪体"和"吴体"这样的只言片语外,很难再发现其他文体文献,但我们从历代学者对其作品的评论文献中,可以发现他的文体学思想诸如"诗文之辨"的辨体理论内涵和意义、古今学者对"别裁伪体"的解释充满歧义、杜甫之诗文优劣论及其"以诗为文""以文为诗"的辨体特征以及"吴体"所代表杜甫"破弃声律"和"时用变体"的破体观等④。

第三,哲学思想(经学理学等)、史学思想对文体学思想的影响,

---

① 吴承学、何诗海:《论〈四库全书总目〉的文体学思想》,《北京大学学报》(哲学社会科学版)2007年第4期。
② 左东岭:《中国文学思想史研究方法的再思考》,《中国人民大学学报》2014年第4期。
③ 马世年:《韩非散文所体现出的文体学思想》,《光明日报》2008年9月19日。
④ 任竞泽:《杜甫的文体学思想》,《广东社会科学》2015年第2期。

或者说不同领域的学科交叉研究，需要文史哲打通。如左东岭云："中国古代文学思想研究就是对中国古代理论家、批评家和作家如何理解文学进行全面的探讨。这是一门交叉学科，涉及文史哲，需要进行文学、史学、哲学打通式研究。"① 如朱熹和王应麟的文体学思想就鲜明体现了这一点。朱熹的文体学思想是其文学思想的重要组成部分，与其儒家的哲学理学思想密切相关。朱熹对《诗经》的诠释方法和纲领，即"读诗须先识得六义体面"之辨体为先思想，是他"亦须先识得古今体制"的进一步引申和强调。作为理学家，儒家思想的"中庸"理念及其论《周易》时相关的经权、常变等朴素辩证观，都是他辨体通变观的哲学思想基础。② 再如王应麟的文体学思想主要体现在《辞学指南》和《玉海·艺文》两部著作中。王氏丰富的文体学思想的构建和形成，与其"综罗文献"的史学思想，师承朱熹、吕祖谦、真德秀等通儒硕学的理学思想，以及以"博学宏词科"出身为荣耀等政治学术背景都有很大关系。③ 作为元初重要的文体学家，郝经以经世致用为宗旨，在"六经自有史"学术理念的指导下，初步构建了一个"文本于经"的文体学谱系，并以详尽的文体论充实了这一谱系。④ 除了须综合文史哲三大门类学科外，还应考虑众多新兴学科与文体学思想的学科交融关系。如吴子林称："文体学是文艺学的一个分支，是与文艺哲学、文艺心理学、文艺社会学以及文艺批评学等并列的学科。"⑤

第四，文学思潮对文体学思想的形成和影响。如劤天庆认为："陆机的文体学思想是曹丕文体学思想的承传发展，本文拟从文体种类变

---

① 左东岭：《国学与古代文学思想研究》，《江西社会科学》2011 年第 3 期。
② 任竞泽：《辨体与变体：朱熹的文体学思想论析》，《厦门大学学报》（哲学社会科学版）2016 年第 6 期。
③ 任竞泽：《王应麟的文体学思想》，《济南大学学报》（社会科学版）2011 年第 1 期。
④ 何诗海：《经史一体与文体谱系——郝经文体学思想初探》，《学术研究》2007 年第 8 期。
⑤ 吴子林：《文体：有意味的形式及其创造——童庆炳"文体诗学"思想研究》，《文艺评论》2012 年第 9 期。

化、文体秩序安排、文体特征阐释、体系建构等四个方面,分析陆机对曹丕文体学思想的继承发展性,并从中探讨魏晋文学思潮的发展轨迹。"① 再如,欧阳修的文体学思想是其文学思想的重要组成部分,与其书法文艺理论亦相通交融。他引领时代风气的文学革新运动从某种意义上来说就是文体上的变革创新,具体包括以文为诗、以诗为词、以文为赋、以文体为四六以及其他文体的变格变体等。② 更具代表的是,黄庭坚的文体学思想与江西诗派及其成员诸如陈师道、吕本中等的文体观密不可分,综合诸家的文体论,从而形成了江西诗派系统的文体学思想体系。③

第五,近代在西学东渐思潮影响下的文体学思想研究,这以王国维和刘师培为代表。如胡建升认为:"王国维在《人间词话》等文学批评论著中寄寓了自己的文体观念。我们从文体因革论、尚情论、尊体论三个方面来讨论王国维的文体思想,并尝试从新旧学术思想交替与融通的视角,分析王国维在近代文体批评方面所做出的积极贡献。"④ 柯镇昌云:"刘师培古代文体学研究的最大特点是与文章学研究的紧密结合,同时注重实证,善于借鉴古今中外的研究理论和方法,由此做到言必有据。在他的研究过程中,透露出深深的历史责任意识,使得其研究成果具有着特别的历史厚重感。"⑤ 关于融汇中西的文体学思想这一点,其他诸如章太炎、钱锺书等都是如此。

---

① 劾天庆:《曹丕与陆机的文体学思想比较论略——兼及魏晋文学思潮的发展轨迹》,《兰州大学学报》(社会科学版) 2009 年第 4 期。
② 任竞泽:《辨体对立角色与破体开拓意义——欧阳修的文体学思想探微》,《甘肃社会科学》2017 年第 6 期。
③ 任竞泽:《黄庭坚的文体学思想》,《文化与诗学》2014 年第 2 期。
④ 胡建升:《融汇中西的文体探索——论王国维的文体思想》,《社会科学论坛》2009 年第 10 期。
⑤ 柯镇昌:《刘师培的文体学思想及其研究方法刍议》,《中国社会科学院研究生院学报》2015 年第 4 期。

三 文献整理和学科树立：文体学思想研究的学术价值和理论意义

本文是笔者国家社会科学基金结项成果《宋代文体学思想研究》课题论证思路的扩充和延展，名为论纲，指明这是中国古代文体学思想研究的宏大设计构想和大纲框架，而宋代文体学思想只是这一架构的一部分，或者说只是中国古代文体学思想史系列的一个朝代阶段，这与罗宗强先生研究中国文学思想史的初衷及设想很相似，即先以《隋唐五代文学思想史》为切入口，进而结撰系列专著，形成一门学科和独立的学术领域。这种设想和构架也体现了这一研究的学术价值和理论意义。

第一，文体学思想史价值。一方面，在内容结构和体系建构上，以时代为线索，大体分为五个时期：一是先秦两汉孕育萌芽期，二是魏晋南北朝形成发展期，三是唐宋金元定型成熟期，四是明代集成鼎盛期，五是清代近代总结新变期。以朝代为演进轨迹进行历史的描述和思考，可以说就是一部成系列的文体学思想史。另一方面，按照中国文论史的发展过程，在整体的历代文体学思想研究基础上，选取具有丰富文体学内蕴的经典批评家的经典文论著作进行个案式研究，从而又有效地克服了仅仅对传统中国文体学思想做浅层次的、概论式的讲述之弊端。这样既可以描述出中国文体学思想史的发展概貌，又能够对作为个案研究而专门论析的经典文论著作从文体学的角度进行重新审视和解读。

具体来说，按照文学史和文学批评史的发展脉络，选取历代文坛和文论代表人物进行研究，这也是借鉴文学思想史的研究策略和路数，如左东岭认为罗宗强《李杜论略》中"可以看出构成文学思想史研究格局的三个重要思想……其三，研究文学思想的发展史，必须注重对文坛代表人物的研究，因为文坛代表人物的文学思想，体现着一个时期文学思潮的主要特色。"① 同样，我们研究中国古代文体学思想史，也在不同时期选择文坛代表人物诸如曹丕、刘勰、钟嵘、杜甫、欧阳修、黄庭坚、朱熹、郝经、元好问、许学夷、胡应麟、曹雪芹等进行集中研究，这样可以管中窥豹，概观中国古历代文体学思想的演进规律和体貌特征。

第二，文体学理论价值和学科树立意义。本论纲志在开拓文体学研究领域，为文体学学科之建立打下基础。近几十年以来，中国古代文体学研究渐成学术热点，在一些大型的国内外文体学专题会议上，很多学者如郭英德、吴承学等都对文体学学科之建立提出过宏观的研究设想，对文体学理论批评研究也提出了一些建设性意见，但对文体学思想的系统构建尚未见有学者论及，本文试图起到弥补这一学术缺憾的作用。中国古代文体学正日渐形成自己独特的研究领域和学术特色，学科的建立也日渐成熟。而我们知道，任何一门学科的形成、建立和壮大，理论先行和以理论为指导都是极为重要的，而文体学思想是文体学理论的一种重要范式。这样，在目前中国古代文体学理论的系统研究还是一个较为薄弱的环节之情形下，本研究之创新意义和学术价值便凸显出来。

其价值和意义还体现在，可以促进经典文论研究的深化拓展，并以此形成文体学理论的经典化过程。按照中国文论史尤其是中国文体学思想史的发展线索，分别对历代文论著作进行全面的文体学理论研究，重点深入挖掘其中每个朝代经典文论所包蕴的文体学理论内涵，可以说是对中国古代经典文论的深化与拓展。诸如刘勰《文心雕龙》、钟嵘《诗品》等经典文论，历代学者们已经对其文学理论意义进行过多方位的分析阐述，而我们则另辟蹊径，从文体学思想研究的视域对其中的文论意涵进行发掘阐释，这样的研究对于丰富拓展中国古代文体学研究及中国古代文论史研究之范围、内蕴，都具有重要的学术价值。

---

① 左东岭：《朝代转折之际文学思想研究的价值与意义：以元明之际文学为例》，《光明日报》2007年4月3日第007版。

尤其是，这种学科树立意义还体现在多学科交叉研究上，即在"大文论"的宏通文艺思想史视野下，以文体学理论批评史料为基础，纳入书论、画论、乐论等不同艺术理论中的相关文体文献，并结合不同时期的文学史、史学史、政治史、思想史、哲学史、学术史、文化史等与文体学思想密切相关的学术文献，全面立体地呈现各个时期文体学理论批评的发生发展和演进历程。同时，在文体学思想研究中，要特别重视梳理和展示不同时期重要的文体理论命题和范畴，通过对代表文论家、重要文论著述的文体批评研究，清晰揭示出相关命题范畴的源流演变及其与学术思想史的影响关系，要处处凸显不同文体理论范畴的多学科交融互通之内蕴特征和脉络关系。

第三，文学批评史和文学思想史意义。文学批评史和文学思想史是中国古代文论史的两种基本范型，从某种意义上来说，一部中国古代文学史可以说就是中国古代文体发展史，而中国文体学思想史也自然融入在中国文学批评史和中国文学思想史的演进历程之中。文体学思想是文学思想的一个侧面，我们力图通过具有创造性的文体学思想研究方法和透视角度，把中国古代文学思想史之研究推向一个新的高度，从而丰富中国文艺思想史的学术内涵，使中国文体学思想史成为与中国文学批评史及中国文艺思想史并行共进的研究模式，并在重写中国文学批评史和中国文学思想史时提供新的视角。

任何一种文学理论都有它的发生发展和演变进程，文体批评或者文体学思想亦不例外。在中国古代文体学史上，文体学思想也有它自身独特的批评史发展脉络，是中国文学思想史和中国文学批评史的重要组成部分。正如吴承学先生所云："自魏晋以来，文体研究历来都是中国古代文学批评的重要组成部分，古代许多文学批评其实也就是文体批评。"[①] 可以说，传统文学批评中的文体学思想研究是开展中国

---

① 吴承学：《中国古代文体形态研究》，中山大学出版社2002年版，第1页。

古代文体学研究的一个重要抓手，需要进行系统而深入的文献整理与阐释研究。

第四，文体学思想史料整理汇编及其文献学价值。我们以历史发展为线索，在每一个朝代既要竭泽而渔式地搜集辑录具有文体学理论意义的文献史料，同时又要选取具有典型性的代表性文体批评文献进行个案研究，从而管中窥豹，以经典文体批评文论典籍来透视这一时代的文体学思想概貌。通过对历代每一部文论经典的细读和深鉴，逐一识别和搜罗出相关的文体理论批评言论资料，然后分门别类进行深入阐释和研究。这种注重文献整理的学术意识也与文学思想史研究相近，如左东岭云："文学思想史的研究除了要具备良好的理论思辨能力和文学审美能力之外，同时需要良好的史学修养与自觉的历史意识。因为文学思想史的研究主要由两个环节所组成：文献的搜集辨析与文献的解读阐释。文献的搜集辨析乃是历史研究的必备功夫，而文献的解读阐释同样需要具备自觉的历史意识，否则很难揭示古代文学思想的真实面貌。"①

所以，通过全面搜集、整理中国古代不同历史时期文史哲文献典籍中的文体学思想史料，厘清历代文体学理论批评文献的分布形态和存在特征，并进行进一步的文体学理论研究和文体学思想体系构建。预计把历代文体学思想文献整理编辑成系列资料集，在此基础上编辑中国古代文体学思想史料篇目汇编及索引，同时从文艺理论和文体文献学的角度对文体史料进行深入的辨析研究。作为中国古代文体学思想研究的基础性理论文献建设工程，文献整理及研究中应突出史料性和实证性，竭力从第一手文献中搜集资料，积极借鉴中国传统文献学辑佚、目录学、版本学等办法，对中国古代文体学思想文献史料进行校勘、编辑、整理、出版，并就文体批评文献史料的分布、形态、特征、分类等进行深入理论研究。通过这一具有一定难度和挑战性的学术工程，创建中国古代文

---

① 左东岭：《中国古代文学思想阐释中的历史意识》，《首都师范大学学报》（社会科学版）2015年第6期。

体学思想文献专题性的资料库和数据库,力求体现出原创性、开拓性、集成性和传世价值。

如前文所述,中国古代文体学思想研究分为五个历史时期,每个时期的文体学思想文献来源、搜集整理,主要有如下几个层面:第一是这一时期以及后世辑录的总集、类书、别集中的专论专文、书信序跋等;第二是经学、史书、子书中的相关文体文献;第三是与古代文论及文体批评相关的史学史、学术史、政治史、思想史、哲学史、音乐史、绘画史、书法史等相关文体文献史料;第四是这一时期的史志、年谱、目录、学案、实录、会要、笔记等与文体学理论学术背景相关的史料。

在此基础上,建立、健全中国古代文体学理论批评文献史料学,编辑全面、实用的工具书包括文体文献编目及重要文体文献汇编,切实推进和拓展中国古代文体学思想的研究。任何一门学科的建立和发展,其研究的基础可以说都在于文献史料的挖掘和整理,中国古代文体学思想也不例外。希望通过对中国古代文史典籍中的文体文献资料进行全面阅读、辑录、分类、整理,出版多卷本《中国古代文体学思想资料汇编》,为有志于文体学研究的学者提供便利。力求在文献资料的充分搜集、整理和研究的基础上,推出专题电子数据库,为相关研究提供准确而又快捷的电子文献支持。

这一文献整理过程,既要从浩繁的文论典籍中选择和甄别具有文体学研究空间和价值的学术文献,又要在进一步的阅读浏览中能够鉴识其中的文体批评和辨体理论意义,这就像在万里山川中遴选矿藏一样,是要一个如顾炎武所讲之"采铜于山"的劳作过程。[①] 文学理论研究容易出现的缺陷,就是失于玄虚空泛,就理论而谈理论,或对一些概念范畴命题作形而上的大谈特谈,或在理论上进行宏大的叙事和体系建构,结果如空中楼阁,缺乏必要的坚实的文献基础,而这种文献学方法则可以

---

① (清)顾炎武著,华忱之校:《亭林诗文集》,中华书局 2008 年版,第 93 页。

有效地避免这一弊端的产生。

要之,中国古代文体学思想研究就是揭示中国古代文学史、文学批评史上重要作家、思想家、批评家及文学流派、文学运动、文学思潮中涌现的文体观念,及其形成的文学文化、哲学思想、时代政治、社会环境等背景因素。在全面地收集和整理中国古代文献典籍中相关文体学资料的基础上,借鉴现当代相关学术研究成果的理论方法,科学认真地梳理和总结中国古代文体学思想的发生发展、存在形态、内涵特征和演进规律。

(作者单位:陕西师范大学文学院)

中国古代文体思想史研究的双重维度

贾奋然

　　基于对中国古代文体观念发生、发展的历史进行整体性研究，中国文体思想史既探讨特定体裁观念演化的历史进程，又阐发体裁所蕴含的主体精神结构和社会文化内涵的变迁，在审美观念和文化观念融合的完整形态中完成对文艺思想史的历史性和逻辑性的建构，成为文艺思想史的不可缺少的重要组成部分。对于中国古代文体思想史的研究有两个相互关联的基本维度，其一是重返中国文体和文体思想的自身谱系和内在理路，在文史哲贯通的学术视野中，将特定文体思想观念还原为特殊"事件"，揭示其发生演化的内在文化基因和外在诸多条件，重建文体思想的具体、生动、完整的历史形态。其二是将文体思想史视为历史性的事件序列，以重要"事件"为链条进行回溯性和后展性研究，阐发"事件"序列相依、承接、断裂、悖立关系，探寻思想史演化中的思维路径，依照事件的关联性和普遍性连贯统合成整体性的文体思想史演化脉络。

一　文体思想的事件化：重建文体思想的历史场景和完整形态

　　中国古代文体思想史研究的首要维度是返回古代文体观念发生的原

始情境，重建历史场景，将特定文体思想视为在复杂历史条件下发生的观念形态，充分关注思想观念背后历史因素的复杂性和多样性，探寻众多文化学、社会学因素作为潜在质素对美学观念的渗透和影响，讨论两者之间的契合和转化关系，重建文体思想具体、生动、丰满的完整形态。米歇尔·福柯曾提出的关于历史研究的"事件化"方法给了我们有益的启示。米歇尔·福柯说：这个概念首先是对"自明性"的决裂，"自明性"往往借助于"历史永恒性"和"普遍的人类学特征"之类的神话，掩盖了事物的独特性与相对性。① "事件化"意味着我们应该将任何一种文体学思想还原为一个特殊的"事件"，文体学思想不是先验自明的，不是无条件的，无缘由的，也不能成为永恒的真理性言说。我们应该坚持任何文体学思想都是特定批评家，在特定时期，出于特定需要目的而从事的某一个特定"事件"。只有重建"事件"的历史文化缘起，发生发展过程及其诸多的复杂条件，围绕"事件"进行多重、多维、多向度的解释，才能尽可能地还原"事件"的完整真相。

　　文体思想发生的内在文化基因和知识谱系是我们必须关注的重要问题，这是透视民族文体学思想形态的重要因素。特定文体思想的发生不单纯受到当时的历史文化条件的影响，也与特定民族的思维方式和文化熏染有着密切关联。我们只有在对文体思想的地域文化差异性的深入挖掘中，才能找到不同民族文体思想的特殊性，以及它们各自在特定文化条件下存在的内在合理性，从而深入阐发它们各自具有的独特价值。中西文体学思想差异恰恰在于其孕育的母体不同，从而获得了不同文化质素的滋养。如西方文体观念孕育于古希腊、古罗马民主政治的演讲术和修辞学中，文体被视为语言修饰技巧所形成的不同体式，这是后世西方重视语体的文体学思想的重要文化来源。中国文体学谱系则受到先秦文、史、哲融合的文化形态之熏染，如众多文体形态是在先秦礼乐文化

---

① ［法］米歇尔·福柯：《方法问题》，转引自陶东风《文学理论基本问题》，北京大学出版社2012年版，第19页。

及其载体汉代经学母胎中建构起来的，文体发生之初大都出于儒家礼制的政治需要，被施用于特定礼仪场合，面对特定群体，表现特定内容，实现特定目的。礼乐结合蕴含着礼教向审美转化的契机，文体遂成为礼教文化精致化的文本形式和审美表征。中国文体分类学则受史官文化的深刻影响，在史部目录学"考镜源流，辨章学术"的文化影响下，批评家汇聚众家众体，依类编次序说，形成了规模宏大的集部文体分类学的形态。返回中国古代文体和文体学的原生态，我们发现，中国古代文体分类学是以诗、文等文体为核心体裁进行聚类区分的，是杂文学与纯文学杂糅的"文章学"形态。[①] 小说被纳入子、史部，不在集部范围之内，戏曲走的是诗歌抒情路子，在叙事中带有浓郁的抒情意味，与西方讲究强烈矛盾冲突的戏剧有很大的区别。中国古代文体分类细密烦琐，多依文体功用差异而形成的语体不同进行分类，如刘勰《文心雕龙》区分文体34类，萧统《文选》区分文体39类，此种文体分类法脉络相因，在总集编撰和文体辨析中成为通例，与西方"纯文学"场域中形成的以小说、戏剧等叙事类文体为核心的四分法迥异。近代以来，由于受到西方纯文学话语和文体四分法的影响，被中国古代主流话语所轻视的小说和戏曲及其理论得到了学界的普遍关注。但另一方面，中国古代独特的文体观念和众多文体类型则被遮蔽，诸如公牍文、书牍文、铭箴文、诔碑文等则皆被视为"杂文学"屏蔽在文学研究范围之外。因此，重返中国古代文体和文体思想的自身谱系和内在理路，以西方文体观念为参照而非准绳，避免西方纯文学批评话语对中国古代文体学形态的割裂和遮蔽，还原中国古代独具特点的"大文学"文体学体系的完整面貌，这对于传承和建设具有民族特色的中国文体学理论体系具有积极意义。中西文体学的文化谱系和价值谱系各不相同，我们只有重建中国文体思想生成的文化基因和价值旨趣，还原其完整独特的观念形态，才能

---

① 参见吴承学《中国文体学：回归本土与本体的研究》，《学术研究》2010年第5期。

避免削足适履现象的发生。

　　一脉相传的文化学血脉决定了文体学思想的大致走向和基本特色，特定时代中的政治、哲学、宗教、伦理、批评风气、士人心态等诸多因素对文体观念的复杂、多元互动影响也不容忽视。我们应充分关注文体思想生成的复杂历史因素，充分阐释这些因素与思想生成的隐微关联性。文体学思想基于特定历史语境中诸多条件的话语建构，具有历史的特殊性和具体性。在文体思想事件形成中，作为主体的批评家起到重要作用，如马克思主义所说："人的本质不是单个人所固有的抽象物，在其现实性上，它是一切社会关系的总和。"① 这就是说，作为历史活动主体的人，如从事精神生产实践的批评家，不是抽象的存在，而是具体社会历史语境中"现实的个人"②，所有外缘的复杂社会性因素最终要通过思想主体发生作用。因而，如果我们省略批评家个体特性及其言说动机、目的等社会性语境作抽象观念演绎，就可能歪曲文体思想史作为特定"事件"的本来面目。如在文体思想史研究中将某种观念视为普遍不变的真理性言说，或理所当然地将其视为文体思想内在演化的自明性环节，皆出于建构完善、整齐的文体思想史内在脉络的主观臆断，这将以割裂思想史的丰富性、完整性和真实性为代价。

　　我们以刘勰"文源五经"思想为例，若将"文源五经"视为发生在一定历史条件下的文体思想"事件"，则此事件的发生有其必然性和偶然性，我们应该透过其表象来重建其完整历史场景。汉武帝独尊儒术，使得汉代经学大盛，宗经思想形成；汉末至魏晋，经学虽趋式微，却逐渐形成了玄儒结合的新形态；南朝统治者在获得政权的相对稳定之后，也力图重新恢复儒学的统治地位：这些为经学与文学联姻提供了必

---

① ［德］马克思：《关于费尔巴哈的提纲》，《马克思恩格斯选集》第1卷，人民出版社1995年版，第60页。
② ［德］马克思、恩格斯：《德意志意识形态》，《马克思恩格斯选集》第1卷，人民出版社1995年版，第67页。

要的文化条件，显示了"文源五经"思想发生之必然性。批评家作为文体思想"事件"的建构者，其个体化和主体性因素，使"事件"的发生又带有了一定的偶然性。"文源五经"思想的提出基于刘勰独特的生命境遇、学养趣味、言说动机和价值选择。我们可以在《文心雕龙》产生的社会语境和文本语境中重建"文源五经"的完整"事件"面貌：刘勰在"文之枢纽"中提出了原道、宗经、征圣的基本思想，阐发了文能宗经的"六义"说，建构了以儒学思想为主要内核的审美批评标准。这一方面出于他个人浓厚儒学情结，如他在《文心雕龙·序志》中说"尝夜梦执丹漆之礼器，随仲尼而南行"①；另一方面则出于其论文之宗旨，儒学文艺思想是他为解决南朝形式主义文弊而提出拯疗方案。因而宗经的文化选择与刘勰个人的审美趣味和的论文动机皆有密切关联，"文源五经"的思想也出于"禀经以制式"②的文化冲动。然而事不尽然，刘勰坚信文章有不可易之"理"和"势"③，他提出"文源五经"乃基于文体演化历史研究基础上的逻辑归纳。在"论文叙笔"二十篇文体论的"释名以章义""原始以表末"中，刘勰详尽地论证了文章名目、体式与经书的源流演化关系，深刻揭示了文章文体从主流文化内部发生、分化、演化、发展的进程。可见，"文源五经"是在诸多客观因素与主观条件下产生的文体学思想，它既出于中国古代文体演化的部分历史事实，也出于汉代以来的经学传统和刘勰的文化选择。当历代众多文人将此思想奉为神明圭臬时，他们几乎遗忘了自己同样笼罩在经学思想的强大辐射之中。总之，"文源五经"思想是特定历史情境中的产物，它不能成为普遍真理，但作为在特定历史文化时空中发生的文体观念，则充分彰显了文体与经学的密切关系，是中国古代文体思想演化史中的重要命题，极大地影响了古代文体学思想的基本形态。

---

① （南朝梁）刘勰撰，范文澜注：《文心雕龙注·序志》，人民文学出版社1958年版，第725页。
② 同上书，第23页。
③ 同上书，第727页。

很显然，在众多影响文体思想发生的社会因素中，主流意识形态对古代文体思想的基本形态产生了举足轻重的影响。马克思、恩格斯在《德意志意识形态》说："统治阶级的思想在每个时代都是占统治地位的思想。这就是说，一个阶级是社会上占统治地位的物质力量，同时也是社会上占统治地位的精神力量。支配着物质生产资料的阶级，同时也支配着精神生产资料。"① 米歇尔·福柯也十分强调思想"事件"背后权力的隐性支配和操纵作用，他认为作为话语的知识与权力紧密地联系在一起的，其中隐含着权力运作过程，"不同的权力产生不同的知识"②。这与历史唯物主义阐释观念背后的经济基础、政治因素的终极影响异曲同工，不同的是米歇尔·福柯强调西方现代社会中强大权力网络对社会生活细节无处不在的隐性渗透，这可视为马克思主义关于观念的社会生成机制的思想的延伸和发展。如古代的诗、文受到统治阶级权力意志的辅佐和支持而成为雅正体式，这制约了批评家关于文体观念的阐发和文体批评范式的走向，因而"诗言志"和"文以载道"的正统思想成为古代的普遍思想而被文人奉为神明。反之，小说、戏曲则被主流文化所排挤放逐，被视为不能登大雅之堂之"邪宗"，它们看似能逃逸主流文化的掌控而获得相对自由的空间，但其经典化进程恰恰是不断向主流文化逐步靠拢的过程。如戏曲家不断将自己纳入正统的诗歌轨道，力图实现"劝使为善，诫使勿恶"③的诗教功效，小说则不断地向正史靠拢，竭力实现"补史"功效，这也是中国古代小说"虚构"观念未能充分发展之根源。在文类形式及其思想的演化中隐含着权力无声无形的运作过程，形成了知识与主流文化相互结合、支持和推动的思想史形态。另一方面，被主流意识形态放逐的边缘、断裂、微小、偶然的

---

① ［德］马克思、恩格斯：《德意志意识形态》，《马克思恩格斯选集》第 1 卷，人民出版社 1995 年版，第 98 页。
② ［法］米歇尔·福柯撰：《规训与惩罚》，刘北成、杨远婴译，生活·读书·新知三联书店 2012 年版，第 253 页。
③ （清）李渔撰：《闲情偶寄》，江巨荣、卢寿荣校注，上海古籍出版社 2000 年版，第 20 页。

思想史事件，它们与主流文化之间挤压、离异、逃逸之关系，以及与正统思想之间交织、纠缠、转换之关系，也是我们研究复杂曲折和多样完整的思想史不可缺失的环节。

二 事件序列的正反合：文体思想的历史性、逻辑性叙事

文体思想史研究的另一重要维度即是寻找观念与观念之间的内在关联的链条，将片段的、零散的思想事件连缀成为相对完整性和整体性的大事件，以建构文体思想的内在脉络和发生、发展的历史。当我们将某种文体思想视为特定时空语境中独特的事件，力图重建思想的具体历史状态时，这并不意味着思想事件全然特殊化、零散化、碎片化，不具有任何关联性和普遍性意义。当米歇尔·福柯等后现代主义者竭力追寻历史的断层、片段、偶然与差异时，他们更多的是对自明性、统一性、必然性历史神话观念的反驳。虽然文体思想史的演化并不像一些思想史家所预设的那样客观、持续地向上演进，但它们之间确实具有某种可以关联的"内在理路"①，众多事件构成纵横交错的历史性事件序列，事件的发生与其前后事件或承接，或相依，或断裂，或悖立，即使是断裂性和悖立性的事件，也与其他事件构成反正相因或某种内在相承的关系，它们成为历史关联性和逻辑叙事性的不可缺失的重要环节。因此，所有事件构成了文体观念具有"互文性"的大文本，它们共同形成文体思想史演化发展的整体态势。

不同时代语境中具体独特的文体思想之所以能构成具有连续性的整体，源于我们具有相似的文化基因和历代相承的言说范畴和言说方式。中国古代文体学思想孕育于中华民族的文化土壤之中，带有民族文化特有的思维特质和学术品质。从思想谱系而言，《尚书》辞尚体要，《周

---

① 余英时：《综述中国思想史上的四次突破》，载《中国文化史通释》，生活·读书·新知三联书店2012年版，第2页。

易》体用合一，变通则久，《汉书》辨章学术，汉儒源流正变，魏晋名理学，玄学本末之辨等为中国古代文体思想提供了思维方式和观念形态上的熏染。诸如体用、通变、名实、本末等思想观念和思维方式皆影响了文体学思想发展大体走向，体类、体制、体要、体貌、体式、体性、正变等概念成为历代文体学持续关注和不断阐发的重要问题。我们可以借鉴维特根斯坦的"家族相似"理论来解释文体学理论可能具有的相似性和连贯性。维特根斯坦说："我想不出比'家族相似'更好的说法来表达这些相似的特征；因为家庭成员之间各种各样的相似性：如身材、相貌、眼睛的颜色、步态、禀性，等等，也以同样的方式重叠和交叉——我要说：'各种游戏'形成了家族。"[①] 众多具体的文体理论也类似同一家族中的亲属，它们具有"家族相似"的特点，换言之，理论与理论之间虽然彼此不同，具有差异性，但它们却具有共同的文化血脉，这就像家族成员虽然各不相同，但他们因具有共同遗传和亲缘关系而导致相似性。因而，各种文体观念也形成了家族，我们可以找到其内部的众多源头、分支、派别，从而建构起关于文体学思想演化的错综关联的复杂历史形态。

其次，文体思想的连贯性还表现在特定的文体观念由零散、片段到系统、完整的演化，这构成了文体学隐性发展的线索和脉络。然而，点散文体思想常常混杂在的浩如烟海的文化学和文体学史料之中隐而不见。文体思想史料不仅较集中、系统地存在于集部形态之中，也分散、零星地存于经部、子部、史部形态之中，要挖掘出来建构连缀成整体，显然不是容易的事。而文体思想的重要"事件"则往往具有划时代的意义，可以成为我们阐释思想史脉络的重要链条，以此为结点进行回溯性和后展性研究，则可将零散的文体思想资料的小事件连缀成脉络清晰的文体思想的大事件，从而勾勒出文体思想史演化的历史脉络。我们以

---

① [奥] 维特根斯坦：《哲学研究》，杨湘等译，生活·读书·新知三联书店1992年版，第46页。

中国古代文体批评方法的相关思想来说明。刘勰《文心雕龙·序志》中论述了议论文体的基本方法，"原始以表末，释名以章义，选文以定篇，敷理以举统"①，又在"论文叙笔"二十篇中具体实践和运用了这种方法，从而构成了规模宏大的文体批评与实践体系，标志着古代文体批评体例正式形成，这可视为文体思想史中的重要事件。以此为基本链条点向前追溯，我们发现汉魏以来一些思想史史料中已有了文体批评体例零散、局部的言说和实践。如《汉书·艺文志》分类序说和考镜源流，文章总集选文定篇和分体序说，字书释名训诂，诗序、赋序、文序等论说文体源流和特点，这些都成为文体批评方法相关思想的潜在链条，当我们对之进行钩沉、连缀和阐释时，它们就与刘勰关于文体批评具有内在关联的四大体例的思想构成联系，形成具有传承因革关系的整体性脉络。其中，作为批评家的刘勰是自觉地吸收了前人的思想观念和思维方式，还是在非自觉意义上受到前人思想的潜移默化之陶染，他在吸收前人思想的同时如何结合当时语境进行了创新性建构，这些都应成为我们在文体思想史研究中重点关注的问题，而关于文体批评方法的思想在此钩沉中获得了相对清晰、有序的整体性言说，这样研究过程恰恰基于我们对文体思想史史料的历史研究和逻辑推演的过程。作为重要结点和链条的刘勰的文体批评方法思想不仅有效地建构了《文心雕龙》的文体批评体系，而且获得了特定的超越历史的普遍意义。承流而下，后世总集辨体和文体批评都可见到此种思想影响之深刻烙印，如吴讷《文章辨体序说》、徐师曾《文体明辨序说》等序说文体皆用此法，可以见出这种思想脉络的延伸发展。乃至今天，此种思想仍然具有一定的普适性意义，与马克思主义所说的历史的、逻辑的研究方法暗相吻合，而成为人文科学的有效研究方法。应该说，文体思想演化史中有许多类似的重要思想链条，它们构成了我们对文体思想史进行历史和逻辑叙事

---

① （南朝梁）刘勰撰，范文澜注：《文心雕龙注·序志》，人民文学出版社1958年版，第727页。

的基本结点，而以这些链条为基点前溯后展，我们就可以将零散片段的文体思想史史料连缀成为具有内在关联的，相对完整的文体思想史脉络。

再次，文体思想的连贯性还可表现在思想史演化脉络中正、反、合的思维路径。这种思维路径从表面上看是断裂式和不连续性关系，但它们恰恰显示了文体思想的在特定时代的变化创新和逻辑上升的演化关系。这有点类似黑格尔所讲的正题、反题、合题的思维演化脉络，但与他所讲的"绝对理念"的自我演绎不同，具有正、反、合关系的文体学思想各自孕育于特定历史文化语境之中，它们具有或显性或隐性的内在逻辑关系，正如马克思主义辩证法所说的肯定、否定、否定之否定的近似圆圈式的"螺旋"上升过程。一种思想在特定时代中孕育而生，具有合理性和必然性，而成为那个时代具有普遍意义的文体学观念，这代表特定思想的"正"的阶段。然而时过境迁，随着政治经济和审美文化之变迁，昨日之经典观念已然不能适应新时代的需要，其生命力逐渐凋零而成为明日黄花，新的观念取而代之，此种新观念恰恰是在挣脱旧的观念束缚的基础上孕育而生，虽脱胎于旧观念母体，却以"弑父"或"偏移"的叛逆者姿态出现，建构了另一种具有创新意义的观念，这就构成"反"的思想阶段。无论正、反思想皆为应时而生，它们各自具有合理性和片面性，"反"或为对"正"之反对，或者仅仅是与"正"不同的另外的思想分支，但依然与"正"有着对比性和反差性的依存关系，相反观念产生的突变也往往出于母体中新生因素的渐变过程，因而正、反思想之间虽表面分化断裂，乃具实断反续的逻辑关系。而当新观念被推向极致，其弊端偏颇又日趋凸显，此时就走向了正、反结合的螺旋上升阶段，即择取正、反观念的合理成分加以折中，从而形成更高的"合"的综合性创新的思想阶段，此时，正、反观念得到有效的调整融合，文体思想的脉络再次获得显性连贯性的发展。正、反、合的运动显示了文体思想史时断时续，时显时隐的演化脉络，无论是否定中裂变还是肯定中扬弃，新、旧文体观念之间都有着不可避免的内在理路关系。在整体意义上而言，文体思想并非有序地遵循正、反、合的螺旋上升的演进过程，无论正、反、合的思想都可能在新的历史阶段或新的文化语境下复现，并出现增值意义。但毋庸置疑的是，文体思想史的演化包含着众多正、反、合的相对独立的观念形态之运动，在其正、反、合的每个阶段都有其言说语境的独特性和存在的合理性价值。而多个正、反、合的小系统之间又以各种关系相互关联和影响，从而构成了具有连贯性的文体思想演化史的较为完整的形态。

  我们以诗观念的演化为例来阐释此种文体思想史脉络的逻辑建构过程。诗歌是中国古代最早发生的文体之一，也是与早期政治文化紧密结合的重要文体形式。最早的诗歌观念"诗言志"与商周礼乐文化有着密切关联，《尚书·舜典》云："诗言志，歌永言，声依永，律和声"①，诗歌在诗乐舞结合的祭祀仪式中用来表达天地人神交融中的宗教性祈求和政治性愿望。《左传》"诗以言志"则为春秋时期政治外交场合的"赋诗言志"，言说者多赋《诗经》来表达自己的政治志向和思想观点。"诗言志"作为古代诗论的"开山的纲领"②，对后世诗歌理论产生了重要影响，为诗歌思想演化的"正"的阶段。汉代经学繁荣，诗歌与政治紧密联姻，强调诗歌的教化讽谏作用，儒家正统诗歌观念被正式确立。《毛诗序》云："诗者，志之所之也，在心为志，发言为诗"③，这是对先秦"诗言志"观念的承继性发展，是"正"的思想的延续，但汉代人已经在"诗言志"的整体观念中隐含了"情感"裂变的质素，提出了"情动于中而形于言"的抒情观念，虽然"情感"因素被压制在"止乎礼义"的经学范围，但其种子已经埋下，可以视为诗歌思想

---

① （汉）孔安国、（唐）孔颖达：《尚书正义》，上海古籍出版社2007年版，第106页。
② 朱自清：《诗言志辨》，商务印书馆2001年版，第7页。
③ （汉）毛公传，（汉）郑玄笺，（唐）孔颖达正义：《毛诗正义》卷1，上海古籍出版社1990年版，第15页。

演化的"正中之渐变"阶段。汉末至魏晋是政治、思想、文化大裂变的时期，文学观念从经学母胎中裂变分化，"诗缘情"的观念开始挣脱经学羁绊破壳而出，以审美为核心的诗学观念逐渐取代以政教为核心的诗学观念成为时代主潮，从曹丕提出"文以气为主""诗赋欲丽"，到陆机的"诗缘情而绮靡"等可以见出此种新观念的演化轨迹，诗歌思想演化走向"反"的阶段。然而，抒情观念实则为"诗言志"母体中的裂变，故为断中之续。齐、梁时期，缘情论在"反"的路线中走到了极端，诗歌抒情"罔不摈落六艺，吟咏情性"，诗歌创作也走向了"任情失正"（《文心雕龙·史传》）的道路。刘勰针砭时弊，折中言志、缘情之说，提出"人禀七情，应物斯感，感物吟志，莫非自然"（《文心雕龙注·明诗》）的诗学观念，"感物吟志"正是诗歌思想由正、反对立走向正、反之"合"的演化阶段，具有螺旋上升的意义。由此，我们建构了诗歌文体表现论较为完整的"起、承、转、合"思想的阶段性演化脉络。后世关于言志、缘情、情志结合的诗歌表现理论也不断被重复言说，而情、志内含在不同语境下具体所指并不完全相同。情志说作为具有一定普适性的表现论也逐渐渗透、延伸至其他文章体式中，这些都可与早期的诗歌表现论构成具有关联性的发展脉络。关于诗歌体式的文质论、情景论、奇正论、通变论、雅俗论等众多的理论问题大体都经历正、反、合的思维递进过程，它们与诗歌情志表现论有着千丝万缕的联系，共同构成了诗歌思想演化的较为整体性的思想史脉络。

三 文体思想史研究的可行路径：双重维度的融合统一

基于上述所论，我们认为中国古代文体思想史研究既应关注特定文体观念的社会性生成过程及其具体的历史性内涵，也要关注其超越性、普遍性价值及与其他观念的关联性。此两个维度是文体思想史研究的双重路径，它们相辅相成、缺一不可，缺失任何维度都可能带来研究之局限。

若我们剥离思想史研究的复杂性和丰富性情境，单纯地将观念连缀成主观臆想的历史演化脉络，我们的思想史将成为凌驾于历史事实之上的抽象干枯的观念演绎史。更为严重的是，在没有还原历史具体性和生动性的情形下，立足于现代视域进行观念演绎，我们将偏移思想原本意味，或者肢解思想的完整形态，如由于理论预设、先入为主观念影响而导致望文生义、强制阐释①，或立足于西学视野而遮蔽了自己民族的文化特色和文体学特色。若是这样，我们建构起来的文体思想史叙事将成为外在于历史的主观虚构。虽然从现代阐释学的理论看，由于时空文化距离的存在、历史遗存文献的有限性、阐释者现代视域的加入、史料选择的主观性等问题，使我们很难完全还原思想的原本面貌，但这并不能成为我们可以回避或抛弃历史性研究的理由。尽力重返历史时空，努力回复完整语境，设身处地地同情和理解，仔细揣摩古人心迹和言说意味，破除西方中心主义，避免主观偏见和先入为主，这理应是思想史研究的必经步骤。

反之，如果我们仅仅关注思想史在历史语境中的特殊形态，视任何单一文体思想阐释为偶然的、断裂的、碎片化事件，我们将忽视这样一个基本事实，即任何文体思想都不是横空出世的，也不是单一独特的"这个"，它们处于纵横交错的思想史事件网络之中，不可避免与其他类似事件发生显性或潜在关系。作为历史链条中的一环，它们或潜移默化地受到前人思想熏染，或自觉地沿袭前人思想加以创新，同时也将其思想光芒辐射到后人的创造之中，这正是思想史演化的内在理路。任何有价值的文体思想都是思想史的重要链条，它们开拓了新的空间和领域，我们在充分阐释其独特性、历史性价值的同时，也应充分估量其普

---

① 张江：《强制阐释论》，《文学评论》2014 年第 6 期。

遍性、超越性价值。因此，将重要的文体思想事件组成事件序列，阐发它们之间的关联性，连缀其内在历史脉络是文体思想史的重要任务。文体思想史也与其他思想史（如艺术史、政治史、经济史、宗教史、哲学史等）有着千丝万缕的联系，我们只有在思想史的整体历史脉络之中，才能充分估量特定文体思想的独特性和普适性价值。

总之，文体思想史并无客观存在的自明、清晰的完整线索，我们只有在历史研究中，借助于逻辑演绎，才能找到显性和隐性的线索链接，从而勾勒出文体思想演化的历史脉络。很显然，在此双重维度的交织中，重建历史情境的具体性和丰富性，探讨诸多因素之间的互动转化关系，在古今中西对话视域中，阐释特定观念的历史性意义和超越性价值，梳理钩沉文体思想的演化脉络，重建中国古代文体思想的完整形态，这是文体思想史研究可行的路径。

（作者单位：首都师范大学文学院）

文体备于何时

——中国古代文体框架确立的途径

陈民镇

关于中国古代文体框架确立的时限问题，历来有"至战国而后世文体备""至东汉而大备"等不同论断。所谓文体之"备"，指的是文体的形态与种类在哪一阶段得以完善、赅备，亦即在何时确立后世文体的基本体系与框架。六朝之际，主要文体的文体形态基本定型，而且已经出现较为系统的文体论，因而我们讨论"文体备于何时"，比较的对象主要是六朝的文体框架。《文心雕龙》一书集文体论之大成，既有诗赋铭箴这样的"文"，也有诏策章表这样的"笔"，而后者往往为人所忽视。对于文体备于何时的问题，前贤提出了多种看法，或谓备于战国，或谓战国文体不备，或谓备于东汉，不一而足。传世文献业已提供了大量的材料，是我们认识中国古代文体框架确立途径的基础。此外，出土文献所见新线索有助于我们进一步认识"文体备于何时"的争议，尤其是过去人们关注不足的文书类文本，其文体史价值亦有待抉发。

一 "其时文体不备"抑或"至战国而后世文体备"

章学诚在《文史通义》中曾提出一个著名的观点："至战国而后

世之文体备。"与此相对的是,有学者认为"其时文体不备"①。"至战国而后世之文体备"说被视作中国古代文体框架确立于战国的佐证,为学者广泛征引,但极少有人对其详加辨析。章氏的这一命题,有必要结合其独特的学术史观点加以理解,其创获与缺失亦需要重新审视。

章氏此说是在论"诗教"时提出的:

> 周衰文弊,六艺道息,而诸子争鸣。盖至战国而文章之变尽,至战国而著述之事专,至战国而后世之文体备。故论文于战国,而升降盛衰之故可知也。战国之文,奇衺错出而裂于道,人知之;其源皆出于六艺,人不知也。后世之文,其体皆备于战国,人不知;其源多出于诗教,人愈不知也。知文体备于战国,而始可与论后世之文;知诸家本于六艺,而后可与论战国之文,知战国多出于诗教,而可与论六艺之文;可与论六艺之文,而后可与离文而见道;可与离文而见道,而后可以奉道而折诸家之文也。
>
> 战国之文章,先王礼乐之变也。然独谓《诗》教广于战国者,专门之业少,而纵横腾说之言多。后世专门子术之书绝,而文集繁,虽有醇驳高下之不同,其究不过自抒其情志。故曰:后世之文体皆备于战国,而《诗》教于斯可谓极广也。②

章氏的论述有几点需要注意。

首先是"文体"。章氏并非专论文体,所谓的"后世之文体",亦非指后世的文体,而是指"后世之文"的"体"。"后世之文"是相对"六艺之文""战国之文"而言的概念,指的是战国以后的文章。章氏

---

① 余嘉锡:《古书通例》,上海古籍出版社1985年版,第130页。
② (清)章学诚撰,叶瑛校注:《文史通义》卷1《诗教上》《诗教下》,《文史通义校注》,中华书局1985年版,第60、78页。

认为战国以降诸子、史官之著述衰，从而出现私人撰著的"文集"。而所谓的"体"，虽然也有文体的意义，但更主要是文学之体，指文学的体制与性质①。章氏举出《文选》诸体多源自战国之文，如将班固《两都赋》、张衡《二京赋》等京都赋追溯至苏秦、张仪纵横六国之辞，将司马相如《上林赋》、扬雄《羽猎赋》推源到《战国策》中安陵从田、龙阳同钓的故事，诸如此类，"以征战国之赅备"②。何诗海先生认为章氏论《文选》诸体时主要着眼于内容，而很少涉及文体形态，故其论证时有牵强、片面之处。③ 事实上，文体形态本身并非章氏关注的重点，他强调的是战国之文作为六艺之文与后世之文之间的过渡，从内容、形式到功能都对后世之文产生深远影响。

其次是"文"。与刘师培强调韵文的狭义文学观相比④，章氏笔下的"文"内涵相对较广，既包含偶语与韵语，也囊括文学性较弱的文本。虽然章氏讨论的是广义的"文"，但他也极为注重"文"的审美特征与情感特征。章氏之所以尤其强调"诗教"，出于战国是纵横之世的认识，纵横之学要求对言加以文饰，诗教便为其基础。而战国之世的这一特点，又为"辞章"的出现奠定了基础。章氏认为"后世之文集，舍经义与传记、论辨之三体，其余莫非辞章之属也"⑤，除了经义、传记、论辨这些"经学不专家""史学不专家""立言不专家"的产物，战国之后的"文集"均属于"辞章"。

最后看章氏的文学发展观。章氏文学发展观的基本理路是"道→六艺之文（周官旧典）→诗教→战国之文（子史／著作）→后世之文（文集／辞章）"，虽然也强调六艺之文是诸子及文学的源头，但与一般

---

① 钱志熙：《论章学诚在文学史学上的贡献》，《文学遗产》2011年第1期。
② （清）章学诚撰，叶瑛校注：《文史通义》卷1《诗教上》，《文史通义校注》，中华书局1985年版，第61页。
③ 何诗海：《"文体备于战国"说平议》，《文学评论》2010年第6期。
④ 刘师培：《中国中古文学史·论文杂记》，人民文学出版社1984年版，第118页。
⑤ （清）章学诚撰，叶瑛校注：《文史通义》卷1《诗教上》，《文史通义校注》，中华书局1985年版，第61页。

的"文章原出五经"说和"诸子出于王官说"相比①，章氏之说存在以下几个特点：具有更宏观的视野，将"文"之演变纳入长时段的考察，不拘泥于某一具体文体的溯源，并将战国之文作为中间环节打通了六经与后世之文之间的限域；具有更丰富的层次，虽然认为战国之文出自六艺之文，但强调诗教为其枢纽；将文学的发展与社会的发展紧密结合起来，从而对现象的背后导因作深层次的开掘。总体而言，章氏对中国早期文学发展的梳理颇具史识与洞见，但其着眼点主要是学术史的嬗变，并不措意于文体学的把握。

章氏认为战国之前没有专门的、私人的著述②，而是"官师守其典章，史臣录其职载"，文字记录由王官所执掌。但到战国之际，著述涌现：

> 三代盛时，各守人官物曲之世氏，是以相传以口耳，而孔孟以前，未尝得见其书也。至战国而官守师传之道废，通其学者述其旧闻而著于竹帛焉；中或不能无得失，要其所自，不容遽昧也。以战国之人而述黄农之说，是以先儒辨之文辞而断其伪托也；不知古初无著述，而战国始以竹帛代口耳，实非有所伪托也。③

"至战国而官守师传之道废"是章氏学术史思想的一个重要立足点。古代封建阶级制度的根本崩坏是在春秋晚期，"士"阶层从而发生

---

① 章氏另指出："论事之文，疏通致远，《书》教也。传赞之文，抑扬咏叹，辞命之文，长于讽谕，皆《诗》教也。叙例之文与考订之文，明体达用，辨名正物，皆《礼》教也。叙事之文，比事属辞，《春秋》教也。五经之教，于是得其四矣。若夫《易》之为教，系辞尽言，类情体撰，其要归于洁净精微，说理之文所从出也。"参见氏著《论课蒙学文法》，《章学诚遗书》，文物出版社1985年版，第606页。此番论述与"文章原出五经"说的精神是一致的。章氏也继承了"诸子出于王官说"，如他认为"诸子百家，不衷大道，其所以持之有故而言之成理者，则以本原所出，皆不外于周官之典守"，参见氏著《文史通义》卷1《易教下》，《文史通义校注》，中华书局1985年版，第19页。

② 这一点另可参见罗根泽《战国前无私家著作说》，《罗根泽说诸子》，上海古籍出版社2001年版，第17—76页。

③ （清）章学诚撰，叶瑛校注：《文史通义》卷1《诗教上》，《文史通义校注》，中华书局1985年版，第63页。

激烈的震荡①，这是与礼乐文明的衰落相一致的。随着"旧法世传之史"式微，"道术将为天下裂"（《庄子·天下》），曾经作为文化主体的王官与卿士风光不再，处于流动中的"士"活跃于历史舞台，一个彰显个人情志的时代逐渐到来。

章氏敏锐指出战国之际王官垄断地位的丧失、私人著述的兴起为后世的辞章奠定了基础，这也是他"至战国而后世之文体备"的基本依据。如若深入把握章氏文史之学的基本理路，"至战国而后世之文体备"这一命题的初衷及合理因素也便不难理解了。章氏意识到官学下移所带来的文化变迁，但他并没有真正从社会史的角度予以考察，譬如西周末年以来政治的动荡、社会形态的转型、礼乐的崩坏、士人的崛起等问题，章氏未加深究，这也是其学说的局限所在。

章氏某种程度上是强调"文体出于王官"论的，王官确乎奠定了中国早期文体的基础。②伴随着礼的动摇与转向，由三代王官确立的文体（主要是"诗""书""祝"三系）开始摆脱礼的束缚，有了新的发展与分化、互动与渗透，一些新文体因而得以在旧壤上滋生。

在"诗亡然后《春秋》作"（《孟子·离娄下》）的背景下，"诗"系文体逐渐与礼乐剥离，自觉的文人诗创作成为可能，在此基础上又衍生出"不歌而诵"的辞赋，作为纯文学的"诗赋"正式登上历史舞台。早期的诗以四言为主，在脱离礼乐之后，句式也不再受到束缚，既有延续四言体的《橘颂》《李（桐）颂》③以及荀子之赋，也有句式更为多样化的楚歌以及见于《荀子》和睡虎地秦简的成相体，甚至已有五言诗等诗体的萌芽④。《汉书·艺文志》云："春秋之后，周道浸坏，聘问歌咏

---

① 余英时：《士与中国文化》，上海人民出版社2003年版，第11页。
② 陈民镇：《王官与文体的初肇——以〈诗〉〈书〉为考察中心》，《中国社会科学院研究生院学报》2018年第3期。
③ 上博简整理者拟题作"李颂"，实际上该篇与李树无涉，所咏对象为桐树，可拟题作"桐颂"。
④ 韩高年：《五言诗起源及相关问题新探》，《古籍研究》2004年卷下，安徽大学出版社2004年版，第24—33页。

不行于列国，学《诗》之士逸在布衣，而贤人失志之赋作矣。大儒孙卿及楚臣屈原离谗忧国，皆作赋以风，咸有恻隐古诗之义。"① 谓辞赋之作，盖由于诗之没落。楚辞以"兮"和其他虚词将四言体中的二言、三言、四言、五言等基本词组连缀成长句，提炼成三种基本节奏音组②，从而完成了由诗到楚辞的转型。但脱胎自诗的楚辞仍留有诗乐的尾巴，如其乱辞本是乐曲体制的构成。上博简所见《桐颂》《有皇将起》《鹠鹠》《兰赋》属于楚辞或赋，此类文本在安大简中也有发现③，当时辞赋的流行情况超乎我们的旧有认识。这些楚辞类文本呈现了屈原时代甚至前屈原时代辞赋的早期面貌④，既可窥及楚辞、赋体的祖源，也可以梳理出它们与《诗经》之间千丝万缕的关联，弥足珍贵。上博简、清华简、马王堆帛书所见诸多黄老著述，基本上是韵文⑤，同样对赋体有重要启发。

至于"书"系文体，一方面，曾被赋予无上威权的"王言"逐渐黯淡，与此同时，真正意义上的文书行政机制开始形成；另一方面，"立言"的权力由王者延伸到一般的士人，"王若曰"转变为"君子曰""子曰""孟子曰"之类，"语"类文献以及诸子论说文得以涌现。刘勰将"诸子"概括为"入道见志之书"⑥，强调"道""志"为诸子争鸣的中心，并揭示其"立言"的旨趣。战国诸子虽然具体主张不同，但他们的一切著述与活动，几乎都是为实现其政治理想服务的。这也确立了后世中国正统文学及哲学的基调，即围绕政教展开，以"载道""言志"为宗旨。文学史家多关注《老子》《论语》《庄子》《孟子》诸书，其他诸子之文亦多有可观者，但普遍重视不足。而出土文献呈现了一些

---

① （汉）班固：《汉书》卷30《艺文志》，中华书局1962年版，第1756页。
② 葛晓音：《先秦汉魏六朝诗歌体式研究》，北京大学出版社2012年版，第104—119页。
③ 黄德宽：《安徽大学藏战国竹简概述》，《文物》2017年第9期。
④ 陈民镇等：《上博简楚辞类文献研究》，台湾花木兰文化出版社2014年版，第9页。
⑤ 陈民镇：《楚辞还是黄老——略说上博简〈凡物流形〉的性质》，《文史知识》2015年第12期。
⑥ （南朝梁）刘勰撰，范文澜注：《文心雕龙注》卷4《诸子第十七》，人民文学出版社1962年版，第307页。

我们过去无法接触到的诸子文本（尤其是黄老一派的著述），亦有待我们充分发掘其文体史价值。刘勰突出某些著作之"文"，如《列子》"气伟而采奇"、《淮南子》"泛采而文丽"，也指出某些著作之"质"，如《墨子》"意显而语质"①。我们知道，墨家重"质"轻"文"，道家对"文"的反对有过之而无不及，是坚定的反"文"主义者。但偏偏是道家的著述显得"采奇""文丽"，个中缘由颇值得玩味。

"祝"系文体在战国时代也有新的发展。一方面，"东周以降，祭礼未沦"②；另一方面，"春秋以下，黩祀诌祭""礼失之渐也"③，战国时代的社会与思想都经历急剧的转型。在此背景下，"祝"系文体在方术盛行的时代氛围中被赋予了新的生命。战国秦汉简帛所见巫祝之辞一概为韵文，且偏爱某些韵部，如押阳部韵以及与阳部相关的韵部。这些祝辞通常配合具体行为，为巫术或祭祷仪式服务。属于祭祷的祝辞，往往伴随祭品的陈设和投掷，用语相对典雅；而属于巫术的祝辞，则涉及顺势、触染、厌胜等巫术方法④，用语相对鄙俚。它们仍有着沿承自王官的烙印，是早期"祝"系文体的延续与发展。如除了以"号""呼"引入，还常用"祝曰""祷之曰"，可见其"祝""祷"性质。再如此类祝辞常用拟声词"皋"，亦见诸《仪礼·士丧礼》《礼记·礼运》"皋！某复"，郑玄注云："皋，长声也。"《说文解字》释"皋"云："礼，祝曰皋。"⑤ 这是巫术仪式中经常呼叫的一种声音⑥，在"王官时代"的礼典中已现端倪。巫祝之辞对文辞的追求，确乎启导了后世的

---

① （南朝梁）刘勰撰，范文澜注：《文心雕龙注》卷4《诸子第十七》，人民文学出版社1962年版，第309页。
② 刘师培：《周末学术史序·文章学史序》，《刘申叔遗书》，江苏古籍出版社1997年版，第527页。
③ （南朝梁）刘勰撰，范文澜注：《文心雕龙注》卷2《祝盟》，人民文学出版社1962年版，第176—177页。
④ 吕亚虎：《战国秦汉简帛文献所见巫术研究》，科学出版社2010年版，第282—308页。
⑤ （汉）许慎：《说文解字》卷10下，中华书局1963年版，第215页。
⑥ 刘乐贤：《睡虎地秦简日书研究》，台湾文津出版社1994年版，第289页。

诸多文体，与"文学出于巫祝之官"论相映成趣。

战国时期的一个重要现象是叙事文本的兴起，较之原先"诗""书""祝"三系文体为主、围绕礼典展开的文体框架，无疑是一大突破。中国古代的"叙事传统"相对薄弱，而且兴起较迟①。"五经"之中以《诗经》《尚书》《周易》《礼》为早，《春秋》相对晚出，并非偶然②。从战国文献看，战国之世叙事作品（主要是史书）趋于繁兴，如《左传》《国语》中的部分内容、清华简《系年》③、战国楚简多见的楚王故事④以及西晋出土的《竹书纪年》等⑤。与甲骨卜辞、青铜铭文乃至《春

---

① 目前所见的早期文本，基本都缺乏叙事。传世文献中，《诗经》《尚书》《周易》基本上可视作东周以前的文献，但它们中叙事的成分极少。《尚书》中的叙事内容，多被视作晚出的标志。在早期的出土文献中，甲骨卜辞的记事内容主要是所谓的"五种记事刻辞"，主要是甲骨来源、修治人员等记录；青铜铭文间有叙事内容，但仍极为简质，多为礼典上时间、地点、人物等事项的交代。

② 孟子所谓"王者之迹熄而诗亡，诗亡然后《春秋》作"，指的是随着"礼崩乐坏"，原先依附于礼乐政教的诗逐步独立出来，其文体形态也经历了新的转型，《春秋》类著作在此背景下兴起。《汉书·艺文志》云："左史记言，右史记事，事为《春秋》，言为《尚书》，帝王靡不同之。"这里左史、右史之别以及言、事二分无法在出土材料中得到验证，且有迹象表明此说并无实据，参见金景芳《"左史记言，右史记事，事为春秋，言为尚书"瞽言发覆》，《史学集刊》1981年复刊号。《史通·六家》谓"春秋家者，其先出于三代。按《汲冢琐语》记太丁时事，目为《夏殷春秋》"，然《汲冢琐语》已佚，所谓《夏殷春秋》之名亦不详其出处，刘知几的推论缺乏直接证据。

③ 李零先生指出："先秦史书，这种铺陈历史事件和演绎历史事件的古书一定非常多，今后会不断发现。它不是个别现象，而是春秋战国时期很普遍的现象。其实，这是史书的主流。此书属于这个主流，但侧重事，而不是语。"参见氏撰《读简笔记：清华楚简〈系年〉第一至四章》，《吉林大学社会科学学报》2016年第4期。

④ 包括上博简所见《昭王毁室》《昭王与龚之脾》《柬大王泊旱》《庄王既成》《申公臣灵王》《平王问郑寿》《平王与王子木》《郑子家丧》《君人者何必安哉》《王居》等，参见赵苑夙《上博简楚王"语"类文献研究》，博士学位论文，台湾中兴大学，2013年。此类文献，在清华简、安大简中也有发现。

⑤ 此外，睡虎地秦简发现有一种有纪年的文献，逐年记录秦昭王元年（前306）至秦始皇三十年（前217）之间的战争以及墓主人喜的重要事件。该篇未见篇题，整理者最初命名为"大事记"，后改题为"编年记"。关于其性质，有墓志、年谱说、私家文书说、私人历史著作、牒记等说法。与典型的编年体史书如鲁之《春秋》、魏之《竹书纪年》相比，该文献有许多不同之处：一是过于简略；二是年份逐年排列，但很多年份之下无记事；三是记录了很多一家私事。湖北荆州纪南松柏1号汉墓发现有标为"叶书"的文献，记载了秦昭襄王至汉武帝七年历代帝王在位的年数。印台60号汉墓出土的竹简，也有"叶书"自题。李零先生认为《编年记》以及阜阳汉简《年表》均属于"叶书"，也就是"牒书"，即谱牒，参见氏撰《视日、日书和叶书——三种简帛文献的区别和定名》，《文物》2008年第12期。也有学者认为"叶"读为"世"，"世书"为世系之书，参见陈伟主编《秦简牍合集·释文注释修订本》（壹），武汉大学出版社2016年版，第1页。

秋》相比，这些战国时代的文献"言"与"事"趋于交融，篇幅增大，表现手法、题材以及形式都愈加丰富。《孟子·离娄下》提及晋之《乘》、楚之《梼杌》与鲁之《春秋》，《墨子》佚文载"百国《春秋》"①，《墨子·明鬼下》亦述及周、燕、宋、齐等国《春秋》②，可见当时与《春秋》类似的文献并不在少数。如果说"春秋"一开始是"天子之事"（《孟子·滕文公下》），那么官学下移使得列国与士人都有撰述"春秋"的机会。"春秋"所记"其事则齐桓、晋文"（《孟子·离娄下》），《孟子·梁惠王上》亦提及"齐桓、晋文之事"，即指东周以来的诸侯代兴，这也是《系年》等史籍的共同主题。据《史记·秦本纪》，秦文公十三年（前753）"初有史以纪事"③，谓秦国有纪事的史书始于春秋时期，稍早于《春秋》开始的年限，正反映了一种时代现象。

总之，在战国之世，记言与记事之间、大传统与小传统④之间的界限被打破，赋予了文体互动及分化的更多可能性。"王官时代"奠定的"诗""书""祝"三系文体，已然演变为诗赋类、论说类、文书类、叙事类、祝辞类等几大类，中国古代文体的大厦已经初具规模。就此而论，"至战国而后世之文体备"谅非虚言。

由于受到政治制度和社会形态的限制，战国时期实用文书的种类尚无法与秦汉相比⑤。即便是诗赋的具体种类，与汉代相较也是相形见绌。如若将战国的文体与后世的文体在数量和种类上加以衡量，章氏的说法自然存在较大问题。但战国之世所确立的格局，已经蕴含后世文体

---

① （唐）魏征、令狐德棻：《隋书》卷42《李德林传》，中华书局1973年版，第1197页。
② （清）孙诒让撰，孙以楷点校：《墨子闲诂》卷8《明鬼下第三十一》，中华书局2001年版，第226—233页。
③ （汉）司马迁：《史记》卷5《秦本纪》，中华书局1959年版，第179页。
④ 学术界一般认为"大传统"（great tradition）指涉上层的精英文化（elite or classic culture），"小传统"（little tradition）则指下层的民间文化（folk or popular culture），参见 R. Redfield, *Peasant Society and Culture: an Anthropological Appoach to Civilization*, Chicago: The University of Chicago Press, 1956, p. 70。
⑤ 睡虎地秦简的一些内容可以追溯到战国晚期，秦汉文书类文体的基础实际上是在战国晚期奠定的。

的主要基因,中国古代文体的框架初具轮廓,文学观念也初步自觉。所谓的"轴心时代"(Axial Age)①,是"哲学的突破"(Philosophical Breakthrough)的时代②,同时也初步确立了中国古代文体的基本框架③,故也可以说是"文体的突破"的时代。这一时期是中国古代社会乃至文体演进的关键阶段,既是过渡,也是新时代的开端。礼经历了空前的危机,原先依傍于礼的文体与礼一道完成了转型,即章学诚所说的"战国之文章,先王礼乐之变也"。文体突破的基础,正是三代以礼乐为核心的大传统。六经与战国之文之间,仍有其潜在的连续性脉络。

二 从"秦世不文"到"官文书文体备于秦世"

《文心雕龙·诠赋》提出了一个著名的命题:"秦世不文。"④ 鲜有论者对其内涵及语境加以探讨,由此产生误解,有学者便断言"秦代无文学"⑤,全面否定秦代的文学。随着秦简牍的不断发现,一些文学史家也注意发掘秦简牍的文学史价值,强调出土材料改写了志怪小说、赋、家书等文体的历史,对"秦世不文"论予以辩驳⑥。"秦世"是"文"抑或"不文",既需要准确理解刘勰的原意,也需要结合传世文

---

① 德国哲学家雅斯贝尔斯(K. Jaspers)认为约公元前800—前200年,尤其是公元前500年前后,是人类文明的"轴心期"。它突出地表现在古中国、古印度、古希腊以及古希伯来,深刻地影响了人类两千多年来的文明格局。参见氏著 The Origin and Goal of History, New Haven and London: Yale University Press, 1953, pp. 51 – 70。
② T. Parsons. The Intellectual: A Social Role Category, in: P. Rieff, ed. On Intellectuals: Theoretical Studies, Case Studies, Garden City, New York: Doubleday, 1969, pp. 6 – 7.
③ 闻一多:《文学的历史动向》,《闻一多全集》(10),湖北人民出版社1993年版,第16—17页。
④ (南朝梁)刘勰撰,范文澜注:《文心雕龙注》卷2《诠赋第八》,人民文学出版社1962年版,第134页。
⑤ 崔文恒、崔晓耘:《秦地文学和秦代无文学论》,《阴山学刊》2004年第5期。
⑥ 饶宗颐:《"秦世不文"辨》,《文辙——文学史论集》,台湾学生书局1991年版,第233—240页;倪晋波:《出土文献与"秦世不文"论的终结》,《河北师范大学学报》(哲学社会科学版)2011年第1期。饶文已经注意到秦代的官文书,但只是就《文心雕龙》而言,未涉及相关出土文献。

献与出土文献对"秦世"之"文"予以客观的、历史的评价。

首先看"秦世"。刘勰所称的"秦世",当是就朝代意义上的"秦"而言的,而不是泛指秦国或秦文化。以"秦世"指涉秦朝,文献习见,如《大戴礼记·保傅》云:"秦世所以亟绝者,其辙迹可见也。"① 《三国志·魏书·高堂隆传》:"荀卿丑秦世之坑儒。"② "秦世"均就秦朝而言。一般认为,秦朝始于始皇帝二十六年(前221),终于公元前207年秦王子婴投降。不过若以东周王权覆灭算起,秦朝的历史要追溯到秦始皇之前。秦昭襄王五十一年(前256),秦灭"西周",周赧王贬爵为君,《史记·六国年表》的周纪年自此而终。秦庄襄王元年(前249),东周君谋秦,秦庄襄王命吕不韦为大将,执东周君而归,吕不韦主编的《吕氏春秋》即以此为周秦交替之年③。因此,"秦世"最大限度而言,始于公元前256年,终于公元前207年,而以赵正也就是原来的秦王政、后来的始皇帝的统治年限为中心。

在"秦世"的时间范围内,其文化政策至少可以分为两个阶段:第一个阶段是吕不韦当权期间,有感于秦国文化相对薄弱,"以秦之强,羞不如"④,从而广泛延揽人才,集大成的《吕氏春秋》即为该阶段的结晶;第二阶段以吕不韦被罢黜为标志,秦国的文化钳制政策升级,从而走向了另一个极端⑤。不少论者将秦文化看作整体,一概贴以"不文"的标签。事实上,秦文化在不同阶段的表现需要结合当时的历史背景进行历时的考察,从而揭示其动态的嬗替过程。

我们再来看"不文"之"文"。"文"的意涵极为丰富,在《文心雕龙》中也具有多义性。《文心雕龙》中的"文"既可指文采、韵文,

---

① 黄怀信等:《大戴礼记汇校集注》卷3《保傅第四十八》,三秦出版社2005年版,第370页。
② (晋)陈寿:《三国志》卷25《魏书·高堂隆传》,中华书局1964年版,第717页。
③ 《吕氏春秋·序意》称"维秦八年,岁在涒滩"完成《吕氏春秋》的编纂,所谓的"秦八年"即从庄襄王元年吕不韦灭东周君算起。
④ (汉)司马迁:《史记》卷85《吕不韦列传》,中华书局1959年版,第2510页。
⑤ 刘跃进:《"秦世不文"的历史背景及秦代文学的发展》,《文学与文化》2010年第2期。

也可在此基础上涵括相对来说缺乏文采、不入韵的"笔"。"秦世不文"是在《文心雕龙·诠赋》一篇中述及的,其下一句是"颇有杂赋"①。因此,刘勰是在讨论属于韵文的赋体时提出这一命题的,在语境中所谓的"不文"之"文"指的是文采、韵文。"秦世不文"在《文心雕龙》一书中的本义,即指秦代缺乏有文采的韵文。

刘勰并没有完全否定秦代的文学成就,他在《文心雕龙·诠赋》中称"颇有杂赋",在《文心雕龙·明诗》中言:"秦皇灭典,亦造仙诗。"②它们均属于"文"。但相对于"秦世"之前以及其后的西汉,显然是过于苍白的。刘勰强调的是"秦世不文"与"秦皇灭典",所谓"杂赋"与"仙诗"不过是秦世荒芜的文学园地中不起眼的点缀而已。《文心雕龙·诠赋》所谓"杂赋",著录于《汉书·艺文志》的"诗赋略",称"秦时杂赋",凡9篇,在"荀卿赋"之下③。但"秦时杂赋"并未流传下来,其究竟是何等模样,已难以质言。在"杂赋"之下,则有"成相杂辞",睡虎地秦简发现有成相体的文本,"秦时杂赋"虽未归入"杂赋"之中,但极有可能是四言体或成相体④。秦代之诗,《史记·秦始皇本纪》提及的"仙真人诗"⑤亦不可睹,除了民谣之类并不完全可靠的文本⑥,鲜有作为。就这一层面而言,"秦世不文"的断语并不为过。吕不韦之所以要编纂《吕氏春秋》,也是出于"不文"的文化自卑感。

但秦简牍为我们提供的"秦世"之"文"足以更新我们的认识:睡虎地秦简《为吏之道》、岳麓秦简《为吏治官及黔首》、北大秦简《从政之经》、王家台秦简《政事之常》皆以典雅的四言为主,不少思

---

① (南朝梁)刘勰撰,范文澜注:《文心雕龙注》卷2《诠赋第八》,人民文学出版社1962年版,第134页。
② 同上书,第66页。
③ (汉)班固:《汉书》卷30《艺文志》,中华书局1962年版,第1750页。
④ 李零:《兰台万卷:读〈汉书·艺文志〉》,生活·读书·新知三联书店2011年版,第129页。
⑤ (汉)司马迁:《史记》卷6《秦始皇本纪》,中华书局1959年版,第239页。
⑥ 如《水经注·河水》引晋人杨泉《物理论》:"秦始皇使蒙恬筑长城,死者相属,民歌曰:'生男慎勿举,生女哺用餔。不见长城下,尸骸相支拄。'其冤痛如此矣。"

想合乎儒家的旨趣①,《为吏之道》还附有成相体的韵文②;北大秦简所见《善女子之方》全篇文句多押韵,《公子从军》《隐书》《饮酒歌诗》则见及诗赋的直接材料③;居延汉简、阜阳汉简、北大西汉简等均发现有秦人所编字书《仓颉篇》,四言一句,隔句为韵,每章一韵到底,系韵文的形式;秦简牍《日书》中的不少祝辞,也都是韵文。而著名的秦刻石,也是严谨的四言韵文,三句一韵,颇为整饬。《仓颉篇》与秦刻石,均沿承了《诗》的体制,形式典雅,二句为韵,几近于诗。可见,秦代并不缺乏有韵之"文",只不过这些韵文往往是为王权以及吏治服务的,如《为吏之道》等宣扬吏道,《仓颉篇》等便于官吏学习文字,功利性极强。至于北大秦简所见诗赋类文献,则无疑是属于"文"的。

秦人与戎狄杂处,偏居西陲,但据秦公1号大墓残磬铭文,秦人自称出自高阳④,高阳一般认为是颛顼⑤。据秦公簋(《集成》4315)铭文,秦人自认为"䲹宅禹迹"。清华简《系年》表明秦人自东方迁至邾圄⑥,更多继承商文化。至少从文化认同看,秦人是以"诸夏""中国"自居的。加上毗邻宗周之地,秦国的宫殿、宗庙、礼典等较多受周文化浸染⑦,故在礼乐文化方面并不算落后。"文"有一个重要的义项是

---

① 通过此类文献的考察,可知在秦始皇三十四年(前213)下令禁私学之前,秦人为官吏者实际上仍是接受了多种学说的教育的,参见朱凤瀚《北大藏秦简〈从政之经〉述要》,《文物》2012年第6期。

② 姚小鸥:《〈睡虎地秦简成相篇〉研究》,《出土文献与中国文学研究》,北京广播学院出版社2000年版,第129—146页;孙进、江林昌:《出土秦简〈成相篇〉与楚民族的瞽史说唱传统》,《民族艺术》2006年第2期。

③ 朱凤瀚:《北京大学藏秦简牍概述》,《文物》2012年第6期。

④ 铭文曰:"天子匽喜,龚桓是嗣。高阳有灵,四方以宓平。"参见王辉、焦南峰、马振智《秦公大墓石磬残铭》,《"中央研究院"史语所集刊》第67本第2分,1996年6月。

⑤ 《史记·秦本纪》亦云:"秦之先,帝颛顼之苗裔。"《礼记正义》云:"黄帝之孙,号高阳氏。"

⑥ 李学勤:《清华简关于秦人始源的重要发现》,《光明日报》2011年9月8日第11版;王洪军:《新史料发现与"秦族东来说"的坐实》,《中国社会科学》2013年第2期。

⑦ 袁仲一:《从考古资料看秦文化的发展和主要成就》,《文博》1990年第5期;黄留珠:《秦文化概说》,《秦文化论丛》第1集,西北大学出版社1993年版,第71—97页;黄留珠:《秦礼制文化述论》,秦始皇兵马俑博物馆编《秦俑秦文化研究》,陕西人民出版社2000年版,第45—58页。

"礼",有论者认为"秦世不文"之"文"指礼乐文化①,但置诸语境,难以成立。当然,秦人无礼之说在战国汉初颇为流行②,不过这是相对而言的,春秋时期秦国的礼乐文化并非乏善可陈。《诗经·国风》有《秦风》十首,著名的石鼓文亦记录春秋晚期秦诗十篇③,秦地出土的有"乐府"字样的青铜钟及封泥说明汉代以前已有乐府之设④,岳麓秦简见及"乐人"的记载⑤。秦地发现的礼器、乐器多受周文化的影响,彼时"灵音镈镈雍雍"(秦公及王姬镈钟)、"厥音镈镈鎗鎗"(55凤南M1:517磬铭),不可谓"不文"。《左传》《国语》均记载秦穆公赋诗,秦公子絷被时人誉为"敏且知礼"⑥,他们对礼乐的熟稔较诸中原人士不遑多让。新出的清华简《子仪》,更是记载了秦穆公宴请子仪的乐舞仪典⑦。事件的背景是秦晋崤之战后,秦穆公为与楚国修好,送归楚子仪。乐歌配以镛等乐器,仪式典重,是春秋时期秦国诗乐的生动展演。由于有楚乐唱和,乐歌包括楚歌的内容,与楚辞已极为接近,为我们提供了早期楚辞的形态、南北诗赋交流与互动等方面的重要线索。

但秦地赋诗之风仅限于春秋,出土秦礼乐器也基本限于春秋早期与晚期。商鞅变法的一个重要方面便是废除原先的礼乐文化,《商君书·靳令》以"礼乐""诗书""修善、孝弟""诚信、贞廉""仁义""非

---

① 朱江玮:《周秦之变与秦汉文学——秦汉文学研究专题之一》,《新疆教育学院学报》2005年第1期。
② 秦"弃礼义"的说法,见于《战国策·赵策三》《史记·淮南衡山列传》诸书。出于种种偏见,时人或后人往往目秦人为"虎狼""夷狄",参见何晋《秦称虎狼考》,《文博》1999年第5期。
③ 徐宝贵先生指出石鼓诗作于秦襄公时,刻写于秦景公时,参见氏著《石鼓文整理研究》,中华书局2008年版,第623—624页。
④ 寇效信:《秦汉乐府考略——由秦始皇陵出土的秦乐府编钟谈起》,《陕西师范大学学报》(哲学社会科学版)1978年第1期;袁仲一:《秦代金文、陶文杂考》,《考古与文物》1982年第4期;赵平安:《秦西汉误释未释官印考》,《历史研究》1999年第1期。
⑤ 陈松长:《岳麓书院藏秦简》(伍),上海辞书出版社2018年版,第203页。
⑥ 徐元诰撰,王树民、沈长云点校:《晋语二第八》,《国语集解》,中华书局2002年版,第194页。
⑦ 清华大学出土文献研究与保护中心编、李学勤主编:《清华大学藏战国竹简》(陆),中西书局2016年版,第128页。

兵、羞战"为"六虱"①，"燔《诗》《书》而明法令"②。为此，一些言必称《诗经》《尚书》的保守贵族据理力争③。经过商鞅变法，秦人逐步以"法"取代"礼"，礼乐文化得到淡化④，秦始皇"焚书"则是其极端化的发展。而放眼六国，春秋时期的赋诗之风同样不复存在，因此秦国由"文"转向"不文"，既有秦文化的自身特征⑤，又有本国文化政策的特殊性，同时也是历史总体趋势的反映。

若从广义的"文"，亦即同时包含"文"与"笔"的"文"来看，"秦世"之"文"在文学史上具有特殊的意义。秦简牍所见大量的文书类文献，即属于"笔"。1975年年底睡虎地秦简发现于湖北云梦，其后饶宗颐等先生根据这些材料探讨秦代文学⑥。但很长一段时期内大陆学者对此缺乏关注⑦，甚至不少讨论秦文学的论著完全无视出土材料。之所以出现这一情况，除了秦代文学传世材料的匮乏，还在于"秦世不文"近乎作为"常识"而深入人心。在一些文学史的通论性著作中，秦代文学往往缺席或者分量极小⑧，严可均辑《全秦文》也不过一卷规模，收录作者16人⑨。鲁迅先生于《汉文学史纲要》中称"秦之文章，

---

① 蒋礼鸿：《商君书锥指》卷3《靳令第十三》，中华书局1986年版，第80页。
② （清）王先慎撰，钟哲点校：《韩非子集解》卷4《和氏第十三》，中华书局1998年版，第97页。
③ 事见《史记·商君列传》。
④ 商鞅方升铭文曰："十八年，齐遣卿大夫众来聘。"聘礼之类的基本礼仪仍然存在。从《史记》以及其他铜器铭文看，各类祭礼不但没有取消，反而得到强化。曹胜高先生认为，秦有系统的祭祀、朝聘、丧葬、军戎之礼，在统一六国之后，仍保留着传统礼仪，不过以"礼"依附于"法"，且未遵循周礼，参见氏著《秦汉文学格局之形成》，中国社会科学出版社2016年版，第78—80页。
⑤ 林剑鸣先生指出秦文化重功利，轻伦理，参见氏撰《从秦人价值观看秦文化的特点》，《历史研究》1987年第3期。
⑥ 饶宗颐：《从地下材料谈秦代文学》，《香港大学中文学会中国文化周特刊》，1976年；周凤五：《从云梦简牍谈秦国文学》，《古典文学》第7集，台湾学生书局1985年版，第149—187页；吴福助：《睡虎地秦简论考》，台湾文津出版社1994年版，第110页。
⑦ 相关讨论参见倪晋波《出土文献与秦国文学》，文物出版社2015年版，第30页。
⑧ 所论及者，通常仅限于《吕氏春秋》、李斯《谏逐客书》、秦始皇刻石等。
⑨ （清）严可均：《全上古三代秦汉三国六朝文·全秦文》，中华书局1958年版，第116页。

李斯一人而已"①，后来的学者讨论秦代文学时多沿承该书的框架。

目前所见秦简牍主要有睡虎地秦简（1975）②、睡虎地秦牍（1976）③、青川秦牍（1979）④、放马滩秦简（1986）⑤、岳山秦牍（1986）⑥、龙岗秦简牍（1989）⑦、王家台秦简（1993）⑧、周家台秦简（1993）⑨、里耶秦简（2002）⑩、岳麓秦简（2007）⑪、北大秦简（2010）⑫、益阳兔子山秦简牍（2013）⑬ 数批。它们多发现或刊布于20世纪，有的内容仍未完全公布，尚有很大的研究空间。单就已知的材料看，它们对现有的知识体系已经构成较大的冲击。这些简牍的内容可大致归纳为如下几类。

1. 牒书：见于睡虎地秦简。

2. 质日：见于周家台秦简、岳麓秦简、北大秦简。

3. 语书：见于睡虎地秦简《为吏之道》、岳麓秦简《为吏治官及黔首》、王家台秦简《政事之常》、北大秦简《从政之经》。

4. 律令：见于睡虎地秦简、青川秦牍、龙岗秦简、王家台秦简、

---

① 鲁迅：《汉文学史纲要》，《鲁迅全集》第9卷，人民文学出版社2005年版，第395页。
② 睡虎地秦墓竹简整理小组：《睡虎地秦墓竹简》，文物出版社1990年版。
③ 李均明、何双全：《散见简牍合辑》，文物出版社1990年版。
④ 四川省博物馆、青川县文化馆：《青川县出土秦更修田律木牍——四川青川县战国墓发掘简报》，《文物》1982年第1期。
⑤ 甘肃省文物考古研究所：《天水放马滩秦简》，中华书局2009年版。
⑥ 湖北省江陵县文物局、荆州地区博物馆：《江陵岳山秦汉墓》，《考古学报》2000年第4期。
⑦ 中国文物研究所、湖北省文物考古研究所：《龙岗秦简》，中华书局2001年版。
⑧ 王明钦：《王家台秦墓竹简概述》，艾兰、邢文《新出简帛研究——新出简帛国际学术研讨会文集》，文物出版社2004年版，第26—49页。
⑨ 湖北省荆州市周梁玉桥遗址博物馆：《关沮秦汉墓简牍》，中华书局2001年版。
⑩ 湖南省文物考古研究所：《里耶秦简》（壹），文物出版社2009年版；湖南省文物考古研究所：《里耶秦简》（贰），文物出版社2017年版。
⑪ 朱汉民、陈松长主编：《岳麓书院藏秦简》（壹），上海辞书出版社2010年版；朱汉民、陈松长主编：《岳麓书院藏秦简》（贰），上海辞书出版社2011年版；陈松长、朱汉民主编：《岳麓书院藏秦简》（叁），上海辞书出版社2013年版；陈松长主编：《岳麓书院藏秦简》（肆），上海辞书出版社2015年版；陈松长主编：《岳麓书院藏秦简》（伍），上海辞书出版社2018年版。
⑫ 朱凤瀚：《北京大学藏秦简牍概述》，《文物》2012年第6期。
⑬ 湖南省文物考古研究所、益阳市文物处：《湖南益阳兔子山遗址九号井发掘简报》，《文物》2016年第5期。

岳麓秦简。

  5. 行政文书：见于睡虎地秦简、龙岗秦牍、兔子山秦简牍等。

  6. 户籍、账簿等档案：见于里耶秦简、北大秦简。

  7. 道里书：见于里耶秦简、北大秦简。

  8. 数书：见于岳麓秦简。

  9. 技术书：见于北大秦简《制衣》。

  10. 占梦书：见于岳麓秦简。

  11. 卜筮之书：见于王家台秦简《归藏》、北大秦简。

  12. 日书：见于睡虎地秦简、放马滩秦简、岳山秦牍、王家台秦简、周家台秦简、北大秦简。

  13. 祝辞：见于周家台秦简、北大秦简。

  14. 病方：见于周家台秦简、北大秦简。

  15. 丧葬文书：见于放马滩秦简《丹》、北大秦简《泰原有死者》。

  16. 书信：见于睡虎地秦牍。

  17. 女教：见于北大秦简《善女子之方》。

  18. 诗赋：见于北大秦简《公子从军》《隐书》《饮酒歌诗》。

  如此丰富的内容，是过去我们难以想象的，秦代文学显然不是一无是处的荒漠地带。众所周知，秦始皇三十四年（前213）采李斯之议焚书，即著名的"挟书令"①。李斯认为儒生厚古薄今，妄言时政，会对秦王朝不利，因而他提出了一系列文化钳制的措施，包括禁绝《秦记》之外的史书，以及博士官职掌之外的《诗经》《尚书》及诸子。至于医药、卜筮、种树之类的书，则不在毁弃之列。概言之，大部分经书、史书、子书遭到禁毁，而数术、方技之书则得以幸存。目前所见秦简牍中，完全没有发现《诗经》《尚书》以及诸子文献，这与战国楚简的内容构成迥然不同，可见秦人禁绝《诗经》《尚书》及百家语相当彻底。

---

① （汉）司马迁：《史记》卷6《秦始皇本纪》，中华书局1959年版，第255页。

医药、卜筮之书确实多见,可见数术、方技之书未被禁毁,且有相当大的市场。质日、语书之类的文献均为官吏所用,"以吏为师"并非虚言。需要指出的是,"挟书令"并没有提及诗赋类的书,过去论者普遍想当然地认为它们也在禁书的范围内,但从出土秦简牍看则未必如此,诗赋仍有一定的生长空间。所谓"焚《诗》《书》,诛僇文学"[1],这里的"文学"指以六经为代表的学术,而非今天所说的文学。

秦简牍多见律令和行政文书,因其缺乏文学价值,文学史家避而不谈。过去引起文学史家注意的主要是以下几种文献:

1. 放马滩秦简《志怪故事》。李学勤先生主张其为志怪故事的滥觞[2],文学领域的学者大多在此基础上直接认定其为志怪故事[3]。北大秦牍所见《泰原有死者》[4],文体与其相近。虽然它们在内容上与六朝志怪故事有一定联系,但就文体而言,它们应为一种特殊的丧葬文书[5]。

2. 睡虎地秦简《为吏之道》所见成相体。《为吏之道》第5栏有韵文8首,内容仍是官吏行为规范,体制则一反四言体,转为类似《荀子·成相》的成相体。作为韵文,它自然属于"文"。但之所以采用这种形式,主要是为了便于官吏诵记,使之成为铭刻于心的不二守则。

3. 睡虎地四号墓出土木牍家书。系士卒"黑夫"与"惊"写给"中"的信,三者为同胞兄弟。作为目前所见最早的书信实物,具有独特的价值。这两封家书用语浅白,如"定不定""急急急"诸语,语体极富特色。

从文体的角度讲,上述文献虽然出现了小说等文体的影子,甚至

---

[1] (汉)司马迁:《史记》卷28《封禅书》,中华书局1959年版,第1371页。
[2] 李学勤:《放马滩简中的志怪故事》,《文物》1990年第4期。
[3] 伏俊琏:《战国早期的志怪小说》,《光明日报》2005年8月26日第6版。
[4] 李零:《北大秦牍〈泰原有死者〉简介》,《文物》2012年第6期。
[5] 陈民镇:《中国早期"小说"的文体特征与发生途径——来自简帛文献的启示》,《中国文化研究》2017年冬之卷。

也有韵文，但实质上仍属于文书性质（包括官文书与私文书）。《为吏之道》所见成相体的内容是值得重视的，这与《汉志》著录"秦时杂赋""杂赋"之下有"成相杂辞"可以合观，秦代存在一定数量的杂赋值得肯定。而近年入藏北京大学、尚未完全披露的一批秦简，更为秦世之文提供了直接佐证。北大秦简《善女子之方》总体上是韵文，《公子从军》引述多种逸诗，《隐书》有"隐书"自题（见《汉志》"诗赋略"著录），《饮酒歌诗》则是秦代歌诗的实例。北大秦简可以反映"挟书令"施行后的情况，秦虽然禁止《诗经》《尚书》及百家语，但并未说禁止诗赋之类。总之，出土文献可以验证传世文献的记载，"秦世不文"大体可信；但它又是相对而言的，战国时期出现的新文体仍得到一定的延续和发展，若非北大秦简的发现，我们不能想象秦代还存在一定数量的诗赋类文献——这也是出土文献随机性的体现。

在秦代，不但有诗赋这样的纯文学延续，文体发展的脉络未曾断绝；更为重要的是，秦王朝为官文书文体规范所做出的贡献，对后世产生了深远的影响，称"官文书文体备于秦世"亦不为过。也正是由于秦王朝在官文书文体方面的推进，中国古代文体框架才趋于完整。这主要体现于以下几个方面。

其一，确立了中国古代官文书文体的体系。

官文书文体是中国古代文体框架的重要组成部分，它的发展与政治制度的变迁息息相关。与秦帝国基于地缘管理的郡县制相应，先前以血缘为基础的世官制度趋于瓦解[①]，郡县之治服从于中央号令，王权得以高度集中。秦"以吏为师"，目前出土简牍的秦墓，墓主人基本为中下

---

① 秦至汉初，史、卜、祝等职尚强调家族职业承袭，如睡虎地秦简《秦律十八种·内史杂》载："非史子也，毋敢学学室，犯令者有罪。"又云："下吏能书者，毋敢从史之事。"张家山汉简《二年律令·史律》亦云："史、卜子年十七岁学。史、卜、祝学童学三岁，学佴将诣大史、大卜、大祝。"李学勤先生认为《说文解字》所引只说"学童"，不再限制其先世出身，可知这种限制在那时业已解除，参见氏撰《试说张家山简〈史律〉》，《文物》2002年第4期。

层官吏①，他们成为当时知识阶层的主体。如果说三代王官为文体的初肇及早期发展奠定了基础，那么秦汉官制的变革则标志着文体围绕礼和王官展开的时代彻底终结。适应秦帝国的政治体制，名目繁多的文书类文体开始涌现②，如"制""诏""奏""请""对""律""令"等，它们成为串联秦帝国各级行政机构的纽带。汉承秦制，则在整体上继承并发展了秦朝的官文书文体，中国古代官文书文体的体系至此确立。

其二，规定了各类官文书的文体名称。

《史记·秦始皇本纪》载秦并天下之后以"命为'制'，令为'诏'"③，里耶秦更名方也记载"承命曰承制""授命曰制""以王令曰以皇帝诏"④，可见秦朝确实对官文书的文体名称作了一系列的规定。任昉《文章缘起》云："诏，起秦时。"⑤张守节《史记正义》云："制、诏三代无文，秦始有之。"⑥均强调制、诏自秦始。除了下行文，上行文的文体名也同样有新的规定，如《文心雕龙·章表》云："秦初定制，改'书'曰'奏'。"⑦《文章缘起》云："上书，秦丞相李斯上始皇书。"⑧谓"奏""上书"源自秦代。秦简牍中，"×律""×令"之类以体命篇的形式极为普遍⑨，官文书的文体区分是有意识的，而这又是基于政治职能的区分。

---

① 睡虎地11号秦墓的墓主人喜曾担任"史"一职，参见《云梦睡虎地秦墓》编写组《云梦睡虎地秦墓》，文物出版社1981年版，第69页。岳麓秦简的主人，也曾任职为史，参见陈伟《岳麓书院秦简"质日"初步研究》，中国出土资料学会平成23年度第1回临时例会，早稻田大学，2011年7月。
② 参见李均明《秦汉简牍文书分类辑解》，文物出版社2009年版。
③ （汉）司马迁：《史记》卷6《秦始皇本纪》，中华书局1959年版，第236页。
④ 陈伟：《里耶秦简牍校释》第1卷，武汉大学出版社2012年版，第155—157页。
⑤ （南朝梁）任昉撰，陈懋仁注：《文章缘起注》，中华书局1985年版，第4页。
⑥ （汉）司马迁：《史记》卷6《秦始皇本纪》，中华书局1959年版，第237页。
⑦ （南朝梁）刘勰撰，范文澜注：《文心雕龙注》卷5《章表第二十二》，人民文学出版社1962年版，第406页。
⑧ （南朝梁）任昉撰，陈懋仁注：《文章缘起注》，中华书局1985年版，第5页。
⑨ 岳麓秦简中的一些律文则是"关市律曰""内史杂律曰"之类的形式，同样可反映其文体。

其三，规定了中国古代官文书的程式。

我们所见到的早期官文书，如"命""诰"诸体，除了有"王曰""王若曰"这样的标志性词汇，鲜有具体的体制规定。秦朝则以行政命令规定了一系列文书用语，如臣子上书称"昧死言"，即出自秦制，据《独断》："汉承秦法，群臣上书皆言'昧死言'。"又云："王莽盗位，慕古法，去'昧死'曰'稽首'，光武因而不改。"① 这在秦汉简牍中可以得到验证②。据里耶秦更名方，秦王朝对官文书用语进行了巨细靡遗的规定。秦简牍所见律令，均有格式可寻③。此外，里耶秦简发现了一批即时性文书，其文书格式与用语亦值得重视④。秦简牍所见诸如"守""主""敢告某主""当腾腾""告""谓""敢言之""手""如律"等文书常规用语，都是秦代官文书制度化的明证。

其四，规定了官文书的运行制度。

睡虎地秦简《秦律十八种·内史杂律》云："有事请也，必以书，毋口请，毋羁请。"⑤ 秦代"文书行政"，事无巨细，均通过文书沟通。从秦简牍所见"行书律"看，当时官文书的运行制度已甚严密，君臣之间、各行政机构之间的互动高效而频繁。正如李均明先生所指出的："从秦汉简牍中才始见之传递文书是上令下达，下情上报的手段，于国而言，又如人身之血脉神经，须臾不可或缺，其重要性不言而喻。"⑥ 从里耶秦简的材料看，当时文书的收文时间精确到时分⑦，文书传递的时间要求至为精细。《秦律十八种》云："县各告都官在其县者，写其

---

① （汉）蔡邕：《独断》卷上，中华书局1985年版，第5页。
② 敦煌汉简所见王莽时期文书，确已易"昧死"作"稽首"。
③ 陈松长：《岳麓秦简中的令文格式初论》，《上海师范大学学报》（哲学社会科学版）2017年第6期。
④ 李学勤：《初读里耶秦简》，《文物》2003年第1期。
⑤ 睡虎地秦墓竹简整理小组：《睡虎地秦墓竹简》，文物出版社1990年版，第62页。
⑥ 李均明：《张家山汉简〈行书律〉考》，《中国古代法律文献研究》第2辑，中国政法大学出版社2004年版，第30—31页。
⑦ 湖南省文物考古研究所：《里耶发掘报告》，岳麓书社2007年版，第216—217页。

官之用律。"① 官吏需要对自己抄写的法令负责，此外每年得到御史处校雠律令，即《秦律十八种》所称"岁雠辟律于御史"②。

其五，规定了官文书的载体形制。秦朝所开创的"文书行政"，同样对文书载体形制有所规定。岳麓秦简见及关于简牍长度、字数的制度："尺二寸牍一行毋过廿六字，尺牍一行毋过廿二字……御史上议：御牍尺二寸，官券牒尺六寸。制曰：更尺一寸牍牒。"③ 这里出现了一尺二寸、一尺、一尺一寸不同尺寸的牍④，并规定了相应的字数，有助于我们了解当时的书写制度。过去我们对简牍的长度关注较多⑤，对宽度认识不足，岳麓秦简也记载了宽度的规定："用牍者，一牍毋过五行，五行者，牍广一寸九分寸八；四行者，牍广一寸泰半寸；三行者，牍广一寸半寸。"⑥ 由此可见书写行数与宽度的互动关系，弥足珍贵。睡虎地秦简《秦律十八种·司空律》载："令县及都官取柳及木柔可用书者，方之以书；无方者乃用版。其县山之多箁者，以箁缠书；无箁者以蒲、蔺以枲褊之。各以其获时多积之。"⑦ 可见对载体材质也作了具体规定。

秦并天下，不但"书同文""车同轨""行同伦"，还致力于推进"文同体"，这一点向来为人所忽视。"文同体"主要体现在官文书方

---

① 睡虎地秦墓竹简整理小组：《睡虎地秦墓竹简》，文物出版社1990年版，第61页。
② 同上书，第64页。
③ 陈松长：《岳麓书院藏秦简》（伍），上海辞书出版社2018年版，第106、108页。
④ 《史记·匈奴列传》载："汉遗单于书，牍以尺一寸，辞曰'皇帝敬问匈奴大单于无恙'，所遗物及言语云云。中行说令单于遗汉书以尺二寸牍，及印封皆令广大长，倨傲其辞曰'天地所生日月所置匈奴大单于敬问汉皇帝无恙'，所以遗物言语亦云云。"汉文帝致单于的书信为1尺1寸（约25.85厘米），单于覆信则为1尺2寸（约27.6厘米）之牍，以示"倨傲"，可见文书也与典籍一样，在尺寸上反映尊卑。1尺2寸的文书，见于檄、札等文体。1尺（约23厘米）左右的简牍较为常见，文书多为"尺牍"。
⑤ 陈梦家：《由实物所见汉代简册制度》，甘肃省博物馆、中国科学院考古研究所编著《武威汉简》，文物出版社1964年版；胡平生：《简牍制度新探》，《文物》2000年第3期；程鹏万：《简牍帛书格式研究》，上海古籍出版社2017年版；贾连翔：《战国竹书形制及相关问题研究——以清华大学藏战国竹简为中心》，中西书局2015年版。
⑥ 陈松长：《岳麓书院藏秦简》（伍），上海辞书出版社2018年版，第106页。
⑦ 睡虎地秦墓竹简整理小组：《睡虎地秦墓竹简》，文物出版社1990年版，第50页。

面，事实证明其不但是行之有效的，而且直接为汉朝所继承，奠定了中国古代官文书文体体系的基础。就此而言，秦世之文自有其特殊意义。

三 "至东汉而大备"与中国古代文体框架的确立

如果说不少学者对章学诚"至战国而后世之文体备"之论尚有疑虑，那么"文章各体，至东汉而大备"这样相对保守的观点想必不大会遭致过多质疑①。此说至迟可以追溯到清人包世臣：

> 文体莫备于汉，唐宋所有，汉皆有之，且有汉人所有而唐宋反无者。②

胡朴安亦指出：

> 战国时策士高谈雄辩，抑扬顿挫以逞辞锋，反覆譬喻以达意旨，文之萌芽实始于此。然篇名未立，体裁未备。文之缘起当溯源于两汉之世。（《论文杂记》）
>
> 文章体裁至西京备矣，彦升言之最详："高文典册用相如，飞书羽檄用枚皋。"不仅备体，且有能独擅其体者。（《读汉文记》）③

刘师培在《中国中古文学史》中的论述显然更耳熟能详：

> 文章各体，至东汉而大备。汉、魏之际，文家承其体式，故辨

---

① 此外尚有文备于魏晋、唐宋诸说，参见何诗海《"文体备于战国"说平议》，《文学评论》2010年第6期。
② （清）包世臣：《复李迈堂祖陶书》，《艺舟双楫》，世界书局1935年版，第54页。
③ 参见王水照《历代文话》第9册，复旦大学出版社2007年版，第9115、9077页。

别文体，其说不淆。①

刘氏实际上提出了两个问题：一是"文章各体"备于何时，二是"辨别文体"源于何世。论者多注意前者，而忽视后者，实际上这两个问题是相互支撑的。逮乎两汉，中国古代文体的框架愈益完善，并开始出现了自觉的文体论。

汉代文体之所以能够"大备"，无疑是建立在前代成就的基础上的，与其对三代大传统的继承分不开，亦与其对楚、秦文化的继承分不开。

首先是对三代大传统的继承。汉朝前期崇奉道家，继而"独尊儒术"，从而在很大程度上延续了三代大传统。六经是三代大传统的结晶，也是儒家的基本经典。在儒家定于一尊的情况下，汉代经学大炽，这一方面使先王圣典得到更为广泛的传播，六经成为文体演进的重要基础；另一方面，经学也束缚了文体观念的进一步发育，即便是文体论自觉之后，"文章原出五经"这样的看法也无疑有经学本位的深刻烙印。

其次是对楚文化的继承。楚文化与汉文化有密切的联系②，汉朝初肇的前半个多世纪，丰沛元从集团居于核心地位③，因而汉文化不可避免受到楚文化的强烈影响。一方面，与楚文化有密切关联的黄老道家④成为汉初文化的主流，这在马王堆帛书中有突出的反映，而黄老著述对连珠、对问等辞赋体制的形成有重要影响；另一方面，楚地辞赋也为汉人所继承，并由此发展出汉赋。楚文化不但在文化取向上

---

① 刘师培：《中国中古文学史·论文杂记》，人民文学出版社1984年版，第23页。
② 李泽厚：《美的历程》，文物出版社1981年版，第70页。
③ 李开元：《汉帝国的建立与刘邦集团：军功受益阶层研究》，生活·读书·新知三联书店2000年版，第158页。
④ 江林昌：《出土文献所见楚国的史官学术与"老庄学派""黄老学派"》，《江汉论坛》2006年第9期。此外，齐国稷下之学也是黄老的重要来源。

深刻影响了汉文化,还直接奠定了汉代诗赋类文体的基础。

最后是对秦文化的继承。众所周知,汉承秦制,但论者多就政治制度而言,实际上在官文书文体方面,汉朝也总体上继承了秦朝的"文书行政"①。《论衡·别通》便指出:"萧何入秦,收拾文书。汉所以能制九州者,文书之力也。以文书御天下。"②秦统一六国之后规定了一些官文书的文体名,如"命为'制',令为'诏'",这为汉朝所继承,同时又在此基础上创造出策书与戒敕。秦朝所规定的一些文书用语和用字规范,也被汉朝总体继承。《独断》云:"汉承秦法,群臣上书皆言'昧死言'。"③《汉书·高帝纪》"昧死再拜言"之下,张晏注云:"秦以人臣上书当言昧犯死罪而言,汉遂遵之。"④可见西汉臣子上书自称"昧死"⑤,即承自秦朝。再如秦简牍中常见的"敢言之"等用语,在汉代官文书中仍极普遍⑥。汉律令多因袭秦律令,如张家山汉简《二年律令》的内容,很多可以在秦简牍中找到依据⑦。

可见,汉代文体之"大备"并非偶然,而是建立在"战国而后世之文体备"与"官文书文体备于秦世"的基础上的。汉代文体最终集其大成,并续有开拓。

汉兴以来,辞人迭出,朝野上下对文字艺术的珍视,刺激了文体的革新⑧。汉代文体分化的一个重要途径是不同文体间的交互渗透,如楚辞与散体赋的互动、辞赋与诗的互动、叙事文本与诗赋的互动等,句式的借鉴与丰富、结构的凝固与重组、虚词的运用与减省、主题的移植与

---

① [日]富谷至:《文書行政の漢帝国:木簡·竹簡の時代》,名古屋大学出版会 2010 年版。
② 黄晖:《论衡校释》卷 13《别通第三十八》,中华书局 1990 年版,第 591 页。
③ (汉)蔡邕:《独断》卷上,中华书局 1985 年版,第 5 页。
④ (汉)班固:《汉书》卷 1 下《高帝纪下》,中华书局 1962 年版,第 52 页。
⑤ 如甘肃酒泉居延肩水金关所出《永始三年诏书》。
⑥ 汪桂海:《汉代官文书制度》,广西教育出版社 1999 年版,第 48 页。
⑦ 参见朱红林《张家山汉简〈二年律令〉集释》,社会科学文献出版社 2005 年版。
⑧ 据班固《〈两都赋〉序》,辞赋的写作既有"言语侍从之臣"的参与,也有公卿大臣的"时时间作"。《后汉书·桓帝纪》李贤注:"时其中诸生,皆敕州、郡、三公举召能为尺牍辞赋及工书鸟篆者相课试,至千人焉。"辞赋为进身之阶,犹如唐诗在唐代所扮演的角色。

扩展使文体的多元化成为可能。除了延续屈原赋的楚辞、承楚辞余绪的骚体赋、反映帝国气象的汉大赋，当时的辞人还创造出对问、七体和连珠等形式①。枚乘《七发》在赋史上具有里程碑意义，北大汉简《反淫》亦属于"七体"，是我们进一步认识"七体"的重要材料②。北大汉简《妄稽》和尹湾汉简《神乌赋》属于俗赋，具有浓郁的民间色彩③，类似的还有敦煌汉简中的韩朋故事④，反映了汉赋更为多元的发展路向。尤其值得注意的是，俗赋具有介于大传统小传统之间、以说唱为形式、具有主观的虚构意识等特点，为中国的叙事传统奠定了重要基础，且与古小说的发生关系密切⑤。

"古诗率以四言为体"⑥，但也有其他体式的萌芽。及至刘汉，五言、六言、七言等形式也开始集中出现。五言诗是在东汉以后愈趋成熟的，逐渐取代了"文繁而意少"的四言古诗，遂居"文词之要"⑦。七言诗在成相体和字书中已肇其端，"兮"的省却是骚体向七言诗过渡的关键⑧，敦煌汉简所见《风雨诗》若去掉承自骚体的语气词"兮"⑨，亦可视作七言诗。但成型的七言诗与五言诗一样，在东汉时

---

① 对问、七体和连珠是否属于赋体尚有争议，参见程章灿《魏晋南北朝赋史》，江苏古籍出版社 2001 年版，第 13 页。
② 傅刚、邵永海：《北大藏汉简〈反淫〉简说》，《文物》2011 年第 6 期。
③ 裘锡圭：《〈神乌傅（赋）〉初探》，《文物》1997 年第 1 期；何晋：《北大汉简〈妄稽〉简述》，《文物》2011 年第 6 期。《汉书·艺文志》所著录的"杂赋"，有学者认为主要是民间讲说和唱诵结合的艺术总类，即所谓"俗赋"，参见伏俊琏《〈汉书·艺文志〉"杂赋"臆说》，《文学遗产》2002 年第 6 期。
④ 裘锡圭：《汉简中所见韩朋故事的新资料》，《复旦学报》（社会科学版）1999 年第 3 期。
⑤ 廖群：《汉代俗赋与中国古代小说发生研究》，《理论学刊》2009 年第 5 期。
⑥ （晋）挚虞：《文章流别论》，《挚太常遗书》卷 3，西安道志馆 1935 年版，第 2 页。
⑦ （南朝梁）锺嵘撰，陈延杰注：《总论》，《诗品注》，人民文学出版社 1980 年版，第 2 页。
⑧ 王运熙：《七言诗形式的发展和完成》，《乐府诗述论》，上海古籍出版社 1996 年版，第 331 页。
⑨ 其辞曰："日不显兮黑云多，月不可视兮风飞沙。从恣蒙水成江河，周流灌注兮转扬波。壁柱颠倒兮相加，天门狭小路滂沱。无因以上如之何，兴章教海兮诚难过。"参见大庭修《敦煌汉简：大英图书馆藏》，日本京都同朋舍 1990 年版，第 118 页；吴礽骧、李永良、马建华释校《敦煌汉简释文》，甘肃人民出版社 1991 年版，第 244 页；董珊《敦煌汉简风雨诗新探》，《简帛文献考释论丛》，上海古籍出版社 2014 年版，第 253—258 页。

期才真正出现。一方面,汉代诗人的"作者"意识进一步彰显,诗歌的体制趋于多样化,诗歌的表现能力得到空前的强化;另一方面,除了庙堂之诗与文人之诗,民间诗歌也开始兴起,一改先秦诗为上层所垄断的局面,投映出更为广阔的世俗世界。在东汉,铭、箴、碑、颂、赞、诔等同样被视作"文"的文体趋于定型、繁兴,是当时突出的时代现象。

除了诗赋类文体,论说类、叙事类文体也有进一步的分化。在战国诸子的基础上,汉代论说文得到进一步的发展。战国时期的子书多往往书成众手,而随着汉代"作者"主体性的增强,出现了《新语》《新书》《春秋繁露》《盐铁论》《白虎通义》《论衡》《新论》等个性鲜明的论著。《史记》《汉书》是史书撰作的高峰,分别确立了纪传体通史、纪传体断代史的史书体例。《越绝书》《吴越春秋》两部具有地域色彩的著作,则开历史演义之先河。

汉代的文书类文体总体上承自秦代,但又作了进一步的完善与拓展。以诏令文书为例,秦"命为'制',令为'诏'",汉代则细化为"策书""制书""诏书""诫敕"四体①,在格式、用语的规定上愈趋规范。据《文心雕龙》,这是"汉初定仪则"②的产物,即汉高祖五年(前202)叔孙通制定礼乐,"颇采古礼,与秦仪杂就之"③,可见其承秦而又有所变。相对而言,秦官文书简洁质朴,汉人对官文书的写作极为重视,并愈益注重文辞的修饰,进而发展出"笔"的观念,文书亦被归入"文章"之列。

值得注意的还有载体的多样化。两汉时期,简牍仍为书写材料的主流,但纸已经出现,并日渐普及,简牍、纸的交替对文体乃至思想的发

---

① (南朝宋)范晔:《后汉书》卷1上《光武帝纪》,中华书局1965年版,第24页。
② (南朝梁)刘勰撰,范文澜注:《文心雕龙注》卷4《诏策第十九》,人民文学出版社1962年版,第358页。
③ (汉)班固:《汉书》卷43《叔孙通列传》,中华书局1962年版,第2126页。

展也产生了一定影响①。载体多样化的一个结果是文体的多样化，因为有的文体是直接建立在载体基础上的。汉代有一些突出的时代现象，如碑刻愈趋普遍，这是此前难以想象的，碑作为文体名，本身便是从载体发展而来的，碑文所附铭辞常是四言韵文，甚至是五言诗②；再如汉代铜镜盛行，铜镜上的铭文往往是韵文，有三言、四言、六言、七言等多种形式，较具文学价值③；又如汉代流行的画像石题铭、刚卯题铭、墓志铭、告地书等④，可见文字书写在社会各阶层的广泛存在，新文体亦借此催生。

如果说"至战国而后世之文体备"，至两汉尤其是东汉则是灿然"大备"，一个文体高度繁荣且趋于自觉的时代已经到来。据《后汉书·文苑传》，东汉文人创作所涉及的文体已颇接近《文心雕龙》诸书的文体框架。徐师曾于《文体明辨序说》中指出"自秦汉而下，文愈盛；文愈盛，故类愈增；类愈增，故体愈众"，并强调"体愈众，故辨当愈严"⑤，"辨体"正是文体论的先导。《四库全书总目》亦指出："文章莫盛于两汉，浑浑灏灏，文成法立，无格律之可拘。建安、黄初，体裁渐备，故论文之说出焉。"⑥认为汉末"体裁渐备"是文体论发生的基础。随着文体的增多、辨体的深入，对文体的分类与归纳也越加严密，自觉的文体论成为可能。从目前的材料看，至迟在东汉末年已有较

---

① ［日］清水茂：《紙の発明と後漢の学風》，《東方学》1990年第79輯；查屏球：《纸简替代与汉魏晋初文学新变》，《中国社会科学》2005年第5期；跃进：《纸张的广泛应用与汉魏经学的兴衰》，《学术论坛》2008年第9期；李壮鹰：《纸与诗》，《北京师范大学学报》（社会科学版）2014年第4期。

② 陈直：《汉诗之新发现》，《文史考古论丛》，天津古籍出版社1988年版，第53—55页。

③ 陈直：《汉镜铭文学上潜在的遗产》，《文史哲》1957年第4期。

④ 信立祥：《汉代画像石综合研究》，文物出版社2000年版，第22页；郗文倩：《古代礼俗中的文体与文学》，人民出版社2015年版。

⑤ （明）徐师曾撰，罗根泽校点：《文体明辨序说》，吴讷等《文章辨体序说·文体明辨序说》，人民文学出版社1962年版，第78页。

⑥ （清）永瑢等：《四库全书总目》卷195《集部·诗文评类一》，中华书局1965年版，第1779页。

成熟的文体论，以蔡邕的《独断》《铭论》为代表①。

　　总之，汉朝接过楚文化的衣钵，延续儒家尚"文"的旨趣，一扫"秦世不文"的阴霾，同时又整体继承秦朝官文书的体系，从而使汉代文体呈现出全面的兴盛。尤其是东汉以降，"文章繁矣"②。在前代的基础上，两汉文体兼容并蓄，续作开拓，并在真正意义上确立了中国古代文体的基本框架。

（作者单位：北京语言大学中华文化研究院）

---

　　① 跃进：《〈独断〉与秦汉文体研究》，《文学遗产》2002年第5期；赵逵夫：《先秦文体分类与古代文章分类学》，孙以昭、陶新民《中国古代散文研究》，安徽大学出版社2001年版，第8页。
　　② （清）章学诚撰，叶瑛校注：《文史通义》卷3《文集》，《文史通义校注》，中华书局1985年版，第345页。

古代文体的并称、渗透与融合

肖 锋

一 问题的提出

吾国文体,源于先秦,浩瀚庞杂,何以识别?由此而生诸多批评意识和方法,文体形态、文体观念、分类方法,辨体与破体等,大率如此。这其中,文体风格的辨识占据重要地位。先秦时期各类文体分工明确,且已具不同风格属性。宋人陈骙在《文则》中指出:"春秋之时,王道虽微,文风未殄,森罗辞翰,备括规摹。考诸《左氏》,摘其英华,别为八体,各系本文:一曰命,婉而当;二曰誓,谨而严;三曰盟,约而信;四曰祷,切而悫;五曰谏,和而直;六曰让,辩而正;七曰书,达而法;八曰对,美而敏。作者观之,庶知古人之大全也。"① 通常而言,古代文体的艺术风格特征均体现为"体""体制""体式""大体""体要"等术语,故有"辞尚体要"(《尚书》)、"故童子雕琢,必先雅制"(《文心雕龙·体性》)、"夫才童学文,宜正体制"(《文心雕龙·附会》)、"盖周书论辞,贵乎体要"(《文心雕龙·序志》)、"文章以体制为先,精工次之,失其体制,虽浮声切响,抽黄对白,极

---

① (宋)陈骙:《文则》,人民文学出版社1960年版,第37页。

其精工，不可谓之文矣"（宋倪思语①）、"论文章先体制而后文之工拙"（王安石语②）等辨体论点，从而构成了古代文体批评的重要内容。

从古代文体观念发展变迁历程来看，先秦时期出现了对各类文体用途及特点的初步总结，到了两汉，针对文体风格开始逐步出现一些较为具体的论述，但实际上这种对文体的具体风格特点辨析尚未完全完成，而两晋和南北朝时期则成为辨体批评的成熟时期，因此我们可以看到，一方面从先秦开始，古代文体越发繁复，对文体风格辨析越发精细，另一方面则是越发繁复之中，难以见到完整的区分，形成了文体之间的并称、渗透与融合。所谓古代文体之间的并称、渗透与融合其实就是指文体之间由于功能、题材、使用对象的相似而出现文体的并列现象，同时互相指称，也由于这种并称，而出现融合、渗透的现象，对此钱锺书先生指出："文各有体，不能相杂，分之双美，合之两伤；苟欲行兼并之实，则童牛角马，非此非彼。"③

二 文体并称、渗透与融合探源

考察古代文体之间的并称、互渗、互融现象，就文体本身而言，其最初源头可以追溯到汉代，我们大体可将其视为文体并称、渗透的初始阶段。诗赋并称是文体并称在汉代的集中体现，除此之外，还有赋颂、歌诗等并称。汉代诗赋并称以刘向、刘歆父子分别编撰的《别录》和《七略》以及班固《汉书·艺文志》中的《诗赋略》为代表。汉初到刘向时期，汉赋的创作呈现繁荣景象，产生了数量庞大的作品，班固《两都赋序》指出："孝成之世，论而录之，盖奏御者千有余篇。"④ 那

---

① （明）吴纳：《文章辨体序说·诸儒总论作文法》，人民文学出版社1962年版，第14页。
② 郭绍虞：《沧浪诗话校释》，人民文学出版社1983年版，第136页。
③ 钱锺书：《钱锺书集》，生活·读书·新知三联书店2002年版，第95页。
④ （清）严可均辑：《全后汉文》卷24，商务印书馆1999年版，第235页。

么对汉赋的文献整理成为汉代典籍整理的重要组成部分。对于刘向、刘歆对汉代典籍的整理情况,班固《汉书·艺文志》明确指出:

> 至成帝时,以书颇散亡,使谒者陈农求遗书于天下。诏光禄大夫刘向校经传诸子诗赋,步兵校尉任宏校兵书,太史令尹咸校数术,侍医李柱国校方技。每一书已,向辄条其篇目,撮其指意,录而奏之。会向卒,哀帝复使向子侍中奉车都尉歆卒父业。歆于是总群书而奏其《七略》,故有《辑略》,有《六艺略》,有《诸子略》,有《诗赋略》,有《兵书略》,有《术数略》,有《方技略》。今删其要,以备篇辑。①

梁阮孝绪《七录序》也说:"昔刘向校书,辄为一录,论其指归,辨其讹谬,随竟奏上,皆载在本书。时又别集众录,谓之《别录》,即今之《别录》是也。"②

刘向、刘歆父子对汉代典籍的整理除了校勘之外,另外的工作就是撰写相关"书录"及"书略",即"条其篇目,撮其指意",这其实就是今天书目提要的最初来源形式,从班固及阮孝绪的说法可知,刘向其实在当时为整理的每本书都撰写了书录(或叙录),并附在书的最后,另外还把这些书录从每书后抽离出来,由此编成了《别录》。刘歆总括全书,撰成《七略》,共分为《辑略》《六艺略》《诸子略》《诗赋略》《兵书略》《术数略》《方技略》。《诗赋略》为其中重要组成部分,六艺为六经,即《诗》《书》《礼》《易》《乐》《春秋》,其实《六艺略》中已含《诗经》,但为何刘向要别立《诗赋略》呢?对此,刘向说:"诗赋不从《六艺》诗部,盖由其书既多,

---

① (汉)班固:《汉书》,中华书局1962年版,第1701页。
② (清)严可均辑:《全上古三代秦汉三国六朝文·全梁文》卷66,商务印书馆1999年版,第735页。

所以别为一略。"① 考察其本意应当是说诗赋本身应当隶属于六艺《诗经》部，之所以单列"一略"，主要在于诗赋的书籍众多，可能会影响到对《诗经》类书籍的认知，因此单设"诗赋"一略，由此可以推断出刘向刘歆父子以及班固其实认为六艺《诗经》部与《诗赋略》之"诗"有传承关系，这源出于他们对诗赋源于经学的观念认知，而非文学的观念，但不可否认的是，这其中隐含着他们对"诗赋"之"诗"文体新特征的认知。

班固《汉书·艺文志·诗赋略》：

> 春秋之后，周道浸坏，聘问歌咏不行于列国，学《诗》之士逸在布衣，而贤人失志之赋作矣。大儒孙卿及楚臣屈原离谗忧国，皆作赋以风，咸有恻隐，古诗之义也。其后宋玉、唐勒；汉兴，枚乘，司马相如，下及杨子云，竞为侈俪闳衍之词，没其风谕之义。是以杨子悔之，曰："诗人之赋丽以则，辞人之赋丽以淫。如孔氏之门人用赋也，则贾谊登堂，相如入室矣，如其不用何！"自孝武立乐府而采歌谣，于是有代赵之讴，秦楚之风，皆感于哀乐，缘事而发，亦可以观风俗，知薄厚云。序诗赋为五种。②

两汉时期，随着赋创作的大量出现，诗的创作出现了分流，赋由此被时人视为了诗的支流，因此出现了诗赋同流之说，"赋者，古诗之流也"③。班固这段文字首先指出了赋体创作兴起的原因在于春秋以来"聘问歌咏"等受到破坏，诗歌创作人群向布衣发展，表现贤人"失志"之赋出现，这其中以孙卿和屈原之赋为代表，他们借赋作进行讽

---

① （汉）刘向、刘歆著，（清）姚振宗辑录：《七略别录轶文 七略轶文》之《别录序》，澳门大学出版中心2007年版，第3页。
② （汉）班固：《汉书》，中华书局1962年版，第1756页。
③ （南朝梁）萧统编，（唐）李善注：《文选》，中华书局1977年版，第21页。

谏，赋因此有古诗之义。其次，详述了从屈原到汉赋文体风格的发展变化，孙卿和屈原因为遭遇不公，他们创作赋的风格体现为"咸有恻隐"。宋玉、唐勒的赋是另外一类。汉初枚乘、司马相如以及扬雄的赋创作则体现为"侈丽闳衍之词"，失去了"风谕之义"，因此扬雄提出了"诗人之赋"和"辞人之赋"的区别，重点还是强调不要因为文辞华丽而丧失讽谏的功能。由此可知，诗赋之所以在汉代被并称的主要原因在于二者具备的"讽谏"功能内涵。因此我们可以看到汉代的诗赋创作，既有由诗入赋，又有由赋入诗的创作，诗体与赋体并称杂糅，呈现出文体渗透、融合的全新面貌。

尽管汉代人已将诗赋并称，二者之间出现融合渗透的面貌，但汉代人对各类文体之间的区分仍然有自己的认知，在《汉书·艺文志》中已经充分体现出对不同赋体风格的认知，这其实也可视为汉代辨体的认知。《诗赋略》中共将诗赋分为屈原赋、陆贾赋、孙卿（荀子）赋、杂赋、歌诗五类。赋分四类，这四类赋创作风格是不同的，刘师培《论文杂记》指出了这几类赋之间的区别："写怀之赋，屈原以下二十家是也。骋辞之赋，陆贾以下二十一家是也。阐理之赋，荀卿以下二十五家是也。写怀之赋，其源出于《诗经》。骋辞之赋，其源出于纵横家。阐理之赋，其源出于儒、道两家。"① 尽管"写怀之赋""骋辞之赋""阐理之赋"的分类是刘师培的阐释，但《诗赋略》中赋体的具体分类很显然体现了汉代人主动自觉对赋体开展的辨体意识。至于杂赋类的特点及缘起，由于后代文献的诸多缺失，很难窥其原貌，明胡应麟有"后世总集所自始也"② 的看法，清人章学诚对此持相同的观点："诗赋前三种之分家，不可考矣。其与后二种之别类，甚晓然也。三种之赋，人自为篇，后世别集之体也；杂赋一种，不列专名，而类叙为篇，后世总

---

① 刘师培：《论文杂记》，人民文学出版社1959年版，第115—116页。
② （明）胡应麟：《诗薮》，中华书局1958年版，第246页。

集之体也。"① 也就是说，在后代人看来，前三类赋相当于后代的别集，而杂赋则相当于总集，至于古代作品因为文体不同所形成的集部分类以及别集和总集问题则是另外的话题，但至少我们可以看到汉代人在赋体分类上已经有了明晰的辨体意识。

汉代除了将诗赋并称外，还有歌诗和赋颂并称的情况。赋颂并称如《汉书·叙传》："文艳用寡，子虚乌有，寓言淫丽，托风终始，见识博物，有可观采，蔚为辞宗，赋颂之首。"②《汉书·枚皋传》："诙笑类徘倡，为赋颂，好嫚戏"③ 等。

歌诗并称在《诗赋略》中有集中体现。《诗赋略》中列举了汉兴以来如"《高祖歌诗》二篇""《泰一杂甘泉寿宫歌诗》十四篇"等歌诗28家，314篇。此外《汉书·艺文志·六艺略·乐》还有还列举了"《雅歌诗》四篇"。《诗赋略》中的歌诗显然指两种不同的文体。《尚书·尧典》："诗言志，歌永言"，马融认为："歌，所以长言诗之意也"④，《汉书·艺文志》："诵其言谓之诗，咏其声谓之歌"⑤，《史记正义》："若直述其志，则无蕴藉之美，故又长言歌咏，使声音之美可得而闻之也。"⑥ 按此可知，"歌"是"诗"的长言表现方式，歌诗并称最早可见于《左传·襄公十六年》："晋侯与诸侯宴于温，使诸大夫舞，曰：'歌诗必类。'"孙怡让对"歌诗必类"指出说："是舞有歌诗也。"⑦ 杨伯峻对此指出："必类者，一则须与舞相配，而尤重表达本人思想。"⑧《墨子·公孟》中还记载："丧礼，君与父母、妻、后子死，三年丧服，伯父、叔父、兄弟期，族人五月，姑、姊、舅、甥皆有数月

---

① （清）章学诚：《文史通义·校雠通义》，上海书店1988年版，第99页。
② （汉）班固：《汉书》，中华书局1962年版，第4255页。
③ 同上书，第2366页。
④ （清）孙星衍：《尚书今古文注疏》，中华书局1986年版，第70页。
⑤ （汉）班固：《汉书》，中华书局1962年版，第1708页。
⑥ （唐）张守节：《史记正义》，《史记三家注》，中华书局1999年版，第1065页。
⑦ （清）孙怡让：《墨子间诂》，中华书局2001年版，第456页。
⑧ 杨伯峻：《春秋左传注》，中华书局1990年版，第1027页。

之丧。或以不丧之间，诵诗三百，弦诗三百，歌诗三百，舞诗三百。若用子之言，则君子何日以听治？庶人何日以从事？"①"诵""弦""歌""舞"均为动词，并非名词，所以我们不可把这里的"歌"视为文体。歌诗与赋同出于《诗经》，不管是"讽诵"还是"咏歌"均是诗的传播表现方式。到了汉代，《诗赋略》中的"歌"则显然发生了变化，已经变化为文体，这与汉代设立乐府、恢复采诗制度密切相关，《诗赋略》前言"聘问歌咏不行于列国"，后言"自孝武立乐府而采歌谣，于是有代赵之讴，秦楚之风，皆感于哀乐，缘事而发，亦可以观风俗，知薄厚云"。汉代乐府之"歌谣"由此承担起"观风俗，知薄厚"之责任。"歌"具有音乐性，能入乐，能演唱，同时具备"诗"之功能，与"诗"之间存在共通性，因此二者能得以并称。"代赵之讴，秦楚之风"则充分体现出"歌"的民间和地域化特征，汉代五言、七言等新兴诗体的出现，这都可视为汉代歌诗并称中展现出的汉代文体发生的新变化。

三　文体并称、渗透与融合的深化

由汉代开始的诸如诗赋、赋颂、歌诗等文体并称、渗透与融合在魏晋南北朝时期得到了进一步深化。曹丕《典论·论文》中有"奏议""书论""铭诔""诗赋"四科八体并举。

刘勰《文心雕龙》中有"颂赞""祝盟""铭箴""诔碑""哀吊""谐隐""论说""章表""奏启""书记"等并称。在论及各类文体的具体风格特点的时候，刘勰更是采取了诸如"章表奏议""赋颂歌诗""符檄书移""史论序注""箴铭碑诔"五类并举的言说方式（《文心雕龙·定势》）。在论及各类文体源头时，刘勰有意识将它们归并于五经，因此又有"论说辞序""诏策章奏""赋颂歌赞""铭

---

① （清）孙诒让：《墨子间诂》，中华书局2001年版，第456页。

诔箴祝""记传盟檄"(《文心雕龙·宗经》)五类并称。

先秦以后,文体和文类风格日益繁复并细密,徐师曾《文体明辨序说》中说:"文愈盛,故类愈增;类愈增,故体愈众,体愈众,故辩当愈严。"① 在文体创作的繁盛引导之下,文体之间的相互融合、相互渗透就显得不可避免。曹丕《典论·论文》指出"夫文本同而末异",一切文章均有其共通性,而在具体表现上则呈现出文体的差异化。"文本同"植根于对文学本质规律的认知,所以《尚书》有"诗言志,歌永言"之说,刘勰也说:"文之为德也大矣,与天地并生者何哉?"(《文心雕龙·原道》),北齐颜之推《颜氏家训·文章》中也指出:"夫文章者,原出《五经》,诏命策檄,生于《书》者也;序述论议,生于《易》者也;歌咏赋颂,生于《诗》者也;祭祀哀诔,生于《礼》者也;书奏箴铭,生于《春秋》者也。"② 这种"同"恰好就是文体之所以能互融、互渗、互称的基础,由此也成为后世破体批评的基础,刘勰以《易》统"论说辞序"之首、《尚书》发"诏策章奏"之源、《诗经》立"赋颂歌赞"之本、《礼》总"铭诔箴祝"之端、《春秋》为"记传盟檄"之根,恰好是认识到了与各类文体之"同"。

而"末异"则表现为各类文体所具有的独特性,由此构成辨体批评的基础,这其中对文体风格的辨析是辨体批评的重点。曹丕所言"各以所长,相轻所短"恰好体现出曹丕对各类文体之间存在差异化的认知,他把这种差异化归结为作家之才性,深刻影响了后世的文气说。而文体之间能够并称、互融、互渗的基础又恰好在文体之间风格的类似。曹丕所言"奏议"之雅,"书论"之理,铭诔之"实","诗赋"之丽,就是充分认识到这几类文体风格的相似,故能并称。陆机《文赋》将文体分为十类,在考察它们的具体风格特征之后,指出"虽区分之在兹,亦禁邪而制放",意为要禁止浮艳的文风,并做到收放有

---

① (明)徐师曾:《文体明辨序说》,人民文学出版社1962年版,第78页。
② 王利器:《颜氏家训集解》(增补本),中华书局1993年版,第237页。

度，而不是漫无止归，没有限定。刘勰则认为文体有自身基本的规则，但同时又会发生变化，"设文之体有常，变文之数无方"（《文心雕龙·通变》），他针对"章表奏议"提出要"准乎典雅"，"赋颂歌诗"要"羽仪清丽"，"符檄书移"要楷式明断，"史论序注"要"师范核要"，"箴铭碑诔"要"体制宏深"，"连珠七辞"要"从事巧艳"，在确定大体风格的同时要"循体而成势，随变而立功"（《文心雕龙·定势》），并就此提出要"因情立体，即体成势"，刘勰所言之"情"可看作文体的内容，即要根据内容来确定文体的运用，然后按照具体文体的规则形成风格。

  古代文体能够并称、互渗并融合，还在于这些文体功能之间存在相通之处。比如汉代人在文体使用上常常会出现"赋""颂"并称，赋颂并称最早可见于《韩非子·外储说左上》："且先王之赋颂，钟鼎之铭，皆播吾之迹，华山之博也。"① 这种并称或混用除了在汉代史书中大量出现外，如《汉书·淮南王刘安传》："每宴见，谈说得失及方技赋颂，昏莫然后罢。"②《汉书·严助传》："有奇异，辄使为文，及作赋颂数十篇。"③《汉书·刘向传》："更生以通达能属文辞。与王褒、张子侨等并进对，献赋颂凡数十篇"④，《汉书·叙传》："文艳用寡，子虚乌有，寓言淫丽，托风终始，见识博物，有可观采，蔚为辞宗，赋颂之首"，《汉书·枚皋传》："诙笑类徘倡，为赋颂，好嫚戏。"扬雄《答刘歆书》："张伯松不好雄赋颂之文，然亦有以奇之。"⑤ 王符《潜夫论》中亦云："今赋颂之徒，苟为饶辩屈塞之辞，竞陈诬罔无然之事，以索见怪于世"⑥，王充《论衡》中亦有多处"赋颂"并称，如"以敏于赋颂

---

① （清）王先慎：《韩非子集解》，中华书局1998年版，第262页。
② （汉）班固：《汉书》，中华书局1962年版，第2145页。
③ 同上书，第2775页。
④ 同上书，第1928页。
⑤ （清）严可均辑：《全汉文》，商务印书馆1999年版，第534页。
⑥ （汉）王符：《潜夫论》，上海古籍出版社1978年版，第19页。

为弘丽之文为贤乎？则夫司马长卿扬子云是也。"①"赋颂篇下其有'乱曰'章，盖其类也。"② 另外《史记·司马相如列传》中司马迁也同时言及司马相如作品《大人赋》或《大人颂》。从汉代文体发展实际来看，"赋"体与"颂"体之间同时存在"赋"体影响"颂"体，"颂"体对"赋"体有依附关系，二者之间并称混用等三种特殊关系，而这些都植根于"赋"体与"颂"体均具有铺陈排比、赞颂帝王的功能，刘勰《文心雕龙·诠赋》："《诗》有六义，其二曰赋。赋者，铺也，铺采摛文，体物写志也。昔邵公称：'公卿献诗，师箴瞍赋'。传云：'登高能赋，可为大夫。'诗序则同义，传说则异体。总其归途，实相枝干。故刘向云明'不歌而颂'，班固称'古诗之流也'。"③

赋可"诵"读，如《国语·周语上》记载："故天子听政，使公卿至于列士献诗，瞽献曲，史献书，师箴，瞍赋，矇诵"，"颂"则同样有"诵"之意，郑玄注《周礼·春官·大师》说："颂之言诵也，容也，诵今之德，广以美之。"挚虞对"颂"评价说："颂，诗之美者也，古者圣帝明王，功成治定而颂声兴，于是奏于宗庙，告于鬼神，故颂之所者，圣王之德也。"（《文章流别论》）由于颂体具有赞扬、赞颂之功能，所以"颂"体又"赞"体之间形成了并称关系，如《文心雕龙》就有专门的《颂赞》篇，因此"赞""颂"之间常常存在互称的情况，如萧统《文选序》："颂者，所以游扬德业，褒赞成功。"④ 由于这种赞扬功能的进一步扩张，我们又可以看到"颂"与"铭"之间的并称连用，如陆云《与兄平原书》："蔡氏所长，唯铭颂耳。"⑤ 曹植《承露盘铭》："使臣为颂铭。"⑥ 沈约《齐安陆昭王碑文》：

---

① 黄晖：《论衡校释》卷27，中华书局1990年版，第1117页。
② 黄晖：《论衡校释》卷29，中华书局1990年版，第1171页。
③ 范文澜：《文心雕龙注》，人民文学出版社1958年版，第134页。
④ （南朝梁）萧统，（唐）李善注：《文选》，中华书局1977年版，第2页。
⑤ （西晋）陆云：《陆云集》，中华书局1988年版，第141页。
⑥ 赵幼文：《曹植集校注》，人民文学出版社1984年版，第476页。

"乃刊石图徽，寄情铭颂。"① 同时还出现了"颂"与"碑"之间的并称，如刘孝标注《世说新语》并引《续汉书》说："及卒，蔡伯喈为作碑，曰：'吾为人作铭，未尝不有惭容，唯为《郭有道碑颂》无愧耳。'"② 徐师曾："或曰碑颂，皆别题也。"③ 此外，像诔碑、论说、哀吊、箴铭、章表等文体之间也都存在像颂体这种情况。由此我们看到不同文体如果在使用功能及内涵上有相通之处，那么就会出现并称、融合、渗透等情况。宋代以后，不同文体之间融合、渗透的情况越发突出，以文为词、以诗为词、以议论为诗等都是集中的表现。

事实上，每一类文体的出现均有其时代诸多因素掺杂其中，而一旦某种文体相对定型之后，其形式和内容则会呈现相对稳定的状态。但随着时代的发展，文体又会呈现诸多的变化，造成变化的因素有很多，故刘勰说"时运交移，质文代变，古今情理"（《文心雕龙·时序》）这样就会形成一些核心文体走向边缘，而另外一些文体又会向中心移动的现象，文体由中心向边缘，或是由边缘向中心的过程中，常常会吸纳其他文体的特质从而丰富自身的内涵，这样文体间的渗透、融合就不可避免会发生。这种相互间的渗透和融合恰好是文体能够革新变化的动力。这点尤其体现在诗与文之间的渗透和融合上。诗与文之间不仅形式上存在不同，在功能上同样有差异，"诗言志"和"文以载道"各自对"志"与"道"的强调恰好又成为二者之间可以渗透融合的基础，比如汉代的主要文体是赋，汉人认为，辞赋本身就来自于《诗经》之"赋"，班固《两都赋序》："赋者，古诗之流也。"汉赋在形成发展过程中就吸纳了《诗经》和《楚辞》的相关四言体句式和韵律节奏，但"赋"体过于铺陈排比、赞颂帝王的功能又被扬雄调整为"诗人之赋丽以则，辞人之赋丽以淫"（《法言·吾子》），进而强调赋体本身所应当

---

① （南朝梁）萧统，（唐）李善注：《文选》，人民文学出版社1977年版，第823页。
② 余嘉锡：《世说新语笺疏》，中华书局1983年版，第5页。
③ （明）徐师曾：《文体明辨序说》，人民文学出版社1962年版，第150页。

具备的讽谏功能。因此汉赋在继承诗歌抒情性因素的同时,又进而进一步承担诗歌的美刺功能,从而发展出大赋、抒情小赋、骈体赋、律赋等不同的赋体类别。由此,汉代以后散文的逐渐骈化可完全视为"诗"体向"文"之文体渗透并融合的具体表现。尤其是唐宋以后开始的古文运动,"以文为诗"则可视为"文"之文体向"诗"体的渗透和融合,赵翼《瓯北诗话》认为:"以文为诗,自昌黎始;至东坡益大放厥词,别开生面,成一代之大观。"① 韩愈作为古文运动的倡导者,"以文为诗"则可视为古文运动在诗歌创作上的具体实践,并进而影响到宋代文人的诗歌创作,严羽所言"近代诸公乃作奇特解会,遂以文字为诗,以才学为诗,以议论为诗"② 固然是一种批评,但又何尝不是一种文体互相渗透和融合的另外注解?此外,文体互相渗透并融合还体现在"诗"之文体与"词"体以及"文"之体与"词"体之间的复杂关系上,故也有以文为词、以诗为词等诸多文体论点。所以我们可以看到隋唐以后,随着词类等文体创作的日益繁荣,出现了以文字为诗、以才学为诗、以议论为诗、以文为词、以诗为词、以古入律、以散为骈等诸多论点。宋元以后,更是出现了话本、白话与章回、戏曲之间的相互融合和发展。

总体而言,古代文体之间的并称、融合、渗透是文体学研究中值得重视的现象,这种现象从先秦时期不同文体诞生以来就相伴相生,在不同历史时期呈现出不同的表现形态,由此衍生出诸多文体批评方法,集中体现了不同时代的文学、文论主张,揭示了古代文体演进变化之规律,体现出古人独特的哲学思维方式和审美价值理念,从而构成了中国文学和文论研究不可忽视的内容,迄今仍对中国文体的发展发挥着作用。

(作者单位:中国传媒大学人文学院)

---

① (清)赵翼:《瓯北诗话》,人民文学出版社1963年版,第56页。
② (南宋)严羽:《沧浪诗话·诗辨》,人民文学出版社1983年版,第26页。

变则通：在文化磨合中建构近代文体

李继凯

书写行为是人类最具有"人文"意味且区别于其他动物的行为方式，具有人之为人的"本体"性质和特征。而书写成文"文体"形成，它承载着文化命脉，价值意义自不待言。正如党圣元指出的那样："我们时常为中华文化源远流长发展数千年而斯文常在、中华文脉数千年生生不已而根深叶茂感到自信、自豪，而中华文脉之延绵不已，实际上离不开中国文体之根殖蕃衍，中国文体与中华文化相互成就、相互辉映，探源中国文体及其观念之生成发展演化，对于中华文脉研究而言，毫无疑问是一个需要引起充分关注的基础性的、深层面的研究领域。"[①] 笔者注意到，中国古代文论包括文体观有其博大精深的思想体系，既彰显"守成"的传统，也看重"通变"的规律，赖此更具思想的魅力。这在古代文论大家刘勰的代表论著《文心雕龙》中便有精到的论述。如众所知，刘勰继承了《易》所提出的穷则变、变则通、通则久的思想，结合文章文本修辞达意的需要，提出了著名的"通变说"并给予了专论。刘勰的"通变"理念代代相传且为后人多所阐发，在文学文体发展进程中亦有重要影响。如他在《文心雕龙·通变》[②]中就格外强调了

---

① 党圣元：《探寻中国古代文体的起点》，《中华读书报》2019年12月11日第18版。
② （南朝梁）刘勰：《文心雕龙·通变》，浙江古籍出版社2001年版，第164页。

"通变说"的重要性,指出"夫设文之体有常,变文之数无方。何以明其然耶?凡诗、赋、书、记,名理相因,此有常之体也。文辞气力,通变则久,此无方之数也"。他一方面看到了"有常之体",却也看到了"通变则久",意在把继承和创新紧密结合起来,从而达到通变的佳境。由此,"文体通变"也成为文艺理论一个极为重要的命题。

诚然,在古代,中国文人有着"以文体为先"的牢固观念,将文体的本体性视为文学的一个核心问题。[①] 而在"与古为邻"的近代中国文人看来,这一观念理应继承,认定文学文体其实非常关键,文体有其"生命"且也需要与时俱进、吐故纳新,总体看也在不断成长和发展变化中,需要不断地磨合再造。事实上,当中国历史进入通常说的"近代",即鸦片战争(1840)至五四运动(1919)期间,中国社会便进入了一个"中外磨合""新旧磨合"或"古今交合"并逐步走向现代的过渡时期,在这个历史时期里,文学也和社会一样发生了许多重要的变化。文学思潮和文学创作都出现了新的动向,并且都在文学文体的理论与实践上体现了出来。笔者认为这主要体现在三大方面,在此分而述之。

一 中外磨合凸显"四大文体"变革

在中国古代的文学/文章世界里,众多文体能够渐次生成且能并存共荣。到了近代,最为明显的一个变化就是"文学"的四大文体(诗歌、散文、小说和戏剧)被格外凸显了出来,并为后世文学史叙述奠定了基本文体格局。为此,近代作家文人进行了多方面的努力,甚至以文体"革命"为口号,激励前行,导引先路。从文论原理层面讲,文体不但是一种表现形式,而且是作家精神特性的表现;从近代文体观念

---

① 参见吴承学《中国古代文体学研究》,人民出版社2011年版,第1—2页。

层面看，近代意义上的"文学革命论"确实非常引人注目，彰显着古今中外"文化磨合思潮"①的初步形成和激荡不已，体现出中国近代文人对文体创新的强烈渴望与自觉追求。其中，在传统的既有文体和外来的文体观念及实践的基础上，近代文人作家融合再造，紧扣诗歌、散文、小说和戏曲四大文体，近代文学先驱提出了著名的"诗界革命""文界革命""小说界革命"和"戏曲改良"等主张，知行并举，切实推动了四大文体的创新与嬗变。

1. "诗界革命"的提倡，开启了近代诗歌变革尤其是其诗体变革的旅程。在这一诗歌改革思潮中，近代许多优秀的感时忧国的诗人都参与了这种"诗界革命"并做出了自己的贡献。黄遵宪在《杂感》（1868）中就提出了"我手写我口，古岂能拘牵"的改革诗歌主张，并且在诗歌形式上进行了相当自觉的创作实践。夏曾佑、谭嗣同和梁启超等也积极跟进，在近代诗歌变革过程中扮演了重要的角色。这也就是说，虽然从理论和创作上给"诗界革命"开辟道路的是黄遵宪，如果没有更有影响力的梁启超等人的跟进和推进，"诗界革命"的兴起也会大受影响。素来善于思考和表达的梁启超对文化、文艺的力量有深切的体认，他对整体文学革命的必要性、重要性有相当全面的认识。这也体现在他对"诗界革命"的自觉提倡和竭力推动上。他在《夏威夷游记》《饮冰室诗话》《亡友夏穗卿先生》等著述中，进一步提倡和彰显着带有理想色彩的"诗界革命"，不仅要创作"新诗"以开通民智，而且在尝试近代诗歌文体探索方面也付出了很大的努力。他主张诗歌要融入"新意境""新语词"并化入"古人之风格"。在梁启超竭力提倡"诗界革命"的著述中，《饮冰室诗话》②堪称是公认的代表作。这也是梁氏一生的诗评代表作。《饮冰室诗话》在及时评介康有为、黄遵宪、谭嗣

---

① 关于"文化磨合"思潮对文学发展的推动作用，笔者已有相关论述，本文不再赘述。参见李继凯《"文化磨合思潮"与"大现代"中国文学》，《中国高校社会科学》2017年第5期。

② 梁启超：《饮冰室诗话》，见《饮冰室合集·文集》四十五（上），中华书局1989年版。

同、夏曾佑、蒋观云等近代诗人创作的时候,精到地总结了"诗界革命"的诗歌创作理论和见解,也阐释了他自己"诗界革命"的诸多观点,还为后世留下了重要的"诗界革命"方面的文献资料及线索。其他诗人如丘逢甲、马君武、苏曼殊、宁调元等也闻风而动,以"诗界革新"的言说与实践呼应着"诗界革命"。柳亚子、高旭、秋瑾与周实等也都努力尝试新体诗歌创作,具体呈现彼时的新思想、新意境。但整体看,近代诗歌在诗歌体式方面仍只是有限度的革新,笔者曾在《中国近代诗歌史论》(1995)①中指出:近代诗歌多呈现"旧瓶装新酒"的形态和体式,由此表明近代诗体的变革还只是过渡性的"中介"形式的,与"五四"时期白话诗、自由体诗相比还不够"革命",却是后起的白话诗、自由体诗的先导与基础。

2. "文界革命"的提倡,意在将散文从桐城派等古文文体的束缚下解放出来。以此摆脱僵化的旧体格式,趋向易于阅读接受的"新式文体",也就是"新民文体"或"新文体"。"文界革命"的口号是梁启超在《夏威夷游记》当中首次正式提出的,且能躬行实践。人们口中所说的近代新文体,最容易唤起记忆的其实就是梁启超所提倡的新体散文。他的新文体实践对当时文章书写的语言表达、文章格式、行文风格等都产生了极为广泛的影响作用。完全可以说,"文界革命"的首功应该归于梁启超。具体而言,梁氏具有整体性质的文体革新意识,他在19世纪末就提出了一系列文体创新主张,其中就包括了他明确提出的"文界革命"主张。他认为散文在内容和形式方面都应该进行一次亘古未有的改革。认为新体散文创作应该冲决传统古文的诸多文法的桎梏,依循"文界革命"提出的理论进行广泛的文体创新,他个人在改革散文的实践方面也非常积极。如众所知,梁启超是近代非常重视媒体作用的文化名人,他的言论通过近代传播媒介(主要是报刊及"报刊体"

---

① 李继凯、史志谨:《中国近代诗歌史论》,吉林教育出版社1995年版。

文章）确实产生了非常广泛的影响，他的新文体在很大程度上说也是适应报刊媒体的产物，"载体"化育着新的"文体"，这是一种典型的"文化磨合生成"现象：梁启超主张要积极借鉴"欧西文思"，会通古今中外，同时对散文的文体形式提出了更为前卫的主张。如在散文语言改革方面，竭力主张言文合一，倡导俗语文学，要求语言表达要通俗晓畅，这对后来的白话文学热潮的形成有着最为直接的影响。他自己在散文创作实践上也努力践行"文界革命"主张，并形成了雄放隽快、激情洋溢、广有影响的文风，被时人视为"新文体"的范文。梁启超的新文体观念与散文创作在近代散文发辗转型中无疑是具有代表性的，也有力地促进了各体文章的写作向现代散文创作的嬗变和转型，在很大程度上改变了一代文风。完全可以说，梁启超是此后"五四"白话文运动的先驱。

3. "小说界革命"的提出和实践，在近现代文学史上特别引人注目。近代"小说界革命"堪称是最具有"革命"意味的"变则通"现象。梁启超在这方面也有倡导之功。他在《译印政治小说序》《中国唯一之文学报〈新小说〉》《论小说与群治之关系》等文中，相当充分地阐述了他的小说界革命观。尤其是他在1902年发表的《论小说与群治之关系》[①] 一文，被学界普遍视为正式开启"小说界革命"的标志性论文，对变革小说文体以及内容表达有着经典性的阐述。如果说梁启超在许多方面都是名副其实的"改良派"，在小说理论表达上却可以说是相当彻底的革命者，确实站稳了"革命"立场。在当时依然普遍轻视小说文体的时代语境中，是他及其同道竭力高抬小说这一传统意义上的"低贱"文体，使之由"小说"变为"大说"（后人常将这一文体视为最重要的文体即与此有关），从而逐渐摆脱鄙俗乃至恶俗之弊，登上了大雅之堂，变为文坛令人瞩目的文体，甚至被目之为"文学之最上乘"。这种文体革命性的成果直到今天乃至很久的未来都会被珍视（当

---

① 梁启超：《论小说与群治之关系》，《饮冰室合集·文集》（十），中华书局1989年版，第6页。

今国家设立最高文学奖即为鼓励长篇小说创作的"茅盾文学奖"),并有无数小说作家积极地承传和弘扬,创作出了具有崭新面貌的"新小说"。其中,梁启超本人也有积极的奉献。尤其是他在近代政治小说创作方面进行了大胆的探索,但同时也显示了急切服务于现实政治改良的概念化倾向。倒是与此不同的抒情小说创作,出现了更多值得关注的一些优秀作家作品,在小说文体变革方面也有着深刻的意义。从中国文学史角度看,抒情小说在古代几乎湮没无闻,但到了晚清民初,在文化磨合语境中,抒情小说在接受外来小说影响和古典抒情诗歌与散文影响的同时,便出现了文体上的诸多变化,其时诞生的一批抒情小说已经出现了淡化情节叙事、结构松散自如、诗文叙事互渗、情感色彩浓厚、心理刻画细致且能入情动人等艺术特点。这种文体及风格的变化在著名的"情僧"苏曼殊的小说《断鸿零雁记》以及"鸳鸯蝴蝶派"代表作《玉梨魂》(徐枕亚)等小说里就有着相当充分的体现。这类擅长抒情的小说作家感受丰富、情感复杂,其作品文本繁复、内涵深微,较之于古代传统的叙事小说或情节小说文体明显有异。这类增强了抒情性的近代小说所彰显的"近代文体"创新,对后来的中国现代抒情小说、新时期抒情小说、21世纪抒情小说都有着深远的影响。

4. "戏曲改良"在近代也浮出地表,并呈现出新的风貌。史料显示,戏曲改良运动开始于光绪末年,其发起的标志是光绪三十年(1904)同盟会的陈去病和京剧艺人汪笑侬等创办戏剧刊物《二十世纪大舞台》。① 有学者认为,戏曲改良运动持续至五四时期接近尾声。② 窃以为,戏曲改良运动是近代开启、后续弦歌不断的一种文艺现象。一旦将戏曲改良中断或者升级为"文化大革命"式的"戏曲革命",则会导致人生与社会大舞台上的大悲剧。良性的戏曲改良一定是在多元多样文化的磨合兼容中发生的。近代戏曲改良明显受益于近代中外文化的交流,

---

① 参见张次溪编纂《清代燕都梨园史料》(下),中国戏剧出版社1988年版。
② 李世英:《中国戏曲艺术思想史》,人民文学出版社2015年版,第302—303页。

尤其是西方文化包括基督教宗教文化以及西方戏剧观念的传入，对中国古老的戏曲文化产生了极为深刻的影响，从而形成了近代的戏曲改良理论和创作实践，在戏曲剧本创作和戏曲艺术等方面都取得了突破与发展。也有史料显示，梁启超在倡导"小说界革命"时已经兼顾了戏曲，认为小说戏曲的改良势在必行，戏曲具有自己的特色和优越性。他在《劫灰梦》传奇中说福禄特尔（即伏尔泰）编剧本以求振兴民族精神，就借此阐明了戏曲改革的迫切性和必要性；在《小说丛话》中则指出戏曲的"唱歌与科白相间"可淋漓尽致地展示人物的性格与行动，通过各种戏曲表现方式包括"任意缀合诸调"亦可表达"自由之乐"。近代许多热衷于"戏改"的倡导者们大都非常看重戏曲的教育功能，强调戏曲在启蒙开智、兴邦建国中可以发挥很大的社会影响作用。如梁启超、陈去病、天修生、陈独秀等都强调了戏曲的社会功能，认为戏曲作为一种舞台艺术，具有更加直观的形象化的特点，有形有声有色。陈独秀在专论戏曲的文章中指出：戏曲"虽聋得见，虽盲可闻，诚改良社会之不二法门也"，特别看重戏曲有现场感和互动性，能够感染观众，故应在全社会大力提倡。由此，他甚至空前强化了戏曲的宣传功能，特别提出"采用西法""戏中有演说"等观点①，虽然有倡导概念化之弊，客观上却也有推动戏曲变革并进一步走向民众的作用。

二 新旧磨合彰显"多体共存"现象

在古代文论中，也注意到诸多文体并存的现象，但很少注意从新旧文化磨合视角去进行观察，而是着力从书写者个人驾驭文体的写作能力方面进行判断。也就是说，古代文论非常重视作家文人驾驭文体的能力。其基本的判断恰如曹丕《典论·论文》指出的那样："夫人善于自

---

① 陈独秀：《论戏曲》，《新小说》1905年第2期。

见，而文非一体，鲜能备善"，即是说很少有作家能够"文备众体"，大多数作家都是"偏长某体"。这种情形到古今交接的近代仍然普遍存在。但在逐新求变的时代，文化语境毕竟有了重要的变化，新文体和旧文体客观并存，构成了更丰富和错综的文体世界。

如前所述，在近代文坛上有文体变革促成的"四大文体"凸显现象，这个现象不仅意味深长而且呈现出强劲的不可逆转的发展态势。但我们同时也注意到，中国文化/文学的强大传统却依然会守护其众多的固有文体[1]，从而促成了在新旧文化磨合中的诸多文体共存现象，且各显神通，各有语境和表达的空间。这也就是说，在中国近代文坛上进行各种书写的文人作家很多，都运用自己擅长的文体进行书写，部分文人且能兼用新文体和旧文体进行创作，这在客观上便造就了非常繁富的文坛景观。笔者注意到，无论是被视为新派文人还是旧派文人抑或亦新亦旧文人，实际上他们都在积极写作自己的作品，认真经营自己的文本文体，同时也或多或少地相互影响着彼此，遂出现了新旧共存、新旧磨合现象，由此在文体上也呈现出新旧文体并存现象，古今中外的文体在"近代"这个时空中几乎都得到了程度不同的展示。著名汉学家王德威曾注意到晚清民初文坛呈现出的丰富的"现代性"，并在与五四时期的关联和比较中，郑重指出"我们应重识晚清时期的重要性，及其先于甚或超过'五四'的开创性"[2]。他这么看重"晚清"即近代也许确实有点故意"夸张"之嫌，但我们也要看到在中国近代文学/文化场域中呈现的"近代性"，恰恰有其魅力无限的文体世界和文化景观，可以给后人带来无穷无尽的启示。

历史是难以割断的，文学包括文体的历史更是如此。中国近代文

---

[1] 据清代桐城派古文文家姚鼐《古文辞类纂》（边仲仁标点本，岳麓书社1988年版），将战国至清代的古文文体分为论辨、序跋、奏议、书说、赠序、诏令、传状、碑志、杂记、箴铭、颂赞、辞赋、哀祭十三类。此外还有其他分类法。

[2] 王德威：《想象中国的方法：历史·小说·叙事》，百花文艺出版社2016年版，第3页。

学/文体尤其能够显示出新与旧的交织、冲突和共存，生动地演绎着"对立统一"的文化发展规律。近年来，国内外不少学者都在强调中国文学的"新文学传统"，而在笔者看来，"新文学传统"固然包含贯通古代的思想内容意义上的"传统命脉"，也肯定有文体形式方面的"传统样式"，而这种在近代开始逐渐形成的新旧文体共存的"文体生态体系"，也可以被视为宝贵的甚至堪称伟大的文体传统。这种具有包容兼容特征和强大生命力的文体传统是在近代历史文化时空中多元文化交汇、磨合中建构而成的，也是中国近代文人作家文化创造能力的体现，在文体转型和重构方面，为中国文化/文学做出了重要贡献，并对习惯上所说的中国现当代文学（五四以降）产生了巨大的、持久的、决定性的影响。近代历史文化意义非常重大，诸多事件对中国命运包括文运艺脉都具有明显的导引作用。比如甲午海战就影响很大。笔者不仅从文献中了解过这一事件，而且还曾前往威海并两次登上定远舰，深切地感受到打光了弹药却激活了思考的民族之悲情、历史之吊诡。事实上，正是从甲午海战败北开始，中华民族开始了加速的觉醒和奋斗，在物质文化、精神文化和制度文化等多方面都开始积极探求改进、改革乃至革命的良策。诚所谓：没有甲午何来五四，没有五四何来当代！新文化传统、新文学传统、新文体传统的建构由来有自，不仅影响了中国现当代的很多方面，而且必将影响着中国的未来乃至世界的未来。再比如，近代历史文化名人的思想与文体影响也很巨大。我们知道，近代史上有"康梁"著称于世，在紧密承续的近现代文史语境中也便有了"梁鲁"之说，尤其从文学文体发展史的角度看，梁启超和鲁迅为中国近现代文学文体的革命或创新在理论和实践方面都做出了巨大贡献。笔者曾经把梁启超说成中国近现代的"苏东坡"，把鲁迅说成现代中华"民族魂"[①]，他们无疑对近现代中国文学文体的传承与创新做出了重大贡献，

---

① 参见李继凯《梁启超手稿管窥》，《小说评论》2018年第6期；《鲁迅：现代中华民族魂》，《鲁迅研究月刊》2018年第3期。

如梁启超对四大文体变革的诸多论述都具有开创性,而受教于近代、崛起于现代文坛的鲁迅更是在小说和杂文领域贡献卓著。不少学者对他们的文学成就包括文体思想与实践都进行了专题研究。事实上,以"梁鲁"为代表的近现代作家群为中国"近现代文学"包括文学文体做出了不可磨灭的重要贡献。

从学理层面的角度看,文学文体也是有其"生命"的,总体看也在发展变化,且需要不断吐故纳新、磨合再造。中国文学文体的发展变化也是如此。不过文体发展会进入不同的时期,有时以守成平稳为主,有时却以创新求变为主。当历史进入通常说的"近代",即鸦片战争(1840)至五四运动(1919)期间,中国社会进入了一个"古代式微"或"告别古代"走向现代的过渡时期,在这个历史时期里,文学也和社会一样发生了许多变化。文学思潮和文学创作都出现了新的动向,并且都在文体的理论与实践上体现了出来。对此有不少重要的学者都进行了相关论述,提出了时代发展、历史进步的"必然论"和近代"过渡论"等重要观点,在各种教材中也基本采用的是这类"必然论"和近代"过渡论",为人们所熟知且影响非常广泛。然而,过去的研究思路基本是竭力论述"新为贵",何为新,新为何,着力强调要"拿来"西方文化来刷新自我,唯此为大,唯此为"新",其线性思维特征非常明显,即使强调中西融合也是为了出"新",维新成为运动成为思维也成为习惯。这种思维模式还经常被冠上"科学"的名义,并深得"进化论"的精神及要义。

其实,从近代整体环境、语境及文化氛围来讲,旧派或习惯采用传统的旧文体进行书写仍是绝对的"主流"。大量的文人书写也仍是传统样式。即使是"但开风气不为师"的龚自珍,其著名的《己亥杂诗》即仍为旧体,主张"我手写我口"的黄遵宪,其旧体诗集《人境庐诗草》,也只是加多了口语化的语词。而风行于社会的"鸳鸯蝴蝶派"小说,也基本承袭着明清小说的文言叙事方式,显示其热衷于骈俪化叙说的语言特征。总体看,从文体上讲,中国近代的旧体文学确实仍占据当时主要的文学场域。即使最接近外国文化/文本的翻译家也是文言雅语的高手,他们作为竭力主张变革的翻译家、革新派,在笔下彰显"欧西文思"传播西方精神的同时,仍旧习惯地采用文言、雅语。如赫赫有名的翻译家严复就坚持认为应"固守古文雅言",他那广为人知的"信、达、雅"翻译文体主张(既是内容翻译标准也是文体要求),落脚之处就是带有极强传统色彩的"尚雅"文论。[①] 他的文体观念和翻译文体及语言范式,对彼时年轻的学子如鲁迅等,都产生了巨大影响。鲁迅嗜读其《天演论》等译本,对其思想和文体都有了深切的了解。正是由于近代的文坛影响,才有了鲁迅早期的小说翻译及创作的尝试,还有了多篇文言宏论,迄今仍具有思想和文体的双重魅力。这也就是说,中国近代文化(包括进入近代的翻译文本、中外文化思潮与"依然生存"的传统文化等)的影响,尤其是广泛的阅读、接受对鲁迅文体意识形成的影响,是非常值得关注的。由此也可以反观一代学子们的"师辈"所习用的文体和语言。其中,鲁迅和他的老师们都兼擅多种文体的书写就是明证。事实上,从近代文场进入民国或"现代"文坛,鲁迅和他的老师们都有其革新的追求,但也都有新旧文体融汇的意识和相当到位的书写。此外,还有林纾的大量翻译,也对众多年轻的学子产生了影响。笔者以为:"翻译本身也是一种创造性的工作,文学翻译在文化创造活动中的重要作用不可轻估。"[②] 奇妙的是,近代新派文人或旧派文人抑或亦新亦旧文人都有人热衷于翻译(或改译、编译),并形成了明显区别于中国古代文体的"翻译文体"。而这样的"译文体"和区别于"纯文学文体"的"亚文体"以及由媒体催生的"报刊体",形成了斑驳陆离、繁杂丰富的"文学/文体生态圈",

---

① 参见严复《天演论·译例言》,《天演论》,冯君豪注解,中州古籍出版社1998年版,第1页。
② 李继凯等:《20世纪中国文学的文化创造》,中国社会科学出版社2009年版,第326页。

同时也促进了新旧文体、中外文体的磨合与互渗，由此也超越了新与旧和简单的"二元对立"，从宏阔的更长远的文化期待视野来看，由此显示的"多体共存"现象及渐进"改良"特征，也许还是一种比较理想的人文状态。

有学者特别注意到近代文体的整体形态，指出"在文体形态上，表现为从以传统文章学、文类学为基本标准、以经史子集四部为基本知识谱系和价值内核的传统文体形态，向具有明显西方知识体系与学术色彩、以西方近现代思想文化观念为价值追求的近现代文体形态转变"①。诚然，转变是历史大趋势，变则通是规律，且体现了渐进的历史特征。然而人们却非常容易忽视稳定和守成的文化规律，将自觉继承、传扬已有的人文精神和文体形态视为"正当行为"。正是新与旧的交织、叠合、磨合，造就了近代文人书写的文体呈现出五花八门亦即"多体共存"的现象。既有与外来文化和文体密切相关的小说、诗歌、散文和戏剧等文学/文体形式，与此伴生的是逐渐活跃起来的译介著述、政论时评、翻译文学及报刊文章等，也有恪守传统文论理念和文体习惯的各种旧体文章（诗词曲赋、骈文联语、史传序跋等），从文体、语词乃至使用的笔墨纸砚都散发着浓厚的传统气息。

三 多重磨合强化文学/文体"中介"特征

笔者认为，文体作为一种文化存在方式，也是在"文化磨合"中渐变、发展的。近代文学/文体的发展演变亦然，也是在中外磨合、新旧磨合的近代文化的生态环境中生成、建构的。而其生成、建构的取向即是走向更具有包容性、丰富性的"大现代"。在建构具有整合特征的"大现代文学/文体"过程中，近代文人无疑也有导引先路、铺路种树

---

① 左鹏军：《文化的中西古今之变与近代文体的转换生新》，《学术研究》2018年第5期。

的贡献，其文体观念和文学实践构成了五四以降文学/文体最直接的源头。而近代文学/文体的多重磨合也在多方面强化了其"玉汝于成"的"中介"特征及作用。

实际上，中国近现代逐渐形成了一种具有总体性、综合性和持续性的"文化磨合思潮"。而这种"文化磨合思潮"也对中国"大现代"文学（从近代开始建构迄今仍在继续）的发生发展产生了深切而又重要的影响。① 从文化哲学层面上看，"文化磨合"折射了理想文化与现实文化的矛盾与冲突、对立与统一。异质文化之间只有不断地进行广泛的文化交流才能被刺激、启动，才能变则通、通则畅、畅则达、达则显，从而升华到新的文化境界，达到新的文化发展阶段。这也就是说，文化/文学的期待与现实的矛盾恰好是民族文化/文学发展的动力所在，必然会推动本民族文化在原有基础上多方借鉴并不断向前发展。文化"矛盾"的化解其实就是文化"磨合"，矛盾运动是过程，磨合融合是目的，反反复复而又生生不息，迄今依然。在中国近现代历史进程中，外来的文化征服与军事征服相携而至，于是文化帝国主义和军事帝国主义成为近现代极为突出的现象。但与此同时，"不打不相识"，中外文化由此相遇了，极其伟大而又艰难的"文化磨合"历程开始了。在中国，在"帝国主义"打击式唤醒的同时，近现代的文化交流、文化磨合包括各种学说或众多"主义"也给国人带来了极为丰富的文化启示。正是这种堪称驳杂而又雄浑的近现代文化磨合思潮涌起的时代大环境，孕育了混合形态以及"多体共存"的文学和文体。而在这样的复合形态的文学世界中，众多新旧杂陈的文体承载的"文心"或精神，既有世界性的东西，也有中国独有的东西，更有多种文化混合、结合生成的东西。长期以来，我们经常处在"西化"与"国粹"两难的抉择中，忽东忽西，对近现代以来作家的心魂与文本

---

① 参见李继凯《"文化磨合思潮"与"大现代"中国文学》，《中国高校社会科学》2017年第5期。

的探究，也总想分析哪些是西来的，哪些是本土的东西，并给出优劣、好坏或先进与落后之类的判断，结果却往往忽略了蕴藏于众多近现代文学名著文本中"磨合"生成的创造物，这种合金型的创造物是无论哪一个外国作家作品或中国作家作品（包括古代中国最杰出的作家作品）都无法取代的。窃以为这种由文化磨合而来的文化创造才是最值得我们珍视的。这其实也是近代文学/文体理论和实践给我们提供的"中国经验"。

总体看，近代文学文体确实出现了比较全面的嬗变。如前所述，四大文体都有一些"革命"性的变化，且在理论和实践上都取得了可观的进展。同时也都体现出了承先启后的中介特征，在文体的古今演变过程中发挥了"桥梁"作用。简言之，近代文体的"中介"特征及作用主要体现在四个方面：其一是历史性的"承上"，即对古代文体的自然而然的继承，前述诗歌、散文、小说与戏曲四大文体都是依托既有的古代文体进行实质性改良的，根本做不到另起炉灶，这大概也是学术界习惯上仍将近代文学纳入"古代文学"大格局的内在原因（但从语词概念讲，说"古近代"别扭，说"近现代"顺畅，在这种习惯性的语词表达中，也表明了近代是逐渐脱离古代、较快走向现代的一个重要历史时期）。其二是过渡性的"启下"，近代文学发展包括文体嬗变的意义是指向现代的，具有指向当下、开启未来的价值取向。有学者称"没有晚清，何来五四"[①]，这话语既有思想史的"现代性"意义，其实也有文体史的"现代性"意义。比如诗歌的近代化，无论在内涵还是形式方面都带有过渡性特征，其各种诗体的有限度的尝试包括口语化、新

---

① 参见王德威《被压抑的现代性：没有晚清，何来"五四"？》，此文收入王德威《想象中国的方法：历史·小说·叙事》，百花文艺出版社2016年版。此文也是王德威《被压抑的现代性——晚清小说新论》（北京大学出版社2005年版）的"导论"。本文格外看重晚清即近代文学的现代化追求及其重要意义，认为应对晚清文化重新定位，应重识晚清时期的重要性和开创性。认为晚清文学的创作、出版及阅读蓬勃发展，真是前所未见。而小说一跃而为文类的大宗，更见证了传统文学体制的巨变。但最引人注目的是作者推陈出新、千奇百怪的实验冲动，较诸"五四"，毫不逊色。

语句的采用，就启发了后来者可以进行更多的诗歌艺术探索。其三是与时俱进的"载道"。古代文学的"文以载道"作为一种强大的传统或"文心文道"，到了近代也只是在体式上有所嬗变更新，在"载道"功能上依然受到重视，甚至赋予四大文体更多的教育功能和社会使命。文体所载的"古道"可以被置换为"新道"，但仍是"旧瓶装新酒"，新旧交合或杂糅的形态也别具魅力，也可以沁人心脾。这也许还是西化"启蒙"难以彻底达成的深层原因。其四是古今中外的"磨合"。文学发展和文体嬗变都与特定时代和文化环境密切相关。中国近代的主要特征之一是"被动性开放"，在中西文化冲突交融、古今文化嬗变会通的背景下，外来文化与传统文化的遭遇促发了"文化磨合"现象，也助成了"文化磨合"思潮的潜滋暗长，对近代文体的创化产生了非常直接的影响。比如在散文、小说和戏曲的变革过程中，外国文艺的译介和西方媒介（报刊）传入的影响就极为明显，而在众多文学文本中，研究者都可以"析出"古今中外的文化元素，都可以看到具有近代特征的"文化配方"及具有磨合痕迹的文句和故事。过去学界在探讨近代文体嬗变原因的时候，一些学者看重的是大时代政治的推动作用，认为在"旧民主主义"进入"新民主主义"的时代演进中，恰是时代政治引领了文学艺术发生了深刻的变化；一些学者则格外看重外来文学、舶来文化对近代文学文体的影响，认为新文体是"西化"变革旧文体的结果；还有一些学者努力发掘中国固有文化、文体资源的潜在影响，尤其在文化寻根、文化固本思潮兴起的某些阶段，这种强调文体自发变化创新的观点更有"文化自信"的特征。其实，这些论述都可以"自圆其说"。但在笔者看来，只能是各种古今中外文化资源和动因的合力创化，亦即"文化磨合"，才是持久、高效推进近代文学/文体发生嬗变和共存的"综合力量"，单一强调哪一方面都各有道理却不是全面而又恳切的说法。

在中国近代文学/文体世界中，文化磨合所取得的历史性成果是丰富的，新旧文体/文学得以共存共荣，直至今日乃至未来都很难摆脱这一基本格局。恰恰是基于中国近代文体/文学的经验，从五四时期到跨世纪的"新时代"，我们无论如何进行文学革命还是讲述中国故事，都与中国近代奠基的文学思想、文学叙事、文学语言等有着千丝万缕的联系。由此可以彰显出中国近代文体/文学的"中介"作用。比如语言"文白"的论争和磨合，是近代以来很突出的文化现象，对文体也有持续的影响。因为文言与白话所形成的不同语体，对建构或确定文体规范有关键作用。在倡导白话文方面，近代的一些文化先驱如裘廷梁、陈荣衮等便做出了可贵的努力，既通过论辩彰显白话，也通过创办白话报刊推行白话。恰是近代裘廷梁们的"挺身而出"，才会有五四时期胡适们的"发起总攻"。胡适们明显是对裘廷梁们提倡的白话主张的继续言说和积极开拓。胡适著名的"八事说"或"八不主义"其实与裘廷梁的"八益之说"① 也有着非常密切的关系。值得注意的是，尽管近代以来"文白之争"乃至文化斗争很激烈，争论者常常采取激烈的乃至暴力化的话语来强化自己的主张，其间也有明显的"二元对立"思维的局限，这种激烈的论争在五四时期达到了一个高潮。但我们仍要看到，五四时期新旧文学在纷争中继续强化了来自近代的磨合态势，新文学崛起但并没有消灭也不可能消灭旧体文学（包括旧体诗词曲赋、传统戏剧戏曲、通俗文学及民间文学等），新旧文学其实各有其价值和作用。再如延安时期大力提倡的工农兵文学，较多地继承了新文学的传统，但依然对旧体文学的文体样式多有实践，并取得了显赫的业绩——以毛泽东、董必武等为代表的革命家对旧体诗词的喜爱和实践，就促成了著名的"怀安诗社"及怀安诗派的诞生，直接承续着近代诗词"旧瓶装新酒"的

---

① "白话八益：一曰省日力，二曰除骄气，三曰免枉读，四曰保圣教，五曰便幼学，六曰炼心力，七曰少弃才，八曰便贫民。奇妙的是，裘廷梁提倡白话的文章采用的是文言语体。历史业已证明：文白皆有用。"见裘廷梁《论白话为维新之本》，郭绍虞《中国历代文论选》，上海古籍出版社2001年版，第401页。

文体形态及抒情策略①;又如近年来的"新时代"文学,中外、新旧的界限其实更加模糊,崇尚后现代的作家文人往往对远古的民间的魔幻的东西更加痴迷,不少学者也都竭诚呼吁文化/文学的多样性,在文化/文学走向繁富的同时,传统文化、民间文化和外国文化都在文学/文体实践层面得到了尊重和发展的空间。事实证明,由近代以来的文学/文体实践证明,"通变"的方向是"大现代","通变"的目的是"更丰富",而不是相反。悲哀的是,只有在"文化大革命"或"大革文化命"的某些特定时期,极端化的文艺观仿佛带上了致命的"病毒",可以造成人心和文心的严重扭曲和异化。而极其坚定地认定单一或单纯的文学理念并消灭文化多样性,便会阻断文化磨合的资源及路径,由此也必然会造成文学/文化的枯竭甚至是变异为彻底工具化的阴谋文本,其高度政治化的文体也会出现极为惊人的单一化和模式化,远比古代的八股文为甚,与具有活力、魅力的文学/文体之常态截然不同。近代以来的文化、文学、文体的运演(主要不是"天演"而是"人演")不断证明了"采取的力求变革维新、思想解放、批判与磨合并举等文化策略的必要性和重要性"②。策略和智慧同在,各类事业的成功有赖于此,中国文学、文体的繁盛也有赖于此。

  总之,中国文学文体的发展变化有其自身的规律或"节奏",当文体发展进入不同的时期,有时是以守成平稳为主,有时却以创新求变为主。而中国近代文体的演变,却几乎同时体现了这样两种态势,既有守成平稳,也有创新求变,这是非常难能可贵的。不过,在如今的

---

  ① 从文学史发展的角度来说,毛泽东、董必武、林伯渠、李木庵等数十位革命家几十年来从事于革命中的大量诗词创作及其实践,是具有重要的文学史及诗史意义的;他们不仅继承了传统文化/文学的精华,而且对中国近代开拓的文化道路、文学经验有自觉的继承和发扬。由此接续了近代诗歌传统并向现代延续发展,具有重要的文学史意义。毛泽东大力提倡了解中国近代历史,可谓用意很深。显然,延安时期由怀安诗社创造的诗词传统,具有重要的文学史地位,值得深入研究。详参程国君、李继凯《延安革命家的诗词创作实践及诗史价值》,《中国社会科学》2020年第3期。

  ② 李继凯:《从文化策略视角看"大现代中国文学"》,《文艺争鸣》2019年第4期。

世界大变局和"新时代"语境中，笔者要特别强调：与中国古代文体相比，中国近代文体毕竟发生了明显变化，客观上也推进了中国文学的发展，并开启了中国文学进入"大现代"建构的旅程，而这个旅程最引人注目也最耐人寻味的则是近代文人上下求索的"文体革命"诉求和难能可贵的创作实践，由此真正进入了本土文化—文学接受—融入世界文化—文学的时空，其价值意义显然已经远远超出文学文体改革本身了。在那样一个各方面都陷入困境且不断"蒙羞"的中国近代，尚能通过客观存在的"文化磨合"衍生新文体/文学，如今已经有了全球化和建构"人类命运共同体"的新思维，显然更需要有"文化磨合"的自觉和对多元文化的包容，同时对现实和未来的新文体/文学也会有更多的希冀。

（作者单位：陕西师范大学人文社会科学高等研究院）

体性：对作者个性与文学风格关系的理论概括

朱忠元

中国古代文论中常讲体与气的关系、体与性的关系，"体气"或"体性"是古代文论所提出的一个有关"风格"的重要问题。"体性，是讲的文学作品体裁风格与作家才性之间的关系问题。体，即是指作家作品的体貌，它在我国古代文学理论中有两层意思：一是指文学作品的体裁形式，如诗、赋、骈文等。二是指文学作品的风格特点。体裁和风格都是具体地表现文学作品的外在形态的。每一篇文学作品都有自己特定的体裁和风格，因此也就有一定的'体'。性，是讲的作家的才能与个性特点。不同的作家才能有高低优劣。而个性特征也是各不相同的。"[①] 在中国文学理论史上，体与性关联起来，有一个重要的演进过程。本文意在简单追溯这一演进过程的基础上，主要论述体与性的关系，即作者个性与文学风格的关系，初步涉及"体性"这一范畴的熔炼和提出的理论意义。

一 风格是对时代精神的表征

论文讲风格，是中国文学悠久的传统，但是在曹丕之前，风格和人

---

① 张少康：《〈文心雕龙〉体性论》，载《文心雕龙学刊》第2辑，齐鲁书社1984年版，第223页。

的个性之间是很少发生联系的，而多与时代精神相联系。

应当说，魏晋以前已经有文学风格论的萌芽。根据《左传》记载，晏婴在和齐侯的一次谈话中，就谈到过音乐的"清浊""刚柔"，表现了对音乐风格的认识。《左传·襄公二十九年》记载的先秦时季札在鲁观周乐时，对各地诗歌风格所作的评述，应是中国早期最细密的风格分类，请看季札对于"乐"的评价："《周南》《召南》：勤而不怨；《邶》《鄘》《卫》：渊，忧而不困；《王》：思而不惧；《郑》：细已甚；《齐》：泱泱，大风；《豳》：荡，乐而不淫；《秦》：大之至；《魏》：沨沨，大而婉，险而易行；《唐》：思深，忧之远；《小雅》：思而不贰，怒而不言；《大雅》：熙熙，曲而有直体；《颂》：直而不倨，曲而不屈，迩而不逼，远而不携，迁而不淫，复而不厌，哀而不愁，乐而不荒，用而不匮，广而不宣，施而不费，取而不贪，处而不底，行而不流。"这是典型的"观诗知政""观乐知政"的思维和评价，从中我们可以看到诗歌和音乐社会与时代精神的对应关系，我们在这一系列的评价中看到了比较熟悉的句式，这就是"……而……"，正是类似于孔子"乐而不淫，哀而不伤"的中庸表达，充分显示了儒家文学艺术价值观念的折中态度。此外，诸子如孔子的"无邪""温柔敦厚""绘事后素""乐而不淫，哀而不伤""过犹不及"，孟子的"浩然之气"，荀子的"中和"，老子的"致虚极，守静笃""自然"，庄子的"真""天籁"，韩非的"好质恶饰"等，这些与文学相关或者不甚相关的评论也是从风格入手的。但这些不是明确的风格观念。

《荀子·乐论》说"乱代之征，其文章匿而采"，意谓社会纷乱的时代文章表征出来的特点就是内容思想邪慝、形式藻彩繁缛，比较早地对文章风格与时代的对应关系进行论说。《礼记·乐记》有"治世之音安以乐，其政和；乱世之音怨以怒，其政乖；亡国之音哀以思，其民困。声音之道，与政通矣"的说法，在中国文学史上较早将音乐跟时代联系起来论述。"安以乐""怨以怒""哀以思"是对一定时代艺术风格的概括和总结，其句式也类似"……而……"的模式。到了汉儒所总结的儒家文艺的纲领性文献《毛诗序》中，也引述这段话来说明诗歌与时代政教的关系，在谈到"六义"（风赋比兴雅颂）时，说："至于王道衰，礼义废，政教失，国异政，家殊俗，而变风变雅作矣。"意思是说，时代精神发生变故更迭，风雅必然相应发生变化，而体现艺术个性的风格也就必然殊异。在这里，我们看到的是时代风格或者某类艺术形式比如雅的风格的共通性，而没有看到个性风格的表述，这是与个体性的文人没有诞生相对应的。

二 风格是对作者人品、个性的表征

即便如此，中国文学批评很早就将作者的人品与作品的风貌联系起来进行评价了。

王瑶指出："中国的文学批评，从他的开始起，主要即是沿着两条线发展的——论作者和论文体。一直到后来的诗文评或评点本的集子，也还是这样；一面是'读其文不知其人可乎'的以作者为中心的评语，一面是'体有万殊'而'能之者偏'的各种文体性风格的辨析。一切的观点和理论，都是通过这两方面来体现或暗示的。……他们都是为'文'或者为'人'而批评的；不是为理论，或者为批评而批评的。"① 诚如所言，将作者论与文体论、风格论联系起来讨论也是中国古代文论的特色。

在中国文论史上，我们首先看到的是将作品风格与作者修养尤其是人品联系起来的认识。《论语·宪问》较早论述到"德"与"言"的关系，说"有德者比有言，有言者不必有德"，这里孔子强调了德对言的决定作用。关于德与言的对应关系，王充给出了较为具体的解释："德

---

① 王瑶：《中古文学史论之一：中古文学思想》，棠棣出版社1951年版，第124页。

弥盛者文弥缛，德弥彰者文弥明。大人德扩其文炳，小人德积其文斑，官尊而文繁，德高而文积。"（《论衡·书解》）"文墨辞说，士之荣叶、皮壳也。实诚在胸臆，文墨著竹帛，外内表里，自相副称。"（《论衡·超奇》）这是一种正对应关系。《周易·系辞传》下曰："将叛者其辞惭，中心疑者其辞枝，吉人之辞寡，躁人之辞多，诬善之人其辞游，失其守者其辞屈。"人的心术不一，其语言表达殊异。通过言语可以观其人，《孟子》就说道："诐辞知其所蔽，淫辞知其所陷，邪辞知其所离，遁辞知其所穷。"这就是说，通过言辞可以窥见说话人的内心世界和隐秘动机。语言是思想的直接现实，也是情感的或直或曲或显或隐的反映。在此，人的情感与语言风格构成了相互对应的关系，但是其复杂性似乎没有得到充分重视，比如"有言者不必有德"，言行不一还要"听其言观其行"（《论语·公冶长》）。

司马迁是较早将人品与文章风格直接对应的人。《史记·屈原列传》从风格上概括地指出，屈原《离骚》的基本特征为："《国风》好色而不淫，《小雅》怨诽而不乱。若《离骚》可谓兼之矣。"同时直接把诗人的人品与作品风貌联系起来，他写道："其文约、其辞微，其志洁，其行廉，其称文小而其指极大，举类迩而见义远。其志洁，故其称物芳。其行廉，故死而不容自疏。濯淖污泥之中，蝉蜕于浊秽，以浮游尘埃之外，不获世之滋垢，然泥而不滓者也。"指出了作者人品与作品风貌的因果关系，认为屈原的"文""辞"特点，是其"志""行"所决定的。东汉王逸认为屈原的《离骚》其义"皎而朗"，其词"温而雅"，是因为屈原为人"清高"，却又遭遇不幸。这种说法已从诗人的独特性格和遭际命运来理解作品风貌，比司马迁的看法又进了一步，但还是坚持了文品与人品的正对应关系。

此后，个性才情对文章风格有决定作用的认识逐渐占上风，出现了对道德层面决定意义的偏离倾向，实际上是走向了对个体才性、才情的关注。魏晋时期品评人物的风气盛行，直接影响到品评作家及文学风格的研究，其中最有名的是曹丕提出的"文气"观点。他在《典论·论文》中说："文以气为主，气之清浊有体，不可力强而致。"这里的"气"，指天赋气质、创作个性，是为文之主干。曹丕强调了作家的"才气"，"才气"诉诸文学就形成了"文气"，即文学风格。这种从作家本人出发来探讨艺术风格，确实把握住了风格的本质特征，标志着我国的风格美学进入了自觉时代，故而曹丕对文章体貌特征的概括、对文体艺术风貌的概括均应视为"文的自觉"的重要组成部分。曹丕最先对风格进行了理论概括，但是他没有使用"风格"这个概念。曹丕所用的"气"概念有两个意思，"气之清浊有体，不可力强而致"，是指作家的才气而言；"齐气""体气"，则是指作品所体现出来的作家某种气貌特征。"有体"即形成外显的体态风貌，"体"才可以解释为风格。"体"是用人的体态风貌来比况的，包括人的精神与形体两方面。因此他所说的"气"，在内是指作家的"气质"，尤其指的是作者的先天气质、先天禀赋，是创作个性；在外则是指作家的风格。"徐干时有齐气"，"孔融体气高妙"，这里所说的"齐气""体气"，都是指作家的风格。徐复观认为："曹丕最大的贡献，乃在'气之清浊有体，不可力强而致'的两句话。成功的文学作品，必成为某种文体。若追索到文体根源之地，则文体的不同，实由作者个性的不同。……气之或清或浊，各有其形体，故气由文字的媒介以表现为文学，也各有其形体。……这样，便把人与文体的根源地关系，确切地指陈出来了。"① 炳宸在《曹丕的文学理论——释"体"与"气"》② 一文中指出："体"与"气"的含义，陈钟凡、罗根泽、朱东润、郭绍虞的意见就很有出入，但归纳起来，关于气的解释，不外才气、个性、声调语气三说，"体"则只有风格一说。这是中国文论史上，将"气"与"体"联系起来的较早文

---

① 徐复观：《中国文学中的气的问题——〈文心雕龙·风骨〉篇疏补》，《中国文学精神》，上海书店出版社2004年版，第86页。

② 炳宸：《曹丕的文学理论——释"体"与"气"》，《光明日报》1958年10月26日。

献，也是将作者的个性与作品的风格联系起来最早的文献。至于《文心雕龙·诸子》"列子气伟而采奇"，《诗品》"刘越石仗清刚之气"，这里的"气"指的是风格应属无疑。同时，曹丕还认为作家才性的优长只能与一定的文章体式相对应，也可以看作文体对于作家才性的限制。综合曹丕的意见，可以说文体的风格特点应该是作家才性在与之相适应的文体及作品中的展现。

曹丕这种将文气与文体即作家个性与文体风格相联系来进行作家和作品批评的方法，在文学批评史上是一个创举，它对后来的文学风格理论及文体研究都有重大影响。在魏晋南北朝的文体研究各家中，陆机的《文赋》及刘勰的《文心雕龙》，便是对曹丕的这一研究方法的发展，在文体风格论方面阐发得较前更为深入。

三　体性是对作者个性与文学风格关系的理论概括

"曹丕以气来说明文体的根源，到了刘彦和则以情性来说明文体的根源，所以《文心雕龙》便有《体性》篇，这是文学理论走向完成的发展。"①

《文心雕龙·体性》篇在中国文学理论史上第一次集中探讨了作品的体貌即风格与作者个性的关系，提出"因内符外""各师成心，其异如面""表里必符"等重要见解，对后世风格理论产生很大影响。

"风格"这个词在我国最早出现于东晋时期，在魏晋时代比较常用，多用于对人物风度的评价，原意是形容士大夫的威仪规范的，指某个人在风度、品格等方面所表现的特点的综合。如葛洪《抱朴子外篇·疾谬》："以倾倚屈伸者为妖妍标秀，以风格端严者为田舍朴骏。"《晋书·秋峤传》："少有风格，慕舅夏侯玄之为人，厚自崇重，有盛名

---

① 徐复观：《中国文学中的气的问题——〈文心雕龙·风骨〉篇疏补》，《中国文学精神》，上海书店出版社2004年版，第87页。

于世。"《晋书·庾亮传》："亮美姿容，善谈论，性好庄老，风格峻整，动由礼节，闺门之内，不肃而成。"《世说新语·德行》对李元礼的评价是"风格秀整，高自标持。"从以上用法可以看出，"风格"一词暗含有对人的个性、性格特征的概括，根据人物品藻与中国文艺批评的关系，人物品藻中的许多概念都成了中国文学批评的术语，"风格"一词后来进入文学批评的术语体系似乎也在情理之中，重要的是它有指个性或者独特风貌的意指。

最先把"风格"这一概念引进文艺理论和文艺评论领域的是刘勰，他将"风格"一词用于论述作家的创作个性和作品的艺术特色。他在《文心雕龙·议对》中说："汉世善驳，则应劭为首。晋代能议，则傅咸为宗。然仲瑗博古，而铨贯有叙；长虞识治，而属辞枝繁；及陆机断议，亦有锋颖，而谀辞弗剪，颇累文骨：亦各有美，风格存焉。"《文心雕龙》谈到风格的地方很多，但使用"风格"这一术语的地方却极少。检索《文心雕龙》，只有一次，也就是前文所引的"亦各有美，风格存焉"一句中的一次。至于《文心雕龙·夸饰》中出现的"风格"[①]一词，以及稍晚的颜之推在《颜氏家训·文章》中所说的"古人之文，宏材逸气，体度风格，去近实远"，指的都是文章的风范和格局，还不是指艺术风格的。此外，《文心雕龙》中指风格的范畴还有"气"。《文心雕龙·体性》首次将气分为刚柔两类："气有刚柔"，"风趣刚柔，宁或改其气"。在这种用法中，气指"气格"，即艺术风格。和曹丕一样他是以"气"来表征艺术风格的。由此可见，风格的问题在这一时期受到了广泛的关注，人们不断地在探索或者尝试用一定的概念概括之。

在《文心雕龙》中，刘勰谈风格，主要使用的是"体"，有时也称为体貌甚至大体。同时代的人比如钟嵘也这样用，在《诗品》中存在广泛的例证，如评陆机则"才高词赡，举体华美"，评张协"文体华

[①] 《文心雕龙·夸饰》："虽《诗》《书》雅言，风格训世，事必宜广，文亦过焉。"

净",评曹丕"颇有仲宣之体",评张华"其体华艳",评陶潜"文体省净,殆无长语",评袁宏"文体未遒",评颜延之"体裁绮密",评江淹"诗体总杂"等,可见风格一词至少在刘勰的时代还没有完全进入文学批评的术语体系,只是偶尔用之而已,而被广泛使用的是"体"范畴。

在《文心雕龙·体性》篇中,刘勰对风格与作者个性的关系作了较为全面而集中的论述,提出了他自己的看法,并用"体性"一词加以概括和命名,从而使"体性"一词成为表征作者个性与艺术风格的专有范畴。需要注意的是,这里没有用风格一词,可以见出刘勰对此有独特理解。黄侃《文心雕龙札记》"体性第二十七"释"体性"曰:"体斥文章形状,性谓人性气有殊,缘性气之殊而所为之文异状。然性由天定,亦可以人力辅助之,是故慎于所习。此篇大恉在斯。"① 《文心雕龙·体性》篇实际上就是我国古代第一篇风格专论,其独特之处在于,将文学风格与作者个性紧密地联系了起来,并把作者的性情气质对文章体貌的决定作用看作根本性作用,在社会历史、时代、文体、人品等因素的基础上,比较纯粹、鲜明地突出了"性"的意义。

《文心雕龙·体性》篇将文学风格进行了分类:"若总其归涂,则数穷八体:一曰典雅,二曰远奥,三曰精约,四曰显附,五曰繁缛,六曰壮丽,七曰新奇,八曰轻靡。"并认为风格差异与创作主体的精神特点有关:"若夫八体屡迁,功以学成,才力居中,肇自血气;气以实志,志以定言,吐纳英华,莫非情性。是以贾生俊发,故文洁而体清;长卿傲诞,故理侈而辞溢;子云沉寂,故志隐而味深;子政简易,故趣昭而事博;孟坚雅懿,故裁密而思靡;平子淹通,故虑周而藻密;仲宣躁锐,故颖出而才果;公干气褊,故言壮而情骇;嗣宗俶傥,故响逸而调远;叔夜俊侠,故兴高而采烈;安仁轻敏,故锋发而韵流;士衡矜重,放情繁而

---

① 黄侃:《文心雕龙札记》,上海古籍出版社2000年版,第96页。

辞隐。触类以推，表里必符。"在不厌其烦列举了众多例证之后，刘勰作了总结性的结论："触类以推，表里必符。岂非自然之恒资，才气之大略哉！"其中需要注意的是，"才力居中，肇自血气"这句话，在刘勰看来，文以性情为主，但性情的根本"肇自血气"，"血气"既指先天的气质，也指天赋的生理基础，亦即来自人生理的生命力。根据前述关于"气"与文体的关系，由血气决定的情性也跟文体构成根源的关系。

关于文学风格与作者个性的这种"表里必符"的规律，有很多历史证据可以佐证。明方孝孺《张彦辉文集序》（四部丛刊集部《逊志斋集》卷十二）的论述可谓贯通古今，例证繁富精彩，足以证明其正确性，兹引如下。

昔称文章与政相通，举其概而言耳。要而求之，实与其人类。战国以下，自其著者言之：庄周为人，有壶视天地、囊括万物之态，故其文宏博而放肆，飘飘然若云游龙骞不可守；荀卿恭敬好礼，故其文敦厚而严正，如大儒老师，衣冠伟然，揖让进退，具有法度；韩非、李斯，峭刻酷虐，故其文缴绕深切，排搏纠缠，比辞联类，如法吏议狱，务尽其意，使人无所措手；司马迁豪迈不羁，宽大易直，故其文举乎如恒华，浩乎如江河，曲尽周密，如家人父子，语不尚藻饰而终不可学；司马相如有侠客美丈夫之容，故其文绮曼姱都，如清歌绕梁，中节可听；贾谊少年意气慷慨，思建事功而不得遂，故其文深笃有谋，悲壮矫讦；扬雄龌龊自信，木讷少风节，故其文拘束悫愿，模拟窥窃，蹇涩不畅，用心虽劳，而去道实远。下此魏、晋至隋，流丽淫靡，浮急促数，殆欲无文。惟陶元亮以冲旷天然之质，发自肺腑，不为雕刻，其道意也达，其状物也核，稍为近古。……由此观之，自古至今，文之不同，类乎人者，岂不然乎？虽然，不同者辞也，不可不同者道也。……人之为文岂故为尔不同哉！其形人人殊，声音笑貌人人殊，其言固不得而强同也，而不必一拘乎同业，道明则止耳。①

在这里我们引用了关于魏晋之前的相关人员的论述，从中可以看到众多文人其"性"与"体的"对应关系，比如庄周其人"壶视天地、囊括万物之态"与"其文宏博而放肆，飘飘然若云游龙骞不可守"之间的对应，以列举众多历史事实来佐证其"要而求之，实与其人类"的普遍结论，这其实就是刘勰所谓"其异如面"的精彩演绎，更是文章风格与个性之间关系的确证，因为其列举的历史例证都在说明文章"实与其人类"，"其言固不得而强同"的道理。

刘勰在《文心雕龙·体性》篇中罗列了众多作家"文如其人"的状况来说明、证明其所总结的"内外必符"的规律。然而，刘勰在阐述"文如其人"这一规律之时不是没有注意到"人与文异"的情况，存在不太辩证的情况，其实可以对应的例证还是有的，比较明显和典型的就是潘岳，后世元好问就提出质疑②。为此清代学者纪昀在评论刘勰关于人心、情性等内在因素必然与其外在表现风格相符，即"表里必符"的命题时说："此亦约略大概言之，不必皆确。万世以下，何由得其性情。人与文绝不类者，况又不知其几也。"③然纪昀似乎没有注意到刘勰这里立论的前提，这就是把后天的学习建立在先天的禀赋和性情之上。在《文心雕龙·体性》篇中刘勰仍然肯定文学表现与作家禀赋的关系，断言"辞理庸俊，莫能翻其才；风趣刚柔，宁或改其气；事义浅深，未闻乖其学；体式雅郑，鲜有反其习。各师成心，其异如面"。这里的才、气、学、习都是着眼于人的禀赋、修养，都落实到实处，最终都归结于人的气质和个性，即"功以学成，才力居中，肇自血气；

---

① 着重号为笔者所加。
② 元好问的质疑见于《论诗绝句三十首》："心画心声总失真，文章宁复见为人。高情千古闲居赋，争信安仁拜路尘。"
③ （清）纪晓岚：《纪晓岚评注文心雕龙》，江苏广陵古籍刻印社1997年版，第258—259页。

气以实志，志以定言，吐纳英华，莫非情性。"相似的观点还在其他地方出现，比如《文心雕龙·事类》篇："才自内发，学以外成。"风格变化的出发点是人的才力和气质。而各人才力的不同，又源于不同的气质。为此刘勰同时要求"因性以练才"，也就是顺着自己的性情，学习和模仿与自己的个性比较接近的风格，这样来锻炼自己的才能。这样就符合刘勰关于"体"与"性"关系规律的总结，符合其"因内符外""表里必符"的看法。可见刘勰对作者个性形成和风格形成的论述还是相当全面的，其文体论实际上也就是作家论，是作家论基础上的风格论，这样一来，风格之"体"和文体的"体"就有了联系，而且在《文心雕龙》中所用的"体"，大多具有这两个方面的所指。这样一来，"性"就成了"体"形成的核心因素，这是前所未有之强调，理论上虽有偏执但属于勇猛突进。

在论述作家个人的气质、禀赋对风格的影响时，刘勰在继承前人论述的基础上有所发展。比如"气"，曹丕所说的"文以气为主"（《典论·论文》），强调的是"气"在风格形成中的主导作用，但指的是人的先天禀赋，刘勰则进一步指出："才有庸俊，气有刚柔。"这里的才与气，指作家本身的情性，他在不否认先天气质的同时，又提出了后天的陶染，而且着重强调后天的陶染，并把"才""气""学""习"作为影响作者之"性"进而影响"体"的四个要素，这样，造就作家个人风格差异的原因除了先天的气质禀赋，还涉及了其身世、经历、个性、艺术修养等，并认为这是形成"笔区云谲，文苑波诡"即文学风格多样的原因。除了充分论述文学风格形成的作家主体因素也就是主观因素之外，刘勰还论述了文学风格形成的客观因素。他在《文心雕龙》中，又专设《定势》一篇，互为补充，可以看出刘勰对作家的才性与文体风格之间的关系有一个总体的认识。若单就每一篇来看，《体性》篇论述文章风格与作家个性的关系，涉及文体风格问题；《定势》篇论述体裁与风格的关系，也包括作家性情的因素在内。《定势》篇开篇即论说道:"夫情致异区,文变殊术,莫不因情立体,即体成势也。"可见刘勰的文体风格论与作家的艺术个性论是联系在一起的。刘勰在《定势》篇中又指出:"模经为式者,自入典雅之懿;效《骚》命篇者,必归艳逸之华。"这又指出了文章体制对风格的制约性。仅从以上所列举的几篇来看,刘勰的风格论是复杂而全面的,单篇所论与整体相互勾连、印证,共同构成"体大而虑周"《文心雕龙》理论体系。

在《文心雕龙》中,刘勰的"体性"论除了与《定势》篇有照应外,还与《原道》篇有联系。《原道》篇的第一句话是:"文之为德也大矣,与天地并生者何哉?"经过一番论证,刘勰确立了"道—圣—文"的相互关系,认为"辞之所以鼓天下之动者,道之文也",而辞之所以能体道,是因为"道沿圣以垂文","圣因文以明道",这样看来,处于"道"与"文"之间的"圣"很重要;在《原道》篇,刘勰还论述到了处于天地之间的人,"故两仪既生矣。惟人参之,性灵所钟,是为三才;为五行之秀,实天地之心。心生而言立,言立而文明,自然之道也。"可见,在刘勰看来,文学的体道,是必须经过"性灵所钟"的人的,人中之杰出者便是"圣","因文明道"的终极性事情要由他来做。《礼记·乐记》云:"作者之谓圣,述者之谓明",《征圣》篇表述为"作者曰圣,述者曰明",其中将"作"与"述"相对,意谓"作者"属于那些具有根本性原创精神和能力的人,甚至是特别的人,这是对创造主体的最高定位。那么,文究竟是经过了人的什么而使"道"之文得以彰显的呢?如果将"文之枢纽"的《原道》篇与《征圣》篇与《体性》篇联系起来,笔者认为《体性》篇有试图回答这样一个关键问题的指向。原来文学体道的终极所指是通过作者个性或者说性灵将自然和社会生活转化为"文"而最终呈现"道"的,"文苑波诡"的众多风格实际上就是染上个性色彩或者呈现了作者性灵的"道之文",所以人文之美不仅要从它所反映的"道"之美中去寻找根据,更要从人的性灵方面去获得解释,这样关于文的认识就获得了来自客体("道之文") 和主体（"人之文"）两个方面的解释："物无一量"的客观对象是文学风格多样性的客观因素，"各师成心"的作家个性差异则是文学多样风格的主体因素，而"体有万殊"则是主客观因素共同作用的结果，"其异如面"则是主客合一的风格多样性的最好状态。

在中国传统文论中，"文体"一词简称"体"，主要有两种含义。一种相当于"体裁"，也称为"体制""体格""大要"等，即作为一种文类的规范，它是在区分文章类别特征、对文章进行分类的过程中形成的概念，由此概念形成的"文体论""体制论"包含着十分丰富的内容。二是指作品的体貌和个体、流派或时代的创作风格，如元白体、西昆体、建安体等，或是指在一定创作范式基础上形成的"体派"，亦即由艺术风格相同或创作倾向相近的文学流派。总体而言，"体"是指作品在总体上给人（读者）的感受和呈现在读者面前的作品风貌。在不同语境中其意指也不同，既可指某种体裁的共同风格，又可指一篇作品的体貌特征，还可指个人风格和流派风格。许多文章的"体制"是和"体性"相统一的，因此文体一词有时也兼指"体制"和"体性"两个方面。这一情况直到刘勰"体性"概念的提出，文学风格与主体个性之间的对应关系才有了专门的指称，结束了泛称和兼称的无奈局面。至此，"体性"一词就成了文与人关系表征的理论概括，就成了表征作者个性与作品风格对应关系的不二范畴。从理论上讲，专有名称或范畴的出现，是理论精细和成熟的表现。

（作者单位：兰州城市学院文史学院）

传统诗文评中的文章"体制"论

党圣元

我们准备从人们经常言谈到的文学"一代有一代之所胜"这一话题来进入本论文题目所涵括的问题之讨论。明代胡应麟在《诗薮·内编》中说:"曰风、曰雅、曰颂,三代之音也。曰歌、曰行、曰吟、曰操、曰辞、曰曲、曰谣、曰谚,两汉之音也。曰律、曰排律、曰绝句,唐人之音也。诗至于唐而格备,至于绝而体穷。故宋人不得不变而之词,元人不得不变而之曲。词胜而诗亡矣,曲胜而词亦亡矣。明不致工于作,而致于述;不求多于专门,而求多于具体,所以度越元、宋,苞综汉、唐也。"[1] 清代焦循《易馀籥录》卷十五云:"夫一代有一代之所胜,舍其所胜以就其所不胜,皆寄人篱下者耳。余尝欲自楚骚以下至明八股撰为一集,汉则专取其赋,魏、晋、六朝至隋,则专录其五言诗,唐则专录其律诗,宋专录其词,元专录其曲,明专录其八股,一代还其一代之所胜。"[2] 上引这两段文字,即为传统文学批评史上的最为典型的文学"一代有一代之所胜"之论。那么,在这里我们要问到,所谓的"一代之所胜",指的是什么呢?系指文学的思想情感?抑或是指

---

[1] (明)胡应麟:《诗薮·内篇》卷1,中华书局1958年版,第1页。
[2] (清)焦循:《易馀籥录》卷15,《新编丛书集成续编》,台湾新文丰出版公司1985年版,第29册,第369页。

文类或文体式样呢？于此，我们认为主要是指文类或文体式样，而所谓"胜"，应作繁盛之意来理解，颇类似于今言之"野蛮生长"吧，意思就是在每一个文学史时代，都有一种或几种文类或文体式样，以其新生之活力强势生长蔓延，作家大都对此种文类或文体式样倍感兴趣，趋之若鹜地运用该种文体式样进行书写，仿佛一种文体式样一旦兴起，便成为一个竞技场，文人雅士们都乐意在该种文体之竞技场上一展身手，文学史上便出现了在某一个历史时期，某种文体的写作特别繁盛的现象。而中国文体之生生不息，繁衍兴盛，瓜瓞绵延，旧者不去而新者照来，文体大国正由此而来。到了20世纪初，王国维撰《宋元戏曲史》，在该书之《序》中王国维亦倡说："凡一代有一代之文学：楚之骚，汉之赋，六代之骈语，唐之诗，宋之词，元之曲，皆所谓一代之文学，而后世莫能继焉者也。"① 王国维此言一出，引用者蜂拥而起，而胡应麟、焦循之言则几被遗忘。但是，王国维所言，差不多是对胡、焦之言的"照着说"，在思想观念上大体没有超过胡应麟、焦循多少，而且他将焦循的"一代有一代之所胜"改说为"一代有一代之文学"，平心而论反倒显得有些"隔"了，当然这里面也包含了王国维受西学影响而具有的建立在"进化论"基础上的现代文学史意识。我们认为，所谓"一代有一代之所胜"，主要应该是指某种文学样式也就是文类、文章体式的繁盛，纵观一部中国文学发展史，确实如胡应麟、焦循、王国维所言，一个时代兴盛一定的文类或文体式样，而文类、文体之演兴盛衰，最终又从文章体制、体式的变化而来，从这一意义上说，一部中国文学发展史也是文类、文体繁衍发展的历史，文章体制、体式正变相续的历史。因此，考察分析一下传统文学批评中的文章"体制"论，对于我们深入把握传统文体观念的发展演变是不无意义的。

---

① （清）王国维：《宋元戏曲史·序》，上海古籍出版社1998年版，第1页。

一　文章以体制为先

"体制"是传统文体观念中的一个极其重要的概念,传统文体学中的"辨体"批评、文体分类、"体式"论、"得体"说等,均建立在文章体制论的基础之上,因此传统诗文评中的"体制"论,实为我们进入传统文体观念堂庑的一个很好的门径。我们知道,任何事物都是以一定的形态存在的,任何文辞也以一定的体制而存在,"体制"对文本的内在结构与外貌呈现产生双重的形塑作用,为文本的"编码"方式提供了基本的规定性,故而古人有云:"文章以体制为先,精工次之。失其体制,虽浮声切响,抽黄对白,极其精工,不可谓之文矣。"① 历代诗文评中的许多言谈,都涉及了文章的"体制"问题,兹例举而阐释之,以资对"文章以体制为先"这一命题有所说明。

宋代杨万里以宫室为喻来说明体制、体式之于作文的重要性。他说:"抑又有甚者,作文如宫室,其式有四:曰门、曰庑、曰堂、曰寝。缺其一,紊其二,崇庳之不伦,广狭之不类,非宫室之式也。"② 明代汤显祖《张元长嘘云轩文字序》:"谁谓文无体耶。观物之动者,自龙至极微,莫不有体。文之大小类是。"③ 以天下大小精微莫不有体为言说的前提,文之为天下之物,当然也在其中,故"文之大小类是",也就是说,文和天下至大之物龙与极微之物一样,都是有体的。徐师曾《文体明辨序》曰:"夫文章之有体裁,犹宫室之有制度,器皿之有法式也。为堂必敞,为室必奥,为台必四方而高,为楼必陕(与狭通,引

---

① （宋）倪思语,转引自（明）吴讷《文章辨体序说·诸儒总论作文法》,人民文学出版社1982年版,第14页。
② （宋）杨万里:《答徐赓书》,《杨万里诗文集》卷66,江西人民出版社2006年版,第1052页。
③ （明）汤显祖:《张元长嘘云轩文字序》,《玉茗堂文》卷32,《汤显祖集全编》第3册,上海古籍出版社2016年版,第1534页。

者注）而修曲，为筥必圜，为筐必方。为簟必外方而内圜，为簋必外圜而内方，夫固各有当也。苟舍制度法式，而率意为之，其不见笑于识者鲜矣，况文章乎？"① 明代顾尔行《刻文体明辨序》也说："尝谓陶者尚型，冶者尚范，方者尚矩，圆者尚规。文章之有体也，此陶冶之型范，而方圆之规矩也。"明代沈君烈《文体》说："文之有体，即犹人之有体也。"② 徐师曾《文体明辨序说·文章纲领·总论》中还引用明代陈洪谟之言："文莫先于辨体，体正而后意以经之，气以贯之，辞以饰之。体者，文之干也；意者，文之帅也；气者，文之翼也；辞者，文之华也。体弗慎则文庞，意弗立则文舛，气弗昌则文萎，辞弗修则文芜。四者，文之病也。是故四病去，而文斯工矣。"③ 还说他自己学文"幸承师授"的真诠是："谓文章必先体裁，而后可论工拙；苟失其体，吾何以观？亟称前书，尊为准则。曾退而玩索焉。久之，而知属体之要领在是也。"④ 值得注意的是，明清时论文论诗，多讲究体格声调，讲求法度，其中也有讲求体制、体式的因素在里边，叶燮《原诗·外篇上》说："言乎体格：譬之于造器，体是其制，格是其形也。将造是器，得般倕运斤，公输挥削，器成而肖形合制，无毫发遗憾，体格则至美矣。"⑤ 胡应麟《诗薮·内编》也说："凡诗诸体皆有绳墨。"⑥ 体在文章中的地位是"文之干也"，是文章之所以成为文章、成为某体文章的重要的制约因素，"体弗慎则文庞"，也就是说，如果文体不立或者在文体方面不慎重，文章就会庞杂滋蔓，不成样子。

民国时期的顾荩丞也在其所著的《文体论ABC》中说："文章之有各种体制，绝不能互相混乱，好比日月星辰各有他的位置，山川丘陵的

---

① （明）徐师曾：《文体明辨序说》卷首，人民文学出版社1982年版，第77页。
② （明）沈承：《沈君烈小品·文体》，载阿英《晚明二十家小品》，河北人民出版社1989年版，第405页。
③ （明）徐师曾：《文体明辨序说·文章纲领·总论》，人民文学出版社1982年版，第80页。
④ （明）徐师曾：《文体明辨序说》卷首，人民文学出版社1982年版，第78页。
⑤ （清）叶燮：《原诗》，人民文学出版社1979年版，第45页。
⑥ （明）胡应麟：《诗薮》，中华书局1958年版，第46页。

各有形势，宫室台榭的各有他的奇观……文章的各种体别，各有他的妙用，各有他的意义，各有他的作法；我们应当格外认得清楚，辨得明白，这才不致于执笔为文的时候，有'望洋兴叹'之感了！"① 上述诸家之言，所指大体都在文章之体裁、体制、体式、体格方面，虽然我们不能将体裁、体制、体式、体格等概念完全等同起来，应该注意到它们之间存在的差别，尤其是古人在具体使用它们时对语境的考量，即语境的不同往往使古人选择使用其中的这个而不使用哪个，事实上这些概念，甚至还包括诸如体法、体性、体势、体韵等，都聚拢在"体""文体"这一更大的范畴之下，我们甚至可以说，正是由它们构成了传统文体学中关于文章体式的基本规定性，没有它们所谓文类、文体便不复存在。

　　近现代以来，也有不少学者从语言的角度来论述文章必须以一定的"体"存在，比如黄侃认为："盖人有思心，即有言语；既有言语，即有文章。言语以表心思，文章以代言语。"② 言有体，故文章必须有体。徐复观则从另一角度来论述这一问题。他说："构成文学的重要因素有三：一是作为其媒材的语言文字；一是作为其内容的思想感情；一是作为其艺术表现的形相性。……文学中的形相，在英国法国，一般称之为Style，而在中国，则称之为文体。体即是形体，形相。文体虽然与语言及思想感情，并列为文学的三大要素之一：但语言和思想感情，必须表现而成为文体时，才能成为文学的作品。"③ 出版于1931年的薛凤昌的《文体论》还为此颇费了一点周折，他说："天下不论做那种事情，成那种物件，都有一个体。就我们眼前所见到的物件：有大的、有小的、有方的、有圆的、有曲的、有直的。千形万态，却无一不有当然的式样。若是应当大的不大，方的不方，曲的不曲，这就是不合式样。没有

---

① 顾荩臣：《文体论ABC》，世界书局1929年版，第5—6页。
② 黄侃：《文心雕龙札记·原道第一》，武汉大学出版社2013年版，第3页。
③ 徐复观：《文心雕龙的文体论》，《中国文学论集》，台湾学生书局1982年版，第2页。

一个不说是不好。任你做得如何精细,如何新巧,那式样不合,终是不适于用。如此说来,这式样岂非是一件最重要的事情!这就是我所说的'体'。"① 为此他还以国体为例来予以说明,认为正如国家有国家的体制一样,文章也必须有文章的体制,没有体制便不成文章。当然,文章的体制是多样的、变化着的,不变中有变,变中有不变,正变相续,立破互生,这种情形如果借用陆机《文赋》中话来说,也许就叫作"体有万殊,物无一量"。对此,张少康按曰:"陆机在这里指出了文体的多变,乃是由于它所描写的客观事物本身千姿百态之故,文乃是物的反映,与序中的'意不称物',相互呼应。"② 陆机所言之"体",包含了"体裁"和"风格"两层意义,是中国古代文学理论中"体"的核心意义,而事实上正是文章体制之多样性和变异性,引发和导致了文类、文体、文学风格的多样性与变异性。古人云"文各有体",而文章之"有体",端赖于文章之"以体制为先"。

在文章书写中,体制是一种规范与形塑,体制构成了文章的外在形态,即所谓体貌文相。任何事物都以一定的外在形态存在,都有自己的体貌,文章也不能例外。在已有的文章体制中破茧而出者往往是新的文章体制之诞生。文章总是在一定的形态中体现出自己的文本存在,而这个形态就是文章的体制。郭英德以为,"体制,指文体外在的形态、面貌、构架"③,认为"体制"是指文章的外在形态的存在方式,这是对古人所用的"体"或者"体制"一词的一个非常简扼而精准的解释。中国人的思维往往有"远取诸物,近取诸身"而"象喻"之的思维习惯,文体的"体"应当是跟身体的"体"有必然联系的。因此,"用于文学之'体'是一种'近取诸身'的比况,是将对人体构成的理解推

---

① 薛凤昌:《文体论》,商务印书馆1931年版,第1页。
② 张少康:《文赋集释》,人民文学出版社2002年版,第101页。
③ 郭英德:《中国古代文体学论稿》,北京大学出版社2005年版,第4页。

衍到其他事物的一例。"① 当然，"文体"的"体"不仅是事物存在的一种外在存在方式，更重要的是，它是文章存在的具有稳定性的一种存在方式和存在形态，更是一种具有延续性和继承性的按照特定原则、规范组合的文本的编码方式，也是指一个作家较稳定的个人创作特色与规范。此外，中国古代的"体"还有体式、体貌、体格诸种别称，它们揭示着文体内涵的不同层面，从外而内，构成了文章的外在风貌和内在结构，同时也决定了文章的存在形态和整体风貌，而这一切又无不与"体制"有密切关联，或者说都是文章体制的文类、文体属性之不同层面体现。因此，我们认为"文各有体"确实具有通过重视文章体制而强调文体规范、文类区分重要性的意旨，甚至可以说体制是文体规范之具体落实，而所谓"以有体为常""文体有常""文有常体"等，则重在说明任何文章都有客观的载体亦即文体的样态，也就是负载一定文章内容的存在形式。文成体立之后，文体作为文章风貌的载体，虽然"体有因革"，即包含因袭和革新两个方面，但因与革之关系宜从辩证的角度来看，没有"革"，新的文体便不能产生；没有"因"，新文体产生之后，原先的文体便会被废弃而一去不返，而我们知道一部中国文体发展史并非是无数个划过的火柴梗排列而成的一条直线。而且，"因"也是一种文体在体制方面保持稳定性、连续性的必要前提。中华文脉的传承，其中非常重要的一点就是在通变、因革规律作用下的文体的传承与生生不息，巴赫金如是说："文学体裁就其本质来说，反映着较为稳定的、'经久不衰'的文学发展倾向。一种体裁中，总是保留有已消亡的陈旧因素。……在文学发展过程中，体裁是创造性记忆的代表。正因如此，体裁才可能保证文学发展的统一性和连续性。"② 文学体裁之延续性来之于文章体制的规范与约束，文学体裁及文章体制是文

---

① 涂光社：《说古代文论中的"体"》，《长江学术》2006 年第 2 期。
② ［俄］巴赫金：《巴赫金全集》第 5 卷《诗学与访谈》，白春仁、顾亚玲译，河北教育出版社 1998 年版，第 140 页。

学风格凝聚的重要外在表现，是文学多样性的外在表征，其对于文学发展具有极其重要的意义。而且，文体演进本身就是文学发展的重要一维，故而中国文学史上便有以文体因革结构文学史的传统。

体制作为构成一种文体的具体的体式方面的要求，是文章书写的规范性前提，其使书写者生产出来的是这种文类的文本而不是那种文类的文本，因此从这一意义上说，体制也是文学价值实现的一个基本依据，它构成了文本存在的具体形态。如此看来，古人所说的"文辞以体制为先"①，以及"论诗当以文体为先，警策为后"②。由于"文学的特性，须通过文体的观念始易表达出来。所以文体论乃文学批评鉴赏之中心课题，亦系《文心雕龙》之中心课题"③，所以我们认为，"体制"确实涉及了文辞存在的本真问题，其与"辨体""得体""体式""体性"等共同构成了传统文体观念的最为核心的问题场域，属于一个观念链条上的不同环节。

二 合体得性与合体得用

在某种程度上，我们可以说"体制为先"是中国古代文体观念的逻辑起点。中国人很早就有强烈的文体意识，对"文体"的辨别贯穿了历朝历代。在中国人看来，写作、接受和欣赏都必须在文体形态的基础上进行和展开，是否遵守文章的体制，成为文章写作和衡量文章的首要标准。古人既重文之"用"，又重文之"体"，或者说因重文之"用"而重文之"体"，不同之"用"需要不同之"体"来表之，因此传统文体学中的诸如文类、体裁、体制、体式等方面的问题，如果从传统哲学

---

① （宋）倪思语，转引自（明）吴讷《文章辨体序说·诸儒总论作文法》，人民文学出版社1982年版，第14页。
② （宋）张戒：《岁寒堂诗话》卷上，丁福保辑：《历代诗话续编》，中华书局1983年版，第459页。
③ 徐复观：《文心雕龙的文体论》，《中国文学论集》，台湾学生书局1982年版，第1页。

体用的角度来阐释，或可对相关问题在逻辑层面和精神实质方面认识的更通透一些。阮籍《乐论》有云："夫乐者，天地之体，万物之性。合其体，得其性，则和；离其体，失其性，则乖。昔者圣人作乐，将以顺天地之性、成万物之性也。"① 这是在终极意义上来论说作乐的本义和要求，音乐应该合体得性，作文应该也是"文"这种物性的表现，也应该做到适性合体。《孟子·告子上》曰："羿之教人射，必志于彀，学者亦必志于彀。大匠诲人必以规矩，学者亦必以规矩。"② 同样地，任何创造性活动都应有一定规律和规范。体制就是文章的规矩之一，属于首先必须遵守的规矩，只有这样才能作出适性得体的文章。

文体是文章之本，而文章体制则是文体的具体规定性，正因为如此，刘勰在《文心雕龙》中非常强调"体制"的重要性，他认为文章体制的辨别在创作中起着重要的作用，既规范着写作，又约束着文章鉴赏。所以，刘勰要求"夫才童（量）学文，宜正体制"（《附会》）。这里说的"体制"也作"体式"，包括体裁及其在情志、事义、辞采、宫商等方面的规格要求，也包括风格。刘勰还认为文章的写作应"务先大体"（《总术》），"履端于始，则设情以位体"（《熔裁》），而文章的鉴赏，亦首先应该做到"观位体"（《知音》）。可见写作和鉴赏都应从文章体制开始。从写作的角度讲，刘勰认为各种体裁都有各自的规范，文章家必须在遵守规范的前提之下进行创作，施展自己的才华，也就是说，文章写作应该是在文体规范制约之下的创造性活动。"文体既立，其状自殊"，任何一个作家既然要运用一定的体裁进行创作，不管他是自觉的还是不自觉的，总得尊重文体的基本规定性，遵循一定的体式。在刘勰看来，一开始学习写作，就须取法乎上，即所谓"童子雕琢，必先雅制"（《体性》）。刘勰在《序志》中所提出的"原始以表末，释名以章义，选文以定篇，敷理以举统"，在相当程度上也包含了对文章

---

① （魏）阮籍撰，陈伯君校注：《阮籍集校注》，中华书局1987年版，第78页。
② 杨伯俊注：《孟子》，岳麓书社2000年版，第205页。

体制、体式的考量，正因为如此也为传统诗文评家的辨体批评提供了一个批评范式，从而对后世的诗文辨体产生了极为深刻的影响。刘勰还在《通变》中提出了其文体学的第一原则——"昭体"。所谓"昭体"，也就是"设文之体有常"，即各种体裁都有其固定的体制，有其大体的规定。因为从"诗赋"到"书记"，无论哪种体裁，都必然"名理相因""名理有常"，即不同体裁的名称和规则是世代相传的，历史形成的，是固定了的，此之谓"设文之体有常"（《通变》）。只有详悉和遵守不同体裁的体制、规则，才能"昭体故意新而不乱，晓变故辞奇而不黩"（《风骨》）。作文只有"洞晓情变，曲昭文体，然后能孚甲新意，雕画奇辞"（《风骨》）。意思是说命意修辞，皆有法式，合于法式者，以新为美，不合法式者，以新为病。根据"昭体"的原则，刘勰在《定势》中规定了不同体裁有与之相匹配的不同语体。这里所说的"语体""修辞"都包含在中国古代的"体"的意义所指之内。周勋初《梁代文论三派述要》指出："刘勰就曾提出'曲昭文体'的要求，'昭体故意新而不乱'（《风骨》）。本来哪一方面的题材适合于用哪种文体来表现，这是古人在长期的写作过程中积累下了无数的经验之后所取得的认识。借鉴于此，可以防止内容形式的失调；因有规范可循，易使文章得体。"① 《文心雕龙·风骨》又云："赞曰：情与气偕，辞共体并。"王运熙解释说："'情与'二句意思说：在作品中，情思与意气，文辞与体制，都是密切相关的。" 在《文心雕龙·镕裁》中，刘勰又提出"三准"说："是以草创鸿笔，先标三准：履端于始，则设情以位体；举正于中，则酌事以取类；归余于终，则撮辞以举要。然后舒华布实，献替节文，绳墨以外，美材既斫，故能首尾圆合，条贯统序。"刘大杰主编的《中国文学批评史》说："所谓'三准'，首先是指根据所要表现的情志即思想内容来确定体制，其次是善于引证事类即

---

① 周勋初：《文史探微》，上海古籍出版社1987年版，第104页。

典故成语来表达内容，再次是运用警策语句，突出重点。"① 也就是说，在创作前的准备阶段，首先要解决的问题是根据文情选择适当的文体，即"设情以位体"。同时要"曲昭文体"，明确各类文体的基本特性，以使写作更加得体，以防止内容与形式的失调。在刘勰看来，弄清楚各种文章体裁的特点，通晓写作的变化是作文章的前提。"文辞以体制为先"，古代文体理论家大多是从这一认识出发，无论是对于体类的划分、性质的说明、演变的探讨，还是范文的选定，其主要目的都是在揭示各体文章的体制及其写作方法，同时为正确判断和批评文章确立规范。

中国历代文体批评对此多有申说。《文心雕龙·明诗》在承认"思无定位"的同时，又特意强调了"诗有恒裁"，即认为体裁一旦形成就具有相对的独立性和稳定性，就是"有常之体"。《文心雕龙·通变》曰："夫设文之体有常，变文之数无方，何以明其然耶？凡诗赋书记，名理相因，此有常之体也；文辞气力，通变则久，此无方之数也。名理有常，体必资于故实；通变无方，数必酌于新声；故能骋无穷之路，饮不竭之源。"刘勰认为文章的文辞处于不断发展变化中，而它们的名称和规格体制则具有承传性，这种认识贯穿于刘勰对各种文体的论析之中。刘勰指出"体必资于故实"，所谓"资"，凭借，借鉴也；"故实"，已有的实际和成法，指过去的创作经验，即写作所必须遵守的惯例，从创作的角度讲，文体的因袭主要是体制的因袭和继承，黄侃在《文心雕龙札记》里对此释曰："文有可变革者，有不可变革者。可变革者，遣辞捶字，宅句安章，随手之变，人各不同。不可变革者，规矩法律是也，虽历千载，而粲然如新，由之则成文，不由之而师心自用，苟作聪明，虽或要誉一时，徒党猥盛，曾不转瞬而为人唾弃矣。"② 意谓可变者可尽情而变，不可变者即使可以求变也是违背规

---

① 刘大杰：《中国文学批评史》上册，上海古籍出版社1979年版，第183页。
② 黄侃：《文心雕龙札记·通变第二十九》，武汉大学出版社2013年版，第102页。

律的。

《文心雕龙·附会》又云："夫才童（量）学文，宜正体制，必以情志为神明，事义为骨髓，辞采为肌肤，宫商为声气；然后品藻玄黄，摛振金玉，献可替否，以裁厥中。斯缀思之恒数也。"所谓"正体制"，即把握各种体裁的规范，使其合乎体制要求。《文心雕龙》的上篇备论各种文体，无不着眼于体制的特性。刘勰还用了大量的篇幅来论述文体，阐述了各种文体的发展源流，概括了它们的功用、体制特点，对每种体裁的文章有什么规格要求和风格要求，都有详尽的论述，同时指出各种文体的写作要顺自然之势，即按不同的内容、思想感情来确定文体，"因情立体，即体成势"（《定势》），并按照文体的特征和表现形式形成独特的风格。尽管刘勰认为各种文体可以取长补短、相互渗透、融为一体，但每种文体必各有其"本采"，有主导的风格，即所谓"五色之锦，各以本采为地矣"。尽管刘勰在文章体制方面采取了灵活的态度，然而他还是认为，体制风格还是各种文章应该首先遵守的"本采"，亦即底色，文章所有的变化应该是在此底色上进行。

鉴于文体规范在写作中的重要意义，刘勰《文心雕龙》的文体论各篇都有一段"敷理以举统"的文字，来论述每一种文体应有的体制规范。此外，《文心雕龙》还在《镕裁》中专门论述了这一问题，认为作文应该"立本有体"，而"立本有体"的关键是"职在镕裁"。在刘勰看来，"规范本体谓之镕，剪截浮词谓之裁"，规范本体的结果是"镕则纲领昭畅"。一般认为，《镕裁》一篇属于文术论，侧重于修辞技巧和规范，但就在此篇中，刘勰还是涉及了有关文体规范的问题，要求文术建立在"规范本体"之上。《镕裁》有云："履端于始，则设情以位体。"詹锳《文心雕龙义证》释曰："'设情以位体'的'体'，指体制，既指文章的体裁，也包括对这一体裁的风格要求。所谓'设情以位体'就是在思想感情的基础上安排用什么体裁来写，规矩要求和风格要求是什么。"①《文心雕龙·章句》有云："设情有宅，置言有位，宅情曰章，位言曰句。……局言者联字以分疆，明情者总义以包体。"此外还要遵循"大体"，"大体"在《文心雕龙》中也作"大要""体要"，都是指对某一文体的规格要求和风格要求。如"是以规略文统，宜宏大体"（《通变》），"虽精义曲隐，无伤其正言；微辞婉晦，不害其体要"（《征圣》），"是以立范运衡，宜明体要"（《奏启》）。其中的"大体""体要"均指写好各体文章的规范或准则。任何一篇文章，总属于一定的体类，总有一定的形式结构要求，总会表现出一定的体貌特征，因而也必然具有特定的体制、体式方面的写作规范和要求，此之为"立本有体"。文体中的体制、体式是一种规范性的存在，其决定着文章的辞采、声调、序事、章句等，与作者的才情无关，作者的才情只在于控驭文体，以及对于体制、体式的娴熟运用，当然既曰创作，其中的博弈也是不可避免的。

三 立本有体与辞尚体要

在刘勰看来，"立本有体"之体即是指文体规范，而文体规范又最终落实为具体的体制要求和修辞手段，于是"体制"便成为文章"镕裁"的依据和标准，因此《文心雕龙》的文术论中也贯穿了"体制为先"的基本思想。《文心雕龙》两次征引《尚书·毕命》中"辞尚体要"②的说法，就是强调"体"在艺术形式中的纲领性地位和作用。为此，刘勰采用历史考察和逻辑推演结合的方法，归纳出各类文体写作的体制特色和规格要求，为各种文体的写作提供了基本的写作范式，主要是体制规范和审美风格的要求。这种范式要求除了具体的文章体制要求之外，还有在社会历史发展过程中形成的所谓经典和经典所代表的审美

---

① （南朝梁）刘勰撰，詹锳义证：《文心雕龙义证·镕裁》中册，上海古籍出版社1989年版，第1185页。

② 一次是在《征圣》篇中，一次是在《风骨》篇中。

规范。刘勰说:"以模经为式者,自入典雅之懿;效骚命篇者,必归艳逸之华。……章表奏议,则准的乎典雅;赋颂歌诗,则羽仪乎清丽;符檄书移,则楷式于明断;史论序注,则师范于核要;箴铭碑诔,则体制于宏深;连珠七辞,则从事于巧艳:此循体而成势,随变而立功者也。"(《定势》)可以说,刘勰在理论和实践上都贯穿了"体制为先"的理念和原则。

遍照金刚《文镜秘府论·南卷·论文意》说:"凡文章体例,不解清浊规矩,造次不得制作。制作不依此法,纵令合理,所作千篇,不堪施用。"① 其《文镜秘府论·论体》还说:"凡制作之士,祖述多门,人心不同,文体各异。……遵其所宜,防其所失,博雅、清典、绮艳、宏壮、要约、切至等,是所宜,缓、轻、淫、阑、诞、直等是所失。故能辞成炼藻,动合规矩。而近代作者,好尚互舛,苟见一涂,守而不易,至今摘章缀翰,罕有兼善。岂才思之不足,抑由体制之未该也。"② 这段文字的意思是说,各种文章均有体制、风格上的规定性,只有"遵其所宜,防其所失",才能动静合体,举止得当。"故词人之作也,先看文之大体,随而用心。"如果文章不能写好,原因不是"才思之不足",而是"体制之未该也"。"大体"一词,在《文心雕龙》中多次出现,詹锳《文心雕龙义证》解释说:"大体,指某体文章规格的要求,或者对某体风格的要求。"③ 这样,这段话中的"大体"应该是指对文章体制和风格的要求了。詹锳在《文心雕龙义证》中还同时指出,刘勰所讲的"体要"亦即"大体"。王运熙、周锋《文心雕龙译注》中解释"提要"为"应该明白体制的要领"④。王运熙还认为《文心雕

---

① [日]弘法大师撰,王利器校注:《文镜秘府论校注》,中国社会科学出版社 1983 年版,第 310 页。
② 同上书,第 331—334 页。
③ (南朝梁)刘勰撰,詹锳义证:《文心雕龙义证·诠赋》上册,上海古籍出版社 1989 年版,第 306 页。
④ (南朝梁)刘勰撰,王运熙、周锋译注:《文心雕龙译注·奏启》,上海古籍出版社 1998 年版,第 213 页。

龙》"各篇中的敷理以举统部分,常常把各体文章基本的体制特色和规格要求,称为'体'、'大体'、'体制'、'要'、'大要'……所谓'大体'、'大要'中的'大'字,也就是纲领的意思,大体、大要等等,就是指各体文章基本的体制特色和规格要求"①。周振甫《文心雕龙译注》也认为"体要"有"应该明确体制"之意②。徐复观以为文体之概念由体裁(体制)、体要、体貌三个次元组成,"体要"为其中重要的一元,"体要,是通过法则以形成其形相",而"刘勰将'体要'概念引入对不同体类文章的论述中,主要体现在'论文叙笔'框架的'敷理以举统'部分;而'敷理以举统'与'释名以章义'、'原始以表末'、'选文以定篇'部分互动发明方形成《文心雕龙》的体裁论,'体要'概念亦在此互动发明中转化为'体式'概念"③。"体要"和"体制""体式"的联系,具有重要的意义,它们共同说明了文章体制的重要性。

  此外,严羽也说:"作诗正须辨尽诸家体制,然后不为旁门所惑。今人作诗差入门户者,正以体制莫辩也。世之技艺,犹各有家数。市缣帛者,必分道地,然后知优劣,况文章乎?"④ 严羽《沧浪诗话》中论诗从"体制""格力""气象""兴趣""音节"五个方面着手,而将"体制"放在第一位,这说明他是十分注重诗的体制的。严羽所著《沧浪诗话》一书,对元明清三代的诗歌创作和理论批评的发展都产生过广泛而深刻的影响。其中重要的影响便是重视"体制",明代人对"体格声调"的重视尤其深受严羽的影响。宋代吕本中《童蒙诗训》也说:"学文须熟看韩、柳、欧、苏,先见文字体式,然后更考古人用意下句

---

① 王运熙:《文心雕龙的宗旨、结构和基本思想》,载甫之、涂光社编《〈文心雕龙〉研究论文选》(1949—1982)上册,齐鲁书社1988年版,第241页。
② 周振甫:《文心雕龙今译·奏启》,中华书局1986年版,第214—215页。
③ 杨东林:《〈文心雕龙〉"体要"释义》,《学术研究》2004年第7期。
④ (宋)严羽:《答出继叔临安吴景仙书》,(清)何文焕辑《历代诗话》,中华书局1981年版,第707页。

处。学诗须熟看老杜、苏、黄,亦先见体式,然后遍考他诗,自然工夫度越过人。"① 同代人吕祖谦《古文关键》也有相近之论。以上这些认识,都把文章体制看作写作的先在规范,作诗作文应该符合诗文的体制,作词应该符合词的体制,这样方才是"本色"② "家数"③,方是"合体",方才是"得体",否则就是"失体",便是"失体成怪"。

刘勰把文章不符合或者偏离体裁规范的情况称为"乖体""讹体""谬体""异体""变体",把符合体裁规范的情况称为"得体""达体""正体""正式""昭体""玉体"。对此刘勰在《文心雕龙》中列举了许多实例进行论证:《檄移》谓"观隗嚣之檄亡新,布其三逆,文不雕饰,而意切事明,陇右文士,得檄之体矣!"《议对》曰:"若乃张敏之断轻侮,郭躬之议擅诛,程晓之驳校事,司马芝之议货钱;何曾蠲出女之科,秦秀定贾充之谥事实允当,可谓达议体矣。"《颂赞》云:"至于班傅之《北征》、《西征》,变为序引,岂不褒过而谬体哉!马融之《广成》、《上林》,雅而似赋,何弄文而失质乎!又崔瑗《文学》,蔡邕《樊渠》,并致美于序,而简约乎篇;挚虞品藻,颇为精核,至云杂以风雅,而不变旨趣,徒张虚论,有似黄白之伪说矣。及魏晋杂颂,鲜有出辙。陈思所缀,以《皇子》为标;陆机积篇,惟《功臣》最显;其褒贬杂居,固末代之讹体也。"还有《定势》云:"苟异者以失体成怪。"从中我们可以看出,刘勰时刻遵循和实践着他在《知音》中提出的"六观"方法,总是首先观"位体",把是否符合文体形式和文体风

---

① (宋)吕本中:《童蒙诗训》,见郭绍虞编《宋诗话辑佚·附辑》下册,中华书局1987年版,第603页。

② "本色"一语,在宋代诗话中已经出现,比如陈师道《后山诗话》中就说:"退之以文为诗,虽极天下之工,要非本色。"这句话的意思类似于倪思所言的"文章以体制为先,精工次之。失其体制,虽浮声切响,抽黄对白,极其精工,不可谓之文矣"。可见"本色"一语开始出现时指的是体裁的要求,指的是正体和非正体的区别。

③ (宋)严羽《沧浪诗话·诗法》说:"辩家数如辨苍白,方可言诗。"王运熙、顾易生主编的《中国文学批评通史》宋金元卷认为:"所谓'家数',也就是体制。严羽所说的'体制',不仅指作品的体裁,而且指体貌。"见于该书上海古籍出版社1996年版,第407页。

格看作文章的基本要求。古人云"作文必先定体",宋代苏洵以书札作议论,杜牧以记载为骚赋,即使精工,也由于不合体而失去了它的功用,后人贬斥其不得体,而不得体便成了文章写作的根本性毛病。甚至连跨文体写作,都被后世诟病。比如严羽就批评江西派"以文字为诗,以议论为诗,以才学为诗"是不知"夫诗有别材,非关书也;诗有别趣,非关理也"①。对于以诗为词和以词为诗等创作,后人多有辨析:"词与诗,意同而体异,诗宜悠远而有余味,词宜明白而不难知。以词为诗,诗斯劣矣;以诗为词,词斯乖矣。"② 意谓体制不能相混,即使是相近的文学体制也不能相混,混同则"乖"矣。

又如宋代揭傒斯(曼硕)《诗法正宗》认为诗文有法:"学问有渊源,文章有法度。文有文法,诗有诗法,字有字法。凡世间一能一艺,无不有法。得之则成,失之则否。"③ 这其中的"法"应该包括体制、体式的法度和规则。元代潘昂霄《金石例》说得更为明确:"学力既到,体制亦不可不知。如记、赞、铭、颂、序、跋,各有其体,不知其体,则喻人无容仪,虽有实行,识者几何人哉?体制既熟,一篇之中,起头结尾,缴换曲折,反复照应,关锁纲目血脉,其妙不可以言尽,要须自得于古人。"④ 王若虚在《滹南遗老集·文辨》中驳斥"意不在似"论说:"使文章无形体邪?则不必似;若其有之,不似则不是。谓其不主故常,不专蹈袭可矣;而云'意不在似'非梦中语乎?"⑤ 他的意思是说,如果文学作品没有各种体裁之分,就不必尊重体裁的基本特

---

① (宋)严羽:《诗辨》,《沧浪诗话》,(清)何文焕辑:《历代诗话》,中华书局1981年版,第688页。

② (明)李开先:《西野春游词序》,《闲居集之六》,《李开先集》(上),中华书局1959年版,第334页。

③ (元)揭傒斯:《诗法正宗》,见张健《元代诗法校考》,北京大学出版社2001年版,第315页。

④ (元)潘昂霄:《金石例》卷9,《文渊阁四库全书》,台湾商务印书馆1986年版,集部,第1482册,345页。

⑤ (金)王若虚:《文辨》,《滹南遗老集》卷37,《丛书集成初编》,中华书局1985年版,第236页。

点和表现规律。如果有各种体裁之分，不尊重体裁的基本特点和表现规律就是不对的。明代吴讷《文章辨体序说》也十分强调文体的重要性，还专门引用"文章先体制而后文辞"①以资论证。胡应麟《诗薮·内编》卷五曰："作诗大要，不过二端：体格声调，兴象风神而已。体格声调，有则可循，兴象风神，无方可执。故作者但求体正格高，声雄调鬯；积习之久，矜持尽化，形迹俱融，兴象风神，自尔超迈。譬则镜花水月，体格声调，水与镜也；兴象风神，月与花也。必水澄镜朗，然后花月宛然。讵容昏鉴浊流，求睹二者？故法所当先，而悟不容强也。"②在胡应麟看来，"体格"为作诗之"大要"，并认为"体格"是"有则可循"的，是可以把握的，是"法所当先"的，这是从作诗的角度，对诗歌"体制为先"的论述。《诗薮·内编》卷一还说："文章自有体裁，凡为某体，务须寻其本色。"③沈德潜《唐诗别裁集·凡例》也认为："诗不可无法，乱杂而无章，非诗也。"④他们的意见都是强调作家的创作必须尊重体裁的基本特点和艺术表现规律。可见，寻求文章体裁的本色，要求符合文章体制特定的规范与要求，也是中国文体批评的一个重要的衡裁尺度。

四 体有因革与文体的裂变和衍生

传统文体批评在强调"体制为先"之同时，也一直存在着对于诸如正体与变体、尊体与破体等涉及文体衍生和传承发展问题的讨论与争议，这些争论以及与其相伴生的创作实践，促进了传统文体的裂变与衍生，并且丰富了传统文体观念。我们知道，文学史上许多富有文体建树

---

① （明）吴讷：《古赋·唐》，《文章辨体序说》，人民文学出版社1982年版，第22页。
② （明）胡应麟：《诗薮·内篇》卷5，中华书局1958年版，第97页。
③ （明）胡应麟：《诗薮·内篇》卷1，中华书局1958年版，第20页。
④ （清）沈德潜：《唐诗别裁集·凡例》，《唐诗别裁集》卷首，河北人民出版社1997年版，第2页。

和创格价值的文章,由于其对一些现成文章体制的突破甚至破坏,而遭到其他人的诟病。如陈师道《后山诗话》即云:"退之以文为诗,子瞻以诗为词,如教坊雷大使之舞,虽极天下之工,要非本色。"① 这是在批评韩愈、苏轼未严格遵守既有的诗词体制,在创作中破坏了原来的体制以逞弄才学,其中之"本色"乃是指对诗词原有体制的遵守而形成的风格或风貌特征。就文体的繁衍而言,没有对既有体制的突破、没有对既有体式的变异,便没有新的文体的产生,但是在那些极端重视文章体制而容不得越雷池半步的批评者看来,这是不允许的,如执意违背之则就是"诗劣""词乖"②。然而,文章体制作为文章的存在形态和规范,它一方面规范文章沿着已有的传统模式发展,从而延续了文脉,传承了文体式样,但同时也往往会成为束缚和限制文家书写时自由兴发的桎梏,并最终阻碍文学创作发展和文体繁盛。因此,我们看到,当一种文体天长日久地延续数代之后,解构和颠覆该种文体的体制之创作现象便会出现,新的文体由此孕育而生。王国维曾曰:"盖文体通行既久,染指遂多,自成习套。豪杰之士,亦难于其中自出新意,故遁而作他体,以自解脱。一切文体所以始盛终衰者,皆由于此。"③ 在文体发展史上,"体有因革"是一种常态现象,只因袭而不变革就不会有新的文体产生,但是不惜毁裂文体而一味地追新逐异也不利于文体的繁盛,甚至导致文体大家族的凋敝,就文体衍生而言,更多情况下是新者虽来而旧者难弃、旧者不去,多样性、兼容性维护了文体发展的生态,因此因与革之间是一种辩证。刘勰受"宗经"思想局限,对此不解,在《文心雕龙·定势》中对当时的文章体制裂变、衍生情况进行严厉批评:"自近代辞人,率好诡巧,原其为体,讹势所变。厌黩旧式,故穿凿取

---

① (宋)陈师道:《后山诗话》,(清)何文焕辑:《历代诗话》,中华书局1981年版,第309页。
② (明)李开先:《西野春游词序》,《闲居集之六》,《李开先集》(上),中华书局1959年版,第334页。
③ (清)王国维:《人间词话》,上海古籍出版社2005年版,第56页。

新，察其诡意，似难而实无它术也，反正而已。"但是，六朝、唐宋文体发展、繁盛的事实，证明文体"超生"现象是常态现象，"体制"则往往约束管制不住这种"超生"。

因此，尽管"文辞以体制为先"是诗文评家关于文辞创造的基本认识，但历朝历代的诗人作家，也都在文体的必要框范下进行了勇敢的创新，在理论上亦多有探讨。比如宋代吕本中《夏均父集序》中提出："学诗当识活法。所谓活法者，规矩具备，而能出于规律之外；变化不测，而亦不背于规矩也。是道也，盖有定法而无定法，无定法而有定法。"① 金代王若虚在其《文辨》中记录了一段有趣的问答："或问文章有体乎？曰：无。又问文章无体乎？曰：有。然则果何如？曰：定体则无，大体须有。"在他看来，"惟史书、实录、制诰、王言，决不可失体"，"其他皆得自由"。他认为诗的创作关键在于皆出于自得，反对"苦无义理，徒费雕镌"之作②。王若虚又在《滹南诗话》中云："古之诗人，虽趣尚不同，体制不一，要皆出于自得。至其辞达理顺，皆足以名家，何尝有以句法绳人哉。鲁直开口论句法，此便是不及古人处。而门生亲党以衣钵相传，号称法嗣，岂诗之真理也哉？"③ 袁宏道更明确地说："文章新奇，无定格式，只要发人所不能发，句法字法调法，一一从自己胸中流出，此真新奇也。"④ 清代孔尚任在《孔贞瑄聊园文集序》中说："诗不拘格，兴到格成；文不限体，情生体具。"⑤ 这似乎与刘勰"因情立体"之说有一脉相承之处，

---

① （宋）吕本中：《夏均父集序》，引自刘克庄《江西诗派小序》"吕紫微"条，丁福保辑《历代诗话续编》，中华书局1997年版，第485页。

② （金）王若虚：《文辨》，《滹南遗老集》卷34，《丛书集成初编》，中华书局1985年版，第214页。

③ （金）王若虚：《滹南诗话》卷3，丁福保辑：《历代诗话续编》，中华书局1997年版，第523页。

④ （明）袁宏道：《答李元善》，钱伯城：《袁宏道集笺校》卷22，上海古籍出版社1981年版，第786页。

⑤ （清）孔尚任：《孔贞瑄聊园文集序》，《孔尚任诗文集》卷6，中华书局1962年版，第489—490页。

但又没有刘勰辩证。又如叶燮，他把拘泥于旧体制，不肯创新的文人称为"三日新妇""动恐失体"①，认为传统和官定的东西会束缚作家的手脚，应该加以突破，而他认突破却主要集中在情理方面，对体制、体式则涉及的极少。还有人认为"文章体制本天生……模宋规唐徒自苦"②。他们的论述虽然涉及了文章体制创新的问题，但却忽视了"文成体立"的历史过程，没有注意到诗文的发展是在继承的基础上创新的过程，所谓"体有因革"即是指此。从文学发展的历史来看，文体一旦形成，就具有独立性，因此其发展过程中的因袭要多于变革。当然也有变革剧烈的时代，比如明清时期出于对复古思想和文风的反对，也由于主体意识和情感的觉醒，许多作家和文论家认为只要从胸臆中流出的真情实意，便可不遵矩度，其中重要的就是对文体的突破。这在中国文学史上是一个特殊阶段，由此形成了诸如小说、戏曲等新的文学体制。但事实上，中国文论史上占主导地位的思想还是遵守体制、体式，并强调在此基础上进行创新。程千帆云："诸端随文发义，略可了然；神而明之，是在学者。惟体式之异，今古攸殊，而临文必先定体，则为不易之理。……考体式之辨，乃学文始基。"③ 这种认识不仅表现在创作的要求上，而且还是批评标准的重要组成部分。可见，"体制"是"体"的规范和传统，而"制"是体与体得以区别并独立成章的依托和依据，"体制""体式"在成文的过程中具有决定性的意义，所以应该"体制为先"了。

当然，每种体裁都有自己基本的特点和规律，作家运用一定的体裁形式进行创作，既要尊重体裁的基本特点，又要善于发挥自己的创作个性而有所变化，两者的关系如果处理得当，不仅不能束缚作家的创作个

---

① （清）叶燮撰：《原诗》，霍松林校注，人民文学出版社1998年版，第25页。
② （清）张问陶：《论诗十二绝句》，《船山诗草》卷11《京朝集》，中华书局1986年版，第262页。
③ 程千帆：《文论十笺》，黑龙江人民出版社1983年版，第187页。

性，反而会有利于独特的创作个性的发挥。王世贞的《艺苑卮言》认为："诗有常体，工自体中。文无定规，巧运规外。"① "法合者，必穷力而自运；法离者，必凝神而并归。合而离，离而合，有悟存焉。"② 清人徐增在他的《而庵诗话》中说："余三十年论诗，只识得一'法'字，近来方识得一'脱'字。诗盖有法，离他不得，却又即他不得；离则伤体，即则伤气。故作诗者先从法入，后从法出，能以无法为有法，斯之谓'脱'也。"③ 这些论述中包含了深刻的艺术辩证法：体裁的客观确定性，既约束着作家的主观任意性，又是他们发挥主观创造性的依凭。作家的创作既不能完全离开体裁的基本特点，又不能被体裁的特点所束缚，作家既要充分发挥个人的艺术风格的独创性，又要符合文体风格的基本特点；既顺应体裁的艺术表现的要求，又不拘泥于文体的模式而有所创造，他们的作品虽然处处显示着自己的独创精神，但又要合乎体裁的客观规范和要求。一个作家即使有多方面的才能，也要在"体制"的框范之中发挥自己的才能。元稹在《白氏长庆集序》中说过："大凡人之文，各有所长，乐天之长可以为多矣。夫以讽谕之诗长于激，闲适之诗长于遣，感伤之诗长于切，五言律诗百言而上长于赡，五言七言百言而下长于情，赋赞箴诫之类长于当，碑记叙事制诰长于实，启奏表状长于直，书檄词册剖判长于尽。"④ 白居易善于顺应体裁的客观要求使得他的才能得到发挥，从而兼善诸体。刘勰说："诗有恒裁，体无定位，随性适分，鲜能通圆。"优秀的作家往往在矩度之间自由发挥，戴着脚镣自由舞蹈，创造出了优秀的文学作品。刘勰《文心雕龙·定势》云："旧练之才，则执正以驭奇；新学之锐，则逐奇以失正。"优秀的作家往往能在奇正之间找到平衡。

---

① （明）王世贞撰：《艺苑卮言校注》，罗仲鼎校注，齐鲁书社1992年版，第40页。
② 同上书，第41页。
③ （清）徐增：《而庵诗话》，（清）丁福保辑：《清诗话》，中华书局1963年版，第433页。
④ （唐）元稹：《白氏长庆集序》，《元稹集》卷51，中华书局2000年版，第555页。

从传播学的角度讲，文学创作是一种符号编码活动，而传播的编码必须要有特定的模式，才能进行传播。"文"要完成其载道的大任，要实现传播的使命，其核心和关键就在于"以体制为先"，要形成"体"或者"体制"。为此文必须找到一个表意的特定形式——体，不然就无法存在和传播。文学或者文章往往是通过语言的模式和文体的模式作为其传播的恒定编码的，因此文只有入体才能实现"载道"的传播目的，而要入体就要讲"体制""体要"，"体"一旦符合了"制"和"要"的规范与传统，则成为一种"式"，我们称之为"体式"，亦即文体或者文化形式，体裁作为专指文化艺术作品存在形式的概念，应该包含在"体式"之中。所以，"体""体制""体裁"一直被视作文章学和文学艺术中的核心概念，也是最基本的概念。所以，"文辞以体制为先"应该是文学创作和批评的根本规律之一。

（作者单位：陕西师范大学人文社会科学高等研究院）

体貌与文相

党圣元

"体"是中国古代文论中的一个重要范畴,古代文献中有以"体"为词根的一系列文论概念群。在传统诗文评论的语境中,"体"有一种义项是指文章或者文学的整体性存在或整体风貌,双音节词"体貌"等与这一义项相关。魏晋以降的关乎相人之法的人物品藻开启了以"体"论"文"的中国特有之批评方式,而以"体"论"文"也是《文心雕龙》的重要内容。这就需要从"体"的原始意义和中国传统的思维方式说起。

一 "体"之历史语义学阐释

"体"字的繁体为"體",从骨,豊声,是个形声字。"骨"是形旁,表意;"豊"是声旁,表音。《说文解字》:"体,总十二属也。"段玉裁注:"十二属,许未详言。今以人体及许书核之。首之属有三:曰顶,曰面,曰颐;身之属有三:曰肩,曰脊,曰尻;手之属有三:曰肱,曰臂,曰手;足之属有三:曰股,曰胫,曰足。他礼切。"[①] 所谓

---

① (清)段玉裁:《说文解字注》四篇下,上海书店出版社 1992 年版,第 166 页上。

"十二属"，皆承之于骨，故从骨；豊为礼器，凡祭祀，礼器必望厚，豊因之有望厚意。体"总十二属"，体有豊意。故体从豊声，亦从豊意。说明"体"最初是指由"十二属"构成的人的整体，"体"的本义是指身体，是指人的全身。所以"体"是一个整体性的称谓，是指一个生气灌注的有机整体，也可以理解为将各部分合成一个有机整体。从这一原始用义可以看出，"整体"义项构成了"体"在古典汉语语境中的基本内涵。但"体"有时也指身体的一部分，比如"四体不勤，五谷不分""五体投地"之"体"，就是指身体的某些部分，但是这种"体"的用法更多的是代指身体的全部。

"体"的本义是指人的身体，所谓"体，身也"①。后来引申为泛指事物之存在的实在性、基础和本根，比如"阴阳合德，而刚柔有体"②，"天之与地，皆体也"③等句中的"体"便是；亦可训释为"物质存在的形态"，诸如"液体""固体""气体"等，总之，凡实在之物皆有"体"，故我们也把物叫作"物体"。此外还指相对抽象的制度性、体制性存在，如我们还说"政体""国体"等。"体"即物的实在的显现、是完全的完整的显现，因此我们有"整体""总体"的说法。"体"的本义与"形"密不可分，《庄子·天地》："物成生理，谓之形；形体保神。"④"形"在庄子那里是一个生理学的范畴。在中国古人看来，无论人的肢体、物之形体、事之大体主体，都有一定的形态，都有一定的"体"，天地万物如此，文章也应该如此，而"体"正是文章由内容到形式的枢纽。没有这一枢纽，文章就难以成形，而凡文章必有体。因此，古代文论中的"体"在很多情况之下是指文章的存在形态，是指汇通形式、风格、内容等的文章的整体形态。古人以"体"称文的用

---

① （清）王念孙：《广雅疏证》卷6下"释亲"，中华书局1983年版，第203页上。
② 《周易·系辞下》，阮元校刻《十三经注疏》上册，中华书局1980年版，第89页上。
③ 黄晖：《论衡校释》卷7《道虚篇》，中华书局1990年版，第319页。
④ （清）郭庆藩：《庄子集释》卷5上《天地第十二》，中华书局2012年版，第430页。

意之一，正是为了突出"文章整体"和主次条理井然有序的有机性这层含义。

基于"天人合一"的大传统，"体"论包含了古人身体观的独特认知。它强调身体的整体性，认为"形与神俱""形神合一"，同时认为天人同构，身体是一小宇宙，宇宙是一大身体，即人体作为小宇宙，与大宇宙是相通互融的。尤其汉儒讲天地人合以成体，是把人作为自然系统中的一个重要的不可缺少的要素看待，甚至将之上升到"天人相副"的高度。董仲舒认为："人之形体，化天数而成。人之血气，化天志而仁。人之德行，化天理而义。人之好恶，化天之暖清。人之喜怒，化天之寒暑。人之受命，化天之四时。……天之副在乎人。"① 体，本义是人的身体，引申为宇宙整体，这个命题形象地表现了董仲舒把整个宇宙看作一个普遍联系的有机整体的思想。当然在此之前，中国人在观察世界时，总是将宇宙看成一个有生命的、有机的整体，总是习惯于以人自身来加以拟附。《周易·系辞下》云："古者包牺氏之王天下也，仰则观象于天，俯则观法于地，观鸟兽之文，与地之宜，近取诸身，远取诸物，于是始作八卦，以通神明之德，以类万物之情。"所谓"近取诸身，远取诸物"，便是这种思维方式的最好概括。

为什么人类社会的早期总是将对外物的认识和自身联系起来，尤其要和自己身体联系起来呢？从认识论角度看，"人是万物的尺度，是存在的事物的存在的尺度，也是不存在的事物不存在的尺度"②，人类并非对所有成为直观对象的事物或现象都形成认识，只是与主体相关的事物或现象才成为现实的认识对象，也就是说，认识客体是为了满足主体的需要。而主体的需要最为迫切的是对自身的认识，所以，为了认识客

---

① （清）苏舆：《春秋繁露义证》卷11《为人者天第四十一》，中华书局1992年版，第318—319页。
② 这是古希腊智者派的主要代表人物普罗泰戈拉提出的关于人的著名的哲学命题，参见北京大学哲学系外国哲学史教研室编译《古希腊罗马哲学》，商务印书馆1961年版，第138页。

体就须首先回到认识主体上来，然后再以对主体的认识结果作为参照系去加深对客体的认识。因此人可以以自身为对象，去把握宇宙。西谚说："认识你自己吧。"人体是上帝的杰作。哲人说："人啊！请正视你的身体。"所以在古希腊艺术中，对人体美的欣赏比对自然美的欣赏还要早。中国人虽然没有像希腊人那样在艺术中充分表现身体，但是从身体出发认识事物，比附对象，却有着久远的传统。

二 以"体"论文与"象喻"批评

中国固有文学批评在批评思维和用语上擅用比拟，往往以自然植物为喻、以人为喻、以生命为喻来论文。天人同构，人的身体与天地万物同构，作为人文制作的文章既与人的身体也与天地万物同构，而"一气贯通"，贯穿这一切的是生生不息之气。

以自然物象比喻文章的"象喻"批评，体现了古人"远取诸物"而认为文章与天地万物同构的基本思想。关于以自然、植物为喻，我们在此举例说明。

唐白居易说："《诗》者，根情、苗言、华声、实义。"① 视诗如植物。

明胡应麟将动植物联喻以言诗："诗之筋骨，犹木之根干也；肌肉犹之叶也；色泽神韵，犹花蕊也。筋骨立于中，肤肉荣于外，色泽神韵充溢其间，而后诗之美善备，犹木根干苍然，枝叶蔚然，花蕊烂然，而后木之生意完。"② 视诗歌如同树木和动物，两者兼之，可见其比拟具有相通之处。

清叶燮说："夫天有四时，四时有春秋，春气滋生，秋气肃杀。滋

---

① （唐）白居易撰，谢思炜校注：《白居易文集校注》卷8《与元九书》，中华书局2011年版，第322页。

② （明）胡应麟：《诗薮·外篇》卷5，中华书局1962年版，第204页。

生则敷荣，肃杀则衰飒。气之候不同，非气之有优劣也。使气有优劣，春与秋亦有优劣乎？故衰飒以为气，秋气也。衰杀以为声，商声也。俱天地之出于自然者，不可以为贬也。又盛唐之诗，春花也。桃李之华，牡丹芍药之妍艳，其品华美贵重，略无寒瘦俭薄之态，固足美也。晚唐之诗，秋花也。江上之芙蓉，篱边之丛菊，极幽艳晚香之韵，可不为美乎？"① 视迭代诗风如同四季气候转换。

以自然之物作为比拟在中国古代文学批评中可谓俯拾即是。至于以人、以人体为比拟来论文论艺，更是中国固有文学批评的一个重要特点，体现的是我们古人"近取诸身"而认为文章结构与人的身体结构同构的基本思想。这里我们首先从表象入手，来看看中国固有文学批评的这个特点：

（一）以"体"论"文"

借助人的身体概念来论文，乃是中国古代文学批评中屡见不鲜的事。

南朝梁刘勰说："必以情志为神明，事义有骨髓，辞采为肤肌，宫商为声气。"② 由里而外，由"情志""事义""辞采""宫商"构成的文章整体，就活脱脱地像是由"神明""骨髓""肌肤""声气"构成的活人。

北齐颜之推说："文章当以理致为心肾，气调为筋骨，事义为皮肤，华丽为冠冕。"③

唐贾岛："诗体若人之有身。人生世间，禀一元相而成体，中间或风姿峭拔，盖人伦之难。"④ "一元"者，气也，人之"体"乃一气化

---

① （清）叶燮：《原诗》外篇下，人民文学出版社1979年版，第66—67页。
② （南朝梁）刘勰：《文心雕龙·附会》，陆侃如、牟世金《文心雕龙译注》，齐鲁书社1995年版，第511页。
③ （北齐）颜之推撰，王利器集解：《颜氏家训集解》卷4《文章第九》，中华书局1993年版，第324页。
④ （唐）贾岛：《二南密旨》"论裁体升降"条，张伯伟：《全唐五代诗格汇考》，江苏古籍出版社2002年版，第382页。

成，诗之"体"亦复如此。"风姿峭拔"者，人之"体貌"也，也可用来描述诗之"体貌"。

唐徐夤说："体者，诗之象，如人之体象，须使形神丰被，不露风骨，斯为妙手。"① "体象"犹"体貌"。

宋李廌说："凡文之不可无者有四：一曰体，二曰志，三曰气，四曰韵。……文章之无体，譬之无耳目口鼻，求能成人；文章之无志，譬之虽有耳目口鼻，而不知视听臭味之所能，若土木偶人，形质皆具而无所用之；文章之无气，虽知视臭味，而血气不充于内，手足求卫于外，若奄奄病人，支离憔悴，生意消削；文章之无韵，譬之壮者，其躯干枵然，骨强气盛，而神气昏愦，言动凡浊，则庸俗鄙人而已。有体、有志、有气、有韵，夫是谓成全。"② "全"文当如"全"人，无"志""气""韵"之文如断气无神之人（行尸走肉），但无"体"之文则如无所依托的游魂，古人重志气、神韵而不轻体貌。

宋吴沆说："诗有肌肤、有血脉、有骨格、有精神。无肌肤则不全，无血脉则不通，无骨格则不健，无精神则不美。四者备，然后成诗。"③

南宋姜夔说："大凡诗，自有气象、体面、血脉、韵度。气象欲其浑厚，其失也露；韵度散其飘逸，其失也轻。"④

元杨维桢说："评诗之品无异人品也。人有面目骨体，有情性神气，诗之丑好高下亦然。"他还说："面目未识，而谓得骨骸，妄矣；骨骸未得，而谓得情性，妄矣；情性未得，而谓得其神气，益妄矣。"⑤

---

① （唐）徐夤：《雅道机要》，张伯伟：《全唐五代诗格汇考》，江苏古籍出版社 2002 年版，第 436 页。
② （宋）李廌：《济南集》卷 8《答赵士舞德茂宣义论宏词书》，四川大学古籍整理研究所编《宋集珍本丛刊》，线装书局 2004 年版，第 30 册，第 727 页。
③ （宋）吴沆：《环溪诗话》卷中，（宋）惠洪、朱弁、吴沆《冷斋夜话 风月堂诗话 环溪诗话》，中华书局 1988 年版，第 130 页。
④ （清）姜夔：《白石道人诗说》，（清）何文焕辑：《历代诗话》，中华书局 1981 年版，第 680 页。
⑤ （元）杨维桢：《东维子文集》卷 7《赵氏诗录序》，四部丛刊本。

明归庄说："余尝论诗，气、格、声、华，四者缺一不可。譬之于人，气犹人之气，人所赖以生者也，一肢不贯，则成死肌，全体不贯，形神离矣；格如人五官四体，有定位，不可易，易位则非人矣；声如人之音吐及珩璜琚瑀之节；华如人之威仪及衣裳冠履之饰。"①"格"类陶明濬所谓"体制（体式）"，"华"之"威仪"类若"体貌"。

清孙联奎说："人无精神，便如槁木；文无精神，便如死灰。"②

清方东树说："观于人身及万物动植，皆全是气所鼓荡。气才绝，即腐败臭恶不可近：诗文亦然。"③诗文与人身及万物动植，皆一气化成，故而同构，而品文之法与相人之术通。

清姚鼐在《古文辞类纂·序目》中将文章的要素分成八种，曰："神、理、气、味、格、律、声、色。神、理、气、味者，文之精也；格、律、声、色者，文之粗也。然苟舍其粗，则精者亦胡以寓焉？学者之于古人，必始而遇其粗，中而遇其精，终则御其精者而遗其粗者。"④"粗"与"精"或"形"与"神"之论，也关乎文之"体"构成的层次性。

近人陶明濬《诗说杂记》疏解严羽"兴趣"说："此盖以诗章与人身体相比拟……体制如人之体干，必须佼壮；格力如人之筋骨，必须劲健；气象如人之仪容，必须庄重；兴趣如人之精神，必须活泼；音节如人之言语，必须清朗。五者既备，然后可以为人；亦为备五者之长，而后可以为诗。"文章之"体制（体式）""格力"如人之"体干""筋骨"，而文章之"气象"则如人之"体貌（仪容）"，文之"体"的构成也是有由内而外的层次性的。

---

① （明）归庄：《归庄集》卷3《玉山诗集序》，中华书局1962年版，第206页。
② （清）孙联奎：《诗品臆说》"精神"条，（清）孙联奎、杨廷芝：《司空图〈诗品〉解说二种》，齐鲁书社1980年版，第29页。
③ （清）方东树：《昭昧詹言》卷1，人民文学出版社1961年版，第25页。
④ （清）姚鼐编选，吴孟复、蒋立甫评注：《古文辞类纂评注》，安徽教育出版社2004年版，第18页。

以上列举的言说，都是将人体的结构和文体的结构进行比附、联想和判断、推衍，所谓"盖以诗章与人身体相比拟"，从而表达自己对文学艺术的认识的。不过以上列举的只是中国古有文学批评以体论文的冰山一角①，我们可以想象，如果没有诸如单音节词"气""力""形""体""神""貌""肥""瘦""壮""弱""病""健""首""腹""尾""筋""骨""皮""脉""髓""魄"，双音节词"精神""神韵""气骨""风骨""血脉""皮毛""文心""诗眼""主脑""肌理"等术语，中国传统的诗文评将会是什么样子。可以肯定地说，如果没有这样一些人化的理论术语或者喻象，中国古代文学批评尤其是诗文评甚至是书画理论，都将会陷入"失语"的尴尬之中。可见借体论文已经成了中国古代文学批评的一个特点。时至今日，有学者还认为文体结构与人体结构相同，并运用这种方式来论文："一种文体的基本结构，犹如人体结构，应包括从外至内依次递进的四个层次，即：（1）体制，指文体外在的形状、面貌、构架，犹如人的外表体形；（2）语体，指文体的语言系统、语言修辞和语言风格，犹如人的语言谈吐；（3）体式，指文体的表现方式，犹如人的体态动作；（4）体性，指文体的表现对象和审美精神，犹如人的心灵、性格。"② 而刘勰《文心雕龙》实际上也暗含此类分层法（详论见后）。

（二）借"体"论"艺"如书画等

首先是以身体比附描写对象。在传统山水画论中的评论和对画理的比拟中，往往现"身"说法，总是不离身体。譬如宋郭熙认为：

> 石者，天地之骨也，骨贵坚深而不浅露；水者，大地之血也，

---

① 钱锺书除了在《中国固有的文学批评的一个特点》一文中有举例外，还在《管锥编》和《谈艺录》两书中列举了众多的例证。

② 郭英德：《中国古代文体学论稿》，北京大学出版社 2005 年版，第 4 页。

血贵周流而不凝滞。①

> 山以水为血脉，以草为毛发，以云烟为神彩。故山得水而活，得草木而华，得烟云而秀媚。水以山为面，以亭榭为眉目，以渔樵为精神。故水得山而媚，得亭榭而明快，得渔樵而旷落。此山水之布置也。②

把石头和水比作天地的骨血，从而引起画者在将自然"迹化"为作品的同时，融入对自己身体的联想，则画必如活人之体而血脉流动、神采焕发。又譬如：

> 石有面有肩，有足有腹，一如人之俯仰坐卧。③
> 山以林木为衣，以草为毛发，以烟霞为神采，以景物为装饰。以水为血脉，以岚雾为气象。④

以身体演示画理，有些画论简直就可以为你描绘出一个活生生的人体来。这在中国画论和绘画术语中屡见不鲜。他们把画中最精彩最传神的细部叫作"画眼"，把关键性的画面处理叫作"点睛"，把拘泥于细节而失去整体效果叫作"谨毛失貌"等，这背后无不藏着身体及整体的尺度。就连画论中最为推重的"气""力""势""态"之类的概念也无不从"体"观念中来。南齐谢赫的"六法"，其中核心的、纲领性的内容就借助于身体的联想。"气韵生动""骨法用笔"，都出于对身体状态和身体部件的联想。气与韵以及气韵，都是从人的肉体和生命现象

---

① （宋）郭熙：《林泉高致》，山东画报出版社2010年版，第50页。
② 同上书，第49页。
③ （清）龚贤：《画诀》，（清）鲍廷博辑：《知不足斋丛书》，中华书局1999年版，第4册，第695页下。
④ （宋）韩拙：《山水纯全集·论山》，《丛书集成初编》，中华书局1985年版，第1641册，第2页。

中引申出来的感觉，转而投射于艺术作品，并进而成为品鉴标准，相人之术已成品画之法。"骨法"是更为典型的以身体为蓝本而衍生出的审美标准，这种审美标准从本根上来说是抽象的，其言说方式是比喻、比拟性的，因而给人以生动质感，并能触动人的联想。

在书法理论之中，这种情况更是普遍。概举如下。

五代荆浩说："凡笔有四势，谓筋、骨、肉、气。笔绝而断谓之筋，起伏成文谓之肉，生死刚正谓之骨，迹画不败谓之气。故知墨大质者夫其体，色微者败正气，筋列者无肉，迹断者无筋，苟媚者无骨。"①

南朝宋王僧虔说："骨丰肉润，入妙通灵。""骨骼丰满，肌肉润泽，那就可以自接进入无穷妙境，与神灵相通。"②

北宋朱长文说："（沈传师之书）爽快骞举，如许迈学仙，（骨）轻神健，飘飘然欲腾霄云。"③

北宋苏轼说："书必有神、气、骨、血、肉，五者缺一，不为书也。"④

北宋米芾说："字要骨格，肉须裹筋，筋须藏肉。"⑤

明丰坊说："书有筋骨血肉。"⑥

清康有为说："书若人然，须备筋、骨、血、肉。血浓骨老，筋藏肉莹，加之姿态奇逆，可谓美矣。"⑦

---

① （五代）荆浩：《记异》，秦祖永辑《画学心印》卷1，《续修四库全书》，上海古籍出版社1996年版，子部，第1085册，第424页上。
② （南朝宋）王僧虔：《笔意赞》，冯武《书法正传》纂言上，上海书画出版社1985年版，第134页。
③ （北宋）朱长文纂辑：《墨池编》卷3《续书断上》"妙品十六人"，《文渊阁四库全书》，台湾商务印书馆1986年版，子部，第812册，第740页。
④ （北宋）苏轼：《论书》，王原祁等纂辑：《佩文斋书画谱》卷6，中国书店1984年版，第156页上。
⑤ （北宋）米芾：《海岳名言》，《文渊阁四库全书》，台湾商务印书馆1986年版，子部，第813册，第64页。
⑥ （明）丰坊：《书诀》，《丛书集成续编》，台湾新文丰出版公司1988年版，第99册，第6页下。
⑦ （清）康有为：《广艺舟双楫》余论第19，中国书店1983年版，第46页。

"肉""血""骨""气""神"也可显见画之结构如人之身体结构在构成上由表及里的层次性。古代的书法家总是视书法为一种生命的艺术，总是力求要在字里行间表现出生命体的筋骨血肉的感觉来，因此在批评书法和描绘书法性状时表现出明显的"体"观念，那就是艺术鉴赏中的拟人化倾向，以人论艺，以体论艺。如前所述，基于人类认识"近取诸身"的思维特点，从身体出发，并向人的综合素质延伸，论述艺术如同人的身体的有机性和整体性，这也是再自然不过的事情，所以，当中国人说"画如其人"的时候，就已经从人的身体散发出了许多东西，衍生出了许多尺度，内中也隐含了中国古人的致思方式——今人如钱锺书、朱光潜等先生多有所论。

这说明，传统谈艺论文，特别偏向于将文章、己作视为人之形体、生命，从而体现出重视感性生命，以生命呈现在人体自然中的力量、气质、姿容为美的审美观念和理论思维。中国学者对此进行的理论概括，应该从钱锺书先生对中西文学批评的比较说起。在钱锺书先生看来，中国文论中既具普遍性、独特性，又具有世界性的特点就是：

> 把文章通盘的人化或生命化（animism）。《易·系辞》云："近取诸身……以通神明之德，以类万物之情"，可以移作解释：我们把文章看成我们自己同类的活人。《文心雕龙·风骨篇》云："辞之待骨，如体之树骸，情之含风，犹形之包气……瘠义肥词"；又《附会篇》云："以情志为神明，事义为骨髓，辞采为肌肤"；……这种例子哪里举得尽呢？我们自己喜欢乱谈诗文的人，做到批评，还会用什么"气"，"骨"，"力"，"魄"，"神"，"脉"，"髓"，"文心"，"句眼"等名词。翁方纲精思卓识，正式拈出"肌理"，为我们的文评，更添一个新颖的生命化名词。①

---

① 《钱锺书散文》，浙江文艺出版社1997年版，第391页。

钱锺书先生的这一见解见于其 1937 年 5 月 23 日写成的长文《中国固有的文学批评的一个特点》，刊载于《文学杂志》第 1 卷第 4 期（1937 年 8 月 1 日）。其中核心的认识就是"把文章通盘的人化或生命化"，亦即所谓的"人化"或者"生命化"。此后钱先生陆续对此说进行补充，使之对中国固有文学批评特点的概括更加完善，论证更加充分。比如钱锺书先生在《谈艺录》中曾说，中国古代文评的一个重要特色是："谓其能近取诸身，以文拟人；以文拟人，斯形神一贯，文质相宣矣。"① 钱锺书先生还从中国人认知思维的角度指出："盖吾人观物，有二结习：一、以无生者作有生看（animism），二、以非人作人看（anthromorphism）。鉴书衡文，道一以贯。图画得其筋骨气韵，诗文何独不可。"② 中国传统文化与哲学的这种特征，必然会深深地影响中国传统美学思想，并孕育出相应的富于中国传统文化特征的美学理论，其特色就是以人拟文，以人拟艺。这一特色的形成，从哲学上讲是与中国古代哲学——美学中的"天人合一"思想有关的；从文艺传统上讲，又不能不说它在一定程度上受了魏晋以来将人物品藻与诗人评论结合传统的影响（详论见后）。

著名美学家朱光潜先生对此也很认同并作了补充。朱光潜在《文学杂志》第 1 卷第 4 期"编辑后记"中说："钱锺书先生拿中国文学批评和西方文学批评相比较，指出它的特色在'人化'，繁征博引，头头是道。儒家论诗，以'温柔敦厚'为理想，《乐记》论声音，举和柔直廉粗厉发散啴缓噍杀六种差别，《易·系辞》称'精义入神'都是最早的'人化'批评。汉以后道家思想盛行，'气'，'神'等观念遂成为文艺理论中的重要台柱。魏晋人论诗文，很少没有受道家思想影响的。应用'人化'观念者不仅有文学批评家，论书画者尤为显著。同时'人化'之外，'物化'或'托物'也是中国文艺批评的一个特色……司空

---

① 钱锺书：《谈艺录》，中华书局 1986 年版，第 40 页。
② 钱锺书：《管锥编》第 4 册，中华书局 1979 年版，第 1357 页。

图《诗品》是'人化'与'物化'杂糅，最足以代表'中国固有文学批评'的一部杰作。看过钱先生的论文以后，我们想到如果用他的看法去看中国的文艺思想，可说的话还很多，希望他将来对于这问题能写一部专书。"① 可惜除了看见钱先生的专论之外，我们并未看到专书的诞生。可见这一问题也正如中国文学批评的特色，只可通过喻象来形象把握和体会，而不可以充分的理论化。

"近取诸身"，中国人习惯以人体结构来看待客体，中国古代审美心理学思想中的许多范畴和命题，如气脉、气象、体面、血脉、韵度、神韵、风骨、形神等，都来自这一观念。中国古代文论十分关注文之"体"的生气充溢的性质，如一些文论概念风骨、诗眼、气韵生动、活、肌理等都应该是"体"的性质延伸。同时，中国文学批评家喜欢把艺术与人体视为"异质同构"，喜欢用人体结构来比拟艺术结构。这可以视作与中国文论喜欢以"道""气"等浑朴性概念把握对象相并行的把握方法，如果说用"道""气"是以难以把握的概念去把握难以把握的对象的话，那么，用身体概念就是以可以把握的概念去把握不能把握的对象，有由实及虚、由粗而精、由表及里、由具象到抽象的认识倾向。这种启发式的理论表述，不是将理论论域封闭起来，而是通过比拟使得表述更形象化、生动化，构筑起一个可以感知和体悟的理论体系，从而将读者也纳入理论的生成过程中，形成开放的理论论域，增强理论的感悟性。

三　体貌与文相："体"论与人物品藻

魏晋以降的"人物品藻"，是中国即"体"论"文"趋于成熟的一大关节点。在中国的认知模式中，合而观之，宇宙万物本为一"体"，

---

① 《朱光潜全集》第 8 卷，安徽教育出版社 1993 年版，第 563 页。

人是一"体",文章也是一"体";分而论之,古人又用两两相对的词或范畴来描述这一"体":比如人之体有"体性(体气等)"与"体形(形体)"之分,或"神"与"形"之别等,但两者"不即",也"不离"——文章亦复如此。因为"不离",所以古人观察、鉴别人的一个重要方法就是"相面":由人外在之"面相""体貌"察人内在之性格等,相面之法乃观人术也。这本是始于汉代的人物品藻的做法,而如果说汉人"相"人是为了政治上选拔人才的话,那么更重视风神、神韵的魏晋人则使人物品藻成为一种审美上的品鉴,并且魏晋人开始逐步把这种"相"人之术转化为"品"文之法,并对后世产生深远影响①,使以体貌记文相成为古人衡文谈艺的一般家数。

《文心雕龙》大量以"体"论"文"的做法,应受到其时人物品藻的影响,如其《练字》篇有云:"夫文象列而结绳移,鸟迹明而书契作,斯乃言语之体貌,而文章之宅宇也"②,字为言语之"体貌",而积字成句、积句成篇,则"文章"本身自然也有由文字构成的"体貌",这种整体的体貌也可称为"文象(文相)"。"体貌"一词在汉魏六朝时,使用极广,如《汉书·贾谊传》:"所以体貌大臣,而励其节也。"颜注:"体貌,谓加礼容而敬之。""体貌"虽可解作"尊敬",而"加礼容"云云,则表明"体貌"也需用外在的仪式加以表现。《文心雕龙·时序》篇有云:"陈思以公子之豪,下笔琳琅。并体貌英逸,故俊才云蒸。"③ 又,《文心雕龙·书记》篇:"状者,貌也。体貌本原,取其事实"④,"体貌"虽也解作尊敬、尊重,但也有使"本原"由内而外、由隐而显之意。又,《文心雕龙·练字》篇:"状貌山川,古今咸用"⑤;《文心雕

---

① 这方面的详细分析,参见张法《中国美学史》第三章"魏晋南北朝美学"相关内容,四川人民出版社2006年版,第83—87页。
② 陆侃如、牟世金:《文心雕龙译注》,齐鲁书社1995年版,第470页。
③ 同上书,第537页。
④ 同上书,第348页。
⑤ 同上书,第476页。

龙·夸饰》篇云:"至如气貌山海,体势宫殿;嵯峨揭业,熠耀焜煌之状,光采炜炜而欲然,声貌岌岌其将动矣:莫不因夸以成状,沿饰而得奇也。"① 作为动词的"状貌""气貌"与"体貌"义近。推而广之,文章制作之法也需"体貌"之,而文章品鉴之法则需"相"之。

当然,《文心雕龙》中提到更多的是山水景物之貌,《神思》篇有"物以貌求"之语,而以"貌"求"物"乃是山水景物文章(诗赋等)的基本套路:如《辨骚》篇:"论山水,则循声而得貌;言节候,则披文而见时。"②《物色》篇:"巧言切状,如印之印泥……故能瞻言而见貌,即字而知时","体物为妙,功在密附","情貌无遗","流连万象之际,沈吟视听之区","窥情风景之上,钻貌草木之中"。③《明诗》篇:"造怀指事,不求纤密之巧;驱辞逐貌,唯取昭晰之能"④,"情必极貌以写物,辞必穷力而追新"⑤。《诠赋》篇:"赋自《诗》出,分歧异派。写物图貌,蔚似雕画。"⑥《才略》篇:"延寿继志,瑰颖独标;其善图物写貌,岂枚乘之遗术欤!"⑦

当文章家能"体物""密附"而用语言成功表现出景物之体貌(写物图貌)时,景物之体貌也就成为文章之体貌。后世唐僧皎然《诗议》即直接以"体貌"论诗:"论人,则康乐公秉独善之姿,振颓靡之俗。沈建昌评:'自灵均已来,一人而已。'此后,江宁侯温而朗,鲍参军丽而气多,《杂体》、《从军》,殆凌前古。恨其纵舍盘薄,'体貌'犹少。"⑧ 又,《文心雕龙·辨骚》篇云:"《离骚》之文,依经立义;驷

---

① 陆侃如、牟世金:《文心雕龙译注》,齐鲁书社1995年版,第454—455页。
② 同上书,第134页。
③ 同上书,第549—552页。
④ 同上书,第143页。
⑤ 同上书,第144页。
⑥ 同上书,第168页。
⑦ 同上书,第561页。
⑧ (唐)皎然:《诗议》,[日]遍照金刚《文镜秘府论》南卷"论文意",人民文学出版社1975年版,第142页。

虬、乘翳，则时乘六龙；昆仑、流沙，则《禹贡》敷土；名儒辞赋，莫不拟其仪表；所谓'金相玉质，百世无匹'者也。"① "不有屈原，岂见《离骚》？惊才风逸，壮志烟高。山川无极，情理实劳。金相玉式，艳溢锱毫。"② "金相"论也可谓"文相"论。

除了"物"之"貌"外，《文心雕龙》中还多有"声貌"之论，如《诠赋》篇云："及灵均唱《骚》，始广声貌"③，"遂客主以首引，极声貌以穷文"④，"子渊《洞箫》，穷变于声貌"⑤。《通变》篇云："夫夸张声貌，则汉初已极。"⑥《才略》篇云："王褒构采，以密巧为致，附声测貌，泠然可观。"⑦

今人一般认为"声貌"可作两解：或作"声音与状貌"，或作"声音的状貌"。而"子渊《洞箫》，穷变于声貌"之"声貌"当作"声音的状貌"解，汉代尤其魏晋以降大量音乐题材的大赋，往往通过繁复的景物描写来状声音之"貌"：形貌是诉诸视觉的，大量音乐赋表明，"不可见的"声音特性是可以通过"可见的"景物表现出来的，可谓"体貌（或状貌、气貌）声音"；而"不可见的"情感等也是可以通过景物之"貌"表现出来的，比如《文心雕龙·物色》篇云："是以诗人感物，联类不穷；流连万象之际，沈吟视听之区。写气图貌，既随物以宛转；属采附声，亦与心而徘徊。故'灼灼'状桃花之鲜，'依依'尽杨柳之貌，'杲杲'为出日之容，'瀌瀌'拟雨雪之状，'喈喈'逐黄鸟之声，'喓喓'学草虫之韵。'皎日'、'嘒星'，一言穷理；'参差'、'沃若'，两字穷形。并以少总多，情貌无遗矣。虽复思经千载，将何易夺？及《离骚》代兴，触类而长。物貌难尽，故重沓舒状，于是'嵯峨'之类聚，

---

① 陆侃如、牟世金：《文心雕龙译注》，齐鲁书社1995年版，第126—127页。
② 同上书，第136页。
③ 同上书，第160页。
④ 同上。
⑤ 同上书，第165页。
⑥ 同上书，第388页。
⑦ 同上书，第561页。

'葳蕤'之群积矣……自近代以来，文贵形似。窥情风景之上，钻貌草木之中；吟咏所发，志惟深远；体物为妙，功在密附。故巧言切状，如印之印泥，不加雕削，而曲写毫芥。故能瞻言而见貌，印字而知时也。"① 又如《文心雕龙·神思》篇云："神居胸臆，而志气统其关键；物沿耳目，而辞令管其枢机。枢机方通，则物无隐貌；关键将塞，则神有遁心……赞曰：神用象通，情变所孕。物以貌求，心以理应。刻镂声律，萌芽比兴。结虑司契，垂帷制胜。"② 物、万象、貌、采、声、形、物貌、风景、草木等为一端，感、气、心、情、志、神、志气等为一端，今人囿于西人分析性二分思维法，将这两端割裂开来理解，视前一端为所谓"形式"，后一端为"内容"，即使再怎么强调两端统一，也未得彦和之理。即使从文章法的角度来看，《文心雕龙》以骈体表述，也当互文见义。《物色》篇还说："春秋代序，阴阳惨舒，物色之动，心亦摇焉。……献岁发春，悦豫之情畅；滔滔孟夏，郁陶之心凝；天高气清，阴沈之志远；霰雪无垠，矜肃之虑深：岁有其物，物有其容；情以物迁，辞以情发。"③ "情"既然随物之"容""貌"而迁并以辞而发，则由辞所描画的物之体貌，可察人之情。上引数语后来多为诗话中的意象、情景论所征引，若云象、景为文之体貌，则由此体貌、文相而察、观其中之意、情，方是"相"文、"品"文、"评"文之正道。

又，《文心雕龙·比兴》篇云："夫'比'之为义，取类不常：或喻于声，或方于貌，或拟于心，或譬于事。"④ "诗人比兴，触物圆览；物虽胡越，合则肝胆；拟容取心，断辞必敢。攒杂咏歌，如川之涣。"⑤ "拟容取心"亦可谓"体貌"法。《文心雕龙·颂赞》又云："'四

---

① 陆侃如、牟世金：《文心雕龙译注》，齐鲁书社1995年版，第552页。
② 同上书，第359—366页。
③ 同上书，第548页。
④ 同上书，第448页。
⑤ 同上书，第450页。

始'之至，颂居其极。颂者，容也，所以美盛德而述形容也。"① 传统的礼乐（诗、舞）交融的活动与身体有直接的关联，特别重视其中的"声"与"容（表情、肢体动作等）"之正，可以说，以音乐、舞蹈艺术结构来"正"人的身体动作进而使"心"正——此乃即"体"言"文"的思想渊源之一。

古人品藻人物、相人之术是有层次性的，一般来说，"貌"或"色"是最外在的层次，所"相"者乃"面相"，再进一层则还当观"骨相"。"相"文之法亦复如此，前引陶明濬语即云："此盖以诗章与人身体相比拟……体制如人之体干，必须佼壮；格力如人之筋骨，必须劲健；气象如人之仪容，必须庄重。"若云观文之"体貌（仪容）"是第一层，则更进一层当相文之"体制""体式""体格（类人之'体干''筋骨'）"，对此《文心雕龙》亦有分析：

> 并情性所铄，陶染所凝，是以笔区云谲，文苑波诡者矣。故辞理庸俊，莫能翻其才；风趣刚柔，宁或改其气；事义浅深，未闻乖其学；体式雅郑，鲜有反其习：各师成心，其异如面。若总其归涂，则数穷八体。②

> 夫设文之体有常，变文之数无方。何以明其然耶？凡诗、赋、书、记，名理相因，此有常之体也；文辞气力，通变则久，此无方之数也。名理有常，体必资于故实；通变无方，数必酌于新声：故能骋无穷之路，饮不竭之源。然绠短者衔渴，足疲者辍涂；非文理之数尽，乃通变之术疏耳。故论文之方，譬诸草木：根干丽土而同性，臭味晞阳而异品矣。③

---

① 陆侃如、牟世金：《文心雕龙译注》，齐鲁书社1995年版，第169页。
② 同上书，第368页。
③ 同上书，第384页。

今人视以上为西人所谓"风格"论，并以"风格"为所谓"形式特性"，而与所谓"内容"无关。其实，这种支离的理解也是不得彦和之要领的。以上也提到了"情性""气力"等，"内容"乎？"形式"乎？其实，对应于人之体，相关问题就豁然开朗了：文之"体貌"（犹人之肉、容、色等）对应的是一般所谓的感情、情绪等，对应于文之"体式"（体格，犹人之体格、骨骼等）的则往往被表述为性情、情性、风趣等，而骨肉相连，文之"体貌"与"体式"岂可支离而割肉剔骨乎？以西人之语来表述，我们古人的形式、风格、内容三者是"一气贯通"的，而西人之弊正在支离。明乎此，我们再回过头来看前已引《文心雕龙·附会》篇之语"必以情志为神明，事义有骨髓，辞采为肌肤，宫商为声气"①，其层次性就昭然可见了：若以"情志""事义"为"内容"，以"辞采""宫商"为"形式"，则难免支离；若作层次观，则四者可环环相扣而成一整体。总之，理解古人文体"结构"论，结合人体"结构"来看至关重要。"体式雅郑"也是古代文论重要话题，而这其实与相人之术也是相通的，语云："体貌不端，则心术不正"，而文章家欲得性情、心术之正，则当重视文之体式之正。当然，"正"不弃"变"，"通变"之谓也，兹不多论。

前引彦和"貌"论，既有"物貌"之说，也有"情貌""气貌"之语，非惟人有"情""气"，物亦有之，天地万物、人文制作等皆一气化成。人之情、气不可见，物之情、气乃至"道"亦不可见，也需"体貌"以见。《文心雕龙·原道》篇赞曰："道心惟微，神理设教。光采玄圣，炳耀仁孝。龙图献体，龟书呈貌；天文斯观，民胥以效。"②若云"道"为文之"体"，则"文"者，"道"之"貌"也。《文心雕龙·夸饰》篇云："夫形而上者谓之'道'，形而下者谓之'器'。神道难摹，精言不能追其极；形器易写，壮辞可得喻其真。才非短长，理自

---

① 陆侃如、牟世金：《文心雕龙译注》，齐鲁书社1995年版，第511页。
② 同上书，第102页。

难易耳。故自天地以降，豫入声貌，文辞所被，夸饰恒存。虽《诗》、《书》雅言，风格训世，事必宜广，文亦过焉。"① 辞若得喻形器、万物之真，则近乎"道"。《文心雕龙·诠赋》篇云："拟诸形容，则言务纤密；象其物宜，则理贵侧附。斯又小制之区畛，奇巧之机要也。"② 用词多化用《周易》语，文章若能"象其物宜"则也可以物貌见道。

不管怎么诠释，大致说来，体之貌、文之相（象），首先是感性而非知性把握的对象，而人把握体貌、文相的主要感官是耳目，《文心雕龙·情采》篇有"声文""形文""情文"之"三文"说，前两"文"就是诉诸耳目的体貌、文相的两个方面，而统领《文心雕龙》全书的首篇《原道》其实也贯穿着这三"文"之思路：

> 文之为德也，大矣；与天地并生者，何哉？夫玄黄色杂，方圆体分，日月叠璧，以垂丽天之象；山川焕绮，以铺理地之形。此盖道之文也。仰观吐曜，俯察含章；高卑定位，故两仪既生矣。惟人参之，性灵所钟，是谓三才。为五行之秀，实天地之心。心生而言立，言立而文明，自然之道也。傍及万品，动植皆文。龙凤以藻绘呈瑞，虎豹以炳蔚凝姿。云霞雕色，有逾画工之妙；草木贲华，无待锦匠之奇。夫岂外饰，盖自然耳。至于林籁结响，调如竽瑟；泉石激韵，和若球锽。故形立则章成矣，声发则文生矣。夫以无识之物，郁然有彩；有心之器，其无文欤？③

"形立则章成"者，"形文"也；"声发则文生"者，"声文"也；天地万物皆以"形文""声文"显现其貌；万物之形文、声文又皆是"道之文"，或曰"道"以万物之形文、声文而见；而作为"天地之心"

---

① 陆侃如、牟世金：《文心雕龙译注》，齐鲁书社1995年版，第452页。
② 同上书，第163页。
③ 同上书，第96页。

的人，又以"言"之形文、声文表现天地万物之"文"，而"道"在其中；而仰观、俯察之法，同样也是"相"文之法。统领全书的末篇《序志》也表达了同样的思路：

> 夫"文心"者，言为文之用心也。昔涓子《琴心》，王孙《巧心》，"心"哉美矣，故用之焉。古来文章，以雕缛成体，岂取驺奭之群言"雕龙"也？夫宇宙绵邈，黎献纷杂；拔萃出类，智术而已。岁月飘忽，性灵不居；腾声飞实，制作而已。夫有肖貌天地，禀性五才，拟耳目于日月，方声气乎风雷；其超出万物，亦已灵矣。形同草木之脆，名逾金石之坚，是以君子处世，树德建言。岂好辩哉？不得已也。①

人以耳目"肖貌"万物，也主要以耳目把握天地万物，并以语言形文、声文之"制作"表现天地万物——此即文章也，而"道"在其中，"性"在其中，"情"在其中。人以文章制作而参天地之化育，并因而不朽——这也是刘勰的基本文章价值观。

总之，"近取诸身，远取诸物"，文章等人文制作参天地之化育，与天地万物、人之身体等皆一气化成，故而一气贯通，异质同构，而品文之法与相人之术及对天地万物的仰观俯察之法，也道通为一。中国古代的以"体"论文及"象喻"批评等，体现了中华文化天人合一的宇宙观、人文观、生命观、价值观等，对于中华美学精神的当代建设具有积极意义，我们理应加以重视。

（作者单位：陕西师范大学人文社会科学高等研究院）

---

① 陆侃如、牟世金：《文心雕龙译注》，齐鲁书社1995年版，第602页。

传统文学批评中的"得体"论

康 倩

"以体论文"是中国文学批评的一个显著特点，而"文各有体，得体为佳"则是历代诗文评家们的一个共识。因此，"得体"便成为传统诗文评衡文的一个重要标准。"得体"之前提在"识体"，"识体"则要在"辨体"。"得体"之"体"，含义广泛，但体制、体式则为其核心内涵，所以"得体"便包含了体制、体式乃至体貌相得相合等方面的要求。得体与辨体、尊体密不可分，是中国古代文体学理论的核心范畴；同时作为中国古代辨体批评的一组对立范畴，"得体"与"失体"也成为辩证地观照和阐释辨体与破体及尊体与变体这两组对立范畴的关键，其重要性不言而喻。但是，目前学界关于"得体"研究主要集中在修辞、语言、翻译及言谈、礼仪、交际等，与文体相关的则大多围绕现代公文、应用文写作方面，真正从文学批评和文体理论角度进行的研究近几年才出现，相关论文也仅寥寥数篇，如王苏生《辨言与得体：古代"本色"论中的戏曲本体观之嬗变》[①]、吴承学《"文体"与"得体"》[②] 两文，前者从戏曲这一具体体裁入手论辨体与得体的关系，非

---

① 王苏生：《辨言与得体：古代"本色"论中的戏曲本体观之嬗变》，《中华戏曲》2013年第1期。
② 吴承学：《"文体"与"得体"》，《古典文学知识》2013年第1期。

宏阔视域下的专题论文；后者则在重点介绍阐述"文体""辨体"内涵时附带涉及"得体"，亦未能全面展开论述，可以说意犹未尽。本文通过梳理传统文学创作和文体批评中"得体"论的源流发展，进而与"体制为先"的辨体论及"本色当行"的尊体观等进行比较诠释，深入挖掘"得体"论的理论内涵，以见其在中国古代文体理论体系中的地位和意义。

一 体制与体式："文"存在的形式与文体批评的发生

体制与体式问题是古代文人认定的作为之大端，写作和批评时首先要考虑体制和体式的问题，这就需要辨析文体。因此，辨体不仅是写作进行的前提，更是文体批评得以展开的先决条件。所以，创作要遵循一定的体制与体式，批评欣赏也同样如此，而要做到这一点，关键之处在于"得体"，否则便不符合文体规范，即"失体"。关于写作的体制、体式问题，中国古代论述甚多，其核心的表述如《文镜秘府论·南卷·论体》："词人之作也，先看文之大体，随其用心，遵其所宜，防其所失。"[1] 这里以赋体为例加以说明。刘勰《文心雕龙·诠赋》曰："原夫登高之旨，盖睹物兴情。情以物兴，故义必明雅；物以情观，故词必巧丽。丽词雅义，符采相胜，如组织之品朱紫，画绘之着玄黄，文虽杂而有质，色虽糅而有本。此立赋之大体也。"[2] 这里是说赋的特点在于文辞富丽，在写作时最容易"文胜质"失去法度，故而要遵其所宜，防其所失，做到"有质""有本"，亦即扬雄所言的"丽以则"而谨防"丽以淫"。徐师曾《文体明辨序说》关于"赋"类，有如下说

---

[1] [日]弘法大师撰，王利器校注：《文镜秘府论校注》，中国社会科学出版社1983年版，第333页。
[2] （南朝梁）刘勰：《文心雕龙·诠赋》，上海古籍出版社2015年版，第50页。下文凡出自该版本，仅随文注出篇名。

法:"然则学古者奈何？曰：发乎情止乎礼义。其赋古也,则于古有怀；其赋今也,则于今有感；其赋事也,则于事有触；其赋物也,则于物有况。以乐而赋,则读者跃然而喜；以怨而赋,则读者愀然以吁；以怒而赋,则令人欲按剑而起；以哀而赋,则令人欲掩袂而泣。动荡乎天机,感发乎人心,而兼出于六义,然后得赋之正体,合赋之本义。"① 这里着意强调的是赋之本质和体制之正。结合刘勰的看法,我们可以得出结论,赋在内容上要求雅正,但是要使"雅义"在作品中充分地体现出来,还必须遵循相应的体式要求和文体规范,这犹如一幅织锦,一幅图画,材料质地虽好,如无朱紫玄黄等颜色的调配,终究不能算是艺术品。这就是所谓的"丽词雅义,符采相胜",这就是"立赋之大体"。"大体",指的是对某体文章的规格要求,或者对某体的风格要求。刘勰在《文心雕龙·通变》中,多以"大体""体要""体""大要"等来指这种要求,并认为"规略文统,宜宏大体"。因此,不管是具体的文章构思,还是规划文章的纲领,首先需要把握住根本性的文体法则,即符合"体式"或"体制"这一客观性规范,使之符合该文体应该有的体制要求和风格特征。《文心雕龙·风骨》指出"文术多门,各适所好",意思是说文章可以有多种,每个创作者可以各逞其才性,"若能确乎正式,使文明以健,则风清骨峻,篇体光华"。詹锳《文心雕龙义证》认为,"'确',坚也。'乎',于也。'正式',指雅正的体式。……王运熙：'篇体,指整篇的体制风格。'"② 也就是说,尽管"文术多门,各适所好",但是文章还须遵守文体在体制、体式方面的规范,不然的话,就会出现"乖体""谬体"甚至"讹体"的现象。《文心雕龙·颂赞》为此特举例说："至于班、傅之《北征》《西征》,变为序引,岂不褒过而谬体哉!"周振甫《文心雕龙注释》："班固《车骑将军窦北征颂》,见《古文苑》十二,先写车骑将军窦宪才干德行,次写他统率将士北

---

① (明)徐师曾:《文体明辨序说》,人民文学出版社1982年版,第102页。
② 詹锳:《文心雕龙义证》卷6,上海古籍出版社1989年版,第1072页。

征,再写他的破敌制胜,再写他的功绩。刘勰认为颂的体例在于歌颂功德,不宜铺叙事实,变为序引,褒美过分而不合于体例。"① 同时,刘勰还在本篇中列举了讹体的情形:"及魏晋杂颂,鲜有出辙。陈思所缀,以《皇子》为标;陆机积篇,惟《功臣》最显;其褒贬杂居,固末代之讹体也。"对此,刘师培曰:"总上彦和之意,以为颂之体式所宜注意者有三:一、序不可长;二、与赋不同,应分其体;三、义主颂扬,有美无刺。"② 而上述颂"其褒贬杂居",因此在文章体制、风格上便出现了与体不合的情况,即所谓不得其体,亦即不"得体"。可见在《文心雕龙》中,尽管刘勰认为"变文之数无方",但同时又主张"设文之体有常",强调文章写作要遵守"有常之体"的原则。《文心雕龙·通变》说:"夫设文之体有常,变文之数无方,何以明其然耶?凡诗、赋、书、记,名理相因,此有常之体也。文辞气力,通变则久,此无方之数也。"李曰刚《文心雕龙斠诠》曰:"体,谓体制,包括风格、题材、文藻、辞气等项。即《宗经》篇所谓'体有六义'之体,亦即《附会》篇所谓'情志为神明,事义为骨鲠,辞采为肌肤,宫商为声气'之四事。"③ 因此,刘勰这段话的意思是说:根据思想情感安排的文章体制是有常规的,而文章变化的方法是不固定的。例如,诗、赋、书、记等体裁各有一定的规格要求,这种体制是有常规可循的。至于文章的辞采风格,则日新月异,没有固定的方法可循。可以看出,刘勰在这里所说的"变文之术"主要指的是文辞方面,而"有常之体"指的是文章一定要遵循"体式",尽管文章的文辞可以千变万化,但是文章的体制、体式是文章存在的根本,是不容轻易改变的。在创作之中,作者尽可以在文章中逞显文辞气力,皆可以流溢自己的才性,但是文章的

---

① 周振甫:《文心雕龙注释》,人民文学出版社1981年版,第99页。
② 刘师培:《文心雕龙讲录》,载《中古文学论著三种》,辽宁教育出版社1997年版,第148页。
③ 李曰刚:《文心雕龙斠诠》,转引自詹锳《文心雕龙义证》卷6,上海古籍出版社1989年版,第1079页。

体式还是要遵守的，因为它是文体的客观规范。刘勰在每讲到一种文体的体式时均列举许多经典作品详其文体源流，最后进行文体规范总结，即"敷理以举统"。如《文心雕龙·哀吊》云：

> ……建安哀辞，惟伟长差善，《行女》一篇，时有恻怛。及潘岳继作，实钟其美。观其虑赡辞变，情洞悲苦，叙事如传，结言摹诗，促节四言，鲜有缓句；故能义直而文婉，体旧而趣新……原夫哀辞大体，情主于痛伤，而辞穷乎爱惜。幼未成德，故誉止于察惠；弱不胜务，故悼加乎肤色。……吊者，至也。诗云"神之吊矣"，言神至也。……自贾谊浮湘，发愤吊屈，体同而事核，辞清而理哀，盖首出之作也。及相如之吊二世，全为赋体，桓谭以为其言恻怆，读者叹息。……祢衡之吊平子，缛丽而轻清；陆机之吊魏武，序巧而文繁。降斯以下，未有可称者矣。

其间列举了众多作家及作品，以之作为哀吊这一文体的经典范文。在这一篇中，刘勰对于"原始以表末"的工作做得比较简略，而对于"选文以定篇"的工作做得比较详细，不仅考察了"哀吊"历代的创作状况，对诸如贾谊、桓谭等人的文体特点进行了评述，并特别以潘岳的作品为典型，对其文章体貌进行了详尽的描述，说潘岳的哀辞"义直而文婉，体旧而趣新，《金鹿》《泽兰》，莫之或继也"，以标示其典范的作用。整部《文心雕龙》还多次提到了潘岳"尤善为哀诔之文"[①] 的情况。比如《祝盟》："潘岳之《祭庚妇》，奠祭之恭哀矣。"《诔碑》："潘岳构意，专师孝山，巧于序悲，易入新切。所以隔代相望，能徽厥声者也。"《书记》："潘岳哀辞，称掌珠伉俪，并引俗说而为文辞者也。"《指瑕》："潘岳为才，善于哀文。"可见潘岳在哀吊文写作和遵守

---

① （唐）房玄龄等撰：《潘岳传》，《晋书》卷55《列传第二十五》，中华书局2003年版，第1507页。

体制规范方面，刘勰确实认为他的作品是"得体"之典范。罗宗强以为，刘勰的理论核心是"自然与法式相统一"的理想模式，"光有自然还不够，还要有规范，这规范便是对自然的制约，因之重视经典作品的示范作用，重视学养，重视理性。从自然到法式，不是由自然到僵化，处处充满着人文精神。……这个理想模式，自审美标准言之，是雅丽、奇正的统一"①。我们在刘勰的文的理想模式中看到，居于主要位置的还是自然与法式，强调的是文的规范性。可以说"文各有体"也就是对文体法式亦即规范性的遵从和坚守。这是从总的文体规范上来讲，如果从具体的写作上来讲，《文心雕龙》又提出一个"体必鳞次"（《章句》）的要求，詹锳解释此处之"体必鳞次"为："谓在体制上一定象鳞片那样紧密联接。"那么，如何达到"体必鳞次"呢？关键在于文章的内容排列不能错乱。因此，詹锳紧接着又征引了黄春贵对此的解释："所谓'体必鳞次'，即章节之宜先宜后，应作妥善之布置，若'事乖其次，则飘寓而不安'。唐彪《作文谱》曰：'文章当先当后，苟得其宜，虽命意措词，不甚过人，而大概已佳。若位置失宜，当先反后，虽词采绚烂，思路新奇，亦紊乱不成文矣，故先后位置，治文者不可不细心斟酌也。'盖顺序之可贵，关系于命意措词者如是。"② 可见，体制、体式是为文"得体"之要义所在。

二 识体与辨体：创作的要旨与批评的要义

北齐颜之推《颜氏家训·文章篇》有言曰："但使不失体裁，辞义可观，便称才士。"③ 意思是说，写作文章，只要体裁得当，语言文字和思想内容都美好，就能成为文章名家。可见成为文章名家的首要条件

---

① 罗宗强：《魏晋南北朝文学思想史》，中华书局1996年版，第312—313页。
② 詹锳：《文心雕龙义证》卷7，上海古籍出版社1989年版，第1258页。
③ （北齐）颜之推：《颜氏家训》，天津古籍出版社1995年版，第104页。

之一便是"不失体裁"。张戒《岁寒堂诗话》说"论诗当以文体为先"，"诗各有体，不可相逾"。陈师道《后山诗话》载黄鲁直（庭坚）的话云："诗文各有体。韩以文为诗，杜以诗为文故不工尔。"① 严羽《沧浪诗话》曰："以文字为诗，以议论为诗，以才学为诗，终非古人之诗。盖于一唱三叹之音有所歉焉。"② 周振甫、冀勤编著的《钱锺书〈谈艺录〉读本》之《文学评论（一二）活路与死门》认为："严羽《沧浪诗话》上的这段话是有针对性的，他不满意宋人多发议论、爱用典故的通病，所以才说这番话。他是把'以文字为诗，以议论为诗，以才学为诗'作为诗之患提出来的，很有意义。他反对作诗过分追求造句新奇、议论说教、卖弄学问，这不但是对诗歌内容的要求，也包括对形式的要求。"③ 尤其是对诗歌体制（体裁）风格的要求。按照严羽在《沧浪诗话》关于"荆公评文章，先体制而后文之工拙"的自注，我们可以看到，不仅严羽本人注重体制，就连当时著名的文人王安石（荆公）也把体制放在第一位。对此，黄庭坚还专有考论："或传王荆公称《竹楼记》胜欧阳公《醉翁亭记》，或曰，此非荆公之言也。某以为荆公出此言未失也。荆公评文章常先体制而后文之工拙，盖尝观苏子瞻《醉白堂记》，戏曰：'文词虽极工，然不是《醉白堂记》，乃是韩白优劣论耳。'以此考之，优《竹楼记》而劣《醉翁亭记》，是荆公之言不疑也。"④ 胡应麟《诗薮》曰："文章自有体裁，凡为某体，务须寻其本色，庶几当行。"⑤ 明代复古派还把诗歌的体制——体裁放在学诗、创作的全过程中。如前所言，学诗须先辨体制，作诗也是一样，无须合乎体裁要求。明代高启《独庵集序》云："诗之要，有曰格、曰意、曰趣

---

① （宋）陈师道：《后山诗话》，（清）何文焕辑：《历代诗话》，中华书局1981年版，第303页。
② （宋）严羽：《沧浪诗话》，（清）何文焕辑：《历代诗话》，中华书局1981年版，第688页。
③ 周振甫、冀勤编著：《钱锺书〈谈艺录〉读本》，上海教育出版社1992年版，第403—404页。
④ （宋）黄庭坚：《书王元之竹楼记后》，《黄庭坚全集》，四川大学出版社2001年版，第660页。
⑤ （明）胡应麟：《诗薮·内篇》卷1，中华书局1958年版，第20页。

而已。格以辨其体，意以达其情，趣以臻其妙也。体不辨则入于邪陋，而师古之义乖；情不达则堕于浮虚，而感人之实浅；妙不臻则流于凡近，而趋俗之风微。三者既得，而后典雅、冲淡、豪俊、浓缛、幽婉、奇险之辞变化不一，随所宜而赋焉。"①胡应麟《诗薮》还说："体格声调有则可循，兴象风神无方可执。故作者但求体正格高，声雄调鬯，积习之久，矜持尽化，形迹俱融，兴象风神，自尔超迈。"②在高启和胡应麟所列的诗的要素之中，"体"被不约而同地放在首要的位置。

从本质上来讲，所谓文体规范，亦即体类或者文类的体制规范，是经历了长期的文学实践而形成的一种模式惯例和体式传统，其所起的规范、塑型作用，倾向于追求共性，对于创作者和接受者来说是一种心理定式和叙事契约，凡是超越这种心理定式和叙事契约的"逾体"行为，都是对这种规范和心理定式的挑战，是要遭到抵制甚至反击的。从这个意义上讲，中国文论中的"得体"或者"得……体"之类表述中的"体"似乎在体制、体派甚至风格之外还具有"体统"的含义。这样，所谓"得体"也就具有了继承某种体统的意味。

章太炎在《国学讲演录·文学略说》中，通过对古代文章的历史追索，十分恰切地论述了"文各有体"、不可相逾的道理：

> 然而宗派不同、门户各别，彼所谓古文，非吾所谓古文也。彼所谓古文者，上攀秦汉，下法唐宋，中间不取魏晋六朝。秦汉高文，本非说理之作，相如、子云，一代宗工，皆不能说理。韩、柳为文，虽云根柢经、子，实则但摹相如、子云耳。持韩较柳，柳犹可以说理，韩尤非其伦矣（柳遭废黜，不能著成一书，年为之限，深可惜也）。盖理有事理、名理之别。事理之文，

---

① （明）高启撰，金檀辑注：《独庵集序》，《高青邱诗集注》，中华书局1936年版，第318页。
② （明）胡应麟：《诗薮·内篇》卷5，中华书局1958年版，第97页。

唐宋人尚能命笔；名理之文，惟晚周与六朝人能为之。古文家既不敢上规周秦，又不愿下取六朝，宜其不能说理矣。要之，文各有体。①

诗与文是两种不同的体制、体式，虽"本同"但"末异"，故而不能混淆。对于这种区别，这里特引用明代李东阳《怀麓堂集》文后卷3《春雨堂稿序》中的一段话加以说明："夫文者言之成章，而诗又其成声音也。章之为用，贵乎纪述铺叙，发挥而藻饰；操纵开阖，惟所欲为，而必有一定之准。若歌吟咏叹，流通动荡之用，则存乎声，而高下短长之节，亦截乎不可乱。虽律之与度，未始不通，而其规制，则判而不合。及乎考得失，施劝戒，用于天下，则各有所宜，而不可偏废。"②诗文有别属于体类差异，就连同类的作为"诗余"的词，其体制风格也是有区别的。明李开先就这样以为："词与诗，意同而体异，诗宜悠远而有余味，词宜明白而不难知。以词为诗，诗斯劣矣；以诗为词，词斯乖矣。"③言下之意很明显，"逾体"或者"失体"则会出现"劣"或者"乖体"的情形，对正体就是损伤。历史上，有一些记载足以说明不分文章体制是受人讥笑和贬抑的。比如刘孝绰《昭明太子集序》就说："孟坚之颂，尚行似赞之讥；士衡之碑，犹闻类赋之贬。"④班固之颂类赞，陆机之碑类赋，因存在失"体"或曰不"得体"处，故为时人及后人讥笑和贬抑。又如萧绎《内典碑铭集林序》说："班固硕学，尚云赞、颂相似；陆机钩深，犹闻碑、赋如一。"⑤这里所举的例

---

① 章太炎：《文学略说》，载《国学讲演录 国学概论》，北京联合出版公司2014年版，第172页。
② （明）李东阳：《春雨堂稿序》，《李东阳集》，岳麓书社2008年版，第956页。
③ （明）李开先：《西野春游词序》，《李开先集》（上），中华书局1959年版，第334页。
④ （南朝梁）刘孝绰：《昭明太子集序》，（清）严可均：《全上古三代秦汉三国六朝文·全梁文》卷60，中华书局2017年版，第3312页。
⑤ （南朝梁）梁绎：《内典碑铭集林序》，（清）严可均：《全上古三代秦汉三国六朝文·全梁文》卷17，中华书局2017年版，第3053页。

子是文体辨析尚不清楚的时代的情况,而且属于相类文体的情况。但是,我们知道时代越往后发展,早期的那些相类、相邻而功能比较接近的文体,相互之间的界限越来越模糊,比如颂与赞这两种文体到后来就出现了不甚分别的情况,因此便在南朝辨体甚严的时代受到讥笑,而如果是相差较远的文体体制相混淆,那更是要受到讥笑的。关于变体和缪体问题,古人也相当重视,比如徐师曾《文体明辨序说》:"若商之《那》,周之《清庙》诸什,皆以告神,乃颂之正体也。至于《鲁颂·駉》、《閟》等篇,则用以颂僖公、而颂之体变矣。"① 《文心雕龙·颂赞》篇批评班固的《北征颂》说:"至于班(固)、傅(毅)之《北征》、《西征》,变为序引,岂不褒过而谬体哉!"就是这种情况。以上所述,对于我们深入认识古代文体观念中的识体、辨体、得体这一批评链条而言,是非常值得重视的。

三 得体:"文"与"评"的共同指向

文章要合体,要合乎体制、体式,这是做文章的基本要求,对于文学批评也是一样。刘勰《文心雕龙·知音》中提出的"六观",被视为文学批评的法则。其文曰:"是以将阅文情,先标六观:一观位体,二观置辞,三观通变,四观奇正,五观事义,六观宫商。斯术既行,则优略见矣。"在这里,"六观"指的是"批文阅情"的方法②,其中"观位体"被提到首要的位置。那么何谓"观位体"呢?就是观察作品的内容与形式是否切合③,是要考察文学作品的体裁风格与它包含的情理是否相互契合。由于不同学者诸如范文澜、刘永济、刘大杰、寇效信、

---

① (明)徐师曾:《文体明辨序说》,人民文学出版社1982年版,第142页。
② 关于"六观"之所指,学界有异议,有人认为,"六观"是指文学批评的六个标准,也有人认为是"阅文情的六个方面"。持后一种说法的如牟世金,他在《刘勰论文学鉴赏》一文中认为"六观"是文学鉴赏的方法。这里遵从牟先生的说法。
③ 袁济喜:《新编中国文学批评发展史》,中国人民大学出版社2006年版,第134页。

詹锳、黄维梁、罗宗强等对"位体"的解释也是多种多样①，这里遵从"位体"即指"体制"的说法。詹锳在《文心雕龙义证》中解释说："《镕裁》篇：'情理设位，文采行乎其中。'又云：'履端于始，则设情以位体。''位体'，指根据作者所要表达的思想感情确定文体。'观位体'就是观察'设情以位体'做得怎样，看是不是根据思想情感来安排文章的体制，是不是根据体裁明确了规格要求。"② 在刘勰看来，文学批评首先要解决'设情以位体'的问题，即首先要解决文体与文情是否适应的问题，否则一切都是远离根本的，因为每一种文体对于文辞等都有特别的要求。比如《文心雕龙·铭箴》曰："箴全御过，故文资确切；铭兼褒赞，故体贵弘润。其取事也必核以辨，其摘文也必简而深，此其大要也。"意谓铭箴的文体特征决定了其取事、摘文的特征和范围。基于对文章体制重要性的认识，在《文心雕龙·封禅》中，刘

---

① 詹锳《文心雕龙义证》中列举了五种解说：1. 范文澜《文心雕龙注》认为，"设情以位体"的意思是"审题义何在，体应何取"；2. 刘永济《释刘勰的三准论》认为，"三准"之首"设情以位体"，"是说作者内心怀抱着的某种思想感情的整个体系，首先要将它建立起来，作为全篇的骨干，然后'酌事'方有所依据，所以说'设情以位体'。其次，作品中所用的事或理，又必须与他的思想感情极其相类，非常切合，也就是必须与形成他的思想感情的客观事物一致。所以说'酌事以取类'"。3. 刘大杰主编《中国文学批评史》："所谓'三准'，首先是指根据所要表现的情志即思想内容来确定体制，其次是善于引证事类即典故成语来表达内容，再次是运用警策语句，突出重点。"4. 寇效信："'位'和'体'（本体），指思想内容在文章中的位置及其主干（主体）。所谓'设情以位体'，就是给作者所要表达的思想感情在文章中确立一定的位置，并确定其主干，就是说，为了避免'意或偏长'的毛病，为了使文章内容条科分明，首尾圆合，在构思阶段就要把所要表达的思想内容的内在逻辑搞清楚，把什么是中心思想，什么是中心思想下的分枝都考虑到，并给它们一一地确立明确的位置。"5. "设情以位体"的"体"，是体制，既指文章的体裁，也包括对这一体裁的风格要求。所谓"设情以位体"就是在思想感情的基础上安排用什么体裁来写，规格要求和风格要求是什么。以赋为例，所谓"设情以位体"，除去说明什么样的思想感情要用赋的体裁表现外，还要拟定对这篇赋的规格要求和风格要求。这里面首先决定表现的是刚性的还是柔性的情感，这就是上文所说的"刚柔以立本"。刚性的或者柔性的情感，有不同的风格要求，这就是上文所说的"立本有体"。设情以位体，就是根据情感的性质对作品体制作不同的安排。詹锳以为："以上所举五种解说，主要分歧在对'体'字的理解：一种认为指思想感情的主体，一种认为指体制。可以并存。"在詹锳之后，还有一些认识：比如黄维梁认为："观位体，就是观作品的主题、体裁、形式、结构、整体风格。"此外，罗宗强在《魏晋南北朝文学思想史》中认为："所谓观位体，就是考察文章的情理构架是否明确圆通，是否雅正，这是刘勰评论作品的第一标准。"

② 詹锳：《文心雕龙义证》卷10《知音第四十八》，上海古籍出版社1989年版，第1853页。

勰还以封禅文为例,提出:"构位之始,宜明大体,树骨于训典之区,选言于宏富之路,使意古而不晦于深,文今而不坠于浅。"刘勰认为,"设文之体有常",每一种文类都有其特定的体制规范和写作要求,其中积淀着特定的表现对象和表现方式,这是长期写作实践与历史文化发展代代相承及变化发展的结果,而每一种风格又是作者独特个性的体现,因此"体"是写作活动必须首先遵守的,也是接受和批评活动必须先行考虑的。曹丕说"夫文本同而末异",其中的"末异"指的就是文章体制和表现形式的不同,不同的文体和表现形式应该有不同的特点,有不能互相代替的功能,有各自的体性特性。不尊重文体自身的审美属性,就必然会引起体制与体式的混乱,造成文体混乱,也就是种种不"得体"现象的产生。文学创作要因体而异,文学鉴赏与批评也要因体而异,所谓"以体论文"即指此而言,即要在识体、辨体的眼光下,按照所要鉴赏或批评的文章之体制与体式要求来衡量之,鉴赏批评之,只有这样才能正确地展开文学鉴赏批评活动。《文心雕龙·附会》说"夫才童学文,宜正体制",也应该包含学习文学鉴赏的成分,亦即学习写文章和学习鉴赏都"宜正体制"。由此可见,即便是文学鉴赏批评活动,也存在着一个"得体"与否的问题。

"得体"问题确实是作文和衡文的根本,历代对此多有议论。《后汉书·祢衡传》载:"衡为作书记,轻重疏密,各得体宜。"[①] 所谓"体宜",即为得体、合宜,便是符合文体的要求。可见从汉代开始,人们就已经注意到了体制相得的问题。明代人对于文体的讨论也十分关注体制问题,如李东阳《麓堂诗话》就有"予辈留心体制"之说[②],李梦阳《徐迪功集序》称"夫追古者未有不先其体者也"[③],意谓学习古人应该

[①] (南朝宋)范晔:《祢衡传》,《后汉书》卷80下《文苑列传》第70下,中华书局2003年版,第2657页。
[②] (明)李东阳:《麓堂诗话》,《李东阳集》,岳麓书社2008年版,第1521页。
[③] (明)李梦阳:《徐迪功集序》,《空同集》卷52,上海古籍出版社1991年版,第476页。

先学习其体制和继承其风格。王廷相曾说:"古人之作莫不有体","君子之言曰:'诗贵于辨体'"。① 可见,"文辞以体制为先"的观念是深入人心并得到广泛认同的。明代人言"体制"多注重诗词格律等可学可模的诗歌作法等具体问题,其实"体制"的意义就不局限于此,罗大经《鹤林玉露·文章有体》(丙编卷二)载:"杨东山尝谓余曰:文章各有体,欧阳公所以为一代文章冠冕者,固以其温纯雅正,蔼然为仁人之言,粹然为治世之音;然亦以其事事合体故也。如作诗,便几及李、杜;作碑铭记序,便不减韩退之;作《五代史记》,便与司马子长并驾;作四六,便一洗昆体,圆活有理致;作《诗本义》,便能发明毛、郑之所未到;作奏议,便庶几陆宣公;虽游戏作小词,亦无愧唐人《花间集》。盖得文章之全者也。"② 这里的"体"就不仅限于"体制"而是兼及了风格等。可见"得体"是诗文创作和衡量文章的重要标准,这里的"得体"既指诗文合乎体制,即指在文章体制的决定之下,要求表现方法与内容、形式与内容的统一甚至语言的合体等问题,同时也指诗文合乎体制(文体)风格或者继承某种风格,一般是兼指这两个方面。吴讷《文章辨体序说》论"檄"类曰:"大抵唐以前不用四六,故辞直义显。昔人谓檄以散文为得体,岂不信乎!"③ 刘熙载《艺概·文概》曰:"学《离骚》而得其情者为太史公,得其体者为司马长卿。"④ 毫无疑问,这里边一定包含了对体制的继承以及对该体制"本色"的凸显,才谓之得体。可见,"各得体宜""彬彬得体"是对文章体貌的一种综合性的评价,也是对文类共性风貌的一种追求和肯定,同时又是对文章范例的认同。明代李维桢所言"格由时降而适于其时者

---

① (明)王廷相:《刘梅国诗集序》,《王氏家藏集》卷22,《王廷相集》(二),中华书局1989年版,第417页。
② (宋)罗大经:《文章有体》,《鹤林玉露》丙编卷之2,中华书局1983年版,第264—265页。
③ (明)吴讷:《文章辨体序说》,人民文学出版社1962年版,第40页。
④ (清)刘熙载:《文概》,《艺概》卷1,上海古籍出版社1978年版,第12页。

善,体由代异而适其体者善"①,可谓一语中的,为不刊之论,与"文各有体,得体为佳"有异曲同工之妙。所以古人论文,总是先看文章总体的风貌是否得体,比如有人认为,"晋元康中,范頵等上表,谓陈寿'文艳不如相如,而质直过之'",刘熙载指出:"相如自是辞家,寿是史家,体本不同,文质岂容并论",并指出这种混淆文体特点的言论"殆外矣"。② 批评的展开要以辨体为先决条件,范頵等人混同文体,将不同体制、风格的文章拿到一起进行对比,其言"殆外"也就在情理之中了。于此,程千帆《文论十笺》之《诗教下》所引余杭先生的话颇能说明问题,他说:"若余杭先生《答人书》云:'来书疑仆所论,只问形式,不论精神。夫文辞之体甚多,而形式各异,非求之形式,则彼此无以为辨;形式已定,乃问其精神耳。非能脱然于形式也。'"③ "文意无定向,文体有定形,论文之家,遂不得不执简驭繁,以形貌为准。"④ 文学研究与批评,循文体形貌而入,应该是一条必由之路,这正符合刘勰所言的"沿波讨源"批评方法。当然,在文体变革的时代,遵循体制或者追求得体也会成为文体变迁的重要阻力,尊体意识也往往成为正统文艺批评家钳制新兴文体的借口,他们钳制的办法往往是整肃规范、重申纪律,恢复文类传统、制定文类概念,祭起遵体的大旗。当然,传统诗文评中的"得体"一词,其意思远比现代汉语专指语言合度得体的意指要宽泛得多。比如司马光《温公续诗话》曰:"《诗》云:'牂羊坟首,三星在罶。'言不可久。古人为诗,贵于意在言外,使人思而得之,故言之者无罪,闻之者足以戒也。近世诗人,唯杜子美最得诗人之体,如'国破山河在,城春草木深。感时花溅泪,恨别鸟惊心。'山河在,明无余物矣;草木深,明无人矣;花鸟,平时可娱之物,

---

① (明)李维桢:《亦适编序》,《大泌山房文集》卷21,《四库全书存目丛书》,齐鲁书社1996年版,集部,第150册,第749页。
② (清)刘熙载:《文概》,《艺概》卷1,上海古籍出版社1978年版,第17—18页。
③ 程千帆:《文论十笺》,黑龙江人民出版社1983年版,第208页。
④ 同上。

见之而泣,闻之而悲,则时可知矣。他皆类此,不可遍举。"① 司马光在这里"称赞杜诗'得诗人之体',侧重诗歌反映现实,表现时代的精神"②。"体"在这里似乎是指创作方法上的特点。从"得体"的宽泛意义上讲,文章不管是在语词上得体合度,还是在体制上遵守体制矩度,还是秉承某种风格甚至符合某种创作方法,均能够获得"得体为佳"的审美效果。

四 结语

不管文章的存在形式如何复杂,也不管作家在创作中如何结合自己的个性和情感进行创造,任何一篇文章,总属于一定的体类,有一定的形式结构,表现出一定的体貌特征,因而也具有特定的写作方面的体制、体式的规范和要求。这一点应该是毋庸置疑的,而这也正是创作和批评"得体"与否之绳墨。我们认为,中华文脉数千年生生不息,弦歌不辍,华章绚烂,其与古人注重文体,注重识体、辨体、得体密切相关,而在当下注重中华优秀传统文艺思想的创造性阐释与创新性转化的时代语境中,传统诗文评中的"得体"论,确实值得我们充分重视、深入开掘,并且以积极的文化自觉姿态传承转化。

(作者单位:中国社会科学院研究生院)

---

① (宋)司马光:《温公续诗话》,(清)何文焕辑:《历代诗话》,中华书局1981年版,第277—278页。

② 霍松林主编,漆绪邦、梅运生、张连第撰著:《中国诗论史》,黄山书社2007年版,中册,第603页。

"怨"的文体实践与文论认证

袁 劲

自孔子言"诗可以怨"起,"怨"逐渐成为中国文化及文论的关键词。作为一种文化现象的以"怨"为题,反映了汉魏晋南北朝诗人对"怨"的接纳与吟咏。正如"昭君怨"和"婕妤怨"成为创作热点那样,彼时以"怨"为美的思潮还进一步积淀成特定的体裁与体貌。祖述班婕妤《怨歌行》的宫怨诗和初绽于齐梁之际的闺怨诗,代表了"怨"在诗歌领域的落地生根;志怪小说《搜神记》与志人小说《世说新语》对"怨"的叙述,以及由此承传而成的"怨谱"和"愤书",又标志着"诗可以怨"的解释权延伸到叙事性更强的戏曲、小说之中。借由品第批评、本事批评、摘句批评、选本批评的合力建构,作为审美风格的"哀怨"与"怨愤"获得文论家的广泛认可,这也标志着以"怨"为美的最终确立。

一 "怨"的专属文体

在"哀—怨—怒"的情感序列中,"怨"偏向前者为"哀怨",趋近后者则成"怨怒"。这也对应了自《诗经》以来诗人言"怨"的三种形态:一为情感的压抑与沉滞,表现为诗风的哀怨凄婉;一为情感的激荡外发，呈现出怨怒激切的风格；还有介于两者之间的回旋往复，形成一种"时哀时怒"或"又哀又怒"的矛盾情态。为了适应"哀怨"与"怨怒"这两种情感类型的表达，诗人主要采用曲写幽怨和直抒怨刺的手法，进而形成了"婉"与"直"两种风格①。根植于"哀怨"的"婉"，发挥曲写幽怨的优势，形成"宫怨"与"闺怨"两类诗体；而"怨怒"一脉，则沿着直抒怨刺的方向，演化出戏曲中的"怨谱"和小说中的"愤书"。

（一）宫怨诗与闺怨诗

在汉魏晋南北朝以"怨"为题的诗歌创作潮流中，有慨叹生命短暂的"嘉宾难再遇，人命不可续"（相和歌辞《怨诗行》），有自我宽慰的"在己何怨天，离忧悽目前。吁嗟身后名，于我若浮烟"（陶渊明《怨诗楚调示庞主簿邓治中》），有抒发即时感受的"独以闺中笑，岂知城上寒"（范云《登城怨诗》），还有临秋怨别的"凉草散萤色，衰树敛蝉声。凭景魂且谧，卧堂怨已生"（江淹《卧疾怨别刘长史诗》）② 等。不过，若就数量而言，宫怨诗与闺怨诗显然占据了大半壁江山。在诗歌史上，汉魏晋南北朝之际蔚然兴起的宫怨诗与闺怨诗并非昙花一现，而是上承《诗经》《离骚》传统，又下启唐诗宋词的怨情书写③，诚可谓"诗可以怨"之曲写幽怨一脉的典型代表。

宫怨诗与闺怨诗多以女子为诗中抒情主体，又在怨情起因和关注点上各有特色。一般认为，宫怨诗肇始于传为班婕妤所作的《怨诗》，主要表现宫女与后妃或是"未承恩"或是"君恩无常"的幽怨不平之情。与之相比，闺怨诗的范围更为宽广，历史也更加长久。汉魏晋南北朝的

---

① 当然，处在中间状态的既"哀怨"又"怨怒"，其实是曲写与直抒两种手法的综合应用。《离骚》便兼具"婉"与"直"两种风格，所以司马迁屡言其"正道直行"，而王逸主要谈"优游婉顺"。

② 俞绍初先生在《江淹年谱》中指出此诗似与江淹"守志闲居"的心愿有关，参见刘跃进、范子烨编《六朝作家年谱辑要》，黑龙江教育出版社1999年版，第114页。

③ 唐诗中的宫怨与闺怨蔚为大观，"婉约"更是宋词的当行本色。

闺怨多由征戍、游宦引起，至于科举、经商造成的远游不归还要等到隋唐之后才出现。《诗经·王风·君子于役》云："君子于役，不知其期，曷其有佸？"许瑶光《再读〈诗经〉四十二首》评论此诗"已启唐人闺怨句，最难消遣是昏黄"①。当然，思妇诗与闺怨诗的传统还可以再往前追溯。据《吕氏春秋·音初》所载，涂山氏之女思念夫君大禹而歌"候人兮猗"②，是南音之始，其实也是闺怨诗的雏形。学界对于宫怨与闺怨的艺术特色论说已详，本文无意叠床架屋。我们关注的是：作为"怨"的特定文体，宫怨诗与闺怨诗如何描摹"辗转反侧"之情？作为情感体验的"怨"，又是如何经由女子形象达成"婉"的审美效果？

"怨"与"婉"同属"夗"字族，前者言冤屈不平、蕴而不发的心情，后者主要用来指称女子的柔顺含蓄之美。朱崇才先生曾以词话为例，揭示了"夗—宛—婉"的字义谱系：

　　婉自"夗"承继屈、曲、圆、转之美，故可与曲、转、委、谐等词连用；
　　婉自"宛"承继幽深之致，引申有凄清之义，故有深婉、清婉、幽婉的说法；
　　婉加"女"旁，并自"夗"、"宛"原义引申有"女性之美"，故与媚、丽、娴、娈等词连用，有"婉媚"、"婉丽"、"闲（娴）婉"、"婉美"、"娈婉"等等，无不以女子为喻。③

这一字源层面的揭示，不唯有助于明晰词学核心概念"婉"的义项来源，还同样适用于宫怨诗与闺怨诗的书写模式分析。若以"怨"

---

① （清）许瑶光：《雪门诗草》，《续修四库全书》，上海古籍出版社 2002 年版，集部，第 1546 册，第 8 页。
② 许维遹：《吕氏春秋集释》，中华书局 2009 年版，第 139—140 页。
③ 朱崇才：《论"婉"：词学核心概念的字源学谱系分析样例》，《南京师大学报》（社会科学版）2014 年第 5 期。

字"辗转反侧"与"跪跽受命"两种形体观之①，宫怨诗与闺怨诗独具特色的时间性、空间感、人物美皆可追溯至早期文字。今见"怨"字上半部分"夗"，有"从夕从卩"之会意和"宛其死矣"或"两人相背"之象形共两类三种解释②，从中可解析出表示时间的"夕"和示意屈曲人体的"卩"。古文"怨"字"从㣇从心"，上半部分可拆解为表示木铎或庐舍的"亼"和示意跪跽之人的"卩"。"夕"指示时间，"亼"代表空间，"卩"对应人物——宫怨诗与闺怨诗的时空营造、人物设定其实直通"怨"的字义根底。

"日落应门闭，愁思百端生。"（刘令娴《和婕妤怨诗》）"夕"为黄昏，是白天与黑夜的临界点，也是宫怨诗与闺怨诗最为常见的时间设定。由"夕"延伸出的"明月"（汤惠休《怨诗行》）、"流萤"（谢朓《玉阶怨》）、"孤灯"（江淹《征怨诗》）、"寒蛩"（王僧孺《春闺有怨诗》）、"空床"（江总《姬人怨》）等，皆能烘托出怨女的孤寂心理。其典型者如陶弘景《寒夜怨》：

> 夜云生，夜鸿惊，凄切嘹唳伤夜情。
> 空山霜满高烟平，铅华沈照帐孤明。
> 寒月微，寒风紧。愁心绝，愁泪尽。
> 情人不胜怨，思来谁能忍？

由此进一步延伸，日之夕犹如岁之秋。遂有以秋之哀景写哀情者，如翾风《怨诗》的"坐见芳时歇，憔悴空自嗤"；亦不乏以乐景写哀情

---

① 袁劲：《"诗可以怨"梳理：字义根柢、阐释分歧与方法启思》，《广州大学学报》（社会科学版）2015年第9期。
② 许慎释"夗"为"侧卧也，从夕从卩，卧有卩也"；季旭昇认为"夗"古文字从肉，"疑象动物将死宛转而卧之形"，见《说文新证》，福建人民出版社2010年版，第572页；唐桂馨在《说文识小录》中称"夗"字"象两人相背而卧之形，非从夕从卩"，其说见李圃主编《古文字诂林》第六册，上海教育出版社2003年版，第524页。文字学家对"夗"与"怨"的解释说法众多，"从夕从卩"之会意和"宛其死矣"或"两人相背"之象形只是大致归纳。

的"春闺怨诗",正与"秋闺怨诗"相映成趣,如吴孜《春闺怨》便有"春光太无意,窥窗来见参""物色顿如此,孀居自不堪"之语,通过春和景明的描写倍增怨情。

若说《诗经》常常抓住不寐、头痛与迟行等外在表征来刻画内心的幽怨,那么宫怨诗和闺怨诗还为之增添了更多的室内元素。这类"高楼"(汤惠休《怨诗行》)、"兰阁"(柳恽《长门怨》)、"绮窗"(丘迟《敬酬柳仆射征怨诗》),因其宽宏富丽而更显人之落寞孤寂。且看何逊《和萧咨议岑离闺怨诗》:

> 晓河没高栋,斜月半空庭。
> 窗中度落叶,帘外隔飞萤。
> 含悲下翠帐,掩泣闭金屏。
> 昔期今未返,春草寒复青。
> 思君无转易,何异北辰星。

正所谓"空房故怨多"(庾信《闺怨诗》),内舍庭院的高且深,终究落到一个"空"字上。所以同"怨"字中"冖"带给下面跪跽之人的压迫感相似,宫怨诗与闺怨诗中的空间设定,也偏向于表现人的被束缚和孤立感。这便涉及空间感的另一类典型设计——通过怨女与游子、内舍与路途、静止与远行的对比,凸显留守一方的思念与哀怨。借此,空间又常常与时间相关联,如江总《闺怨篇》云:"辽西水冻春应少,蓟北鸿来路几千。愿君关山及早度,念妾桃李片时妍。"

再看"怨"字形体中的"人","转卧"也好,"跪跽"也罢,总是被压抑的个体。与之类似,宫怨诗与闺怨诗中的女子也多被扭曲,她们大多处于情感的弱势地位,甚至会沦为宫体诗中被观赏的哀怨对象。夫君移情别恋另有新欢,是上至皇后下到民女都有可能遭遇的不幸。梁陈诗人在描写怨情时常常突出此点,如梁纶的《代秋胡妇闺怨诗》:"若非新有悦,何事久西东。知人相忆否,泪尽梦啼中。"又如江总的《怨诗》:"新梅嫩柳未障羞,情去恩移那可留。团扇箧中言不分,纤腰掌上岂胜愁。"于此,女子不幸的遭遇已逐渐成为观赏的对象。按照"庭园建筑美→物器美→人体美"的展开,到了宫体诗中,诗人更是把哀怨的女子当作广义的"物体"来描摹歌咏了①。试举萧纲《倡妇怨情诗十二韵》以明之:

绮窗临画阁,飞阁绕长廊。风散同心草,月送可怜光。
彷佛帘中出,妖丽特非常。耻学秦罗髻,羞为楼上妆。
散诞披红帔,生情新约黄。斜灯入锦帐,微烟出玉床。
六安双玳瑁,八幅两鸳鸯。犹是别时许,留致解心伤。
含涕坐度日,俄顷变炎凉。玉关驱夜雪,金气落严霜。
飞狐驿使断,交河川路长。荡子无消息,朱唇徒自香。

　　从朴素的抒情走向刻意的渲染,以简文帝为代表的宫体诗人还将"女子善怨"视作观赏的对象。这一转变可从"朱唇徒自香"等容颜姿态的细腻描写,以及"六安双玳瑁,八幅两鸳鸯"等服饰器物的越发华美窥得一端。

(二)怨谱与愤书

　　随着魏晋南北朝小说的蔚然兴起,对于"怨"的讲述也从正史记载延伸到奇闻轶事。比如《西京杂记》和《世说新语·贤媛》中的"昭君怨",便增添了此前诗作和《后汉书》所不具备的画工故意丑化昭君一事。尤其是《西京杂记》还不忘补上"穷案其事,画工皆弃市"以致"京师画师,于是差稀"式的报应不差结局②。与宫怨诗和闺怨诗的曲写幽怨不同,《搜神记》《西京杂记》《世说新语》等或是志怪,或

---

① 曹旭:《论宫体诗的审美意识新变》,《文学遗产》1988年第6期。
② (晋)葛洪:《西京杂记》,中华书局1985年版,第9页。

是写人，更偏向于凸显怨情浓烈的另一面。

范晔《后汉书·李固传》载汉安帝任用奸臣，致使"天下纷然，怨声满道"①。《搜神记·江淮败屩》将"怨声载道"奇幻化为"败屩自聚于道"，并纳入政衰民怨的框架来解释：

> 说者曰：夫屩者，人之贱服，最处于下，而当劳辱，下民之象也。败者，疲弊之象也。道者，地理四方，所以交通王命，所由往来也。今败屩聚于道者，象下民罢病，将相聚为乱，绝四方而壅王命。在位者莫察。太安中，发壬午兵，百姓嗟怨。江夏男子张昌遂首乱荆楚，从之者如流。于是兵革岁起，天下因之，遂大破坏。后张昌逆乱。②

这种奇闻及其应验，提供了传统"乱世之音怨，以怒其政乖"（《礼记·乐记》）以外的另一类民间视角。志怪小说《搜神记》能将民怨沸腾写得惊心动魄，也可以把爱恨情仇讲述得感人肺腑。《韩冯夫妇》写宋康王霸占韩冯妻子，致使两人双双含冤殉情。康王动怒而不许韩冯夫妇死后合葬，殊不知有文梓生于两墓，"旬日而大盈抱，屈体以相就，根交于下，枝错于上"，又有雌雄鸳鸯"恒栖树上，晨夜不去，交颈悲鸣，音声感人"③。又如，《王道平》还讲述了一则女子怨忿而死又因情复生的故事。女子父喻与王道平相誓为夫妇，但因王道平被差征伐久出不归，父喻被迫嫁给他人，"常思道平，忿怨之深，悒悒而死"④。王道平还乡得讯后在父喻坟前痛哭，感动女魂而终获团圆。

《搜神记》将一个"怨"字写得奇诞曲折，哀婉动人，《西京杂记》

---

① （南朝宋）范晔：《后汉书》，中华书局1965年版，第2078页。
② 李剑国：《新辑搜神记》，中华书局2007年版，第229—230页。
③ 同上书，第415—416页。
④ 同上书，第676页。

和《世说新语》又勾勒出因"怨"而生的众生百态。公孙弘官拜丞相后,用脱粟饭、布被招待故人。故人却怨公孙弘招待不周而大肆造谣,使其受到朝廷怀疑。《西京杂记》收录的这则轶事,连及"宁逢恶宾,不逢故人"①的感慨,诠释了"怨"的杀伤力。假若把公孙弘"粟饭布被"的故事收入《世说新语》,亦可安置在《谗险》门。《世说新语》至少拿出《忿狷》《谗险》《仇隙》三门,来记录魏晋士人之"怨"以及由此触发的破坏、诋毁、报复等言行。其典型者如桓玄与从兄弟斗鹅不胜,"乃夜往鹅栏间,取诸兄弟鹅悉杀之"(《忿狷》);又如,王绪与殷仲堪的谗毁与反谗毁(《谗险》);孙秀怨恨石崇的"中心藏之,何日忘之";司马无忌为报父仇迁怒王胡之的"抽刃而出";王羲之与王述结怨"以愤慨致终"(《仇隙》),等等。当然,除了以生动的笔法揭露种种"怨",《世说新语》还在《德行》门推崇嵇康"无喜愠之色",称美殷觊得知殷仲堪欲夺其官职后,去下舍而不复还的"意色萧然,远同斗生之无愠"②。

魏晋南北朝志怪与志人小说对"怨"的关注和生动叙述,上承《史记》"怨毒之于人甚已哉"的认识,又为其后戏曲"怨谱"和小说"愤书"之说导夫先路。其实,《搜神记》中《韩冯夫妇》与《王道平》两则故事围绕一个"怨"字来写悲欢离合,已初具戏曲情节。明代徐渭评点《琵琶记》时,曾指出"怨"对于推动戏曲情节发展的重要作用:

> 《琵琶》一书,纯是写怨:蔡母怨蔡公,蔡公怨儿子,赵氏怨夫婿,牛氏怨严亲,伯喈怨试、怨婚、怨及第,殆极乎怨之致矣。诗可以兴,可以观,可以群,可以怨——《琵琶》有焉!③

---

① (晋)葛洪:《西京杂记》,中华书局1985年版,第10页。
② 以上引文均据余嘉锡《世说新语笺疏》,中华书局2007年版。
③ 其说见《成裕堂绘像第七才子书琵琶记》卷一《前贤评语》,载秦学人、侯作卿辑《中国古典编剧理论资料汇辑》,中国戏剧出版社1984年版,第42页。

按照徐渭的理解,《琵琶记》"纯是写怨",从观点来看,已发"怨谱"先声;就方法而论,其实是把"诗可以怨"理论引入戏曲评点。"怨谱"一词由陈洪绶在评点《娇红记》第五十出"仙圆"时正式提出:"泪山血海,到此滴滴归源。昔人谓诗人善怨,此书真古今一部怨谱也。"① 当然,"怨谱"并不专指《娇红记》,亦可用来概括"纯是写怨"的《琵琶记》以及其他"写怨"的戏曲作品。正是在这种意义上,谢柏梁先生还将"怨谱"一说视为中国悲剧观念的核心②。像徐渭那样援引"诗可以怨"为戏曲正名,成为明末曲论家的普遍选择。李贽借评说《红拂记》指出:"孰谓传奇不可以兴,不可以观,不可以群,不可以怨乎?饮食宴乐之间,起义动慨多矣。今之乐犹古之乐,幸无差别视之其可。"③ 祁佳彪《孟子塞五种曲序》亦云:"今天下之可兴、可观、可群、可怨者,其孰过于曲者哉。盖诗以道性情,而能道性情者莫如曲……有言夫奸邪淫慝可怨可杀之事者焉,则虽骏童愚妇见之,无不耻笑而唾詈。"④ 这仍是从感人心魄的效果立论,用王骥德《曲律》的话讲,便是"摹欢则令人神荡,写怨则令人断肠,不在快人,而在动人"⑤。

值得注意的是,李贽也曾指出《琵琶记》写"怨",只不过认为所写之"怨"还不够真切,其《杂说》曰:"吾尝揽《琵琶》而弹之矣:一弹而叹,再弹而怨,三弹而向之怨叹无复存者。"⑥ 面对同一部"写怨"的《琵琶记》,徐渭褒奖而李贽称其犹有不足,原因就在后者更注重情感的真实且强烈。李贽看重戏曲的"蓄极积久,势不能遏"或

---

① (明)孟称舜撰,(明)陈洪绶评点:《节义鸳鸯冢娇红记》(下),上海商务印书馆1955年版,第95页。
② 谢柏梁:《中国悲剧美学史》,上海古籍出版社2014年版,第101页。
③ (明)李贽:《焚书·续焚书》,中华书局2011年版,第226页。
④ 吴毓华:《中国古代戏曲序跋集》,中国戏剧出版社1990年版,第290页。
⑤ 陈多、叶长海:《曲律注释》,上海古籍出版社2012年版,第183页。
⑥ (明)李贽:《焚书·续焚书》,中华书局2011年版,第156页。

"诉心中之不平，感数奇于千载"①，这就与评价小说的"愤书说"一以贯之，也说明了"怨谱"与"愤书"更偏向"怨怒"一脉：

> 不愤而作，譬如不寒而颤，不病而呻吟也，虽作何观乎？《水浒传》者，发愤之所作也。……施、罗二公身在元，心在宋；虽生元日，实愤宋事。是故愤二帝之北狩，则称大破辽以泄其愤；愤南渡之苟安，则称灭方腊以泄其愤。②

正如钱锺书先生所言，随着体裁的孳生，"诗可以怨"命题也由诗歌延伸至叙事性更强的小说和戏剧之中。③ 以怨立意、寓愤于文的"怨谱"和"愤书"便是"怨"由诗歌进入戏曲和小说的代表。

二 "怨"的文论认证

作为时代思潮的因"怨"成体，在汉魏晋南北朝诗文创作中形成宫怨诗与闺怨诗、怨谱与愤书的双峰对峙二水分流。由文学史进入文论史，因"怨"成体还在品第、本事、摘句、选本等文学批评实践中，获得了理论层面的认可。从《毛诗序》《楚辞叙》揭示因"怨"作诗，到钟嵘的"以怨评诗"和《诗品》对"情兼雅怨"的推崇，再到《文选》《玉台新咏》对"怨诗"的经典化，汉魏晋南北朝文论家较为全面地论证了"怨"体之美。至于此后《本事诗》明其"怨愤"、《诗式》以"怨"辨体、《补诗品》增添"哀怨"，皆可视作此次集中认证的余波。

（一）品第与本事

有比较才有发现，"怨"为文论家所认可，最明显的标志当属评骘

---

① （明）李贽：《焚书·续焚书》，中华书局 2011 年版，第 159 页。
② 同上书，第 298 页。
③ 钱锺书：《诗可以怨》，载《七缀集》，生活·读书·新知三联书店 2002 年版，第 121 页。

众作时，以有"怨"者为优。南朝宋王微有"文词不怨思抑扬，则流澹无味"①之说，极言"怨"之于美的不可或缺性。当然，这一有论点而无论证的经验之谈还稍显武断。与之相较，钟嵘通过三品升降和溯源别流建立起一整套批评体系，其中对"情兼雅怨"的推崇已然有理有据。

"怨"是《诗品》的核心关键词。除了在《诗品序》中提出"离群托诗以怨"的新论，钟嵘还依据"怨"延伸出"哀怨"（古诗）、"凄怨"（李陵、秦嘉与徐淑）、"绮怨"（班婕妤）、"雅怨"（曹植）、"典怨"（左思）、"孤怨"（郭泰机）、"清怨"（沈约）等七个子关键词，用于具体的诗人与诗作批评。就分布而言，钟嵘许以"怨"字的八组诗人（古诗为一组，秦嘉与徐淑为一组）皆位列上品或中品。其中，只有秦嘉与徐淑、郭泰机、沈约处于中品，而古诗、李陵、班婕妤、曹植、左思几乎合占上品十二席的半数，这充分说明"怨"在钟嵘审美理想中的位次。不唯如此，曹旭先生还指出"情兼雅怨"代表了钟嵘在内容情感层面的诗学理想，即追求源自《诗经》的"雅"与源自《楚辞》的"怨"的统一。②验之《诗品》的溯源别流体系，祖述《国风》者有古诗的"多哀怨"、曹植的"情兼雅怨"、左思的"文典以怨，颇为清切，得讽谕之致"；源出《楚辞》者有李陵的"文多凄怆，怨者之流"、班婕妤的"词旨清捷，怨深文绮，得匹妇之致"、沈约的"不闲于经纶，而长于清怨"。未明言源流者有二：秦嘉徐淑夫妇的"事可伤，文亦凄怨"，因其事似于李陵，其作亚于《团扇》，可谓与《楚辞》一脉颇有渊源；郭泰机"'寒女'之制，孤怨宜恨"，按照《文选》李善注"素丝喻德，寒女喻贱"和"言不见用"的说法，亦与《国风》一脉左思的"得讽谕之致"相似。

被钟嵘许以"怨"字的诗人多居上品且无下品，又上承《国风》《楚

---

① （南朝梁）沈约：《宋书》，中华书局1974年版，第1667页。
② 曹旭：《诗品集注·前言》，上海古籍出版社2011年版，第22页。

辞》的经典传统，实乃以"怨"为美的有力证据。钟嵘此说影响深远，中唐诗僧皎然所作《诗式》以"不用事"为第一，首列班婕妤《怨诗》，又录江淹《拟休上人怨别》，同属品第批评对"怨"的认肯与推崇。

品第批评通过比较作品，以有"怨"者为优；本事批评则追问作者，视"怨"为创作的合理动机。按照"本事就是寓于意义的源发事件"① 之定义，关于"怨"的本事批评，其较为系统而非只言片语者，可追溯至《毛诗序》和王逸的《楚辞叙》。其中，《毛诗小序》解释诗作成因时，明确提到"怨"的有八篇，除去《召南·江有汜》以"无怨"美媵一则，其余皆属怨刺，并且明确交代所怨刺的对象和因由。如《邶风·击鼓》，其《小序》曰："怨州吁也。卫州吁用兵暴乱，使公孙文仲将而平陈与宋，国人怨其勇而无礼也。"认为是诗乃国人苦于用兵所作，此类征戍以致怨旷的本事还有《邶风·雄雉》"军旅数起，大夫久役，男女怨旷，国人患之而作是诗"，《王风·扬之水》"远屯戍于母家，周人怨思焉"和《小雅·采绿》"刺怨旷"。另有《王风·兔爰》《小雅·四月》《小雅·角弓》三篇皆言"怨乱"。王逸《楚辞叙》亦揭示"独依诗人之义而作《离骚》，上以讽谏，下以自慰。遭时暗乱，不见省纳，不胜愤懑，复作《九歌》以下凡二十五篇"② 等创作因由。尽管《毛诗序》多被指责为牵强附会，王逸的《楚辞叙》也未必属实，但两者毕竟在本事批评上进行了有益的尝试。

有必要说明的是，"怨刺上政"或"发愤抒情"的合理性并不等于"怨"的审美性。将作者凄怨的遭遇或心境与文辞之美挂钩，还要等到刘勰"蚌病成珠"之说："敬通雅好辞说，而坎壈盛世，《显志》《自序》，亦蚌病成珠矣。"③ 刘勰专指的一人两书可泛化理解，亦即诗人

---

① 殷学明：《本事批评：中国古文论历史哲学批评范式研究》，《中南大学学报》（社会科学版）2008年第6期。
② （宋）洪兴祖：《楚辞补注》，中华书局1983年版，第48页。
③ 范文澜：《文心雕龙注》，人民文学出版社1958年版，第699页。

怀怨沉郁辗转咀嚼，将如此这般的生命体验熔铸于文字，其结晶多半会饱含深情而感人肺腑。《诗品》所言"使陵不遭辛苦，其文亦何能至此"，便贯通"怨者之流"与"文多凄怆"，并且把前者之不幸当作后者之美好的必备条件。唐白居易"天意君须会，人间要好诗"（《读李杜诗集因题卷后》）的劝慰，宋徐钧"自古诗人例怨穷，不知穷正坐诗工"（《孟郊》）的揭示，都是沿此思路申说"怨"之于美的积极作用。

本事批评至唐代而有《本事诗》，孟棨在《本事诗序》中称："诗者，情动于中而形于言。故怨思悲愁，常多感慨。"① 他将"怨愤"与"情感""事感""高逸""征异""微咎""嘲戏"等并列，当作"抒怀佳作"的源头来整理汇编，可谓在本事批评中再次确认了"怨"的重要性。

（二）摘句与选本

在文论认证中，品第批评通过纵横比较来提升"怨"的艺术价值，本事批评则借由远溯缘起丰富"怨"的情感内涵，两者还常常交叉融合，形成知诗人身世性情而论诗作特色的批评传统。此外，更加关注诗作本身的摘句和选本批评，还昭示着文论家对"怨美"和"怨体"进行经典化的努力。选择是一种暗含褒贬取舍的批评，按照摘引编选的对象划分，由小到大依次包括字词、句子、段落、全篇乃至整部别集。其中，前三类属于摘句批评②，后两类可视为选本批评。

有关"怨"的摘句批评，宽泛意义上讲可以追溯至先秦。如《左传·襄公二十七年》载"赵孟观七子之志"一事，伯有赋《鹑之奔奔》而赵孟批评其"志诬其上，而公怨之"。作为一种文学批评方法且被系统运用的摘句，发端于钟嵘《诗品》。如上品评古诗曰："其外《去者日已疏》四十五首，虽多哀怨，颇为总杂。"若说此处所摘之诗还是以

---

① 丁福保辑：《历代诗话续编》，中华书局2006年版，第2页。
② 胡建次、邱美琼：《中国古代文论承传研究》，中国社会科学出版社2012年版，第464页。

首句代全篇①，那么中品评郭泰机的"泰机'寒女'之制，孤怨宜恨"，则属于摘句无疑。"寒女"语出郭泰机《答傅咸诗》，其诗有"皎皎白素丝，织为寒女衣。寒女虽妙巧，不得秉杼机"②之句，以"寒女"代指郭诗，颇能印证"孤怨宜恨"的风格。

  摘句本用于印证文论家的观点或理念，但所摘之句自身的美学价值也不容忽视。陆机《文赋》谓"立片言以居要，乃一篇之警策"，又类比"秀句"之于诗作犹如"石蕴玉而山辉，水怀珠而川媚"③。刘勰《文心雕龙·隐秀》称："秀也者，篇中之独拔者也。"④抛开后人补作，今见《隐秀》篇原文还保留了一处摘句批评："'朔风动秋草，边马有归心'，气寒而事伤，此羁旅之怨曲也。"⑤刘勰所摘之句是王赞《杂诗》的开头两句⑥，也是写羁旅之怨的"秀句"。马尚且思归，人何以堪？见此开篇，便可知全诗写"怨"⑦。

  由寻章摘句到选文定篇，"怨美"和"怨体"的经典化进程随着《文选》《玉台新咏》的编选与流传而大大加快。在此之前，《史记·太史公自序》中"发愤之所为作也"的归纳，沈约《宋书·谢灵运传论》"直举胸情，非傍诗史"的举例，钟嵘《诗品序》自"陈思赠弟"至"惠连《捣衣》"的诗作胪列，皆有刘勰所谓"选文以定篇"的意味。在《文心雕龙·明诗》的"选文定篇"部分，刘勰还提及《离骚》、李陵、班婕妤、张衡《怨诗》，并有"逮楚国讽怨，则《离骚》为刺"和"至于张衡《怨》篇，清典可味"⑧的评述。这已从一个侧面反映出时

---

① 张伯伟：《钟嵘〈诗品〉的批评方法论》，《中国社会科学》1986年第3期。
② 逯钦立辑校：《先秦汉魏晋南北朝诗》，中华书局1983年版，第609页。
③ 张少康：《文赋集释》，人民文学出版社2002年版，第145页。
④ 范文澜：《文心雕龙注》，人民文学出版社1958年版，第632页。
⑤ 同上。
⑥ 其诗曰："朔风动秋草，边马有归心。胡宁久分析，靡靡忽至今。王事离我志，殊隔过商参。昔往鸧鹒鸣，今来蟋蟀吟。人情怀旧乡，客鸟思故林。师涓久不奏，谁能宣我心。"据逯钦立辑校《先秦汉魏晋南北朝诗》，中华书局1983年版，第761页。
⑦ 詹锳：《文心雕龙义证》，上海古籍出版社1989年版，第1504页。
⑧ 范文澜：《文心雕龙注》，人民文学出版社1958年版，第66页。

人以"怨"为美的风尚，不过更为系统的接纳还要数《文选》与《玉台新咏》。

  作为现存最早的分体文学选本，《文选》将上自周末下至梁朝的作家作品"选"入赋、诗、骚等三十八类，以实现"略其芜秽，集其清英"（《文选序》）的目标。在"怨美"与"怨体"的认证中，《文选》的作用主要有二。一是将司马相如《长门赋》、江淹《恨赋》《别赋》、嵇康《幽愤诗》、班婕妤《怨歌行》、石崇《王明君词》、谢朓《和王主簿怨情》、屈原《离骚》《九歌》《九章》等纳入"清英"和"翰藻"的经典序列。二是总领编选的萧统在"赋""骚""颂""箴""戒"等分类中，贯彻了文体"随时变改"的认识。在《文选序》中，萧统用椎轮为辂、积水成冰之事类比文体创生："盖踵其事而增华，变其本而加厉；物既有之，文亦宜然。随时变改，难可详悉。"① 这一迥异于文章"原出于五经"的观念，"从文体上论证了'文'的自觉与'文'的独立"②。就"怨"诗形成经典以大其体的效果而言，《玉台新咏》专注于宫体艳歌，收录班婕妤《怨诗》、刘孝威《闺怨》、陆罩《闺怨》等诗作，与《文选》具有同样的意义。从文体"随时变改"的思想解放意义来看，《文选》还为"怨体"进入后世文论家的视野鸣锣开道。

  魏晋南北朝以后，体裁与体貌之"怨"屡被提及。唐皎然《诗式·辨体有一十九字》不但专列"怨"为一体，称"词调凄切曰怨"③，还以"怨"字评点蔡邕《饮马长城窟行》、嵇康《幽愤》、潘岳《悼亡》、谢惠连《七夕》、谢朓《铜雀台》、何逊《铜雀台》等六首选诗。元代方回编选唐宋五、七言律诗而成《瀛奎律髓》，四十九种分类中已有"忠愤"。时至明代，黄佐《六艺流别》将"怨"与"咏"、"吟""叹"视作"歌"之流别，"歌"又与"谣"同属于"诗"，从

---

① （南朝梁）萧统编，（唐）李善注：《文选》，上海古籍出版社1986年版，第1页。
② 胡大雷：《〈文选〉编纂研究》，广西师范大学出版社2009年版，第69页。
③ 李壮鹰：《诗式校注》，人民文学出版社2003年版，第70页。

而建立起"诗—歌—怨"的文体衍生谱系;宋绪编选《元诗体要》将"怨"与"骚""乐府""叹""引"等一并列入三十六体之中;李维桢编选《唐诗隽》也将"乐府宫怨闺情"作为一类附在正文二十三门之后。明末清初,黄宗羲在《汪扶晨诗序》中提出:"怨亦不必专指上政,后世哀伤、挽歌、谴谪、讽谕皆是也。"[①]清代顾翰《补诗品》还单列"哀怨"一品,以补司空图《二十四诗品》未尽之意:"今夕何夕,明河在天。西北高楼,疏花隐烟。美人婵娟,手弹玉弦。如有幽恨,欲传不传。锦瑟齐年,韶华自怜。一绳新雁,致君缠绵。"[②] 以上批评理念与编纂实践,或言体貌,或重体裁,正是魏晋南北朝而后以"怨"为美和因"怨"成体的进一步彰显。

(作者单位:武汉大学文学院)

[①] (清)黄宗羲:《黄梨洲文集》,中华书局1959年版,第358页。
[②] (清)顾翰:《补诗品》,载郭绍虞《诗品集解·续诗品注》,人民文学出版社1963年版,第82页。

魏晋名理学与辨体批评

贾奋然

名理学是汉末至魏晋以考核名实和辨析名理为主要内容的政治、哲学思潮，产生于选官制度和人才辨识理论之中，大体经历了从辨名实向辨名理的发展过程①，并逐渐向哲学本体论演化，成为古代思想史上的一大转进。名理学最初发端于人物品评的刑名学，后逐渐渗透至魏晋清谈，是汉代经学向魏晋玄学转化的重要过渡阶段②，从思维方式和文化精神上皆对审美思想和文艺批评产生了极大的影响。王瑶先生说："政治上要'考核名位'，要'名检'，研究人才是否称职，和职位是否相合；因而中国的文学批评也沿着两条路线发展——一方面是论作家，研究其所长的文体和所具的才能；一方面即是辨析文体，研讨每一种文体的渊源性质和应用。"③ 这段话极为精辟，揭示了名理学的名实考辨对文学批评影响的两条路径，即作家才性批评和文章辨体

---

① 汤一介说："所谓'名理之学'，在汉魏之际开始时大体上是讨论'名分之理'，即人君臣民有其职守，如何使之名实相符而天下治，此为政治理论的问题。后来渐渐进而讨论鉴识人物的标准问题，于是讨论趋向于'辨名析理'，而向着抽象原理或概念内涵之'应然'方面发展。"参见《辨名析理：郭象注庄子的方法》，《中国社会科学》1998年第1期。

② 牟宗三将魏晋名理分为"才性名理"与"玄学名理"两类。参见牟宗三《才性与玄理》，吉林出版集团责任有限公司2010年版，第226页。

③ 王瑶：《中古文学史论》，北京大学出版社1998年版，第92页。

批评。学界对名理学与审美主体自觉的关系已经有所关注①，但关于名理学与辨体批评的关系研究尚很不足，本文力图就此问题进行深入探究。

中国古代辨体批评盖发轫于魏晋，成熟于齐梁，沿着两个方向纵深发展：其一，辨别各类文体的名实及其创作之理，建构文类秩序；其二，关注作家个性对文章整体形貌的影响，辨析文章风格及其类别。在这两条路径的交叉处还延伸发展了辨析文体风格、辨析才性与文类关系等独特的批评方式。这种辨析文体名理、关注创作主体个性及其与文体关联性的做法与魏晋综核名实、辨名析理、考辨才性的名理学思潮有着一脉相承的内在关系。应该说，一方面，魏晋名辨之学极大地刺激了文体类型学的产生和发展；另一方面，名理学中的"才性之辨"则有力地促进了文学风格学的形成。

一 名理学的思维逻辑与文化精神

汉末名理学思潮始于对名实关系的辨析，与先秦名学有着内在的学术承传关系。所谓名实是指名称、概念、名分、名位、名号等与其所指称对象的实际存在之间的关系，以名实相称、名副其实为思想方法和基本原则。先秦名实之辨普遍存在于诸子之学中，与其哲学、政治、伦理思想结合，以辨正名分为主体内核，名辨逻辑也初步展开。孔子在"礼崩乐坏"的春秋末期疾呼"正名"，要求综核名实，端正君臣名分，重建人伦秩序。荀子肯定名实随着时代而变化，提出稽实定名，"制名以指实"，既因循旧名，又创制新名。墨家则"取实予名"，提出"名实耦，合也"的名实统一观点。名家"苛察缴绕"，探索名实逻辑关

---

① 党圣元：《魏晋名理学与六朝审美主体精神》，《东南大学学报》2002年第7期，韩国良：《名理学与文气说——对曹丕文学思想的再认识》，《忻州师范学院学报》2006年第6期，都研究了名理学与审美主体的关系。

系，尹文云"名以检形，形以定名；名以定事，事以检名"①，主张名形相参，以形、事为沟通名实关系的途径。法家将名实考辨引入刑名学，韩非子云："因任而授官，循名而责实"②，强调君主以人臣之"言与事"去"审合刑名"③，慎赏明罚。汉代儒法合流形成"名教"，董仲舒"深察名号"，名教遂为王制之始。钱锺书先生说："守'名器'，争'名义'，区'名分'，设'名位'，倡'名节'，一以贯之，曰'名教'而已矣。"④

汉末清议流弊泛滥，人物品评中窃名为实、名实不符的现象严重，名教隐藏着深刻的危机。《抱朴子外篇·名实》云："品藻乖滥，英逸穷滞，饕餮得志，名不准实，贾不本物，以其通者为贤，塞者为愚"⑤，王符、崔寔、仲长统等为补救士人名实不符的现象再次呼吁"综核名实"，提出"有号者必称于典，名理者必效于实，则官无废职，位无非人"⑥。此处，"名理"乃"甄察人物之理"⑦，即强调根据实际才能推求才性之理，使人才与职位配合。曹魏统治者以"唯才是举"辨识人才，察举任人严格地"校实定名"，重建才性名位之理，考辨刑名与才性关系的名理学勃然而兴。这是一种杂糅整合了名、法、儒、道诸家等多种思想资源的政治文化理论，但与先秦"正名定分"的名实考辨不同，刑名学强调依据人物才性才能重新校订名实关系，如徐幹云："名者，所以名实也。实立而名从之，非名立而实从之。"⑧刘廙则主张依据政绩实效考核官吏和选拔人才，"课之皆当以

---

① （周）尹文撰，（清）钱熙祚校：《尹文子》，《诸子集成》第6册，中华书局1954年版，第1页。
② （清）王先慎：《韩非子集解》卷17，《诸子集成》第5册，中华书局1954年版，第304页。
③ 《韩非子·二柄》，《韩非子集解》卷2，《诸子集成》第5册，中华书局1954年版，第27页。
④ 钱锺书：《管锥篇》第4册，生活·读书·新知三联书店2008年版，第1962页。
⑤ （晋）葛洪：《抱朴子外篇》，《诸子集成》第8册，中华书局1954年版，第136页。
⑥ （汉）王符：《潜夫论·考绩》，《诸子集成》第8册，中华书局1954年版，第27页。
⑦ 汤用彤：《魏晋玄学论稿》，上海人民出版社2015年版，第13页。
⑧ （汉）徐幹：《中论·考伪》，中华书局1985年版，第19—21页。

事，不得依名"①，"名从于实"成为当时的普遍观念；另一方面如傅玄所云："国典之坠，犹位丧也；位之不建，名理废也"②，在理论上要推演官位之名理意义，探究人物才性的一般特点，以求循名责实，使人位相称。

　　随着对人物才性特点的重视和新的人才辨识理论的发展，魏代名理学逐渐由从综核"名实"向辨析"名理"转化，《人物志》就是考辨才性名理的代表作品。刘邵兼融儒道名法阴阳诸家，从检核刑名出发而转取道家无为之旨，由对具体人物的名实考辨演变为对才性关系和人才标准的讨论，探究人才学的抽象原理和普遍规则，为统治者察举任人提供理论依据。刘邵云："若夫天地气化，盈虚损益，道之理也。法制正事，事之理也。礼教宜适，义之理也。人情枢机，情之理也。"③ 世界上存在着道理、事理、义理、情理等不同的理，《人物志》则重点要辨识"甚微而玄"的"情性之理"④，由察形窥实上升到对人物才性的一般规则的探讨，深入展开对"圣人"与"众材"的条分缕析的分析，这肇启了"辨名析理"的思维方法⑤，也开启了玄学本末有无之辨。与名实之辨考核具体事物的名称与实有的关系不同，"辨名析理"则更多地吸收先秦名家的逻辑思辨方式，在抽象意义上推演诸概念之内在关联，以探求名称的理论内涵和本体意义。《文心雕龙·论说》也云："魏之初霸，术兼名法，傅嘏王粲，校练名理。"⑥ 魏初傅嘏、李丰、钟会、王广等人辨论才性"同异合离"，"才性之辩"成为"校练名理"的普遍论题。

---

① （汉）刘廙：《论治道表》，载（清）严可均校辑《全上古三代秦汉三国六朝文》，《全三国文》卷34，中华书局1958年版，第1242页。
② （晋）傅玄：《傅子》，载（清）严可均校辑《全上古三代秦汉三国六朝文》，《全晋文》卷49，中华书局1958年版，第1737页。
③ （魏）刘劭撰，王水校注：《人物志·材理》，上海三联书店2007年版，第47页。
④ 同上书，第9页。
⑤ 参见王晓毅《论魏晋名理学》，《文史哲》1986年第6期。
⑥ （南朝梁）刘勰撰，范文澜注：《文心雕龙注》，人民文学出版社1958年版，第327页。

玄学清谈也以辨论名理为主要特征,魏晋名士多远离具体事物之形色,而热衷于抽象原则的名理推演。《世说新语》记载王弼、卫瓘、卫玠、孙盛、裴颁、王敦、谢玄、王濛、殷浩、刘畴、裴遐等名士皆"善名理",他们通过对本末、有无、言意、形神、名教与自然等名理的反复辨难来推演概念的本体内涵和形而上学意义。《世说新语·文学》:"何晏为吏部尚书,有位望,时谈客盈座。王弼未弱冠,往见之。晏闻弼名,因条向者胜理语弼曰:'此理仆以为理极,可得复难不?'弼便作难,一坐人便以为屈。于是弼自为客主数番,皆一坐所不及。"① 王弼"自为客主数番"显示了强大的思辨才能,由主客间多番辨难到自为客主对名理的反复辨析,由众人的唇枪舌战转为思想者个人的头脑风暴,两者皆是玄学辨析名理的方法。

辨名析理还是魏晋诠释经典和建构哲学本体论的普遍方法,王弼《老子指略》云:"夫不能辨名,则不可与言理;不能定名,则不可与论实也。凡名生于形,未有形生于名者也。故有此名必有此形,有此形必有其分。"② "辨名"是对名称内涵的反复辨析,既要窥形察实,还要深入探究名称概念的本质内涵和隐微理致,这是类似玄辨的名理辨析方法。嵇康"研玉名理"③,又云:"夫至物微妙,可以理知,难以目识"④,这是说辨析事物应由形名及义理,即超越感官识别进入主体理性思辨,在"推类辨物"中探求事物微妙复杂的自然之理和普遍共性。郭象《庄子注》云:"辨名析理,以宣其气,以系其思,流于后世,使性不邪淫"⑤,辨名析理的思维过程渗透着主体情理意气,是基于名理

---

① 徐震堮:《世说新语校笺》,中华书局1984年版,第106页。
② 同上书,第206页。
③ (晋)李充《翰林论》云:"研玉名理,而论难王马,论贵于允理,不求支离,若嵇康之论文矣。"载(清)严可均校辑《全上古三代秦汉三国六朝文》,《全晋文》卷53,中华书局1958年版,第1767页。
④ (魏)嵇康撰,戴明扬校注:《养生论》,《嵇康集校注》卷3,中华书局2014年版,第255页。
⑤ (清)郭庆藩:《庄子集释》,《诸子集成》第3册,中华书局1954年版,第481页。

辨论的概念辨析、理论建构和境界提升的方法。

统而言之，名理学的名实之辨蕴含着校实定名、循名责实、名实相符的文化精髓，是对名实关系的校正和对现实秩序的重建；而辨名析理则进一步在对诸概念进行逻辑推演，以建构具有普遍意义的本体论世界。辨名析理作为思维方式还普遍地存在于经典诠释学和玄学中，这其中有众多声音和多种观念的激烈辨难，也包含着批评家个人的潜在思维的辨论。因而，辨名析理的旨趣和目的都指向辨别名称概念的义理含蕴和本体价值。正是在上述意义上，名理学的思维方式和文化精神直接渗透流衍至文章辨体之中，对中国古代的辨体批评产生了重要的影响。

二　综核名实、辨析名理与文类辨体

文体学兴盛正是基于文学批评关注文学之外用转为探究文学本体的普遍风气之中。名理学考核名实，辨正事物名称及其内在原理的思维方法极大地刺激和影响了古代文体类型学的产生和发展。文类学的形成依赖于对文章形态异同的辨识和对文体名称的确立。具体而言，就是把外形上具有共同特征的文章归为一类，冠以特定文体名称，这种"以实定名"的方式最早体现在史书目录学和总集编撰活动中。史家在整理浩瀚的文献时的首要之务就是对文献进行分门别类的整理，《汉书·艺文志》"诗赋略"是最早的文学目录，"诗赋略"名称的确立基于众多具有类似特点的文本的集合，若对之作形态上的同异辨析，则或归为歌诗或纳入赋；诗赋下再依据作者或题材不同进行更为细致的类型区分，这开启了初步的文体分类学。随着文学的发展，"诗赋略"之目不足以兼顾文学众制，依据"名实相符"原则，刘宋王俭《七志》因加收诗、赋外的其他文章类型，故改"诗赋略"为"文翰志"，梁代阮孝绪《七录》再变为"文集录"，这开启了《隋书·经籍志》以后综合性书目中文学目录的基本形式"集部"的名目。

总集编撰则是在集部名目下对各类文章形态的进一步辨识，是真正意义上的文体分类学。编撰者依然要面对形态各异的众多文章类型，因而分门别类编撰文本，确定文体名目，阐释名目内涵是重要工作，这是一个从"目识"到"理识"、从"辨实"到"辨名"的过程。中国古代文章总集历代绵延繁盛，自西晋挚虞《文章流别》发端，到东晋李充《翰林》、南朝萧统《文选》，一直到明代吴讷《文章辨体》、徐师曾《文体明辨》等，大都依据文体不同和时代先后编次，集前多有"序说"辨识文体名目内涵和追溯各体的源流演化历史，这成为古代辨体批评的重要方式。如徐师曾《文体明辨序》云："盖自秦汉而下，文愈盛；文愈盛，故类愈增；类愈增，故体愈众；体愈众，故辨当愈严"①，这直接道明了编撰总集首要之务在辨体。总集辨体基于文章繁盛，新的文类不断增繁的文学事实，所谓"假文以辨体，非立体而选文"②，即要以大量文本形态为基础进行归类阐释，这是编撰文章总集常见的方法。换言之，编者不是先验地设定文体名目而后选文，而是对大量体类相似的文章进行总结归纳，进而确定不同的文体名目，文学发展中新的文体名目的出现正是在这种严格的"依实定名"的辨体中完成的。如《文体明辨》依据此法新增的文体名目有题跋、律赋、文赋、近体律诗、排律诗、绝句诗、引、题名、诗余等③。而对于旧有的文体名称，则采取"依名考实"的方法选文，这是总集辨体的另一条路径。但"依名考实"并不是依据旧名简单核实，而是要考辨特定文体"正变古今之异"④，基于文体的历史演化，对旧有名称

---

① （明）徐师曾：《文体明辨序说》，人民文学出版社1998年版，第78页。
② 同上。
③ 详见拙文《论〈文体明辨〉的辨体观》，《首都师范大学学报》2007年第2期。
④ （明）徐师曾：《文体明辨序说》，人民文学出版社1998年版，第77页。

内涵加以丰富和发展，重建文体名实关系，确定选文标准。如《文体明辨》辨赋为古赋、俳赋、文赋、律赋四体，显示了"赋"的古今正变过程。

如果说总集辨体主要是在考辨文体名实的基础上建构起来规模宏大的文体分类学，文论辨体则更多地在逻辑思辨层面上对文体名目及其基本理论进行推演。魏晋名理学的辨名析理思维的渗透使得中国古代的文类学不仅仅停留于文体分类的辨名实的形名层面，还在本体论层面上逻辑地建构各类文体创作的普遍规则和基本原理。曹丕最早通过"本末"关系构架文章辨体理论，《典论·论文》云："夫文本同而末异。盖奏议宜雅，书论宜理，铭诔尚实，诗赋欲丽。"[1] 各类文体在表现对象和创作方式上各有不同的审美特性，如奏议应措辞典雅，书论宜讲道理，铭诔要叙事求实，诗赋追求形式华丽，但它们在本质意义上同属"文"而具有共同性。这种辨体融合了先秦名学"别同异"和魏晋名理学"有无本末"之辨的方法。荀子云："万物同宇而异体"[2]，即万事万物同中有异，异中有同，探求同异则能辨别事物，文章形态亦然。对文体名称的辨识可以从具体逐步走向抽象，这是不断地屏蔽特殊性而追寻普遍性的过程。如奏议、书论、铭诔、诗赋等都是具体的文体名目，但若抽取掉其个别性而归纳其共同性，则能够得到更为抽象的"文"的概念，而"文"虽不具有各体的特殊性，却笼括包容其共同性。这类似于荀子所说的"共名"和"别名"的不同，即"推而共之，共则有共，至于无共然后止"，"推而别之，别则有别，至于无别然后止"[3]，"共名"是"别名"抽象的结果，"别名"皆具有"共名"的普遍性特征。陆机《文

---

[1] 严可均校辑：《全上古三代秦汉三国六朝文》，《全三国文》卷8，中华书局1958年版，第1098页。

[2] （清）王先谦：《荀子集解》卷6，《诸子集成》第2册，中华书局1954年版，第113页。

[3] （清）王先谦：《荀子集解》卷16，《诸子集成》第2册，中华书局1954年版，第278页。

赋》在"文"的名目下区分"十体"也沿袭了曹丕本同末异的文体辨识方法，只是对"文"的分类更细，辨析更精，体现了辨体观念的演进。

古代辨体批评的基本体例正式形成于《文心雕龙》。刘勰不仅在理论上对汉魏以来的辨体批评方法进行了系统总结，而且在"论文叙笔"二十篇中具体实践和运用了这种方法，从而构成了完善的文章辨体的理论与实践体系。其《序志》云："若乃论文叙笔，则有囿别区分，原始以表末，释名以章义，选文以定篇，敷理以举统"①，这是集字书释名训释、史家考镜源流、目录学分门别类，总集依体选文之大成的辨体方法论，标志着古代辨体批评的成熟。"原始以表末""选文以定篇"即考辨每类文体源流演化的历史，是以历代具体丰富文本为对象的"考实"；"释名以章义""敷理以举统"则是在"考实"的基础上，概括文本的共同性和普遍性特征，以确定文体名称与内涵，推演和建构某类文体写作的基本原理。从历史到逻辑、由具体到抽象再到理性具体的思维过程，体现了名理学"辨名实"和"辨名理"思维路径的深刻影响。

刘勰的文章辨体包含辨文体源流正变，辨文体观念的演化，辨不同文体同异，辨文体名目原理与文本实存的关系等方式。文体名理的建构既出于历时性考实之共时性析理，也出于对旧的名理观念的吸纳和辨正的过程，还出于对不同文体名理同异之辨析，这使文体名称在逻辑推演中获得了丰富的理性内涵。如《文心雕龙·诠赋》释赋云"赋者，铺也，铺采摛文，体物写志也"②。刘勰关于赋的名称释义，首先基于赋体发生演化历史的名实考辨，隐含对"繁华损枝，膏腴害骨"时弊的批评；其次则是对"瞍赋""登高能赋""不歌而颂""古诗之流""童子雕虫篆刻"等前人赋学观念的辨正；

---

① （南朝梁）刘勰撰，范文澜注：《文心雕龙注》，人民文学出版社1958年版，第727页。
② 同上书，第134页。

再次则是对诗赋颂歌等文体的同异辨析以确定赋体的内质,如"赋颂歌诗,则羽仪乎清丽"① 以辨同,"爰锡名号,与诗画境,六义附庸,蔚成大国"② 以辨异:这是新的赋学理论的推演和建构过程。关于赋体辨名析理的具体展开即赋概念在逻辑层面上的理性具体的过程,刘勰云:"原夫登高之旨,盖睹物兴情。情以物兴,故义必明雅;物以情观,故词必巧丽。丽词雅义,符采相胜,如组织之品朱紫,画绘之著玄黄。文虽新而有质,色虽糅而有本,此立赋之大体也。"③ 赋观念的逻辑展开涉及"物""情""词"三个基本概念:"物"指"铺张扬厉"之"体物","情"指情感义理,"词"指"铺采摛文",但无论是"铺张扬厉"还是"铺采摛文",都要蕴含赋家的真情实感,并抵于"风轨""劝戒"之旨,这构成赋体"丽词雅义,符采相胜"的整体要义。

对文体名理的理论建构并不是辨体的结束,还要将"名理"作为价值尺度和批评标准返回具体文本的"名实"考辨中,以建构文体演化的逻辑秩序和内在理路。如《文心雕龙·铭箴》云:"蔡邕铭思,独冠古今。桥公之钺,吐纳典谟;朱穆之鼎,全成碑文,溺所长也。"④ 刘勰以铭文"弘润"之旨作为逻辑起点来辨析具体文本名实,蔡邕《桥玄黄钺铭》以四言韵体颂美乔玄安靖边疆之功绩,叙事核辨,文辞典正,合乎铭文名理要义,是名实相符的佳作;而其《朱穆鼎铭》以长篇散体叙述东汉名臣朱穆的事迹功德,将铭文写成了碑文,名不符实。刘勰以铭文名实推演名理,又将名理贯穿于名实辨体中,从而完整地建立了铭文演化的经典秩序和铭文名理的基本要义。从具体到抽象再回到具体,则可"乘一总万,举要治繁"⑤,

---

① (南朝梁)刘勰撰,范文澜注:《文心雕龙注》,人民文学出版社1958年版,第530页。
② 同上书,第134页。
③ 同上书,第136页。
④ 同上书,第194页。
⑤ 同上书,第657页。

即用普遍性和一般性"体要"来统摄独特个性化的具体文本，这反映着以实定名、辨名析理、综核名实等名理学的思维精髓和精神要义。

由各类文体名理同异辨析继续向上推演，则演绎出更抽象的为文之原理，再由为文之原理抽演抵达合乎道本道心的自然神理，这显示了中国文化独特的文道合一的哲理视域和根本境界。如《文心雕龙》"论文叙笔"探究各类文体之名理，"割情析采"在普遍意义上阐释笼括众体的"文理"，"文之枢纽"则将"文理"上升到了"神理"。这是一个由"文本"至"文类"，由"文类"至"文章"，由"文章"至"人文"，由"人文"至"天文"，由"天文"至"道之文"，最后抵达道本体的多层级的不断抽象上升的过程。刘勰推演"名理"及"文理"，推原"文理"于"神理"，文章辨体最终上升至统摄众名众理的哲学本体论，这是持续地"敷理以举统"的思辨过程，依循了名理学从辨别"有"到推演"无"的思维路径，也是对具体文体普遍本质内核的辨析。

三　才性之辨与风格辨体

考核文体名实关系和名理逻辑是辨体的重要方式，也是建立文体秩序的重要手段，立足于文学本体进行由实及理的考辨有力地促进了文类学的发展。另外，名理学思潮从"名实之辨"向"才性之辨"的转化也有力地推动了创作主体的自觉和批评家对作家个体的关注，这又促进了文学风格学的形成。

汉魏之际人物品评方式发生了两大重要变化：从关注人物道德品性向关注人物个性才能的转化；从政治品评向审美品鉴的转化。这种新风气发端于曹操"唯才是举"的政治选举标准。曹操曾三次下求贤令，提出重才不重德的选官标准，重视对"偏短"之才的任用，这促成

"政治社会道德思想上之大变革"①。徐幹《中论·智行》论"明哲穷理"和"志行纯笃"之关系，若二者不能得兼则"其明哲乎"②，与曹操人才观念形成呼应之势。选举上的综核名实逐渐转化为对人物才性问题的讨论。《人物志》系统地辨析才性之理，刘邵德才并重，但重点讨论人物独特的自然才性和偏才之用，其中《体别》篇剖析了十二类"偏材之性"之长短，如"雄悍之人，气奋勇决，不戒其勇之毁跌，而以顺为恇，竭其势，是故可与涉难，难与居约"③，《流业》篇讨论了十二类臣才的特点，如"法家之流，不能创思远图，而能受一官之任，错意施巧，是谓伎俩"④。刘劭认为"材能既殊，任政亦异"，如"立法之能，治家之材也，故在朝也，则司寇之任，为国则公正之政"⑤ 等，探讨偏才与官职之间的匹配性，为君主鉴识人才，"量能授官"提供理论借鉴。

　　魏代名理学思潮中有才性问题的专门辨论。《世说新语·文学》："钟会撰《四本论》始毕"注引刘孝标注"《魏志》曰：'会论才性同异，传于世。'四本者，言才性同，才性异，才性合，才性离也。尚书傅嘏论同，中书令李丰论异，侍郎钟会论合，屯骑校尉王广论离。文多不载。"⑥ 魏代傅嘏、李丰、钟会、王广等人辨论才性同异离合问题，钟会集撰《四本论》，这是关于才性名辨之专著，惜今亡佚。但我们从与之同时的刘劭内性外材的思想大体可以见出"才性合"，从曹操才德分离思想大体见出"才性离"。"才性同异离合"之辨是魏晋名理学"辨名析理"思辨方法的典型实例，隐含着先秦名辨学和

---

① 陈寅恪：《书世说新语文学类钟会撰四本论始毕条后》，《金明馆丛稿初编》，上海古籍出版社 1980 年版，第 45 页。
② （汉）徐幹：《中论》，中华书局 1985 年版，第 14 页。
③ （魏）刘劭撰，王水校注：《人物志》，上海三联书店 2007 年版，第 8 页。
④ 同上书，第 9—10 页。
⑤ （魏）刘劭撰，王水校注：《人物志·材能》，上海三联书店 2007 年版，第 15—16 页。
⑥ 徐震堮：《世说新语校笺》，中华书局 1984 年版，第 106 页。

墨辨学的影响①。"才性之辨"还是魏晋清谈的重要话题，如《世说新语·文学》记载："殷仲堪精核玄论，人谓莫不研究。殷乃叹曰：'使我解四本，谈不翅尔。'"② 玄学"才性之辨"已经脱离政治实用目的，成为名士风度的审美表征。对人物才情风貌的审美品藻也是当时的普遍风尚，《世说新语》大量记录了有关人物审美品藻的事例，如《容止》："山公曰'嵇叔夜之为人也，岩岩若孤松之独立；其醉也，傀俄若玉山之将崩。'""时人目王右军'飘如游云，矫若惊龙'。"③ 名理学的"才性之辨"表明魏晋时代对人物个性才能的日益重视，这直接引发了文学创作中关于作家创作个性与写作才能的讨论，创作个性与文学风格的关系，开启了古代辨体的另一分支——文学风格学。

　　基于体性合同观念，由辨才性转向辨文体，这是名理学思维影响文体辨析的内在演化轨迹。从曹丕"文气说"到刘勰"体性说"，中国古代作家才性论逐步发展成熟。"文气说"凸显作家个体独一无二的先天才性与创作风格的关系，开启了创作主体个性解放的先声，明显见出重视个性的时代风气的熏染。"体性说"则在更高层面上提出了将先天才气与后天学习统一的综合才性论，建构了情理隐内，言文显外，表里必符的体性模式，这是对魏晋"才性之辨"的才性合同思想的创造性转化。作家"才性异区"，因而其创作之"体"各自不同，如"贾生俊发，故文洁而体清；长卿傲诞，故理侈而辞溢；子云沈寂，故志隐而味深"④ 等，触类以推皆如此。由对创作个性的关注逐渐转向对作家独一无二创作风格的辨析，显示了由识人向识文、由主体品藻向文本辨析的转化，作家个性风格论逐渐形成，文本之"体"千差万别正基于作家

---

① 参见姚维《才性之辨——人格主题与魏晋玄学》，人民出版社2007年版，第106—113页。
② 徐震堮：《世说新语校笺》，中华书局1984年版，第132页。
③ 同上书，第335、341页。
④ （南朝梁）刘勰撰，范文澜注：《文心雕龙注》，人民文学出版社1958年版，第506页。

"性各异禀"。对作家作品个性风格的分析成为中国古代文体批评的重要方式。如江淹《杂体三十首并序》："今作三十首诗，敩其文体，虽不足品藻渊流，庶亦能无乖商榷云尔。"① 江淹模拟汉代《古离别》到刘宋汤惠休等30位诗人的经典作品，模仿其风格创作了三十首诗，这与其说是独特的创作方式，不如说是独特的辨体批评方式。钟嵘《诗品》则通过追溯源流、品第高下的方式建构了庞大的个性风格的辨体体系，将汉魏至齐梁122位诗人追溯至《国风》、《小雅》、《离骚》三个源头，又依据风格的相似性逐一探寻诗人与诗人之间的承继演化关系，如评张协，"源出于王粲。文体华净，少病累，又巧构形似之言"；评谢灵运，"源出于陈思，杂有景阳之体"；评曹丕，"源出于李陵，颇有仲宣之体"②。这是在辨异基础上的辨同，可见出名辨思维之影响。明代高棅评盛唐诗人云："李翰林之飘逸，杜工部之沈郁，孟襄阳之清雅，王右丞之精致，储光羲之真率，王昌龄之声俊，高适、岑参之悲壮，李颀、常建之超凡，此盛唐之盛者也"，③ 这是典型的个性风格批评，已将评人与评诗合二为一。

由个性之体转向群体之体的辨析仍可见辨异求同的名理学思辨，这是逐渐趋于对象本体的抽象思维过程。如时代风格，流派风格等都是基于作家群体风格相似性的分析。虽然每个作家个性风格不同，但它们在共同诗学主张或者相似时代风气的熏染下也形成了某些趋同性特征。如刘勰《文心雕龙·通变》论及黄、唐"淳而质"，虞、夏"质而辨"，商、周"丽而雅"，楚、汉"侈而艳"，魏、晋"浅而绮"，宋初"讹而新"，④《文心雕龙·时序》论战国文风"晔烨之奇意"，建安风骨"梗概而多

---

① （明）胡之骥撰，李长路、赵威点校：《江文通集汇注》，中华书局1999年版，第136页。
② （南朝梁）钟嵘撰，陈延杰注：《诗品注》，人民文学出版社1961年版，第27—31页。
③ （明）高棅：《唐诗品汇·总叙》，上海古籍出版社1982年版，第8页。
④ （南朝梁）刘勰撰，范文澜注：《文心雕龙注·通变》，人民文学出版社1958年版，第520页。

气",正始余风"篇体轻澹"①;钟嵘《诗品序》云:"永嘉时,贵黄、老,稍尚虚谈,于时篇什,理过其辞,淡乎寡味"②,皆为此例。

中国古代风格辨体还有一个特殊概念,即辨析文体风格,这是将作家个性与文类形貌相结合的辨体方式,体现了文类之体与风格之体相融合的思维路径。刘勰云:"圆者规体,其势也自转;方者矩形,其势也自安:文章体势,如斯而已。"③古代文体写作具有一定的情境性,不同文体类型具有各自的题材领域,面对不同的读者群体,实现不同社会功用,形成了特定的语体要求和体势形态。如刘勰云:"章表奏议,则准的乎典雅;赋颂歌诗,则羽仪乎清丽;符檄书移,则楷式于明断;史论序注,则师范于核要;箴铭碑诔,则体制于宏深;连珠七辞,则从事于巧艳。"④对于文类体貌的辨析只是基于其相似的审美特点而言,类似曹丕"四科八体"和陆机的"十体说"之辨体,但还不足以形成文体风格⑤。文体风格的形成依赖于创作主体对于特定体裁形式的选择和驾驭:一方面要"因情立体,即体成势",即作者要依据个体情感表达的需要选择体裁,并依循体裁的客观态势进行创作;另一方面还要"兼解以俱通""随变而立功",即充分发挥自己的创作个性,在不违背特定体裁基本态势的基础上进行自由创造。换言之,主体情势的展开虽然可以依个性特点"契会相参,节文互杂"⑥,但不应悖逆所立体裁的基本文体特点,这是基于"卓采"上所形成的文体风格的丰富性和多

---

① (南朝梁)刘勰撰,范文澜注:《文心雕龙注·时序》,人民文学出版社1958年版,第672—674页。
② (南朝梁)钟嵘撰,陈延杰注:《诗品注》,人民文学出版社1961年版,第1页。
③ (南朝梁)刘勰撰,范文澜注:《文心雕龙注·定势》,人民文学出版社1958年版,第530页。
④ 同上。
⑤ 童庆炳先生认为:一定体裁要求一定的语体,一定的语体需经过具有创作个性的作家的运用,并达到极致,才能发展为风格。见《文心雕龙"因内符外"说》,载《童庆炳文集》第7卷《文心雕龙三十说》,北京师范大学出版社2016年版,第166页。
⑥ (南朝梁)刘勰撰,范文澜注:《文心雕龙注·定势》,人民文学出版社1958年版,第530页。

样性，体现了主客之势的自然融合。

  名理学探讨才性与官职的匹配性直接启发了文学理论中的偏才与文类关系的理论思考。各类文体形成了相对稳定的自然态势，这构成了创作中的客观制约性；而作家才性各有所偏，则形成了创作中的主观制约性。只有主客双方达到"异质同构"，也就是说作家的才性特点与特定文体的基本态势大体趋同时，才能创作出既彰显个性而又"得体"之佳作。如刘勰云："魏文之才，洋洋清绮，旧谈抑之，谓去植千里。然子建思捷而才俊，诗丽而表逸；子桓虑详而力缓，故不竞于先鸣；而乐府清越，《典论》辨要，迭用短长，亦无懵焉。"① 曹植才思敏捷峻拔，"兼善"诗歌各体，表文"体赡而律调，辞清而志显"②，然论文则"言不持正"③；曹丕才力迟缓清绮，思虑周详，论文、乐府卓有成就。正是因为作家才性特质与文类体貌趋同，才使得其才能在相应的体裁范围内发挥到极致。又《梁书·任昉传》载："昉雅善属文，尤长载笔，才思无穷，当世王公表奏，莫不请焉。昉起草即成，不加点窜。沈约一代词宗，深所推挹"④，时人赞曰"任笔沈诗"，"昉闻甚以为病。晚节转好著诗，欲以倾沈，用事过多，属辞不得流便，自尔都下士子慕之，转为穿凿，于是有才尽之谈矣。"⑤ 诗、笔之体不同，诗者"吟咏情性"⑥，笔则"神其巧惠"⑦；任昉、沈约之才性各有所偏，任昉博学多才，以表、奏、书、启见长，沈约探求"四声八病"的声律论，工于为诗。所谓"才分不同，思绪各异"⑧，"任笔沈诗"体现了才性与文体密合的最佳状态。任昉晚年违逆才性，欲

---

① （南朝梁）刘勰撰，范文澜注：《文心雕龙注》，人民文学出版社 1958 年版，第 700 页。
② 同上书，第 407 页。
③ 同上书，第 328 页。
④ （唐）姚思廉：《梁书》卷 14，中华书局 1973 年版，第 253 页。
⑤ （唐）李延寿：《南史》卷 59，中华书局 1975 年版，第 1455 页。
⑥ （南朝梁）锺嵘撰，陈延杰注：《诗品注》，人民文学出版社 1961 年版，第 4 页。
⑦ （南朝梁）梁元帝：《金楼子》卷 4，中华书局 1985 年版，第 75 页。
⑧ （南朝梁）刘勰撰，范文澜注：《文心雕龙注》，人民文学出版社 1958 年版，第 651 页。

与沈约拼诗，以致"用事过多，属辞不得流便"，有"才尽之谈"。因而，为了避免"牵课才外"①，性体错位，应"随性适分""惟才所安"②，即根据自己的才分器量选择适合创作的文体形态，这是刘勰确定的"文之司南"。这颇类似于"器分定于下，爵位悬于上"③，"有号者必称典，名理必效于实，则官无废职，位无非人"④ 的刑名学考辨。

中国古代文学风格学的建构，从"才性异区，文辞繁诡"⑤ 的个性风格论，到"时运交移，质文代变"⑥ 的时代风格论、"因情立体，即体成势"的文体风格论，这其中经历了从具体到抽象的思维过程，即通过对具体独特文本风格的同异之辨，上升到对群体文本风格独特性的阐释。依照这样一种思维方式继续抽象上升，则可在更高意义上达到对风格本体论层面的演绎，从而概括归纳出具有一定普遍意义的风格形态类型。如刘勰云："若总其归涂，则数穷八体：一曰典雅，二曰远奥，三曰精约，四曰显附，五曰繁缛，六曰壮丽，七曰新奇，八曰轻靡。"⑦ 这是刘勰从无限多样，变化多端的古典风格形态中"总其归涂"总结推演的八种典型的风格形态。"八体虽殊，会通合数，得其环中，则辐辏相成"⑧，这八种风格形态两两相对，相辅相成，成为风格动态变化的八元质，类似于《易经》八卦图的神奇组合变化，可以概括出独特丰富的无数风格形态⑨。"八体说"虽然是对于特定历史时期风格形态的概括，但依然具有一定的超越时空的普遍性意义，标志着中国古代风格辨体的成熟。其后司空图《诗品》归纳二十四种诗歌风格，严羽

---

① （南朝梁）刘勰撰，范文澜注：《文心雕龙注》，人民文学出版社1958年版，第646页。
② 同上书，第67—68页。
③ （北齐）魏收：《魏书》卷59，中华书局1974年版，第1318页。
④ （汉）王符：《潜夫论·考绩》，《诸子集成》第8册，中华书局1954年版，第27页。
⑤ （南朝梁）刘勰撰，范文澜注：《文心雕龙注》，人民文学出版社1958年版，第505页。
⑥ 同上书，第671页。
⑦ 同上书，第505页。
⑧ 同上书，第506页。
⑨ 参见《文心雕龙"因内符外"说》，载《童庆炳文集》第7卷《文心雕龙三十说》，北京师范大学出版社2016年版，第167页。

《沧浪诗话》将风格分为九品，皆是一脉相承的风格形态类型说，其中不难见出名理学思维的深刻痕迹。

四 结语

中国古代强调文体概念的整体性，无论是文类之体还是风格之体皆以"文体"称之，但是辨体批评依然沿着辨文体名理和辨才性风格两条路径纵深发展，且延伸和发展了辨体的第三条路径——辨析文体风格、辨析才性与文类关系。辨体批评由对具体文体之名实、名理辨析上升到本体论层面的对文体原理之探索，这与先秦名学和魏晋名理学"综核名实"和"辨名析理"思维方式的深刻影响有关。哲学或政治思潮对文学批评的影响不单纯是在形质上的异质同构，更是在思维方式和文化精神上潜移默化地渗透熏染。探究魏晋名理学与辨体批评的渗透流衍关系有利于我们阐释古代辨体批评生成演化的内在机制，从而更深入地把握古代文体思想的精神气质与民族特色。魏晋名理学在其发展过程中逐渐远离具体事物名实而走向了概念本体层面的名理玄辨，而古代辨体批评则将辨名实与辨名理、辨才性与辨文体紧密结合，这是对魏晋名理学文化精髓的创造性诗学转化。在以整体直觉思维为主的中国古典文论形态中，辨体批评因受到名理学文化滋养而闪耀着独具异彩的逻辑主义的光辉。

（作者单位：首都师范大学文学院）

文体之于作者的意义

——曹丕"文章不朽说"与汉魏晋时期的文体价值观

田淑晶

中国古人死而不朽的观念和追求出现很早。《左传·文公六年》载古之王者"知命之不长,是以并建圣哲,树之风声,分之采物,著之话言,为之律度,陈之艺极,引之表仪,予之法制,告之训典,教之防利,委之常秩,道之礼则,使毋失其土宜,众隶赖之,而后即命",古之王者通过这些"以遗后嗣",后世圣王敬赏其做法,"同之"。[①]《左传·襄公二十四年》载叔孙豹如晋,范宣子向叔孙豹发难,问古人所言的死而不朽是何意谓。从范宣子尚称"古人所言"看,不朽的观念和追求早已出现。叔孙豹回答了不朽的意谓及其实现方法,他认为,不朽不是"保姓受氏,以守宗祊,世不绝祀"的"世禄",而是身没其德在、其功传、其言立,立德、立功、立言是死而不朽的实现方法。[②] 叔孙豹的"三不朽说"较之《左传·文公六年》罗列的古之王者泽被后世的作为更为精炼、明确,后世不朽思想的发展未出其框架和范围。

单就立言不朽论,《汉书·扬雄传赞》谓扬雄"好古而乐道,其意

[①] 《十三经注疏》第 4 册,中华书局 2009 年版,第 4003—4004 页。
[②] 同上书,第 4296—4297 页。

欲求文章成名于后世";① 曹丕《典论·论文》提出通过文章著述不朽，其中言道："年寿有时而尽，荣乐止乎其身，二者必至于之常期，未若文章之无穷"，古之作者"寄身于翰墨，见意于篇籍，不假良史之辞，不托飞驰之势，而声名自传于后"。② 曹丕称文章著述有"千载之功"，③《魏书》言其"好文学，以著述为务，自所勒成垂百篇"。④ 扬雄、曹丕等通过文章著述不朽的观念处在叔孙豹立言不朽的理路上。在叔孙豹的"三不朽"说中，对于能让人死而不朽的言为何种言，仅有鲁国大夫臧文仲身没言立的事例，其他未有明确论说。《左传·文公六年》关于古之王者寿数将尽时著立哪种"话言"也没有详细解说。关于不朽的话言和文章，《汉书·扬雄传赞》载录的扬雄为成名于后的著述提供了些许信息，其中言道，扬雄"以为经莫大于《易》，故作《太玄》；传莫大于《论语》，作《法言》；史篇莫善于《仓颉》，作《训纂》；箴莫善于《虞箴》，作《州箴》；赋莫深于《离骚》，反而广之；辞莫丽于相如，作四赋"。⑤ 据此看，扬雄认为的不朽文章包括儒家的经、字书、箴和赋。关于曹丕所谓"文章"所指所包为何，有各种各样的阐说。从文体学角度看，曹丕所谓"文章"包括《典论·论文》"本末说"提到的四科八体当无疑义。较之于扬雄所谓的不朽文章，书、论、铭、诔、诗、赋等文体或称文类因何能令作者不朽更值得探究。

一　铭诔之不朽

铭和诔有文体变化的过程，曹丕所谓能令作者不朽的铭诔为哪一

---

① 冉昭德、陈直主编：《汉书选》，中华书局1984年重排版，第252页。
② （三国魏）曹丕：《典论·论文》，载魏宏灿校注《曹丕集校注》，安徽大学出版社2009年版，第313页。
③ 同上书，第314页。
④ （晋）陈寿撰，（南朝宋）裴松之注：《三国志》上册，中华书局2011年版，第74页。
⑤ 冉昭德、陈直主编：《汉书选》，中华书局1984年重排版，第252页。

种需要审辨。吴承学《"九能"综释》阐述"铭"的文体变化:"从文体学的角度看,汉之前论铭多指宗庙重器(盘鼎)之铭,故重在其记事颂功之用;汉之后论铭多指日常器物之铭,故重在箴戒之功。"又:"铭以警戒为第一义,是后起的。在先秦语境里,祝颂纪功是首要的,也是其原始意义,传世文献与出土文献皆可证实这一点。"① 曹丕提出"铭诔尚实",涉及实与不实的铭为记事颂功之铭。《礼记·祭统》:"夫鼎有铭,铭者,自名也,自名以称扬其先祖之美,而明著之后世者也。为先祖者,莫不有美焉,莫不有恶焉,铭之义,称美而不称恶。此孝子孝孙之心也,唯贤者能之。"② 铭要称扬先祖之美,但《礼记·祭统》告诫作者不可无美而称之,"子孙之守宗庙、社稷者,其先祖无美而称之,是诬也",《礼记·祭统》言这种行径为"君子之所耻"。③ 记事颂功的铭存在是否实录的问题,曹丕所谓尚实之铭当为这种铭。

徐师曾《文体明辨序说》阐述诔的文体变化:"盖古之诔本为定谥,而今之诔惟以寓哀,则不必问其谥之有无,而皆可为之。至于贵贱长幼之节,亦不复论矣。"④ 徐师曾所谓的古之诔当为诔最初的体制,《礼记·曾子问》:"贱不诔贵,幼不诔长,礼也。唯天子称天以诔之。诸侯相诔,非礼也。"郑玄注:"诔,累也。累列生时行迹,读之以作谥。谥当由尊者成。"⑤ 按郑玄注,诔不仅记事,而且因为谥依于诔、由诔文出,其所记之事也当是所诔之人的美行美事。刘勰《文心雕龙·诔碑》释"诔":"详夫诔之为制,盖选言录行,传体而颂文,荣始而哀终。"⑥ 累列行迹,传体而颂文,这种诔和重在记事颂功的铭近同,也存在实

---

① 吴承学:《"九能"综释》,《文学遗产》2016 年第 3 期。
② (清)孙希旦:《礼记集解》下册,中华书局 1989 年版,第 1250 页。
③ 同上书,第 1252 页。
④ (明)徐师曾:《文体明辨序说》,人民文学出版社 1962 年版,第 154 页。
⑤ (清)孙希旦:《礼记集解》中册,中华书局 1989 年版,第 534 页。
⑥ (南朝梁)刘勰著,詹锳义证:《文心雕龙义证》上册,上海古籍出版社 1989 年版,第 442 页。

与不实的问题,曹丕所谓尚实之诔当为这种诔,也应因于此,他将铭诔并置。

重在记事颂功的铭诔无论是创作意图,还是客观上,都能使所颂记的人不朽,然而,依曹丕文章能令作者不朽的思想,铭诔能使作者不朽。铭诔如何能使作者不朽?《礼记·祭统》郑玄注有言:"铭,谓书之刻之以识事者也。自名,谓称扬其先祖之德,著己名于下。"① 由此看,铭文是留作者之名的。铭所传作者之名有孝名、贤名、君子之名以及才名。《礼记·祭统》言作铭称扬先祖之美,"此孝子孝孙之心也,唯贤者能之。"②《礼记·祭统》指出君子不耻的三种行为,除作铭增益先祖未有之美,还有"有善而弗知""知而弗传"。③ 据此,作铭如实称扬先祖之美使其传之后世,可谓君子。诔所传作者之名有才名。《毛诗传》于《诗经·鄘风·定之方中》有君子"九能"之说,言君子有此九能"可谓有德音,可以为大夫","九能"之中包括"丧纪能诔"。④《文心雕龙》承袭该种说法,言"大夫之材,临丧能诔";⑤ 谓傅毅、苏顺、崔瑗为"诔之才"。⑥

要而言之,在曹丕文章不朽说中,能令作者不朽的铭诔当为记事颂功类铭诔,这类铭诔为铭诔早期的体制;作者借助铭诔留名于后,其所留之名具体有孝名、贤名、才名以及君子和大夫之名等等。

二 书论之不朽

关于曹丕所谓书论之书为哪一种文体,《中国古代文论选注》注解

---

① (清)孙希旦:《礼记集解》下册,中华书局1989年版,第1250页。
② 同上。
③ 同上书,第1252页。
④ 《十三经注疏》第1册,中华书局2009年版,第666页。
⑤ (南朝梁)刘勰著,詹锳义证:《文心雕龙义证》上册,上海古籍出版社1989年版,第427页。
⑥ 同上书,第431页。

为:"书论指书信及论说文章"。① 许文雨《文论讲疏》注"书论"引述《文心雕龙·定势》"行檄书移楷式乎明断,史论序注师范乎核要"。② 注引之意,隐以曹植所谓"书论"等于《文心雕龙·定势》中的"符檄书移"和"史论序注"。③ 若作此理解,"书"包括的范围便很广,不只包括一般书信,还包括公家文书。"书"指书信无甚疑义,指公家文书也并不难解。从现存文献看,乐毅的《报燕惠王书》、李斯的《谏逐客书》都是典型的公家文书。就曹丕而言,作为帝王,他所作的公家文书有"诏"和"令",尤以前者居多。曹丕作的诏大体有两类,其中一类形同书信,如《答临淄侯植诏》《答蒋济诏》《报王朗诏》《与张郃诏》等;另一类为颁布某些政策法规、军事行动(如《禁母后预政诏》)、赐封追谥功臣(如《赐华歆诏》《改封诸王为县王诏》《追谥杜畿诏》)、就某一事某一现象发表议论的诏(如《鹈鹕集灵芝池诏》)。在文体名称上,以曹丕的帝王身份及其文字的功能性质应名为"诏"的一些著述题名为"书",如《艺文类聚》《太平御览》俱收录的《魏文帝与朝臣书》。《文章辨体序说》谓"书":"昔臣僚敷奏,朋旧往复,皆总曰书。近世臣僚上言,名为表奏,惟朋旧之间,则曰书而已。"④ 从曹丕所作的"书"看,"书"不仅包括公家文书,而且所包括的不只是臣下奏君上的公家文书,还包括君上赐臣下的公家文书。书信、公家文书作为应用文体多就事、情而发,事了、情过便没了用处,曹丕所谓具有不朽之功的书论是怎样的书和论需要细辨。

《典论·论文》将书和论合为一科并谓"宜理",是着眼于两种文类的共同属性。在表达方式方面,这种共同属性即论说性。曹丕所作的

---

① 北京师范大学中文系文艺理论教研室编注:《中国古代文论选注》,陕西人民出版社1983年版,第113页。
② 许文雨:《文论讲疏》,正中书局1937年版,第21页。
③ 许文雨引述《文心雕龙·定势》中的"行檄书移",詹锳《文心雕龙义证》作"符檄书移",参见詹锳《文心雕龙义证》中册,上海古籍出版社1989年版,第1125页。
④ (明)吴讷:《文章辨体序说》,人民文学出版社1962年版,第41页。

书信、诏书，有的以表情叙事为主，如建安二十年曹丕写给吴质的书信，先是述说对昔日南皮之游的怀念，追忆当时共游之景，其后表达了"节同时异，物是人非"的感伤和慨叹。① 诏书中像这样的也很多。曹丕所作的书信、诏书，有的包含论说性内容或以论为主，如：作于建安二十三年《又与吴质书》评论邺下文人的文章，言"孔璋章表殊健，微为繁富。公干有逸气，但为未遒耳"②，其论说性与《典论·论文》无二；《营寿陵诏》讨论丧葬制度、礼仪与风习，谓"葬也者，藏也，欲人之不得见也。骨无痛痒之知，冢非栖神之所"，指出厚葬为愚俗所为，掘墓之"祸由乎厚葬封树"，提出忠孝和为避祸都应薄葬，③ 其论说令人信服。并非所有书信、公家文书都包含论说性内容，能与"论"并置且"宜理"的是那些以论说为主的书信和公家文书。换言之，令作者传之千载的书论是论说性书论。

"成一家之言"是曹丕标举的不朽书论值得注意的特点。徐干为曹丕明确提出的凭借著述死而不朽的作者。在曹丕那里，令徐干死而不朽的著述是他的《中论》。曹丕多次指出徐干著《中论》为成一家之言，《典论·论文》："日月逝于上，体貌衰于下，忽然与万物迁化，斯亦志士大痛也！融等已逝，唯干著《论》，成一家言"；④《又与吴质书》谓徐干"著《中论》二十余篇，成一家之言，辞义典雅，足传于后，此子为不朽矣"。⑤ "成一家之言"与不朽的关联并非曹丕的创见，在司马迁处已经出现。司马迁《报任少卿书》言其隐忍苟活，私心里不甘"文

---

① （三国魏）曹丕：《与吴质书》，载魏宏灿校注《曹丕集校注》，安徽大学出版社2009年版，第255页。
② 同上书，第258页。
③ （三国魏）曹丕：《营寿陵诏》，载魏宏灿校注《曹丕集校注》，安徽大学出版社2009年版，第157页。
④ （三国魏）曹丕：《典论·论文》，载魏宏灿校注《曹丕集校注》，安徽大学出版社2009年版，第314页。
⑤ （三国魏）曹丕：《又与吴质书》，载魏宏灿校注《曹丕集校注》，安徽大学出版社2009年版，第258页。

彩不表于后世",周文王、屈原、左丘明等因发愤著述而名未曾摩灭,他"窃不逊"意欲仿效。司马迁称其可表后世的著述为"成一家之言"。① 在曹丕的时代,成一家之言能够不朽也不是他的独见,曹植《与杨德祖书》在陈述经国之志后言道:"若吾志未果,吾道不行,则将采史官之实录,辩时俗之得失,定仁义之衷,成一家之言。"② 在《文心雕龙》中,"成一家之言"为不朽的条件之一,《文心雕龙·序志》阐述创作《文心雕龙》的缘由言道:"敷赞圣旨,莫若注经,而马郑诸儒,弘之以精,就有深解,未足立家。"③

"成一家之言"作为不朽论的重要特点,其具体意谓值得探究。关于"家",原本有自成一思想流派之义。《荀子·解蔽》:"今诸侯异政,百家异说,则必或是或非,或治或乱。"④《汉书·艺文志》:"故《春秋》分为五,《诗》分为四,《易》有数家之传。"⑤ 从司马迁、曹丕、曹植、刘勰等人的相关阐述看,他们所谓的"成一家之言"没有开宗立派之意。不知作者名姓的《中论序》载述徐干作《中论》的情形:"日夜叠叠,昃不暇食,夕不解衣,昼则研精经纬,夜则历观列宿,考混元于未形,补圣德之空缺,诞长虑于无穷,旌微言之将坠。"⑥《史记·太史公自序》载太史公言"自获麟以来四百有余岁,而诸侯相兼,史记放绝",其为太史不论载讫至汉兴的历史,"废天下之史文","甚惧焉"。⑦ 由无名氏《中论序》中"填补圣德之空缺"云云、《太史公自序》自不著史而"废天下之史文"等等观"成一家之言"之

---

① (汉)司马迁:《报任少卿书》,载(南朝梁)萧统编,(唐)李善注《文选》,中华书局1977年版,第581页。
② (三国魏)曹植:《与杨德祖书》,载赵幼文校注《曹植集校注》上册,中华书局2016年版,第228页。
③ (南朝梁)刘勰著,詹锳义证:《文心雕龙义证》下册,上海古籍出版社1989年版,第1909页。
④ (清)王先谦:《荀子集解》,中华书局1988年版,第386页。
⑤ 冉昭德、陈直主编:《汉书选》,中华书局1984年版,第92页。
⑥ 无名氏:《徐干中论序》,载孙启治解诂《中论解诂》,中华书局2014年版,第394页。
⑦ (汉)司马迁:《史记》,中华书局2006年版,第760页。

义，应是言人所未曾言，填补空缺。《文心雕龙·序志》谓注经已有马郑诸儒在前，纵然有深解也未足立家；《抱朴子外篇·自叙》言其欲有所著述时候的计议："作细碎小文，妨弃功日，未若立一家之言"，①两相参详"成一家之言"，则除言人所未曾言，还当有系统论述之义。

不朽论是否归本于儒家是另一值得探究的问题。曹丕《又与吴质书》评价徐干："伟长独怀文抱质，恬淡寡欲，有箕山之志，可谓彬彬君子者矣。"②"怀文抱质""彬彬君子"所本，显然是《论语》中的"文质彬彬，然后君子"。世乱道寡持节不仕，也是孔子赞赏的行为，所谓"天下有道则见，无道则隐"。无名氏《中论序》载徐干灵帝时候"病俗迷昏"，"闭户自守"，"以六籍娱心"。③《汉书·艺文志序》谓儒生的行事作风，其中一条即"游文于六经之中"。④徐干极具儒者风度，《中论》一书在世人评价中也是儒家书。曾巩《中论序》言汉时"百氏杂家与圣人之道并传，学者罕能独观于道德之要而不牵于俗儒之说"，"干独能考六艺，推仲尼、孟轲之旨，述而论之"。⑤在曾巩的评价中，徐干《中论》为纯粹、正统的儒家学说。《四库全书总目提要》谓《中论》阐发义理"原本经训，而归之于圣贤之道"。⑥历代著录除《宋史·艺文志》将《中论》列为杂家，其余均列入儒家。

徐干为彬彬君子，《中论》归本于儒家圣贤之道，曹植、刘勰追求的不朽之论也均以儒家为归本。曹植言其欲立的一家之言"定仁义

---

① 葛洪：《抱朴子外篇·自叙》，载王明《抱朴子内篇校释》，中华书局1985年版，第377页。
② （三国魏）曹丕：《又与吴质书》，载魏宏灿校注《曹丕集校注》，安徽大学出版社2009年版，第258页。
③ 无名氏：《徐干中论序》，载孙启治解诂《中论解诂》，中华书局2014年版，第393页。
④ 冉昭德、陈直主编：《汉书选》，中华书局1984年重排版，第101页。
⑤ （宋）曾巩：《徐干中论目录序》，载孙启治解诂《中论解诂》，中华书局2014年版，第396页。
⑥ （清）永瑢等撰：《四库全书总目》上册，中华书局1965年版，第773页。

之衷",《文心雕龙·序志》言《文心》之作"本乎道,师乎圣,体乎经"。①《文心雕龙》所本之道为儒家之道,所师之圣为儒家之圣,所体之经为儒家经典。《史记》一书在对待儒家的态度上微有复杂。孔子无公侯之位而位列世家,反映出《史记》对孔子的推尊。"太史公曰"是《史记》中"论"的部分。《孔子世家》中的"太史公曰"谓孔子为"至圣",用"高山仰止,景行行止"形容其为人,② 言语之中洋溢着对孔子的尊赏。"太史公曰"评议历史人物和事件常引述"孔子言"《尚书》《诗经》等,如《留侯世家》中的"太史公曰"言其想象张良"魁梧奇伟","至见其图,状貌如妇人好女",其后言道:"盖孔子曰'以貌取人,失之子羽。'"③《张释之冯唐列传》文后的"太史公曰"言道:"《书》曰'不偏不党,王道荡荡;不党不偏,王道便便。'张季、冯公近之矣。"④ 只是,"太史公曰"引述的不只是"孔子言"《尚书》《诗经》等,还有"老子言"以及"鄙语"等,如《扁鹊仓公列传》中的"太史公曰"言道:"故老子曰'美好者不祥之器',岂谓扁鹊等邪?若仓公者,可谓近之矣。"⑤《平原君虞卿列传》中的"太史公曰"言道:"鄙语曰'利令智昏',平原君贪冯亭邪说,使赵陷长平兵四十余万众,邯郸几亡。"⑥ 由此看,司马迁纵然推尊孔子,但其所著《史记》并未尽以儒家之道为归本。进而推及能令作者传之不朽的一家之言,在汉魏晋时期的文体观念中,以儒家圣道为归本是主要而重要的特征,但不是必备条件。

曹丕是否欣赏归本于儒家圣贤之道的书、论很值一提。曹丕博览群

---

① (南朝梁)刘勰著,詹锳义证:《文心雕龙义证》下册,上海古籍出版社1989年版,第1924页。
② (汉)司马迁:《史记》,中华书局2006年版,第331页。
③ 同上书,第364页。
④ 同上书,第596页。
⑤ 同上书,第614页。
⑥ 同上书,第467页。

书，其中包括儒家典籍，《魏书》言其"博贯古今经传诸子百家之书"；①在《典论·自叙》中，曹丕言其"少诵诗、论语，及长而备历五经、四部、《史》、《汉》、诸子百家之言，靡不毕览"。②曹丕称帝后尊儒、法儒，如他下诏修起孔庙，"置百户吏卒以守卫之，又于其外广为室屋以居学者"；③立太学，制五经课试之法，置《春秋榖梁》博士；④同年颁布的《轻刑诏》中言"吾备儒者之风，服圣人之遗教"，并强调不会"目玩其辞"而"行违其诫"。⑤有研究者认为曹丕尊儒、法儒，是为拉拢朝臣。⑥作为帝王，也可能有此心机。然而，不管基于怎样的心机，曹丕称帝后从言到行都高度肯定儒家。据魏宏灿考证，《典论》成书于曹丕为太子之时，其后又不断有所删补；曹丕封太子为建安二十二年（217），赞扬徐干彬彬君子的《又与吴质书》作于建安二十三年（218）。⑦从成为太子到称帝理政，曹丕对于儒家的欣赏日益增强。由此推揣，曹丕当是欣赏归本于儒家圣贤之道的书和论的。

总而言之，书、论能令作者不朽的观念并非曹丕的独见和创见，也未止于曹丕。在其前有司马迁，与其同时有曹植，在其后有刘勰等。并非所有书论都能使作者不朽，在曹丕那里，能令作者不朽的是以论说为主的书、论。作为不朽之书、论的特点，"成一家之言"不是开宗立派之说，而是言人所未曾言、填补空缺之言，还有非细碎小文；义理本于儒家经训、归于儒家圣贤之道不是汉魏晋时期意欲或者被视为不朽的书、论的共有特点，司马迁、曹丕等人也不以其为书、论不朽

---

① （晋）陈寿撰，（南朝宋）裴松之注：《三国志》上册，中华书局2011年版，第47页。
② （三国魏）曹丕：《典论·自叙》，载魏宏灿校注《曹丕集校注》，安徽大学出版社2009年版，第302页。
③ （晋）陈寿撰，（南朝宋）裴松之注：《三国志》上册，中华书局2011年版，第65页。
④ 同上书，第70页。
⑤ （三国魏）曹丕：《轻刑诏》，载魏宏灿校注《曹丕集校注》，安徽大学出版社2009年版，第150页。
⑥ 参见郝虹《从曹氏三代人对儒学的态度看魏晋儒学的衰落》，《管子学刊》2005年第4期。
⑦ 魏宏灿：《曹丕年谱简编》，载魏宏灿校注《曹丕集校注》，安徽大学出版社2009年版，第399—402页。

的必备条件。

三 诗赋之不朽

在曹丕那里，能令作者不朽的文章包括诗和赋。曹丕《与王朗书》谓人生而有尽，著篇籍可以不朽，继而言道："疫疠数起，士人凋落，余独何人，能全其寿？故论所撰著《典论》诗赋，盖百余篇。"① 应当探析曹丕观念中诗赋令作者不朽的原因。

探析不能忽略曹丕时代诗在创作和观念方面的变化。一方面，传统儒家诗论谓诗以言志，所谓"在心为志，发言为诗"，"诗亡离志"。② 朱自清《诗言志辨》考溯文人诗的出现，指出其是为言志之用。③ 另一方面，在曹丕的时代，"缘情"的五言诗已然出现并渐次兴盛，缘情诗与传统意义上的言志诗不同，这类诗作不言志或者少言志；在诗学观念上，一些论诗者肯定诗之缘情和情性抒写，注重文辞修饰，曹丕亦认为"诗赋欲丽"。④ 鉴于诗歌创作和观念的这些变化，曹丕认为的能令作者不朽的诗是言志诗还是缘情诗便值得探究。

言志诗和缘情诗各有其创作缘由和功用。缘情诗抒写一己之情，使个体得以安居，钟嵘《诗品》论述缘情诗的创作缘由和用途，言道："嘉会寄诗以亲，离群托诗以怨"，"使穷贱易安，幽居靡闷，莫尚于诗矣。"⑤ 言志诗与缘情诗不同，其意图和功用在国之风清气朗、民之和谐安乐。朱自清《诗言志辨》经过细密考证与分析，指出文人言志诗的本

---

① （三国魏）曹丕：《与王朗书》，载魏宏灿校注《曹丕集校注》，安徽大学出版社 2009 年版，第 283 页。
② 马承源主编：《上海博物馆藏战国楚竹书》第 1 册，上海古籍出版社 2001 年版，第 127 页。
③ 朱自清：《诗言志辨》，载《朱自清讲诗》，凤凰出版社 2008 年版，第 32—35 页。
④ （三国魏）曹丕：《典论·论文》，载魏宏灿校注《曹丕集校注》，安徽大学出版社 2009 年版，第 313 页。
⑤ （梁）钟嵘著，曹旭集注：《诗品集注》，上海古籍出版社 2011 年版，第 56 页。

旨关乎政教。① 那些吟咏穷通之处的文人言志诗，虽主观意图不在讽谏，但"士大夫的穷通出处都关政教"②。用曹丕《典论·论文》中语言之，言志诗属经国范围。而在曹丕的观念中，经国为首要的不朽之事。

曹丕在《与王朗书》中言道："人生有七尺之形，死为一棺之土。唯立德扬名，可以不朽。其次莫如著篇籍。"③ 以曹丕学识的广博，其立德不朽说的可追溯到叔孙豹的"三不朽说"。在叔孙豹那里，具有不朽之功的立德以及立功都与政教相关。从叔孙豹举出的立言不朽的事例看，能令言者不朽的言亦为经国之言。经国之德与事功不朽的观念也见于其他早期典籍，《尚书·周书·微子之命》："作宾于王家，与国咸休，永世无穷。"④ 曹氏父子继承了这种观念。《三国志》载曹操令："昔赵奢、窦婴之为将也，受赐千金，一朝散之，故能济成大功，永世流声。"⑤ 曹丕曾直言经国死而不朽，《封朱灵鄃侯诏》："朕受天命，帝有海内，元功之将，社稷之臣，皆朕所与同福共庆，传之无穷者也。"⑥ 曹植也以经国为第一不朽之事，其《与杨德祖书》云："辞赋小道，固未足以揄扬大义，彰示来世也。昔扬子云先朝执戟之臣耳，犹称壮夫不为也。吾虽薄德，位为藩侯，犹庶几戮力上国，流惠下民，建永世之业，流金石之功，岂徒以翰墨为勋绩，辞赋为君子哉！"⑦ 在曹植那里，经国而不朽是其首要的追求和抱负，其次才是成一家之言。

曹丕以经国为首要的不朽之业，言志诗与政教相关，属于经国范围，自当不朽。需要赘言的是，在诗学观念上，尽管缘情诗兴盛，然

---

① 朱自清：《诗言志辨》，载《朱自清讲诗》，凤凰出版社 2008 年版，第 33 页。
② 同上书，第 35 页。
③ （三国魏）曹丕：《与王朗书》，载魏宏灿校注《曹丕集校注》，安徽大学出版社 2009 年版，第 283 页。
④ 《十三经注疏》第 1 册，中华书局 2009 年版，第 425 页。
⑤ （晋）陈寿撰，（南朝宋）裴松之注：《三国志》上册，中华书局 2011 年版，第 22 页。
⑥ （三国魏）曹丕：《封朱灵鄃侯诏》，载魏宏灿校注《曹丕集校注》，安徽大学出版社 2009 年版，第 182 页。
⑦ （三国魏）曹植：《与杨德祖书》，载赵幼文校注《曹植集校注》上册，中华书局 2016 年版，第 227—228 页。

而，如朱自清所言，六朝人论诗"不敢无视'诗言志'的传统"①。《文心雕龙·明诗》谓大舜所云"诗言志，歌咏言"使诗义"明矣"②。据此看，不管缘情诗如何发达，诗言志即使在六朝时期也是为人崇奉的创作传统和诗学观念，曹丕在此传统之中。

从曹丕的创作和对诗的利用看。曹丕的诗作不乏无关乎政教的缘情诗，如《寡妇诗》诗前序陈述作诗缘由："友人阮元瑜早亡，伤其妻孤寡，为作此诗。"③ 诗中吟咏了阮瑀妻的自怜自伤和对亡夫的绵绵思念。曹丕的言志诗数量不少，类型多样，其中有具"讽"意而言志者，如《令诗》："丧乱悠悠过纪，白骨从横万里。哀哀下民靡恃，吾将以时整理。复子明辟致仕"④；有颂者，如《月重轮行》先吟咏日、月、星之照临四海、与天地同久，继而言道："愚见目前，圣睹万年。明暗相绝，何可胜言。"⑤《秋胡行》以美人比贤士，表达求贤之意。抛开内容不论，曹丕也曾直接将诗付以政用，胡冲《吴历》载曹丕"以素书所著《典论》及诗赋饷孙权，又以纸写一通与张昭"⑥。

在曹丕那里，能令作者不朽的诗当为言志诗，并没有涵盖所有的诗，尽管这与他的创作实际不相符；言志诗之所以具有使作者不朽之功，原因在于言志诗属于经国范围。赋之不朽与诗同。曹丕诗赋并论，而据研究者考证，文人赋初以诗名，并用以言志，《荀子·赋》："天下不治，请陈佹诗"⑦；屈原《悲回风》："介眇志之所惑兮，窃赋诗之所

---

① 朱自清：《诗言志辨》，载《朱自清讲诗》，凤凰出版社2008年版，第37页。
② （南朝梁）刘勰著，詹锳义证：《文心雕龙义证》上册，上海古籍出版社1989年版，第171页。
③ （三国魏）曹丕：《寡妇诗》，载魏宏灿校注《曹丕集校注》，安徽大学出版社2009年版，第77页。
④ （三国魏）曹丕：《令诗》，载魏宏灿校注《曹丕集校注》，安徽大学出版社2009年版，第78页。
⑤ （三国魏）曹丕：《月重轮行》，载魏宏灿校注《曹丕集校注》，安徽大学出版社2009年版，第51页。
⑥ （晋）陈寿撰，（南朝宋）裴松之注：《三国志》上册，中华书局2011年版，第74页。
⑦ （清）王先谦：《荀子集解》，中华书局1998年版，第480页。

明"①；班固《两都赋序》："赋者，古诗之流也。"② 扬雄以"丽"为赋体的特点，将赋分为诗人之赋和辞人之赋，贵诗人之赋，贱辞人之赋。之所以贱辞人之赋，是因为扬雄认为辞人之赋欲讽反劝。扬雄没有不承认辞人之赋的"讽"义，他不满意的是辞人之赋的讽在客观上反而变为劝。因此，若不论客观效果，扬雄所谓辞人之赋亦属"言志"一流。曹丕谓"诗赋欲丽"，没有扬雄论赋"则"或"淫"的进一步区分，而且他关注到赋之言志。如对于汉赋，扬雄看到的是其客观上的欲讽反劝，曹丕则看到其在创作上的讽义，《典论·论文》谓马融的《上林赋》："议郎马融，以永兴中帝猎广成，融从。是时北州遭水潦蝗虫，融撰《上林颂》以讽。"③

从曹丕诗赋并谈、赋亦言志的文体特点以及曹丕对汉赋的评论看，在曹丕的观念中，赋包含言志的赋。在曹丕创作的赋中，言志赋是其中一部分，且常与军国政事相关。《戒盈赋·序》言其"避暑东阁，延宾高会，酒酣乐作"之际"怅然怀盈满之戒，乃作斯赋"，赋中言道："愿群士之箴规，博纳我以良谋。"④《述征赋·序》言道："建安十三年，荆楚傲而弗臣，命元司以简旅，予愿奋武乎而南邺。"⑤《校猎赋》有颂意，赋中描述田猎队伍的雄壮气势和田猎时候的激烈场面，极具张扬军威、振奋人心的力量。

言志赋与言志诗一样关乎政教，属于经国大业的范围。在曹丕的观念中，经国为首要不朽之事，言志赋因之得以传扬后世。只是，言志诗

---

① （宋）朱熹：《楚辞集注》，上海古籍出版社2001年版，第97页。
② （汉）班固：《两都赋序》，载（南朝梁）萧统编，（唐）李善注《文选》，中华书局1977年版，第21页。
③ （三国魏）曹丕：《典论·论文》，载魏宏灿校注《曹丕集校注》，安徽大学出版社2009年版，第314页。
④ （三国魏）曹丕：《戒盈赋》，载魏宏灿校注《曹丕集校注》，安徽大学出版社2009年版，第107—108页。
⑤ （三国魏）曹丕：《述征赋》，载魏宏灿校注《曹丕集校注》，安徽大学出版社2009年版，第96页。

赋凭借政教之用而令作者不朽,作者由此获得的不朽声名,不是纯文学之才名,而应是经国之热忱、志向和德功。

结语　文体不朽的物质介质和实现途径

文章著述之不朽有其实现方式和途径。从相关文献看,其或托于不朽之物,或依赖同好相传。

古人视金石为不朽之物,铭诔之不朽托于金石。蔡邕《铭论》:"钟鼎礼乐之器,昭德纪功,以示子孙。物不朽者,莫不朽于金石故也,近世以来咸铭之于碑。"① 徐师曾《文体明辨序说》谓"考诸夏商鼎彝尊卣盘匜之属,莫不有铭"②。吴承学阐述铭所托金石的变化,言道:"从历史发展来看,钟鼎之铭早于碑碣之铭,但是从汉代开始纪事颂功之用多施之碑碣。"③ 关于后人为传先祖勋德的记事颂功类铭,徐师曾考证道:"古之人有德善功烈可名于世,殁则后人为之铸器以铭,而俾传于无穷",至汉有述逝者生平行迹、子孙大略的墓志铭,墓志铭"勒石加盖,埋于圹前三尺之地,以为异时陵谷变迁之防",徐师曾谓其"用意深远"。④ 铭或托于鼎彝等金器,或托于石,诔与其微有不同。《郝氏续后汉书》谓魏晋以下始有"有序,有事,盛为辞章"的诔文,这种诔文"勒石于墓,亦与碑等"⑤。书论也有刻于石者,《魏书》载明帝曾"以文帝《典论》刻石,立于庙门之外"⑥。另外,经国功德也依托于不朽之金石,《吴越春秋》载乐师言君王之功德:"功可象于图画,

---

①　(汉)蔡邕:《铭论》,载张溥辑《汉魏六朝百三家集》第1册,江苏古籍出版社2002年版,第511页。
②　(明)徐师曾:《文体明辨序说》,人民文学出版社1962年版,第142页。
③　吴承学:《"九能"综释》,《文学遗产》2016年第3期。
④　(明)徐师曾:《文体明辨序说》,人民文学出版社1962年版,第148页。
⑤　(元)郝经:《郝氏续后汉书》,载《文渊阁四库全书》第385册,上海古籍出版社1987年版,第622页。
⑥　(晋)陈寿撰,(南朝宋)裴松之注:《三国志》上册,中华书局2011年版,第82页。

德可刻于金石，声可托于弦管，名可留于竹帛。"① 《史记·秦始皇本纪》载秦始皇统一六国后作琅邪台，立石刻以颂秦德，其文言刻石的缘由和目的："群臣相与诵皇帝功德，刻于金石，以为表经。"②

著述不朽的另一实现方式和途径是藏之名山和同好相传，诗、赋、书、论多通过这种途径不朽。司马迁《报任少卿书》言其所著"藏诸名山，传之其人，通邑大都"。③ 曹植《与杨德祖书》言其意欲所成一家之言"虽未能藏之于名山，将以传之于同好"④。曹丕在徐干、陈琳、应玚、刘桢等人相继病逝后，"撰其遗文，都为一集"⑤，可谓同好相传的实例。

在古代文学和文论研究史上，日本人铃木虎雄提出中国文学至曹丕才进入自觉的时代，这引发了文学于何时自觉的研究和长久论争。关于何谓文学自觉有诸多观察角度和确认依据，作者是否重文、有意为文是其中之一。史书载曹丕"好文学，以著述为务"⑥。文章能令作者不朽是曹丕以及司马迁、曹植、刘勰等人热衷于著述的重要原因。然而，曹丕论及的能令作者不朽的文章著述，从文体方面看，即使是诗赋也不是因当今所谓文学之属性、体制和魅力而不朽，这一点在文学自觉以及其他文学问题的思考中颇值得注意。

（作者单位：天津社会科学院文学研究所）

---

① 周生春：《吴越春秋辑校汇考》，上海古籍出版社1997年版，第171页。
② （汉）司马迁：《史记》，中华书局2006年版，第45页。
③ （汉）司马迁：《报任少卿书》，载（南朝梁）萧统编，（唐）李善注《文选》，中华书局1977年版，第581页。
④ （三国魏）曹植：《与杨德祖书》，载赵幼文校注《曹植集校注》，中华书局2016年版，第228页。
⑤ （三国魏）曹丕：《又与吴质书》，载魏宏灿校注《曹丕集校注》，安徽大学出版社2009年版，第258页。
⑥ （晋）陈寿撰，（南朝宋）裴松之注：《三国志》上册，中华书局2011年版，第74页。

异同分体与体类并重

——唐宋总集分类体例与文学观念研究新论

蒋旅佳

唐宋总集的编撰与出版研究一直是古代文学文献研究的热点。就已有的研究成果而言,学者更加重视总集作品的去取方式与原则、序跋对编纂宗旨的标榜宣扬,以及诗文评点中趣味的玩赏等方面的研究,而于总集编纂体例的关注则相对不足①。总集的体类设置,集中反映出编撰者对文学作品主题类别、功能价值、技艺层次以及文体特性的认识水平。总集的体类设置,集中反映出编撰者对文学作品主题类别、功能价值、技艺层次以及文体特性的认识水平。而总集文体类目名称的变迁,不仅可以看出文体创作的盛衰趋势,反映文体观念的新变,同时也是编纂者分类思想、文学观念的体现。唐宋总集在承继前人分类观念与分类实践的基础上,极大地丰富了总集分类方式和分类层次。唐宋总集多样化编次体例与分类方式既是编者的分类思维和文学(文体)观念体现,同时也是时代特点、文化倾向的影响。因此,通过爬梳唐宋总集体类设置研究总集分类体例,探究唐宋总集分类观念,这既是建构中国古代总集分类学不可或缺的一环,更是凸显总集分类观念的民族和地域色彩的

---

① 张伯伟:《中国古代文学批评方法研究》,中华书局2002年版,第296—325页。

重要保障。

一 从文献描述趋于理论探究——唐宋总集分类体例研究的历史与现状

从编纂实践层面来看，总集汇聚不同作者诗文作品成集，因此如何运用合理的分类体例来实现一部总集的编纂目的和实用功能是编者最先考虑的重要问题。受时代、受众、选入作品特质以及诸多因素影响，不同的总集分类方式各异，从而产生不同的类目、序列与分类体系。合理的分类方式，不仅能够帮助总集编者表达文学与文体观念，实现编纂宗旨和目的，便于读者取资检索；同时还能在编纂体例上为后出总集分类提供范式借鉴。而从分类批评上看，后人在衡量评价总集体例时，必以考量其体类命名、类目排序是否合理为前提。苏轼曾就《文选》的选文分类，提出"编次无法，去取失当"①的批评。《四库全书总目》批评《明文海》"分类殊为繁碎，又颇错互不伦"②，认为《文章类选》"标目冗碎，义例舛陋"③之处不可枚举，而《元诗体要》分类方式存在"或以体分，或以题分，体例颇不画一"④等弊病。此外又言《荆溪外纪》虽"采撷颇为详赡"，然"诗以绝句居律体前，律体居古风前，稍失次；又四言亦谓之绝句，而七言古诗之外又别出歌行为二门，亦非体例"⑤。总集分类体例是否合理，不仅体现在其文体分类标准以及文体类目名称设置上，文体类目的排序亦是重要方面。

已有的研究成果，多从具有现代意识和西方文化传统的文体分类学

---

① （宋）苏轼：《东坡志林》卷1，《景印文渊阁四库全书》子部第863册，台湾商务印书馆1983年版，第23页。
② （清）永瑢等：《四库全书总目》卷190，中华书局1965年版，第1729页。
③ （清）永瑢等：《四库全书总目》卷191，中华书局1965年版，第1739页。
④ （清）永瑢等：《四库全书总目》卷189，中华书局1965年版，第1714页。
⑤ （清）永瑢等：《四库全书总目》卷190，中华书局1965年版，第1729、1766页。

科体系介入中国古代总集体类研究，认为中国古代总集类目划分具有趋细趋繁、标准不一、不成体系等问题。这种忽略中国文化传统和思维方式的区域性和民族性特点的研究思路，在很大程度上阻碍了总集体类研究的深入发展。1981 年，郭绍虞先生于《提倡一些文体分类学》中呼吁建立文体分类学①。文体分类学的正式提出，是学科内部的学术发展的必然趋势。具体说来，唐宋总集体类研究的历史与现状以 21 世纪为分界，划分为两个阶段。

具体说来，唐宋总集体类设置与文学观念研究的历史与现状以新世纪为分界，划分为两个阶段。

1934 年，薛凤昌于《文体论》（王云五主编《百科小丛书》系列丛书之一）第一章"历代辨别文体的著作"，通过简单梳理《唐文粹》《文苑英华》《宋文鉴》《文章正宗》等总集的体类名目来分析文体流变情况②。金振邦《文章体裁辞典》介绍《河岳英灵集》《乐府诗集》《文章正宗》《唐文粹》《宋文鉴》《古文苑》等总集体类名目③。曾枣庄先生曾在《古籍整理中的总集编纂》系统地回顾和检讨历代总集的编纂体例得失时指出：中国古代总集（特别是大型总集）具有"分类锁屑，类目不清""体例不纯，标准不一"④ 的通病，唐宋总集如《才调集》《文苑英华》《成都文类》《五百家播芳大全文粹》等在体类设置多少存在一些问题。褚斌杰《中国古代文体概论》1990 年的增订本附录《古代文体分类》详细列出《文选》《文苑英华》《乐府诗集》《唐文粹》《宋文鉴》等总集的文体分类条目，为后学总集文体分类研究提供参考⑤。钱仓水《文体分类学》第三章"文体分类学的意义"指

---

① 郭绍虞：《提倡一些文体分类学》，《复旦学报》1981 年第 1 期。
② 薛凤昌：《文体论》，商务印书馆 1934 年版。
③ 金振邦：《文章体裁辞典》，东北师范大学出版社 1986 年版。
④ 曾枣庄：《古籍整理中的总集编纂》，《四川大学学报》（哲学社会科学版）1986 年第 3 期。
⑤ 褚斌杰：《中国古代文体概论》，中华书局 1990 年版。

出文体分类对于总集编纂的重要意义，并分析《文选》"类聚区分"的文体分类体例对于历代总集编纂的影响①。至此，中国古代文体分类研究成为新兴的学科门类，向学者敞开。

21世纪以来，古代文体学研究逐渐成为古代文学研究的新热点之一。2005年，吴承学先生明确指出古代文体分类学与文体类型学研究是文体学史研究的重点②。21世纪以来，随着古籍整理工作的推进和文献数字化的发展，唐宋总集体类研究取得了一些研究成果，可以从以下几个方面来看。

第一，在这一阶段学者关注唐宋总集体类研究，多集中论述唐宋某一部总集的文体分类成就。巩本栋先生《〈文苑英华〉的文体分类及意义》指出《文苑英华》分体反映出宋代文体和文学发展的若干消息，文体之下又按题材内容分类，既可见出文体演变的痕迹。还能充分地展现了自然和人类社会的结构和秩序，反映出时人对事物的普遍认识水平③。郭洪丽《〈文苑英华〉赋类目研究》、孟婷《〈文苑英华〉散文类目研究》、高娟《〈文苑英华〉诗歌类目分类体系研究》三篇鲁东大学2012年硕士学位论文，开始关注总集文体内部细目分类问题。任竞泽《〈文章正宗〉"四分法"的文体分类史地位》体认真德秀"四分法"是融合功用性分类、功能性分类和形态性分类的分类方式，其实暗合现代文学分类法。④ 汪雯雯《初唐总集编纂的大国气象与文化输出——以〈文馆词林〉版本环流与分类结构为中心》关注到《文馆词林》"部""类"统摄体类结构所彰显的新兴王朝囊括宇宙的霸气和生命力。⑤ 蒋旅佳《〈文馆词林〉文体分类建树与影响》指出《文馆词林》扩展

---

① 钱仓水：《文体分类学》，江苏教育出版社1992年版。
② 吴承学、沙红兵：《中国古代文体学学科论纲》，《文学遗产》2005年第1期。
③ 巩本栋：《〈文苑英华〉的文体分类及意义》，《中山大学学报》（社会科学版）2015年第6期。
④ 任竞泽：《〈文章正宗〉"四分法"的文体分类史地位》，《北方论丛》2011年第6期。
⑤ 汪雯雯：《初唐总集编纂的大国气象与文化输出——以〈文馆词林〉版本环流与分类结构为中心》，《佳木斯大学社会科学学报》2016年第5期。

《文选》二次分类至"文体——部——类（大）——类（小）——作品"多级分类结构；在部、类命名和分类标准上趋于统一，更具体系，为后世总集丰富总集文体分类方式和体类结构提供示范之本①。朱我芯《郭茂倩〈乐府诗集〉关于唐乐府分类之商榷》[《北京大学学报》（哲学社会科学版）2002 年第 s1 期]针对《乐府诗集》中唐代乐府诗歌的分类提出自己的看法。以上研究成果多是针对唐宋时期较为人熟悉的或是在分类实践上有突出建树的总集进行单一研究。

第二，一些研究者在个案研究的基础上，开始圈定同种总集展开类型研究，并对其进行理论总结。在个案差异的基础上，关注共性趋同。郭英德先生选取唐宋时期《文选》类总集作为研究对象，来探讨《文苑英华》《宋文鉴》《唐文粹》等总集文体分类的方式与体类排序规则，挖掘唐宋总集二级分类的基本体式及其分类原则与分类实践，研究其与中国古代传统思维方式之间的密切因缘关系②。汪超《论〈文选〉对两宋总集编纂的影响》从总集编纂的技术指出《文选》"分体次文的原则"对宋代总集编纂产生直接的影响③。

第三，选取某一具体时期总集编纂体例加以考察，通过众多总集分类体例个案分析的基础上总结体例共性，进而探究该时期的总集文体分类观念及意义。这一类研究，以吴承学先生《宋代文章总集的文体学意义》为代表。该文从宋代文章总集的文体分类所反映的新旧文体的衍生、变迁来研究宋代文体与文学发展的新态势，总结出宋人文章总集大致有"以体叙次、以人叙次、以类叙次和以技叙次"几种类型，体现出宋人实用的文体观念④；这篇文章为后学从事总集分类研究提供了

---

① 蒋旅佳：《〈文馆词林〉文体分类建树与影响》，《湖北民族学院学报》（哲学社会科学版）2013 年第 5 期。
② 郭英德：《中国古代文体学论稿》，北京大学出版社 2005 年版，第 198—216 页。
③ 汪超：《论〈文选〉对两宋总集编纂的影响》，《沈阳师范大学学报》（社会科学版）2008 年第 4 期。
④ 吴承学：《宋代文章总集的文体学意义》，《中国社会科学》2009 年第 2 期。

研究思路和研究方法等方面的指引，具有学术开拓之意义。蒋旅佳《科考视野下南宋总集分类的文章学意义》得益于吴承学先生《宋代文章总集的文体学意义》的启示，分别探讨南宋时期的文章总集"以人叙次""按时编排""分体编录""以技叙次""依格编次""按类四分"等体例反映出的编纂者独特的关注视角和分类观念，这些分类方式统观在以古文为时文的科考视野下，具有重要的文章学意义[①]。王晓鹃《〈古文苑〉与〈文选〉赋体分类管窥》[《西北大学学报》（社会科学版）2012 年第 5 期]将唐宋时期具体的某一部总集分类体例与《文选》加以比较，从而论述该部总集分类体例何以在承袭的基础上建构，这也是另外一种研究思路。

第四，少数研究者，注意到唐宋类编总集和地域总集分类体例的特殊性。张巍《论唐宋时期的类编诗文集及其与类书的关系》，将唐宋时期类编诗文集与类书联系起来，通过考察类编诗文集形成的过程，发现其在体例设置上借鉴类书的分类方式[②]。宋代地域总集编纂兴起，部分学者开始关注宋代地域总集的分类体例与特色。蒋旅佳《南宋方志与地域总集编纂关系论——以李兼台州、宣城地域文化建树为中心》指出，李兼在长期的方志与地域总集的文献整理与编纂实践中，发现二者在辑录诗文文献史料上具有相互借鉴相互影响的密切关系[③]。值得注意的是，中国社会的地方观念在宋代逐步形成和强化，形成一种地志文学[④]。宋代地方志的人文化特点使其兼有地理志和地域总集的双重性质，而趋于定型的类目体例以及多样化的诗文编录方式，为宋代地域总集的编纂体例提供了借鉴。蒋旅佳《论宋代地域总集编纂分类的地志化倾向》

---

① 蒋旅佳、汪雯雯：《科考视野下南宋总集分类的文章学意义》，《海南大学学报》（人文社会科学版）2017 年第 2 期。
② 张巍：《论唐宋时期的类编诗文集及其与类书的关系》，《文学遗产》2008 年第 3 期。
③ 蒋旅佳：《南宋方志与地域总集编纂关系论——以李兼台州、宣城地域文化建树为中心》，《文艺评论》2015 年第 4 期。
④ 叶晔：《拐点在宋：从地志的文学化到文学的地志化》，《文学遗产》2013 年第 4 期。

指出《会稽掇英总集》《成都文类》取资地方志设置类目名称,《宣城总集》《吴都文粹》《赤城集》则仿效地方志类目体例编排作品①。

二 唐宋总集分类体例与文学研究亟待解决的问题

唐宋总集编选活动贯穿整个唐宋社会发展始终。唐宋总集编纂者人数众多,总集数量倍增于前;在汲取前朝总集编纂方法时有不懈地探索创新,体例状貌也逐渐丰富而各有特点。纵观前辈学人唐宋总集体类研究的历史与现状,相较于20世纪取得了一定的研究成果,然而从整体上看,唐宋总集体类研究起步较晚,存在较多的研究空间亟待接下来的学者探索研究。下文拟就唐宋总集分类体例中具有重要学术价值,但眼下还未获得学界密切关注的若干问题略陈浅见。

第一,唐宋总集文献资料整理需要进一步推进。

前辈学者对中国唐宋总集文献资料作了一些整理,诸如张涤华《古代诗文总集选介》(上海古籍出版社1985年版),金开诚、葛兆光《古诗文要籍叙录》(中华书局2005年版)中已经就"唐人选唐诗"(十种)、《唐文粹》、《乐府诗集》等部分唐宋时期总集分别加以介绍。傅璇琮先生《唐人选唐诗新编》(陕西人民教育出版社1996年版)、贾晋华《唐代集会总集与诗人群研究》(北京大学出版社2001年版)、卢燕新《唐人编选诗文总集研究》(中国人民大学出版社2014年版)又从更为细致的角度梳理唐人总集的文献情况。祝尚书先生《宋人总集叙录》力求完整地叙录宋人总集,对现存的以及可考究的宋人总集一一叙录,涉及内容包括总集名称、编者的考证,编纂背景、版本流传以及现存馆藏情况等。

相对于唐宋总集的数量与价值而言,现有的文献整理工作还存在一

---

① 蒋旅佳:《论宋代地域总集编纂分类的地志化倾向》,《中山大学学报》(社会科学版) 2016年第3期。

定程度的滞后，无法确切地统计出唐宋总集的存世和亡佚情况。一些在总集编纂分类体例上颇有成就的总集，至今尚未走进学术界的视野。可以想象，受文献资料掌握程度的限制，一些基本的论断如今看来多有可商榷之处。资料的掌握不足导致视野的拓展缺少推力。因此，眼下迫切需要对唐宋总集分类情况做出基本的梳理，为接下来的研究提供文献依据。

第二，唐宋总集体类研究视野和格局尚不够开阔。

已有的唐宋总集体类研究成果，多为就事论事，且多停留于常识的描述介绍层面，多数论文缺乏创新意识，研究深度不够。以个案研究为重点，所涉总集的数目依旧有限。相当数量的成果存在重复研究的现象，《文馆词林》《文苑英华》《古文苑》《唐文粹》《宋文鉴》《文章正宗》《乐府诗集》等总集的分类体例反复被论及。即便是针对一部总集的个案研究，也还存在钻探不够深透、联系不够广泛的缺憾，宏观视角的切入明显不足，一些学人虽已采用圈定相同类别的唐宋总集开展研究，但缺少整体把握研究对象的视野，或就历史朝代划分研究对象，或以总集属性择取同类总集，没能很好地做到通古今之变。

第三，受早期总集基本分类体例的影响，学者多关注唐宋总集分类体例中的初次分类的分体编录方式，而于其他分类方式以及分类层级等问题研究不多。

《四库全书总目》体认总集"体例所成，以挚虞《流别》为始"①。《流别集》将古文章类聚区分，分体编录。《文选》分体之外再以细类区分。历代的总集大都按类选文②。吴承学、何诗海《文章总集与文体学研究》提出总集的文体学价值，首先表现在文体分类上，分体编次的传统，决定了古代文章总集在文体分类学上的研究价值③。相比而

---

① （清）永瑢等：《四库全书总目》卷186，中华书局1965年版，第1685页。
② （南朝梁）萧统《文选序》："凡次文之体，各以汇聚。诗赋体既不一，又以类分。类分之中，略（原文为'各'）以时代相次。"见（南朝梁）萧统编，（唐）李善注《文选》，中华书局1977年版，第1—2页。
③ 吴承学、何诗海：《文章总集与文体学研究》，《古典文学知识》2013年第4期。

言，目前学者们对于总集的其他"分类"体例关注甚少。总集作为中华文化基本典籍的一种，其在编纂体例上和分类方式上呈现多样化的特点。总集初次分类所体现的各种分类依据与分类标准，除按"文体"区分之外，唐宋总集分类尚有以"主题事类""创作技法""修辞格目""时代作家""音乐类型""声辞韵律"等方式标准，不同的总集编者根据不同编纂目的选择不同的分类方式，从而产生不同的分类类目以及类目排列序列。不仅如此，唐宋总集还在《文章流别集》《文选》所确立的二级分类结构的基础上，进一步丰富选文作品的分类级次。这些都是可以继续深入研究的。

第四，前人的唐宋总集体类研究方法比较单一，多数倾向于采用文献梳理、理论阐释等文献史料描述、文体分析与比较等相对传统的研究方法和视角。

中国古代总集文体分类体例对于其他典籍编纂体例的借鉴意义及其与文学思潮、文化现象的双向互动关系等外部文化透析与观照等方面的研究远远不足。因此，丰富和完善研究方法，将文学文体学与文化文体学的研究方法植入总集文体分类研究当中，亦是后之学者努力的方向。

三 异同分体与体类并重——唐宋总集体类观念研究两个维度

区别于传统的总集研究侧重正文本研究，关注文学作品体现的文学观念与文献价值，当下总集研究出现转而论述总集分类体例的设置及其所蕴含的分类观念、文学意义、文学批评的倾向。针对上文所述的研究现状，唐宋总集体类研究，可从以下几个方面开展。

第一，文献整理层面，亟待撰写唐宋总集分类体例叙录。

据已有研究成果统计，唐人编选诗文总集二百余种[①]，惜因五代战

[①] 卢燕新：《唐人编选诗文总集研究》，中国人民大学出版社2014年版。

乱，文献亡佚，今可见者，十不存一。宋代总集见于宋、明目录就有三百多种。今人祝尚书《宋人总集续录》叙宋人总集八十五部，附录又考证散佚总集一百八十部①。大都存世可观的唐宋总集为我们考察其分类体例提供给了最基本的文献参照。

唐宋存世总集之清单的开列，分类体例叙录的撰写，遗佚总集的钩沉与考索，以及序跋、凡例、目次等文献资料集成，是相关研究得以顺利进行的基本保障。唐宋总集分类体例叙录，即全面搜集唐宋总集文献资料，以个案为中心，通过阐释总集作品分类的标准依据、分类级次建构、类目序列编排等问题来论述总集的分类特点，探究编纂者的分类观念与文学思想，确立总集的分类建树，建立起以"叙录"为基础唐宋总集分类体例文献资料库，便于后人检索研究。

第二，拓宽个案研究的对象类型，加强细化研究。

当下唐宋总集分类体例的研究成果多集中在少数几部学界熟识的诗文总集和诗歌总集上，诸如词总集、赋总集、乐府总集等（单体总集）以及包括地域总集在内的其他类型总集，则关注甚少。受《隋书·经籍志》总集观念和著录次序对于总集体例优劣判断的影响，目前存录单体总集尚未完全走入学界的研究视野。因此，需要全面拓展唐宋总集研究对象类型，将诗歌体裁之外的单体地域总集和学术界尚未触碰的众体诗文总集纳入研究范围，才能呈现出唐宋总集分类体例的整体特点。

第三，转变研究思路，放宽研究视野，宏观介入类型研究。

南宋时期的文章总集，有"以人叙次""按时编排""分体编录""以技叙次""依格编次""按类四分"等多种分类体例，但在宋代科举考试的文化背景下，每一种分类方式都反映出总集编纂者独特的关注点，同时也传递给总集接受者不同的体例感知和观念认同，具有重要的文章学意义。

---

① 祝尚书：《宋人总集叙录》，中华书局2004年版。

唐宋地域总集具有值得探索的广阔学术空间。唐五代存世与亡佚地域总集有五种，宋代约有五十种，而目前学术界对明清地域总集分类体例关注不足，研究成果偏少。从目录学分类来看，地方志与地域总集分属于"史部"和"集部"两个不同的文献系统，然而二者主要采用以"地"为限的辑存文献方法，留存当地人文作品以及宣扬地方文化的功能较为突出。宋代地域总集编纂兴起，尚未形成相对成熟稳定的分类体例。宋代地域总集纂者逐渐摸索出一种既能凸显作品地理特点，又能体现总集编纂宗旨和功用价值的分类方式，即借鉴地方志类目体例。孔延之《会稽掇英总集》与袁说友、程遇孙、扈仲荣等《成都文类》的二级类目命名借鉴地方志彰显地域色彩，李兼《宣城总集》、郑虎臣《吴都文粹》、林表民《赤城集》效仿地方志类目体例编排作品。从整个古代地域总集的分类体例来看，多数类目体例与普通总集并无二致。宋代地域总集类目命名设置以及作品编排的地方志化，在明清时期地域总集编纂分类上得以实现运用，明钱穀《吴都文粹续集》、清顾沅《吴郡文编》套用地方志类目编次诗文作品，并逐步定型、完善，建构起类目清晰、层次分明的分类体例①。

第四，从"异体"与"同体"两个维度深化唐宋总集分体研究。

《隋书·经籍志》在著录顺序上赋予《文章流别集》《文选》这众体总集优先重要的地位。中国古代总集研究，历来对于单体总集的体类研究多有忽略②。而事实上，无论从总集数量上，还是分类体例上，单体总集的体内细化分类都是总集分类研究的重要组成部分。因此，总集"分体"可划分为两个维度："异体"分类和"同体"分类③。"异体"

---

① 蒋旅佳：《从地方志到地域总集——论〈吴郡文编〉的选文分类新变》，《学术研究》2016 年第 6 期。
② 朱迎平：《单体总集编纂的文体学意义——以唐宋元时期为例》，《中山大学学报》（社会科学版）2013 年第 5 期。
③ 蒋旅佳：《中国古代总集文体分类研究的历史、现状与展望》，《中南民族大学学报》（人文社会科学版）2017 年第 4 期。

分类，以众体总集为研究对象，探究编纂者编排不同文体作品所采用的分类标准、文体类目排列以及文体分类结构等问题。目前，学人多由此介入唐宋总集体类研究。"同体"分类多关注于某一种文体之下的内部细目的分类现象，单体总集以及多体总集体下分类都是"同体"分类的研究对象。区别于多体总集横向严分体制，单体总集纵向细别品类。以"同体"分类为线索，首先可以结合作品与序跋、评点等文本形态，来探究编者的文体观念与文学思想；其次，亦可针对同种分类方式的单体总集进行比较研究。研究体式类别设置的分类智慧和价值意义，也便于研究者按某一维度对总集作品进行深入研究。

唐宋总集的文体分类，在延续传统的基础上，又体现出鲜明的时代特色。唐宋"分体编录"类总集所分文体类目在《文选》39类基础上增减，大体呈现趋细趋繁的态势。这一方面是文学创作中新文体不断出现的客观事实在文体分类上的必然体现，另一方面也与唐宋文学批评中辨体意识的增强密切相关。总集文体类目的变迁，从一个侧面展示了中国古代文体的发展演变历程：文体的发展、衍化、增殖、消亡以及文体内涵、文体地位的变化都在总集文体类目的变动中动态呈现出来。唐宋总集在拓展二次分类范围、丰富二次分类方式以及建立多层分类结构等方面比前人走得更远。宋魏齐贤、叶棻编《圣宋名贤五百家播芳大全文粹》的青词、朱表、上梁文、祭文、乐语按题材内容下进行二级分类，"生辰赋颂诗"本以关涉文体应用场合和诸体内容命名，其二级分类先以"赋颂"与"诗"二分，于"生辰诗"下再以五言长篇、五言八句、七言长篇、七言八句、七言四句等体式细分，这些多样化的分类方式和分类标准反映了唐宋总集分类方式和分类观念的复杂多样性的特点。《文馆词林》扩展《文选》二次分类至"文体—部—类（大）—类（小）—作品"多级分类结构。这不仅在一定程度上推动了文体与文体分类理论的研习，同时在编纂实践上为后出总集分类编次提供了借鉴的范本，丰富了中国古代总集分类框架结构。

第五，注重探究唐宋总集分"体"之外分"类"体例的文学观念与文化意义。

吴承学、何诗海《文章总集与文体学研究》（《古典文学知识》2013年第4期）提出总集的文体学价值，首先表现在文体分类上，分体编次的传统，决定了古代文章总集在文体分类学上的研究价值。作为中国古代文体学的核心理论范畴，"辨体"批评研究在近40年来取得了丰硕的成果[①]。然而值得注意的是，唐宋总集在承继前人分类方式的基础上，极大地丰富了总集分类方式。多样化编次体例与分类方式既是编者的分类思维和文学（文体）观念体现，同时也受时代特点、文化倾向的影响。不同的总集编者根据不同编纂目的选择不同的分类方式，从而产生不同的分类类目以及类目排列序列。

仅以南宋与科举颇相关联的总集分类来看，就有以"人"叙次分类（《增注东莱吕成公古文关键》）、以"时"分类编次（《崇古文诀》）、以"体"区分（《古文集成》）、以"类"分类编次（《文章正宗》）、以"技"叙次分类（《文章轨范》）、以"格"分类编次（《论学绳尺》）六种分类编次方式。这其中"分体编录""以时叙次""以人叙次"以及三种前人总集多有运用，而以"技"以及以"格"分类，则是宋人总集中最先使用的。这两种分类方式根深于宋代文章学对于章法技巧的重视以及科举时文创作需要的双重历史文化语境，当其运用到《文章轨范》《论学绳尺》作品编次中，更能体现编纂者在充分把握文章创作规律和读者心理接受层次的基础上将创作技巧通过范文示例和评点注解结合起来的编纂用心，当然也更具实用性。《文章正宗》"辞命""议论""叙事"和"诗赋"四分类，颠覆了传统诗文总集的分类编纂方式。真德秀从文章功能入手，将不同历史时期的各体文章重新编排归类。从文章表达方式的不同，分"议论""叙事"两类；又以文章运用

[①] 任竞泽：《近40年中国古代辨体理论研究的回顾与反思》（1978—2018），《云南师范大学学报》（哲学社会科学版）2019年第2期。

的具体场合、领域和读者对象来揭示其实际功用特点，确立"辞命"类；"诗赋"则以文体形态分类划分。《文章正宗》将文章功用与表现方式（文章功能）以及文体形态综合起来加以分类，将先秦至唐末理学家所崇尚"明义理""切世用"之文进行了四分，各类以纲目为统领，以"文章正宗"为名，标举"源流之正"，其文章选录原则、文体分类方式、类目排列顺序、文章评点都以"义理""世用"为纲，为理学全面控制文坛而提供了总集范本①。《文章正宗》四分法，为科举时文日益理学化提供了学习创作的借鉴门径和文章典范。

　　《苏门六君子文粹》将六君子之文合编，先以人叙次，分《宛丘文粹》《淮海文粹》《豫章文粹》《后山文粹》《济南文粹》《济北文粹》，诸家文粹再分体编录，如《宛丘文粹》分体为论、杂说、议、说、议说、诗传、书、记、序、杂著10类。《乐府诗集》以乐府音乐类型为划分依据分类编次乐府歌词，《古今岁时杂咏》以"时令""节气"编次诗歌等。分类学的观念是对事物作怎样的分类，首先取决于研究目的。研究目的不同，分类依据和分类标准也随之做出相应的变化，自然划分的类目也千差万别。

　　如何透过总集缤纷多彩的分类现象见出编纂者的分类观念思想，这是总集分类研究的重要内容。唐宋时期总集编纂者，在同一级分类之中，背离了分类的同一性和排他性原则，将作品文体类别、主题内容、功能价值等分类标准杂糅起来确立体类，实际上是借鉴了地方志、类书等其他典籍的体例方式，这其中蕴含着重要的文学思考与文化意义。

四　结语

　　绾结而言，将唐宋总集做整体全面的分类观照，梳理此一时期总集

---

① 袁行霈：《中国文学史》第三卷，高等教育出版社1999年版，第114页。

分类的发展历史，探究总集缤纷多彩的分类现象背后隐藏的分类观念，是当下唐宋总集分类体例与文学观念研究的主要内容。基于此，通过爬梳整理总集编纂体例的相关文献资料，撰写唐宋总集分类体例叙录，为唐宋总集体类研究提供基础的文献保障。"体制为先"是古代文体观念的逻辑起点，文类、文体之演兴盛衰，最终又从文章体制、体式的变化而来[1]。一定时期内新近产生的文体得到重视，一般会在分体编录的总集中有所体现。唐宋总集在总结创作实践的基础上为新文体正名，以唐宋总集新文体类目为线索，针对具体的文体形态，从文体学的角度，融合历史学、文献学与图书编纂学的知识与理论，对文体兴起之原因与命名由来、文体生成及特征进行追溯与考察，能够丰富中国古代文体形态研究。而通过追踪唐宋总集选文分类新变，并将其放置于唐宋学术思想的大背景下加以考察，我们可以看出总集编纂者分类思想和文体观念的转变。

除"分体编录"之外，唐宋总集在前人总集分类基础上，进一步丰富了中国古代总集分类编次方式。因此，研究者在关注唐宋总集文体分类之外，也要注重总集其他多样化的"分类"方式，做到"体""类"相兼。从外部文化透析的角度，揭橥唐宋总集体类名目和分类方式对于类书、地方志等典籍的体例借鉴，还原编者体例选择的历史语境，使我们对唐宋总集分类有一个更为鲜活和准确的认识，亦是唐宋总集分类体例与文学观念研究不可忽略的重要组成部分。在此基础之上，与前人总集的分体与分类进行对比，见出唐宋总集分类体例的新变化与新趋势。异同分体与体类相兼，是唐宋总集分类体例与文学观念研究的两个考察维度，缺一不可。

（作者单位：陕西师范大学文学院）

---

[1] 党圣元：《传统诗文评中的文章"体制"论》，《云南师范大学学报》（哲学社会科学版）2019年第2期。

熔裁显志　袭故弥新

——《唐才子传·王绩传》之传体批评

王松涛

王绩是隋唐之际的重要诗人，自唐以来一直备受学者的关注。就其生平传记而言，《唐才子传·王绩传》堪为典型。学界有关《唐才子传·王绩传》的研究，在史源考订方面成绩突出，傅璇琮《〈唐才子传·王绩传〉校笺》对传文史源进行了细致考辨，为我们进一步研究提供了较为翔实的史料依据。在此基础上，对于《唐才子传·王绩传》传文本身的研究，主要着眼于传末总论对隐逸诗人的总体评价[①]，而对于传文书写在史料取舍、增删中所反映出的批评思想及意义则罕有分析，更缺乏对传文作整体系统分析的成果。

《唐才子传·王绩传》主要史源为吕才《王无功文集序》及两《唐书·隐逸传·王绩传》。集序和正史传记都存在一条非常明显的时间线索，即按照姓名、籍贯、世系——幼年经历——科举入仕——仕宦生涯——死亡的顺序，组织材料，结构文本。《唐才子传·王绩传》虽亦

---

① 袁行霈、孟二冬、丁放《中国诗学通论》、蔡镇楚《中国文学批评史》、陈伯海《唐诗学史稿》等诗学通论著作皆曾指出辛文房《唐才子传》从"擅美于诗"的才子标准出发为隐逸诗人立传的特色。黄惠萍《辛文房〈唐才子传〉研究——历史图像与诗学观点》（硕士学位论文，淡江大学，2005年）一文探讨儒家"时隐"观念对辛文房隐逸诗人批评的影响。王廷鹏《〈唐才子传〉诗论思想研究——以"才子"标准为核心》（硕士学位论文，西北师范大学，2009年）一文分析辛文房隐逸诗人批评所反映的"才子"论思想。

按时间顺序记录传主生平事迹，然其文本结构匠心独运，与史传迥然异趋，"用成一家之言"。① 那么，辛文房作传时如何选择材料、结构文本？王绩作为才子的诗学特征又是什么？传文中所体现的辛文房思想倾向与元代文化、诗学风尚关系如何？本文在充分吸收已有研究成果的基础上，结合辛氏传文与相关史料文献对以上诸问题予以分析，略陈管见。

《唐才子传·王绩传》传文内容可分为传、评、总论三个部分。为方便分析，制图如下：

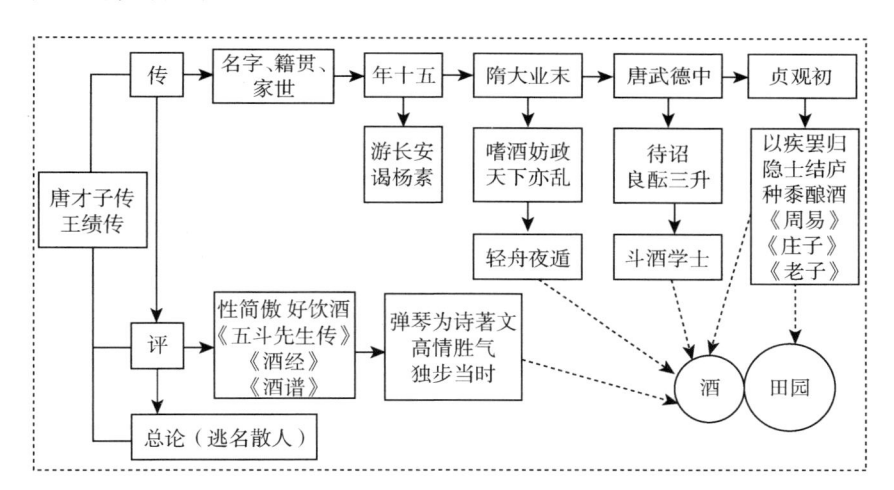

```
┌─────────────────────────────────────────────────────────────┐
│         ┌─传─┬─名字、籍贯、家世─┬─年十五──┬─隋大业末──┬─唐武德中──┬─贞观初─┐
│         │    │                  │          │           │           │        │
│         │    │                  │游长安    │嗜酒妨政   │待诏       │以疾罢归 │
│         │    │                  │谒杨素    │天下亦乱   │良酝三升   │隐士结庐 │
│ 唐才子传 │    │                  │          │           │           │种黍酿酒 │
│ 王绩传   │    │                  │          │轻舟夜遁   │斗酒学士   │《周易》 │
│         │    │                  │          │           │           │《庄子》 │
│         │    │                  │          │           │           │《老子》 │
│         │    │                                                              │
│         ├─评─┬─性简傲 好饮酒────弹琴为诗著文                    ┌───┐      │
│         │    │ 《五斗先生传》    高情胜气              ──────→  │酒 │      │
│         │    │ 《酒经》          独步当时                        └───┘      │
│         │    │ 《酒谱》                                          ┌────┐     │
│         │    │                                          ──────→ │田园│     │
│         │    │                                                  └────┘     │
│         └─总论（逃名散人）                                                   │
└─────────────────────────────────────────────────────────────┘
```

一　别择改易吕才《王无功文集序》，呈露"才子"旨趣

五卷本吕才《王无功文集序》内容依次为：王绩的字、籍贯——祖先世系——幼年学行、交游、才能（洞晓阴阳历数之术）——年十五，游长安，谒杨素（详叙）——大业末，应孝悌廉洁举，射策高第，除秘书正字；轻舟夜遁——筮术之妙（补叙）——为董恒、薛收作《思友文》及诔文——武德中，待诏门下省（斗酒学士）——贞观初，

---

① 傅璇琮：《唐才子传校笺》卷1，中华书局1987年版，第1册，第2页。

以疾罢归——贞观中，以家贫赴选（太乐丞）——与隐士仲长子光结庐河渚——拒绝刺史请见——躬耕东皋；题壁作诗——"小贺襄"由来（插叙）——贞观十八年终于家；终后异闻——著述。①

《唐才子传·王绩传》对王绩主要生平的叙述依次为：年十五——大业末——武德中——贞观初。时间次序与吕序相合，然书写内容多有删节，传文篇幅仅为序文的五分之一。关于王绩少时事迹及交游，两《唐书》记载较少，《旧唐书》云："少与李播、吕才为莫逆之交。"② 又《新唐书》云："与李播、吕才善。"③《唐才子传·王绩传》则云：

> 年十五，游长安，谒杨素，一坐服其英敏，目为"神仙童子"。④

显然辛文房的传文并未采择两《唐书》的记载。《唐才子传校笺》指出此则材料本于晁公武《郡斋读书志》，是因晁氏所记与辛氏此处文字有相似者。《郡斋读书志》云：

> 年十五，谒杨素，占对英辨，一坐尽倾，以为"神仙童子"。⑤

比较两则文本，确有相似雷同处。值得注意的是，五卷本《王无功文集序》亦有相关记载，其文云：

> 年十五，游于长安，谒越公杨素。于时，宾客满席。素览刺引入，待之甚倨。君曰："绩闻周公接贤，吐飧握发，明公若欲保崇

---

① 韩理洲：《王无功文集五卷本会校》卷首，上海古籍出版社1987年版，第1—5页。
② （后晋）刘昫等：《旧唐书》卷192，中华书局1975年标点本，第5116页。
③ （宋）欧阳修等：《新唐书》卷196，中华书局1975年标点本，第5594页。
④ 傅璇琮：《唐才子传校笺》卷1，中华书局1987年版，第1册，第6页。
⑤ 孙猛：《郡斋读书志校证》卷17，上海古籍出版社1990年版，第828页。

荣贵,不宜倨见天下之士。"时宋公贺若弼在座,弼早与君长兄侍御史度相善。至是,起曰:"王郎是王度御史弟也,止看今日精神,足见贤兄有弟。"因提手引坐,顾谓越公曰:"此足方孔融,杨公亦不减李司隶。"素改容礼之。因与谈文章,遂及时务。君瞻对闲雅,辨论精新,一座愕然,目为"神仙童子"。初。君第三兄徵君通,尝以仁寿三年因上十二策,大为文帝所知赏,素时亦钦其识用。至是谓君曰:"贤兄十二策,虽天下不施行,诚是国家长算。"君曰:"知而不用,谁之过欤?"素有惭色。河东薛道衡曾见其《登龙门忆禹赋》,曰:"今之庾信也。"因以其所制《平陈颂》示之,一遍便暗诵。道衡大惊曰:"此王仲宣也。"由是,弱冠藉甚群公之间。①

相较而言,晁志中未明言"游长安"这一信息,而吕序中则有"游于长安"的记载,"目为'神仙童子'"之赞语亦与辛氏传文一一对应,故其作为辛氏传文史源的可能性更大。② 吕序通过列举细节的方式对王绩少年才气加以呈现,叙写详赡,而辛文房传文则以精练简洁的文辞对这一情节进行了櫽栝。

吕序对于王绩少年的经历叙写颇详,如五卷本《王无功文集序》在叙写王绩少年才气之前,称其"阴阳历数之术,无不洞晓";在叙述第一次归隐经历后,又补叙凌敬、裴寂、吕才请王绩卜筮事,占序文篇幅近三分之一。三卷本《王无功文集序》亦谓王绩"阴阳历数之术,无不洞晓"③。然辛氏传文关于王绩"妙占算""筮术之妙",却只字未

---

① 韩理洲:《王无功文集五卷本会校》卷首,上海古籍出版社1987年版,第1—2页。
② 按:五卷本《王绩集》,元以来各类书目多有著录,《宋史·艺文志》著录《王绩集》五卷,明陈第《世善堂藏书目录》卷下著录《东皋子集》五卷,焦竑《国史经籍志》卷五著录《王绩集》五卷,陆心源《皕宋楼藏书志》卷六八载其所藏旧抄本《东皋子集》三卷附录一卷,有吴翌凤手跋云:"庚子(乾隆四十五年,1780)初冬,于鲍以文丈处觅宋椠本,凡五卷,视此增多三十余篇,惜未假得校补,书此以俟。"可知五卷本《王绩集》在宋代曾付梓刊行,至清乾隆时尚存。
③ 韩理洲:《王无功文集五卷本会校》附录,上海古籍出版社1987年版,第220页。

及。辛文房叙述王绩少年经历何以仅采择有关才情者入传？按照四库馆臣的说法，《唐才子传》于"功业行谊则只撮其梗概"，"以论文为主，不以记事为主"①，因其立传"才子"是长于写诗之人，故需要采择能够凸显传主"才子"特征的史料入传。因之，辛文房于《唐才子传·王绩传》中着意突出了其才思敏捷、具有神童特质的一面。

辛文房还对吕才序文进行了改写，《唐才子传·王绩传》云：

性简傲，好饮酒，能尽五斗，自著《五斗先生传》。弹琴为诗著文。高情胜气，独步当时。②

此评未见于两《唐书》，傅璇琮曾指出此数语本于吕才《王无功文集序》，然揆诸吕序，序文所论与《唐才子传》仍有不同。五卷本吕才《王无功文集序》云：

性简傲，饮酒至数斗不醉。常云："恨不逢刘伶，与闭户轰饮。"因著《醉乡记》及《五斗先生传》，以类《酒德颂》。君雅善鼓琴，加减旧弄作《山水操》，为知音者所赏。高情胜气，独步当时。③

在吕序中，这段文字位于王绩为秘书正字之前，而在辛氏传文中却被后置，列在王绩生平经历之后予以评价，体现了传评结合的诗学批评特征。吕序以"高情胜气，独步当时"论王绩琴曲高妙。辛文房则推而广之，此八字，既是论琴，亦为评诗论文，即是说王绩诗歌抒发了超然物外之情，具有一种不平凡的气质与风格。此评是否契合王绩诗歌的

---

① （清）永瑢等：《四库全书总目》卷58，中华书局1965年版，第523页。
② 傅璇琮：《唐才子传校笺》卷1，中华书局1987年版，第1册，第14页。
③ 韩理洲：《王无功文集五卷本会校》卷首，上海古籍出版社1987年版，第2页。

艺术特质呢？在梁陈宫廷诗风弥漫初唐诗坛之际，王绩诗歌独辟蹊径，写景抒情均能跳脱时代潮流，形成迥异于齐梁余风的清新自然、慷慨真切的独特风格。闻一多说："陶渊明死后，他那种诗的风格几乎断绝，到王绩才算有了适当的继承人。在王绩那个时代（隋末唐初），流行的诗风一面是病态的唯美主义，如陈子良、上官仪等人的作品，一面是有些人为功名而作诗，如虞世南、李百药等人作诗的态度。当时只有王绩一个人是退居局外，两条路都不走，独树一帜。"① 美国汉学家宇文所安也说："与对立诗论一样，王绩的诗是对宫廷诗的贵族的、世俗的荣耀的一种对立宣言。"② 辛氏谓王绩诗"高情胜气，独步当时"，确是客观公允的，而这一评语在传文中亦获得了较之吕序更为丰富的批评意涵。

辛文房评价王绩时，不论称其才惊四座、号为神童，还是赞其"高情独步"，均注意凸显其超越常人的才情。而《唐才子传》品评其他诗人时亦对他们的才情颇为称赏，如评刘昚虚"情幽兴远"③，储光羲"趣远情深"④，崔国辅"雅意高情"⑤，崔署"情兴悲凉，送别、登楼，俱堪泪下"⑥，阎防"高情独诣"⑦；评王之涣"情致雅畅"⑧，张继"诗情爽激"⑨，严维"诗情雅重"⑩，张南史"情致兼美"⑪。这一批评倾向与元代诗学性情论紧相关联。元人广泛学习唐诗，重视主体情志的抒发，一反宋诗"以文为诗"的倾向。胡祗遹云："诗学至唐为盛，多者数千篇，少者不下数百篇，名世者几百家，观其命意措辞则人人殊，

---

① 郑临川述评：《闻一多论古典文学》，重庆出版社1984年版，第88页。
② ［美］宇文所安：《初唐诗》，贾晋华译，生活·读书·新知三联书店2004年版，第53页。
③ 傅璇琮：《唐才子传校笺》卷1，中华书局1987年版，第1册，第188页。
④ 同上。
⑤ 傅璇琮：《唐才子传校笺》卷2，中华书局1987年版，第1册，第234页。
⑥ 同上书，第278页。
⑦ 同上书，第347页。
⑧ 傅璇琮：《唐才子传校笺》卷3，中华书局1987年版，第1册，第446页。
⑨ 同上书，第511页。
⑩ 同上书，第609页。
⑪ 同上书，第655页。

亦各言其志也。"① 赵文论诗亦认为"人人有情性，则人人有诗"②。吴澄论诗主张"诗以道情性之真，自然而然之为贵"③。可见辛文房论诗重性情的诗学祈向与元代诗学宗尚相合，是元代诗学性情论的重要组成部分。

辛氏评王绩"性简傲……弹琴为诗著文。高情胜气，独步当时"之论，注意到作家气质、性格与诗歌体貌风格的关系，强调了诗人气性与诗歌风格的统一。在《唐才子传》其他诗人传记中，辛文房亦多以"气"论人论诗，如评张说"敦气节""为文精壮"④，评薛据"为人骨鲠，有气魄，文章亦然"⑤，评张继"颇矜气节""诗情爽激，多金玉音"⑥；评韩愈"有冠冕珮玉之气，宫商金石之音，为一代文宗"，歌诗"驱驾气势，若掀雷走电，撑决于天地之垠"⑦；评高蟾"稍尚气节"，诗体"气势雄伟"⑧。这种将作家气性与作品风貌相结合的批评方式，不仅继承了曹丕以气论文的思想，亦与元人重视探讨气与性情之关系的时代风气有关，如胡祗遹云："气禀既差，性情亦异。"⑨ 吴澄论诗云："诗本乎气，而形于言"，作诗要"有气有言"⑩。刘将孙认为"天地间清气"得于情性，"发之真"，"遇之神"，"得于人心"⑪。旧题范德机

---

① 胡祗遹：《高吏部诗序》，《全元文》卷148，江苏古籍出版社1999年版，第5册，第265页。
② 赵文：《萧汉杰青原樵唱序》，《全元文》卷332，江苏古籍出版社1999年版，第10册，第64页。
③ 吴澄：《陈景和诗序》，《全元文》卷468，江苏古籍出版社1999年版，第14册，第383页。
④ 傅璇琮：《唐才子传校笺》卷1，中华书局1987年版，第1册，第137页。
⑤ 傅璇琮：《唐才子传校笺》卷2，中华书局1987年版，第1册，第309页。
⑥ 傅璇琮：《唐才子传校笺》卷3，中华书局1987年版，第1册，第507—511页。
⑦ 傅璇琮：《唐才子传校笺》卷5，中华书局1989年版，第2册，第455—456页。
⑧ 傅璇琮：《唐才子传校笺》卷9，中华书局1990年版，第4册，第66页。
⑨ （元）胡祗遹：《士辨》，《全元文》卷161，江苏古籍出版社1999年版，第5册，第516页。
⑩ （元）吴澄：《伍椿年诗序》，《全元文》卷483，江苏古籍出版社1999年版，第14册，第297页。
⑪ （元）刘将孙：《彭宏济诗序》，《全元文》卷622，江苏古籍出版社1999年版，第20册，第169页。

《木天禁语》谓气象"各随人之资禀高下而发","清浊雅俗,皆在人性中流出"。① 辛文房多将人"气"与诗"气"相结合,以"气"论人论诗,是元代"气"论承传链条中的重要一环。

二 兼采正史《隐逸传》,聚合"酒"与"田园"诗象

关于王绩的籍贯,吕序与两《唐书》记载不同,吕序云太原祁人,两《唐书》则云绛州龙门人。《唐才子传·王绩传》云:

> 绩字无功。绛州龙门人。文中子通之弟也。②

所述王绩籍贯与正史记载相同。王鸣盛《十七史商榷》曾指出:"序但追溯其上世之族望言之,传则据其身实籍言之。"③ 又吕序记载王绩家世较详,其文云:

> 高祖晋阳穆公自南北归,始家河汾焉。历宋、魏,迄于周隋,六代冠冕,皆历国子博士,终于卿牧守宰,国史、家牒详焉。君幼岐嶷,有奇思,八岁读春秋左氏,日诵十纸。初。君祖安康献公,周建德中,从武帝征邺,为前驱大总管。时睹将既胜,并虏获珍物,献公丝毫不顾,车载图书而已,故家富坟籍,学者多依焉。④

文中详细叙述了王绩家族累世仕宦,皆以经学传家,并穿插幼年聪颖敏慧、勤奋向学的记载,注意到家学传统对王绩的熏染和影响。与吕

---

① 张健:《元代诗法校考》,北京大学出版社 2001 年版,第 176 页。
② 傅璇琮:《唐才子传校笺》卷 1,中华书局 1987 年版,第 1 册,第 1—3 页。
③ (清)王鸣盛:《十七史商榷》,中华书局 1987 年版,第 5 页。
④ 韩理洲:《王无功文集五卷本会校》卷首,上海古籍出版社 1987 年版,第 1 页。

序相比较，正史传文对王绩家世的记载较为简略，仅提及王通，《旧唐书·隐逸传·王绩传》云：

> 兄通，字仲淹，隋大业中名儒，号文中子，自有传。①

又《新唐书·隐逸传·王绩传》在总评王绩性格之后云：

> 兄通，隋末大儒也，聚徒河、汾间，仿古作《六经》，又为《中说》以拟《论语》。不为诸儒称道，故书不显，惟《中说》独传。通知绩诞纵，不婴以家事，乡族庆吊冠昏，不与也。②

《旧唐书·王绩传》提及王通，系正史传记的写作通例。《新唐书·王绩传》叙说王绩性格特点时以王通的载道明礼反衬王绩的纵诞不羁。《唐才子传》叙王绩家世，仅云"文中子通之弟也"，且置于王绩拜谒杨素之前，值得注意。王通精通儒学，王绩幼时"尝亲受其调"③，其《答程道士书》云："昔者吾家三兄，命世特起，光宅一德，续明《六经》。吾常好其遗书，以为匡世之要略尽矣！"④ 由此可见，在王绩入仕与其家学渊源关系问题上，辛文房意在突出王通的重要影响，故对传文作如此安排。

尤其值得注意的是，与两种序文相较，《唐才子传》叙写王绩仕隐经历时，着重突出酒与田园。王绩第一次仕隐经历，《旧唐书》本传相关记载极为简略，辛文房主要采用吕才《王无功文集序》《新唐书》本传的记载，兹胪列《唐才子传》、吕序《新唐收》本传相关记载如下：

---

① （后晋）刘昫等：《旧唐书》卷 192，中华书局 1975 年标点本，第 5116 页。
② （宋）欧阳修等：《新唐书》卷 196，中华书局 1975 年标点本，第 5594 页。
③ 韩理洲：《王无功文集五卷本会校》卷 4《答处士冯子华书》，上海古籍出版社 1987 年版，第 149 页。
④ 韩理洲：《王无功文集五卷本会校》卷 4，上海古籍出版社 1987 年版，第 159 页。

> 隋大业末，举孝廉高第，除秘书正字。不乐在朝，辞疾，复授扬州六合县丞。以嗜酒妨政，时天下亦乱，遂托病风，轻舟夜遁。叹曰："网罗在天，吾将安之？"乃还故乡。①
>
> 大业末，应孝悌廉洁举，射策高第，除秘书正字。……及为正字，端簪理笏，非其所好也，以疾罢，乞署外职，除扬州六合县丞。君笃于酒德，颇妨职务。时天下将乱。藩部法严，屡被勘劾。君叹曰："网罗高悬，去将安所？"遂出受俸钱，积于县门外，托以风疾，轻舟夜遁。②
>
> 大业中，举孝悌廉洁，授秘书省正字。不乐在朝，求为六合丞，以嗜酒不任事，时天下亦乱，因劾，遂解去。叹曰："网罗在天，吾且安之！"乃还乡里。③

王绩第一次出仕时间，辛氏传文沿用集序"隋大业末"的说法，"轻舟夜遁""网罗在天"诸句则镕裁集序、新传而成。吕序《新诏书》本传以"笃于酒德""嗜酒不任事"为王绩归隐的重要原因之一，辛文房亦采之入传。王绩第二次出仕经历，《唐才子传》云：

> 至唐武德中，诏征以前朝官待诏门下省。绩弟静谓绩曰："待诏可乐否？"曰："待诏俸薄，况萧瑟。但良酝三升，差可恋耳。"待诏江国公闻之曰："三升良酝，未足以绊王先生。"特判日给一斗。时人呼为"斗酒学士"。④

这段文字本于吕序，王绩再次出仕只为"良酝三升"，时人呼为"斗

---

① 傅璇琮：《唐才子传校笺》卷1，中华书局1987年版，第1册，第8页。
② 韩理洲：《王无功文集五卷本会校》卷首，上海古籍出版社1987年版，第2页。
③ （宋）欧阳修等：《新唐书》卷196，中华书局1975年标点本，第5594页。
④ 傅璇琮：《唐才子传校笺》卷1，中华书局1987年版，第1册，第10页。

酒学士"。辛氏引述这一记载与第一次归隐原因即"嗜酒妨政"贯穿一线,凸显酒在诗人生命中的重要性。贞观初,王绩再次隐居,《唐才子传》云:

> 河渚间有仲长子光者,亦隐士也,无妻子。绩爱其真,遂相近结庐,日与对酌。君有奴婢数人,多种黍,春秋酿酒,养凫雁,莳药草自给。以《周易》、《庄》、《老》置床头,无他用心也。……性简傲,好饮酒,能尽五斗,自著《五斗先生传》。……撰《酒经》一卷,《酒谱》一卷。①

与隐士仲长子光河渚结庐事,吕序、正史皆有记载,唯独田园种黍、酿酒、读书一节,仅见于《新唐书·王绩传》,其文曰:

> 大业中,举孝悌廉洁,授秘书省正字。……绩有奴婢数人,种黍,春秋酿酒,养凫雁,莳药草自供。以《周易》、《老子》、《庄子》置床头,他书罕读也。……高祖武德初,以前官待诏门下省。……贞观初,以疾罢。复调有司……弃官去。②

《新唐书·王绩传》中此节文字位于"大业中"还乡之后,《唐才子传》则置于"贞观"后,其中"他书罕读"改为"无他用心"。《新唐书·王绩传》、集序皆有王绩贞观时任太乐丞的经历,《唐才子传》略去此节,并采择《新唐书·王绩传》所载王绩隐居田园的描写,凸显了"田园"在王绩隐逸中的重要意义。

《唐才子传》不同于集序、史传者,是因传主的身份是诗人,诗人传记必不可少地要结合诗人的作品。诚如朱东润先生所说:"为一位诗

---

① 傅璇琮:《唐才子传校笺》卷1,中华书局1987年版,第1册,第11—14页。
② (宋)欧阳修等:《新唐书》卷196,中华书局1975年版,第5594—5595页。

人作传，和为平常人作传不同，必须把诗的成就写出来。"① 酒与田园是王绩作为隐士的重要表征，是其诗歌创作的重要题材。据韩理洲先生统计，王绩现存五十二首诗中，言及酒者有二十六首。② 在辛氏传文中，酒与田园成为传文书写强调的重心，王绩生活中最大的乐趣是酒，他做官、辞官皆与酒有关，种田为酿酒，交友亦靠酒，著述倚仗酒。而采择《新唐书·王绩传》中王绩隐居田园的描写，亦可谓紧凑细微，颇具手眼，使得王绩诗中的主要诗象得以有机融合。

三　观照隐逸诗人群体，折射元代文人心态

《唐才子传·王绩传》传末总论唐代隐逸诗人，《唐才子传引》谓之"逃名散人"③。按《后汉书》记载东汉法真"恬静寡欲"，"深自隐绝"以逃征辟，友人郭正称其为"逃名"而名相随的人④。又陆龟蒙《江湖散人传》谓："散人者，散诞之人也。心散、意散、形散、神散，既无羁限，为时之怪民。束于礼乐者外之曰：'此散人也。'"⑤ 辛文房则合"逃名""散人"为一词，称美唐代隐逸诗人：

　　论曰：唐兴，迫季叶，治日少而乱日多，虽草衣带索，罕得安居。当其时，远钓弋者，不走山而逃海，斯德而隐者矣。自王君以下，幽人间出，皆远腾长往之士，危行言逊，重拨祸机，糠核轩冕，挂冠引退，往往见之。跃身炎冷之途，标华黄绮之列，虽或累聘丘园，勉加冠佩，适足以速深藏于薮泽耳。然犹有不能逃白刃，死非命焉。夫迹晦名彰，风高尘绝，岂不以有翰墨之妙，骚雅之奇

---

① 《朱东润传记作品全集》卷1《陆游传序》，东方出版中心1999年版，第429页。
② 韩理洲：《论王绩的诗》，《西北师大学报》1984年第1期。
③ 傅璇琮：《唐才子传校笺》卷1，中华书局1987年版，第1册，第2页。
④ （南朝宋）范晔：《后汉书》卷83《逸民传》，中华书局1965年标点本，第2774页。
⑤ （唐）陆龟蒙：《笠泽丛书》卷1，《文渊阁四库全书》本，第1083册，第231页。

美哉！文章为不朽之盛事也。耻不为尧、舜民，学者之所同志，致君于三五，懦夫尚知勇为。今则舍声利而向山栖，鹿冠乌几，便于锦绣之服；柴车茅舍，安于丹腹之厦；藜羹不糁，甘于五鼎之味；素琴浊酒，和于醇饴之奉；樵青山，渔白水，足于佩金鱼而纡紫绶也。时有不同也，事有不侔也。向子平曰："吾故知富不如贫，贵不如贱，第未知死何如生！"此达人之言也。《易》曰："遁之时义大矣哉！"①

在辛文房看来，唐代隐逸诗人间见层出的重要原因是"治日少而乱日多"，时势动荡，政局黑暗，仕进之路充满危机，出仕不如逃避隐遁。"德而隐者""幽人"语见于《周易》。《周易·乾·文言》曰："初九曰'潜龙勿用'，何谓也？子曰：'龙德而隐者也。不易乎世，不成乎名，遁世无闷，不见是而无闷，乐则行之，忧则违之，确乎其不可拔，潜龙也。"孔颖达疏："遁世无闷者，谓逃遁避世，虽逢无道，心无所闷；不见是而无闷者，言举世皆非，虽不见善而心亦无闷。"② 又《周易·履》："履道坦坦，幽人贞吉。"孔颖达疏："幽人贞吉者，既无险难，故在幽隐之人守正得吉。"③ 此类隐者不为世俗所移，不恋功名，隐遁避世而不苦闷，恬淡静谧，从容豁达。辛文房引《论语·宪问》"危行言逊"语，说明王绩等隐逸诗人"挂冠引退"是审时度势，从时而退。

唐自安史之乱后，由盛转衰，内有宦官专权，外有藩镇割据，当此内忧外患之际，文人无论朝野，常常会寻求自保，庙堂之上有"焚香独坐，以禅诵为事"④ 者，而于林泉之中避乱者更多：如杨衡"天宝

---

① 傅璇琮：《唐才子传校笺》卷1，中华书局1987年版，第1册，第16—17页。
② （唐）孔颖达：《周易正义》卷1，阮元校刻《十三经注疏》本，中华书局1980年版，第15页。
③ （唐）孔颖达：《周易正义》卷2，阮元校刻《十三经注疏》本，中华书局1980年版，第27页。
④ （后晋）刘昫等：《旧唐书》卷190下，中华书局1975年标点本，第5052页。

间,避地西来,与符载、李群、李渤同隐庐山"①;李涉"数逢兵乱,避地南来,乐佳山水,卜隐匡庐香炉峰下石洞间"②;陈陶"避乱入洪州西山,学神仙咽气有得"③;罗隐"广明中,遇乱归乡里"④;沈彬"属末岁离乱,随计不捷,南游湖、湘,隐云阳山数年,归乡里"⑤。曹松"早未达,尝避乱来栖洪都西山"⑥。辛氏于《唐才子传》中所述避乱归隐者,尤以中晚唐居多,这与其"逃名""散人"论正相呼应。辛氏秉承"文章不朽"的观念,认为幽人隐士"迹晦名彰"的原因即在于"翰墨之妙,骚雅之奇"。《唐才子传》对知几远虑、及时退避的诗人给予很高的评价,如评王贞白"学力精赡,笃志于诗,清润典雅,呼吸间两获科甲,自致于青云之上,文价可知矣。深惟存亡取舍之义,进而就禄,退而保身,君子也"⑦;又称韦蔼"亦进而无遇,退而有守者"⑧,皆是对身正而隐者的礼赞。

值得注意的是,辛文房于传论中分析文人归隐原因时,强调"待时"之义,这在元人文集中亦多有反映。如许衡论述治乱与命、时、势、义之关系时云:"势不可为,时不可犯,顺而处之,则进退出处,穷达得失,莫非义也。"⑨ 方回为友人汪巽元读书之所"称隐山房"作箴时曾云:"能隐而不能称,则表里一归于聋聩。能称而不能隐,则黑白察察者亦非。"调和"称""隐"两种处世态度,则可"避忧患而远害"⑩。陈时可《归潜堂铭》引《周易》"时止则止,时行则行。动静

---

① 傅璇琮:《唐才子传校笺》卷5,中华书局1989年版,第2册,第598页。
② 同上书,第299—301页。
③ 傅璇琮:《唐才子传校笺》卷8,中华书局1990年版,第3册,第428—429页。
④ 傅璇琮:《唐才子传校笺》卷9,中华书局1990年版,第4册,第115页。
⑤ 傅璇琮:《唐才子传校笺》卷10,中华书局1990年版,第4册,第447—454页。
⑥ 同上书,第414页。
⑦ 同上书,第341页。
⑧ 同上书,第316页。
⑨ (元)许衡:《与窦先生》,《全元文》卷70,江苏古籍出版社1999年版,第2册,第446—447页。
⑩ (元)方回:《称隐斋箴》,《全元文》卷224,江苏古籍出版社1999年版,第7册,第372页。

不失其时，其道光明"及《论语》"用之则行，舍之则藏"语，谓刘祁之"归潜"并不"专于潜之一字"。① 赵文《倦归堂记》记萧同伯之倦归云："今荆州无刘表，辽东无公孙度，蜀无严武，出门适莽苍，豺虎塞路，天下虽大，何行而可？虽欲不杜门裹足，自囚空山，盖不可得矣。然则君之倦而归也，天倦之也。……同伯今日之倦归，庸知非造物者补汝黩、息汝劋，而将有所用之？未可知也。"② 教人于生逢"邦无道"之时，勿以进取为意，而当潜隐以待时。戴表元《静轩赋》记东平阎公，于静处修身，悟待时之理："惟夫大静之士，得智遗智，居名避名……时然后出……时然后处……时然后默……时然后语。"③ 无论出、处、默、语，均能因时而现，适时抉择。戴表元为弟子陈养直所写的《潜窝记》记"潜窝"之意有三，"长涉世乱，惧忧辱之切其身，而愿潜于名"④ 即为其中一义。赵孟頫为戴表元所作《缩轩记》则代表了易代之际的文人心声："君子得时则大行，不得则龙蛇。吾闻之，知进而不知退，知存而不知亡，千岁之后，人将谓我愚。今吾往矣……忧患怵乎吾情，而事物感乎吾心，世且与我违矣，而欲不缩，得乎？"⑤ 这是文人们在分析时局之后所作的隐退选择。王旭在言及古今之治乱、人事之得失、世途之幽险、仕宦之艰危时谓："君子之道，亦行其所当行，而止于其所不可不止而已。苟于其所当止而妄行焉，则悔吝生而忧患至矣。"⑥ 贡师泰也说："不得已而隐则可，不当隐而隐，则人其以我为矫矣"，故"当视其时而进退之。"⑦ 元承宋末战乱，乱世异政中追求

---

① （元）陈时可：《归潜堂铭》，《全元文》卷137，江苏古籍出版社1999年版，第5册，第1—2页。
② 李修生主编：《全元文》卷334，江苏古籍出版社1999年版，第10册，第104—105页。
③ 李修生主编：《全元文》卷412，江苏古籍出版社1999年版，第12册，第13页。
④ 李修生主编：《全元文》卷426，江苏古籍出版社1999年版，第12册，第339页。
⑤ 李修生：《全元文》卷596，江苏古籍出版社2000年版，第19册，第185页。
⑥ （元）王旭：《止斋记》，《全元文》卷608，江苏古籍出版社2000年版，第19册，第527—528页。
⑦ （元）贡师泰：《归隐庵记》，《全元文》卷1403，江苏古籍出版社1999年版，第45册，第279页。

自保为多数文人的选择，仕隐挣扎成为元代文人创作的常见题材。辛文房所谓"远腾长往之士，危行言逊，重拨祸机，糠核轩冕，挂冠引退"者，在元代亦往往见之，故其"舍声利而向山栖"云云，体现出元代文人隐逸心态的一个侧面。

综上分析，辛文房"游目简编，宅心史集"①，于正史之外为王绩立传，具有重要的诗学意义。《唐才子传·王绩传》将诗人与诗歌并观，通过对吕序、正史传记的精心选择与编排、改易及整合，既凸显了隐逸诗人王绩的诗歌创作特色，又寓诗学批评于诗人传记之中。传文所附总论引经据典，观照唐代隐逸诗人群体，折射了元代社会现实，亦颇具文学史和批评史意义。

（作者单位：西北大学文学院）

---

① 傅璇琮：《唐才子传校笺》卷1，中华书局1987年版，第1册，第2页。

朱熹对"干禄文风"的批判

——以其书院教学为中心

董 晨

纵观朱熹一生中执教多所书院的经历可见，无论是其中年主政南康军时执教白鹿洞书院还是晚年建沧洲精舍并亲自执掌教席，批判科举俗学之弊、反对"场屋利禄之学"可谓贯穿其一生的执教生涯，而其反对"场屋利禄之学"的重要内容之一，就是以其"尚平易"的思想匡正这种以追求举业高中为目的而形成的"干禄文风"。本文以"干禄文风"的形成及其特征为切入点，结合朱熹执教书院过程中的相关论述进行分析和探讨，以求对相关问题的研究有所启发。

一 科举"干禄文风"的形成及其特征

众所周知，中国古代的科举制度在宋代得到了极大的完善和发展。赵宋王朝重文人，不仅有"宰相须用读书人"的"祖宗家法"，而且其他要职亦多有文人担任。由此科举取士就成为这些文人进入仕途的必经之路。关于宋代科举制度与文学的关系，前辈学者已多有论及。就其对文学的促进作用的一面而言，科举取士制度的进一步完善和录取比例的增加确有助于整个社会的崇文重文之风的形成和士人文章技艺的提高；而就其对文学造成的不良影响而言，便是"干禄文风"的日渐盛行。

祝尚书先生在《"举子事业"与"君子事业"——论宋代科举考试与文学发展的关系》一文中指出，之所以会出现这种"干禄文风"，其主要原因在于科举制度的"内部运作"①——一是考官从突出考试的权威性、加大考试难度以控制录取人数的角度考虑，在考试题目上不断以偏题、怪题来"考校"考生，广大考生为了应付考试，亦极尽其所能地"搜抉略尽"所有"待问条目"，长此以往，则"竞新务奥"之风盛行；二是考官在决定考卷程文之去留时其主要依据并不是看考生内容如何，而是"技术标准决定一切"（即主要看考生是否注意用韵、声律平仄是否合适、是否注意避讳等），因此对于与科举有着密切关联的官学和广大举子而言，如何把这些形式和技术上的东西钻研到位，就自然成为其关注的首要重点。总之，在这种"竞新务奥"之风的影响下，不论是太学教学还是举子备考时都将全部精力放在了钻研考题和锻炼文章的形式、追求行文的技巧上——这样的做法不仅使官学教育沦为科举的附庸，更直接导致了"干禄文风"的形成和泛滥。对此，朱熹指出：

> 所谓太学者，但为声利之场。而掌其教事者，不过取其善为科举之文，而尝得隽于场屋者耳。士之有志于义理者，既无所求于学。其奔趋辐凑而来者，不过为解额之滥、舍选之私而已。师生相视，漠然如行路之人。②

不仅是朱熹，同时代的赵汝愚亦在上疏皇帝时痛陈时下太学教育之弊：

---

① 祝尚书：《"举子事业"与"君子事业"——论宋代科举考试与文学发展的关系》，《厦门大学学报》（哲学社会科学版）2004年第4期。
② （宋）朱熹：《学校贡举私议》，《全宋文》卷5642，上海辞书出版社2006年版，第251册，第276页。

> （诸太学生）荣辱深沉，不由学校，德行道艺，取决糊名，工雕篆之文，无进修之志。视庠序如传舍，目师儒如路人。①

从上文所引朱熹提出的批评意见可知，在这种"干禄文风"的影响下，本该作为当时官学教育之楷模的太学早已沦为"声利之场"，而本该以"传道授业解惑"为职责的"掌其教事者"，亦仅以"取其善为科举之文"来教授生徒；这不仅使那些本有志于探求义理的学子求学无门，而且在很大程度上助长了太学生"为解额之滥、舍选之私"而求学作文，促使这些太学生们将"工雕篆之文"视作科举进身的"敲门砖"，将进修之志、师儒之尊完全抛在脑后，进而导致"干禄文风"愈盛。

若进一步观照当时诗坛可见，居于诗坛统治地位的江西诗风虽然在拓展诗歌题材、丰富诗歌的语言表现形式，特别是突破唐诗"吟咏性情"的藩篱，开创宋诗特有的道路上做出了很大的贡献，但其弊端亦逐渐显现出来——学诗者多从黄庭坚诗法入手，进而效仿黄、陈诗风进行创作，黄、陈诗风素以瘦硬生新为其特色；而恰如吕肖奂在《宋诗体派论》中所指出的那样："深折过之则晦涩，劲健过之则粗硬，'庭坚体'新奇过之则险怪，'后山体'仆拙过之则枯涩。"② 对于这些"竞奔于名利之场"的士子们而言，江西诗风同样是其学习作诗的典范，但长期的科举作文训练使其本来就有"竞新""务奇""雕篆"之习，而又不善于在学习过程中进行思考和辨析，以这样的习惯和思维来学习江西诗风，其结果必然是不得江西之妙处而将江西之弊端暴露无遗。故朱熹在论及当时诗坛之弊时，亦多有"细碎卑冗"之讥：

> ……律诗则如王维、韦应物辈，亦自有萧散之趣，未至如今之

---

① （元）脱脱：《宋史》卷157，《选举志三》，中华书局1999年标点本，第3072页。
② 吕肖奂：《宋诗体派论》，四川民族出版社2002年版，第140页。

细碎卑冗也。①

而对于时人作诗字字必求来处，甚至过分卖弄才学的做法，朱熹亦颇为不满：

或言今人作诗，多要有出处。曰："关关雎鸠"，出在何处？②

综上可见，不论是对于当时之文风还是诗风，这种专以"竞新务奇"为能事的"干禄文风"所造成的流弊都十分明显。笔者通过进一步梳理和总结发现，在这种"干禄之文风"影响下创作的诗文主要有如下特征。

一是重形式而轻内容：整个行文看似严整，实则空洞无物。上文已经提到，由于科举取士好出偏题、怪题的倾向和考官评卷时以技术标准为决定考生程文之去留的唯一依据，这种情况亦造成考生对行文形式的关注大于内容，长此以往，便导致其养成了重形式而轻内容的行文风气，整个文章看似严整，实则空洞无物，徒为炫技之作而已。朱熹曾多次对这一现象提出严厉批评：

大率古人文章皆是正行路，后来杜撰底皆是行狭隘邪路去了。③

及宣正间，则穷极华丽，都散了和气。所以圣人取"先进于礼乐"，意思自是如此。④

夫古人之诗，本岂有意于平淡哉？但对今之狂怪雕锼，神头鬼面，则见其平；对今之肥腻腥臊，酸咸苦涩，则见其淡耳。⑤

---

① （宋）朱熹：《答巩仲至》，《全宋文》卷5591，上海辞书出版社2006年版，第249册，第220页。
② （宋）黎靖德编，王星贤点校：《朱子语类》卷140，中华书局1985年版，第3324页。
③ （宋）黎靖德编，王星贤点校：《朱子语类》卷139，中华书局1985年版，第3301页。
④ 同上书，第3307页。
⑤ （宋）朱熹：《答巩仲至》，《全宋文》卷5591，上海辞书出版社2006年版，第249册，第222页。

由此可见，在朱熹看来，这种重形式而轻内容，甚至"穷极华丽"的文风内容空洞，"都散了和气"，乍看起来炫人眼目，实则"狂怪雕锼，神头鬼面"，而这种对"怪""奇"的追求已经对以道为本、以圣人经典为宗的文章统序造成了冲击。换言之，这样的"神头鬼面"之文早已偏离了文章应该具有的"体道"功能，"行狭隘邪路去了"；不仅如此，朱熹还进一步指出了这种"穷极华丽"之风的典型表现：好用怪癖字、生涩字，只求炫技而不论文章意思之通达：

> 看陈蕃叟《同合序录》，文字艰涩。曰："文章须正大，须教天下后世见之，明白无疑。"①

由引文可知，"文字艰涩"是在这种"干禄文风"影响下创作出的诗文普遍存在的弊病，而这种创作上的不良倾向已经影响了读者对其诗文整体意思的理解，换言之，其作文的目的早已变成了单纯的炫技或是"钓禄"，而这无疑是对诗文写作本身的一种背离。

二是文章缺乏"丈夫气"，文章整体看似雕琢华丽，实则有其"肉"而无其"骨"。中国古代文论中素有提倡诗文"辞采"与"风骨"兼备的传统，恰如刘勰《文心雕龙》中所言："昔诗人什篇，为情而造文；辞人赋颂，为文而造情。何以明其然？盖风雅之兴，志思蓄愤，而吟咏情性，以讽其上，此为情而造文也；诸子之徒，心非郁陶，苟驰夸饰，鬻声钓世，此为文而造情也。故为情者要约而写真，为文者淫丽而烦滥"；反观当时这些在"干禄文风"影响下创作出的诗文，就作者的创作目的而言，无非借此以场屋夺魁，沽名钓誉而已，正是刘勰所批判的"苟驰夸饰，鬻声钓世"之文字。这样的文章不仅无法使人从中体会到作家所要表达的真情实感，更无法显示出一种使人读后感到

---

① （宋）黎靖德编，王星贤点校：《朱子语类》卷139，中华书局1985年版，第3322页。

义理充足、正气凛然的力量。对于这类"为文而造情"、有"肉"而无"骨"的文章,朱熹亦多直接批判:

> 近岁以来,能言之士以容冶调笑为工,无复丈夫之气,识者盖忧之深而不能有以正也。①
> 后人专做文字,亦做得衰,不似古人。前辈云:"言众人所未尝,任大臣之所不敢!"多少气魄!今成甚么文字!②
> 德粹语某人文章,先生曰:"绍兴间文章大抵粗,成短时文。然今日太细腻,流于萎靡。"③

面对这股盛行于当时文坛的萎靡之风,朱熹显然有着更深层次的忧虑——即这种"竞务新奥"的文风对传统的文章统序造成的汩扰。他曾批评齐梁间文章"了无一语有丈夫气,使人读之四肢懒散不收拾"。正是出于对时下文风重蹈齐梁覆辙的担心,他对雕琢辞采的文风和苛求技巧的趋向反应激烈,这也正是他对文章功用的综合意见所致。从传统儒家文论中所强调的"人心—文章—治道"三者相互影响的角度看,这种专以"冶容调笑"为工,在文章的辞藻和布局上极尽"辛苦之态"的"干禄之诗文"不仅带坏了整个文坛风气,而且对于世风和人心也产生了极其恶劣的影响,而这一点可以联系《三朝北盟会编》中记载北宋国破后太学生们的表现来看:

> 太学生皆求生附势,投状愿归金国者百余人。……金人胁而诱之曰:"金国不要汝等作大义策论,各要汝等陈乡土方略利害。"

---

① (宋)朱熹:《跋曾仲恭文》,《全宋文》卷5630,上海辞书出版社2006年版,第251册,第78页。
② (宋)黎靖德编,王星贤点校:《朱子语类》卷139,中华书局1985年版,第3322页。
③ 同上书,第3316页。

诸生有川人、闽浙人者各争持纸笔。陈山川险易，古今攻战据取之由以献。又妄指娼女为妻，要取诸军前。后金人觉其无能苟贱，复退者六十余人。①

结合上文所论可知，本该成为官学教育之楷模的太学既受到这种"干禄文风"的影响而仅以"善为科举之文"教授生徒，又因其这样的做法而导致"干禄文风"日盛。这种颇为功利的做法在当时看来或许无可非议，但当国家处于生死攸关之时，其弊端便显露无遗——这些终日只知场屋之事、一心以"举子事业"为唯一追求目标的太学生们在面对山河破碎之时，所想到的并不是救民于水火，而是自己的前途和功名；而那些在太学中学到的行文之技，竟然成了其卖国以求荣的工具；更可见这种不讲"道义"而仅以"善为科举之文"教授生徒的做法不仅使当世之文风趋于功利，亦导致当世之人心走向堕落。而更为令人担忧的是，这种趋利之风在宋室南渡之后依然存在：

> 建炎以来，尚苏氏文章，学者翕然从之，而蜀士尤盛。亦有语曰："苏文熟，吃羊肉。苏文生，吃菜羹。"②

宋室南渡之后，随着崇宁党禁的解除，苏轼文章成为当时士子们争相学习效仿的"热门"。其实若从师法前人的角度看，学习苏文本身并无什么问题；但从引文中可见，苏文之所以受到士子们的如此追捧，与其能够通过学习苏文，进而改变自身命运，过上"吃羊肉"（科举做官）的体面生活有相当大的关联；既为应付科举而学苏，亦可以想见其对于苏轼文章的学习亦多流于形式而忽略其内容，实际上并未学到苏文的真正精髓——这一现象与前文所论之为科举而"竞新务奥"，与作

---

① （宋）徐梦莘：《三朝北盟会编》，上海古籍出版社 1978 年标点本，第 609 页。
② （宋）陆游：《老学庵笔记》卷 8，中华书局 1979 年标点本，第 100 页。

"干禄之诗文"并无任何实质上的区别。如果说这则出于陆游《老学庵笔记》中的记录尚不足以反映文坛弊端之全貌的话，那么杨万里在《答徐赓书》中对时文之弊的批判则显得更为全面和直接：

> 盖闻文者，文也。在《易》为"贲"，在《礼》为"缋"。譬之为器，工师得木，必解之以为朴，削之以为质，丹膡之以为章，三物者具，斯曰器矣。有贱工焉，利其器之速就也，不削不丹不膡，解焉而已矣，号于市曰：'器莫吾之速也。'速则速矣，于用奚施焉？时世之文，将无类此？抑又有甚者，作文如作宫室，其式有四：曰门，曰庑，曰堂，曰寝。缺其一，紊其二，崇庳之不伦，广狭之不类，非宫室之式也。今则不然，作室之政不自梓人出，而杂然听之于众工，堂则隘而庑有容，门则纳千驷而寝不可以置一席，室成而君子弃焉，庶民哂焉。今其言曰：'文乌用式，在我而已。'是废宫室之式，而求宫室之美也。抑又有甚者，作文如治兵，择械不如择卒，择卒不如择将尔。械锻矣，授之羸卒，则如无械尔。卒精矣，授之妄校尉，则如无卒。千人之军，其裨将二，其大将一。万人之军，其大将一，其裨将十。善用兵者以一令十，以十令万，是故万人一人也。虽然，犹有阵焉。今则不然，乱次以济阵乎，驱市人而战之卒乎，十羊九牧将乎？以此当笔陈之勍敌，不败奚归焉？藉弟令一胜，所谓适有天幸耳。抑又有甚者，西子之与恶人，耳目容貌均也，而西子与恶人异者，夫固有以异也。顾凯之曰"传神写照正在阿堵中"，又曰"额上加三毛殊胜"。得凯之论画之意者，可与论文矣。今则不然，远而望之，巍然九尺之干，迫而视之，神气索如也，恶人而已乎？①

---

① （宋）杨万里：《答徐赓书》，《全宋文》卷5304，上海辞书出版社2006年版，第237册，第324—325页。

由引文可见，在杨万里看来，时文之弊主要在以下几个方面：其一，"利其器之速就也"，即作文之图快，不求精。其二，"作室之政不自梓人出，而杂然听之于众工，堂则隘而庑有容，门则纳千驷而寝不可以置一席"，"废宫室之式，而求宫室之美"，即盲目从众，为追求所谓的文章之"美"而忽略文章的结构安排，进而导致文章头重脚轻、结构失当。其三，"乱次以济阵乎，驱市人而战之卒乎，十羊九牧将乎"，即不注重作文所必需的基础工作（如何遣词、如何造句、文章的中心论题是什么），而盲目追求形式（"阵"），恰如杨氏文中所言，这样的"阵"即便最终成型，也是"乱阵""败阵"。其四，"远而望之，巍然九尺之干，迫而视之，神气索如也"，即不注重传神。中国古代文论素以"传神写照"为作文之核心要求，反观时文，由于篇目追求形式上的新奇浮华，导致所作之文如千人一面，乍看炫人眼目，实则空洞无物，读之索然无味。由此可见，在经历"靖康之耻"、家国之变后这种"干禄文风"所造成的流弊在南宋依然存在，更可见其确实亟须革除。

二 朱熹对"干禄文风"的匡正

如上文所言，痛感于世道人心的衰落和家国之变的耻辱，南宋理学家们创建书院的目的之一就是通过反对"场屋利禄之学"来重建世道人心之秩序；落实到对书院生徒们的文学教育这一具体问题而言，就是通过匡正这种"干禄文风"所带来的种种弊端，进而使诗文重新回到以"明道义"为本的正途上来。而纵观朱熹一生在多所书院的执教经历可见，朱熹提倡"平易"之文风与循序渐进学习作文之法并重的教学方式，堪为南宋理学家书院教育中匡正"干禄文风"之代表。

首先，朱熹在教授生徒的过程中反复提倡作文当以内容为本，如何通过明白晓畅的文字来阐明道义，应该成为士人作文的首要目标。在朱熹看来，道为文之根本，文为道之枝叶，"惟其本乎道，所以发之于文，皆道也"；换言之，作文之根本在于如何阐明道义并将其传之后世，因此，士人作文最应该关注的问题是文章的内容是否以"明道义"为本，重在所讲之"道"是否能为后世所理解，而非仅仅关注文章的辞藻是否华丽：

> 若夫所谓日用切已之功，则圣贤之言详矣。其在《大学》《中庸》《论语》《孟子》者文义分明，指意平实，读之晓然，如见父兄说门内事，无片言半词可以者什八九也。①
>
> 今人作文，皆不足为文。大抵专务节字，更易新好生面词语。至说义理处，又不肯分晓。……圣人之言坦易明白，因言以明道，正欲使天下后世由此求之。使圣人立言要教人难晓，圣人之经定不作矣。②

由引文可见，在提倡作文应以"明道义"为本，倡导平易晓畅的文风时，朱熹时时以"圣贤之经"为参照，将"圣人之经"的"坦易明白""如见父兄说门内事"与今人作文之惟务新奇、"好生面词语"对比，意在使众生徒在学习圣贤经典的同时以"圣贤之经"为楷模，将其"因言以明道""坦易明白"的特点运用到自己的写作实践中去。但尽以圣贤为楷模，未免使学生有"高而不切"之感，故朱熹不论是在日常教学还是在其文章中亦非常注意从本朝文人文章中寻找榜样，以本朝文人甚至身边友人的创作实践为实例，力赞其行文的平易晓畅之风：

> 欧公文章及三苏文好，说只是平易道理，初不曾使差异底字换

---

① （宋）朱熹：《答胡平一　元衡》，《全宋文》卷5570，上海辞书出版社2006年版，第248册，第284页。
② （宋）黎靖德编，王星贤点校：《朱子语类》卷139，中华书局1985年标点本，第3318页。

却那寻常底字。①

　　道夫因言欧阳公文平淡,曰:"虽平淡,其中却自美丽,有好处,有不可及处,确不是阘茸无意思。"②

　　(评张栻文)其见于言语文字之间,始皆极于高远,而卒皆反就于平实。此其浅深疏密之际,后之君子其必有以处之矣。③

不论是欧、苏之文还是张栻之文,朱熹所提出的都是本朝文人以平易为文的例子。这些文人的文章中既无晦涩生僻的字眼,更无炫人眼目的辞藻,而其文章却能流传后世,使后世读者在欣赏其文辞之美的同时体会到其中所蕴含的道理。如此既有"圣贤之经"为规范,又有本朝文人的创作实践为榜样,再辅之以对时下"干禄文风"的批判,使得书院众生徒在学习过程中既有实实在在的榜样可供师法,又能够从对比中确切体会到时下流行的文风之弊端,最后痛下革除之决心。较之于单独强调平易文风之必要性而言,这种匡正文风的教学方式显然更容易为生徒所接受。

　　其次,朱熹在教授生徒的过程中还要求学生能够恰当地运用辞藻和谋篇布局,使其与文章内容紧密配合,避免因提倡平易的文风而出现矫枉过正的情况。朱熹虽然在书院授徒的过程中一再提倡作文的平易之风,但这并不意味着作文不需要考虑辞藻的修饰和文章谋篇布局的问题;而是要求众生徒在作文的过程中注意内容与形式的完美结合,使用恰当的辞藻修饰和谋篇布局,使之更有助于文章内容的表达:

　　退之要说道理,又要则剧,有平易处极平易,有险奇处极险

---

① (宋)黎靖德编,王星贤点校:《朱子语类》卷139,中华书局1985年版,第3309页。
② 同上书,第3312页。
③ (宋)朱熹:《张南轩文集序》,《全宋文》卷5621,上海辞书出版社2006年版,第301册,第221页。

奇。且教他在你潮州时好，止住得一年，柳子厚却得永州力也。①

陈后山文如《仁宗飞白书记》大段好，曲折亦好，墓志亦好。有典有则，方是文章。②

欧公文字字锋利刃，文字好，议论亦好。③

可见在朱熹看来，行文平易与适当的辞藻修饰、收放自如的谋篇布局并不冲突，而且就其所举韩愈、陈师道、欧阳修文的例子来看，其对于这些文坛前辈在文章结构和辞藻上的苦心安排、精致锻炼是非常欣赏和佩服的，甚至要求众生徒在学习作文时将韩文和欧阳修文作为案头之必备，主张学其佳处而用之，更足见其用心之良苦——若只提倡重平易而反雕饰，难免会走到轻视辞藻、布局之功用，以至"质木无文"的另一个极端上去，有鉴于此，就必须在反对这种华而不实的"干禄文风"的同时，提出可资学习和参考的榜样，对其在处理文章内容与形式上的苦心经营加以赞赏和强调，这样就使众生徒在作文之时能够做到内容与形式并重，避免走向另一个极端。这一观点在朱熹为他人诗文集所作的序跋中亦有体现：

（评李邴文）盖自我宋之兴，百有余年，累圣相承，专以文治，而其盛极于崇、观、政、宣之间。一时学士大夫执简秉笔，争以文字相高。其所以歌咏泰平、藻饰治具者，杂然并出，如金石互奏，宫征相宣，未有能优劣之者。而李公以杰出之材雍容其间，发大诏令，草大笺奏，富赡雄特，精能华妙，愈出而愈无穷，直将关众俊之口而夺之气，斯已奇矣。④

---

① （宋）黎靖德编，王星贤点校：《朱子语类》卷139，中华书局1985年版，第3303页。
② 同上书，第3306页。
③ 同上书，第3308页。
④ （宋）朱熹：《云龛李公文集序》，《全宋文》卷5622，上海辞书出版社2006年版，第250册，第346—347页。

（评严居厚、马庄甫二人和诗）争新斗巧，时出古谈，篇篇皆有思致，读之不觉宦情羁思，恍然在目。讽咏不已，为书其后。①

无论是李邠文之"富赡雄特，精能华妙"还是严、马二人和诗之"争新斗巧"，于朱熹序中均可见其赞赏与推崇之情，由此亦可见不论是在日常论文还是在书院教学过程中，"重道而不轻文"的观点是一以贯之的。

再次，朱熹在书院教学的过程中特别强调文章应有"风骨"，以此匡正时文的柔靡不振之弊。上文已经提到，朱熹对于这种"干禄文风"影响下的时文"无复丈夫之气"非常不满，而匡正这一弊端便成为朱熹在书院教学过程中的应有内容。在批判时文柔靡不振，"以冶容调笑为工"的同时，朱熹在评论他人诗文之时亦特重赞扬其中所体现出的雄伟壮丽之气，以此引起众生徒的重视：

人老气衰，则文亦衰。欧阳公作古文，力变旧习。老来管照不到，为某作诗序，又四六对偶，依旧是五代文习。②

前辈文章有气骨，故其文壮浪。欧公东坡皆于经术本领上用功。今人只是于枝叶上粉泽尔，如何舞讶鼓然，期间男子、妇人、僧、道、杂色，无所不有，但都是假底。③

张子韶文字，沛然犹有气，开口见心，索性说出，使人皆知。④

淳熙七年，朱熹执教白鹿洞书院期间，曾在《跋徐诚叟赠杨伯起诗》中提到自己少年得徐氏指点的情景："熹年十八九时，得拜徐公先

---

① （宋）朱熹：《题严居厚与马庄甫唱和诗轴》，《全宋文》卷5631，上海辞书出版社2006年版，第251册，第101页。
② （宋）黎靖德编，王星贤点校：《朱子语类》卷139，中华书局1985年版，第3311页。
③ 同上书，第3318页。
④ 同上书，第3316页。

生于清湖之上，便蒙告以克己归仁、知言养气之说。时盖未达其言，久而后知其为不易之论也"，联系以上引文中朱熹数次提及"气"与行文之关系，可见孟子"知言养气"说对其文学理论批评观的形成所产生的深刻影响——就其执教书院时用之于匡正时文弊端而言，便是倡导以"浩然之气"灌注于文章之中，使整个行文充斥着一种汪洋恣肆、奔涌澎湃的宏伟之气，进而达到《文心雕龙·风骨篇》所言——"结言端直，则文骨成焉。意气骏爽，则文风清焉"①。为此，朱熹特别要求学生做到学以致用，即将圣贤经典之"义理"落实到实践中去（自然也包括自己的创作实践），而非以寻章摘句、熟练记诵为能事：

> 通经之士，固当终身践言乃为不负所学。斯言之要，所以警乎学者，可谓至深切矣。然士之必于通经，正为讲明圣贤之训，以为终身践履之资耳；非直以分章析句为通经，然后乃求践言以实之也。②

朱熹所极力批判的官学教育仅以"善为科举之文"教授众生而不讲其义理，更不注重对学生人格培养，所教授出来的生徒自然只知道以科举利禄为能事而忽略其他，更遑论"浩然之气"的养成了，故其所作之文"衰弱"、柔靡无骨亦属必然。朱熹在执教白鹿洞书院时期即通过发布《白鹿洞书院揭示》表明书院的宗旨在于使四方学子"讲明义理，以修其身，然后推己及人"，而不是培养"徒欲其务记览、为词章，以钓声名取利禄"之徒；如此对比，则更可见朱熹提倡文章应有"丈夫之气"对于匡正柔靡无骨的"干禄之文"的现实意义。

最后，在书院执教期间，朱熹非常注重引导学生通过脚踏实地的学

---

① 范文澜：《文心雕龙注》（下），人民文学出版社2008年版，第513页。
② （宋）朱熹：《跋胡澹庵所作李承之论语说序》，《全宋文》卷5627，上海辞书出版社2006年版，第251册，第101页。

习以逐步形成内容平实而又兼顾形式的文风。通过正反两方面的对比，众生徒既已知时文之弊端，那么作文究竟应该从何学起，才不至于重蹈其弊端呢？对此，朱熹特别注意引导学生从"实"处做起，通过循序渐进的学习以逐步养成健康的文风。他要求学生在初学作文时应该从模仿做起，为学生选择了韩愈、欧阳修、曾巩等内容与形式并重的作家作品作为师法的榜样。值得注意的是，朱熹特别要求学生首先应该通过阅读，了解其文章的优点与缺点，形成自己的判断和认识，而不能听信耳食之言，人云亦云：

> 夜来郑文振问："西汉文与韩退之诸公文章如何？"某说："而今难说，便与公说某人优，某人劣，公亦未必信得及。须是自看这一人文字某处好，某处有病，识得破了，却看那一人文字，便见优劣如何。若看这一个人文字未破，如何定得优劣！便说与公优劣，公亦如何便见其优劣处？但子细看，自然识破。而今人识古人文字不破，只是不曾子细看。"①

由引文可见，在朱熹看来，学习作文的前提是"识文"，即对于他人文章的优劣之处有清晰的了解和判断，这样的了解和判断不仅需要学生读熟各种前人的优秀作品，分析其优劣之处；还需要学会在比较中发现问题，最终达到"看破"前人之文的境界。而通过这一漫长的阅读和比较过程，学生所学到的不仅是"识文"之功，更重要的是朱熹所倡导的脚踏实地的学风和"尚平实、下新奇"的文风，这就为其下一步的模仿学习和逐步创新打下了坚实的基础。

在选择何人作为师法对象的问题上，朱熹亦可谓匠心独运。他为学生所选择的韩愈、欧阳修、曾巩等人的文章不仅华实兼备，气势宏伟，

---

① （宋）黎靖德编，王星贤点校：《朱子语类》卷139，中华书局1985年标点本，第3300—3301页。

形式多变，特别符合其所提倡的"尚平实"之风；而且法度谨严，条理分明，对学文者来讲既易于阅读，又便于上手模仿，从而使众生徒在一开始学习时便能师古人之精华：

  人要会做文章，须取一本西汉文，与韩文、欧阳文、南丰文。①
  韩文高，欧阳文可学，曾文一字挨一字，谨严，然太迫。又云："今人学文者，何曾做得一篇！枉费了许多力气。大意主乎学问以明理，则自然发为好文章。诗亦然。"②
  因改谢表，曰："作文自有稳字。古之能文者，才用便用着这样字，如今不免去搜索修改。"又言："欧公为蒋颖叔辈所诬，既得辨明，《谢表》中自叙一段，只是自从胸中流出，更无些窒碍，此文章之妙也。"③

值得注意的是，在向众生徒讲授韩、欧、曾诸人之文时，朱熹亦非常注意从"实"处着手，在细致分析诸家文章利弊的基础上指导学生应该学什么、如何入手去学，而非笼统赞扬其好处。他虽然对韩文极为欣赏，讲学过程中亦对韩文之气势磅礴、立论鲜明多有称赞，却直言"韩退之墓志有怪者了"④，不欣赏也不主张学生学其奇怪；虽然多次赞扬曾巩之文法度严密，用字简洁，直言"后山之文字简洁如此"全赖曾巩之所传，却指出其文"太迫"⑤，给人以过于紧促之感，亦不主张学生学其紧促。就其最终归旨而言，则是要求学生将日常功夫最终落实到"主乎学问以明理"上，通过读书养气，使文章最终回到以"明道义"为本的正规上来；又在强调诸家可学之处的同时指出好文章应该

---

① （宋）黎靖德编，王星贤点校：《朱子语类》卷139，中华书局1985年版，第3321页。
② 同上书，第3306—3307页。
③ 同上书，第3308—3309页。
④ 同上书，第3305页。
⑤ 同上书，第3306页。

以真情实意为基础，若情感"自从胸中流出"，则自然可以避免出现时文的空疏无物之弊。

从另一角度看，朱熹在书院执教期间对提倡学生作文"有所学、有所不学"还体现在其对于司马迁文和苏轼文的态度上。从朱熹整体的文学理论批评观来看，朱熹对于这两位作家作品多有赞赏之情，他曾称赞司马迁文"雄健，意思不帖帖，有战国气象"，也曾赞东坡文字"明快""说只是平易道理"，但并不赞成学生向二者学习：

问："舍弟序子文字如何进工夫"云云。曰："看得韩文熟。"……问："《史记》如何？"曰："《史记》不可学，学不成，却颠了，不如且理会法度文字。"问后山学《史记》。曰："后山文字极法度，几于太法度了。然做许多碎句子，是学《史记》。"①

坡文雄健有余，只下字有不贴实处。②

欧公文字敷腴温润。曾南丰文字又更峻洁，虽议论有浅近处，然却平正好。到得东坡，便伤于巧，议论有不正当处。……大抵以前文字都平正，不曾大段巧说。自三苏文出，学者始日趋于巧。③

苏轼曾在《文说》一文中这样讲述自己的创作："吾文如万斛泉源，不择地皆可出，在平地滔滔汩汩，虽一日千里无难。及其与石山曲折、随物赋形而不可知也。所可知者，常行于所当行，常止于不可止，如是而已矣。"④而这种随物赋形、"笔力曲折，无不尽意"的文章之所以能够在艺术上达到相当的高度，与苏轼本人非凡的才华、高超的

---

① （宋）黎靖德编，王星贤点校：《朱子语类》卷139，中华书局1985年版，第3320—3321页。
② 同上书，第3311页。
③ 同上书，第3309页。
④ （宋）苏轼著，孔凡礼点校：《苏轼文集》，中华书局1986年标点本，第2069页。

语言技巧、渊博的学识以及对于各种文章风格的理解和驾驭能力都有着密不可分的关系。因此，在朱熹看来，像苏文这样"以才力胜"的文章并不是每个人都能学会、都能掌握好的——这样的文章虽然读起来气势磅礴，在文章辞采和形式上亦可谓千变万化，但对于初学者来说，这样"变"大多是不遵循法度的"变"，初学者尚未完全掌握作文的基本规矩和法度，若此时急于求"变"，就很可能出现"学不成，却颠了"的情况。因此，在朱熹看来，初学者作文最先应该从师法那些中规中矩的"法度文字"入手，待其掌握并且能够在这些规矩和法度的框架之内自由运笔之时再视其才力而谈新变。这样的观点在朱熹晚年所作的《跋病翁先生诗》一文中亦有类似的表述：

> 余尝以为天下万事皆有一定之法，学之者须循序而渐进。如学诗，则且当以此等为法，庶几不失古人本分体制。向后若能成就变化，固未易量。然变亦大是难事，果然变而不失其正，则纵横妙用，何所不可；不幸一失其正，却似反不若守古本旧法，以终其身之为稳也。李杜韩柳，初亦皆学选诗者。然杜韩变多，而柳李变少；变不可学，而不变可学。故自其变者而学之，不若自其不变者而学之，乃鲁男子学柳下惠之意也。呜呼！学者其毋惑于"不烦绳削"之说，而轻为放肆，以自欺也哉！[1]

综上所述，在朱熹看来，无论是学习作诗还是作文，"循序而渐进"是每个初学者必须遵循的基本原则。这样的学习应该以熟读前辈优秀作家的作品为基础，通过自己的阅读和分析知晓其文章之优劣，然后在师其所长的过程中逐步熟悉基本的规矩和法度，在法度框架下运笔自如进而求其新变，形成自己的风格。在这一学习过程中，应该注意以

---

[1] （宋）朱熹：《跋病翁先生诗》，《全宋文》卷5633，上海辞书出版社2006年版，第251册，第137页。

古人之"本分体制"为基础和本原,以学好其"不变者"为主,在夯实基础的前提下再求其新变;若自身才力不足以驾驭其"变",那么谨守"古本旧法"进行创作亦可,未学法度而一味求新求变,"轻为放肆"最不可取。较之于官学仅以"科举之文"教人的"速成"作文法而言,朱熹这样的教学方式看起来不免"笨拙",但唯有这样脚踏实地的学习,才能使书院众生徒真正从中体会到诗文写作之三昧,写出内容平易晓畅而又华实并茂之诗文,进而达到匡正时下不良文风的目的。

三 结语

王运熙、顾易生主编的《中国文学批评通史》一书中指出:"自唐代古文运动开展以来,文道关系就成为人们论文的中心话题。"① 联系本文所论可见,面对当时文坛出现的诗家尚技巧而文家尚工致,一味以卖弄技巧和求新逐奇为高明的不正之风对于文章统绪所造成的汩扰,特别是官学教育体系在其中起到的负面作用,朱熹所作的便是以书院中的文学教育为载体,通过对时文不正之风的批判,对"尚平易、重质实"文风的提倡和细致入微地指导书院众生徒循序渐进地学会作文,来达到匡正当时文坛的这股不正之风,将文章带回到其所推崇的"文道合一"的统绪上来。较之于同时代其他诗文论家多关注于诗文创作中的具体问题而言,朱熹这种对于文章统绪的关注和不遗余力的匡正要明显高于那些就文论文的功夫;就其在书院执教期间为之付出的具体努力而言,无论是对于时文不正之风的批判还是对"尚平易"文风的提倡,都能从正反两方面入手进行举证;其所提倡的循序渐进、择善而学的作文学习之法,既具有很强的操作性又切合实际;较之于同时代批评家对这股文坛的不正之风笼统批评而言,也更为全面和深广,能

---

① 王运熙、顾易生:《中国文学批评通史》(宋金元卷),上海古籍出版社1996年版,第747页。

使在书院学习的众生徒于潜移默化之中树立匡正文风的自觉意识。夏静在《"教化"新论》一文中指出:"教化所营造的是一个社会的整体风貌"①,就本文所论而言,朱熹对匡正时文不正之风、促使文章回归"文道合一"所做出的努力,其实亦是促使一个时代文坛的整体风貌回归正轨,进而达到"收拾人心,重建纲常"的目的,其重要性和深远意义是不应被忽略的。

(作者单位:西安外国语大学中文学院)

---

① 夏静:《"教化"新论》,《中国文化研究》2014 年冬之卷,第 8 页。

宋濂的题跋创作及文体观念

左 杨

题跋是明代散文创作领域的重要文体之一。宋濂无疑是元末明初文坛具备足够代表性的题跋作家。就目前搜集宋濂作品最全的新编《宋濂全集》中的具体统计状况来看，现存的宋濂题跋共274篇，而一向被元明作家所重视的序文却只有267篇。① 同为浙东文人与朝廷官员的刘基，其序文现存47篇，而题跋文则仅有9篇。从这一组数据对比中可知，宋濂是元明之际撰写题跋数量最多，且对于此种文体有所偏爱的作家，因此足可以作为此时期题跋文创作的代表性人物。从宋濂的全部题跋作品来看，其题跋文创作具有多样的功能和鲜明的特征，题跋观念也具有丰富的内涵与巨大的包容性。他不仅延续了元末文人题跋简劲畅达的特征，还倡导了补史之阙与表彰忠孝的文体功能，并在台阁题跋中表现出颂圣与教化的时代特征，同时也发挥了题跋文抒情达意的私人化创作倾向。

一 "讲实用而重教化"：入明后宋濂的题跋功能观

宋濂对于题跋的文体功能与写法具有明确的认识。他在《题周母

---

① （明）宋濂著，黄灵庚编辑校点：《宋濂全集》，人民文学出版社2014年版。

李氏墓铭后》中说：

> 梁太常卿任昉著《文章缘起》一卷，凡八十有五题，未尝有所谓题识者。题识之法，盖始见于唐而极盛于宋，前人旧迹或暗而弗彰，必假能言之士历道其故而申之，有如笺经家之疏云耳，非专事于虚辞也。昧者弗之察，往往建立轩名斋号，大书于首简，辄促人跋其后，露才之士复鼓噪而扶摇之。呜呼，何其俗尚之不美也！临川周友以危太史所撰母夫人墓文见示，请予申言之，予则以谓必如是而后无愧于题识耳。夫发扬其亲之德，孝子事也，何厌乎言之详？使人人皆如友，风俗其有不还淳者乎？故为记其卷末而归之，知言之士必有取焉。①

本文首先追溯了题识的产生，认为"始见于唐而极盛于宋"，这与学界多数人的看法是一致的。其次是讨论题跋的写法，"前人旧迹或暗而弗彰，必假能言之士历道其故而申之，有如笺经家之疏"，也就是说对于那些模糊不清的事迹需要说明引申，就像注释经书一样，详加说明而使之易懂。再次，并非所有的题目内容均可列入题跋中，而必须像周友那样，将记述自己母亲的墓文请人予以题识，达到"发扬其亲之德"的目的，才算是有价值的。而那些建立轩名斋号请人题识者，则属于"俗尚之不美"的无聊之举。本文被收入作者的《銮坡前集》中，显然是进入朱元璋政权之后的作品，因而也可视为代表了他入明之后的题跋观念，即讲实用而重教化的题跋功能观。

宋濂的这种题跋观念衍生出两类题跋作品。一类是宣扬忠孝节义的，如《题古拙轩诰命后》《题赵博士训子帖后》《题李节妇传后》《题甘节传后》等。在《题冰壶子传后》的结尾作者说："世英之贤行

---

① （明）宋濂著，黄灵庚编辑校点：《宋濂全集》，人民文学出版社2014年版，第798页。

甚多，今姑举一二，余则可以例知也。士大夫以世英洁清，号曰'冰壶'传之，歌咏之，且成卷轴矣。类多绮绣其辞以为工，而无关其实行。予不敢效尤，特书此于卷末，使周氏子若孙藏之。时出而观之，不有蹶然而兴起者，吾未之信也。"① 也就是说，作为题跋，尽管有补人物传记事迹之不足的作用，但并非所有事都可以补入其中，而必须是有关于教化的善言善行才有保存价值。同时，撰写此类题跋，也不能仅仅重视文辞的华美漂亮而为浮词虚文。所以，宋濂在其《跋包孝肃公诰词后》的结尾强调说："惟公居家孝友，立朝刚正，清风峻节，百世师法，有不待区区末学之所褒赞，姑以旧闻疏之如右。文质直而无润饰，庶使世之读者咸悉其意焉。"② 为了求得广为人知的叙述效果，必须言语直白，不加润饰，以免喧宾夺主。这不仅是叙事效果的需要，也不只是语言风格的讲究，最重要的是还构成了此类题跋简劲的文体特征。试看其《题朝夕箴后》：

> 右《朝夕箴》，一名《夙兴夜寐箴》，凡二百八字，南塘先生陈公之所撰也。先生讳柏，字茂卿，台之仙居人。与同邑谦斋吴梅卿清之、直轩吴谅直翁父子游，而深于道德性命之学。盖自谦斋从考亭门人传其遗绪，而微辞奥旨，先生得之为多。当时有慥堂、郑雄飞、景温，辈行虽稍后，而事先生为甚谨，人以其学行之同，通以四君子称之。今观先生之著此箴，本末明备，体用兼该，非真切用功者当不能为言。乡先生鲁斋王柏会之读而善焉，以教上蔡书院诸生，使人录一本，置于坐右，则其所以尊尚者为何如哉？呜呼！前修日远，后生小子不知正学之趋，唯文辞是攻，是溺志，亦陋矣。濂故表而出之，并系先生师友之盛于其后，以励同

---

① （明）宋濂著，黄灵庚编辑校点：《宋濂全集》，人民文学出版社2014年版，第837页。
② 同上书，第964页。

志者云。①

为了突出《朝夕箴》"本末明备，体用兼该"的价值，先言其得到朱子"微辞奥旨"之传授而"而深于道德性命之学"，随后又强调大儒王柏使上蔡书院诸生"人录一本，置于坐右"，从而凸显了《朝夕箴》的理学教化作用，目的便是获取"以励同志"的感发效果。宋濂的此类题跋，言简而旨明，篇短而精练，充分体现了作者的创作意图，也合乎题跋的文体特征。

讲实用观念衍生出的另一类题跋是具有补史作用的作品。重视题跋的教化功能体现了宋濂浙东文人的儒者身份，而强调补史作用则是其学者身份与史学修养的直接反映。比如其《题天台三节妇传后》说："余修《元史》时，天台以三节妇之状来上，命他史官具稿，亲加删定，入类《列女传》中，奉诏刻梓行世。先是，会稽杨廉夫为之作传，其事颇多于史官。盖国史当略，私传宜详，其法则然也。近与台士游，尝询之，则廉夫所载犹有阙遗者，因摭其言以补之。"② 由此可知，正史中鉴于体例的限制，人物传记必须简洁凝练。而私人所撰人物传记则可以细致具体一些，以弥补正史的遗漏。而宋濂后来通过询问当地士人，又发现了杨廉夫所撰私人传记犹有阙遗者，故而又撰写此题跋以补之。这符合宋濂所言"前人旧迹或暗而弗彰，必假能言之士历道其故而申之，有如笺经家之疏"的题跋功用，因而此类题跋在其创作中具备一定的数量。如《题郝伯常帛书后》中，宋濂说自己修《元史》时录入了元朝使臣郝伯常出使南宋被扣留后，写给元朝廷的大雁传诗，而作此题记的目的便是："濂修《元史》，既录诗入公传，今复书岁月先后于卷末，以见雁诚能传书云。"③ 《跋俞先辈所述富春子事实后》则是：

---

① （明）宋濂著，黄灵庚编辑校点：《宋濂全集》，人民文学出版社2014年版，第804页。
② 同上书，第803页。
③ 同上书，第802页。

"如濂不敏，于先生无能为役，今因孙君六世孙朝可求题，遂以旧闻附于先生论著之后，以补其所未足焉。"① 以上这些还都是补充的人物轶事，大致属于史学之范畴。而宋濂循此观念而作的另一类题跋，其所补内容已超出史学范畴，而进入了知识考证的层面。如《跋东坡所书眉子石砚歌后》一文，内容是考证该卷东坡书卷的收藏者"开府密国公"和卷后的跋文作者"樗轩"以及中间所引述人物"漳水野翁"的身份和生平。作者通过认真辨析，考证出这两位都是酷爱苏轼文章字画的金国官员，因而最后感叹说："是两人者，皆尊尚苏学士，故宝爱其书为尤至，观其所鉴赏之言，盖可见矣。然自海内分裂，洛学在南，川学在北。金之慕苏，亦犹宋之宗程，又不止宝爱其书而已。呜呼！士异习，则国异俗，后之论者，犹可即是而考其所尚之正偏，毋徒置品评于字画工拙之间也。"② 这种跋文解决的不仅是书卷的收藏、品评者的身份生平等知识性的疑难问题，而且由此引出了宋、金之间的文化及士风的差异，从而超越了字画品鉴的层面。应该说，宋濂的此类题跋将文艺品评、史学意识、文物考证及议论说理融为一体，体现了较高的水平。

二 "颂圣"与私人化表达：台阁体题跋的价值

在宋濂的明初题跋创作中，还有一类属于台阁体的值得关注。这是因为在后来的明人总集编选中，此类题跋常常被选家所关注。比如陈子龙的《皇明经世文编》选录宋濂题跋文4篇，其中就选有其《恭题御赐书后》《恭题御制方竹记后》《恭跋御制诗后》3篇。同时，这类题跋创作体现了宋濂明初的文章观念，具有鲜明的时代特征。除了上文提及的3篇外，宋濂的此类题跋作品尚有：《恭题御笔后》《恭题赐和托钵歌后》《恭题御和诗后》《恭题御赐文集后》《恭题御书赐蕲春侯卷

---

① （明）宋濂著，黄灵庚编辑校点：《宋濂全集》，人民文学出版社2014年版，第934页。
② 同上书，第926页。

后》《恭题豳风图后》《恭题御制命桂彦良职王傅敕文后》《恭题训谈士奇命名字义后》《恭题御制赐给事中林廷纲等敕符后》《恭题赐和文学傅藻纪行诗后》《恭题御制论语解二章后》《御赐资治通鉴后题》《恭跋御制敕文下方》《恭跋御赐诗后》等。

这些题跋作品就其主旨来看，可用感恩、颂圣与教化三个方面概括之；就其写法来看，可用叙述事件缘由、抒发自我感受与推阐圣恩大义三个层面囊括之。作为文章大家的宋濂，当然不会篇篇都采用同一种结构模式，其中次序时常多有变化，但基本要素大致不出以上范围。此类题跋文的创作属于宋濂台阁体文章之一类，自然会符合台阁体的基本特征。或者进一步讲，也一定会符合明初所有台阁体的一般特征。那就是歌颂皇上朝廷而贬抑作者自我。作为追随朱元璋打天下、建王朝的侍从之臣，对其怀有敬佩之情与敬畏之心是理所当然的。明朝初年的荡平群雄而天下一统的功业，制礼作乐而重用儒者的政策，也会使宋濂拥有相当的喜悦与满足之情。因此，台阁体创作中的颂圣与感恩不能一概视为虚假的情感表达。更何况宋濂乃明初开国文臣之首，又在翰林院中供职，因而他的写作不能被视为私人化的创作。而一旦涉及朝廷的制度、规范与环境，他就必须在"得体"方面具有足够的考虑与明确的意识，其结果就是这些结构模式与主题意旨大体一致的题跋文创作。宋濂对此非常清楚，所以他常常会在这些题跋的结尾对此加以强调。如其在《恭题赐和文学傅藻纪行诗后》结尾处写道："臣老矣，退伏田里，久欲无言矣。以曾执笔继史官后，敷赞圣治，职有宜然者，故为藻书之。"[①] 在其退休家居之后，他依然没有忘记自己"敷赞圣治"的责任，创作此类台阁文章乃是其理应承担的职责。由此可以想见，他在朝任职翰林时此种意识当更为强烈。

然而，宋濂这类台阁大臣于职责所在的表达与个体表达之间却并非

[①] （明）宋濂著，黄灵庚编辑校点：《宋濂全集》，人民文学出版社2014年版，第868页。

总是一致的。一旦遇到台阁要求与个人情感相矛盾甚至冲突时,他就必须在二者之间做出取舍。其《恭题御赐诗后》就是一篇颇为耐人寻味的作品。为了保持内容完整,不妨全引如下:

臣闻自古人君有盛德大业者,其积虑深长而诒谋悠久,必日与文学法从之臣论道而经邦。当情意洽孚之时,或相与赓歌,或褒以诗章,或燕之内殿,君臣之间实同鱼水,非直以为观美,所以礼贤俊、示宠恩而昭四方也。有如唐之文皇,宋之太宗,其事书诸简编者,可以见之矣。

皇明纪号洪武之八年秋八月甲午,皇上览川流之不息,水容澄爽,油然有感于宸衷,陋尹程《秋水赋》言不契道,乃亲更为之。赋成,召禁林群臣观之。且曰:"卿等亦各撰赋以进。"臣率同列研精覃思,铺叙成章,诣东皇阁次第投献。上皆亲览焉,复置品评于其间。已而赐坐,敕太官进天厨奇珍,内臣行觞。觞已,上顾臣曰:"卿何不尽饮?"臣出跪奏曰:"臣荷陛下圣慈,赐臣以醇酎,敢不如诏?第臣年衰迈,恐不胜杯酌,志不摄气,或衍于礼度,无以上承宠光尔。"上曰:"卿姑试之。"臣即席而饮。将彻,上复顾臣曰:"卿更宜釂一觞。"臣再起固辞。上曰:"一觞岂解醉人乎?卒饮之。"臣举觞至口端,又复瑟缩者三。上笑曰:"男子何不慷慨为?"臣对曰:"天威咫尺间,不敢重有所渎。"勉强一吸至尽。上大悦。臣颜面变赪,顿觉精神遐漂,若行浮云中。上复笑曰:"卿宜自述一诗,朕亦为卿赋醉歌。"二奉御捧黄绫案进,上挥翰如飞,须臾成《楚辞》一章。臣既醉,下笔倾敧,字不成行列。甫缀五韵,上遂召臣至,命编修官臣右重书以遗臣,遂谕臣曰:"卿藏之,以示子孙,非惟见朕宠爱卿,亦可见一时君臣道合,共乐太平之盛也。"臣行五拜礼,叩首以谢。上更敕给事中臣善等赋《醉学士歌》云。

臣既退，窃自念曰：臣本越西布衣，粗藉父师明训，弗坠箕裘之业而已。一旦遭际圣明，遣使聘起之，践历清华，地跻禁近，无一朝不觐日月之光。如此者凡十又七年。叨冒恩荣，夐绝前比。所幸犬马之力未衰，誓将竭奔走之劳，以图报称。今天宠屡加，《云汉》之章照烛下土，臣窃自靖度，何足以堪之？虽然，《传》有之："泰山不让土壤，故能成其大；河海不择细流，故能就其深；王者不却众庶，故能明其德。"洪惟皇上，尊贤下士，讲求唐虞治道，度越于唐、宋远甚。虽以臣之至愚，亦昭被非常之殊渥。六合之广，其有抱艺怀才者，孰不思踊跃奋厉以扬于王庭哉？臣按《南有嘉鱼》之诗，有曰："君子有酒，嘉宾式燕以乐。"序者谓："太平之君子至诚，乐与贤者共之也。"皇上宠恩之便蕃，抑过之矣。又按《天保》之诗，有曰："罄无不宜，受天百禄。降尔遐福，惟日不足。"序者谓："臣能归美以报其上。"臣虽无所猷为，愿持此以颂祷于无穷哉。古者佗君之命，勒诸鼎彝，藏诸宗庙，嗣世相传，以至于永久。臣敢窃援此义，砻玉为轴，装褫成卷，什袭珍藏，以显示来裔。给事中臣善等应制诸诗，附录其后。而贤士大夫闻风慕艳而有作者，又别见左方云。是岁九月戊午朔，具官臣金华宋濂谨记。①

这是宋濂台阁体题跋中篇幅最长的作品。其中不仅涉及圣上朱元璋的御赐诗，还有众大臣的和诗，更有其他士大夫"闻风慕艳"的追随之作，在明初朝廷中算是具有一定轰动效应的事件了。因此，无论从朝廷的宣教角度来说，还是从宋濂的个人遭际恩荣角度来说，他都必须要做足文章。其一，作者把这次君臣聚会与唐文皇、宋太宗这些英明君主的"礼贤俊、示宠恩而昭四方"联系起来，算是为本文定下了基调。

---

① （明）宋濂著，黄灵庚编辑校点：《宋濂全集》，人民文学出版社2014年版，第951页。

其二，从个人的角度表示极大的感激与荣宠，不仅有"砻玉为轴，装褫成卷，什袭珍藏，以显示来裔"的实际作为，而且表示要对这样的恩遇以图后报。当然，他同时必须要显示出诚惶诚恐的谦恭，所谓"今天宠屡加，《云汉》之章照烛下土，臣窃自靖度，何足以堪之"，否则便会存有恃宠骄横的嫌疑。其三，也是更为重要的一点，那就是必须从该事件中发掘出对于国家朝廷更加重大的意义，即"虽以臣之至愚，亦昭被非常之殊渥。六合之广，其有抱艺怀才者，孰不思踊跃奋厉以扬于王庭哉"。这才是画龙点睛之笔，才是台阁体文章的题中应有之义。本文从立意到布局都完全符合宋濂台阁体题跋的一贯模式，因而也可以说是此类题跋的代表性作品。

那么本文又在哪些方面有别于其他作品呢？区别就在于那一大段赐酒过程的详细描述。按照宋濂剪裁文章的功夫，他完全可以做出简略的记述，以重笔浓墨渲染皇恩浩荡和感激涕零。唯一的理解是，皇上赐酒与宋濂拒酒乃是值得耐人寻味的文眼所在，因为这其中包含着作者恩遇与荣宠的感戴、尴尬与无奈的隐忧等复杂的感受乃至纠结。被皇上赐酒赠诗，这对于所有的臣子来说都是极为荣耀的事情，宋濂自然也不例外，因此他后来所表达的那些感激涕零的情感便不能被视为虚假的奉承与官样的文章。但朱元璋反复勉强其喝酒的细节与宋濂一再推辞的态度，依然是内涵丰富的文字。从表面来理解，这当然可以作为宋濂谦恭谨慎人格的体现。但从以下两个角度来分析则可以有另外的解释。一是宋濂所强调的"不胜杯酌"并不是他的自谦之词，他的确是一位不近酒杯的谦谦儒者。他在《跋郑仲德诗后》说："浦阳郑君仲德，生之岁与余同，其名与余同，少而从学于吴贞文公又与余同，长而多髯又与余同，不善饮酒又同，余中岁自金华徙居青萝山中，又与之同里，故余二人交最洽也。"① 可见他不擅饮酒的确是实情，否则他没有必要在这样

---

① （明）宋濂著，黄灵庚编辑校点：《宋濂全集》，人民文学出版社2014年版，第962页。

一篇怀友的文章中做出特别的强调。跋文中"颜面变赪，顿觉精神遒漂，若行浮云中"和"下笔倾欹，字不成行列"的醉态描写，也证明了他的拒酒并非出于礼节与谨慎。二是宋濂乃浙东学派的重要传人，长期接受理学的教育与熏陶，注重对儒家道统的坚守与儒者尊严的维护。他在元末时曾被朝廷征聘而入翰林，这在许多文人看来都是难得的荣耀与机遇。但宋濂却坚决拒绝并入华山为道士，许多人都认为这是因为宋濂认识到元廷难以行其儒者之道，方才做出拒聘的选择。如今作为一位朝廷重臣，却被皇上连连灌酒而醉态毕露，其心中的真实感受又当如何？也许说朱元璋在戏弄宋濂可能有些过分，但说他为了自己的一时兴致而无视儒臣的尊严则不算夸大；说宋濂被皇上连连灌酒会心存不满当然纯属推测之辞，但说他心存无奈而尊严有失则难说不属事实。但所有这些复杂的状况与感受都完全被作者所隐藏，所唯一能够表达的乃是对皇上的感戴与歌颂。

这就是此时宋濂的文章观，要合乎朝廷的需求而必须隐藏个人的情感倾向。但是，他为何要将事情的经过如此详细具体地记述下来？也许他要将历史的真实传递给后人，孰是孰非任凭后人评说。笔者以为，深谙历史功能与春秋笔法的宋濂，理应可以做出如此的选择。或许这就是本文写得不同于其他台阁体题跋的重要原因。这样的台阁体写作到底有无价值是一个值得讨论的话题。从明初的政治稳定和文化建设角度来看，个人的需求应该服从于朝廷的大局，尤其是作为身处朝廷重臣位置的宋濂来说尤其如此。从个人情感抒发与真实历史事实的记述角度，这样的写作无疑是违心与虚假的。这不仅在苛刻的批评家那里会受到责难，而且也不合乎作者本人的一贯主张。

三 两朝文臣的多面呈现：宋濂题跋的立体样貌

需要特别指出的是，宋濂并非只有这种题跋作品的创作。作为一个成就丰富的作家，尤其是对于一种包容性极强的题跋文体的发挥，实际上呈现出的是多元而立体的样貌。首先要指出的是宋濂元末在野时的题跋创作，与明初时拥有大为不同的内涵与特征，那就是简练而犀利，这也符合当时文坛的共同特征。

元代对于文人来说是一个很特殊的时代。一方面他们在政治上被边缘化。真正的权力掌握在蒙古色目人手中。汉人尤其是南人只有极少数进入现政权之中，而且只能从事一些文字写作与地方教育的事宜。更多的人只能徘徊于乡间草野，从事谈道论学与文艺创作。于是，文人群体便呈现出一种颇为奇特的心态：一方面抱怨自己的政治前途暗淡而失去人生的前途，另一方面又悠闲自在而享受文人的超然脱俗。这种情况表现在题跋创作上，便是书画题跋的大量涌现和寄托文人悲愤不平心态的文章别集题跋的写作。比如高启的《跋眉庵记后》①，乃为其好友杨基《眉庵记》一文所作的跋文。尽管将文人及其创作喻为虽无实用价值却为国家祥瑞的提法并非高启一人所有，其前已有刘勰《文心雕龙·知音》之"盖闻兰为国香，服媚弥芬；书亦国华，玩绎方美"②的赞誉，但将文人比喻为人之眉并认为虽然缺乏实用的价值，却依然是"安重而为国之望者"，体现了元代文人尽管在政治上被边缘化却仍旧自重自珍的孤傲心态。

宋濂元末的题跋文今已保存较少，却依然显示出与明初同类文章较大的差异。其主要体现在挥洒自如、率真自然的体貌特征上。如《题朱文公手帖》中怀念朱熹师友讲学"聚精会神，德义充洽，如在泗沂之上"的融洽氛围，结尾处却感叹道："自今道隐民散时观之，不翅应龙游乎玄阙，欲一见之而不可得，徒以贻有识者之感慨，不亦悲夫！"③身处元末的宋濂，居然直言不讳地指出那一时代是"道隐民散"的混

---

① （明）高启：《高青丘集》，上海古籍出版社1985年版，第926页。
② （南朝梁）刘勰著，范文澜注：《文心雕龙注》，人民文学出版社1958年版，第715页。
③ （明）宋濂著，黄灵庚编辑校点：《宋濂全集》，人民文学出版社2014年版，第898页。

乱之世，带有明确的批判态度，与高启的题跋格调非常之接近，而这在明初无论如何都是不可能的。① 更值得关注的是其《题葛庆龙九日登高诗后》：

> 江乘沈玄督道士持草书《九日登高》古诗一卷谒余，诗后不著氏名，但题"越台洞主"四字。道士怆然曰："吾爱此卷甚，见当世巨儒多叩之，鲜有知者，闻公素称该洽，愿有以识焉。"予恶足以语此，颇记谢先生言。
>
> 越台洞主，名庆龙，姓葛氏，庐山人，久居越中，能为诗。诗务出不经人道语，甚者钩棘不可句。每客诸公贵人，诸公贵人燕飨方乐，或为具纸，无问生熟，连幅十余。庆龙睥睨其间，酒酣落笔，飒飒不自止，皆鹏搴海怒，欻起无际。然为人简躁，喜面道人过。一有所忤，即发泄无留隐。非知其磊落无他肠，多疏之。性嗜闻音乐，又不甚解。居一室，杂悬药玉磬铃，醉后自飐扇撼之，闭目坐听，殷殷有声，至睡熟扇堕乃罢。晚尤落魄，依王主簿居。初，越台有石洞，樵猎过者，必祝以为有神。庆龙悦之，刻己像洞前，自称为飞笔仙人越台洞主。死之日，遗言王主簿："我死当葬我，葬我必于是洞，且用仪卫鼓吹为导，使樵猎祝我如祝山神。"

---

① 黄灵庚所编《宋濂全集》，还收有一篇《题医者王养蒙诗卷后》，批判锋芒更为犀利。文中说："李君一初序王养蒙之为医，且美其不屑为吏。予独谓此无足怪者。虎豹鹰鹯且杀物以养其躯，至死不厌。驺虞视生草而不折，见生虫而不践。其嗜好不同，出于天性，易之则两死，物理然也，何独疑于人哉？故吏与医为二道。活人以为功者，医之道也，其心慈以恕，而仁者好之。利己而无恤乎人者，吏之道也，其心忍以刻，而不仁者好之。故以吏之心为医者，业必丧；以医之心为吏者，身必穷，又何怪乎善医者之不屑为吏也哉？虽然，今之以医道为吏者未见也，而以吏道为医则有矣，然则养蒙贤乎哉？吾故发李君之言，以附于孟氏论巫之末。"本文不仅讽刺了吏，更讽刺了医，最终是对世道混乱的批判。但本文是黄灵庚从贺复征《文章辨体汇选》中钩稽出来的，署名宋濂。而文渊阁四库全书《诚意伯文集》的《覆瓿集》卷七也收有此文，内容几乎完全一致。四库本所依据的是成化年间刘基别集的早期版本，较之贺复征编于明末清初的《文章辨体汇选》应更为可信，故定此文作者为刘基而非宋濂。参见宋濂著，黄灵庚编辑校点《宋濂全集》，人民文学出版社 2014 年版，第 918 页。

庆龙初为浮屠，中更衣道士服，晚又入儒，人莫测其意。出语颇涉玄怪，恍惚不可辨。君子谓其为诗之仙鬼云。今观此卷所作，虽杂于幽涩，而奇气横发，直欲骑日月，薄太清。视争工于组织细缀间者，不翅猿鹤之于虫沙。有如庆龙，何可少也？何可少也？余故备道谢语，书而归之，使知庆龙亦非跂跂媚学辈可及，则其不为庆龙者，又可得耶？①

从题跋文的文体功能来看，宋濂的考证补充了该诗的作者生平状况、性格爱好及文学成就，完全符合其本人的题跋文体观念。但这样的跋文又只能写成于元末。首先，本文所记载的这位越台洞主葛庆龙性情怪异，个性突出，出入于儒释道，而又超然自得，这在元末的文人别集中可以屡屡见到。而这样的怪人只能产生于元末的社会动荡之中。其次是作者对于葛庆龙的赞许态度，也只能在元末才可能拥有如此的立场。因为他最看重的是葛庆龙的"奇气横发"，而鄙视那些"跂跂媚学"平庸之辈。但在明初时，宋濂对于那些语涉险怪的作家与作品，完全持一种否定的态度。其《徐教授文集序》说："是故扬沙走石，飘忽奔放者，非文也；牛鬼蛇神，佹诞不经而弗能宣通者，非文也；桑间濮上，危弦促管，徒使五音繁会而淫靡过度者，非文也；情缘愤怒，辞专讥讪，怨尤勃兴，和顺不足者，非文也；纵横捭阖，饰非助邪而务以欺人者，非文也；枯瘠苦涩，棘喉滞吻，读之不复可句者，非文也；廋辞隐语，杂以诙谐者，非文也；事类失伦，序例弗谨，黄钟与瓦釜并陈，春秋与秋枯并出，杂乱无章，刺眯人目者，非文也；臭腐塌茸，厌厌不振，如下俚衣装不中程度者，非文也。"② 以此标准衡量，不仅葛庆龙为人"出语颇涉玄怪，恍惚不可辨"而"诗务出不经人道语，甚者钩棘不可句"理应在否定之列，而且他本人这篇夸耀葛庆龙的跋文也难

---

① （明）宋濂著，黄灵庚编辑校点：《宋濂全集》，人民文学出版社2014年版，第788页。
② 同上书，第633页。

以称为文,至于他那篇戏谑黄庭坚的《题黄山谷手帖》,更会因为其"杂以诙谐"而遭到否定。由上可知,宋濂元末之题跋文与明初差别很大,元末之题跋文大都挥洒自如,生动有趣,笔锋犀利,有一股傲然之气行乎其中,带有元末文人题跋的共同特性。

当然,宋濂明初的题跋文也并非与元末完全隔绝。尽管从其题跋文创作的主要内容与体貌特征上看,作者往往站在朝廷官方的立场而限制自我情感的抒发与真实观点的表达,但由于题跋文体产生较晚,缺乏严格的体要规定,所以呈现出文体功能的多元和表达方式的自由,在不涉及政治题材的创作中便会表现出另样的形态。试看以下三篇题跋:

> 赵魏公自云幼好画马,每得片纸必画,而后弃去。故公壮年笔意精绝,郭祐之作诗至以"出曹韩上"为言。公闻之微笑不答,盖亦自负也。此图用篆法写成,精神如生,诚可宝玩也。(《题赵子昂画马后》)①
>
> 赵令穰与其弟令松以宋宗室子精于文史,而旁通艺事,所以皆无尘俗之韵。今观令穰所画《鹤鹿图》,丛竹幽汀,长林丰草,其思致宛如生成。余隐居仙华山中,时与麋鹿为友,每坐白云磴上,教鹤起舞,故得其性情为真。开卷视之,使人恍然自失。(《题赵大年鹤鹿图》)②
>
> 右宋思陵所书《神女赋》,法度全类孙过庭,且善用笔,沉毅之中兼有飘逸之态。然思陵极留心书学,《九经》皆尝亲写,故其用功为最深。此卷乃禅位后所书,时春秋已高,而犹弗之废,诚可谓勤也已。使其注意于虞夏商周之治,父仇不至不报,王业未必偏安,抑又可叹哉!卷首有奎章阁鉴书博士印,盖天台柯敬仲为诗官

---

① (明)宋濂著,黄灵庚编辑校点:《宋濂全集》,人民文学出版社2014年版,第801页。
② 同上书,第815页。

时所鉴定云。(《跋高宗所书神女赋》)①

  此三篇均属于书画题跋，乃是艺术类题跋且大都与政治无涉，所以作者文笔较为挥洒自如。第一篇除了赞赏赵孟𫖯画马水平的高超外，并连带描绘其神态境界，一句"公闻之微笑不答，盖亦自负也"，活画出赵孟𫖯艺术家的自信与风度。第二篇则是由画面"丛竹幽汀，长林丰草"的优美环境，引发自身对于"时与麋鹿为友，每坐白云磴上，教鹤起舞"隐居生活的体味，并最终达到"恍然自失"的人画交融的美妙境界。第三篇乃是由绘画所引出的政治性话题。宋高宗在书法艺术上用功甚勤，水平甚高，对此宋濂给予了充分的肯定。但随后笔锋一转，假如赵构把这份勤奋用在对理想政治追求的本有职责上，那么"父仇不至不报，王业未必偏安，抑又可叹哉"。看来，只要不是面对皇上朱元璋，宋濂的批判意识一不留神又显示出来。这些文章应该说都是题跋中的精品，短小精悍，寓意深刻，生动有趣，境界高远，体现出题跋简劲精练的文体特征。书画题跋是一个独特的创作领域，除了题材自身的特殊性之外，还有宋元以来传统的影响，尤其是元代文人画家的影响。宋濂作为由元入明的文人，当然会带有那一时期的深刻烙印，因而写出如上的题跋作品是理所当然的。

  值得特别指出的是，宋濂不仅在书画题跋中保持了元末的特点，而且在一些敏感题材的文章中也时时流露出其真实的情感与良苦的用心，让人看到重情感、守道义的儒者风范。最能代表此类题跋文的是《跋张孟兼文稿序后》②。尽管本文涉及朱元璋对文学之臣的询问，却丝毫没有其他题跋文的尊崇感佩之言。文章所述重心在于刘基、宋濂和张孟兼之间的相互品评与深厚情感。本文看似随意，其实有着严密的布局。开头先从刘基的个性叙起，说他是负气甚豪的"倔强书生"，常常抱着

---

  ① 黄灵庚编辑校点：《宋濂全集》，人民文学出版社2014年版，第959页。以上三篇题跋分别出自宋濂《銮坡前集》《銮坡后集》和《芝园前集》，均为其入明后之作品。
  ② （明）宋濂著，黄灵庚编辑校点：《宋濂全集》，人民文学出版社2014年版，第957页。

不可一世的孤傲情怀。然后文章就转向刘基对宋、张二人的评价，说宋濂为"当今文章第一"，显示了刘基的眼光和胸怀，说自己是第二则显示了他的自负本色，说张孟兼第三则是对这位浙东文人的褒奖。刘基的《孟兼文稿序》一文今已不传，因而其如何具体评价张文也就不得而知。但《刘基集》却保存了一篇《宋景濂学士文集序》，其中评价宋濂说："儒林清议佥谓开国词臣，当推为文章之首，诚无间言也。"[①] 可知刘基对宋濂文章第一的评价的确是其真实的看法。但是，本文的主旨既不在于通过刘基的评价来抬高自己，因为宋濂一再表达了自己的谦恭态度，仅"伯温过矣"就重复了两次；同时也不是要通过刘基的评价来突出张孟兼的地位，尽管宋濂说"唯言孟兼才之与气，则名称其实尔"，但其目的依然是赞赏刘基乐于成人之美的"情怀"。文章最后对刘基的深沉怀念才是本文的主旨。但是，在这深沉怀念的背后，却包含了太多的难言之隐。他何以会想到刘基之死便"俯仰今古，不能不慨然兴怀"？而他在提笔写作此文时，又何以会"泪落纸上"？笔者认为，尽管宋濂的感情此时相当复杂，但痛惜刘基的死并联想到自己的命运是主要的因素。在元明之际，浙东文人集团与朱元璋淮西军事集团的关系微妙而复杂。朱元璋既要利用他们为自己出谋划策，又对他们加以控制约束。作为浙东文人群体一方，朱元璋既为他们提供了建功立业的机遇并得到了加官晋爵的荣耀，却又深感守道的艰难与自我的压抑。因此，他们其中的任何一个人遭遇摧折不幸，其他成员都会有强烈的兔死狐悲的感伤。当刘基为宋濂作《宋景濂学士文集序》时就慨叹说："先生赴召时，基与丽水叶公琛、龙泉章君溢实同行。叶君出知南昌府已殁；章君官至御史中丞，亦以寿终；今幸存者，惟基与先生耳。"那么到了宋濂为刘基的序文作跋时，当年一起投奔朱元璋的浙东四先生仅存宋濂一人而已，其感叹悲伤实属由衷而来。不仅此也，刘基的死具有更为复杂

---

① （明）刘基著，林家骊点校：《刘基集》，浙江古籍出版社1999年版，第93页。

的内涵。关于刘基的死因，或以为被朱元璋所赐毒酒致死，或以为被淮西官员胡惟庸下毒害死，至今尚无定论。但有一点是清楚的，即刘基乃是死于非命而非寿终正寝。对于这一点，宋濂毫无疑问心里是很清楚的。无论是从刘基个人"负气甚豪"的个性悲剧的角度，还是从浙东文人的集体命运的角度来看，他的死都会给宋濂带来感伤、震惊与深思，并使之为自我的命运而忧虑。所有这一切都不便明言，但他的"俯仰今古"，是否想到了君臣遇合的不易？他的"泪落纸上"，是否为浙东文人集团的陨落而感伤？这些都只能由后世读者去解读体味了。

四 包容与多元：宋濂题跋文体观念的特征

明代文体学家徐师曾在《文体明辨序说》中将题跋的文体功能概括为："其词考古证今，释疑订谬，褒善贬恶，立法垂戒，各有所为，而专以简劲为主，故与序引不同。"① 这样的概括当然是有根据的，却又是不全面的。宋濂的题跋文体观念与创作，可以提供徐师曾所说的全部证据。褒善贬恶自不必说，宋濂明初的大多题跋创作尤其是台阁题跋的创作，都具有如此的功能。至于"考古证今，释疑订谬"，则宋濂所概括的补史与知识考证的两大类别是最具体的表现。"专以简劲为主"也可以在宋濂的书画题跋中找到很多实例。评价徐师曾的说法不够全面，是因为他的归纳难以囊括题跋创作的所有类别。仅以宋濂的创作为例，语含讥讽的批判功能，寄托情感的抒情功能，寄托兴趣的小品功能，这些都已经被宋濂的题跋创作发挥得淋漓尽致，并且还可以在其他宋元文人题跋中屡屡看到。因此，宋濂的题跋观念是包容广泛、自由开放的。他对题跋有自己的基本看法，那就是"前人旧迹或暗而弗彰，必假能言之士历道其故而申之，有如笺经家之疏云耳"。就是说必须对

---

① （明）徐师曾：《文体明辨序说》，人民文学出版社1962年版，第137页。

前人"暗而弗彰"的载体加以引申，这乃是题跋文最为基本的属性与功能。至于是考证作者身份，还是补充传主细节，抑或开掘主题意旨，乃至引起情感抒发以及由此及彼的审美想象，则要视作者的需求而自由挥洒了。宋濂之所以能够拥有这样的观念及创作业绩，自然要归之于其个人的修养、学识与能力，但同时也与其身跨元明两代的人生经历密切相关。这使他具备了不同的创作环境与心态，从而创作出多姿多彩的题跋作品，具备内涵丰富的题跋观念。后来王世贞曾评价宋濂说："文宪于书无所不读，于文体裁无所不晓。顾其概以典实易宏丽，以详明易遒简，发之而欲意之必罄，言之而欲人之必晓。以故不能预执后人之权，而时时见夺。夫使后人率偏师而与之角，孙主簿之三千骑足敌嬴卒数万。若各悉其国之赋甲而竞于大蒐，所谓五战而秦不胜三、赵再胜者，邯郸岌岌乎！我故思用其人也。"① 这当然是就宋濂的整体创作而言的，但也基本符合其题跋文的状况。王世贞认为，宋濂读书丰富，通晓文体，其优点是在各类文体上都有佳作与建树。后人在某个领域或可与其一争高下，但在整体上是无法与其相抗衡的。那么具体到题跋文体，宋濂也是如此。他几乎尝试了此种文体的所有功能，并都有成功的作品，或简劲、或细腻、或深刻、或含蓄，用以叙事说明、议论抒情，均能得心应手。当然，王世贞的说法也有可以商量之处，比如他说宋濂"以典实易宏丽，以详明易遒简，发之而欲意之必罄，言之而欲人之必晓"，就颇有含混之处。如果说这是他本人从元末到明初在创作上的变化，或者不无道理；如果说这是他针对前人的创作而做出的调整，那就很难概括其创作的实际。因为仅从题跋文体而言，宋濂就典实与宏丽兼顾，简劲与详明并存，从而成为一个多元包容的题跋文大家。

（作者单位：中国社会科学院）

---

① （明）王世贞：《书宋景濂集后》，《读书后》卷4，《宋元明清书目题跋丛刊》第6册，中华书局2006年版，第349页。

贺贻孙诗体论

——兼论对严羽诗体论的继承与发展

张翼驰

目前的贺贻孙研究，有专注于文史哲之专门研究，比如《骚筏》或者《诗筏》的专门研究。亦有对其诗论核心概念范畴的梳理阐释，如对霍松林先生主编的《中国诗论史》中对"化境"的重点阐释、蒋寅先生在《论中国古典诗学中的"厚"》对贺贻孙诗论中"厚"的重点阐释等[1]、敏泽先生对贺贻孙的美学思想进行的剖析以及曾枣庄先生主编的《中国文体学》则对其进行了文体学的考索等。亦不乏对于贺贻孙生平以及对其著述文献的考证等[2]。此外，贺贻孙在众多版本的批评史文论选中都占有相当的篇幅。由贺贻孙得到诸多大家学人的青睐，其重要性可见一斑。此前的研究，已经涉及了贺贻孙生平的考证，学界既有将其视为明人者，亦有将其视为清人者。贺氏作为明末清初之文论家应是中肯的。然而其诗体论研究似乎阙如，而从"性情与时序"的视角，探绎贺氏诗体论，兼论贺氏对严羽诗体论的继承与发展则是本文的

---

[1] 蒋寅：《论中国古典诗学中的"厚"》，《北京大学学报》（哲学社会科学版）2019年第1期。

[2] 罗天祥编著《贺贻孙考》（江西人民出版社1998年版）则涵盖了家族生平著述等方面的考证。汪泰荣《庐陵古文献考略》（中国文史出版社2004年版）、何振庆《永新文献考》（江西人民出版社2008年版）中皆有贺贻孙著述版本考证的部分，后者长于版本文献，引证充分。

鹄的。

贺贻孙博学强识，于经史百家无不涉猎，并多笺注成书。其诗多表达遭受离乱之苦，伤时感事之悲，故多慷慨激昂之音，时有兀傲、诡异之风。其文纵横跌宕，多有勃郁不平之气。张之洞《书目答问》列贺贻孙于"不列宗派古文家"内。本文拟从性情与时序探索贺氏与严羽文学历史遭遇的相似性，作为考察二人诗体论的出发点。继而，从诗体发展论、诗歌体制论以及本色说等方面着手论述贺贻孙诗体论，以及贺氏对严羽诗体论的继承与发展。

一 性情与时序

严羽生卒年不详，虽然隐居浪迹一生，但是行迹多在其家乡邵武一带，曾与戴复古一同论诗，在邵武一带颇有诗名。邵武严氏家族为文化家族，多能诗善文，有"九严"之称。其中，严羽与同族严参、严粲，并称"三严"。严羽为人粹温中有奇气，不肯事科举。约宋宁宗嘉定六年至嘉定九年（1213—1216）间，严羽问学于包扬，因包扬去世而离开。严羽自称其诗论是"自家实证实悟者，是自家闭门凿破此片田地"[①]。戴复古《石屏诗集》卷七《昭武太守王子文日与李贾、严羽共观前辈一两家诗及晚唐诗，因有论诗十绝，子文见之谓无甚高论，亦可作诗家小学须知》，则交代了戴复古、王埜诗论争议的背景。王埜与严羽意见相左，戴复古遂作《论诗十绝》解之。南宋末期诗坛风气正如王埜在《石屏诗集》题跋中所言："近世以诗鸣者多学晚唐，致思婉巧，起人耳目，然终乏实用。所谓言之者无罪，闻之者足以戒，要不专在风云月露间也。"[②] 戴复古在《论诗十绝》中总结南宋

[①] （宋）严羽，郭绍虞校释：《沧浪诗话校释》，人民文学出版社1983年版，第251页。
[②] （宋）戴复古著，吴茂云、郑伟荣校点：《戴复古集》，浙江大学出版社2012年版，第390页。

诗坛概况为:"文章随世作低昂,变尽风骚到晚唐。举世吟哦推李、杜,时人不识有陈、黄。"① 基于对南宋诗风的不满,他们从不同的角度分别给出了匡正南宋诗风的途径和方法。严羽自称"故予不自量度,辄定诗之宗旨,且借禅以为喻,推原汉魏以来,而截然谓当以盛唐为法,虽获罪于世之君子不辞也"。包恢、严羽和戴复古既不满江西后学所表现出来的流弊,也反对学习晚唐导致的狭小气局。戴复古《祝二严》称严羽"持论伤太高,与世或龃龉。长歌激古风,自立一门户"②。"近日不闻秋鹤唳,乱蝉无数噪斜阳"③,谓当时诗坛鲜有惊人之作。戴复古《侄孙爵以东野农歌一编来》云"群噪无才思,昏鸦自满林"④ 其意相同。据朱霞《严羽传》引"飘零忧国"一诗云:"时先生之在当时,矫然鹤立鸡群矣。"⑤ 戴复古在推崇杜甫的同时,也表达了对诗坛缺少惊人之作的惋惜,认为严羽的诗论在当时犹如鹤立鸡群。在严羽之时,肯像戴复古这样为严羽的诗论正名的人亦是屈指可数。严羽虽然闭口不提"诗言志",但其论诗亦主张"入门须正,立志须高"。虽然其重点在"入门须正",但是对于"立志须高"的看法却是与包恢不谋而合。在戴复古写给包恢的诗中亦有体现,如:"诗文虽两途,理义归乎一。风骚凡几变,晚唐诸子出。本朝师古学,六经为世用。诸公相羽翼,文章还正统。晦翁讲道余,高吟复超绝。巽岩许其诗,凤凰飞处别。"⑥ 其中指出了宋代诗歌的复古倾向,他与包恢讨论

---

① (宋)戴复古著,吴茂云、郑伟荣校点:《戴复古集》卷7《论诗十绝》,浙江大学出版社2012年版,第262页。
② (宋)戴复古著,吴茂云、郑伟荣校点:《戴复古集》卷1《祝二严》,浙江大学出版社2012年版,第20页。
③ (宋)戴复古著,吴茂云、郑伟荣校点:《戴复古集》卷7《论诗十绝》,浙江大学出版社2012年版,第263页。
④ (宋)戴复古著,吴茂云、郑伟荣校点:《戴复古集》卷3《侄孙爵以东野农歌一编来》,浙江大学出版社2012年版,第89页。
⑤ (宋)严羽著,郭绍虞校释:《沧浪诗话校释》,人民文学出版社1983年版,第263页。
⑥ (宋)戴复古著,吴茂云、郑伟荣校点:《戴复古集》卷1《谢东俾包宏父三首癸卯夏》,浙江大学出版社2012年版,第12页。

诗歌的方式就是引用理学的话语。

包恢与严羽作为师兄弟，都受到了陆九渊之学的熏陶浸染，槐堂弟子主张"不囿于成见、敢于抒发己见"的观点，在包、严二人的诗论中都有体现。若仔细剖析其中缘由，严羽之诗论实则出于南宋后期理学发展的必然趋势。诚如侯体健先生所言，晚宋时期理学与文学的融合，一方面表现为理学的让步，"以欧苏之发越，造伊洛之精微"或"程张之问学而发以欧苏之体法"，即在文学作品中留下理学痕迹[1]，比如包恢的诗论就可以视为这方面的代表。另一方面即文学反对理学，按照文学自身的发展规律进行文学活动，就如严羽的诗论，抛弃《诗经》以来的"诗言志"传统，恢复诗歌的"诗缘情"传统，试图完全脱离理学的影响。严羽之诗论无疑是参照当时的理学体系构建的另一套话语体系，并在后世引起了相关的争论，也让人回归于对诗歌自身特性的关注。

严羽处于南宋后期，个性"粹温中有奇气"，不肯科举，过着隐居游荡的生活。尤其是面对宋诗发展的后期江湖诗人重新宗尚晚唐诗风，其诗论具有对宋代诗论的总结意味。在贺贻孙身上亦有体现，贺贻孙处于明清易代之际，其诗论带有强烈的反思明代诗论的意味。著有《水田居文集》《激书》《诗筏》《骚筏》《诗经触义》《易经触义》《浮玉馆藏稿》《甘露山房制艺》《水田居掌录》《水田居典故》等。《续修四库全书总目提要·水田居全集提要》称其人"崇尚气节，有东汉遗风"。《书目答问》《清人文集别录》《四库全书总目提要》皆对《激书》有评价，然而这些评论皆就其内容篇目而言，尚未道出《激书》关键之旨。南京图书馆所藏《激书》为敕书楼藏版咸丰三年重镌，有五篇序文，其序一为贺贻孙自序，其序二为其"同学内弟叶擎霄邹山题"于"康熙丙子中秋之夕"，其序三为"吉州西昌邹万选撰"，之后

---

[1] 侯体健：《国家变局与晚宋文坛新现象》，《华南师范大学学报》（社会科学版）2010 年第 1 期。

有"叶吹万识",其序四为"醴陵后学廖志灏序",其序五为"青原释弘智愚者和南题"。而清代彭维新亦撰有《激书》的序文。《激书》的序文数量之多,在贺贻孙的著述之中,是十分突出的现象。其中都对"激"有所阐发,如邹山认为乃"借名物以寄真纪逸事以垂劝,援古鉴今,错综比类……写其忧患沉郁,习而忘焉之情。抑将以谏己者律人,激浊扬清为世道人心"①。彭维新认为"皆忧思感触、发诸性情、迫于不得已而作者"②。廖志灏则说:"大凡有所作必有所感,以感而通……正言之不足而寓言之,语言之不足而又形容比类。"③ 邹万则云,"南华者,易之变也。而贺子激书者,又南华之变也","易生于变,变成于激","圣人曰作易者其有忧患乎?夫吉居其一,而凶悔吝居其三"④。即认为贺子《激书》之旨上承《周易》《南华》,亦强调作者的忧患意识。

谌瑞云《永新贺子翼先生诗集序》称:"其诗傲似昌黎,诡异似长吉,而伤时感事慷慨激昂,时出入少陵,一湔有明前、后七子颠顶之习。"⑤ 贺氏《自书近诗后》:"丧乱以后,余诗多哀怨之旨……吾求吾适而已,若并吾哀怨而禁绝之,亦不适甚矣。后之观是集者,倘不以吾为哀怨,而以为吾适焉,则吾诗或可比于溺人之笑也。"⑥ 从中可见,贺氏诗论多出于"伤时感事慷慨激昂"。贺氏身处明清易代之际,他对于明代以降诗论的反思以及对于诗论的历代发展总结意识亦较为明显。除了个性的差异,二者诗论对于时代的回应与反思亦是二者的共同之处。此外,二者诗论中对于诗体论的共同关注,尤其对于诗体发展论、五言诗、以时而论、以人而论、诗歌内部的体制差异、唐宋诗之争等问

---

① (清)贺贻孙:《水田居激书》,《序》,敕书楼藏版,咸丰三年(1853)重镌。
② 同上。
③ 同上。
④ 同上。
⑤ (清)贺贻孙:《水田居存诗》,《序》,敕书楼藏版,同治庚午年(1870)重镌。
⑥ (清)贺贻孙:《水田居文集》,敕书楼藏版,同治庚午年(1870)重镌。

题"求其探索根本,竟委穷源"方面,尤为值得重视。而此前的相关研究尚未涉及这个问题,故为本文的论述留有空间。

二　诗体发展观

贺贻孙在《诗筏》中全面梳理了诗体的发展历程,具体考察了苏李诗、《古诗十九首》、陶诗、汉人拟古诗、乐府诗、建安诗歌、唐诗、宋诗以及明诗的承传衍变。贺贻孙诗体论在辨体分类方面借鉴并发展了严羽的诗体论。在此基础上,他还指出了诗体发展的成因:其一,诗体的变迁与时运盛衰密不可分,即"盖一代英绝,领袖群豪,坛坫设施,各有不同。即气运且不得转移升降之,区区习尚,何足云乎"①,这与以王国维为代表的"一代有一代之文学"及其"一代有一代之文体"的文学史观和文体史论有相通之处。其二,沈约的声病说引起了近体诗和词体的滥觞,"自玄晖后,如沈约、江淹、王筠、任昉诸君,皆慕玄晖之风,而皆不能及。休文复倡为声病之说,音韵稍促,遂开古诗近体分途之渐"②,"然则齐、梁以后,不独浸淫近体,亦已滥觞填词矣。"③新诗体如宫体诗也逐渐出现并发展成熟,呈现出辞藻艳丽、体气卑弱的风格,"宫体一出,从风而靡,盖秀才天子也,又降为浪子皇帝矣。陈后主、隋炀帝才思艳发,曾何救于败亡也"④。其三,社会功用是诗体演变的重要原因。诗歌的社会功用随着时代的发展而强化。诗可以兴、观、群、怨,"三代之民,直道而行,毁不避怨,誉不求喜,今则为匿名谣帖、连名德政碑矣。偶触偏心,则丑语丛生,惟恐其知;忽焉摇尾,则谀词泉涌,惟恐其不知也。至于赠答应酬,无非溢词;庆问通

---

① （清）贺贻孙:《诗筏》,郭绍虞编选《清诗话续编》,上海古籍出版社2016年版,第133页。
② 同上书,第152页。
③ 同上。
④ 同上书,第151页。

赘，皆陈颂语"①，也可以赠答应酬、庆问通赞，因此促成了和韵诗、离合体、反复体、叠韵体、双声体、风人体的繁荣发展，如："自元、白及皮、陆诸人以和韵为能事，至宋而始盛，至今踵之。而皮日休、陆龟蒙更有《药名》《古人名》《县名》诸诗。又有离合体，谓以字相拆合成文也。有反复体，谓反复读之，皆成文也。有叠韵体……有风人体……"② 贺氏不仅对这些诗体进行辨析，还考证了其原始本末，"回文、反复起于窦滔妻，然妇人语耳。双声体，据皮袭美云起于'蟏蛸在东''鸳鸯在梁'，然皆无心自合，非有意为之也。至于药名起于梁武帝，县名起于齐竟陵王，彼亦偶为之，岂以此见长哉？"③ 并指出创体者备受关注乃出于审美风格。这与贺贻孙论诗更在意审美价值的观点一致。其四，与统治者的好尚紧密相关，如"南朝齐、梁以后，帝王务以新词相竞，而梁氏一家，不减曹家父子兄弟，所恨体气卑弱耳。武帝以文学，与谢朓、沈约辈，为齐竟陵王八友，著作宏富，固自天授。而简文艳情丽藻，在明远、玄晖之间，沈约、任昉诸臣，皆所不及，武帝以东阿拟之，信不虚也。梁元帝及昭明统、武陵纪、邵陵纶，亦自奕奕，独昭明小劣耳"④。

严羽诗体论第一部分为诗体流变，概括了风、雅、颂、《离骚》、西汉五言、歌行杂体、沈宋律诗的发展历程。而且还追溯了五言、七言、四言、六言、三言、九言的起源问题。严羽《沧浪诗话·诗体》中以时而论、以人而论、诗歌内部的体制差异以及选体等，其中关于选体的表述为："又有所谓选体（选诗时代不同，体制随异，今人例谓五言古诗为选体，非也）。"⑤ 张健认为："严羽的诗体论实为汇集前人之

---

① （清）贺贻孙：《诗筏》，郭绍虞编选《清诗话续编》，上海古籍出版社 2016 年版，第 159 页。
② 同上书，第 197 页。
③ 同上。
④ 同上书，第 151 页。
⑤ （宋）严羽著，张健校笺：《沧浪诗话校笺》，上海古籍出版社 2012 年版，第 247 页。

说而成。据严羽本人所言，其有取于李淑、惠洪二人著作。"① 严羽诗体四变的观点概括了自《诗经》到律诗的诗体变化历史。而各体诗起源乃用南朝梁任昉《文章缘起》之说。而且这种将诗体的源头追溯到《诗经》也表明严羽承认《诗经》为诗歌起源的样式、价值和标准。然而，吊诡的是，严羽在《诗辨》部分言及作诗功夫之时，却说"从上做下"的顺序，是以"《楚辞》为本、《古诗十九首》、《乐府》李陵、苏武、汉魏五言、李杜二集枕藉观之，如今人之治经"②。为何是以熟读《楚辞》为本，而非《诗经》呢？严羽对于宋人治经的态度是十分明确的，然而这里面既有他对于理学家对《诗经》过度阐释的不满，也有他想另辟蹊径的尝试。

贺贻孙对于诗骚传统的继承与发扬亦十分明显，其《诗筏》《骚筏》即是证明。贺珏跋其《骚筏》称："夫言之所以不朽者，要必有关于人心风教，非徒为浮夸之虚词，遂足以信当时传后世也。""夫诗之体裁各殊，《风》《雅》《颂》已不相袭。降自汉、晋、唐、宋、元、明，以迄于今，作者不一，论者亦不一，求其探索根本，竟委穷源，未有若是之明且超者，昔苏子瞻教人作诗曰：'熟读《毛诗》《国风》与《离骚》。曲折尽是矣。'我公抱宏通之才，值扰攘之秋，乃退隐于深山穷谷，博览旁搜，妙悟心得，以自抒一家之言，何其高也。而或且惜其不及珥笔明廷，作为诗歌，和声鸣盛。不知公之所以不朽者在彼不在此。不然，公即身即通显，不过挟藻搞华，咏歌太平已耳。安能穷前贤之奥窔，竖后学之津梁，有如是者！他日倘得举存稿而尽付剞劂，则其所以裨益人心风教者，讵止于是舆？"③ 正如贺珏所言，贺贻孙《诗筏》关注诗体的发展历程，是其诗体论的集中呈现。其诗体论中既有以体论诗、以时论诗、以人论诗，亦有对前人，如钟嵘、司空图、严

---

① （宋）严羽著，张健校笺：《沧浪诗话校笺》，上海古籍出版社2012年版，第191页。
② 同上书，第73页。
③ （清）贺贻孙：《骚筏》，贺珏跋，敕书楼藏版，道光丙午（1846）重镌。

羽、钟惺、谭元春等人的诗体论评价。而贺贻孙对严羽的接受尤为值得关注。贺氏诗体论内容较为全面，带有总结反思意味。《诗骚二筏序》称："家子翼先生，杜门著书四十年，于经有传，于史有论，未刻之诗歌古文辞若干卷，《激篇》若干卷，皆非言人所已言，与言人所共言、所能言者也。及读《诗骚二筏》，见其取古人而升降之，取古人之说而意度之，以此言诗，诗其登岸矣。"① 这表明了族弟贺云黼对贺贻孙的高度肯定。严羽《答出继叔临安吴景仙书》中亦有强烈的自负心态的表露，如"仆之《诗辨》，乃断千百年公案，诚惊世绝俗之谈，至当归一之论"②。

在诗体通变问题上，贺贻孙反对模拟剽窃，提倡"创体"和"得其自体"，虽然贺氏重视诗歌的章法结构和表现技巧，却指出诗歌的"丰神气韵"是无法模拟的："枚乘《七发》，东方朔《客难》，创体也。后人虽沿袭其体，然丰神气韵，终不能及。张平子《四愁诗》，亦创体也。"③ 他认为诗人贵在"创而不沿"，即"然余观子美诗，创而不沿，孤而无偶，竟不能指某篇某句出《风》《雅》，出沈、宋，出苏、李，出曹、刘，出颜、谢，出徐、庾也。如蜂采百花以酿蜜，不能别蜜味为某花也。如秦人销天下兵器为金人十二，不能别金人之头面手足为某兵器也"④。主张通过学习古人而"得其自体""自适己意"以至文章"不朽"，"合众体以成一子美，要亦得其自体而已。今之学少陵者，分其一体，便谓逼真少陵，恐少陵不如是之多也"⑤，"彼不见有古今，不过孤行一意，以取名耳；陶公不知有古今，自适己意而已，此所以不

---

① （清）贺贻孙：《诗筏》，郭绍虞编选《清诗话续编》，上海古籍出版社2016年版，第126页。
② （宋）严羽著，张健校笺：《沧浪诗话校笺》，上海古籍出版社2012年版，第758页。
③ （清）贺贻孙：《诗筏》，郭绍虞编选《清诗话续编》，上海古籍出版社2016年版，第140—141页。
④ 同上书，第167页。
⑤ 同上。

朽也"①。贺贻孙在诗体发展层面，重点考察了五言诗的发展情况。贺氏并不认同陶诗出于苏李诗和十九首的说法，指出他们的共同点在于气韵相近，强调陶诗"自有妙悟""取适己怀"的独创性，"论者为五言诗平远一派，自苏、李、《十九首》后，当推陶彭泽为传灯之祖，而以储光羲、王维、刘昚虚、孟浩然、韦应物、柳宗元诸家为法嗣。但吾观彭泽诗自有妙悟，非得法于苏、李、《十九首》也。其诗似《十九首》者，政以其气韵相近耳。储、王诸人学苏、李、《十九首》，亦学彭泽，彼皆有意为诗。有意学古诗者，名士之根尚在，诗人之意未忘。若彭泽悠然有会，率尔成篇，取适己怀而已，何尝以古诗某篇最佳而斤斤焉学之，以吾诗某篇必可传而勤勤焉为之？"②

贺贻孙的诗体发展观集中体现在对唐诗的评价上，认为"诗至中晚，递变递衰，非独气运使然也"③。"开元、天宝诸公，诗中灵气发泄无余矣，中唐才子，思欲尽脱窠臼，超乘而上，自不能无长吉、东野、退之、乐天辈一番别调。然变至此，无复可变矣，更欲另出手眼，遂不觉成晚唐苦涩一派。愈变愈妙，愈妙愈衰，其必欲胜前辈者，乃其所以不及前辈耳。且非独此也，每一才子出，即有一班庸人从风而靡，舍我性灵，随人脚根，家家工部，人人右丞，李白有李赤敌手，乐天即乐地前身，互相沿袭，令人掩鼻。"④贺氏的唐诗初盛中晚论，"盖江东颜、谢之体，至玄晖而畅，至沉约辈而弱，至陈、隋而荡矣。愈变愈新，因而愈衰，是六朝之诗，亦自为初盛中晚也"⑤，也继承了严羽的观点。陈伯海先生曾指出，严羽《沧浪诗话·诗体》部分，"不仅从诗风兴替因革的角度，将整个唐诗区划为唐初、盛唐、大历、元和、晚唐五种体

---

① （清）贺贻孙：《诗筏》，郭绍虞编选《清诗话续编》，上海古籍出版社2016年版，第149页。
② 同上书，第148页。
③ 同上书，第133页。
④ 同上书，第133—134页。
⑤ 同上书，第152页。

式",也即"唐诗演变的五个阶段","还从传统的'正变'观念上阐说了它们相互间的关系"。①

贺氏认为诗歌"不朽""丰神气韵"的关键在于诗人才学兼备,唯有才学兼备的全才、通才,才可以诸体兼善、打破体制的局限,"夫诗有别材,非关书也;诗有别趣,非关理也。然非多读书、多穷理,则不能极其至"②。其实,对于文体兼善而引发的才与学的问题重视,并非肇始于严羽,而是自魏晋南北朝时期就得到了关注。后世学者对于严羽的此段理解有不同的观点。对于"材""书"的不同见解导致了对此段的不同诠释。而严羽《沧浪诗话·诗体》重在辨体,贺贻孙则在严羽辨体的基础上,指出了诸体兼善背后的因素。此外,贺氏重视诗人才学在诗运与世运中的作用,他对建安七子、竹林七贤、唐才子的品评坚持诗品与人品合一的原则,这也是贺贻孙主张文如其人、推崇知行合一的体现。因此,在言及论诗心态时,贺贻孙提倡审己度人、设身处地进行评价。在如何做到才学兼备、发挥诗人的作用问题上,贺贻孙提倡学习古人量才作诗、不求诸体皆备的做法,推崇陶渊明读书作文"绝无名根",指出诗歌创作应当摒弃名心,强调效法古人而不露痕迹。这种对于现实的关注与回应,则是贺贻孙诗体论对严羽的发展,严羽更重视如何学古,忽视了诗歌与现实之物的关系。同时,贺贻孙严厉抨击诗坛之弊,批评后人字句摹仿、率意应酬、为名心所累的沿饰浮华风气,指斥时人以"起衰救弊"自居、"好名而不善取名"的动机。严羽亦有类似的观点,他认为吴景仙《诗说》"只是说诗之源流、世变之高下耳",严羽对于吴景仙《诗说》的评价可见一斑。严羽认为作诗的关键在于通过"辨体"而发现作诗门径,即"作诗正须辩尽诸家体制,然后不为旁门所惑。今人作诗差入门户者,正以体制莫辩也"。毋庸置疑的

---

① 陈伯海:《唐诗学引论》,上海古籍出版社2015年版,第93页。
② (宋)严羽著,张健校笺:《沧浪诗话校笺》,上海古籍出版社2012年版,第129页。据张健分析,古今学者对于严羽此句的"材""书"的解释各有不同,此处暂且搁置不论。

是，历代不乏以"起衰救弊"自居的诗论家，然而直指要害并且真正发挥作用者寥寥。贺贻孙诗体论带有对于历代诗体发展的总结与反思意味，在具体阐释中并非仅关注诗体发展，而是结合诗歌体制章法、诗歌本色说综论诗歌的审美风格和审美境界。就此而言，贺贻孙诗体论实际上是一个有机的评价体系。

三　诗歌体制论

辨体是贺氏诗歌体制论的出发点，而"本色"则是其根本指向。就辨体而言，贺贻孙关注了长短篇、古诗、律诗与绝句、民歌、乐府、词等，其对唐诗内部的辨体分为唐律、唐古风、讽喻诗、拟陶诗、唐人作唐人诗序、释子诗等。贺氏在辨体的同时亦重视诗体间的通变关系。诗歌体制包括了诗歌篇幅和章法等方面的内容，体现了贺贻孙重视短篇和古诗的"尊体"意识。他指出，短篇精练而同样讲究意蕴和结构，故难于长篇。就诗法而言，古诗因无法之法而难于近体诗。贺贻孙诗歌体制论的重点在于古近体诗歌。他客观地指出在"本色"方面古近体诗各有所长，重点区分了五言古诗、七言古诗、律诗、绝句的迥异风格。贺氏指出，近体诗"得体"于沈约的四声八病说，自形成以来，音韵格律和气韵风格就是其内在要求。因此，贺氏一方面肯定声律对偶对于诗歌一气呵成、圆融流畅的作用；另一方面反对仅以声韵格律论诗，指出诗歌的关键是"雄浑豪迈之气"[1]。由此可见，贺氏主张体制、章法结构、语言以及表现手法皆统一于诗歌的审美价值，古近体诗歌皆以表达各自的本色为鹄的。而这种细致的辨体更是严羽诗体论的特色，对于诗歌体制辨析影响深远。严羽的诗体论中更多的则是贵古贱今，尤其是涉及唐宋诗的评价问题。贺贻孙对严羽的超越体现在他对宋诗的评

---

[1]（清）贺贻孙：《诗筏》，郭绍虞编选《清诗话续编》，上海古籍出版社2016年版，第167页。

价上，尤其是对宋末诗歌的出于世运与时运的评价。因此，贺贻孙的诗体论并非停留在对严羽的继承层面，贺氏诗体论对严羽的发展与超越同样值得重视。

贺贻孙诗论中亦不乏理论与实践的脱节，如其对于古近体诗的看法就是其中一例。一方面，他承认古近体诗歌各有风格，反对贵古贱今的倾向，盛赞李杜不薄今爱古。然而，另一方面，在具体的诗论中仍然流露着征圣、宗经思想，如征引《诗经》、称颂《诗经》的"三代之民，直道而行，毁不避怒，誉不求喜，今则为匿名谣帖、连名德政碑矣"[①]。贺氏亦多次强调诗骚和诗教传统，主张后世诗人要有古人之意、以古诗为尊。这种倾向也暗含着贵远贱近的"尊体"意识。严羽《诗辩》中重点区分了诗歌内部的体制差异，既有字句上的差异（如古诗与近体、绝句与杂言、三句之歌与一句之歌），亦有与音乐相关的分类（如口号、歌行、乐府、楚辞、琴操等），与用韵有关的四声八病，也有诗歌的命名（如叹、愁、哀、怨等），亦不乏杂体等。可见严羽认为诗歌体制应包含字句、配乐、韵律、命名等要素。贺贻孙诗歌体制仍然继承了严羽以字句、配乐、韵律、命名等要素进行辨别的路径，其中重视诗体间的通变关系也是二者诗体论的共同点。由此可见，贺氏承认古近体诗歌各有所长，有其客观的一面，然而也有贵古贱今、以古诗为尊的倾向。因此，贺氏诗体论实乃多元多维的评价体系，贺氏的龃龉也反映了明清易代之际对诗教与正统的矛盾心态。

四 本色说

贺贻孙主张"作诗贵在本色"[②]。"本色"可追溯至宋代由"以文

[①] （清）贺贻孙：《诗筏》，郭绍虞编选《清诗话续编》，上海古籍出版社2016年版，第159页。

[②] 同上书，第157页。

为诗"引发的唐宋诗之争,其根源在于对宋诗的评价。"本色当行"则是严羽诗体论的关键词。严羽对唐宋诗之争的分析十分有见地,并且影响深远。贺氏"本色"说是对严羽"本色"论的继承与发展,其对唐宋诗的评价以及诗歌选本批评的观点即源于此说。此外,贺氏"本色"论亦关注诗歌语言、风格,重视诗词辨体与破体的问题等。

贺氏本色说重点从两个方面展开。一是关注"以诗为词"的"破体"倾向,从语言层面,他指出诗语贵于词语,认为诗语可以入词,而词语不可入诗,彰显了贺氏以诗为贵的尊体观念。如"徐凝'一条界破青山色',子瞻以为恶诗。然入填词中,尚是本色语"①,"诗语可入填词"②,"独填词语无一字可入诗料,虽用意稍同,而造语迥异"③。二是重点回应了对宋诗的评判问题。贺贻孙较为客观地指出了唐宋诗的关系,承认宋诗对唐诗的传承,指出熟读唐诗是评价宋诗的前提,"但须熟看唐人诗,方能辨宋诗苍白。盖宋之名手,皆从唐诗出,虽面目不甚似,而神情近之"④。他肯定宋诗有独特于唐诗的风格,"宋人虽无唐人气象,犹不失宋人本色"⑤。他对宋诗的辩证态度,尤为值得重视。他既承认"谓宋诗不如唐,宋末诗又不如宋,似矣"⑥,又肯定宋诗自成一派,"然宋之欧、苏,其诗别成一派,在盛唐中亦可名家。而宋末诗人,当革命之际,一腔悲愤,尽泄于诗"⑦。值得注意的是,结合了自身遭遇,贺贻孙对于宋末以及宋元之际的诗歌格外称道,"宋、元间人也,情真语切,意在言外,何遽减唐人耶?"⑧ 严羽诗体论虽然也涉

---

① (清)贺贻孙:《诗筏》,郭绍虞编选《清诗话续编》,上海古籍出版社2016年版,第152页。
② 同上。
③ 同上。
④ 同上书,第180—181页。
⑤ 同上书,第181页。
⑥ 同上。
⑦ 同上。
⑧ 同上。

及对宋诗的评价问题，如"本朝体。（通前后而言之）元佑体。（苏、黄、陈诸公）。江西宗派体"①"赵紫芝翁灵舒辈""江湖诗人"② 等，然而着墨甚少，重点在于唐诗之争的滥觞。贺贻孙虽然重视辨体，然而他的诗体论中亦有"诗文一道"的看法，而这也是诗体论发展的必然趋势。

贺氏重视诗体和作者对诗歌风格的影响，因此主张诗歌语言及表现手法应当"得体"，皆须服务于诗人诗体的"本色"。他认为讲究押韵、对偶，注重"直说胸臆"、含蓄蕴藉乃是诗歌语言的本色。贺氏强调唯有语言运用得体，方可达到"层层宛转，发乎情，止乎礼义"③ 的境界。此外，贺贻孙"本色"说也体现在选本批评方面，如认为钟、谭二人选诗"特标性灵"，亦"未免专任己见"，"然瑕瑜功过，自不相掩"④。贺氏对《诗归》的评价也即对于钟、谭二人选诗标准与意图的评价。

郭绍虞《沧浪诗话校释》称严羽诗体论"体与格不分，格与法不分"。同样，贺贻孙的诗体论在这一点上并没有超越严羽。贺氏诗体论除了有辨体的意涵之外，也有诗法、风格的意义，而《诗筏》将辨体、体制、诗法统一于诗歌的风格。贺贻孙诗体论继承发展了严羽诗体论，主要表现在诗体发展观、诗歌体制论及本色说等方面。究其成因，既有历史的因应又有个性的巧合。贺氏诗体论乃多元多维的评价体系，既考察了诗体发展的源流本末、动因以及不同诗体间的关联，又将诗体与审美价值相结合，避免落入诗体技巧的窠臼。

（作者单位：陕西师范大学人文社会科学高等研究院）

---

① （宋）严羽著，张健校笺：《沧浪诗话校笺》，上海古籍出版社2012年版，第217—218页。
② 同上书，第185页。
③ （清）贺贻孙：《诗筏》，郭绍虞编选《清诗话续编》，上海古籍出版社2016年版，第137页。
④ 同上书，第183页。

论清代小说文体观念的解放

李正学

清代小说既繁且盛，无论文言小说还是白话小说都达到了顶峰，留下了很多传世之作；并涌现出金圣叹、毛宗岗、张竹坡、脂砚斋、冯镇峦等批评家，将古代小说理论批评推向高峰。这一局面的出现，促进了小说文体观念的解放，也使小说文体批评走向成熟。

一 对小说文体观念的认识更为丰富

什么是小说？清人对这个问题，有了重新的认识和思考，并从不同角度做出了回答。在批评领域，最有影响的金圣叹提出了"才子书"的概念。在《第五才子书序一》中，他把天下书分为两种：圣人之书和古人之书。圣人著作遗有"五经"，即《易》《礼》《书》《诗》《春秋》。古人著作传有"六才子书"，即《庄子》、《离骚》、《史记》、杜诗、《水浒传》、《西厢说》。他说：

> 夫古人之才也者，世不相延，人不相及。庄周有庄周之才，屈平有屈平之才，马迁有马迁之才，杜甫有杜甫之才，降而至于施耐

庵有施耐庵之才，董解元有董解元之才。①

他认为，在这六种书中，最为易解常读，因而最具文章之美、文法之妙者，乃是《水浒传》。读《水浒传》，即知"读一切书之法"，"《水浒传》真为文章之总持"（《第五才子书序三》）②。并且得出了"自《水浒》以外都更无有文章"（第41回回评）③ 的崇高结论，从而把《水浒传》抬高到"才子书"系列，也即经史、诗文等一切书的最高地位。金圣叹是从但论文法、不别文体的角度来立论的。为此，他还提出了评判"才子书"的审美标准，即以"精严"为美。《第五才子书序一》曰："天下之书诚欲藏之名山，传之后人，即无有不精严者。"④《论语》《庄子》《史记》之文，皆"精严"。而所谓"精严"，即"字有字法，句有句法，章有章法，部有部法是也"⑤。在《读第五才子书法》中，他一口气列举出了"草蛇灰线法""背面敷粉法""横云断山法"等15种文法，又在正文评点中找寻出"移云接月之笔"（第43回夹批）⑥ 等多种笔法。因此，他才颇为自豪地宣称："夫固以为《水浒》之文精严，读之即得读一切书之法也。"⑦

与金圣叹相熟的毛纶⑧、与金氏有师承关系的毛宗岗⑨，父子二人在评点《三国演义》时，沿用了"才子书"的小说文体观念。《读三国志法》提出，"《三国演义》一书，乃文章之最妙者"，并接连举出《三国演义》具有结构、叙事、内容等方面的20种妙处，如"天然有此等

---

① （清）金圣叹撰，文子生校点：《第五才子书施耐庵水浒传》，中州古籍出版社1985年版，第5页。
② 同上书，第10、12页。
③ 同上书，第676页。
④ 同上书，第11页。
⑤ 同上。
⑥ 同上书，第725页。
⑦ 同上书，第12页。
⑧ 参见李正学《毛宗岗小说批评研究》，中国社会科学出版社2010年版，第41页。
⑨ 参见李正学《毛评与金圣叹关系新辨》，《南京师大学报》（社会科学版）2012年第2期。

波澜，天然有此等层折""追本穷源之妙""寒冰破热，凉风扫尘之妙"等，多是他们的新发现。所以，他们认为，"读《三国演义》胜读《水浒传》"，"吾谓才子书书目，宜以《三国演义》为第一"①。与金氏相比，毛氏好关于小说的文体观念是相一的，但究竟以哪一部书为最高，却前后异议，很是符合小说理论批评的发展规律。

至于《金瓶梅》的评点者张竹坡，则一反其论。他从"文字总是情理"（第11回夹批）②，而非要一味看寻其中"文法"的角度，提出小说乃是"一部世情书"。在《金瓶梅读法》中，张竹坡虽然总结出"板定大章法""加一倍写法"等若干种文法，指出"《金瓶梅》一文，于作文之法无所不备"，但他更看重并强调的，还是"情理"二字。他说：

> 做文章，不过是"情理"二字。今做此一篇百回长文，亦只是"情理"二字。于一个人心中，讨出一个人的情理，则一个人的传得矣。虽前后夹杂众人的话，而此一人开口，是此一人的情理；非其开口便得情理，由于讨出这一人的情理方开口耳。是故写十百千人皆如写一人，而遂洋洋乎有此一百回大书也。③

情理是小说要素的核心。情理是人物塑造的基础，更是文法、章法、字法产生之依据。第40回回评曰："文字无非情理，情理便生出章法，岂是信手写去者？"④ 明显是在反对金圣叹《第五才子书》中反复谈到的，文章家须"随手风云，腕中神鬼""两石相接，文随手起""妙文随手而成"⑤ 的观点。基于此，张竹坡认为，小说创作重要的不是

---

① （明）罗贯中撰，（清）毛宗岗批评，齐烟校点：《三国演义》，齐鲁书社1991年版。
② （清）张竹坡撰，王汝梅、李昭恂、于凤树校点：《张竹坡批评第一奇书金瓶梅》，齐鲁书社1987年版，第176页。
③ 同上书，第38页。
④ 同上书，第598页。
⑤ （清）金圣叹撰，文子生校点：《第五才子书施耐庵水浒传》，中州古籍出版社1985年版，第729、770、880页。

遵循何种文法程式，而是要深入生活。《金瓶梅读法》曰："作《金瓶梅》者，必曾于患难穷愁，人情世故，一一经历过，入世最深，方能为众脚色摹神也。"① 经历丰富，下笔方能写出各色各样的生活场景；入世深，方能体会透、感受深，写出各种角色的神态情致，使其惟妙惟肖。《竹坡闲话》亦曰："来为穷愁所迫，炎凉所激，于难消遣时，恨不自撰一部世情书，以排遣闷怀。"② "世情书"成为小说之别称，乃是欲以情理反对文法，主张小说家应该在深入社会生活上下功夫，注重对人情物理的储积与孕育，从文法的理性走向世情的情性，从不关注现实、脱离现实转向走进现实、深入现实，"世情"说贡献之巨，可见一斑。

在创作领域，兼擅戏曲、小说两种文体的李渔，视小说为"无声戏"。他曾把小说集《连城璧》直接唤作《无声戏》，又在小说《拂云楼》第4回回末论道："此番相见，定有好戏做出来，不但把小姐订了，连韦小姐的头筹都被他占了去，也未可知。各洗尊眸，看演这出无声戏。"③ 小说是"无声"的戏曲，戏曲则是对小说"有声"化地翻版与表演。本着这个观念，李渔曾根据唐传奇《柳毅传》《张生煮海》的故事改编成《蜃中楼》传奇，供自己的家庭戏班演出。还曾将自己的小说改编成传奇，如《连城璧》中的《谭楚玉戏里传情 刘藐姑曲终死节》改编成《比目鱼》、《寡妇设计赘新郎 众美齐心夺才子》改编成《凰求凤》、《十二楼》第11篇《生我楼》改编成《巧团圆》。更有意思的是，李渔还抱着将一篇故事同时作成小说与戏曲的想法，多次做出了实验性尝试。例如，《无声戏》目次中注曰："《丑郎君怕娇偏得艳》，此回有传奇即出；《美男子避惑反生疑》，此回有传奇嗣出；《妻妾抱琵琶梅香守节》，此回有传奇嗣出。"④ 前者标注"即出"，果然改编成

---

① （清）张竹坡撰，王汝梅、李昭恂、于凤树校点：《张竹坡批评第一奇书金瓶梅》，齐鲁书社1987年版。
② 同上。
③ （清）李渔撰，萧容标校：《十二楼》，上海古籍出版社1986年版，第165页。
④ （清）李渔：《李渔全集》第8卷，浙江古籍出版社1992年版，第3页。

《奈何天》。后两篇标注"嗣出",惜今未流传。

李渔有意混同小说与戏曲的文体界限,努力将小说引向戏曲、强调戏曲元素在小说中的运用的做法,乃是意识到元明戏曲繁荣给戏曲艺术带来了巨大变革,而中短篇小说在宋话本、明代拟话本之后则几陷入艺术停滞,文坛上小说与戏曲两种文体力量的对比已经发生了明显变化,不再是魏晋、唐代至宋代三个时期那样,小说强戏曲弱、小说多影响戏曲发展的状况了;反之,戏曲开始以其独特的审美特征来反哺小说,助力小说艺术表现能力的提升,从而开创出一条小说戏曲化的文体融合发展的崭新道路,实现了中短篇小说文体观念的一次创新与解放。

李绿园受《桃花扇》《芝龛记》《悯烈记》三部戏剧的创作思路启发,也认为小说应该向戏剧学习,"藉科诨排场间,写出忠孝节烈",达到"田父所乐观,闺阁所愿闻"的艺术目的;而不能像唐人小说和元人院本,专以传写《莺莺传》《西厢记》之类,有文无质、偷香窃玉,诱导不求性理、缺乏根柢的青年男女,为了所谓的爱情不顾一切,成为风俗之大蠹。由此,李绿园从一个理学家的立场出发,倡导小说创作应该像朱熹的理学思想一样,扬善罚恶,"善者可以发人之善心,恶者可以惩创人之逸志",从而能"于纲常彝伦间,煞有发明"(《歧路灯自序》)①。他认为小说应如"家训谆言",务要以"培养天下元气"为本。乾隆抄本的《歧路灯》,卷首有李绿园《家训谆言》81 条,过录人曾从学于李绿园,其题语曰:"学者欲读《歧路灯》,先读《家训谆言》,便知此部书籍,发聋震聩,训人不浅,非时下闲书所可等论也。"② 在这样的文体观念指引下,《歧路灯》成为在清代颇为流行的,在白话与文言两种语体中皆出现的"劝诫小说"③ 的压卷之作。

---

① (清)李绿园撰,栾星校注:《歧路灯》,中州古籍出版社 1998 年版,第 864 页。
② 同上书,第 888 页。
③ 按:这一小说流派较早由孙楷第先生提出。参见孙楷第《中国通俗小说书目·分类说明》,作家出版社 1958 年版。

曹雪芹在《红楼梦》第 1 回叙述此书创作缘起时，提出了衡量一部优秀小说的四个标准。其一，"事迹原委，可以消愁破闷"，即故事梗概要"有些趣味"，适应市井俗人"爱看适趣闲文"、厌看"理治之书"的需要。其二，"歪诗熟话，可以喷饭供酒"，即要以诗词曲赋之类穿插其中，作为阅者茶余饭后的谈笑取乐之资。其三，务要叙述"离合悲欢，兴衰际遇"，而且不"失其真传"。这一点，乃是集历来诸体小说叙事艺术之优点而去不足，是我国古典小说所一贯追求的一种极高的叙事境界。其四，人物必须有创新，即要以塑造出"强似前代书中所有之人"的艺术形象为最高目的。由此，他评价自己所作的《红楼梦》，以"半世亲睹亲闻的这几个女子"为主要人物，这是历来小说中所没有写出的，堪称一大创举；小说"毫不干涉时世"，"上面虽有些指奸责佞贬恶诛邪之语，亦非伤时骂世之旨"，并且书中叙仁良慈孝等伦常所关之处，"皆是称功颂德，眷眷无穷，实非别书之可比"；小说"大旨谈情"，绝非"一味淫邀艳约、私订偷盟之可比"。① 如此，《红楼梦》就从大贤大忠走向了闺阁儿女，从朝政风俗走向了家庭生活，从忠贤理治走向了儿女私情。这一鲜明的思想转向，奠定了《红楼梦》在中国古代小说中无可替代的崇高地位和重要意义。

在文言小说中，以纪昀《阅微草堂笔记》与蒲松龄《聊斋志异》相驰骤为标志，出现了"才子之笔""著书者之笔"的论争。"才子之笔"的概念，显然借鉴了金圣叹的"才子书"观念，是白话小说创作理念在文言小说中的延伸。纪昀非常钦佩"留仙之才"，但对《聊斋志异》出于"作者代言"的创作方式却不认可；转而力主"有益于劝惩"，"忆及即书"。由此，文言小说界兴起了长达百余年的"聊斋体"与"阅微体"之争。至于冯镇峦，肯定"《聊斋志异》以传记体叙小说之事"，"一书兼二体"②，能出精神、有生趣，方为此争论画上了句号。

---

① （清）曹雪芹撰，黄霖校点：《脂砚斋评批红楼梦》，齐鲁书社 1998 年版，第 4—7 页。
② 朱一玄：《聊斋志异资料汇编》，南开大学出版社 2002 年版，第 485 页。

屠绅的《蟫史》，则以文言著长篇，融会志怪与神魔，被鲁迅誉为"惟以其文体为他人所未试，足称独步而已"①。

以这些探索为积累，清人对何为小说有了进一步的认识。罗浮居士《蜃楼志小说序》辨析"小说"二字：

> 小说者何？别乎大言言之也。一言乎小，则凡天经地义、治国化民，与夫汉儒之羽翼经传、宋儒之正诚心意，概勿讲焉。一言乎说，则凡迁、固之瑰玮博丽，子云、相如之异曲同工，与夫艳富辨裁清婉之殊科，《宗经》、《原道》、《辨骚》之异制，概勿道焉。其事为家人父子、日用饮食、往来酬酢之细故，是以谓之小；其辞为一方一隅、男女琐碎之闲谈，是以谓之说。然则，最浅易最明白者，乃小说之正宗也。②

罗氏强调了小说之"小"与"说"的根本属性，来源于生活的浅显易读的特征，完全摒弃了先秦"小道"说的轻视，摆脱了汉唐"史余"说的羁绊，使小说与一直处于正统地位的经学、史学完全分离开来，获得了文体上的独立性，从而成为宋明以来对小说通俗化的有力突出及升华。西泠散人《熙朝快史序》也说："呜呼，小说岂易言者哉！其为文也俚，一话也必如其人初脱诸口，摹绘以得其神；其为事也琐，一境也必如吾身亲历其中，曲折以达其见。"③ 强调"俚"的语言特征和"琐"的叙事特征，成为对小说文体审美特征的地道概括与体现。

---

① 《鲁迅全集》第 9 卷，人民文学出版社 2005 年版，第 255 页。
② （清）庾岭劳人撰，宇文校点：《蜃楼志全传》，百花文艺出版社 1987 年版。
③ 朱一玄：《明清小说资料选编》（下），南开大学出版社 2006 年版，第 1109 页。

二 对小说创作的态度更为开放

如何写小说？在小说被视为"小道"（班固《汉书·艺文志》）、"史余"（葛洪《西京杂记跋》）的历史时期，在小说作为"说话"艺术流传于民间的历史阶段，这个问题多少是被轻视的。无论东汉班固的"街谈巷语"，桓谭的"合丛残小语"，还是宋代罗烨的"靠敷演"（《醉翁谈录》），似乎都让人难以捕捉到明确的信息。然而，这样的存在状态，也给小说带来了有益的一面，即从一般性上看，相较于诗有定格、文有定式、戏曲讲声腔，小说因"不近文律"，故书写的自由度较高，较少受到严明的格式束缚。

至明代，随着"四大奇书"的问世，小说的文体地位不断被抬升。尤以《水浒传》带来的影响为最突出。李开先称，"《史记》而下，便是此书"（《词谑》）。李贽鼓吹为"古今至文"（《童心说》）；并与《史记》、杜甫集、苏轼集、李献吉集一起，列为"宇宙内五大部文章"，成为小说与史书平等的开始。袁宏道更进一步，认为在"文字益奇变"的《水浒传》面前，"六经非至文，马迁失组练"（《听朱生说水浒传》）①，正统经典的经书、史书反倒不如小说了。在这样一种潮流推动下，郎瑛《七修类稿》正式承认小说为"文章家之一体"②。但理论上认可的光芒，无法掩盖明代文人于小说创作实践不积极且有遮掩的事实，"四大奇书"的作者不题署本名、均存争议可为例证。而李昌祺因为创作《剪灯新话》，去世后不能入先贤祠（《水东日记》卷十四《庐陵李布政祯》）③ 的记载，也说明明人对小说文体的态度，还是有犹疑和顾虑的。

---

① （明）袁宏道撰，钱伯诚笺校：《袁宏道集笺校》，上海古籍出版社1981年版，第418页。
② （明）郎瑛：《七修类稿》，中华书局1959年版，第330页。
③ 参见（明）叶盛撰，魏中平点校《水东日记》，中华书局1980年版，第142页。

站在明人的肩膀上，清人从理论肯定与实践参与两个层面，对小说文体持积极开放的态度。最大的表现是，文人参与小说的热情被极大地调动起来，清代小说尤其成为文人小说的天下，文人或评论或创作均热情高涨，与明代以前构成显著差别。于是，对于小说如何写的讨论，自然也就从水下浮上水面，成为一个公开的文艺话题。

　　评改本是观察怎么写的一个很好的窗口。同一部作品不同主题怎么写，相同主题如何写得更精妙，都可以从评改本中实质性地看出来。例如，金圣叹"腰斩"《水浒传》，变120回本为70回本，删汰了在他认为"横添狗尾，徒见其丑"（第70回回评）的后50回，做了评点史上最大的一次手术，使金本《水浒传》不仅成为《水浒传》传播史上一个与原本《水浒传》截然不同的版本，而且也成为一个特色鲜明的思想载体，一个观测小说文体变化的细致样本，堪称评改本中最重要的创获之一。郑振铎在《巴黎国家图书馆中之中国小说与戏曲》中谈道："自此本盛行，世人乃多半不复知尚有100回、115回、120回等全本之《水浒传》在。"① 也就是说，这个评改本事实上成为后世流传的通行本。以至于最早的英译本，即美国作家赛珍珠于1933年翻译的《水浒传》（*All Men Are Brothers*），也以此本为底本，被西方文学界奉为经典译本。

　　毛纶、毛宗岗的《三国演义》评改本，以谬托李卓吾批阅的俗本为底本，从回目、语言、人物、情节等几个方面，都作了较大幅度的删改。"在诸评点本中，毛本的语言文字相较嘉靖本改动是最多的"，"增加了艺术性，增强了可读性。"② 因此，毛本《三国演义》成为清代以来《三国演义》的定本。美国纽约大学教授罗慕士以通行的毛宗岗批评本为底本，于1991年翻译出版了《三国演义》（*Three Kingdoms*）120回的全译本，成为北美学界《三国演义》最权威的英译版本。可以

---

① 朱一玄：《古典小说版本资料选编》（上），山西人民出版社1986年版，第96页。
② 李正学：《毛宗岗小说批评研究》，中国社会科学出版社2010年版，第74页。

说，我国古代历史演义小说的文体观念，就是以毛本《三国演义》为典范的。

其他评改本，如张竹坡的《金瓶梅》、蔡元放的《东周列国志》，也都因改动幅度大、增删地方多，无论语言、结构、人物、主旨都得到了较大提升，使原本小说焕然一新，而成为各自版本系统中的传世定本。张竹坡的《金瓶梅》评点本，英国汉学家克莱门特·埃杰顿在我国现代著名文学家老舍的帮助下，翻译成 100 回的全本《金瓶梅》（*The Golden Lotus*），于 1939 年出版，成为英语文学界第一个完整的《金瓶梅》译本，为西人了解中国古代世情小说做出了卓越贡献。

评改行为本身就是评点者与原作者不同小说观念的论争，就是回答如何写小说的最好教材与生动鲜活的案例。改即是作，这种评作一体化的倾向，让人分不清改者是批评家还是作家，以至于张竹坡道出了"我自做我之《金瓶梅》，我何暇与人批《金瓶梅》也哉"（《竹坡闲话》）的壮语。

我们也看到，由于这些文人的努力参与，在评点的过程中，他们开始以文人的自觉，尝试为小说写作制定一套规范的程式，帮助小说脱离"都无体例"（纪昀《滦阳消夏录序》）的简单化存在。如此，"文法"的概念很自然地被提了出来，成为小说文体向经书、史书、古文以及时文等其他成熟文体靠拢的一条通道。金圣叹们的文法批评，涉及小说的语言组织、结构安排、性格塑造、情节设计等方方面面，可以说，为确立"小说文体至高无上的艺术地位"[①] 做出了有益探索，成为清代小说文体观念自觉的一个重要表现。文法批评中有很多偏重于艺术技巧分析的内容。为此，现代学者胡适、鲁迅等曾予以否定，认为是"八股选家的流毒"，是一种有害无益的文学观念（《水浒传考证》）[②]。诚然，文法批评自带琐细芜蔓之弊，但从古代小说文体批评发展的实际上看，

[①] 李正学：《论古代小说批评的形态》，《吉首大学学报》（社会科学版）2013 年第 6 期。

[②] 胡适：《中国章回小说考证》，安徽教育出版社 1999 年版，第 3 页。

如金圣叹提出的"便知其二千余纸，只是一篇文字"（《读第五才子书法》），毛宗岗看到的"以词起，以词结"（《三国演义》开篇词眉批），这些林林总总的文法批评实践确是挖掘发现了小说文类的形式美，证明了小说的技巧也可以像经史、诗文的技巧一样微妙复杂，令人叹为观止。美国学者华莱士·马丁在《当代叙事学》中指出："只要关于小说的讨论仍然强调主题与内容，而无视当时在文学批评和美学中非常重要的形式问题，小说在文学研究中就仍然只会是一个不能升堂入室的文类。"① 文法批评给小说所带来的，就是助其在清代文坛能"升堂入室"的关键一步。

随着批评的发展，清代小说界出现了一种新动向，即批评家直接参与到小说创作的实际过程中，与作者面对面沟通讨论小说怎么写的问题，从而把批评由一种创作后行为变为创作中、创作前行为，提高了批评干预创作的力度，产生了一批集创作与批评之结晶的作品。典型代表是《红楼梦》的"一芹一脂"，即曹雪芹与脂砚斋的合作。例如，第13回脂砚斋批语自述：

> "秦可卿淫丧天香楼"，作者用史笔也。老朽因有魂托凤姐贾家后事二件，岂是安富尊荣坐享人能想得到者？其事虽未漏，其言其意，令人悲切感服，姑赦之，因命芹溪删去"遗簪"、"更衣"诸文，是以此回只十页，删去天香楼一节，少去四五页也。
> 可从此批。通回将可卿如何死故隐去，是余大发慈悲也。叹叹！壬午季春，畸笏叟。②

关于本节内容如何书写，是直露还是含蓄，是只掀起盖头还是通量全身，脂砚斋以"史笔"为鉴，给曹雪芹提出了很好的建议。我们不

---

① ［美］华莱士·马丁：《当代叙事学》，伍晓明译，北京大学出版社1990年版，第2页。
② （清）曹雪芹撰，黄霖校点：《脂砚斋评批红楼梦》，齐鲁书社1998年版，第218、220页。

必像"探佚派"红学那样,抓住脂评的一字一句,推源究委,搜罗出本回的原文原貌;也不必像 1987 年版的电视连续剧《红楼梦》那样,硬是在此加一段演员们的实景实情演出,以好让千百万观众明明白白地看出来;只应考虑,这样的处理方式是否达到了展现情节、塑造人物的目的,又是否与《红楼梦》全书的叙述风格相一致?答案自然是肯定的。本回原文有一句"彼时合家皆知,无不纳罕,都有些疑心",脂砚斋眉批:"九个字写尽天香楼事,不写之写。"① 意思是,单用这九个字,就可抵"天香楼一节"四五页的叙述了;何必如市面上流行的"风月笔墨"那样,将"淫秽污臭,涂毒笔墨,坏人子弟"(《红楼梦》第 1 回)之事,都一笔一画描摹刻画出来呢?!脂砚斋命删去"遗簪"、"更衣"诸文,与曹雪芹对小说的本初理解是相符合的,否则,他就不会接受。因此,这条删改的建议,既有助于彰显《红楼梦》"不写之写"的叙事风格之美②,也对曹雪芹小说文体观念的形成具有重要的建设性作用。

  清代小说发展史上,此类引人注目的情况还有,杜濬评李渔小说、许宝善评杜纲小说,以及一起评作《型世言》的陆人龙、陆云龙兄弟等,不另细述。

  作家本人的态度更为直接。清代小说基本上脱离了明代比附经史的写作传统,更多是从小说到小说,从小说存在的不足之处来反思小说,大胆地抛弃前人较为成熟、已经取得社会公认的创作经验,另辟新路创作新小说。这就使小说文体观念的层迭更新成为必然。

  李绿园多次批判明代坊间流行的"四大奇书"。《歧路灯自序》指出,《三国演义》不遵史实,"徒便于市儿之览,愈失本来面目";《水浒传》诲盗,易招致"乡曲间无知恶少,仿而行之";《金瓶梅》"诲

---

① (清)曹雪芹撰,黄霖校点:《脂砚斋评批红楼梦》,齐鲁书社 1998 年版,第 218、220 页。着重号为笔者加。

② 参见李正学《论曹雪芹、脂砚斋的小说思想》,《中国古代小说戏剧研究》第十一辑,甘肃人民出版社 2016 年版,第 108—111 页。下面有关"囫囵不解"的论述,也参用此文,不再注明。

淫","驱幼学于夭札,而速之以《蒿里》歌耳";《西游记》宣扬佛法,"惑世诬民"。① 又在小说正文第11回、第19回中,不惜笔墨描述《金瓶梅》诱害少年的至深至痛之节。能看出前人小说存在的问题,才能为自己创作小说确立正确的方向。《歧路灯》的出发点,乃是用儒家的正道思想,教导无知幼学们人生不要走歧路,而要积极求学上进;虽然由于这样那样的原因,短暂走上了歧路,只要能立志改正,也还是值得肯定的。可见,李绿园着眼于为幼学群体提供人生指南,有用《歧路灯》来反"四大奇书"的意思。这样的创作思维,即以小说来反小说,不能不让人感到惊讶,对后来的小说创作如《荡寇志》(一名《结水浒传》)等,有启示意义。

曹雪芹在《红楼梦》中,几乎将明代以来的诸体小说,如历史演义小说、野史小说、"理治之书"、艳情小说、才子佳人小说等,都一把抹到。曹雪芹指出它们不是"皆蹈一辙",就是"千部共出一套","最没趣儿"(第54回);表示自己绝"不借此套",而是力求"新奇别致","用假语村言",敷演出一段从来未有的"适趣解闷"(第1回)的故事来。相较李绿园,曹雪芹的雄心更大,所为亦更壮。他立意把《红楼梦》写成一部"记述当日闺友闺情",以闺阁为本,用尽全副精神写闺阁,而"不敢干涉朝廷","并非怨世骂时之书",使小说真正走进了一个改天换地的新境界。鲁迅评价说:"自有《红楼梦》出来以后,传统的思想和写法都打破了。"② 这是很确当的。

纪昀想做的也是一件超越前人小说的事,不过换成当代人了。身为《四库全书》总纂官的他,能俯身写小说,已让人不可理解。并且,他竟然因不满蒲松龄《聊斋志异》在当时小说界的巨大影响,试图借创作《阅微草堂笔记》来抵消,以一种小说文体观念来校正另外一种小说文体观念,这种近身相搏的勇气与智识,实在匪夷所思,为常人所不

---

① (清)李绿园撰,栾星校注:《歧路灯》,中州古籍出版社1998年版,第864页。
② 《鲁迅全集》第9卷,人民文学出版社2005年版,第348页。

能。且不言功效，这种大胆进行文体革新的精神，实为小说发展所必需，当为后世小说人所铭记。

令人惊喜的是，文人间的激烈交锋与碰撞，换来的恰是清代小说的百花齐放。这正如鲁迅在《中国小说的历史的变迁》中所言："清代底小说之种类及其变化，比明朝比较的多。"①"多"的原因，根本就在于观念上的不断探索与解放。

三 找到了小说文体批评的独特武器

怎样评价小说？应该说，自有小说以来就一直在探索，然不是为经史话语笼罩，就是为书画、古文、时文中的概念所左右，都还未找到独特的批评武器。一种成熟的文体，不可能没有相适合的批评观念。直到清人这里，才出现了新的转机。

金圣叹在对比"六才子书"的基础上，提出《水浒传》最令人痴迷的，就是塑造了众多有性格的人物形象。《读第五才子书法》云："别一部书，看过一遍即休，独有《水浒传》，只是看不厌，无非为他把一百八个人性格，都写出来。"② 小说要靠栩栩如生的人物形象吸引人，要能把笔下人物的性格刻镂雕绘得鲜明生动，方始具有巨大的艺术魅力，让人百读不厌。《水浒传》与其他文化典籍的根本区别就在这里，与其他小说相较的优势也在这里。"性格"一词，并非金圣叹造出。然作为一个艺术美学概念，用于小说批评，却是自金圣叹开始。

关于性格批评，金圣叹至少还做出了以下几方面贡献。其一，明确指出性格是小说的艺术表现中心，性格塑造高于叙事、大于文法。《读第五才子书法》："或问：施耐庵寻题目写出自家锦心绣口，题目

---

① 《鲁迅全集》第9卷，人民文学出版社2005年版，第343页。
② （清）金圣叹撰，文子生校点：《第五才子书施耐庵水浒传》，中州古籍出版社1985年版，第19页。

尽有，何苦定要写此一事？答曰：只是贪他三十六个人，便有三十六样出身，三十六样面孔，三十六样性格，中间便结撰得来。"① 如果没有若许人物，如果人物不能各具其性，判然分明，强烈突出，无论故事本身如何惊奇险怪，亦无论才子之笔铺叙起来如何娓娓动人，都不能结撰得来。其二，强调性格艺术以个性化为高。《第五才子书序三》："《水浒》所叙，叙一百八人，人有其性情，人有其气质，人有其形状，人有其声口。"②《读第五才子书法》又说："《水浒传》写一百八个人性格，真是一百八样。若别一部书，任他写一千个人，也只是一样，便只写得两个人，也只是一样。"③ 从而使个性艺术成为衡量一部小说成就高低的标准。其三，认为性格艺术以典型化为基。《读第五才子书法》："《宣和遗事》具载三十六人姓名，可见三十六人是实有。只是七十回中许多事迹，须知都是作书人凭空造谎出来。如今却因读此七十回，反把三十六个人物都认得了。任凭提起一个，都似旧时熟识。文字有气力如此。"④ 也就是说，人物要有深厚的生活基础，不能脱离现实，小说虽是虚构的艺术作品，但其中人物要以现实世界中的人为原型，言行举止、个性特征要受社会因素的制约，不能失真走样。

金圣叹之后，毛宗岗、张竹坡等都把性格批评作为小说批评的主要武器，成为解析小说好坏的犀利法宝。沿至脂砚斋，又提出了"囫囵不解"的性格审美观。

> 按此书中写一宝玉，其宝玉之为人，是我辈于书中见而知有此人，实目未曾亲睹者。又写宝玉之发言，每每令人不解；宝玉之生性，件件令人可笑；不独于世上亲见这样的人不曾，即阅今古所有

---

① （清）金圣叹撰，文子生校点：《第五才子书施耐庵水浒传》，中州古籍出版社1985年版，第17页。
② 同上书，第9页。
③ 同上书，第19页。
④ 同上书，第19—20页。

之小说传奇中，亦未见这样的文字。于颦儿处为更甚，其囫囵不解之中实可解，可解之中又说不出理路。合目思之，却如真见一宝玉，真闻此言者，移之第二人万不可，亦不成文字矣。余阅《石头记》至奇至妙之文，全在宝玉、颦儿至痴至呆囫囵不解之语中，其诗词、雅谜、酒令、奇衣奇食奇玩等类，固他书中未能，然在此书中评之，犹为二着。①

《红楼梦》所塑造的贾宝玉、林黛玉，不再是以往小说中那种忠奸、贤愚、善恶、正邪判然分明的人物，而是体现出不解中实可解、可解中又说不出的带有一定和融性的时代新质。脂砚斋在第 20 回提出的"真正美人方有一陋处"与"囫囵不解"一道，构成辩证的性格美学观，达到了古代小说人物美学的至境。

李渔较早地把"情节"引入小说批评，视为对叙事文学作品进行评鉴的关键。《金瓶梅》第 26 回眉批："此等情节不堪说破。"② 小说《合影楼》第 1 回回末自评："这是第一回，单说他两个影子相会之初，虚空摹拟的情节。但不知见形之后，实事何如，且看下回分解。"③《窥词管见》在论戏剧时，也提到"无论情节难堪"等语。这就使"情节"由一个生活中常用的词语，一步迈入小说文体的审美范畴，作为批评术语开始纳入小说人的法眼。李渔认为，情节的生成应注意三个方面。一是事料当缀以闲情。在小说中，将实事简单地摆放在一起，是没有意义的，而要以闲情作为连缀。《三国演义》第 5 回叙华雄夜战孙坚，始终围绕孙坚所戴赤帻做文章。李渔夹批："从赤帻上生情，绝好装点。"④ 把赤帻作为有情之物，才不是平白的事实的钩连，而构成一段牢不可破

---

① （清）曹雪芹撰，黄霖校点：《脂砚斋评批红楼梦》，齐鲁书社 1998 年版，第 319 页。
② 刘辉、吴敢辑录：《会评会校金瓶梅》，天地图书有限公司 1994 年版，第 554 页。
③ （清）李渔撰，萧容标校：《十二楼》，上海古籍出版社 1986 年版，第 8 页。
④ 陈曦钟、宋祥瑞、鲁玉川辑校：《三国演义会评本》，北京大学出版社 1986 年版，第 56 页。

的情节。二是叙事当学会断节。叙事以"情"为核心和动力,而以"节"为调节和控制。小说《拂云楼》第3回回末云:"这番情节虽是相连的事,也要略断一断,说来分外好听。"①"断"的目的是使故事更加"好听",有连接有断续,方觉情味更浓,读来兴致更高。三是要懂得"涵养文情"②。情与节统一于文情。叙事者应该学会如何在情与节的协调配合中,在情事的曲折变幻和节次的有序安排中,彰显出文章的情致之美、雅趣之韵。③

小说的虚构问题也开始受到关注。纪昀《滦阳消夏录(六)》一则故事言邻村一农家女为黑驴冒化,啖其夫。纪氏评曰:"此与《太平广记》所载罗刹鬼事全相似,殆亦是鬼欤?观此知佛典不全诬。小说稗官,亦不全出虚构。"④纪昀在此明确提出"虚构"的概念,认为小说可由"作者代言"式的虚构作成,也可以据听闻实录其事。可见,他的"虚构"论是与文体论紧密结合在一起的。至于小说应如何虚构以及虚构的规律与特征等,纪昀并未深入探讨。在考据学占据主流的乾嘉学坛,纪昀能注意到并提出小说创作中的"虚构"问题,已属难能可贵;更为细致的研究,应由后世的学者来承担。

当然,清代小说界关注"虚构"的,并不止纪昀一人。金圣叹《读第五才子书法》在讨论《水浒传》如何创作的时候,提出了"造谎"的概念:"只是七十回中许多事迹,须知都是作书人凭空造谎出来。"⑤"造谎"即虚构之意。"造谎"说在清代影响较大。《红楼梦》第54回"史太君破陈腐旧套",叙述贾母揭才子佳人小说的短,认为"是诌调了下巴的话",既失实又老套。众人在一旁趁和着说:"老太太

---

① (清)李渔撰,萧容标校:《十二楼》,上海古籍出版社1986年版,第159页。
② 刘辉、吴敢辑录:《会评会校金瓶梅》,天地图书有限公司1994年版,第1167页。
③ 此处参考李正学《论李渔的小说思想》,《浙江师范大学学报》(社会科学版)2017年第1期。
④ (清)纪昀:《纪晓岚文集》第2册,河北教育出版社1991年版,第125页。
⑤ (清)金圣叹撰,文子生校点:《第五才子书施耐庵水浒传》,中州古籍出版社1985年版,第19页。

这一说，是谎都批出来了。"王熙凤也赶忙上前逗才智，说贾母的批评，是"掰谎"，并有"是真是谎且不表""再从昨朝话言掰起"等一干言语。① 这里所表达的，即是小说为虚构之作。陶家鹤《绿野仙踪序》中也提到，世之读说部者，动辄以"谎"谓之；并指出，不惟小说，史书也是"谎"，"左邱明即千秋谎祖也"。因此，评论一部书的好坏，不在于看其是否"破空捣虚"般地作谎，而在于看其文字是否"谎到家"。"谎到家"的文字，便是好文字，便是书中之"奇观"。他认为，《绿野仙踪》与《水浒传》《金瓶梅》三书，"皆谎到家之文字也"，是说部中三大部奇书。② 这两处所谓的"谎""谎到家"，也是指虚构，只是词语运用上带有口语特征，略显不同。

  虚构问题的揭出意义在于，把小说叙事中的虚实关系，从是否遵从史书的实录原则中解脱了出来，开辟了小说艺境的新天地。自小说家们开始关注虚构以后，此前纷然聚讼的虚实、真幻等批评术语，皆被涵盖在内，而基本上失去了论争的意义。

  此外提出的小说批评概念，还有毛宗岗的"叙事妙品"说，标志者小说叙事理论的成熟③；张竹坡的"世情书"，使小说反映社会生活的深浅成为质量高低评判的标尺。这些批评术语的出现，真正为小说确立起了属于自体的艺术核心，无疑促进了小说这一文体观念的创新。而近现代以来的小说文体批评，正是沿着清人铺垫的道路，向前开掘的。

（作者单位：洛阳师范学院新闻与传播学院）

---

① （清）曹雪芹撰，黄霖校点：《脂砚斋评批红楼梦》，齐鲁书社1998年版，第856—857页。（着重号为笔者所加）
② （清）李百川撰，程匡校点：《绿野仙踪》，人民文学出版社1987年版，第815页。
③ 参见李正学《毛宗岗小说批评研究》，中国社会科学出版社2010年版，第305—310页。

从选本批评看桐城派骈散观的演进

杨新平

清代文章骈散并兴，唐宋以来居于主流的古文被桐城派继续光大，宋代以后逐渐衰落的骈文再度兴盛。随着骈散势力的消长，骈散之争成为清代文章领域的核心议题，以古文擅长的桐城派在这场论争之中自难置身事外，他们对待骈散的态度正是其文章观念的集中体现。选本批评是桐城派参与文坛骈散之争的重要依凭，桐城派选家常常通过选本序跋、选文及评点发表对于骈散二体的批评主张，因此借助选本批评透视桐城派骈散观的演进是最为切近与直观的方式。

目前学界有关桐城派骈散观念的研究，主要以方苞、刘大櫆、姚鼐、刘开、梅曾亮、曾国藩等几位大家的理论主张与创作实际为据，探讨桐城派对待骈文的态度变化，对曾氏以后桐城派文士对待骈散的批评主张较少关注，且罕有对桐城派文章选本系列进行全面观照以透视桐城派骈散观念的研究。[①] 以故，本文从桐城三祖以至民国时期桐城后学所

---

① 相关论文有：熊江梅、张璞《骈文与桐城派》，《柳州师专学报》1997年第1期；彭国忠《从重古轻骈到援散入骈——古文大家梅曾亮的骈文创作》，《文学遗产》2012年第2期；吕双伟《论桐城派对骈文的态度》，《安徽大学学报》（哲学社会科学版）2012年第6期；刘畅《桐城派对骈文态度的演变及原因初探》，《名作欣赏》2017年第8期；汪孔丰《家族视域下桐城派骈文思想的递嬗——以麻溪姚氏为中心》，《河南师范大学学报》（哲学社会科学版）2018年第6期。从选本切入研究桐城派与清代骈散之争的论文有禹明莲《李元度〈赋学正鹄〉的编选评点与清代骈散之争》，《学术交流》2015年第4期。

编文章选本切入，结合桐城派相关理论主张，探讨桐城派文士骈散观的发展演变，以期进一步丰富和深化对桐城派文章观念的认识。

一　骈散异趋："桐城三祖"选本尊散抑骈的倾向

任何文体都有盛衰起伏的变化，骈文发展至元、明两代跌落至于谷底。[①]晚明之际，衰落至极的骈文开启了复兴历程。有些作家出于对明代前中期文坛或尊秦汉或主唐宋古文的反拨，将眼光转向六朝骈文，复社张溥、几社陈子龙、夏允彝等人均以取法六朝文相尚。同时晚明还涌现出以《四六法海》为代表的大批骈文选本，在这些选本的推助之下，骈文复苏之势愈炽，以至于吴应箕竟发出这样的感慨："世之无古文也久矣，今天下不独能作，知之者实少，小有才致，便趣入六朝，流丽华赡，将不终日而靡矣。"[②]此种风气的转变，正是骈文由波谷迈向下一个波峰的起点。

明清易代之后，陈维崧、尤侗、吴绮、毛奇龄、吴兆骞等骈文家接踵而出，他们在创作上取得了很大成就，同时在理论上积极为骈文正名，肯定其存在的合理性，骈文正在蓄势待发。[③]但尽管如此，清初骈文尚不足与古文争衡，在文章领域拥有主流话语权的仍是古文家，骈文家时刻能感受到古文家对于骈俪的排拒，正如陈维崧《词选序》所云：

[①] 刘麟生《中国骈文史》云："元以异族入主中夏，稽古右文，几成绝响；曲子最擅胜场，开文学史中新纪元；诗文犹有可观，至骈文则阒焉无闻，以四六论，可谓一浩劫也。明代文学称盛，而模仿之作居多，创造之意为少，以言骈文，粗制滥造，庸廓肤浅，虽有作品，难登大雅之堂。"

[②] （明）吴应箕：《与刘舆父论古文诗赋书》，《楼山堂集》卷15，《续修四库全书》，上海古籍出版社2002年版，集部，第1388册，第545页。

[③] 如陈维崧《陆悬圃文集序》云："倘毫枯而腕劣，则散行徒增阒冗之讥；苟骨腾而肉飞，则俪体讵乏经奇之誉。原非泾渭，讵类玄黄。"（陈振鹏标点，李学颖校补：《陈维崧集·俪体文集》卷6，上海古籍出版社2010年版，第334页。）又如毛际可《迦陵俪体文集序》称其看到陈维崧骈文之后，"始悟文之有骈体，犹诗之有排律也。昔杜少陵为长律，其对句必伸缩变化，出人意表，虽俳比千百言，而与《北征》诸作一意单行者无毛发异。推此意以为文，是骈体中原有真古文辞行乎其间"。（周韶九选注：《陈维崧选集·集评》，上海古籍出版社1994年版，第397页。）

"客或见今才士所作文,间类徐、庾俪体,辄曰此齐、梁小儿语耳,掷不视。"① 至康雍时期,以古文相标榜的桐城派崛起于文坛。桐城派初期作家对待骈散问题,与清初大多数古文家一样,仍严守古文畛域,排斥骈俪之文,这种思想集中体现在选本批评之中。

清雍正十一年(1733),桐城派初祖方苞奉果亲王允礼之命,为国子监的八旗子弟编选《古文约选》。其《序例》开篇即对"古文"进行了界定:

> 太史公《自序》:"年十岁,诵古文。"周以前古书皆是也。自魏晋以后,藻绘之文兴,至唐韩氏起八代之衰,然后学者以先秦盛汉辨理论事质而不芜者为古文,盖六经及孔子、孟子之书之支流余肆也。②

方苞界划古文之疆域,秉承了韩愈倡导"古文"时的最初内涵,即摒弃以"藻绘"为特征的六朝骈俪之文,而奉"质而不芜"的先秦两汉之作为古文,并将儒家经典视为古文的源头。此种界定与明末古文家艾南英之论亦一脉相承,艾氏《答夏彝仲论文书》云:"夫平淡古质,不为烦华者,古文之别称也。……盖昔人以东汉末至唐初,偶排摘裂、填事粉泽、宣丽整齐之文为时文,而反是者为古文。譬之古物器,其艳质必不如今,此古文之所以为名也。若以辞华为古,则韩之先为六朝,欧公之先有五代,皆称古文矣。"③ 显然,他们都将骈文视作古文的对立面,注重从文辞风格的角度区分古文与骈文的固有畛域,即古文以古质朴厚为尚,骈文则以藻俪华艳是崇。为了使古文保持雅洁古朴的

---

① 陈振鹏标点,李学颖校补:《陈维崧集·散体文集》卷2,上海古籍出版社2010年版,上册,第54页。
② (清)方苞:《古文约选》卷首,清雍正十一年(1733)和硕果亲王府刻本。
③ (明)艾南英:《重刻天佣子全集》卷5,清道光十六年(1836)刻本。

本色，方苞甚至拒绝任何骈俪因素介入古文创作，他曾告其弟子沈廷芳云："古文中不可入语录中语，魏晋六朝人藻俪俳语，汉赋中板重字法，诗歌中隽语，南北史佻巧语。"① 以此为衡，《古文约选》将六经及《左传》《公羊传》《谷梁传》《国语》《战国策》《史记》等奉为"古文正宗"，但为了使后学先得其津梁，"是编所录惟汉人散文及唐宋八家专集"②，而于六朝骈文一概不录，故刘大櫆《祭望溪先生文》称其"卑视魏、晋，有如隶奴"③。方苞在这部极具官方色彩的选本中为古文正名，力拒骈体，这对于清初骈文家肯定骈文的尊体主张无疑是反攻之举。

《古文约选》最推重唐宋八家之文，选文多达312首，其中对韩、欧古文尤为爱重，选录韩文70首，欧文58首，高居所选作家的前两位，这是对宋明以来古文家所尊奉的韩、欧文统的继承与发扬。而此前骈文家尤侗曾力排韩、欧文统，其《牧靡集序》认为，"今使驱天下之人尽出于昌黎、庐陵之门，则两汉以下，六朝以上，千百年间，其人必皆化为异物，而其文亦如冷烟荒草，随风飘灭于无何有之乡，然后可耳"，为六朝骈文之冷遇大鸣不平，进而倡导"既有一代之人，则自有一代之文"④，为骈文争取生存空间。方苞此选力尊韩、欧古文，而摒弃六朝骈文，无形中对骈文家给予了回击，从而巩固了古文的文坛地位。

方苞在唐宋八家之中对柳宗元颇有微词，《古文约选》所选柳文虽不在少数（46首），然《序例》却称"子厚文笔古隽，而义法多疵"⑤，明确表达了不满。从《书柳文后》所论来看，其所谓"义法多疵"者，

---

① （清）沈廷芳：《方望溪先生传》附，《隐拙斋集》卷41，《四库全书存目丛书·补编》，齐鲁书社2001年版，集部，第10册，第517页。
② （清）方苞：《古文约选》卷首，清雍正十一年（1733）和硕果亲王府刻本。
③ （清）刘大櫆撰，吴孟复校点：《刘大櫆集》卷10，上海古籍出版社1990年版，第338页。
④ （清）尤侗：《西堂文集·西堂杂俎二集》卷3，《清代诗文集汇编》，上海古籍出版社2010年版，第65册，第132页。
⑤ （清）方苞：《古文约选》卷首，清雍正十一年（1733）和硕果亲王府刻本。

与柳宗元古文未脱尽骈俪习气有关，文云：

> 子厚自述为文，皆取原于六经，甚哉，其自知之不能审也！彼言涉于道，多肤末支离而无所归宿，且承用诸经字义，尚有未当者。盖其根源杂出周、秦、汉、魏、六朝诸文家，而于诸经，特用为采色声音之助尔。故凡所作效古而自汩其体者，引喻凡猥者，辞繁而芜句佻且稚者，记、序、书、说、杂文皆有之，不独碑、志仍六朝、初唐余习也。①

柳宗元以古文名世，但其骈文成就亦颇为后人所称道。明人蒋一葵《八朝偶隽》云："唐初沿六朝绮丽之风，宾王辈四六鏧挩实工，丰骨稍掩，至河东始丽以则。"② 对柳之骈文可谓推崇备至。清人孙梅《四六丛话》更将其置于整个骈文发展史的脉络之中，给予了高度评价，所谓"子厚晚而肆力古文，与昌黎角立起衰，垂法万世"，故能"以古文之笔，而炉鞴于对仗、声偶间。天生斯人，使骈体、古文合为一家，明源流之无二致"③，认为柳文能熔铸骈散于一炉，使骈散二体相互为用，互通有无。可见柳宗元在骈文史上所得到的拥戴，并不逊色于他在古文史上所获得的声名。但是，在严守古文义法而拒斥骈俪因素的方苞看来，柳文颇杂"六朝、初唐余习"，骈俪气息较浓，有"辞繁句佻"之弊，自然义法不纯。可知方苞对柳文之不满，与其排拒骈体的思想密切相关。

而后王芑孙《渊雅堂文外集序》曾就方苞对待柳文的态度进行过评析，他说："盖韩、柳皆尝从事于东京、六朝。……韩有东京、六朝

---

① （清）方苞撰，刘季高校点：《方苞集》卷5，上海古籍出版社2008年版，第112页。
② （清）蒋一葵：《八朝偶隽》卷3，《续修四库全书》，上海古籍出版社2002年版，集部，第1714册，第615页。
③ 孙梅撰，李金松校点：《四六丛话》卷32，人民文学出版社2010年版，第653页。

之学，一扫而空之，融其液而遗其滓，遂以复绝千余年。柳有其学而不能空，然亦与韩为辅。望溪方氏宗法昌黎，心独不惬于柳，亦由方氏所涉于东京、六朝者浅，故不足以知之，而非柳之果不足学也。"① 王芑孙认为韩、柳古文都汲取了东汉至六朝骈文之长，不过韩文能够融而化之，柳文则"有其学而不能空"，尚未能尽除骈俪痕迹，但这并不妨碍其文章成就仍可与韩愈相辅而行。王芑孙是站在为柳文辩护的立场，批评方苞对待柳文的态度有失公允，但这正好从侧面印证了方苞贬低柳文更多是出于排斥骈俪的目的。

随着方苞文名日盛，从游之士接踵而至，同乡刘大櫆亦负笈来游，方苞对其颇为赏识，目为"国士"，并授以文章义法。在对待骈散的立场上，刘大櫆虽无明确的反骈主张，但从其相关的理论批评和选本实践来看，他仍然是古文正统的维护者。其《论文偶记》有云：

> 文贵华，华正与朴相表里，以其华美，故可贵重。所恶于华者，恐其近俗耳；所取于朴者，谓其不著脂粉耳。昔人谓："不著脂粉而清真刻峭者，梅圣俞之诗也；不著脂粉而精彩浓丽，自《左传》《庄子》《史记》而外，其妙不传。"此知文之言。
>
> 天下之势，日趋于文，而不能自已。上古文字简质。周尚文，而周公、孔子之文最盛。其后传为左氏，为屈原、宋玉，为司马相如，盛极矣。盛极则孳衰，流弊遂为六朝；六朝之靡弱，屈、宋之盛肇之也。昌黎氏矫之以质，本《六经》为文。后人因之，为清疏爽直，而古人华美之风亦略尽矣。平奇华朴，激流使然。末流比比，不可与处。②

---

① （清）王芑孙：《渊雅堂文外集》卷首，《续修四库全书》，上海古籍出版社2002年版，集部，第1481册，第318页。
② （清）刘大櫆撰，舒芜校点：《论文偶记》，（清）刘大櫆、（清）吴德旋、林纾《论文偶记　初月楼古文绪论　春觉斋论文》，人民文学出版社1959年版，第9页。

推绎其意，他认为文章应当写得华美有文采，但非谓专以偶俪为华美，而指不经过刻意雕饰即"不著脂粉"而自然地显现出来的"精彩浓丽"。刘氏秉此思想以衡文，认为周公、孔子、左丘明之文有文采，且华与朴结合得较为自然，属理想中的美文；至屈原、宋玉、司马相如之文则文采已达极盛之境，华过于朴，但两者之间的平衡尚在可控范围之内；逮至六朝骈文，则专以偶俪称盛，遂生流弊而趋于靡弱；后韩愈力纠骈文流弊而"矫之以质"，后人又因此专尚"清疏爽直"之风，遂不复有古人那种自然华美的文风。由此可见，刘大櫆虽主张文章须有文采，但对于骈文过分雕饰之文采却并不认可，而是追求自然的华美。以故，他对于偶俪之文亦主张要有参差变化之美，如称"文贵参差。天之生物，无一无偶，而无一齐者。故虽排比之文，亦以随势曲注为佳"①，意谓自然界的生物虽然无不成双成对，但又没有任何一对是完全一样的，所以即使排偶之文也要以曲折参差为贵。体现在选本编纂上，刘大櫆编选了《唐宋八家文选》及《精选八家文钞》，可见他对于骈体文学持论虽较平和，但从选本批评来看其所重视者仍是古文选本。

降至乾嘉，桐城派的实际创立者姚鼐步入文坛，他十分重视延揽弟子，播扬文统，从而将桐城古文发扬光大。与此同时，清代骈文经过百余年的发展，也迎来了鼎盛时期，名家辈出，如胡天游、汪中颇获时誉，袁枚、邵齐焘、刘星炜、吴锡麒、孔广森、孙星衍、洪亮吉、曾燠等亦各擅胜场，号称骈文八家。随着桐城派古文的流行和骈文创作的勃兴，文坛上形成了骈散并驱的局面。此时骈文家的尊体意识也愈益强烈，他们在理论上力争骈文与古文的对等地位。如袁枚《胡稚威骈文序》就以人体和自然物为喻，指出奇偶相生乃自然之道，故文分骈散亦属物理之自然。并说："古圣人以文明道，而不讳修词。骈体者，修词之尤工者也。六经滥觞，汉魏延其绪，六朝畅其流。论者先散行后骈

---

① （清）刘大櫆撰，舒芜校点：《论文偶记》，（清）刘大櫆、（清）吴德旋、林纾《论文偶记　初月楼古文绪论　春觉斋论文》，人民文学出版社1959年版，第10页。

体，似亦尊乾卑坤之义。"① 认为骈文亦滥觞于六经，其体与古文并重，绝不可废，据此反驳古文家尊散抑骈之论，以抬高骈文的地位。面对骈文创作高峰的到来以及骈文家来势汹涌的尊体思潮，姚鼐始终坚守古文立场，力主骈散异趋之旨，并落实于选本之中。

乾隆四十四年（1779），姚鼐主讲扬州梅花书院时，应讲学之需编成《古文辞类纂》，此选"为桐城派文章之所自出，后之从事桐城派者，皆奉为准绳"②，可以说是桐城派创立的标志。姚氏此选标举唐宋八家之帜，然后上溯先秦两汉，下及归有光、方苞、刘大櫆，树立起桐城派的古文统绪，并在此书卷首明确表达了尊散弃骈的选评思想：

> 古文不取六朝人，恶其靡也。独辞赋则晋宋人犹有古人韵格存焉。惟齐、梁以下，则辞益俳而气益卑，故不录耳。③

姚鼐编选古文时选入历代辞赋作品，于魏晋六朝选录了王粲《登楼赋》、张华《鹪鹩赋》、潘岳《秋兴赋》《笙赋》《射雉赋》、刘伶《酒德颂》、陶渊明《归去来辞》、鲍照《芜城赋》八首稍存"古韵"的辞赋作品，堂庑较方苞《古文约选》扩大不少，但于六朝骈文则仍保持着一种排拒的姿态。

尊散抑骈始终是姚鼐文章观念的主导倾向，在他与弟子的尺牍往来中亦时有表露。如与陈用光的信中云："杨荣裳骈俪之才，亦自可贵。住此稍近，时与晤言，但所尚故不同耳。"④ 虽称骈文有可贵之处，但也间接表达了自己坚守古文的立场。与鲍桂星的信中云："今世时文之

---

① （清）袁枚撰，王英志校点：《袁枚全集·小仓山房文集》卷11，浙江古籍出版社2015版，第226页。
② 徐斯异等：《名家圈点笺注批评古文辞类纂》卷首，上海广益书局1924年版。
③ （清）姚鼐：《古文辞类纂》卷首，清光绪二十七年（1901）求要堂刻本。
④ （清）姚鼐撰，卢坡点校：《惜抱轩尺牍》卷6，安徽大学出版社2014年版，第102页。

道，殆成绝学矣，由诸君子视之太卑也。夫四六不害为文学之美，时文之体，岂不尊于四六乎？"① 认为四六文尚不及八股时文之体尊贵。直到八十余岁时，他还致书侄孙姚莹云："吾昨得《凌仲子集》阅之，其所论多谬，漫无可取。……凌仲子至以《文选》为文家之正派，其可笑如此。"② 凌廷堪为乾嘉时期著名的汉学家，长于骈文，喜好《文选》体，张其锦称其"论古文以《骚》《选》为正宗"③，江藩亦称其"雅善属文，尤工骈体，得汉、魏之醇粹，有六朝之流美"④。力扬汉学和骈文的阮元颇赏识凌氏之学与文，在《国史·儒林传》中为其设立专传。姚鼐则讽刺阮元之举不无偏私，并称骈文家未了解"文章之事"，足见姚鼐对凌廷堪崇尚《文选》体的批评，正是因其文章祈向与骈文派异趋所致。要之，姚鼐继承和发展了方、刘的文章观，《古文辞类纂》严辨骈散，意在垂示文统，开宗立派，力扬古文之大纛。

二 骈散沟通：曾国藩等人折中骈散的理论主张与选本实践

嘉道以后，清代骈散之争由骈散对垒逐渐转向骈散沟通，骈文家多持折中骈散的观点，以期消泯骈散隔阂，使骈文与古文能够平分秋色。此种理论主张经过批评家的广泛揄扬，形成了一股文学潮流，且随时代的推移而不断地演进，相沿至于清末。⑤ 随着沟通骈散论的流行，坚守古文阵地的桐城派也受此影响而欲变革桐城古文，桐城后学不再恪守方、刘、姚排拒骈体的立场，对骈文采取了较为开放的态度，不仅理论

---

① （清）姚鼐撰，卢坡点校：《惜抱轩尺牍》卷4，安徽大学出版社2014年版，第64页。
② 同上书，第137页。
③ （清）张其锦：《凌次仲先生年谱》，《北京图书馆藏珍本年谱丛刊》，北京图书馆出版社1999年版，第120册，第342页。
④ （清）江藩撰，漆永祥笺释：《汉学师承记笺释》卷7，上海古籍出版社2013年版，第771页。
⑤ 详参曹虹《清嘉道以来不拘骈散论的文学史意义》，《文学评论》1997年第3期；奚彤云《清嘉庆至光绪时期沟通骈散的骈文理论》，《南京师范大学文学院学报》2005年第3期。

上有沟通骈散的主张，而且在编纂选本时，或骈散兼收，或在评点中打通骈散，甚至专门编选骈文选本。

首先迈出沟通骈散步伐的是姚门弟子。姚门高弟如刘开、梅曾亮、姚椿等人在创作中并未完全排斥骈体，他们都曾有过喜作骈文的阶段。① 在理论批评方面，他们也有融通骈散之论，其中最具影响力者为刘开之说，其《与王子卿太守论骈体书》云："夫文辞一术，体虽百变，道本同源。经纬错以成文，元黄合而为采。故骈之与散，并派而争流，殊途而合辙。千枝竞秀，乃独木之荣；九子异形，本一龙之产。故骈中无散，则气壅而难疏；散中无骈，则辞孤而易瘠。两者但可相成，不能偏废。"② 主张骈散应当相济为用，不可偏废。方东树、姚椿等人也有过类似的批评主张。方氏《小谟觞馆文集跋》指出，"俪偶之文，运意遣词，与古文不异"，骈散二体"殊用异施"，而"波澜莫二"，故不必"判若淄沔，辨同泾渭"③。姚椿《书董荣若太守国华文稿》亦云："夫文无奇偶之异，元亨利贞，天尊地卑，匪云奇也；日若稽古，春王正月，匪云耦也。阴阳刚柔，迭相为用，而文字行乎其间。通人硕材，或为兼工，或独肆力一事，如子厚于此体独繁多。"④ 认为奇偶作为文章要素，应当参酌并用，只是文家或兼工骈散，或偏于一端而已，能够正视骈俪之体存在的合理性。

与此同时，姚椿还借助选本批评将融通骈散的观念加以具体化。他

---

① 张舜徽《清人文集别录》云：刘开"所为骈文，亦沉博绝丽，自成一体"。(《清人文集别录》卷14，华中师范大学出版社2004年版，第351页。) 梅曾亮《管异之文集书后》云："曾亮少好为骈体文。"(梅曾亮：《柏枧山房诗文集·文集》卷5，上海古籍出版社2012年版，第109页。) 又《马韦伯骈体文叙》亦云："余少好为诗及骈体文。"(梅曾亮：《柏枧山房诗文集·文集》卷5，上海古籍出版社2012年版，第110页。) 姚椿《书董荣若太守国华文稿》云："仆少时好为俪偶文字。"[姚椿：《晚学斋文集》卷3，清咸丰二年（1852）刻本。]

② （清）刘开：《刘孟涂集·骈体文》卷2，《续修四库全书》，上海古籍出版社2002年版，集部，第1510册，第425页。

③ （清）方东树：《考盘集文录》卷12，《续修四库全书》，上海古籍出版社2002年版，集部，第1497册，第443页。

④ （清）姚椿：《晚学斋文集》卷3，清咸丰二年（1852）刻本。

在集半生精力所编《国朝文录》中，标举"辞章之美"作为选录标准之一①，对文辞华美并不排斥，于兼工骈散的文章家如胡天游、袁枚文分别选入49首和10首，而以骈文见长的洪亮吉、彭兆荪文亦各录有6首和7首。其中胡天游的选文数量仅次于方苞和姚鼐，位列所选三百余人中的第三位。胡天游为文以骈体著称，其散体文亦喜作排比，颇杂偶俪之气，李慈铭称其"造句炼字，独出奇秀，惟散文终嫌有骈俪蹊径"②。姚椿所选《与履先罗孝廉书》《送周生序》《风陵记》《柯西石宕记》《观古堂记》《首阳山夷齐庙碑》等文，均有此特点。所选胡氏赋作亦文采华美，颇有六朝赋之神韵，如《静夜秋思赋》云：

秋虫兮夕清，秋猿兮夜惊，引流萤于远幔，飘凉霭于闲庭。静朗金闺，空融素闼，韵籁悽簧，凝芳蓊櫕。晃眼河长，吹腰风结，修袂罩烟，纤罗洞月。月华兮晖晖，烟景兮微微，微微兮不散，晖晖兮愈远。远映兮水滨，珠萦兮绮文，网空明之宕漾，约秋思以迷人，迷人兮延伫，幽忧兮谁诉。

对偶工整，音韵谐畅，直是骈体小赋。由此可见，《国朝文录》选文虽以散体为主，但能兼取富于骈俪特点的古文，甚至骈体小赋，代表了嘉道时期桐城派文章选本沟通骈散的批评实践。

咸同之际，姚门弟子相继谢世，桐城古文窳弱之弊亦渐次暴露，此时私淑姚鼐又请益于梅曾亮的曾国藩接踵而起，对桐城古文进行变革，开启了桐城中兴的历程。曾国藩变革桐城古文的举措之一，是将秦汉六朝文作为重要的学习对象，以拓展取范门径。因此，重视骈文、调和骈散，成为曾国藩十分突出的文章观念。他于道光年间所作《送周荇农

---

① （清）姚椿：《国朝文录》卷首，清咸丰元年（1851）终南山馆刻本。
② （清）李慈铭：《越缦堂读书记》，中华书局1963年版，第747页。

南归序》就"创为奇偶相生之论,而略地于骈文之领域"①,此文从阴阳转化的角度指出奇偶相生乃天地自然之道,进而认为骈散二体可以相互为用,故文末指出其作此文的目的就是"明奇偶互用之道,假赠言之义,以为同志者勖"②。又《题王定安〈蜕敎斋稿〉》称"不独骈文宜求工切,即古文亦然"③,意谓古文创作中亦当吸收对仗、用典等骈文手法,以丰富艺术表现。后又在其日记及家书中屡屡道及沟通骈散之主张,如咸丰十年三月十五《日记》称"古文之道与骈体相通"④;《家书》中教育子弟学文也一再要求他们须兼习骈散⑤。由此可见,在调和骈散方面,曾国藩可以说是桐城派文人中旗帜最鲜明的一位,而此种思想更直观地体现在其选本批评之中。

咸丰十年(1860),曾国藩酝酿十年之久的《经史百家杂钞》编选完成,其选文虽仍以古文为主,但于论著、词赋、序跋、诏令、奏议、书牍、哀祭、传志、杂记九类文体中,皆选入魏晋六朝文,合共91首,其中除少数散体作品外,其余皆为骈体之作,体现了其兼重骈散的理论主张。这与《古文辞类纂》的选录颇异其趣,试观姚、曾二选所录书牍文,即可窥见二人骈散观念的差异。曾国藩咸丰元年十一月初九《日记》云:"《古文辞类纂》所选书说,有不尽厌于意者,未知古人书牍何者最善。"⑥《古文辞类纂》于"书说类"只录秦汉及唐宋八家古文,而曾氏却认为"古文中,惟书牍一门竟鲜佳者。八家中,韩公差

---

① 朱东润:《古文四象论述评》,《武汉大学文哲季刊》1935年第2期。
② 《曾国藩全集·诗文》,岳麓书社2012年版,第237页。
③ 同上书,第226页。
④ 《曾国藩全集·日记之二》,岳麓书社2012年版,第24页。
⑤ 如道光二十四年三月初十日《致温弟沅弟》云:"古文、诗、赋、四六无所不作,行之有常。"(《曾国藩全集·家书之一》,岳麓书社2012年版,第71页。)咸丰六年十一月初五日《谕纪泽》云:"欲明古文,须略看《文选》及姚姬传《古文辞类纂》二书。"(《曾国藩全集·家书之一》,岳麓书社2012年版,第295页。)咸丰八年七月二十一日《谕纪泽》云:"作四书文,作试帖诗,作律赋,作古今体诗,作古文,作骈体文,数者不可一一讲求,一一试为之。"(《曾国藩全集·家书之一》,岳麓书社2012年版,第362页。)
⑥ 《曾国藩全集·日记之一》,岳麓书社2012年版,第264页。

胜，然亦非书简正宗。此外，则竟无可采。诸葛武侯、王右军两公书翰，风神高远，最惬吾意"。① 又评韩愈《与少室李拾遗书》云："敦谕隐士之文，以六朝骈文为雅，若散文，则三四行已足，如两汉中诸小简可也。"② 均表示他更倾心于魏晋六朝以骈俪为主而雅致高远的书牍。魏晋六朝的书牍多以偶词俪句写就，轻视骈体的姚鼐自然不予选登，曾国藩因倡导沟通骈散的主张而选录较多，《经史百家杂钞》选录书牍 65 首，其中魏晋六朝文有 22 首，正体现了其审美偏好。因此，吴闿生云："曾氏《经史百家杂钞》颇采魏晋六朝诸作，盖欲于《古文辞类纂》外有以扩而充之。"③ 朱东润先生对比姚、曾二选后亦说："梁、陈以后之作，如邱迟《与陈伯之书》、庾信《哀江南赋》皆在，此则殆又姚氏所谓'辞益俳而气益卑'者，然曾氏则亟取之。乃至南朝小品，如高崧《为会稽王昱与桓温书》，王羲之诸书，尤后世论文之士所未尝言者，而曾氏又亟取之。"④ 据此可见姚、曾对待骈文的观念差异。

同治初，曾国藩又选录自汉迄清之名臣奏疏 17 首而编成《鸣原堂论文》，以贻其弟曾国荃。其中所选陆贽《奉天请罢琼林大盈二库状》为骈文，有评云：

> 骈体文为大雅所羞称，以其不能发挥精义，并恐以芜累而伤气也。陆公则无一句不对，无一字不谐平仄，无一联不调马蹄；而义理之精，足以比隆濂、洛；气势之盛，亦堪方驾韩、苏。退之本为陆公所取士，子瞻奏议终身效法陆公。而公之剖晰事理，精当不移，则非韩、苏所能及。吾辈学之，亦须略用对句，稍调平仄，庶笔仗整齐，令人刮目耳。⑤

---

① 《曾国藩全集·日记之二》，岳麓书社 2012 年版，第 35 页。
② 《曾国藩全集·读书录》，岳麓书社 2012 年版，第 346 页。
③ 徐世昌：《明清八家文钞》卷首，1931 年天津徐氏刻本。
④ 朱东润：《古文四象论述评》，《武汉大学文哲季刊》1935 年第 2 期。
⑤ （清）曾国藩：《鸣原堂论文》，清同治十二年（1873）传忠书局刻本。

陆贽为文，虽为骈体，但不贵雕藻，力去堆垛，条达疏畅，故"其文体尽是南朝之排比，而辞笔则开宋人之机调"①，可称骈散兼至之文。曾氏对陆文推崇备至，并称作文要"略用对句，稍调平仄"，即以骈文之法济古文之体，也是沟通骈散思想的体现。

同治时期，以曾国藩为核心的桐城派古文圈中，李元度也是一位较为突出的沟通骈散论者。他在《金粟山房骈体文序》中批评了古文家"率右韩、柳而左徐、庾"的倾向，并指出："天地之道，有阴阳则有奇偶，相须而行。……孔子云：物相杂故曰文。又曰：分阴分阳，迭用刚柔。相杂而迭用，文章之能事尽矣。歧奇偶而二之者，皆毗于阴阳者也。毗阴则支，毗阳则骜，如是岂足言文哉？"② 其论调完全继承了刘开以迄曾国藩等人折中骈散的批评思想。

同时李元度也将此种思想渗透于选本批评之中。同治十年（1871），李氏居乡期间，为教授生徒子侄学习律赋而编选了《赋学正鹄》，其卷首《序目》论赋体发展有云：

> 盖尝论赋学，有源有流。汉魏六朝之古体，源也；唐宋及今之律体，流也。将握源而治，则必先学汉魏六朝，而后及于律体；将循流以溯源，则由今赋之步武唐人者神而明之，以渐跻于六朝两汉之韵味。二者其道一，而从入之途不同，然升高自下，陟遐自迩，固当以循流溯源为得其序也。③

李元度认为学习律赋的理想途径应当是循流以溯源，亦即由清人之律赋上溯唐人之律赋，进而渐跻于六朝两汉之古赋。以故，是选虽以清

---

① 钱基博：《中国文学史》，中华书局1993年版，第345页。
② （清）李元度撰，王澧华校点：《天岳山馆文钞诗存·文钞》卷24，岳麓书社2009年版，第532页。
③ （清）李元度：《赋学正鹄》卷首，清同治十年（1871）爽溪书院刻本。

人律赋为主（129 首），但为了正本清源，其悬为准的者却是汉魏六朝赋（16 首），其中尤奉六朝骈赋为赋体正宗。此书卷首《序目》又称："盖赋肇于周汉，实以六朝为最盛，不独赋家以徐、庾为正宗，即四六亦以徐、庾为正宗也。"① 评吴锡麒《秋声赋》亦云："此与欧阳子所作门径不同，欧阳此题赋与东坡《前后赤壁》诸赋，皆古文家言，为赋家别调。此为词人之赋，纯以六朝为宗，实赋家之正则也。"② 身为古文家的李元度如此推重骈体赋，是因为律赋在六朝骈赋的基础上发展而来，故他将六朝赋视为学习律赋之正则。值得注意的是，他在具体评点中却并不以骈偶至上，而表现出鲜明的沟通骈散的文体观念。如云：

> 寓单行于排偶之中，笔若游龙，转折如意，再接再厉，愈出愈奇。其极流走处，正其极洗练处，故无一平笔，更无一闲字。（卷一评顾元熙《沛父老留汉高祖赋》）
>
> 章法奇肆，一气卷舒，用笔顿挫淋漓，纵横跌宕，寓单行于排偶中，直得古文神境，不徒以渲染为工。（卷二评于召南《菖蒲拜竹赋》）③

"寓单行于排偶之中"几乎被他奉为律赋写作的金科玉律。与曾国藩追求以骈济散不同，李元度则力主以散运骈，因为排偶能使俪体文显出整饬之美，但同时也易使其带有板滞之气，若参以单行之笔，则文章笔势便似"活虎生龙"，富于开阖变化及流走飞动之势。曾、李二人从不同的角度发扬了沟通骈散的文章观念。

光绪时期是桐城派文章选本编纂的高峰之一，有大批选本问世，其中还出现了专选骈文的选本。曾国藩弟子吴汝纶作为晚清桐城派主

---

① （清）李元度：《赋学正鹄》卷首，清同治十年（1871）爽溪书院刻本。
② （清）李元度：《赋学正鹄》卷 9，清同治十年（1871）爽溪书院刻本。
③ （清）李元度：《赋学正鹄》，清同治十年（1871）爽溪书院刻本。

持坛坫之人，其论文与选文皆不拘骈散，继承了乃师衣钵。吴氏不仅编有《古文读本》《桐城吴氏古文读本》等古文选本，还从张溥《汉魏六朝百三名家集》所录 103 家中约选 72 家而成《汉魏六朝百三家集选》，所选偏重于魏晋六朝作家，文章以骈文为主。因此，姚永概《吴挚甫先生平选汉魏六朝百三家集序》称："先生不徒致精于古文，六朝人所为，未始不兼取，以博其趣。"① 这正体现了其兼重骈散的文章观念。此外，吴汝纶教育弟子习文，并不反对他们学习骈文，而且对骈文创作有所成就者还给予高度评价，如其所编莲池书院学子课艺集《学古堂文集》中，评安文澜《拟姚思廉〈上陈书表〉》云："既熟《陈书》，兼明史例，词采固已郁茂，气体正复浩穰，斯为骈文盛轨。"② 或在评点时贯穿沟通骈散的思想，如吴闿生所辑《吴门弟子集》载其评傅增湘《读〈后汉书·逸民传〉》云："纵横跌荡，极骈文之能事。文以气为主，虽骈俪何独不然，左、潘、鲍、庾所以杰出于六代者，所争正在此处。故鄙论骈文，亦以气势为尤高也。"③ 认为在讲究文气充实方面，骈散两体并无二致，显然是以古文之法要求骈文，以期打通骈散。

与吴汝纶同时而私淑桐城的王先谦，先后编选了《续古文辞类纂》《国朝十家四六文钞》《骈文类纂》等选本。王先谦有自觉的辨体意识，他曾将骈散之别与汉宋之异作过类比，《复阎季蓉书》云："经学之分义理、考据，犹文之有骈、散体也。文以明道，何异乎骈散？然自两体既分，各有其独胜之处。若选文而必合为一，未可谓知文派也。为义理、考据学者，亦各有其独至之处。若刊经学书而必合为一，未可谓知学派也。"④ 认为论学作文要有学派意识和尊体观念。

---

① （清）吴汝纶：《汉魏六朝百三家集选》卷首，1918 年都门书局铅印本。
② （清）吴汝纶：《学古堂文集》，清光绪二十四年（1898）刻本。
③ 吴闿生：《吴门弟子集》卷 4，1930 年莲池书社刻本。
④ （清）王先谦撰，梅季校点：《王先谦诗文集·文集》卷 14，岳麓书社 2008 年版，第 302—303 页。

因此,《骈文类纂序》称姚鼐《古文辞类纂》"兼收词赋"和梅曾亮《古文词略》"旁录诗歌",则"论法为舛";李兆洛《骈体文钞》杂录古文,亦"限断未谨"①。王先谦认为骈散二体各有分野,编纂选本时不应骈散杂收。表面来看,王氏似乎是骈散异趋论者,而实际上他只是强调不能糅骈散于一选,并非说二者形同水火,其同时编选古文和骈文选本之举本身就超越了骈散的藩篱,而在具体批评之中亦不乏沟通骈散之论。《骈文类纂序》称"文章之理,本无殊致;奇偶之生,出于自然",接着论及历代骈文发展时,称清代骈文能超越前代而达致"绝境"者,原因之一便是"参义法于古文,洗俳优之俗调"②。又评陆机《五等论》云:"竟体骈俪,而文气疏宕,浑然不见其迹。"③意谓此文能以疏宕之气融化骈词俪句,使人不觉其为骈体,接近吴汝纶所谓骈文亦需讲求气势充盛之意。这些评论都反映了王先谦兼宗骈散的宏通文章观。

逮及清末民初,以刘师培、黄侃为代表的选学派崛起,他们重拾阮元有关"文笔之辨"的主张,奉骈文为正宗,对桐城派古文进行了批判,再度掀起骈散对立论。④ 刘师培为了给骈文争夺阵地,还应吴虞之请编选了《国文撰录》,所录"多采后汉以至六朝之文"⑤,以与桐城派

---

① (清)王先谦:《骈文类纂》卷首,清光绪二十八年(1902)思贤书局刻本。
② 同上。
③ (清)王先谦:《骈文类纂》卷2,清光绪二十八年(1902)思贤书局刻本。
④ 如刘师培《中古文学史讲义》云:"当时世论,虽区分文笔,然笔不该文,文可该笔,故时言则笔与文别,散言则笔亦称文。……昭明《文选》,惟以沉思翰藻为宗,故赞论序述之属,亦兼采辑。然所收之文,虽不以有韵为限,实以有藻采者为范围,盖以无藻韵者不得称文也。"(《刘师培全集》第4册,中共中央党校出版社1997年版,第503页。)又《文说·耀采篇》云:"由古迄今,文不一体。然循名责实,则经史诸子,体与文殊;惟偶语韵词,体与文合。"(《刘师培全集》第2册,中共中央党校出版社1997年版,第78页。)又《文章原始》云:"近代文学之士,谓天下文章,莫大乎桐城,于方、姚之文,奉为文章之正轨;由斯而上,则以经为文,以子史为文。(如姚氏、曾氏所选古文是也)由斯以降,则枵腹蔑古之徒,亦得以文章自耀,而文章之真源失矣。"(《国粹学报》1905年第1期)他视偶词俪语为"文"的基本特性,将古文排逐于文章正统之外,进而否定了桐城派的文坛地位。
⑤ 吴虞:《国文撰录自序》,田苗苗整理《吴虞集·吴虞文续录》,中华书局2013年版,第186页。

文章选本相抗衡①。此时的桐城派文人虽多持折中骈散的思想，但坚守和维护古文正统仍是不可触碰的底线，因此面对选学派声张骈文而排拒古文之论，他们给予了回击。1918年，姚永朴、姚永概兄弟受聘于徐树铮创立的北京正志中学，并为学生编选了《历朝经世文钞》，姚永概云："近日学校，或主张华靡，体尚齐梁；或倡言简易，力趋伧俚，漫无正轨。用导后生，斯文将丧，老成同慨。"②所谓"主张华靡，体尚齐梁"，即针对刘师培等倡导六朝骈文而发。同年，林纾编选《古文辞类纂选本》，他论及"赠序"体时对陈子昂、李白的赠序全用或杂用"骈俪之句"有所不满，认为偶俪之句虽佳，但"仍不可施之散文"③，而他最推崇的是韩愈的散体赠序，这也是对选学派恢张骈体的反拨。

然而，随着白话文运动的开展和新文学的流行，尤其是钱玄同在《新青年》发表"选学妖孽，桐城谬种"之说后，桐城派文人意识到，同属于旧文学的桐城派与选学派渐已失去相互争衡的意义。因此，清末民初的桐城派文人在维护古文的同时，对于选学派的攻讦，并未竭力反攻，而是延续了桐城前辈沟通骈散的批评思想。曾批评过选学派的二姚及林纾均不乏沟通骈散之论。

早在宣统元年（1909），姚永朴任京师法政学堂教职时，因学生争询桐城派古文义法而编选了《国文学》，其中评班固《汉书·艺文志·诗赋论》云：

---

① 吴虞《国文撰录自序》云："国文选本，以姚氏《古文辞类纂》、曾氏《经史百家杂钞》、黎氏《续古文辞类纂》三书为最有名。然姚氏所录，始自《战国策》，讫于刘才甫；曾氏所录，始自《周易》，讫于姚惜抱；黎氏所录，始自《周易》，讫于生存之江叔海。上下数千年间，兼收并蓄，不便诵法，而学者沿习，莫悟其非。则其他若吴曾祺之《涵芬楼文钞》，林纾之《中学国文读本》，更可知矣。……学者熟读是录，扩而充之，则其所得必有出于姚、曾、黎、吴、林诸氏所选之外者矣。"（田苗苗整理：《吴虞集·吴虞文续录》，中华书局2013年版，第186—187页。）
② 姚永朴、姚永概：《历朝经世文钞》卷首，1918年铅印本。
③ 林纾编，慕容真点校：《林纾选评古文辞类纂》卷6，浙江古籍出版社1986年版，第184页。

一阴一阳之谓道，文之不能不有奇与偶，亦犹道之不能不有阴与阳。故主于奇之文亦用偶，主于偶之文亦用奇，不相用不可以为文，此词赋类所以括于古文词之中，周秦先汉之文，亦未尝不为昭明所甄录也。韩退之主于奇者也，而所为文实兼取杨、马之长；陆敬舆主于偶者也，而奏议直陈事理，明白晓畅，其洞达治体，又岂让于贾、晁哉？是故文无论所主者为何，亦视其所为之工拙如何耳，是素非丹，窃所未喻。①

姚氏认为，"奇"与"偶"是文章的自然属性，作家在实际创作中或有所偏主，但理当相互为用，"不相用不可以为文"，故文章之高下并不在于主于"奇"抑或主于"偶"，而在于其写作本身之工拙，这是典型的调和骈散之论。正是基于此种认识，姚永朴对于骈散二体之失也多平情之论。如评曾国藩《复陈石铭太守书》云："大抵骈文末流之失在轻靡，古文末流之失在单弱。"② 其论文如此，选文亦兼收骈散。《国文学》选录自汉迄清的论文之作20篇，其中陆机《文赋》和沈约《宋书·谢灵运传论》两篇为骈文。二姚合编之《历朝经世文钞》，亦录有钟会《伐蜀檄》、曹冏《六代论》、李康《运命论》、李密《陈情表》、傅亮《为宋公至洛阳谒武陵表》、范晔《后汉书·宦者传论》、邱迟《与陈伯之书》、陈霸先《答贞阳侯书》、牛弘《请开献书之路表》、柳伉《请诛程元振疏》、陆贽《奉天改元大赦制》《论授献瓜果人散试官状》《谢密旨因论所宣事状》、于公异《收西京露布》等骈文作品。

林纾曾于宣统元年编选了《中学国文读本》，选文由清代上溯秦汉，其中选录六朝文31家48首，亦可谓骈散兼采。他在选本评点之中也有沟通骈散之论，如萧颖士为唐代古文运动的前驱，但其为文尚未脱尽骈俪之气，如《清明日南皮泛舟序》就多偶俪之句，林纾称此"文

---

① 姚永朴：《国文学》卷1，清宣统二年（1910）京师法政学堂铅印本。
② 姚永朴：《国文学》卷4，清宣统二年（1910）京师法政学堂铅印本。

虽狃六朝余习，而顽艳处亦非凡手所及"，其"妙在整中有散，所以不踢于跬步"①，肯定萧文在整饬的俪句中杂以散句，骈散相间，故不失为佳作。又《古文辞类纂选本》评欧阳修《送徐无党南归序》云："此章以'三不朽'立言，尽人之所能道者，难在化单为偶，化偶为单，离合变化，不可方物耳。"② 认为此文内容上并无独特之处，妙在形式上能奇偶结合而变化多端。凡此都体现了林纾对骈散兼至之文的推许。

此外，徐树铮、吴闿生、高步瀛等民国时期桐城派的代表人物，也都持沟通骈散的态度。1917年，徐树铮出资刊布吴汝纶《汉魏六朝百三家集选》，并亲自作序称，"伊古以来，文无所谓骈散也，辞达而已矣"，且"文之至者，不因骈散而重轻"，唐宋以来文人轻视汉魏六朝文，"讵知此汉魏六朝诸文，固皆兼骈散之长，绾古近之枢，学文者沿流溯源，所不容或阙，不可畸视者邪？"③ 吴闿生亦作跋云："窃维文体骈散之争断断久矣，自宋以来，类以骈词为诟病。然自声韵肇分，骈俪实为斯文之一体，当时沈休文辈矜为穷古未启之奇秘，宁知千余年来更以不能脱其科臼为恨乎。骈俪之于文，何异诗之有近体，能诗者未闻或废夫音律，而独于骈文则摈异之，何邪？……近顷论者颇尚齐梁，至欲泛扫八家，掩薄两汉，斯又专绌骈文之反响也。"④ 认为古文家向来卑视骈体，近世刘师培等又排逐古文，皆属矫枉过正，实则骈散二体当并举而不宜偏废。吴汝纶弟子高步瀛自称学文从骈体入，后在乃师影响下弃骈入散⑤，这使其论文和选文对于骈散二体能够并重兼采。其《文章源流》论"文章之名义"时指出，阮元等人斥单行之语不得与于"文"

---

① 林纾：《中学国文读本》，清宣统二年（1910）商务印书馆铅印本。
② 林纾编，慕容真点校：《林纾选评古文辞类纂》卷6，浙江古籍出版社1986年版，第231页。
③ （清）吴汝纶：《汉魏六朝百三家集选》卷首，1918年都门书局铅印本。
④ 吴闿生：《北江先生文集》卷6，1924年文学社刻本。
⑤ 高步瀛《国文教范序》云："余少时为文，以骈俪驰骋自熹，及从先师吴挚父先生游，始悟所为之非，而迄未能深造。师殁，业益荒落。"（见吴闿生《国文教范》卷首，1913年京师国群铸一社石印本。)

之列,"近人尚有从其说者,此偏激之论";古文家力倡复古宗经,"而排斥六朝骈俪之文,不得为文章之正宗",然则"文各有体,因骈俪之体,而诋为衣裳重沓,殆与谓单行之语不得为文者,同一偏激之论耳"①。可见其对待骈散的批评态度亦较通达。从选本批评来看,高步瀛所编先秦以迄唐宋文系列选本中,既有古文选本如《先秦文举要》《两汉文举要》,也有骈文选本如《南北朝文举要》,还有骈散兼选者如《魏晋文举要》《唐宋文举要》,这表明高步瀛已超越门户之见,发扬了不拘骈散的文章观念。

三 在以骈济散与以散运骈之间:桐城派的骈散品位观

清代古文与骈文并兴,骈散二体经过了漫长的历史发展之后,各自的优长与缺点均已显露无遗。古文以达意为主,语言畅达,气势充沛,但若过于逞气直露,则易入粗豪怒张之途;骈文以修词为主,语尚偶对,文重典丽,但气骨偏弱,往往有繁采寡情之弊。这是因为当辨体发展到一定程度,各种文体充分坚持各自的独特性时,势必导致每种文体内部的差异性和多样性逐步萎缩。因此,通过以骈济散或以散运骈,实现骈散二体的双向互参和协调发展,以取得"和而不同"的艺术效果,就成为有识见的古文家和骈文家的共同选择,清代沟通骈散论的流行正是此种文体观念发展演进的必然结果。

不过由于中国古代文体互参中存在着"以高行卑"的体位原则②,在破体为文时便形成了一种通例,即"在创作近体时可参借古体,而古体却不宜借用近体;比较华丽的文体可借用古朴文体,古朴文体不宜融入华丽文体;骈体可兼散体,散体文不可带骈气"③。当然所谓"散

---

① 余祖坤:《历代文话续编》下册,凤凰出版社2013年版,第1270—1272页。
② 蒋寅:《中国古代文体互参中"以高行卑"的体位定势》,《中国社会科学》2008年第5期。
③ 吴承学:《从破体为文看古人审美的价值取向》,《学术研究》1989年第5期。

体文不可带骈气",并非说散文中绝不可参入骈语,而是指使用偶句时不能刻意雕琢,否则便趋近骈体,气格不高。以此为衡,在以骈济散和以散运骈之间,显然后者高于前者。桐城派文章家在选本批评中也秉承了此种文章品位观。

桐城派文士在选本评点中指出,古文中参入骈俪之句,若出之自然而与古文气体相适,则有助于丰富古文的艺术表现力。刘大櫆《精选八家文钞》评韩愈《送李愿归盘谷序》云:"兼用偶俪之体,而非偶俪之文,则哲匠之妙用也。"① 此文语言以骈偶为主,如记述李愿所称"不遇于时者"的形象云:"穷居而野处,升高而望远,坐茂树以终日,濯清泉以自洁。采于山,美可茹;钓于水,鲜可食。起居无时,惟适之安。与其有誉于前,孰若无毁于其后?与其有乐于身,孰若无忧于其心?"偶句铺排而出,茅坤曾称"其造语形容处,则又铸六代之长技矣"②。但其排偶并未刻意雕饰,且句式多变,造成了一种既浏亮顿挫又富于辞采的艺术效果,与六朝骈文专力于修饰者迥异,故刘大櫆盛赞其化单为偶却无偶俪之气为"哲匠之妙用"。又吴汝纶《古文辞类纂评点》评王安石《宝文阁待制常公墓表》云:"愈排偶,愈古劲,独公文为然。"③ 此墓表写常秩生平无一实事,纯从虚处点缀,通篇多用排偶,但出语自然,且善于转折,峭劲有力,气格高古,亦实现了以骈济散的艺术功能。

相反,如果古文中参入骈偶,但雕镂过工而不能脱尽骈俪之气,桐城派批评家则多予以排斥。柳宗元文多偶俪精工之作,桐城派文士认为柳文雕画之迹尚存,骈气较重,故批评之词较多。方苞称其文多杂六朝、初唐余习,《古文约选》斥其"义法多疵"。吴德旋《初月楼古文

---

① (清)刘大櫆:《精选八家文钞》,清道光三十年(1850)刻本。
② (明)茅坤:《唐宋八大家文钞》卷7,《影印文渊阁四库全书》,台湾商务印书馆1986年,第1383册,第89页。
③ (清)吴汝纶:《古文辞类纂评点》,京师国群铸一社1914年铅印本。

绪论》承方氏之论云："柳州碑志中，其少作尚沿六朝余习，多东汉字句，而风骨未超，此不可学。"① 除碑志外，柳宗元最受人称道的游记类古文在桐城派文人看来亦有骈化迹象过重的问题，如曾国藩《读书录》评柳宗元《零陵三亭记》云："然如'裨谌宓子'等句，实未脱唐时骈文畦径，昌黎不屑为也。"② 吴汝纶《古文辞类纂评点》评柳宗元《永州万石亭记》亦云："'抉其穴'云云，排偶习气未尽除。"③ 所评为"皆大石林立，涣若奔云，错若置棋，怒者虎斗，企者鸟厉，抉其穴则鼻口相呀，搜其根则蹄股交峙，环行卒愕，疑若搏噬"诸句，此数语拟怪石之状，体物细微，偶对精工，但在桐城派文人看来这已属雕琢，与他们所追求的援骈入散而又融化无迹的美学理想不合，故对柳文难免有微词。

与此相应，桐城派文士十分称赏先秦文章中那种自然成对的偶句。方苞《古文约选》评韩愈《原毁》云：

> 管子、荀子、韩非子之文，俳比而益古，惟退之能与抗行。自宋以后，有对语则酷似时文，以所师法至汉唐之文而止也。④

先秦文家喜用"俳比"，但多出之自然，故气体高古；宋以后古文家使用"对语"，则多精心锤炼，与骈体无异，故稍逊一筹。以韩非文为例，吴闿生在《古文范》中评《难·管仲有病》"设民所欲以求其功，故为爵禄以劝之；设民所恶以禁其奸，故为刑罚以威之"数句云："仍用两排，以下全是双行骈下，如此则其气雄厚，但气势要直不要横耳。"又评《难·景公过晏子曰》"败军之诛，以千百数，犹北不止；

---

① （清）吴德旋撰，舒芜校点：《初月楼古文绪论》，（清）刘大櫆、（清）吴德旋、林纾《论文偶记　初月楼古文绪论　春觉斋论文》，人民文学出版社 1959 年版，第 26 页。
② 《曾国藩全集·读书录》，岳麓书社 2012 年版，第 347 页。
③ （清）吴汝纶：《古文辞类纂评点》，京师国群铸一社 1914 年铅印本。
④ （清）方苞：《古文约选》，清雍正十一年（1733）和硕果亲王府刻本。

即治乱之刑,如恐不胜,而奸尚不尽"数句云:"亦是两排,而笔势廉悍,最妙在语约而意尽。"① 韩非之文虽多用排比文字,但出语自然,行于所当行,使其文气势雄厚,笔势廉悍,非后世骈文家刻意雕琢之体所能比,故深得桐城派文人的推崇。又《古文范》评庄子《胠箧》中"绝圣弃智,大盗乃止"一段排偶有云:

> 气势酣恣跌宕,词采亦蔚郁葰茂,瑰玮历落,以助成汪洋泛溢之奇观。……凡古人著作率皆如此,所谓文也。自李斯《谏逐客》以后,此体遂鲜。韩公尚时欲为之,欧、苏以下,一洗浓郁而为坦白质率之词,文乃日趋于质,而无复精华之绚耀矣。至于骈俪之作,则比词错事,别为时调,与古人采艳,迥然不同,又不足以与此也。②

吴氏认为,庄文此段排偶辞采华丽,气势酣畅,词气相得益彰,体现了先秦文章的独特魅力,而宋以后古文家用词趋于古质朴拙,骈文家又专事雕采,均不能与古人骈散兼至之文争胜。方、吴二人均指出,后世唯韩愈文能发扬先秦文章藻采与气骨兼胜的特点。究其原因,正如王芑孙《渊雅堂文外集序》所谓韩文能够吸收骈俪之长,又能"融其液而遗其滓",故不愧为千古文宗。要之,桐城派文士认为古文中掺入骈偶,而不改变古文之气体,则不妨为古文之一助;若专力于偶对,雕画其词,则很容易带有骈气,纵使辞采丰缛,也是不足取的。

在桐城派文人看来,古文中掺入骈偶可以丰富古文的艺术手段,而骈文中运以散行之气则可以提升骈文的艺术品位。骈散二体中古文以气盛见长,表意直露,骈文则潜气内转,表意含蓄。近人孙德谦《六朝丽指》指出:"昌黎谓:'惟其气盛,故言之高下皆宜。'斯古文家应

---

① 吴闿生:《古文范》卷1,1927年文学社刻本。
② 同上。

尔，骈文则不如此也。六朝文中，往往气极遒炼，欲言不言，而其意则若即若离，急转直下者。……故骈文蹊径，与散文之'气盛言宜'，其所异在此。"①孙氏认为骈文文气内敛，不及古文气势壮盛，这正是骈散二体之分殊所在，不过他并不认为这是骈文的缺点。但是，以古文擅长的桐城派却将"气"盛与否看作文章成败的关键，因此他们看待骈文时亦以气盛作为艺术标准，并提倡以古文之气体改造骈俪之文。

桐城派对于文章之"气"格外重视。吴闿生《汉魏六朝百三家集选跋》认为"文章之道要贵乎以气充之而已"②；姚永朴《国文学》评韩愈《答李翊书》时亦指出："盖文章著于外者，曰声曰色。声无气则必入于轻靡，色无气则必归于堆砌，二者皆待气以运之，必由昌志以昌其气，而后声乃宏而不纤，色乃活而不滞。非然者，欲文之工，难矣。"③他们都将"气"视为文章写作的首要因素，因为它关系到"声""色"的表达，由于"气"居于内，"声""色"表现于外，故文章气势充盛方能托举声音辞采。对于叙事繁重的长篇之作尤其如此，方苞、姚鼐在选本评点中曾对此屡作评论。如方苞《古文约选》有评云：

如山之出云，如水之赴壑，千态万状，变化于自然，由其气之盛也。后来惟韩退之《答孟尚书书》类此。柳子厚诸长篇，虽词意醲郁，而气不能以自举矣。（评司马迁《报任少卿书》）

欧、苏诸公上书，多条举数事，其体出于贾谊《陈政事疏》。此篇止言一事，而以众法之善败经纬其中，义皆贯通，气能包举，遂觉高出同时诸公之上。（评王安石《上仁宗皇帝言事书》）④

---

① 孙德谦：《六朝丽指》，《历代文话》，复旦大学出版社2007年版，第9册，第8448—8449页。
② 吴闿生：《北江先生文集》卷6，文学社1924年刻本。
③ 姚永朴：《国文学》卷2，清宣统二年（1902）京师法政学堂铅印本。
④ （清）方苞：《古文约选》，清雍正十一年（1733）和硕果亲王府刻本。

姚鼐《古文辞类纂》有评云：

《西京》雄丽，欲掩孟坚；《东京》则气不足举其辞，不若《东都》之简当，惟末章讽戒挚切为胜。（评张衡《二京赋》）①

所序事繁重，而气能包举，亦集中杰构。（评归有光《通议大夫都察院左副都御史李公行状》）②

方、姚均强调文气要能包举其辞，所谓"气不能以自举""气不足举其辞"，指文气卑弱而不能与辞采相得益彰，或反言之，即辞藻的繁缛堆砌妨碍了文气的顺畅充盈。后曾国藩论文亦尊此旨，其咸丰元年七月《日记》有云："奇辞大句，须得瑰玮飞腾之气，驱之以行。凡堆重处皆化为空虚，乃能为大篇，所谓气力有余于文之外也，否则气不能举其体矣。"③ 相较于古文而言，骈文之弊正在于徒具华丽之观而气骨靡弱，若能以古文之气驱遣骈俪之词，则能使其富于开阖变化之势，具有生龙活虎之姿，表情达意亦会更加显豁。

因此，桐城派选家多强调以古文雄直清刚之"气"充实和提升骈文品格，使之亦达致气盛言宜之境。李元度《赋学正鹄》有评云：

盖赋之用骈俪，犹诗之有排律，杜少陵长律，其对句必伸缩变化，出人意表，虽排比千言，而与《北征》诸古体一意单行者无少异。推此意以为赋，知排偶中原自有生龙活虎之真气行乎其间也。（卷二评祁寯藻《高山流水赋》）

题本典重，然一味扬厉铺张，易涉呆诠，且难出色。妙以清空

---

① （清）姚鼐：《古文辞类纂》卷70，清光绪二十七年（1901）求要堂刻本。
② （清）姚鼐编，吴孟复、蒋立甫注：《古文辞类纂评注》，安徽教育出版社2004年版，第1246页。
③ 《曾国藩全集·日记之一》，岳麓书社2012年版，第239页。

之气行之，寓单行于排偶中，令阅者一目了然，实者虚之，此正其绝顶聪明处。遇此等题，能知此意，自然表表出群，否则愈铺排，愈觉词费矣。（卷五评罗惇衍《龙见而雩赋》）①

李元度指出，以"生龙活虎之真气""清空之气"驱行骈俪之体，对排偶对句进行"伸缩变化"，或"寓单行于排偶中"，就可以使骈体文达到辞气两得的艺术境界，此即他所谓"以散行之法为排偶之文，无意不确，无语不亮"（评杨驹《一月得四十五日赋》）②。又《吴门弟子集》载吴汝纶评其弟子骈文亦云：

> 以单行之气为之，使人不知为偶俪之体，其瑰放实能窥见曾文正深处，非骈文家所有也。（卷三评李刚己《拟昭明太子〈上文选表〉》）

> 义山以单行之气为偶俪之文，卓然为一大宗，此篇尤集中极盛之作。今所拟撰，气势昌盛，庶几近之。（卷四评傅增湘《仿李义山〈代王茂元书答刘稹书〉》）③

能否以古文之气提升骈文品格，是吴汝纶评价骈文的重要标准，他主张以"单行之气"作偶俪之文，即要求以壮盛的气势包举骈俪之词，将骈文从片面追求词美的偏颇中解放出来，使之既辞采丰缛又气骨挺拔，不致陷入辞采有余而文气羸弱之境。

此种以气举文的思想，在吴汝纶父子评点秦汉时期那种骈俪成分较重而又极富峻拔之气的文章时亦多有体现。如吴闿生《萃升书院讲义》载吴汝纶评邹阳《狱中上梁王书》云：

---

① （清）李元度：《赋学正鹄》，清同治十年（1871）爽溪书院刻本。
② （清）李元度：《赋学正鹄》卷4，清同治十年（1871）爽溪书院刻本。
③ 吴闿生：《吴门弟子集》，莲池书社1930年刻本。

此体殆邹生所创，其源出于风骚。隶事至多，而以俊气举之，后人无继之者，由是分为骈体矣。此于古骈文之祖，宜看其气体骞翥，光明俊伟，轩昂磊落之处。①

邹阳此文为求自脱而作，然毫无乞怜之语，而是借古喻今，慷慨陈词，虽用事频繁，词多偶俪，但因文章气势壮盛，故词采更显斐然动人，此即"以俊气举之"之意。又吴闿生《古文范》评李斯《谏逐客书》"则是宛珠之簪、傅玑之珥、阿缟之衣、锦绣之饰不进于前，而随俗雅化、佳冶窈窕赵女不立于侧也"两句亦云：

一意折为两层，重叠言之，古人所谓"三代秦汉之文，义皆双建，气不孤伸"者也。然其行气必刚劲直下，使人忘其为对举之文，气体所以轩翥。魏晋六朝与秦汉文体之分在此，骈文之所以见摈于古学者，惟以此也。②

吴闿生主张以"刚劲"之气包举偶俪之词，能使人不觉其为骈体，否则便气体靡弱而不振矣。吴氏父子均指出，后世骈文与秦汉文章之分殊，就在于骈文专务于藻饰，而其文气又不足以驾驭辞采，所以气体较古文为弱。桐城派文士所以极力推尊韩愈古文，原因之一即在于韩文能以古文气体驱遣骈词俪句。如姚永朴、姚永概所编《历朝经世文钞》评韩愈《原毁》云："此篇用排比而益古者，以气盛也。"又引蔡世远评《为裴相公让官表》云："以雄直之气行于偶俪之中，后来欧、苏四六，多效此体。"③ 由此来看，桐城派强调以散运骈的实质，在于掺以散行之气，为骈文树立飞扬的气骨，使之富于晓畅奔放之美，从而提高

---

① 吴闿生：《萃升书院讲义·文学》卷4，民国间萃升书院铅印本。
② 吴闿生：《古文范》卷1，1927年文学社刻本。
③ 姚永朴、姚永概：《历朝经世文钞》卷2，1918年铅印本。

骈文的整体格调。

四 结语

桐城派从创立发展到中兴改造再到式微衰落的发展过程中，选本编纂始终未曾中辍，桐城派文士借助选本批评直观地呈现了他们对待骈散二体的批评态度，其骈散观念经历了一个由骈散对立到骈散沟通的演进过程。这一方面是由于清代骈文的盛行对古文创作与批评产生了重要影响，另一方面也与桐城派文士不欲狃习故常而参酌骈体之法以革弊图新的考量有关。

当然，近代以来桐城派文士对待骈文虽大都持一种相对开放的态度，但桐城派归根结底是一个散文流派，他们沟通骈散的理论主张与选本实践，并非如骈文家那样，以彻底打破骈散界限、追求骈散对等为目的，而是以骈偶丰富古文创作手段为旨归，或以古文之气改造和提升骈文品格为宗旨。正如桐城后学高步瀛《文章源流》所言："文章之妙，奇偶相生，故六朝文，骈俪之中，亦间以散句，而周秦两汉以及唐宋八家之文，偶句尤多。章太炎所谓未有一用单者，亦未有一用复者，是也。但骈与古途径既分，工力亦异，一以气体义理为主，一以对偶藻采为工，可兼习以致用，不可杂滥以相施。有欲合骈散为一手者，恐不免非骈非散，蹈吴梅村之覆辙，学文者当以为戒也。"[①] 因此，咸同以后的桐城派文章选本，其选文与评点或不拘于骈散，但维护古文畛域仍是桐城派文士的基本立场。

有学者认为嘉道至晚清时期的桐城派文人"认可骈文与古文对等的文体地位"[②]，"很多作者已经接受了古文与骈文无尊卑之分这个观

---

① 余祖坤：《历代文话续编》下册，凤凰出版社2013年版，第1273页。
② 吕双伟：《论桐城派对骈文的态度》，《安徽大学学报》（哲学社会科学版）2012年第6期。

点"①，但若联系选本批评进行综合比观，桐城派在看待骈散二体时仍有轻重之殊，始终坚守着以古文为本位的文章观念。

（作者单位：西北大学文学院）

---

① 刘畅：《桐城派对骈文态度的演变及原因初探》，《名作欣赏》2017年第8期。

以古文为时文：桐城派早期作家的时文改良

师雅惠

谈论桐城派的文学活动与文章理念，"时文"是一个绕不过的话题。一直以来，学界对桐城派时文的关注，集中在时文创作是否拉低了桐城派古文的水准，而对桐城派作家"以古文为时文"的努力却缺乏客观的论述及评价。与姚鼐等桐城派后期作家不同，戴名世、方苞等桐城派早期作家中大多在时文界享有盛誉，写作、评选时文贯穿了他们生命的大部分时段，而时文也成为他们宣扬自身文学主张的重要阵地。本文即试图通过对桐城派早期作家从事时文改良的文学史背景、思想立场与具体方法的论述，揭出他们的时文活动中所蕴含的"文人"与"文章"因素，以期对桐城派兴起时期的文学史细节进行补充描画。

一 "古调"与"时格"：晚明文坛"以古文为时文"的诸种形态

时文向古文学习，自有"时文"之时即已开始。陆游《老学庵笔记》记载："国初尚《文选》，当时文人专意此书……方其盛时，士子至为之语曰：《文选》烂，秀才半。建炎以来，尚苏氏文章，学者翕然从之，而蜀士尤盛。亦有语曰：苏文熟，吃羊肉；苏文生，吃菜羹。"①可见有宋一代，"古文"一直是科举文体的重要取法对象。明代"以古文为时文"，则有前后两个兴盛期。第一个时期是在正德、嘉靖年间，以归有光、唐顺之、茅坤等唐宋派文人为代表。归、唐将古文家的手眼代入时文，所做文章，能"融液经史，使题之义蕴显隐曲畅"②，被视为"以古文为时文"的典范。第二个时期则是在万历以后，隆庆、万历年间，时文在义理阐释与行文风格两方面均发生变化。义理方面，以隆庆二年会试，《论语》程文阑入王学为始，时文文义须遵从朱熹《章句》及官修《大全》的科场定规渐为人所忽视，如万历三十年礼部尚书冯琦疏中所言："始犹附诸子以立帜，今且尊二氏以操戈。背弃孔、孟，非毁程、朱，惟南华、西竺之语是宗是竞。以实为空，以空为实；以名教为桎梏，以纪纲为赘疣；以放言高论为神奇，以荡轶规矩、扫灭是非廉耻为广大。取佛书言心言性略相近者窜入圣言，取圣经有'空'字、'无'字者强同于禅教。"③ 时文中朱学的正统地位受到严重威胁。在文辞方面，以万历十四年会试主考王锡爵喜好"新奇"之文为始，时文写作逐渐出现"文胜于质"的局面，吕留良描述这一现象是"杜撰恶俗之调，影响之理，剔弄之法，曰圆熟，曰机锋，皆自古文章之所无"④。这种义理和文辞两方面的乱象，虽曾引起朝廷的重视，万历年间，礼部关于科场之文应"纯雅合式""平正通达"的申饬，即有十余次之多⑤，但其成效并不理想。崇祯六年，凌义渠上《正文体疏》，认

---

① （宋）陆游：《老学庵笔记》卷8，中华书局1979年版，第100页。
② （清）方苞：《进四书文选表》，《方苞集·集外文》卷2，上海古籍出版社2008年版，第580页。
③ （清）顾炎武著，（清）黄汝成集释：《日知录集释》卷18，上海古籍出版社2006年版，第1059页。
④ （清）吕留良：《东皋遗选前集论文一则》，《吕晚村先生文集》卷5，清雍正三年（1725）吕氏天盖楼刻本。
⑤ 参见吴柏森等编《明实录类纂·文教科技卷》，武汉出版社1992年版，第296、299、302、309、320、324、333页。

为当日时文,仍多"纵横险轧之言""危苦酸伤之词""妖浮纤眇之音""欺己欺人之语"①,远离平和质朴的文章正轨。庙堂之上不能转移廓清,于是一些草野人士开始谋求以一己之力维挽风气。这些人中,最具代表性的是天启、崇祯年间的复社二张兄弟与江西豫章社艾南英、陈继泰等人。他们所采取的救弊之方,也是从古文寻找资源,即艾南英所说的"学者之患,患不能以古文为时文"②。

尽管张氏兄弟与艾南英在论文主张上有分歧,但对"通经学古"的大前提,双方并无异议。他们所争论的,只是学什么样的"古"的问题。复社、几社诸人以秦汉古文为文章正宗,故其论时文,亦要求从秦汉文入手,"日取《五经》摹而书之,左右周接,无非钜人之名,大雅之字,趋而之善也疾焉"③。艾南英则推崇唐宋文,尤其是寓法于平淡质朴之中的宋人文字,论及时文时,亦要求士子"刊除枝叶",④"以朴为高,以淡为老",⑤ 写作平实、简劲之文。因此这两派的分歧,只能算是"以古文为时文"阵营之内的矛盾。较之复社诸人,豫章社对当时时文文坛的影响要大的多,艾南英曾说自己编选的《今文定》《今文待》刊行七年后,士子作文,"一禀程朱",且开始学习"宋元及国初以来作者之意"与"秦唐汉宋文章相沿之法",文坛气象为之一变。⑥ 然而艾氏恢复成化、弘治时期浑朴之文的理想,并未实现。他所极力称赏的"朴淡"的金声文,在后人眼中,却是"骛八极,游万仞,使题之表里皆精神所发越也"⑦,走的仍是奇矫一派说理曲畅刻露的路子。

---

① (明)凌义渠:《正文体疏》,《凌义渠奏牍》卷2,明崇祯刻本。
② (明)艾南英:《金正希稿序》,《天佣子集》卷3,艺文印书馆1980年版,第329页。
③ (明)张溥:《房稿表经序》,《七录斋诗文合集·文集存稿》卷5,伟文图书出版社1977年版,第1034页。
④ (明)艾南英:《王承周制义序》,《天佣子集》卷3,艺文印书馆1980年版,第369页。
⑤ (明)艾南英:《金正希稿序》,《天佣子集》卷3,艺文印书馆1980年版,第331页。
⑥ (明)艾南英:《增补今文定今文待序》,《天佣子集》卷1,艺文印书馆1980年版,第137—140页。
⑦ (清)何焯:《两浙训士条约》(代),《义门先生集》卷10,清道光三十年姑苏刻本。

又如他的豫章社同人陈继泰之文,亦被后人描述为"抉其髓而去其肤,摹其神而尽其变","纵横排荡,时轶出先辈之法之外"①。时文之"先正之体",并未恢复,后来者仍任重而道远。

二 文人与文章的独立性:桐城派早期诸家时文改革的基本立场与主要活动

对于时文,桐城派早期诸家的态度是矛盾的。一方面,他们并非纯粹的时文家,写作时文以求取功名,并不是他们的初心。如戴名世自幼留心前朝史籍,20岁以后,"家贫无以养亲,不得已开门授徒,而诸生非科举之文不学,于是始从事于制义。"②方舟少时喜好兵学、史学,14岁后,自叹"吾向所学,无所施用",于是学作时文,以求获得"课蒙童"③的资格,来贴补家用。方苞幼承父兄之教,"诵经书","治古文",后亦因"家累渐迫",而走上了教馆、作时文的道路④。戴、方的友人汪份,为古文家汪琬之从侄,"古文辞深得司马、欧阳家法",从事时文写作,亦是"抑郁不得志"的无奈之举⑤。这种"非其所习,强而为之"⑥的不愉快经历,使得他们多不愿提及自己在时文方面的成就,如戴名世说自己的时文"无得于己,亦无用于世"⑦,方舟"自课试之外未尝为时文"⑧,方苞少年时亦常欲舍弃时文之业,"以一其耳目

---

① (清)戴名世:《陈大士稿序》,《戴名世集》卷4,中华书局1986年版,第104页。
② (清)戴名世:《意园制义自序》,《戴名世集》卷4,中华书局1986年版,第123页。
③ (清)方苞:《兄百川墓志铭》,《方苞集》卷17,上海古籍出版社2008年版,第496页。
④ (清)方苞:《与韩慕庐学士书》,《方苞集·集外文》卷5,上海古籍出版社2008年版,第671页。
⑤ (清)戴名世:《汪武曹稿序》,《戴名世集》卷4,中华书局1986年版,第100—101页。
⑥ (清)方苞:《与韩慕庐学士书》,《方苞集·集外文》卷5,上海古籍出版社2008年版,第671页。
⑦ (清)戴名世:《自订时文全集序》,《戴名世集》卷4,中华书局1986年版,第118页。
⑧ (清)方苞:《刻百川先生遗文书后》,《方苞集·集外文》卷4,上海古籍出版社2008年版,第631页。

心思于幼所治古文之学"。① 而另一方面，出于生存的需要以及对文事的责任感，他们又未能完全放弃时文，而是试图将他们少年时的学问抱负投射到时文活动中来，对现有的时文进行改良与提升。

在戴名世、方苞等人看来，当日时文的弊病，主要有以下几个方面。

一是文章写作目的的功利性。如方苞曾言："夫时文者，科举之士所用以牟荣利者也。"② 戴名世也说："今夫士之从事于场屋，不以得失撄其念者，自非上智不能，其余大抵皆欲得当于考官也。"③ 以"得中"为写作的目的，于是时文完全成为追名逐利之工具，这可以说是时文品质败坏的根源。

二是作者的空疏不学。戴名世谈到，在利欲驱使之下，当日时文作者们只知揣摩科场风气，对时文写作所需要的义理和文辞修养则不屑一顾："六经者文章之本也，周、秦、汉、唐、宋以来，作者多有，而其源流指归未有不一者也。时文之徒曰：'吾无所事乎此也。'"④ 如此辗转相循，时文庸腐之局面，只能是愈演愈烈，"屡救而不能振"。⑤ 方苞也认为，文章之士，须潜心于"《诗》《书》六艺"，切究于"三才万物之理"，于性命道理有所自得，发为文章，才能"充实光辉"。而有明以来，士子将大量时间精力花费在时文上，于古学则不能深入，因此下笔作文，"不能自树立也宜矣"⑥。

三是写作中作者个性的泯没。戴名世曾多次批评当日时文的"雷同"："今夫时文之弊，在于拘牵常格，雷同相从。"⑦ 其《忧庵集》中

---

① （清）方苞：《与韩慕庐学士书》，《方苞集·集外文》卷5，上海古籍出版社2008年版，第672页。
② （清）方苞：《储礼执文稿序》，《方苞集》卷4，上海古籍出版社1983年版，第96页。
③ （清）戴名世：《孙芑山制义序》，收入上海图书馆藏萧穆编《潜虚先生文集补遗》，转引自［法］戴廷杰《戴名世年谱》，中华书局2004年版，第372页。
④ （清）戴名世：《赠刘言洁序》，《戴名世集》卷5，中华书局1986年版，第137页。
⑤ （清）戴名世：《小学论选序》，《戴名世集》卷4，中华书局1986年版，第91页。
⑥ （清）方苞：《赠淳安方文辀序》，《方苞集》卷7，上海古籍出版社2008年版，第190—191页。
⑦ 戴名世：《归熙甫稿序》，收入上海图书馆藏萧穆编《潜虚先生文集补遗》，转引自［法］戴廷杰《戴名世年谱》，中华书局2004年版，第53页。

曾记述当日时文有一种"为吉祥冠冕之辞,不必与题相切"的颂圣套子,本不合文理,因时文乃代言体,而"以百世之前之圣贤,预颂百世之后帝王之功德"的情况,是不存在的。但因近日考官欣赏此种体式,"会试往往以此为定元魁之格",众人便纷纷从而学之。这种"趋同",在戴氏看来,正是时文作者在功名面前,"丧失其所以为心",不复考虑文辞本身尊严的结果。①

四是文章法度的卑陋。戴名世认为,世俗之徒以"以古文为时文"为过高之论,而他们所推崇的时文之法,不过是"谬悠而不通于理,腐烂而不适于用",与"根抵乎圣人之六经,而取裁于《左》、《庄》、《马》、《班》诸书"的古文之法,"若黑白冰炭之不相及也"。此种世俗文法的盛行,使得时文、古文两道均萎靡不振:"吾谓古文之亡亡于时文,而时文之亡亡于竖儒老生。"②

针对上述弊病,桐城派早期作家们继承了前人"以古文救时文"的思路,如戴名世《汪武曹稿序》所言:"顷者余与武曹执以古文为时文之说,正告天下。"③而他们"以古文为时文"的改良,并不仅仅停留在文章技法上,而是涉及从人心到文辞的多个层面。在作者人格的层面,他们提倡时文作者不慕世俗功名的品格:"夫读书之有成者,不必其得当于制科,虽以布衣诸生,萧然蓬户,而功名固已莫大乎是焉。"④不以世俗功名为意,则作文时"必不肯鲁莽灭裂以从事,而得失之数不以介于心"⑤。在文体价值的层面,他们认为时文同古文一样,具有明道的功用,所谓"时文之是非关人心之邪正"⑥,并希望士子能够"由举业而上之为古文辞,由古文辞而上之至于圣人之大经大法"⑦。在

---

① (清)戴名世:《忧庵集》第66条,《戴名世遗文集》,中华书局2002年版,第106页。
② (清)戴名世:《甲戌房书序》,《戴名世集》卷4,中华书局1986年版,第88—89页。
③ (清)戴名世:《汪武曹稿序》,《戴名世集》卷4,中华书局1986年版,第101页。
④ (清)戴名世:《蔡瞻岷文集序》,《戴名世集》卷3,中华书局1986年版,第79页。
⑤ (清)戴名世:《李潮进稿序》,《戴名世集》卷4,中华书局1986年版,第105页。
⑥ (清)戴名世:《汪武曹稿序》,《戴名世集》卷4,中华书局1986年版,第100页。
⑦ (清)戴名世:《己卯科乡试墨卷序》,《戴名世集》卷4,中华书局1986年版,第96页。

文章作法的层面，则提出古文之法可用于时文："夫所谓时文者，以其体而言之，则各有一时之所尚者，而非谓其文之必不可以古之法为之也。"① 可以看到，这三个层面均指向对时文"功利"属性的剥除，与对时文"文章"属性的凸显，这一点，可以说是桐城派早期诸家时文改良活动的基本立场。

对时文的"文章"属性的强调，体现在桐城派早期诸家的时文创作中，即是坚持以古人之文、先辈之文为标杆，不作世俗之文。戴名世友人刘捷回忆说："方壬子、癸丑（即康熙十一、十二年——作者注）间，海内溺于时文之学，而鸷鸷自强不肯仿效者，独吾乡人为多。吾兄北固与戴子褐夫辈，发愤于故里，而余与百川兄弟，淹滞金陵，穷愁无聊，刻意相勖以古人之文，一时时文之士，讪侮百出。"② 可知桐城派早期诸家在甫接触时文之时，即立场鲜明地站到了"古人之文"的一面。此后康熙二十五年，戴名世、朱书、汪份、何焯、刘岩、刘齐等以拔贡的身份入读京师国子监。康熙三十年，方苞亦入国子监读书。在风景与江淮殊异的京师，戴名世"以其平日所窥探于经史及诸子者，条融贯释，自辟一径以行"的时文，得到了诸位友人的赞赏，据戴氏回忆说："余自入太学，居京师及游四方，与诸君子讨论文事，多能辅余之不逮……同县方百川、灵皋、刘北固，长洲汪武曹，无锡刘言洁，江浦刘大山，德州孙子未，同郡朱字绿，此数人者，好予文特甚。"③ 之后，戴名世、方舟、方苞分别于康熙三十六年、康熙三十四年、康熙三十八年刊刻自己的时文集，并受到时任礼部尚书的时文名家韩菼的推重。韩菼认为戴名世之文，"视一第如以瓦注"④，又极力推崇方氏兄弟

---

① （清）戴名世：《甲戌房书序》，《戴名世集》卷4，中华书局1986年版，第88页。
② （清）刘捷：《方百川遗文序》，转引自［法］戴廷杰《戴名世年谱》，中华书局2004年版，第43页。
③ （清）戴名世：《自订时文全集序》，《戴名世集》卷4，中华书局1986年版，第118页。
④ （清）韩菼：《戴田有文序》，《有怀堂文稿》卷4，清康熙刻本。《南山集》案后，传世《有怀堂文稿》多删去此篇，此处转引自［法］戴廷杰《戴名世年谱》，中华书局2004年版，第402页。

的时文，认为方苞文乃"近世无有"，方舟文则是"镕液经史，纵横贯串而造微入细，无一字不归于谨。"① 而以如此声望，他们的科场之路却并不顺利，戴名世、方苞分别于康熙四十四年、康熙三十八年中举，康熙四十八年、康熙四十五年方得以中进士。其中一个重要原因，是他们文字的不趋时，如韩菼在方苞会试落第后的赠诗所言："春衫底泥萋萋色，只欠新来时世妆。"②

作者身份之外，桐城派早期诸家又大多身兼时文评选者的角色。据萧奭《永宪录》记载，戴名世及其友人汪份、何焯，均是康熙一朝的著名选家。③ 作为选家，诸人亦表现出对时文"文章"质素的特别关注。在《九科大题文序》中，戴名世赞扬晚明选家艾南英能在"文妖叠起"之时，"昌言正论，崇雅点浮"，清初选家吕留良亦能"为学者分别邪正，讲求指归"，"摧陷廓清，实有与艾氏相为颉颃者"。而他自己则意欲继承前人"正文体"的事业："余为编次是集，以补吕氏之所未及……而艾、吕两家之绪言，犹可于此书得之也。"④ 而选家如何"正文体"？一是提倡"古之辞"，如戴名世在《己卯行书小题序》中强调，士子作文，应沉酣于包括"《左》、《国》、庄、屈、马、班及唐、宋大家之为之者"在内的"古之辞"，而尽去"怀利禄之心胸之为之"的"今之辞"⑤。二是提倡"先正之文"。戴名世认为，时文虽然风尚屡变，但"屡变之时，辄有不变者存"。此"不变"者，包括"理取其精深""法取其谨严""辞取其雅驯而正大"等，而这些因素，均能在"先正之文"中找到。⑥ 因此，在"新科利器"之外，诸人还注重前代

---

① （清）韩菼：《方百川文序》，《有怀堂文稿》卷5，《清代诗文集汇编》，上海古籍出版社2010年版，第147册，第117页下。
② （清）韩菼：《方灵皋解元落第二首》，《有怀堂诗稿》卷5，《清代诗文集汇编》，上海古籍出版社2010年版，第147册，第49页上。
③ （清）萧奭：《永宪录》卷4，中华书局1959年版，第279页。
④ （清）戴名世：《九科大题文序》，《戴名世集》卷4，中华书局1986年版，第101—102页。
⑤ （清）戴名世：《己卯行书小题序》，《戴名世集》卷4，中华书局1986年版，第109页。
⑥ （清）戴名世：《宋嵩南制义序》，《戴名世集》卷4，中华书局1986年版，第113页。

大家之文的编选，如戴名世曾选康熙乙卯到庚辰年间会试墨卷为《九科大题文选》与《九科墨卷》，又选有明一代小题文为《有明小题文选》；汪份曾选明隆庆、万历间文为《庆历文读本》。在为《庆历文读本》所作序中，戴名世指出，隆庆、万历两朝文章，"其体无不具而其法无不备"，此后虽亦有作者兴起，而"其源流旨归，未有不出于先辈者"。因此，"为文而不本之于前辈，则必破坏其体，灭裂其法"。① 艾南英曾认为时文中亦有时、古之分，"以出于近科，纤俊软腐者为时文，而出于先辈，能根据经史理学，高伟朴拙、杰然自名一家者为古文"②。戴氏对先辈时文的推崇，与艾氏的观点类似，可看作是他向"古之辞"学习的思路的延伸。

需要指出的是，与戴名世所推崇的前代选家艾南英、吕留良相较，桐城派早期诸家的时文评选，只是一种"文字事业"，而无深刻的附加意义。如在对待时文文献的态度上，艾南英说自己《今文定》《今文待》的编选，是为了"存一代之文"③。吕留良晚年留心搜集有明三百年之程墨、大家文稿及"布衣社稿"，准备编一部《知言集》，亦是要以时文存一代之史。④ 而戴名世虽曾编选《有明小题文选》与《九科大题文选》等时文总集，但其选文目的，只是给士子提供写作参考，希望士子"一意讽诵研穷于此书，则人人皆顾、陆也"，⑤ 并无沉重的史家意识。又如在对时文义理的阐释上，吕留良在清初以时文讲理学，目的在"拔赵帜，立汉帜，借讲章之途径，正儒学之趋向"⑥。而戴名世

---

① （清）戴名世：《庆历文读本序》，《戴名世集》卷4，中华书局1986年版，第106页。
② （明）艾南英：《王承周制艺序》，《天佣子集》卷3，艺文出版社1980年版，第367—368页。
③ （明）艾南英：《再与周介生论文书》，《天佣子集》卷5，艺文出版社1980年版，第515页。
④ 吕留良晚年多次和友人提及编选有明一代之文的心愿，参见《吕晚村先生文集》卷1《与施愚山书》《与钱湘灵书》，卷2《与某书》，卷3《与董方白书》诸篇，清雍正三年（1725）吕氏天盖楼刻本。
⑤ （清）戴名世：《有明历朝小题文选序》，《戴名世集》卷4，中华书局1986年版，第100页。
⑥ 钱穆：《吕晚村学述》，《中国学术思想史论丛》第8册，九州出版社2011年版，第213页。

虽亦推尊程朱，认为宋儒对四子书的阐发"无不达之旨"①，又曾与友人编《四书朱子大全集》，意欲使读者通过此一编，对朱子的思想体系有较为全面的了解。但此部《四书朱子大全集》的主要关注点，并不在朱学义理的辨析，而在为时文写作提供思想基础，所谓"使举业家不至误其所从，而文章于是乎亦兴"②。现存戴氏文集中所收多篇时文选本序，着力辨析的也主要是"古文之法"。这种对"文事"的侧重，固然使得他们的议论缺少一些厚度与深度，但又使得他们能从时文的政治与学理背景跳脱出来，专一精细地展开对文章本身的探讨。

三 表现性情：桐城派早期诸家"以古文为时文"的具体操作方法之一

桐城派早期诸家的"以古文为时文"，在具体操作方法上，主要有将作者性情代入时文与以"活法"为文两个方面。以下分别论述之。

乾隆间学者焦循认为，表意功能的差异是时文与古文的重要区别："古文以意，时文以形，舍意而论形则无古文，舍形而讲意则无时文。"③而桐城派诸家则试图打通时文与古文在表意上的界限。在康熙四十一年代友人姜楪所作《浙江试牍删本序》中，戴名世提出，时文亦应有"性灵"："今夫文章者出于性灵之所为，此心此理，天下之所同也。而何以应试之士，自十百而千万，操笔为文，卒不得所为性灵焉？"④"性灵"本是晚明崇奉王学的文人所提出的概念，指写作者本真、活泼的生命感受。在义理方面受到严格限制的时文，如何可

---

① （清）戴名世：《己卯科乡试墨卷序》，《戴名世集》卷4，中华书局1986年版，第95页。
② （清）程崟：《四书朱子大全序》，戴名世、程逢仪辑《四书朱子大全》，《四库禁毁书丛刊》经部，北京出版社1998年版，第9册，第5页上。
③ （清）焦循：《时文说二》，《雕菰集》卷10，清道光岭南节署刻本。
④ （清）戴名世：《浙江试牍删本序》，收入上海图书馆藏萧穆编《潜虚先生文集补遗》，转引自〔法〕戴廷杰《戴名世年谱》，中华书局2004年版，第543页。

以有"性灵"？或者说，可以表达何种"性灵"？戴氏此序并未做明确回答。但翻检戴氏及其友人的论述可以看到，在谈论时文时，他们极为强调文辞与作者情怀的关系，如戴名世认为"人之心之明暗、善恶、厚薄，其著之于辞者，皆不能掩，是故观其文可以知其人焉"，并列举了当日数位时文作者性格与文风间的联系以为佐证。① 方苞亦认为作者人格与文辞品格间存在对应关系："自明以四书文设科，用此发名者凡数十家，其文之平奇浅深，厚薄强弱，多与其人性行规模相类，或以浮华炫耀一时，而行则污邪者，亦就其文可辨，而久之亦必销委焉。"② 时文乃解经之文，儒家之经典阐释传统中，本有"同情之理解"的要求，如孟子的"尚友古人"与朱子以虚己之心体悟圣贤之理的读书法。时文摹拟圣贤口气，较之一般学术著作，更需要与圣贤精神的亲切往来，归有光教导弟子作时文要"以吾心之理而会书之意，以书之旨而证吾心之理"③，即是此意。桐城派诸家对作者品行的要求，其中隐藏的一个逻辑是：有希圣希贤之品格，对圣贤口吻的模拟才能发自内心，才能"修辞立其诚"。在这个意义上，时文便可以表现作者之"性灵"。

在用时文表现作者性情这一点上，桐城派早期诸家中成就最高者，当属方苞之胞兄方舟。方舟曾言自己作时文，只求"自知"："凡吾为文，非求悦于今之人也。吾有得于天地万物之理，古圣人贤人之心，吾自知而已。"④ 因此，方舟之文能最大限度地摆脱中正平稳的科场风气，抒发其为学为人的真实见解。

现存方舟时文中，最动人者为摹写夫子心事之诸篇。夫子之世，

---

① （清）戴名世：《忧庵集》第160条，《戴名世遗文集》，中华书局2002年版，第137页。
② （清）方苞：《杨黄在时文序》，《方苞集》卷4，上海古籍出版社2008年版，第100页。
③ （明）归有光：《山舍示学者》，《震川先生集》卷7，上海古籍出版社1981年版，第151页。
④ （清）刘捷：《自知集序》，转引自[法]戴廷杰《戴名世年谱》，中华书局2004年版，第308页。

夫子不得行其所学，方舟平生留意经世之学，"以万物之不被其功泽为忧"①，然亦无机缘实施，因此其文凡涉及圣人心事，便极为深情绵邈。如《道不行，乘桴浮于海》一文中、后比云：

> 视其上则无国而不乱，视其下则无人而不矜，长与之共处于域中，非目见其人，即耳闻其事，跼躇者自顾岂有穷期耶？
> 视其国则皆有可以清明之理，视其民则皆有可以仁寿之形，第愁然坐观于局外而于此焉，嵩目于彼焉，怆心栖皇者，岂能越于人境耶？
> 夫事之无可奈何者，徒转以自苦无为也。而情之不能自决者，非以计断之不可也。
> 使吾身而犹在人群之中，虽百虑其无成，终接时而心动，儳然将以终身。
> 使吾身而已在退荒之外，则怀忧而莫致，虽欲拯而无从，此中亦庶几少释。②

朱熹于此题，引程子语："浮海之叹，伤天下之无贤君也。"此文则并不限于感叹无贤君赏识，而是着力描绘夫子对不可挽回之时势与身处此时势中之民众的悲悯。夫子逃世之想，看似超脱，实则惨极伤极，方舟将此一层款曲，揭示得十分动人。又如《甚矣吾衰矣，久矣吾不复梦见周公》一文，摹写夫子对平生所追慕者的不舍之情，其中、后比云：

> 觉之所习，梦亦同趋，梦也者，我与公情相依而犹有望者也。

---

① （清）方苞：《与慕庐先生书》，《方苞集》集外文卷5，上海古籍出版社2008年版，第674页。
② （清）方舟著，方观承辑评：《方百川先生经义》上册，清乾隆刻本。

今已绝望乎！忆囊者当梦而乐，梦觉而疑，亦徒幻想耳，奈何哉一寝寐之音尘且缺然耶？

方其梦也，不知其梦也，不知其梦梦见者，公与我神相接而不之拒者也，今乃拒我乎？忆囊者未见若相迎，既见若相诉，亦几荒诞矣，奈何哉所熟识之形影，竟邈然耶？

去日苦多，来日苦少，百年必蔽之身，惊心迟暮者，既无计使之淹留，而明王不作，天下莫宗，平生所慕之人，寄形梦幻者，并无从追其仿佛，吾衰其甚乎！①

此文以迂回之笔，将夫子对前贤的倾慕敬爱，以及无力行道的不甘与无奈，委婉写来，如泣如诉，颇有欧阳修史论"感慨淋漓"之风调。

方舟时文中，不时有借题发挥之讽世、骂世语，如《邦无道，富且贵焉，耻也》中对无道之世以苟且手段获取富贵之人"不可言德义，并不可言时命""不可言建树，并不可言荣"②的批评，以及《滔滔者天下皆是也，而谁以易之》一文，对"以夫人自视，若天下决不可无是人，而天下又绝无所需于是人""自易者言之，若天下不可一日不易，而天下又若本无待于斯人之易"③的混沌时势的刻画，均极为沉痛。然而对此不完满之人世，方舟终抱持温醇之态度，如《子路宿于石门章》中两大比：

盖其心知世不可为，不能以身之察察，受物之汶汶，而又未尝不顾滔滔者，而心恻也。以己之不复能忍，而愈知吾子所为之难，故一旦与吾徒邂逅风尘，而不禁于局外发伤心之语，盖其声销而志无穷矣。

---

① （清）方舟著，方观承辑评：《方百川先生经义》上册，清乾隆刻本。
② 同上。
③ 同上。

抑其心知世不可为，度不能以幽人之贞，逮三代之英，而又未尝不愿斯世有斯人也。以己之绝意于斯，而愈望吾子为之之切，故不能自隐其平生之心迹，而殷然以一言志相属之诚，盖其自计审而其忧世愈深矣。①

朱熹与《集注》取胡安国语，认为晨门"以是讥孔子"的意见不同，方舟此处着力抉发晨门与夫子心事的相通处，晨门虽隐，但不能忘情世事，亦欣见世上有"知其不可而为之"之人。此种体察，正源自方舟心中所有，如檀吉甫所评："悃款如知己，亦缘百川夙抱忧世心肠，不觉体贴到此。"②

方舟之外，就我们所能见到的文献而言，桐城派早期诸家的时文文风大多能肖其性情。方苞为人不偕于俗，"目视若电，正言厉色"，③ 其文亦深刻峭劲，有耿介绝俗之风调，如《子曰岁寒章》中对松柏风骨的描述："人世何知，受知之分，惟吾自决耳。吾急欲人知而人竟知矣，吾不欲受人不足轻重之知，而人亦不知矣，而亦非终不知也。其藏德深者，其收名也远，旦暮之间，嚣然自炫，虽不为一时所困，亦必无千古之荣也。"④ 松柏不争"雨润而日喧"之时，不为"朝华而夕秀"者所动，无论世人知与不知，其坚贞之质均无毁无伤。这种阐释，较之朱熹对"士穷见节义、世乱识忠臣"的强调，更深入一层，也更恬然自得，合于松柏高洁的身份。又如《子曰作者七人矣》中对俗世之中怀才抱德之人处境的体贴："道之敝也，举世不谋而同俗，奸欺苟简，以为中庸而爱之。有贤者出焉，举事而皆以为不便，发言而皆以为不祥，于以执其手足，燋然不能终日，而洁身高蹈以自完者，遂不约而同

---

① （清）方舟著，方观承辑评：《方百川先生经义》上册，清乾隆刻本。
② （清）梁章钜：《制义丛话》卷10，《制义丛话　试律丛话》，上海书店出版社2001年版，第176页。
③ （清）马其昶：《方望溪先生传》，《桐城耆旧传》卷7，黄山书社1990年版，第307页。
④ （清）方苞：《桐城方氏时文全稿·抗希堂稿》，清光绪十四年（1888）会友书局刊本。

趋矣。乱之成也，彼苍异事而同心，仁义中正，必有物焉以败之。一贤者立焉，其上皆将执狐疑之心，其下皆能奋谗慝之口，使之观其气象，凛乎不可久留，而惑时抚事以思避者，亦异人而同辙矣。"① 方苞虽有"尧舜君民之志"，然而在众人眼中，却是持论过高过苛，所谓"强聒令人厌"②。此处极写浊世中贤者立身之艰难。因此其文亦平实通脱，较少凌厉之气，如《子使漆雕开仕》："吾夫子忧世之切，虽莫宗而犹欲大行其道，即为兆而亦且小试其端，此意固在仕也。吾夫子乐天之深，虽王天下而不与存，即遁世不见知而亦不悔，此其意又并不关仕也。"③ 写夫子在出处问题上平和安详的心态，与二方兄弟笔下常见的凄怨之音不同。上述诸例，虽在唱叹委婉、"寄情遥深"的方面，不及方舟，但都能以明畅之笔抒发个人心得，不为雷同之语，可称得上是源自"性灵"之文。

四 文成法立：桐城派早期诸家"以古文为时文"的具体操作方法之二

"文成法立"，首先是桐城派早期诸家所认可的古文写作之法。如戴名世认为，文章写作的最高境界，是"运用之妙成乎一心，变化之机莫可窥测"④ 的随心所欲而不逾矩的状态。方苞在《左传义法举要》中，既对"两两相映""隐括""以虚为实""以实为虚"等具体笔法进行了逐字逐句的讲解，又告诫读者应从整体着眼，感受文辞的"千岩万壑，风云变现，不可端倪"⑤ 处。其《史记评点》，既讨论"侧入

---

① （清）方苞：《桐城方氏时文全稿·抗希堂稿》，清光绪十四年（1888）会友书局刊本。
② （清）全祖望：《前侍郎桐城方公神道碑铭》，《全祖望集汇校集注·鲒埼亭集》卷17，上海古籍出版社2000年版，第310页。
③ （清）朱书：《子使漆雕开仕》，《朱书集》卷11，黄山书社1994年版，第293页。
④ （清）戴名世：《史论》，《戴名世集》卷14，中华书局1986年版，第405页。
⑤ （清）方苞：《左传·鄢陵之战》总批，王兆符、程崟传述《左传义法举要》，抗希堂十六种丛书本。

逆叙""夹叙""牵连以书""虚实之法"等具体章法,又强调"纵横如意"①"义法所当然"②。其《古文约选》诸评,在严格辨析不同文体的独特作法的同时,又多次论及文章之"气""气象""文境",表现出对文章整体美感的关注。可见戴、方等人,对古文法度,有极为灵活通脱的阐释。对初学者、中才之人,注重讲明文章基本的写作技巧,即"死法",而对已有一定基础者以及天才之人,则提醒他们注意神妙变化的"活法"。

与对古文作法的理解类似,在现存桐城派早期诸家关于时文文法的论述中我们可以看到,他们一方面强调时文写作的具体技术,如戴名世、刘岩都注重小题文。小题文之题,皆割裂经文而成,虽不能阐发大义,但这种文题,在写法上限制颇多,对士子熟练掌握时文法度极有裨益。因此戴名世建议士子在初学时文时,多作小题文,"惟久而熟焉于小题,而大题已举之矣"③。刘岩也认为,小题文可以开作者混沌之心,使其"披豁呈露",下笔为文,则能变化多端,引人入胜。④ 另一方面,他们又好谈论"文气"与"文境",如戴名世多次谈到"自然成文":"今夫文之为道,虽其辞章格制各有不同,而其旨非有二也,第在率其自然而行其所无事,此自左、庄、马、班以来,诸家之旨未之有异也,何独于制举之文而弃之。"⑤ 他曾描述自己作文的情景说:"每一题入手,静坐屏气,默诵章句者往复数十过,用以寻讨其意思神理脉络之所在,其于《集注》亦如之。于是喉吻之际略费经营,振笔而书,不加

---

① (清)方苞:《高祖本纪》评语,归有光、方苞《归方评点史记》,扫叶山房1936年刊本。
② (清)方苞:《吴王濞列传》评语,归有光、方苞《归方评点史记》,扫叶山房1936年刊本。
③ (清)戴名世:《甲戌房书小题文序》,《戴名世集》卷4,中华书局1986年版,第90页。
④ (清)刘岩:《小题立诚集序》,《匪莪堂文集》卷2,《清代诗文集汇编》,上海古籍出版社2010年版,第198册,第82页上。
⑤ (清)戴名世:《李潮进稿序》,《戴名世集》卷4,中华书局1986年版,第105页。

点窜。"① 这正是"率其自然而行其无所事"的状态。又如方苞在乾隆初年奉敕编选的《钦定四书文》中，亦大力表彰流畅、浑整之文，如评王鏊《桃应问曰章》："化累叙问答之板局而以大气包举。"② 评归有光《多闻阙疑二节》："显白透亮，而灏气顿折，使人忘题绪之堆垛。"③ 评唐顺之《牛山之木尝美矣 二节》："依题立格，裁对处融炼自然，有行云流水之趣。"④ 诸评均从文章整体气息着眼。

对时文整体气息的关注，明代正、嘉之时即已出现，茅坤在专门论述时文作法的《论文四则》中即特别列出"布势"一条，认为"势者，一篇呼吸之概也"，"得其势则相题、言情如风之掣云，泉之出峡，苏文忠所谓行乎其所不得不行，止乎其所不得不止是也"。⑤ 此"势"也即桐城派诸家所说的"文气"。但茅坤并没有详述得"文气"的方法。规制严格的八股时文，如何能做到浑灏自然？对此一问题，戴名世在《丁丑房书序》中，认为文章写作不应有文法上的预设："立一格而后为文，其文不足言矣。""循题位置"的"铺叙"与"相题之要而提挈之"的"凌驾"法，本身并无高下之分，文章采取哪种叙述结构，应根据题意而定，能"扼题之要而尽题之趣，极题之变，反复洞悉乎题之理"，即可算得上好文章。⑥ 方苞在《钦定四书文》中，同样强调题目之"义"对"法"的决定性作用，如评唐顺之《此之谓絜矩之道 合下十六节》："法由义起，气以神行，有指与物化而不以心稽之乐……循题腠理，随手自成剪裁。后人好讲串插之法者，此其

---

① （清）戴名世：《意园制义自序》，《戴名世集》卷4，中华书局1986年版，第123页。
② （清）方苞编选：《钦定四书文·化治文》卷6，《景印文渊阁四库全书》，台湾商务印书馆1986年版，第1451册，第67页上。
③ （清）方苞编选：《钦定四书文·正嘉文》卷2，《景印文渊阁四库全书》，台湾商务印书馆1986年版，第1451册，第90页下。
④ （清）方苞编选：《钦定四书文·正嘉文》卷6，《景印文渊阁四库全书》，台湾商务印书馆1986年版，第1451册，第185页下。
⑤ （明）茅坤：《论文四则》，收入《游艺塾文规》，《游艺塾文规正续编·续文规》卷2，武汉大学出版社2009年版，第186页。
⑥ （清）戴名世：《丁丑房书序》，《戴名世集》卷4，中华书局1986年版，第93—94页。

药石也。"① 又如评瞿景淳《天子一位 六节》："以义制法，文成而法立，整练中有苍浑之气，稿中所罕见者。"② 瞿景淳是明代时文机法派的代表人物，方苞对瞿氏文章整体评价并不高，认为其"殊不远时文家数"，③ 此处特别表彰其"以义制法"的篇目，亦可见出方苞对不顾题意、一味调弄法度的作法的贬斥。总之，在戴、方看来，"法以义起""文成法立"不仅是古文写作准则，而且同样适用于时文，唯其如此，时文才不再是拼凑字词的文字游戏，而是具有内在气韵的"文章"。

结　语

"以古文为时文"，虽非桐城派早期作家的首创，但在这一口号的创作实践和理论建设上，桐城派诸家的贡献却不可忽视。虽然由于《南山集》案的影响，戴名世、朱书、刘岩等人的文章，在康熙五十年以后被禁止刊行，逐渐湮没不彰，但从这场文字狱中侥幸逃脱的方苞以及方苞早逝的兄长方舟，终清之世，都被认为是"以古文为时文"的代表作家。二人富含文学意味的时文，不仅受到桐城派内部人士的称赞，如吴敏树于时文"独高明之震川归氏，及我朝方舟百川，以为超绝，真得古人文章之意"④，曾国藩认为方苞得"八股文之雄厚"⑤；而且得到桐城派之外的文人的推尊，如翁方纲说："桐城两方子，喻彼马

---

① （清）方苞编选：《钦定四书文·正嘉文》卷1，《景印文渊阁四库全书》，台湾商务印书馆1986年版，第1451册，第79页下—80页上。
② （清）方苞编选：《钦定四书文·正嘉文》卷6，《景印文渊阁四库全书》，台湾商务印书馆1986年版，第1451册，第180页上。
③ 此句为瞿景淳《武王不泄迩》方苞评语，见方苞编选《钦定四书文·正嘉文》卷6，《景印文渊阁四库全书》，台湾商务印书馆1986年版，第1451册，第177页上。
④ （清）吴敏树：《记钞本震川文后》，《吴敏树集·桦湖文录》卷4，岳麓书社2012年版，第375页。
⑤ （清）曾国藩：《读书录》集部"望溪文集"条，《曾国藩全集·读书录》，岳麓书社1989年版，第368页。

与指。时文即古文，使我心翘跂。"① 梁章钜也认为方苞时文"纯以古文之法行之，故集中篇篇可读"②。而经由戴名世、方苞等人的时文评选而得以细致、深入的"以古文为时文"的方法与理念，在士子中也产生了广泛深远的影响。戴名世、方苞之后，文坛上的"时文古文一体论"仍不绝如缕，如吴玉纶认为，在"有物有序"方面，"古文与时文异源同流"③；张文虎认为"志古人之志以为时文，即亦何异于诗古文词"④；俞樾也认为："以古文为时文，其时文必佳矣。"⑤ 这些意见，都可以视为桐城派早期诸家"以古文为时文"的回声。

　　站在古文家的立场上看，桐城派早期诸家"以古文为时文"的时文改良，对他们的古文事业来说，是一把双刃剑。其积极的一面，首先是诸人"以古文为时文"理念在创作中的成功实践，以及在此理念指导下编纂的诸种时文选本的流布，有助于提升他们在文坛的知名度，对他们古文理论的传播亦不无裨益。其次，对时文取法古文的具体方法的探究，促使他们对古文文体功用及写作方法进行深入思考，有助于他们古文理论的形成与完善。而消极的一面，除方苞所说的时文写作耗费心力，使得时文、古文"不能两而精"⑥之外，主要在于时文篇幅窄小，在义理上又限制颇多，长期致力于这种以说理为主的拘谨文字，在面对叙事性体裁时，便显得力不从心。方苞文集中多篇墓志铭，剪裁皆极有分寸，却不免失之单薄，其原因即在于此。要想从根本上改变这种"不能大"的格局，除需尽力淡化时文文法的影响外，恐怕还需要来自外部

---

① （清）翁方纲：《次东墅纪梦韵叙述江南当代人文之盛用志鄙怀》，《复初斋外集·诗》卷13，民国嘉业堂丛书本。
② （清）梁章钜：《退庵随笔》卷19，江苏广陵古籍刻印社1997年版，第502页。
③ （清）吴玉纶：《试谕一则》，《香亭文稿》卷12，清乾隆六十年（1795）滋德堂刻本。
④ （清）张文虎：《妙香斋集序》，《舒艺室杂著》乙编卷上，清光绪刻本。
⑤ （清）俞樾：《孙卯庵试帖诗序》，《春在堂杂文》六编卷9，清光绪二十五年（1899）刻春在堂全书本。
⑥ （清）方苞：《书归震川文集后》，《方苞集》卷5，上海古籍出版社2008年版，第118页。

思想界的变革与冲击。当时文所依附的思想条框得以松动时，文人才能够较彻底地摆脱"时文思维"与"时文语感"，桐城古文在晚清的自我蜕变，即从历史事实上证明了这一点。

（作者单位：厦门大学中文系）

阮元骈文观嬗变及其历史意义

陈志扬

骈散之争是清代骈文理论的核心议题，就这一议题，近人陈子展总结为三种主张："有的以为骈散并尊，不宜歧视"，"有的以为骈文才可以叫做文"，"有的以为骈散合体，不应分家"[①]，作为其中一局的代表性人物阮元，其独尊骈文的理论主张对同时代古文家的文学观念是一种彻底颠覆。阮元独具个性的辩护立场与路数一直是当代文论界关心的热点，本文在前贤研究基础上拟就其理论的独特性及形成原因、过程、意义作进一步的深入探讨，以质高明。

一 多元辩护理论之一

在当时盛行的几种为骈文辩护的理论之外，阮元以汉学家的学术理路，通过"文"概念的考证、界定，将古文逐出"文"的家园，捍卫骈文独立为文的地位，极大地拓清了骈文发展的空间与前景。

清代骈文与古文两派壁垒分明，"世之袭徐庾者诮八家之空疏，而袭史汉者每讥六朝为摭拾"[②]，充满着剑拔弩张的火药味。骈文自宋末

[①] 陈子展：《中国文学史讲话》，北新书局1933年版，第263—264页。
[②] （清）师范：《摘刊四六丛话缘起序》，《二余堂文稿》卷4，《丛书集成续编》，上海书店出版社1994年版，集部，第132册，第515页。

后菁华衰竭，入清后回光返照，蔚为大观。《清史稿》卷485载："俪体文自三唐而下，日趋颓靡，清初陈维崧、毛奇龄稍振起之，至胡天游奥衍入古，遂臻极盛。而邵齐焘、孔广森、洪亮吉辈继起，才力所至，皆足名家。后数十年而有镇洋彭兆荪以选声炼色，胜名重一时。"这一时期的骈文"其体格不能一辙，有汉魏体者，有晋宋体者，有齐梁至初唐者，流别各异，其骨格韵调，则皆超轶流俗，同为专门名家之作也"①。清代骈文的蓬勃发展在一定程度上得益于当时理论界的骈散之争。骈文经过唐宋古文运动昭"罪"于世后，文坛弥漫着一股浓烈鄙薄骈文的风气，骈文俨然为"淫靡害俗"的代名词。元王若虚云："四六，文章之病也，而近世以来，制诰表章，率皆用之。君臣上下之相告语，欲其诚意交孚，而骈俪浮辞，不啻如俳优之鄙，无乃失体邪！后有明王贤大臣一禁绝之，亦千古之快也。"②清程廷祚《青溪集》卷9《与家鱼门书》云："骈体最病于文，诗余最病与诗。"《四库全书总目提要·四六法海》描述了骈文沦为不齿的这段历史："厥后辗转相沿，逐其末而忘其本。固周武帝病其浮靡，隋李谔论其佻巧，唐韩愈亦断断有古文时文之辨。降而愈坏，一滥于宋人之启札，再滥于明人之表判。剿袭皮毛，转相反鬻。或涂蚀而掩情，或堆砌而伤气，或雕镂纤巧而伤雅，四六遂为作者所诟厉。宋姚铉撰《唐文粹》，至尽黜俪偶；宋初修《新唐书》，至全删诏令。而明之季年，豫章之攻云间者，亦以沿溯六朝相抵。"因此，为骈体正名、争取生存空间是清代骈文理论第一要务。陆继辂云："治古文者往往薄四六为不屑为，甚者斥为俳优侏儒之技。入主出奴之见，亦犹考据、辞章两家隐然如敌国，甚可笑也。"③骈文爱好者宣泄"甚可笑"之类的不满情绪外，也提出具有一定理论

---

① 金秬香：《骈文概论》，商务印书馆1934年版，第126页。
② （金）王若虚：《文辨》，《滹南遗老集》卷37，《文渊阁四库全书》，台湾商务印书馆2008年版，集部，第1190册，第462页。
③ （清）陆继辂：《与赵青州书》，《崇百药斋文集》卷14，《续修四库全书》，上海古籍出版社2002年版，集部，第1496册，第684—685页。

深度的学理性依据来维护骈文的地位，据笔者总结，不外乎以下四种。

方式之一：以天地万物作比附，从骈体符合宇宙自然之理角度对骈文作了肯定。袁枚《胡稚威骈体文序》云：

> 文之骈，即数之偶也，而独不近取诸身乎？头，奇数也，而眉目，而手足，则偶矣。而独不远取诸物乎？草木，奇数也，而由叶而瓣萼，则偶矣。山峙而双峰，水分而交流，禽飞而并翼，星缀而连珠，此岂人为之哉！

方式之二：利用人们尊古的心理，宣扬骈文导源于六经。丁泰《与张海门论骈文书》云：

> 圣人法天人之文而为文者，其言莫古于《易》，而乾坤、父母与坎离、震艮、巽兑，画卦无非对者。推而论之《诗》，《诗》也，而有"角枕锦衾"、"三百九十"之文；《书》、《史》也，而有"旸谷幽都"、"孤桐浮磬"之文，至左氏之传、戴氏之记，往往杂排比于散行之中，特其气朴茂，不形其为对偶耳。

方式之三：展现骈文独特的魅力，提倡文学功能的多元化消解骈文无用论。齐召南《绿罗山庄全集序》云：

> 所憾乎骈体者，谓其华而鲜实，似而非真，未究本原，徒工藻饰。用之谈理则未足以释圣经；纪事则未足以操史笔云耳。若夫词赋、制、诰、表、章、序、记、书、启、哀、诔诸文，只取达意，亦堪立诚。引古证今，取物连类，则音如铿金戛玉，吹竹弹丝，其不胜于鸡豚之游村落也哉？

方式之四：强调骈散两种文体具有共同的表述功能，骈体也可以用来谈艺论史，吴鼒《八家四六文钞序》云：

> 敷陈士行，蔚宗以论史；钩择文心，彦和以谈艺。而必左袒秦汉，右居韩欧，排齐梁为江河之下，指王扬为刀圭之误，不其过欤！

上述四种方式中，前两种在论证思维上大致未出刘勰《文心雕龙·丽辞》篇之窠臼，后两种是清人在当时文学发展格局下的新阐发，有力地充实了我国传统的文论宝库。骈文维护者多能举上述之一二，或略有变通。阮元以其特有敏锐洞察力与派的学术理路，提供了另一种方式。《文言说》云：

> 要使远近易诵，古今易传，公卿学士皆能记诵，以通天地万物，以警国家身心，不但多用韵，抑且多用偶。……与物两色而交错之，乃得名曰"文"（《考工记》曰：青与白谓之文；赤与白谓之章。《说文解字》曰：文，错画也，象交文。）。然则千古之文莫大于孔子之言《易》，孔子以用韵比偶之法错综其言，而自名曰"文"，何后人之必欲反孔子之道而自命曰"文"，且尊之曰"古"也？

《文言说》综合运用了社会学以及乾嘉汉学家擅长的文字、音韵之学及人们尊圣崇经的心理，从源头上厘清"文"概念的含义。"文"的概念一旦明晰，骈文为文学之正宗也就成了逻辑的必然："自齐梁以后，溺于声律，彦和《雕龙》渐开四六之体，至唐而四六更卑，然文体不可谓之不卑，而文统不得谓之不正。"正是在这个意义上，备受时人鄙视的八股文被阮元认为"真乃上接唐宋四六为一派，为文之正统也"。反之，古文的"文"性，甚至连概念本身都遭到了阮元的质疑：

"然则今人所作之古文，当名之为何？曰：凡说经讲学，皆经派也；传志纪事皆史派也；立意为宗皆子派也。惟沈思翰藻乃可名之为文也。非文者，尚不可名之为文，况名之曰古文乎？"① 又《与友人论古文书》云："《选序》之法，于经、子、史三家不加甄录，为其以立意纪事为本，非沈思翰藻之比也。今之为古文者，以彼所弃，为我所取，立意之外，惟有纪事，是乃子、史正流，终与文章有别。"

阮元正名明义的文言说，在对抗力度上，较之以前任何为骈文呐喊的言论更为强烈；在策略上，通过六朝文学观念的回溯以佐成其说，对于古文是一次釜底抽薪式的打击。自阮元明确"文"的概念后，非常赞成骈文渊薮——《昭明文选》的编选原则，并视为同道知己而为之辨解，《书梁昭明太子文选后》云：

> 昭明所选，名之曰"文"，盖必文而后选也，非文则不选也。经也、子也、史也，皆不可专名之为文也，故《昭明文选序》后三段特明其不选之故。必沈思翰藻，始名之为文，始以入选也。或曰：昭明必以沈思翰藻为文，于古有徵乎？曰：事当求其始。凡以言语著之简策，不必以文为本者，皆经也、子也、史也。言必有文，专名之曰文者，自孔子《易文言》始。传曰："言之不文，行之不远。"故古人言贵有文。孔子《文言》实为万世文章之祖。此篇奇偶相生，音韵相和，如青白之成文，如咸韶之合节，非清言质说者比也，非振笔纵书者比也，非佶屈涩语者比也。是故昭明以为经也、子也、史也，非可专名之为文也；专名为文，必沈思翰藻而后可也。

文中认为"孔子《文言》，实为万世文章之祖"，意在借圣人之

---

① （清）阮元：《书梁昭明太子文选序后》，《揅经室集三集》卷2，《续修四库全书》，上海古籍出版社2002年版，集部，第1479册，第198页。

旗号建立新的文统,与桐城派古文家由韩、欧上溯《左传》《史记》的古文文统相抗衡。近代文选学家骆鸿凯评论该篇云:"'事出于沈思,义归乎翰藻',此昭明自明入选之准的,亦即其自定文辞之封域也。……阮氏此篇推阐昭明沈思翰藻之旨与不选经、史、子之故,可谓明畅。"① 阮元对《文选》选文主旨的揭示、辩护,目的是借《文选》以张其帜,这与后来发动"文笔"考证以佐其主张的致思方式是一致的。

为实践自己的文学观念,阮元自编文集的方式相当独特。既然古文被阮元排斥在"文"的范畴之外,其自编之集便改弦易辙,以经、史、子、集这种古代图书分类方式予以编辑。《揅经室集自序》云:"余三十余年以来,说经记事不能不笔之于书,然求其如《文选序》所谓'事出沈思,义归翰藻'者甚鲜,是不得称之为文也。今年届六十矣,自取旧帙授儿辈,重编写之,分为四集。其一则说经之作,拟于贾邢义疏已云僭矣,十四卷;其二则近于史之作,八卷;其三则近于子之作,五卷。凡出于四库书史子两途者,皆属之言之无文,惟纪其事,达其意而已。其四则御试之赋及骈体有韵之作,或有近于古人所谓文者乎,然其格亦已卑矣,凡二卷。又诗十一卷,共四十卷,统名曰集者,非一类也。继此有作,各以类续也。"

但我们要清楚的是,阮元将古文逐出"文"的家园,并不等于否定古文的价值。王章涛指出:"阮元不排斥古文派,他对唐宋八大家都很尊敬,特别对苏东坡有较高的评价,并对其一生的际遇赋予极大的同情。"② 据钱基博分析,阮元兴此说主要是针对古文流弊而发:"然桐城之说既盛,而学者渐流为庸肤,但习为控抑纵送之貌而亡其实;又或弱而不能振,于是仪征阮元倡为文言说,欲以俪体嬗斯文之统。"③

---

① 骆鸿凯:《文选学·义例第二》,中华书局1937年版,第16—18页。
② 王章涛:《阮元评传》,广陵书社2004年版,第371页。
③ 钱基博:《现代中国文学史》,上海书店出版社2004年版,第29页。

二 从推尊到独尊

阮元的骈文观存在一个由推尊到独尊的推进过程，这个过程大致以嘉庆十八年五月至九月为界，而其独尊骈文也经历了隐而不彰到广而鼓吹的变化。抚浙与督粤是阮元人生的两个重要时期，也是其推尊骈文与独尊骈文的两个代表性时期。

乾隆六十年，时年32岁的阮元奉旨调任浙江学政，后又两任浙江巡抚。二任期间，因刘凤诰科举舞弊案受累，于嘉庆十二年解职入都。从任职学政到解职入都，阮元在浙江任职计十余年，在此期间他积极推尊骈文。嘉庆二年秋，阮元叮嘱其孙梅之子刊刻《四六丛话》一书，在阮元的资助下，该书历经八月于嘉庆三年刊成。孙梅雅好四六，"己丑会闱，制艺策间皆作四六"①，历30余年而成的《四六丛话》是其一生精力所萃。孙梅是阮元丙午科房师，阮元此举固然是报恩，其中亦不乏张扬骈文的倾向。

嘉庆八年，李富孙至武林，以所撰之《汉魏六朝墓铭纂例》请正于阮元，阮元颇称善。李富孙受朱竹垞"窃意墓铭莫甚于东汉，潘阳洪氏所辑《隶释》《隶续》，其文其铭，体例匪一，宜用止仲之法，举而胪列之"② 构想之启发，其《汉魏六朝墓铭纂例》缘于"知昆仑以上之原之所在""沿其流而不忘其原"③ 而作，其实并无以汉魏六朝骈文碑志取代唐宋古文碑志为文章范式之意。阮元借机推尊骈文心切，忽视了李氏之本意，并向李富孙宣扬道："碑碣当以汉魏为法，六朝犹不失

---

① （清）师范：《摘刊四六丛话缘起序》，《二余堂文稿》卷4，《丛书集成续编》，上海书店出版社1994年版，集部，第132册，第515页。
② （清）朱彝尊：《书王氏墓铭举例后》，《曝书亭集》卷52，《文渊阁四库全书》，台湾商务印书馆2008年版，集部，第1318册，第242页。
③ （清）李富孙：《汉魏六朝墓铭纂例·自序》，《丛书集成新编》，台湾新文丰出版公司1985年版，第80册，第375页。

遗意，宜将原文及碑式跌寸，并为载入，俾古制有所考。"①

嘉庆九年，阮元借修家庙之机，在庙西余地修建文选楼，作为江南名士诗文聚会的场所。文选楼内藏《文选》善本，楼上奉祀"选学"家曹宪、公孙罗、魏模、景倩、李善、李邕、许淹等人木主。阮元又专门撰有《扬州隋文选楼记》《扬州隋文选楼铭》二文，其中《扬州隋文选楼记》对"文选学"源流、形成原因、师承关系进行了研究。人物行为的背后通常隐藏着个人的价值观念与目的，当代学者对这一行为作了如下解读："阮元总结扬州学人对'文选学'创立的功绩和新建一座'隋文选楼'，其目的是弘扬'文选学'，提倡骈文，为'以骈救散'造声势、广舆论，最终清除桐城派末流在文坛的不良影响。"②

此时的阮元对《文选》选文标准已有了清晰的认识，《扬州隋文选楼记》云："唐人属文尚精选学，五代后乃废弃之。昭明选例以沈思翰藻为主，经、史、子三者皆所不选。唐宋古文以经、史、子三者为本，然则韩昌黎诸人之所取，乃昭明之所不选，其例已明著于文选序者也。"但是，阮元独特骈文观尚未形成。嘉庆十二年，阮元《揅经室文集》刊行，此集以"文集"命名，非以经、史、子、集分类③，清楚地表明了这一点。

《周易·文言》篇的阅读是阮元文学观念发生重大转折的关键，《揅经室续集·自序》云：

> 元四十余岁，已刻文集二三卷，心窃不安，曰：次可当古人所谓文乎？僭矣妄矣。一日读《周易·文言》，恍然曰：孔子所谓文者此也。著《文言说》，乃屏去先所刻之文，而以经、史、子区别

---

① （清）李富孙：《汉魏六朝墓铭纂例》书后识语，《丛书集成新编》，台湾新文丰出版公司1985年版，第80册，第392页。
② 王章涛：《阮元评传》，广陵书社2004年版，第369页。
③ 《贩书偶记续编》卷16云："《揅经室文集》十八卷，阮元撰。嘉庆十二年乌程张鉴校刊。"

之,曰:此古人所谓笔也,非文也。

阮元一生著述颇丰,版刻亦频,"屏去先所刻之文,而以经、史、子区别之"之事发生于道光三年。此前的最近一次结集是嘉庆十八年四月,这一年张鉴为阮元新结集《揅经室文初集》作序云:"癸酉夏四月,鉴谒仪征师于淮安。吾师不斥其学殖之落,以《揅经室文初集》十八卷编刻初成,命志缘起。"① 嘉庆十八年九月初八日,郝懿行收到阮元来函,随函有《文言说》一文见示②。由此可以精确地断定:阮元独特骈文观形成于嘉庆十八年五月至九月,是年阮元50岁,正值思想成熟的壮年期。《文言说》标志着阮元独特文学观念的形成,是推尊骈文到独尊骈文的分水岭。阮元本人似乎也意识到这种观点的惊世骇俗,最初只在几个亲近的朋友中低调阐扬,《与友人论古文书》云:"千年坠绪无人敢言,偶一论之,闻者掩耳。非聪颖特达深思好问如足下者,元未尝少为指画也。"

嘉庆二十二年,阮元出任两广总督,并数次兼广东巡抚及学政。政务之余,阮元留心教育,于嘉庆二十五年创办了学海堂。走出政治低谷的阮元,此前的顾虑散尽,他以学海堂为依托,有意识地将"文笔论"渗透于学海堂的教学活动中,表现出一种敢于开宗立派的气概与自主尊荣的大家气韵。六朝文笔之分与阮元持论最契合,为重回六朝时代的文学观念,达到宣扬骈文为文学之正统的目的,阮元以"文笔"策问士子:

> 六朝至唐皆有长于文、长于笔之称,如颜延之云"竣得臣笔,

---

① (清)张鉴:《揅经室文集序》,《冬青馆甲集》卷5,《续修四库全书》,上海古籍出版社2002年版,集部,第1492册,第55页。
② (清)郝懿行:《奉答阮元台先生书》,《晒书堂外集》卷上,《续修四库全书》,上海古籍出版社2002年版,集部,第1481册,第573页。

测得臣文"是也。何者为文？何者为笔？何以宋以后不复分别此体？（《学海堂文笔策问》）

阮福该文之案语云："家大人开学海堂于广州，与杭州之诂经精舍相同。以文笔策问课士，教福先拟对。"阮福排比资料，得20余条编成一篇，进一步充实了阮元的"文笔"论。阮元对其观点被证实甚为喜悦，阮福这样记载道："福读此篇（梁元帝《金楼子·立言》）与梁昭明《文选》序相证无异，呈家大人。家大人甚喜，曰：'此足以明六朝文笔之分，足以证昭明序经、子、史与文之分，而余平日著笔不敢名曰文之情益合矣。'以为可与《书文选序后》相发明，命附刻于三集之末"①。嗣后学生所答，以刘天惠、梁国珍、侯康、梁光钊最佳，被收入《学海堂初集》卷七，后又受阮元之嘱，阮福将之汇辑成《文笔考》一书。道光四年，宋翔凤经南昌赴广州，年底经韶关返回苏州。今其《过庭录》卷十五存"文笔"考证长文一则，断言文笔之分在东晋之后，宋氏此举盖是当时阮元在广州宣扬文笔论如火如荼波及的产物。

调任云贵总督的前一年，即道光五年，阮元又写了另一篇重要的骈文理论文献——《文韵说》。该文对文韵进行了新的阐释，并进一步对"文"的性质及基本特征作了如下界定："凡文者，在声为宫商，在色为翰藻。即如孔子《文言》'云龙风虎'一节，乃千古宫商、瀚藻、奇偶之祖；'非一朝一夕之故'一节，乃千古嗟叹成文之祖；夏《诗序》'情文声音'一节，乃千古声韵、性情、排偶之祖。吾固曰：韵者即声音也，声音即文也。然则今人所便单行之文，极其奥折奔放者，乃古之笔，非古之文也。"历经13年思考，阮元文言说的逻辑理论体系至此臻于完善。

此外，阮元无论作跋、写序还是训导他人，都身体力行地运用文笔

---

① （清）阮元：《学海堂文笔策问》之阮福案语，《揅经室三集》卷5，《续修四库全书》，上海古籍出版社2002年版，集部，第1479册，第257页。

概念，并严分文笔之别，达到"一以贯之"的成熟境界。其《学海堂集序》云："初集斯勒，四载以来，有笔有文，凡十五卷。"道光七年，阮元著《塔性说》，庭训福云："（《塔性说》）此笔也，非文也，更非古文也，将来姑收入《续集》而已。"①

清代揭橥六朝"文笔"论并不始于阮元，在其之前，乾嘉学子尚有多人探讨过"文笔"概念问题。如王鸣盛、赵翼、钱大昕等通过材料的排列，指责陆游、顾炎武等人"文"即"笔"说之误，认为六朝"文笔"说法当以刘勰所言为准②。同样是采取汉学的方法，但是他们的探讨带着很大的工具理性成分，不具有类似阮元那样试图通过对概念的梳理，来为"骈文"争正统的现世诉求。学海堂"文笔"策问的学术训练拂去厚厚尘土，遭世人遗忘甚久的六朝文学观念再次放射出光芒。"主持风会数十年，海内奉为山斗"③ 的学坛身份对阮元宣传主张又如虎添翼，曾任广东巡抚的程含章这样描述其成效道："国朝自侯、魏、苕文、锡鬯卓然大家，嗣得望溪在，陆荻园诸先辈接起，寥寥不过十余人耳。近日台省宗工，暨四方名士都宗骈俪，不喜散文，遂觉此体几废。"④ 鉴于阮元骈文观念影响之大，当代学者张仁青特为其立一"仪征派"："当方姚桐城文派风靡全国之际，有别树一帜，与之对抗者，为仪征文派。则阮元阮福父子创其首，刘师培继其迹焉。……此说一出，天下震动，影响中国文坛，历百余年之久，于是有'仪征文派'一名词之诞生，以三子皆江苏仪征人也。"⑤

---

① （清）张鉴等：《阮元年谱》，中华书局1995年版，第156页。
② （清）王鸣盛：《十七史商榷》卷63"诗笔"条，黄曙辉点校，上海古籍出版社2016年版，第828页；《蛾术编》卷80"诗笔"条，顾美华点校，上海书店出版社2012年版，第1168页；（清）赵翼：《陔余丛考》卷23"诗笔"条，上海商务印书馆1957年版，第449页；（清）钱大昕：《十驾斋养新录》卷16"文笔"条，江苏古籍出版社2000年版，第356页。
③ 赵尔巽等：《清史稿》卷364，《续修四库全书》，上海古籍出版社2002年版，史部，第299册，第372页。
④ （清）程含章：《复方东树书》，《程月川先生遗集》卷7，《丛书集成续编》，上海书店出版社1994年版，集部，第133册，第169页。
⑤ 张仁青：《中国骈文发展史》，中华书局1979年版，第649页。

三 骈散之争新阶段

阮元独尊骈文观念的形成，自有个人裁别之识与陶铸之功，析而言之，大凡归于师友的启发、切磋，更是汉、宋学术与骈文、散文两派对峙力量消长的产物。

扬州是"选学"的发源地，著名学者曹宪、李善等都在此授徒讲学，精研《文选》，对扬州文化产生了深远的影响。生于斯、长于斯的阮元自幼深受这种风气的熏陶，"元幼时即为《文选》学"①，引导者有乔椿龄、胡廷森两先生："（乔椿龄）善属文，以汉魏为法。……吾年九岁，从乔先生学。"② "元幼时，以韵语受知先生（胡廷森），先生授元以文选学。"③

孙梅的出现对阮元骈文观的形成具有重要意义。阮元自言其受孙梅影响甚深："元才囿陋质，性好丽文，幸得师（孙梅）承，侧闻绪论。妄执丹管而西行，愿附骥尾而千里。故知卢、王出于今时，流江河而不废，子云生于后世，悬日月而不刊矣。"④ "元籍列门生，旧被教泽，凡师心力所诣，略能仰见一二。"⑤ 乾隆五十三年，阮元为《四六丛话》写序，该序从文学发展史的角度阐述了骈文的意义与价值，与孙梅推尊骈文的观点桴鼓相应，这是阮元集中阐述骈文观的最早文献之一。

但真正促使阮元独具个性骈文观的形成并非孙梅，凌廷堪是阮元相

---

① （清）阮元：《扬州隋文选楼记》，《揅经室二集》卷2，《续修四库全书》，上海古籍出版社2002年版，集部，第1479册，第63页。
② （清）阮元：《李晴山、乔书酉二先生合传》，《揅经室二集》卷2，《续修四库全书》，上海古籍出版社2002年版，集部，第1479册，第68页。
③ （清）阮元：《胡西琴先生墓志铭》，《揅经室二集》卷2，《续修四库全书》，上海古籍出版社2002年版，集部，第1479册，第69页。
④ （清）阮元：《四六丛话序》，《揅经室四集》卷2，《续修四库全书》，上海古籍出版社2002年版，集部，第1479册，第275页。
⑤ （清）阮元：《旧言堂集后序》，《揅经室三集》卷5，《续修四库全书》，上海古籍出版社2002年版，集部，第1479册，第239页。

交甚久的挚友，其独尊骈文的胆识极有可能来自此人。据张其锦《凌次仲先生年谱》所叙，乾隆四十三年，是年22岁的凌氏便有了这种极端的观点："先生论古文以《骚》《选》为正宗，于是作《祀古辞人九歌》"。如果说这是其门人所作的一种推断，那么凌氏本人在《书〈唐文粹〉后》一文中则有明确的文字表述："盖昌黎之文化偶为奇，戛戛独造，特以矫枉于一时耳，故好奇者皆尚之，然为谓文章之别派则可，谓为文章之正宗则不可也。"凌氏甚至批评主张骈散合一的汪中云："独是汪君既以萧刘作则，而又韩柳是崇，良由识力未坚，以致游移莫定。犹之易主荀虞而周旋辅嗣，诗宗毛郑，而回护考亭，所谓不古不今，非狐非貉者也。"① 凌氏此观点在当时似乎产生过一定的社会影响，姚鼐在与他人的信中就表达过对凌氏的鄙夷："吾昨得凌仲子集阅之，其所论多谬，漫无可取，而当局者以私交入《儒林》，此宁足以信后世哉？……至于文章之事，诸君亦了未解，凌仲子至以《文选》为文家之正派，其可笑如此。"② 阮元18岁订交凌廷堪，奉为终生益友，"合志同方，谊若兄弟"③；亦亲阅过其翰墨，"（嘉庆）十三年，元复任浙江巡抚，君免丧来游杭州，出所著各书相示，元命子常生从君学"④。凌氏死后不久，即嘉庆十七年，《校礼堂文集》由受业弟子张其锦、耿伯南收集整理出版，其间曾"至淮入就正于阮侍郎"⑤。近人刘师培曾指出"歙县凌次仲先生以《文选》为古文正的，与阮元《文言说》相符"⑥，依据凌廷

---

① （清）凌廷堪：《上洗马翁覃溪师书》，《校礼堂文集》卷22，《续修四库全书》，上海古籍出版社2002年版，集部，第1480册，第254—255页。
② （清）姚鼐：《与霞纡侄》，《惜抱先生尺牍》卷8，《丛书集成续编》，台湾新文丰出版公司1989年版，第130册，第977页。
③ （清）阮元：《凌母王太孺人寿诗序》，《揅经室三集》卷5，《续修四库全书》，上海古籍出版社2002年版，集部，第1479册，第237页。
④ （清）阮元：《次仲凌君列传》，《揅经室二集》卷4，《续修四库全书》，上海古籍出版社2002年版，集部，第1479册，第116页。
⑤ （清）江藩：《校礼堂文集序》，凌廷堪《校礼堂文集》卷首，《续修四库全书》，上海古籍出版社2002年版，集部，第1480册，第103页。
⑥ 刘师培：《文章源始》，《刘师培中古文学论集》，中国社会科学出版社1997年版，第216页。

堪与阮元交往情况及立论之先后，确切地说，两者并不是简单的"相符"关系，阮元观点的形成实由凌氏引发亦未为可知。阮元自言其恍然大悟于《周易·文言》，只字未提凌廷堪，应该说含有不实的成分。惜凌氏文集虽有以《文选》为文家之正派的主张，却缺乏详细的论证阐述。

　　汉、宋学术与骈文、散文两派对峙力量的变化，是阮元从推尊骈文发展到独尊骈文的深层时代背景。马积高曾深刻地指出"骈文本与博学相联系"，"骈文本与理学无缘"①。宋学重道轻文，以阐"道"为核心的古文家鄙视骈文，如方苞云："古文中不可入语录语，魏晋六朝藻丽俳语，汉赋中板重字法，诗歌中隽语，南北史佻巧语。"②汉学则是骈文兴盛的重要依托，此正如方东树《汉学商兑》所云："由是（注：汉学）以及于文章，则六朝骈俪有韵者为正宗，而斥韩欧为伪体。"清代骈散之争究实质是汉、宋学术之争延伸到文学领域的反映。乾嘉间考证之风弥漫学坛，"稍为时髦一点的阔官乃至富商大贾，都要'附庸风雅'，跟着这些大学者学几句考证的内行话"③。骈文依托汉学凌越古文亦独盛一时，李祖陶在《国朝文录自序》中甚至慨叹"嘉庆朝骈文盛行，古文予不多见"。随着骈文创作的进一步繁荣，已不局限于其固有的经营领域。"清朝一些骈文家既有意与古文家争席乃至争文统，凡六朝人已用骈体来写的体裁固然用骈体来写；唐宋古文家所开拓的文章领域，他们也试图用骈体来写。"④ 强调骈散表达内容上的一致是维护骈文生存发展的一条重要路线。乾隆曾在《御选唐宋文醇序》中指出："夫十家者，谓其非八代骈体云尔，骈句固属文体之病，然若唐之魏郑公、陆宣公，其文亦多骈句，而辞达理诣，足为世用，则骈文奚病？"

---

① 马积高：《清代学术思想的变迁与文学》，湖南人民出版社2002年版，第110页。
② （清）沈廷芳：《椒园文钞·方先生传后》，《国朝二十四家文钞》，嘉庆元年（1796）刻本。
③ 梁启超：《清代学术变迁与政治的影响》（中），《中国近三百年学术史》，《梁启超全集》第8册，北京出版社1999年版，第4439页。
④ 马积高：《清代学术思想的变迁与文学》，湖南人民出版社2002年版，第109页。

孙梅亦强调范仲淹、令狐楚骈文具有经世精神,又以饱满的热情称颂《文心雕龙》《文赋》《诗品》《史通》等为"论说之精华,四六之能事"①。如果说乾隆帝与孙梅尚是在历史中找寻找证据,以树立创作的风标,那么这条路线延续到嘉庆年间,便开始与现实创作相互动。与创作这一新形势相同步,有些理论家在肯定骈文与散文异途同源的前提下,又强调两种文体具有共同的表述功能,也就是前文所列举的方式之四。如彭兆荪《荆石山房文序》云:"有唐一代,斯体尤崇,颖达以之叙经,房乔用之论史,其与散著途异源同。"据孙星衍《仪郑堂遗稿叙》载,孔广森曾寄书信予其外甥朱沧湄云:"骈体文以达意明事为主,不尔则用之婚启,不可以用之书札;用之铭诔,不可用之论辨,直为无用之物。六朝文无非骈体,但纵横开阖,一与散体文同也。"无论就创作业绩还是理论声势而言,骈文在这一阶段已经积累了相当牢固的基础,骈文旧有的卑体形象大大得到缓解。

另一方面,骈文的不利因素亦在嘉道年间凸显。嘉道之际,学术上,"在上之压力已衰,而在下之衰运亦见。汉学家正统如阮伯元、焦里堂、凌次仲,皆途穷将变之候也"②;文学上,姚鼐不为汉学之风所靡,独尊宋儒学说,专主古文,"君子之文,达其辞则道以明,昧于文则志以晦,鼐之求此数十年矣。瞻于目,诵于口,而书于手,较其离合而量剂其轻重多寡,朝为而夕复,捐嗜舍欲,虽蒙流俗讪笑,而不耻者。以为古人之志远矣,苟吾得之,若坐阶席而接其音貌,安得不乐而愿日与为徒也"③,经姚鼐数十年的惨淡经营,清代古文在继乾隆朝短暂的消歇之后于嘉道之际形成勃发态势。曾国藩对此评价云:"当乾隆中叶,海内魁如畸士崇尚鸿博,繁称旁证,考核一字,累数千言不能

---

① (清)孙梅:《四六丛话》卷22,《续修四库全书》,上海古籍出版社2002年版,集部,第1715册,第452页。
② 钱穆:《中国近三百年学术史·自序》,商务印书馆1997年版,第3页。
③ (清)姚鼐:《复王进士辉祖书》,《惜抱轩文集》卷6,《续修四库全书》,上海古籍出版社2002年版,集部,第1453册,第45页。

休，别立帜志，名曰'汉学'，深摈有宋诸子义理之说以为不足复存，其为文尤杂寡要。姚先生独排众议，以为义理、考据、词章三者不可偏废，必义理为质而后文有所附、考据有所归，一编之内，惟此尤兢兢。当时孤立无助，传之五六十年，近世学子稍稍诵其文，承用其说。"① 姚鼐门派意识甚强，门徒众多，其时之古文声势已非昔日方苞、刘大櫆可比，乾隆朝朱梅崖所感慨的那个"今世讲古文者益少，坠绪茫茫，旁绍为艰"②，"盖自古文废绝，非独其人不世出，间有出者，而世亦不知重之。治须臾之富贵而弃古人所云三不朽者，苟告以子云、退之大儒之业，干干日夕，汲汲之胸，固有所不暇听也"③ 的时代已经结束。

  孔广森等人强调两种文体具有共同的表述功能，是通过向古文靠拢妥协的方式换取骈文文坛地位的承认，阮元则从语言形式这一角度鼓吹宣唱，刻意拉开骈文与古文的距离。处于汉学衰退与古文复苏情形下的阮元，其骈文理论当时的意义在于：由前期"尊体"运动业已取得生存空间的基础上，进一步扩展到争夺文章正宗地位，从而为骈文创作的持续发展提供理论支持，汉宋之争所导致的骈散之争由此进入了一个新的历史阶段。"然散行可蹈空，而骈文必徵典。骈文废，则悦学者少，为文者多，文乃日敝"④，由于骈文与汉学存在遥相呼应、互为犄角的关系，所以骈文正宗论成了一种挽救汉学衰势的手段，这恰是阮元所企盼的。侯外庐云："从学术内容和写作年代上说，阮元是扮演了总结十八世纪汉学思潮的角色的。"⑤ 钱穆亦云："芸台犹及乾嘉之盛，其名位

---

  ① （清）曾国藩：《欧阳生文集序》，《曾文正公诗文集·文集》卷1，《续修四库全书》，上海古籍出版社2002年版，集部，第1537册，第610页。
  ② （清）朱梅崖：《答族弟和鸣书》，《梅崖居士全集·文集》卷29，辽海出版社2015年版，第278页。
  ③ （清）朱梅崖：《林太翁八十寿序》，《梅崖居士全集·外集》卷3，辽海出版社2015年版，第332页。
  ④ （清）袁枚：《胡稚威骈体文序》，《小仓山房文集》卷11，《袁枚全集》第2册，江苏古籍出版社1993年版，第198—199页。
  ⑤ 侯外庐：《中国思想通史》，中华书局1956年版，第77页。

著述，足以弁冕群材，领袖一世，实清代经学名臣最后一重镇。"① 尽管阮元带有嘉道之际尊汉到汉宋合流过渡时期的气息，但在学术旨趣上更倾向于汉学。其"文选学"研究以汉学为宗旨，阮亨《瀛舟笔谈》卷七云："兄旧尝校《文选》之误若干条，又集高邮王氏等所校若干条，皆甚精确。戊辰又得南宋尤袤本《文选李善注》，属厚明校订，厚民多所校正。时胡果泉先生克家亦别得尤袤本属顾千里广圻校刻，甚为精核。兄与厚明所校与顾校亦互有详略也。"阮元本人亦明确表明治《文选》的宗旨道："《桂苑珠丛》久已亡佚，间见引于他书，其书凉有部居，为小学训诂之渊海，故隋、唐间人注书引据便而博。元幼时即为'文选学'，既而为《经籍籑诂》二百十二卷，犹此志也。"② 抚浙时阮元创办诂经精舍，奉祀许慎、郑玄二人，以崇尚朴学为宗旨。督粤后创办学海堂，仍以发扬朴学为己任，"学海堂加课，仿抚浙时所立诂经精舍之例，专课经史诗文"③。鉴于骈文与朴学唇亡齿寒的关系，诂经精舍与学海堂兼重骈文，书院延请的讲席王昶、孙星衍、陈寿祺等人既精朴学，又通骈文。质而言之，阮元创建的学院以汉学为旨归，其骈文教学从属、服务于朴学。

四 文言说历史价值

阮元的文言说发凡起例，自成一格，然谓正论则不可。郭绍虞评价云："（阮元）以扬骈文之焰，为了托体自尊，所以挟孔子《文言》作证以为重。但因意有偏主，立论就难于圆融"④，其文学概念的狭隘性以致成了后来章炳麟《文学总略》主要掊击分理的对象。但阮元至死都顽

---

① 钱穆：《中国近三百年学术史》，商务印书馆1997年版，第528—529页。
② （清）阮元：《扬州隋文选楼记》，《揅经室二集》卷2，《续修四库全书》，上海古籍出版社2002年版，集部，第1478册，第63页。
③ （清）张鉴等：《阮元年谱》，中华书局1995年版，第132页。
④ 郭绍虞：《中国历代文论选》第3册，上海古籍出版社1980年版，第591页。

固地坚守这一观念，其后自订《揅经室续集》《揅经室再续集》仍然以经、史、子、集分类编排。随着争论的进一步发展，骈散之争走向了以李兆洛、蒋湘南、包世臣等为代表的骈散合一的道路，逐渐超越门派的界限，成为汉、宋双方普遍接受的观点。光绪间的谭献云："吾辈文字不分骈散，不能就当世古文家范围，亦未必有决此藩篱也，不谓三十年来几成风气。"① 这是一种更为公允的选择，也是骈散之争必然结局。

阮元"文笔"理论有两点突破，不容轻视。其一，文韵的重新阐释。刘勰以韵分文、笔；萧统《文选》重在翰藻，两人各有侧重，故阮福向阮元提出了"《文心雕龙》云：今之常言，有文有笔，以为无韵者笔也，有韵者文也。据此，则梁时恒言，有韵者乃可谓之文，而《昭明文选》所选之文，不押韵脚者甚多，何也"的疑问。为协调两者间之差异，阮元将"文韵"界定为："固指押韵脚，亦兼谓章句中之音韵，即古人所言之宫羽，今人所言之平仄。"② 也就是说，他将押韵从脚韵扩大到了文章内部音节的顿挫和谐。所谓押韵，就是把同韵的两个字或多个字放在前后句同样的位置上，一般情况下韵放在句尾，因此句中韵遂为人所忽视。此后，门人梁章钜承阮元之说亦云："余则谓古人之韵，直是今人之平仄而已，今人之四六，非有韵之文，而不能无平仄，即今之四书文，亦断不可不讲平仄。试取前明及本朝各名家文读之，无不音调铿锵者，即所谓平仄也，即所谓韵也。然则谢灵运传语所言，不但抉千古文章之秘，即今之作四书文者，亦莫能外之矣。"③

其二，四书文的归并。古代视八股文为骈文之一种者并不多见，孙梅《四六丛话》、彭元瑞《宋四六话》、李兆洛《骈体文钞》等都未列八股文。姚鼐云："夫四六不害为文、学之美，时文之体岂不尊

---

① （清）谭献：《复日堂日记》卷8，河北教育出版社2001年版，第191页。
② （清）阮元：《文韵说》，《揅经室续集》卷3，《续修四库全书》，上海古籍出版社2002年版，集部，第1479册，第495页。
③ （清）梁章钜：《学文》，《退庵随笔》卷19，《续修四库全书》，上海古籍出版社2002年版，子部，第1197册，第415页。

于四六乎?"① 考其意，明显在八股文与骈文间划了一条不可逾越的横线。据《清史稿·选举三·文科》载："乾隆四十五年，会试三名邓朝缙首艺语意粗杂，江南解元顾问四书文全用排偶，考官并获遣。"政府明令打击骈文向八股文渗透的倾向，阮元却并不忌讳八股文与骈文的联系，并且强调这种联系，倡言"《四书》排偶之文，真乃上接唐宋四六为一脉，为文之正统"②。在创办学海堂后，阮元又因"唐宋诗话多，文话少，而明以来四书文话更少，无纂之者"③，曾组织人员对四书文进行考察。阮元将八股文纳入骈文范畴这一做法对民国骈文研究影响甚大，如刘麟生云："律赋与八股文，皆骈文之支流余裔也。"④ 瞿兑之亦云："从骈文说到八股，或者太远了罢！然而这并不是什么奇怪的事。"⑤

阮元不遗余力所倡导的文言说虽过于偏激，但在当时的文学界，确实起到壮大骈文声势，保障嘉、道年间骈文持续发展的作用，也为挽救汉学颓势提供了一条途径，具有学术导向的功能。就整个文学理论史而言，阮元文言说带有唯美主义文学色彩，其重提六朝文笔之辨，对唐以后文学与非文学不分的混沌文学观念具有推陷廓清之功。其骈文为文体正宗之说"得师培而门户益张，壁垒益固"⑥，为五四时代西方纯文学观念植根我国学界提供了固有的传统资源媒介，从这一角度而言，我国泛文学观念在19世纪就已经从内部开始动摇，现代化转型并不完全是一个西学东渐的问题。

（作者单位：华南师范大学文学院）

---

① （清）姚鼐：《与鲍双五》，《惜抱先生尺牍》卷4，《丛书集成续编》，上海书店出版社1994年版，第130册，第924页。
② （清）阮元：《书梁昭明太子文选序后》，《揅经室集三集》卷2，《续修四库全书》，上海古籍出版社2002年版，集部，第1478册，第198页。
③ （清）阮元：《四书文话序》，《揅经室续集》卷3，《续修四库全书》，上海古籍出版社2002年版，集部，第1478册，第498页。
④ 刘麟生：《中国骈文史》，东方出版社1996年版，第111页。
⑤ 瞿兑之：《骈文概论》，海南出版社1994年版，第31页。
⑥ 钱基博：《现代中国文学史》，上海书店出版社2004年版，第110页。

骈体正宗与保存国粹

——刘师培骈文观及其意义

赵 静

骈文于清代弃四六"恶名"启用"骈文"称名后①，通过辨体正名使其文体形态趋向完备与定型。其间，文体论家不遗余力为骈文辩护，如阮元再度诠解"文"之义涵，释为韵偶，征引六朝"文笔"论并赋予新解，企图驱逐古文出文苑，标举骈文为"文统之正"。经阮元之手，骈体的文体地位大幅提升，跻身文坛正宗文体行列，骈体正宗论也随之成为晚清文体学重要议题且至民初不衰。虽受白话文运动等一系列文体革新事件的影响，传统辨体观念与文体秩序受到冲击，骈文遭遇新派人士的排斥而沦为被革命的旧文体式样的代表，但依然存在着一批虽受西学洗礼却立志保存"国学"者，在新的文体格局下重认骈体，赋予骈体以新的意义和价值，刘师培即为其中之一。其推举乡贤阮元之骈文观，基于学养建构具有自身理论向路的骈体正宗说。

---

① 有学者指出，清代文论家结合骈文发展的历史，从文体名称、形式、风貌、功能等方面，将骈文与长期背负恶名的"四六"划清界限。参见何诗海《清代骈文正名与辨体》，《文艺研究》2018年第4期。

一 "文":"藻缋成章""有韵""偶行"

依循阮元阐释路径,刘师培骈体正宗论亦从"文"的界定入手来构筑理论根基。他充分展示小学家之长,以字源考索方式搜罗相关字学文献释"文"。"今考《说文解字》云:'文,逪画也,象交文。'又云:'彣,彨也。'《广雅·释诂》二云:'文,饰也。'《释名·释言语》云:'文者,会集众彩,以成锦绣;会集众字,以成词谊,如文绣也。'是'文'以'藻缋成章'为本训。"① 刘氏通过"文"之字训,将其特征归结为"藻缋成章",当然这是广义之"文"。那么,"文章"又当如何呢?《广阮氏文言说》继续言之,"《说文解字》'彨'字下云:'有彣彰也。'盖'文章'即'彣彰'别体。…厥后始区二字,'彣'训为'彨',与'文'训'错画',其义互明。观青与赤谓之文,经天纬地亦曰文。则训'饰'训'错',义实相兼。"② "文章"为"彣彰"之一类,概因"饰"的缘故。由"文"的"藻缋成章"到"彣彰"别体的"文章",刘氏肯定"文""文章"所具备的藻饰性质。

需要说明的是,刘师培伴随"文"的训释顺然引申出的"彣彰别体"含义显然对应的是最广泛意义上的文章,而这种以藻饰为特性的广义文章观念也是其文章理论展开的逻辑起点。刘氏文章理论以文学研究为主体,重点是中古文学,且以文体研究为纲,故他对于各类文章的文体特征捕捉以中古文章为考察核心。如其所言:"文章取义于藻绘,言有组织而后成文也。"③ 藻绘为文章之基本义,但文章的组织形式会因文体各异另有特点和规则,并且同一类文体也会因时移世易而发生形态的迁变。我们知道,中古时期尤为中国古代文体进化历程的重要节

---

① 陈引驰编校:《刘师培中古文学论集》,中国社会科学出版社1997年版,第183页。
② 同上书,第212页。
③ 同上。

点，大多数文体形态的成型应在此时。在文体基本定型后，各类文体的体式衍化会呈现出某些相似的规律。刘师培对这一点有清晰体认，《论文杂记》中相关论述道："中国三代之时，以文物为文，以华靡为文，而礼乐法制，威仪文辞，亦莫不成为文章。推之以典籍之文，以文字为文，以言辞为文。其以文为文章之文者，则始于孔子作《文言》。盖'文'训为'饰'，乃英华发外、秩然有章之谓也。故道之发现于外者为文，事之条理秩然者为文，而言辞之有缘饰者，亦莫不称为文。古人言文合一，故皆为文章之文。后世以文章之文，遂足该文字之界说，失之甚矣。故汉、魏、六朝之世，悉以有韵偶行者为文，而昭明编辑《文选》，亦以沉思翰藻者为文。文章之界，至此而大明矣。"① 此段论说指出，三代之"文"包括文物、礼乐文辞、典籍等广泛意义，均以"缘饰"为基本特点，就连作为"文章始作"的孔子《文言》也不例外；随着文章范围的收缩和文章意指的聚焦，后世"文章"一语主要用来指言辞，渐渐遮蔽忽视"文章"的文字义，遂汉魏六朝之世将"有韵"和"偶行"定位为文章或曰文体的标识特征，直至萧统以沉思翰藻为准纂辑《文选》，文章的本义才真正鲜明。可以说，刘师培界定"文"或者说"文章"的文体特性归纳为三点，即藻缋成章、有韵、偶行。

刘师培"文"之厘定理路独特之处何在？若与阮元"文"之概念界定加以比较，区别便可见出。阮元《文言说》云："要使远近易诵，古今易传，公卿学士皆能记诵，以通天地万物，以警国家身心，不但多用韵，抑且多用偶。……与物两色而交错之，乃得名曰'文'（《考工记》曰：青与白谓之文；赤与白谓之章。《说文解字》曰：文，错画也，象交文）。然则千古之文莫大于孔子之言《易》，孔子以用韵比偶之法错综其言，而自名曰'文'，何后人之必欲反孔子之

---

① 陈引驰编校：《刘师培中古文学论集》，中国社会科学出版社1997年版，第235—236页。

道而自命曰'文',且尊之曰'古'也?"① 阮氏引《说文解字》析解"文"义,用"错画"之意比附"文"的文体形式构造,视"孔子言《易》"的"用韵比偶"之法为千古文章撰作的典范,定义"韵、偶"为文章的文体特点,且从易于传播的角度指出韵偶的优势和普遍性。很明显,刘师培所界定的"文"之"有韵、偶行"特点借鉴自阮元的"用韵比偶";但不同的是,阮从字训的"错画"义类比得出文体组织形式上的"用韵比偶"之法,刘得出的是"藻饰"义。正因为基于"藻缋成章"之义,刘对"文"的形式特征的认知和中古文体的特点体认皆以藻饰为标的。

这自然生发出藻饰性文体观。从中国古代文体演进史来看,文体发展至六朝,文章形式技巧的追求在文学自觉的时代氛围中凸显为文体的自觉,特别是如萧统所言"沉思翰藻"成为当时文体形式层面的显著探索与追求。刘师培对文章藻饰性之体认,在一定程度上来说是符合中古文体的共有特点的。但还须进一步质问,刘氏对中古文体藻饰特征的概括在传统文体价值框架下如何自处?诸如"文本于经"式的传统文体演进论,刘师培如何阐释并建立构联呢?

二 纳"经"入"文":"六经皆文"

众所周知,"文本于经"不仅是中国古典文学的价值旨向,也是中国古代文体演进规律的一种揭示。文体学视角内的"文本于经"更多的是带有一种正统色彩,昭示了"经"之于古代文体形态发展的典范性意义。然该命题并非铁板一块、固化不变,它是在中国古代文体演进历程中不断被证释、界说的。随一代学术之变化,"文本于经"的义旨也历经阐释而迁变。如刘师培,对"文"与"经"的关系进行了新的

---

① 郭绍虞:《中国历代文论选》第3册,上海古籍出版社2001年版,第586—587页。

解说，他并未将"经"视作与各类文体相割裂的无上权威，而是将其纳入所界定之"文"中。此举既化解了"文"之认知与"文本于经"命题之间的矛盾冲突，也确定了他所体认之"文"在传统文体价值体系中的合法地位。

  之所以能够做到理论逻辑的裂缝弥合，在于经学也是其学术研究之擅长。刘氏认为，"夫六经浩博，虽不合于教科，然观于嘉言懿行，有助于修身；……治文学者，可以审文体之变迁。"① 直言六经对文学文体研究的启发效用。"经"为何具有这般效用？有哪些属性与"文"相合？刘师培另有释解："六经之名，始于三代。而经字之义，解释家各自不同。班固《白虎通》训'经'为'常'，以五常配五经。刘熙《释名》训'经'为'径'，以经为常典，犹径路无所不通。案：《白虎通》《释名》之说，皆'经'字引申之义。惟许氏《说文解字》'经'字下云：织也，从系巠声。盖'经'字之义，取象治丝，从丝为经，衡丝为纬。引申之，则为组织之义。上古之时，'字'训为'饰'。又学术授受，多凭口耳之流传。六经为上古之书，故经书之文，奇偶相生，声韵相协，以便记诵。而藻缋成章，有参伍错综之观。古人见经文之多文言也，于是假治丝之义而锡以'六经'之名。即群书之用文言者，亦称之为经，以与鄙词示异。后世以降，六经为先王之旧典也，乃训经为法。又以六经为尽人所共习也，乃训经为常。此皆'经'字后起之义也。不明六经之本训，安知六经为古代文章之祖哉？"② 此段论说之中，刘氏对六经的命名缘由做出诠解：第一，上古之书，"奇偶相生、声韵相协"显示出文体形式组织的考究，且这种形式极有利于传播。第二，上古文章"藻缋成章"、多用"文言"，与鄙词相异。第三，比较几种"经"字的训释，《说文解字》从"治丝"角度训"经"字本义为"织"，引为组织之意，上古书文讲

---

① 刘师培：《刘师培全集》第4册，中央党校出版社1997年版，第171页。
② 同上书，第172—173页。

究形式组织的特性恰与此义相合。正是基于一定的文体特点且具有示范性，人们将这些上古书文命名为"经"。刘氏从"经"字之训和六经的来源揭橥其与"文"类似的"藻绩"奇偶的形式属性，换言之，六经的实质是"文"，此为刘师培之"六经皆文"① 观。

不仅限于此，刘师培对于六经的文体特性还作了更进一步的阐析。如《文说》中论及六经的文体特点，云："……《易》以六位而成章，《书》为四言之嚆矢，太师采诗，咸属韵语，宣尼赞《易》，首肇文言，遐稽六艺之书，半属偶文之体。是犹共绘事者，必待五采之彰施，聆乐音者，必取八音之迭奏。惟对待之法未严，平侧之音未判，乃偶寓于奇，非奇别于偶，虽句法奇变，长短参差，然音律克谐，低昂应节。"② 尽管六艺未全然"偶文之体"，"对待之法未严、平侧之音未判"，还时有句式长短参差的情况，但都是"偶寓于奇、非奇别于偶"，且"音律克谐、低昂应节"，这些都符合"文"的形式特点。既然"六经"与"文"同质，那么六经在中国古代文体演进中的作用如何呢？

刘师培以中古文体形态为样本，力证六经与文体发展的密切关联。在汉魏六朝专家文的研究实践中，他指出，"欲撢各家文学之渊源，仍须推本六经。汉人之文，能融化经书以为己用。"并以碑铭文体为例："如蔡伯喈之碑铭无不化实为空，运实于空，实叙处亦以形容词出，与后人徒恃'峥嵘''崔巍'等连词者迥异。此盖得诸《诗》《书》，如《尧典》首二段虚实合用，表象之辞甚多。"③ 伯喈碑铭在当时确实卓出、引人注目，而词语的虚实运用则借鉴自《诗》与《书》。可见，其用词技巧以"经"为范。除外，伯喈碑体撰作汲取自"经"的文体技

---

① "六经皆文"一语成于明代，但作为一种观念却早已有之，并逐渐成为后世"经""文"关系重构的基本范式。刘春霞（《刘师培的"六经皆文"说及其文章学史意义》，《安康学院学报》2015 年第 6 期）认为，在确定"文"之属性的基础上，刘师培提出了"六经皆文"的观点。对于刘师培"文"与"经"关系的处理，本文也引借这一说法。
② 陈引驰编校：《刘师培中古文学论集》，中国社会科学出版社 1997 年版，第 205 页。
③ 同上书，第 129 页。

巧还有音节方面，是谓"蔡中郎有韵之文所以高出当时即以其音节和雅耳"。原因在于，"伯喈则能涵泳诗书之音节，而摹拟其声调，不讲平仄而自然和谐"①。伯喈能熟拈"诗书音节"，化用"其声调"而不露造作之痕迹，这是蔡碑相较普通汉碑的不同凡响之处。不单伯喈，班固也多从"经"汲取营养，"班固之文亦多出自《诗》《书》《春秋》，故其文无一句不浓厚，其气无一篇不渊懿"②，成就了"渊懿浓厚"之风。其实，"东汉一代之文皆能镕铸经诰"③，成自家特色。从刘师培的举证容易见出，正是由于来自"经"的文体营养，才成就了中古时期文体大备的繁富之态。

纳"经"入"文"，刘师培凭借深厚的经学研究功力对"经"的文体特性予以把握实现了"经""文"关系的独特建构——"六经皆文"。这里应该补充的是，刘氏解构"经"的权威地位，是以前贤理论作为资源的。我们知道，学术史上关于消解六经权威地位之见，可谓见仁见智，代有迭出。影响较大者，如章学诚《文史通义》开篇道："六经皆史也。古人不著书，古人未尝离事而言理，六经皆先王之正典也。"④并强调："史所贵者义也。"⑤ 六经不再是"恒久之至道，不刊之鸿教"⑥，而是中国古代仪礼典章的制度史料，价值之贵不在于其无上的权威地位，在于其所承载的"义"。是说意在颠覆六经为"载道之具"的教条式的传统价值观念，从功用角度对六经之绝对权威性作降格处理，对后世述学平允看待六经之教化地位具有范型意义。再如，清袁枚认为："六经者，圣人之文章耳。"⑦ 又对"经""文"关系加以诠说："文章始于六经，而范史以说经者入《儒林》，不入《文苑》，似强为区

---

① 陈引驰编校：《刘师培中古文学论集》，中国社会科学出版社 1997 年版，第 122 页。
② 同上书，第 129 页。
③ 同上书，第 122 页。
④ （清）章学诚著，叶瑛校注：《文史通义》，中华书局 1985 年版，第 1 页。
⑤ 同上书，第 219 页。
⑥ （南朝梁）刘勰著，范文澜注：《文心雕龙注》，人民文学出版社 1958 年版，第 21 页。
⑦ （清）袁枚：《小仓山房诗文集》第 3 册，上海古籍出版社 1988 年版，第 1529 页。

分。然后世史家俱仍之而不变,则亦有所不得已也。大抵文人恃其逸气,不喜说经。而其说经者,又曰:'吾以明道云尔,文则吾何屑焉?'自是而文与道离矣。不知六经以道传,实以文传。《易》称修词,《诗》称词辑,《论语》称为命,至于讨论修饰,而犹未已,是岂圣人之溺于词章哉?盖以为无形者道也,形于言谓之文。既已谓之文矣,必使天下人矜尚悦绎,而道始大明。若言之不工,使人听而思卧,则文不足以明道,而适足以蔽道。故文人而不说经可也,说经而不能为文不可也。"[1] 袁枚视"经"为"文",主要强调三层意思:其一,后世文章肇始于六经;其二,六经文本具有"修词""修饰"等文体形式方面的讲究;其三,之所以如此考究文体形式,原因在于六经"明道"功能的发挥有赖于"言之工"。在袁枚视"经"为"文"的论说域中,六经"工于言"是载道的必需,这也使得六经的文体垂范意义因载道而得以彰显。合观章学诚的"六经皆史"与袁枚的"六经皆文",二者在有清一代均较为典型,前者立足"史"的视域解构"经"的权威性并阐发出宗史的文体观,后者立足"文"的视域强调六经文本"工于言"的文体示范性。实际上,刘师培"经""文"关系的建构出入章、袁,先是镕裁章学诚"六经皆史"推出"古学出于史官"说,而后接受袁枚"六经皆文"并继续阐说。相比之下,刘氏不仅视"经"为"文",而且将六经的文体特点予以归纳,与所界定"文"之文体属性参照互证,在袁枚"六经皆文"的基础上向文体视域又深入了一步。这当然是有心之举,意欲为其文类体认服务的。

三 骈文一体:实为文类正宗

刘师培的文类体认建立在其文学观之上。在界定了"文"之义涵

---

[1] (清)袁枚:《小仓山房诗文集》第3册,上海古籍出版社1988年版,第1380页。

后，所提炼出的"藻缋成章""有韵偶行"成为衡文标准。刘氏以此为准析别文体，并重拾中古文笔之辨作为理论工具，展开辨体工作。

依刘师培看来，"文"的本义暗含饰采，对于文章而言，藻采是根本性的文体特征。《文说·耀采篇》云："是则文也者，乃英华发外秩然有章之谓也。"① 在此番识文的基础上，刘氏引借昭明所言之"沉思翰藻"，认为它"弗背文律"。而欲合"文律"，"惟偶语韵词"②，这与中古文体形态的演进规律有关。他指出："文章各体，由质趋华，非一朝一夕之故，其所由来渐矣。"③ 中古文体的塑型有一个渐进的过程，基本趋势是"由质趋华"，其明显表现为重视韵偶与藻饰，在汉魏文章体式的渐变中有直接体现。《论文杂记》论及，汉魏文章迁变有四：建安七子以"排偶易单行"，其中的"华靡之作"，已开"四六之先"，此为迁变之一；魏代之文，"合二语成一意"，故文章体式"由简趋繁"，此为迁变之二；由西汉韵文的"对偶之法未严"到"东汉之文"的"渐尚对偶"，再到魏代之体的"声色相矜、藻绘相饰、靡曼纤冶、致失本真"，此为迁变之三；西汉文人"选词遣字，亦能古训是式"，东汉文人亦"文词古奥"，而魏代之文"则又语意易明"，此其迁变之四④。从建安时的排偶、华靡奠定了四六基础后，到魏代的"声色相矜""藻绘相饰"，刘氏白描式地勾勒了汉魏文章体式之踵事增华历程。汉魏文体的由质而华实质上是中古文体自觉进程的一个截面，即文体藻饰性特征成型的关键一环。

从这一点反观刘师培的文体析别，足可发见其以韵偶为准但不拘泥于韵偶，更重视"文"的藻绘特征，且以此作为辨体原则考察中古文体形态。其辨析汉魏六朝文体，云："是偶语韵词谓之文，凡非偶语韵

---

① 陈引驰编校：《刘师培中古文学论集》，中国社会科学出版社1997年版，第205页。
② 同上。
③ 同上书，第20页。
④ 同上书，第233—234页。

词概谓笔。盖文以韵词为主，无韵而偶，无韵而偶，亦得称文。……是官牍史册之文，古概称笔。……故其为体，惟以质直为工，据事直书，弗尚藻彩。"① 并进一步指明："笔之为体，统该符、檄、笺、奏、表、启、书、札诸作言，其弹事议对之属，亦属史笔，册亦然。凡文之偶而弗韵者，皆晋、宋以来所谓笔类也。"② "笔"作为与"文"相对举的文体群，盖以"质直为工""弗尚藻彩"为表征。刘氏界分文笔，以韵偶为基础，"藻缋"为标尺。基于这样的辨体观，刘氏展开其文类体认。

最为符合刘氏藻饰为尚辨体原则的文体类型是骈体。骈体从萌芽、发展以至完善经历了漫长的历史过程，三大标志性特征"对偶、四六、用典"并非一蹴而就，是在塑形历程中逐渐层累的结果。刘氏敏锐意识到了骈体形态之渐进特点，《论文杂记》中虽未专论骈体演进史，但于汉魏文章体式迁变的概括中可见出自觉意识，而其所体认汉魏六朝文之踵事增华历程也正是骈体进化之逻辑映发。基于自身辨体宗尚，刘氏认为："是则文也者，乃经史诸子之外，别为一体者也。齐、梁以下，四六之体渐兴；以声色相矜，以藻缋相饰，靡曼纤冶，文体亦卑。然律以沉思翰藻之说，则骈文一体，实为文类正宗。"③ 将中古四六的"声色相矜、藻缋相饰"定位为"文体亦卑"是辨体史上的认识惯性，刘氏辨体工作意欲打破定见，推骈体为文类之正宗。

将骈文从体格之卑提举至文类正宗，刘师培所做的恰是为骈体正名。事实上，为骈体正名是清代骈文理论的重大成绩。清中期以后，文坛出现了诸如胡天游、汪中以及孔广森、孙星衍、洪亮吉等"骈文八家"，张惠言、刘开、李兆洛等"骈文后八家"，汇成了一股与桐城古文群体相对抗的强势力量，促进了骈文创作的兴盛与骈文理论的发展，形成清代骈文"中兴"的繁荣局面。在与桐城古文论衡的过程中，骈文派重定

---

① 陈引驰编校：《刘师培中古文学论集》，中国社会科学出版社1997年版，第6页。
② 同上书，第101页。
③ 同上书，第215页。

"文"之内涵，重构文统。较为卓出者当属阮元，他直接摒弃包括其师孙梅在内所谓"骈散同源"的折中之论，试图颠覆瓦解古文文统，构建骈文文统，目的是"推尊骈体，更主要的是与古文争正统"①。因于阮元骈文观在骈散之争中强大的理论影响力，骈文成为文坛正宗文体，古文"一体独大"的文体格局自此被打破。而阮元骈文正宗论的巨大影响，得力于其界定之"文"所具有的独特理论优势："凡文者，在声为官商，在色为翰藻。即如孔子《文言》'云龙风虎'节，乃千古宫商翰藻奇偶之祖，'非一朝一夕之故'节，乃千古嗟叹成文之祖，子夏《诗序》'情文声音'一节，乃千古声韵性情排偶之祖。吾固曰：韵者即声音也，声音即文也。然则今人所便单行之文，极其奥折奔放者，乃古之笔，非古之文也。"② 阮元以孔子《文言》"乃千古声韵性情排偶之祖"为佐证，将"文"定义为"在声为宫商，在色为翰藻"，重新对"文"予以"正名"。

阮元借孔子《文言》为骈文张目，抬高骈体地位，在清代骈文正名史中影响甚巨。刘师培推尊阮元骈体观，承续乡贤之骈体正名工作。对此，南桂馨在为《刘申叔先生遗书》所作序言中曾称："清三百年骈文莫高于汪容甫，六朝文笔之辨则以阮元为最坚。昔周书昌、程鱼门论定文章，称桐城为天下正宗。申叔承汪、阮风流，刻意骈俪，尝语人曰：天下文章在吾扬州耳？后世当自有公论，非吾私其乡人也。"③ 刘师培承接阮元骈文正名"衣钵"，更多的是在前贤阮氏论说基础上拓展推衍的。所见略同或曰相似的论证策略是，将所界定"文"之藻丽特征与孔子《文言》比附证说，攀附六经权威以实现骈体正宗论的建构。这在传统文体论视域中不足为奇。于古代文体辨析而言，除源流、体制、正变等方面的辨体之外，尊卑高下之辨也颇为重要，所谓"名不

---

① 于景祥：《中国骈文通史》，吉林人民出版社 2002 年版，第 919 页。
② （清）阮元著，邓经元点校：《揅经室集》，中华书局 1993 年版，第 1066 页。
③ 南桂馨：《刘申叔先生遗书序》，《刘申叔遗书》，江苏古籍出版社 1997 年版，第 33 页。

正则言不顺"。尤其清代,"正统"论波及社会政治、文化等各个领域,文学特别是文体也不能例外,何为"正统"是文章辨体中尊卑高下之辨的主要层面。对于骈文而言,辨体正名的根本即在于其文体地位尊卑高下之判别与升格。依仗六经权威,骈文"正名"得以实现,体格由卑至高,一跃成为传统文体价值视域中的经典文体,不仅是阮元骈体正宗论的目标,也是刘师培纳"经"入"文"、证成"六经皆文"说之目的所在。但与阮元提升骈文文体地位和古文抗衡的正名工作不同,刘师培推骈文为"文类正宗"在近代文体语境中具有另一番正名意义。

四 "正名"的意义:保存国粹

刘师培因曾作为《国粹学报》的发起者与主要撰稿人而被列入"国粹派"。然若单一地视此派为"历史之逆流""时代之反面",未免太过简单暴力。近代学术场之新旧交织,新未必全然无疵,旧也不一定要绝对否弃,新与旧之间的张力是近代学术争鸣的重要推力。在新旧矛盾、铆合的时局中,"旧"应置放于何种位置,是一个耐人寻思的问题。刘师培在"激进"的极点转向"守旧",对其政治生涯的评说让人颇为犯难,同时也使得对其学术研究之定位也有了难度。只有就其具体研究工作的近代学术史意义作"就事论事"式分析,才是评析刘师培学术研究之正确开启方式。

本文无意对刘师培全部文学研究作高下优劣的价值评判,故其文体论结构之逻辑不足也暂且搁置不论,单就其骈体正宗论之近代意义予以论说。刘师培骈体正名与保存国粹的学术立场密切关联,其国粹观在《论文杂记》中表出:"近日文词,宜区二派:一修俗语,以启瀹齐民;一用古文,以保存国学,庶前贤矩范,赖以仅存。"[①] 刘氏承

---

① 陈引驰编校:《刘师培中古文学论集》,中国社会科学出版社1997年版,第226页。

认"俗语"与"古文"并存之合理性,赋予"用古文"以"保存国学"之现实意义。站在保存国粹的立场,他认为近代文章"惟歙县凌次仲先生,以《文选》为古文正的,与阮氏《文言说》相符。而近世以骈文名者:若北江、容甫,步趋齐、梁;西堂、其年,导源徐、庾。……文章正轨,赖此仅存。而无识者之流,欲别骈文于古文之外,亦独何哉?"① 刘师培毫不讳言其对乡贤的推举,自觉地以张扬骈体为己任,但已不同于阮元等前贤为找寻骈体正统地位的正名工作,于近代语境中有了保存国粹之新义。

刘氏有意识地建立"骈体正宗"说与"保存国学"之关联,是其骈体正名工作之必要与升华。骈文之藻俪特征恰与西学之审美性纯文学观相合,在传统文体价值谱系裂变之近世拥有了价值重释之意义。传统文体视域中,骈体特点可以看作文体自觉历程之逻辑映射;在融进了西学质素之近代文体价值谱系中,骈体的形制特征不仅没有过时,反而很好地契合了文学之审美特性。并不仅限于刘师培,以藻饰为文学审美属性是时人文学观念的共性认识。如常乃德致陈独秀信,称:"吾国之骈文,实世界唯一最优美之文。……愚意此后文学改良,说理纪事之文,必当以白话行之,但不可施于美术之文耳。"② 且刘师培藻饰性文学观也不乏同行者,谢无量就认同刘师培,在其著《中国大文学史》中,谓:"中国文章形式之最美者,莫如骈文律诗,此诸夏所独有者也。……故吾国文章,所长虽非一端,骈文律诗,则尤独有之美文也。"③ 以"骈文律诗"为"诸夏所独有者",这与刘师培所言"俪文律诗为诸夏所独有,今与外域文学竞长,惟资斯体"④ 并无二致,都是将骈体视为中国文学之特有文体。

---

① 陈引驰编校:《刘师培中古文学论集》,中国社会科学出版社1997年版,第216页。
② 常乃德:《致陈独秀》,《新青年》1916年第4号。
③ 谢无量:《中国大文学史》,中华书局1918年版,第40—41页。
④ 陈引驰编校:《刘师培中古文学论集》,中国社会科学出版社1997年版,第3页。

无独有偶，刘师培在近代语境中厘定"文"之义涵，以藻饰为所体认正宗文类之标识性文体特征，恰与舶来之西学纯文学观重视文学之审美属性无缝对接。中西碰撞之下，中国传统文学观念的痼弊充分暴露，刘氏有感于"中国文学之厄"："近岁以来，作文者多师龚、魏，则以文不中律，便于放言，然袭其貌而遗其神。其墨守桐城文派者，亦囿于义法，未能神明变化。故文学之衰，至近岁而极。文学既衰，故日本文体因之输入于中国。其始也，译书撰报，据文直译以存其真，后生小子厌故喜新，竞相效法。夫东籍之文，冗芜空衍，无文法之可言，乃时势所趋，相习成风，而前贤之文派，无复识其源流，谓非中国文学之厄欤！"① 时下墨守桐城文派者，囿于义法短于变化；效法日本文体者，不识文法，冗芜空洞。此言"中国文学之厄"，乃是"中国文体之厄"。刘师培持藻饰性文学观，标骈体为正宗，实为解救当时"文体之厄"。其导源小学，从传统文学与文体中寻找资源，以匡正"文范"，是为中国传统文学正名。

可以说，正名作为一种理论自觉意识，刘师培早已有之。"名"与"文"非历时性的机械对应关系，而是相互融合、运动、生成的关系。在《论理学史序》中，刘氏有精辟概括："事物不可辨，则即物穷理，指以定名，而复缘名以造文，故《尹文子》曰：此言事物之不可无别也。盖就其别者言之曰文，就其所以别者言之曰名，名与文相辅而行，而统之为书。"② 名物关系最终呈现为"文"（此处的"文"，指的是名物关系的表现形式），而"文"的生成过程却是"形以定名、名以定事、事以验名"的动态循环。"事"的变化引发名的迁变，"名"的运作又会反过来触发"事"的新变。将此理置入近代学术语境之中，"事"的变化（西学输入引发中国学术发生改变）引起"名"的迁变（国学与西学，孰优孰劣），"名"的运作（国学优劣论）又反身促发

---

① 陈引驰编校：《刘师培中古文学论集》，中国社会科学出版社1997年版，第274页。
② 刘师培：《刘申叔遗书》，江苏古籍出版社1997年版，第506页。

"事"的新变（国学的重建）。刘师培深谙其中之理，用"正名"推进"事"的变化以形成新的"文"（保存国学）。而其实践仅仅于文体研究方面就体现为一系列的理论努力：从小学入手界定"文"的含义，以特征为准则，展开辨体与文类体认，以至比附六经，定位骈文为文体正宗。因此，刘师培在近代文体语境中认同、推举骈文，实质上是对中国传统文体在西学冲击之下自身存在合理性之捍卫，是其"国学"正名事业的重要组成部分。

综而言之，刘师培等近代学人推崇骈文的自觉努力尽管永远不可能挽回五四以后骈文式微的衰势，但其骈体正宗观参与近代文体价值谱系的重建和中国传统辨体观念近代新质之补充，却是不争的事实。在近代骈体正宗论的理论氛围中，刘师培骈文观的意义不容忽视，其以藻饰为尚举骈文为文类正宗是审美性纯文学观传入之后带来的一种新的认识，是对中国传统文体的价值重认之举，也是近代辨体实践的一种积极尝试。同时也说明，骈体之"美文"特质并没有因为骈文这种传统文体形态被淘汰而湮没殆尽，而是内化为文学审美属性的元素，为新的文体价值体系的确立融入了传统资源。故刘师培等在近代认同骈文、张扬骈体具有了承续中华传统文脉之特殊意义。

（作者单位：陕西师范大学文学院）

后 记

《文体》第一卷《中国古代文体观念的演进》一书即将付梓，整个筹措、组织和编辑工作将近一年，现在事情终于落定，书很快就会与学界的同行朋友们见面了，故而心里稍得所安，期间种种繁琐碎细的麻烦也算是劳有所值了。

关于该文丛的主旨定位和编辑意图，我在书前的"缘起"中已经做了说明，这里不再赘言，而只想表明三点：一、该书之辑稿、编排和勘校工作，由西北大学文学院杨新平副教授全力协助我完成，大量具体的工作都是他做的，花费了他许多时间与心力。新平责任心强、做事认真细致，在此谨对他的辛勤付出表示谢意。二、该书责编杨康博士在编辑加工过程中也付出了辛勤的劳动，她扎实的工作态度和学术训练使本书避免了一些错讹，因此亦表谢忱。三、还要感谢提供编入本书的各位论文作者，他们也是"中国古代文体观念文献整理与研究"项目的课题组成员。我想，在我们大家的共同努力下，项目研究一定会稳步推进并且取得与我们的付出相匹配的学术成果，由本书开卷之后的《文体》各卷的集稿和编辑出版也会顺利进行。

由于时间原因和水平所限，不足之处在所难免，真诚地期待学界同行朋友们提出批评和建议，以便我们今后的工作能得到改进和提高。